Nora Roberts

In dein Lächeln verliebt

Roman

Aus dem Amerikanischen von
Chris Gatz

Weltbild

1. KAPITEL

*D*as Mädchen wirbelte herum und drehte sich im Licht der Scheinwerfer. Ihr glänzendes schwarzes Haar schwang um ihr eindrucksvolles Gesicht.

„So ist es gut, Harriet. Mach jetzt einen kleinen Schmollmund, und denk daran, dass wir hier Lippen verkaufen." Larry Newman beobachtete sie durch die Kamera und ließ den Verschluss eilig klicken.

„Fantastisch", rief er und erhob sich aus der Hocke. „Das ist genug für heute."

Harriet Baxter streckte die Arme zur Decke und entspannte sich. „Gut, einverstanden. Ich sehne mich nach meiner Wohnung und einem heißen Bad."

„Denk an die Dollarmillionen, die dein Gesicht für Lippenstifte einbringt, Liebling." Während Larry die Lampen ausschaltete, war er mit seinen Gedanken schon wieder ganz woanders.

„Soll mir das moralischen Auftrieb geben?"

„Genauso ist es", erwiderte er zerstreut. „Morgen kommt die Shampoowerbung an die Reihe. Dein Haar muss so prachtvoll aussehen wie immer. Ach, beinahe hätte ich es vergessen. Morgen früh habe ich eine geschäftliche Verabredung. Ich werde jemanden auftreiben, der mich vertritt."

Harriet lächelte ihn nachsichtig an. Seit drei Jahren arbeitete sie inzwischen als Fotomodell, und Larry war ihr Lieblingsfotograf. Sie ergänzten sich fabelhaft. Er fotografierte hervorragend. Überlegen beherrschte er Weitwinkel- und Nahaufnahmen, und es gelang ihm immer, die richtige Stimmung einzufangen. Allerdings fehlte ihm jeglicher organisatorischer Sinn, und er war hoffnungslos uninteressiert an allem, was nicht mit seiner kostbaren Kameraausrüstung zu tun hatte.

„Was ist das für eine Verabredung?", fragte Harriet ruhig und geduldig. Sie wusste sehr gut, wie leicht Larry so welt-

7

liche Angelegenheiten wie Uhrzeiten und Treffpunkte verwechselte, wenn sie nicht unmittelbar im Zusammenhang mit seiner Kamera standen.

„Ach, stimmt ja, das habe ich dir wohl noch nicht gesagt. Um zehn muss ich bei Burt Bardoff antreten."

„Bei jenem gewissen Burt Bardoff?" Harriet war überaus erstaunt. „Ich hatte keine Ahnung, dass der Eigentümer des Modemagazins sich mit gewöhnlichen Sterblichen trifft, ausgenommen Mitglieder von Königshäusern und Göttinnen."

„Mir hat er jedenfalls eine Audienz gewährt. Seine Sekretärin hat mich angerufen und die Sache ins Rollen gebracht. Er will seine Vorstellungen über irgendeinen Entwurf mit mir besprechen."

„Na, dann viel Vergnügen. Soweit ich weiß, ist Burt Bardoff ein ziemlich ausgekochter Bursche, zäh wie Leder. Jeder muss nach seiner Pfeife tanzen."

„Er wäre nicht dort, wo er sich heute befindet, wenn er sich übers Ohr hauen ließe. Sein Vater hat wahrscheinlich ein Vermögen verdient, als er das Modemagazin gründete, doch Burt Bardoff hat es verdoppelt, indem er weitere Zeitschriften aus der Taufe hob. Er ist ein überaus erfolgreicher Unternehmer und ein guter Fotograf, der keine Angst davor hat, sich die Hände zu beschmutzen."

„Du verehrst jeden, der eine Leica von einer Box unterscheiden kann", spottete Harriet und zupfte an Larrys unordentlichem Haarschopf. „Aber dieser Männertyp zieht mich nicht im Geringsten an." Sie zog mit gespieltem Schauder graziös die Schultern ein. „Ich glaube, ich würde mich vor ihm zu Tode fürchten."

„Du fürchtest dich vor niemandem, Harriet." Larry beobachtete, wie die große gertenschlanke Frau ihre Tasche nahm und sich zur Tür wandte. „Morgen früh um halb zehn wird jemand die Aufnahmen mit dir machen."

Harriet winkte ein Taxi heran. Taxi fahren war ihr während der drei Jahre, die sie nun in New York verbrachte, zur Gewohnheit geworden. Sie dachte kaum noch an die Harriet Baxter von der Farm in Kansas zurück, denn inzwischen war sie in der blühenden Metropole New York heimisch geworden.

Mit einundzwanzig Jahren hatte sie sich von ihrem Elternhaus gelöst und war nach New York gekommen, um eine Karriere als Fotomodell zu beginnen. Der Übergang vom einfachen Landmädchen zum Großstadtmodell war schwierig und oft beängstigend gewesen, doch Harriet hatte sich von der schnelllebigen, überwältigenden Stadt nicht einschüchtern lassen und war unverdrossen mit ihrer Fotomappe von einer Agentur zur anderen gegangen.

Während des ersten Jahres bekam sie nur wenige Aufträge, und die auch nur in großen zeitlichen Abständen, aber sie gab nicht auf. Um keinen Preis wollte sie wieder zu ihrer Familie zurückkehren. Allmählich verschaffte sie sich den Ruf, sich völlig mit dem jeweiligen Produkt identifizieren zu können, und sie wurde immer begehrter. Als sie mit Larry zu arbeiten begann, war ihr Glück gemacht. Immer häufiger tauchte ihr Gesicht auf den Titelseiten der Modejournale auf. Inzwischen war sie ein Topmodell, und ihr Honorar war hoch genug, dass sie ihr dürftiges Zimmer im dritten Stock eines einfachen Mietshauses gegen eine komfortable Hochhauswohnung in der Nähe des Central Parks eintauschen konnte.

Harriet hing nicht etwa leidenschaftlich an ihrer Modellkarriere, sie sah diese Tätigkeit nur als einen Job an. Ruhm und Glanz hatten ihr nie viel bedeutet. Sie war nach New York gekommen, um auf eigenen Füßen zu stehen. Doch ihr beruflicher Aufstieg war unvermeidbar, denn Harriet war graziös, ausgeglichen und darüber hinaus blendend schön. Mit ihrem rabenschwarzen Haar und den hohen Wangenknochen sah sie ein wenig exotisch aus. Ihre großen mitternachtsblauen Augen wurden von langen schweren Wimpern umrahmt. Sie hatte einen vollen, schön geschwungenen Mund, der hingebungs-voll lächeln konnte. Sie war betörend schön und außerdem ungewöhnlich fotogen. Das war der Grund ihres Erfolges. Ungezwungen und völlig natürlich bewegte sie sich vor der Kamera. Wenn man ihr sagte, welche Art von Frau sie dar-stellen sollte, veränderte sie ihren Gesichtsausdruck: Sie war überlegen, praktisch, sinnlich – was immer man von ihr wollte.

In ihrem Apartment streifte Harriet die Schuhe ab, und ihre Füße versanken im weichen Flausch des elfenbeinweißen Tep-pichs. An diesem Abend hatte sie keine Verabredung, und sie freute sich auf einen leichten Imbiss und einige Stunden Muße in den eigenen vier Wänden. Sie machte sich ein wenig frisch, schlüpfte in einen warmen dunkelblauen Morgenmantel und ging in die Küche, um sich ein Festessen zuzubereiten, wie es für ein Fotomodell angemessen war: Suppe und ungesalzene Crackers. Doch die Vorbereitungen zu ihrem kargen Abend-essen wurden unterbrochen, als es an der Wohnungstür klin-gelte. „Hallo, Lisa." Harriet begrüßte ihre Nachbarin, die auf demselben Flur ihr gegenüber wohnte, mit einem freundlichen Lächeln. „Willst du mit mir zu Abend essen?"

Lisa MacDonald rümpfte missbilligend die Nase. „Ich würde es lieber mit einigen Pfunden mehr aufnehmen, als zu verhungern, was du offenbar anstrebst."

„Wenn ich zu häufig beim Essen sündige, musst du mir eine Anstellung in eurer Anwaltsfirma besorgen." Harriet strich über ihren flachen Bauch. „Dabei fällt mir ein: Wie macht sich denn euer junger Rechtsanwalt?"

„Mark hat überhaupt noch nicht begriffen, dass ich lebe." Lisa warf sich auf die Couch. „Das bringt mich zur Verzweif-lung, Harriet. Ich werde noch die Geduld verlieren und ihn auf dem Parkplatz überfallen."

„Viel zu aufwendig. Hast du schon mal an eine weniger dra-matische Lösung gedacht? Du könntest ihm ein Bein stellen, wenn er an deinem Schreibtisch vorübersegelt. Diese Gelegenheit wird sich bald ergeben."

„Das werde ich mir merken. Ich muss dann nur schnell genug reagieren, ehe er vorbei ist."

Amüsiert ließ Harriet sich auf einem Sessel nieder und legte ihre nackten Beine auf einen niedrigen Schemel. „Sagt dir der Name Burt Bardoff etwas?"

Lisas Augen weiteten sich. „Den kennt doch jeder. Millionär, unglaublich gut aussehend, geheimnisvoll, ausgezeichneter Geschäftsmann und trotzdem ein fairer Partner." Lisa zählte diese Eigenschaften sorgfältig an den Fingern ab. „Was ist los mit ihm?", fragte sie interessiert.

Harriet hob bedeutungsvoll die schmalen Schultern. „Ich weiß es nicht genau. Larry hat morgen früh eine Verabredung mit ihm, wie er mir erzählte."

„Von Angesicht zu Angesicht?"

„Allerdings." Vergnügt und erwartungsvoll betrachtete Harriet ihre Freundin Lisa. „Natürlich haben wir beide schon früher für seine Zeitschriften gearbeitet, aber ich begreife nicht, wieso der unzugängliche Eigentümer des Magazins ‚Mode' einen simplen Fotografen zu sich bittet, obwohl er selber der Beste von allen ist. Man spricht in unseren Kreisen nur ehrfürchtig hinter vorgehaltener Hand von ihm, und wenn man den Klatschspalten trauen darf, ist er der Wunschtraum eines jeden unverheirateten Mädchens. Auch ich wüsste gern, wie er wirklich ist."

Harriet runzelte die Stirn, denn der Gedanke beschäftigte sie ernsthaft. „Es ist eigenartig, doch ich glaube, ich kenne niemanden, der mit ihm schon einmal persönlich zu tun hatte. Ich stelle ihn mir wie den ‚großen Unsichtbaren' vor, der vom Olymp seines Modemagazins einsame Entscheidungen von allergrößter Wichtigkeit trifft. Ich glaube nicht, dass ich mich darin irre."

„Vielleicht wird Larry morgen deine Neugierde befriedigen", meinte Lisa.

Harriet schüttelte den Kopf, und ihre Nachdenklichkeit wich einem Lächeln. „Larry hat nichts anderes im Sinn, als Mr Bardoff auf einem Negativstreifen festzuhalten."

Kurz vor halb zehn Uhr am nächsten Morgen öffnete Harriet mit einem Zweitschlüssel Larrys Studio. Sie hatte sich auf die Shampoowerbung vorbereitet. Das Haar fiel ihr in weich glänzenden vollen Wellen über die Schultern. In dem kleinen, nach hinten gelegenen Raum schminkte sie sich mit geübter Hand. Eine Viertelstunde später schaltete sie ungeduldig die Scheinwerfer für die Atelieraufnahmen an. Minuten später kam ihr der Verdacht, dass Larry versäumt hatte, sich um einen Ersatzfotografen zu kümmern. Es war fast zehn Uhr, als sich die Studiotür endlich öffnete. Harriet stürzte sich sofort auf den Ankömmling.

„Das wurde aber höchste Zeit." Sie unterdrückte ihren Ärger mit einem halben Lächeln. „Sie haben sich verspätet."

„Wirklich?", entgegnete er und quittierte ihre Ungeduld mit erhobenen Augenbrauen.

Harriet schwieg eine Weile. Dabei bemerkte sie, dass der Mann traumhaft gut aussah. Sein dichtes hellblondes Haar fiel auf den Kragen eines legeren Rollkragenpullovers, der die graue Farbe seiner großen ehrlichen Augen hatte. Sein Mund verzog sich zu einem leichten Lächeln, und sein tief gebräuntes Gesicht wirkte irgendwie vertrauenerweckend.

„Bisher habe ich noch nie mit Ihnen zusammengearbeitet, oder?", fragte Harriet. Sie bemühte sich, ihm in die Augen zu sehen, denn er war gut ein Meter neunzig groß.

„Warum fragen Sie?", wich er einer Antwort aus. Harriet fühlte sich unter seinem forschenden Blick plötzlich unbehaglich.

„Es ist nicht wichtig", murmelte sie, wandte sich um und bemühte sich, ihre Manschetten geradezuziehen. „Lassen Sie uns anfangen. Wo ist Ihre Kamera?" Erst jetzt stellte sie fest, dass er keine Ausrüstung bei sich trug. „Wollen Sie Larrys Apparat benutzen?"

„Allerdings." Er dachte überhaupt nicht daran, sie aus den Augen zu lassen und sich seiner Aufgabe zu widmen. Seine Sorglosigkeit verwirrte sie.

„Bitte, fangen Sie an. Lassen Sie mich nicht den ganzen Tag warten. Seit einer halben Stunde bin ich fertig."

„Tut mir leid." Er lächelte, und sie war überrascht von der Veränderung seines ohnehin unwiderstehlichen Gesichts. Es war nur ein nachlässiges charmantes Lächeln, aber Harriet durchzuckte der Gedanke, dass er es als gefährliche Waffe einsetzen könnte. Sie wandte sich brüsk ab und kämpfte gegen den Zauber an. Die Arbeit ging vor.

„Um was geht es bei den Aufnahmen?", fragte er, während er Larrys Kameras prüfte.

„Du liebe Zeit, hat er es Ihnen nicht gesagt?" Sie drehte sich wieder zu ihm um, schüttelte den Kopf und lächelte ihn zum ersten Mal voll an. „Larry ist ein blendender Fotograf, doch über die Maßen zerstreut. Mir ist völlig unklar, wie er sich daran erinnert, dass er morgens aufstehen muss." Harriet strich sich eine Locke aus der Stirn und legte dramatisch den Kopf in den Nacken. „Sauberes, glänzendes, verführerisches Haar", antwortete sie in geschäftsmäßigem Tonfall. „Heute verkaufen wir Shampoo."

„In Ordnung", erwiderte er einfach und bediente die Anlage so geschickt und umsichtig, dass Harriet ein Stein vom Herzen fiel. Jedenfalls beherrscht er sein Handwerk, überlegte sie, denn sein Verhalten hatte sie etwas irritiert. „Übrigens, wo ist Larry eigentlich?"

Diese Frage riss Harriet aus ihren Gedanken. „Hat er Ihnen das auch nicht gesagt? Das sieht ihm ähnlich." Im Licht der Scheinwerfer drehte sie sich langsam, bewegte den Kopf hin und her, sodass die Haare ihr Gesicht wie eine tiefschwarze Wolke einrahmten. Der Fotograf schaute konzentriert in den

Sucher, ging in die Hocke und umkreiste sie, um sie aus verschiedenen Blickwinkeln aufzunehmen. „Er hatte eine Verabredung mit Burt Bardoff", fuhr sie fort, warf ihr Haar hoch und lächelte ihn an. „Wehe ihm, wenn er diesen Termin vergessen hat. Er würde garantiert bei lebendigem Leib verspeist werden."

„Pflegt Burt Bardoff gewöhnlich Fotografen zu verzehren?", fragte die trockene Stimme hinter der Kamera amüsiert.

„Das würde mich nicht wundern." Harriet schob die Haare hoch und wartete einen Augenblick, bis sie sie wieder wie einen Umhang auf die Schultern fallen ließ. „Ich glaube nämlich, dass ein rücksichtsloser Geschäftsmann wie Mr Bardoff nur wenig Geduld für geistesabwesende Fotografen oder andere Unzulänglichkeiten aufbringt."

„Kennen Sie ihn?"

„Du liebe Güte, nein." Harriet lachte hell auf. „Wahrscheinlich werde ich ihn auch nie kennenlernen, denn das wäre unter seiner Würde. Sind Sie ihm jemals begegnet?"

„So kann man es nicht gerade nennen."

„Ja, und trotzdem arbeiten wir alle gelegentlich für ihn. Ich weiß nicht mehr, wie oft mein Gesicht schon in einer seiner Zeitschriften aufgetaucht ist, aber trotzdem habe ich den Herrscher niemals persönlich kennengelernt."

„Herrscher?"

„Wie sonst soll man ein derart hochmütiges Individuum beschreiben? Dem Vernehmen nach regiert er seine Magazine wie ein Weltreich."

„Sie scheinen etwas gegen ihn zu haben."

„Nein. Herrscher machen mich nur nervös. Ich bin bloß ein einfaches Mädchen vom Land."

„So wirken Sie aber überhaupt nicht", meinte er. „So, hiermit könnte man ganze Tankzüge voller Shampoo verkaufen." Er ließ die Kamera sinken und blickte sie fest an. „Ich glaube, wir haben es geschafft, Harriet."

Sie entspannte sich, warf das Haar zurück und musterte ihn neugierig. „Sie kennen mich? Es tut mir leid, aber ich kann mich nicht an Sie erinnern."

„Harriet Baxters Gesicht ist überall zu finden. Es gehört zu meinen Aufgaben, schöne Gesichter zu entdecken." Das sagte er wie beiläufig, und seine grauen Augen funkelten amüsiert.

„Demnach scheinen Sie sich im Vorteil zu befinden, Mr ..."

„Bardoff, Burt Bardoff." Die Kamera klickte, um ihren überraschten Gesichtsausdruck festzuhalten. „Jetzt können Sie Ihren Mund wieder schließen, Harriet. Ich finde, wir sollten Schluss machen." Er lächelte breit, als sie ihm automatisch gehorchte. „Haben Sie Ihre Zunge wieder im Zaum?", scherzte er vergnügt, während Harriet immer noch fassungslos war.

Jetzt erkannte sie ihn wieder und erinnerte sich an die Bilder in den Zeitungen und in seinen eigenen Zeitschriften. Sie ärgerte sich über ihre Dummheit.

„Sie haben mich plappern lassen wie ein Kind", sprudelte sie hervor. Ihre Augen glänzten, und ihre Wangen röteten sich. „Sie haben Aufnahmen von mir gemacht, die Sie nicht das Geringste angehen, und zugelassen, dass ich mich wie eine Närrin benehme."

„Ich habe nur eine Weisung ausgeführt." Sein ernster, nüchterner Ton trieb sie zur Verzweiflung.

„Sie hatten kein Recht dazu. Und Sie hätten mir wenigstens sagen können, wer Sie sind." Ihre Stimme zitterte vor unterdrücktem Zorn, doch er hob nur die Schultern und lächelte sie erneut an.

„Sie haben mich ja nicht danach gefragt."

Ehe Harriet ihm antworten konnte, öffnete sich die Tür des Studios, und Larry trat ein. Er sah verstört aus und war völlig außer sich. Er näherte sich der Trittleiter unter den Scheinwerfern.

„Mr Bardoff, es tut mir sehr leid. Ich dachte, dass unsere Besprechung in Ihrem Büro stattfinden sollte." Larry fuhr sich durch die Haare. „Als ich dort eintraf, sagte man mir, dass Sie hierherkommen wollten. Ich weiß nicht, wie das passieren konnte. Entschuldigen Sie, dass Sie warten mussten."

„Machen Sie sich keine Gedanken darüber", versicherte Burt Bardoff mit einem Lächeln. „Die letzte Stunde war höchst unterhaltsam."

„Harriet." Erst jetzt bemerkte Larry, dass sie auch da war. „Du liebe Zeit. Ich wusste doch, dass ich etwas vergessen hatte. Wir werden die Aufnahmen später machen."

„Nicht nötig." Burt übergab Larry die Kamera. „Harriet und ich haben uns darum gekümmert."

„Sie haben die Aufnahmen gemacht?" Larry sah abwechselnd Burt und die Kamera an.

„Harriet wollte ihre Zeit nicht vergeuden." Er lächelte und fügte hinzu: „Ich bin sicher, dass Sie mit den Bildern einverstanden sein werden."

„Daran habe ich keinen Zweifel, Mr Bardoff." In Larrys Stimme schwang ein respektvoller Unterton. „Ich weiß, wie gut Sie mit der Kamera umgehen können."

Harriet wünschte sich sehnlichst, dass der Boden sich öffnete und sie verschlang. Nie zuvor hatte sie sich so töricht benommen. Das alles war Burt Bardoffs Schuld. Was für Nerven musste dieser Mann haben, um sie im Glauben zu lassen, dass er ein Fotograf sei. Sie erinnerte sich an die Art und Weise, wie sie ihm befohlen hatte, mit der Arbeit zu beginnen, und auch an das übrige Gespräch. Sie schloss die Augen und stöhnte innerlich. Jetzt wollte sie nur noch verschwinden. Mit etwas Glück würde sie Burt Bardoff nie wiedersehen.

Hastig packte sie ihre Tasche. „Ich überlasse Sie jetzt Ihrer geschäftlichen Besprechung, denn ich muss noch weitere Aufnahmen machen, am anderen Ende der Stadt." Sie schwang ihre Tasche über die Schulter und atmete tief ein. „Auf Wiedersehen, Larry. Es war nett, Ihre Bekanntschaft zu machen, Mr Bardoff." Sie wollte sich aus dem Staub machen, doch Burt streckte seine Hand nach ihrem Arm aus und verhinderte ihren Abgang.

„Auf Wiedersehen, Harriet." Sie zwang sich, ihn anzusehen, während sie den kräftigen Druck seiner Hand spürte. „Es war ein sehr aufschlussreicher Vormittag. Hoffentlich ist es nicht der letzte, den wir miteinander verbringen. Ich freue mich darauf, Sie wiederzusehen."

Erst, wenn die Hölle zufriert, besagte ihr Blick. Sie stieß noch einige unzusammenhängende Laute aus, und dann rannte sie zur Tür. Burt Bardoff lachte laut hinter ihr her.

Als Harriet sich am Abend umzog, um auszugehen, bemühte sie sich vergeblich, die Ereignisse des Vormittags aus ihren Gedanken zu verscheuchen. Sie hoffte inständig, dass sie Burt Bardoff nie mehr begegnen würde. Schließlich ist es nur ein dummer Zufall gewesen, der uns zusammengeführt hat, beruhigte sie sich. Sie vertraute auf das Sprichwort, dass ein Blitz nie ein zweites Mal in dieselbe Stelle einschlägt. Sein Name hatte sie wirklich wie ein Blitz aus heiterem Himmel getroffen.

Das Telefon klingelte und unterbrach ihre Gedankengänge. Es war Larry. „Harriet, wie schön, dass du zu Hause bist." Seine Stimme klang aufgeregt.

„Gerade wollte ich die Wohnung verlassen. Was ist denn los, Larry?"

„Erspar mir Einzelheiten. Burt wird dir morgen früh alles erklären."

„Worum dreht es sich, sag es doch endlich."

„Das wird Burt dir morgen erklären. Um neun Uhr."

„Wie bitte? Wovon sprichst du eigentlich, Larry?"

„Wir haben eine ungeheure Chance, Harriet. Das erfährst du morgen. Du weißt doch, wo sich sein Büro befindet?"

Das wusste jeder.

„Ich möchte ihn nicht sehen", widersprach Harriet, denn sie fürchtete sich vor seinen stahlgrauen Augen. „Ich habe keine Ahnung, was er dir über heute Morgen erzählt hat, aber ich habe mich ziemlich blamiert. Ich dachte, er sei ein Fotograf. Eigentlich müsste ich dich zur Rechenschaft ziehen."

„Mach dir jetzt deswegen keine Sorgen", unterbrach Larry sie friedlich. „Es spielt keine Rolle. Sei nur morgen um neun da. Wir treffen uns dann später."

„Aber Larry, bitte! Können wir nicht ..." Mehr sagte sie nicht, denn es war sinnlos, in ein stummes Telefon zu sprechen. Larry hatte aufgehängt.

Das geht nun wirklich zu weit, dachte sie verzweifelt und ließ sich auf ihr Bett fallen. Wie konnte Larry ihr das nur antun? Wie konnte sie dem Mann wieder in die Augen sehen, dem sie so viele Unverschämtheiten an den Kopf geworfen hatte? Aber eine demütige Haltung passte nicht zu ihr.

Harriet erhob sich energisch von ihrem Bett und straffte die Schultern. Burt Bardoff sehnte sich vermutlich nur nach einer Gelegenheit, sich über ihre Dummheit lustig zu machen. Das wird ihm bestimmt nicht gelingen, schwor sie sich. Sie würde sich nicht vor ihm ducken. Sie war zwar nur eine einfache Farmerstochter, aber sie würde es dem „Herrscher" schon noch einmal zeigen.

Am nächsten Morgen widmete Harriet sich mit besonderer Sorgfalt ihrem Aussehen und ihrer Kleidung. Das weiße, leicht ausgeschnittene Wollkleid war ebenso schön wie schlicht und würde alle Blicke auf sich ziehen. Sie steckte ihre Haare zu einem losen Knoten zusammen, um sich ein geschäftsmäßiges Aussehen zu verleihen. Burt Bardoff sollte sie an diesem Morgen nicht stammelnd und errötend vorfinden, sondern kühl und selbstbewusst. Sie schlüpfte in weiche Lederschuhe mit hohen Absätzen, damit sie sich nicht auf die Zehenspitzen stellen musste, um seinen Blick in sich aufzunehmen.

Das Selbstvertrauen verließ Harriet weder im Taxi noch auf dem Weg zum obersten Stockwerk des Gebäudes, wo sich Burt Bardoffs Geschäftsräume befanden. Mit einem Blick auf die Armbanduhr stellte sie befriedigt fest, dass sie pünktlich eintraf.

Eine attraktive Brünette saß an einem riesigen Empfangstresen. Harriet nannte ihren Namen und den Zweck ihres Besuchs. Nach einer kurzen telefonischen Unterhaltung führte die Empfangsdame Harriet einen langen Korridor hinunter zu einer massiven Eichentür.

Harriet betrat ein großes, schön ausgestattetes Zimmer und wurde von einer sehr hübschen Frau begrüßt, die sich als Mr Bardoffs Sekretärin June Miles vorstellte. „Bitte, folgen Sie mir, Miss Baxter. Mr Bardoff erwartet Sie", lächelte sie Harriet an.

Harriet trat durch eine Doppeltür. Der Raum war beeindruckend eingerichtet, aber sie hatte keine Zeit, ihn zu bewundern. Burt Bardoff, der hinter einem riesigen Eichentisch saß, blickte sie erwartungsvoll an. Das Fenster hinter ihm gab einen herrlichen Rundblick auf die Stadt frei.

„Guten Morgen, Harriet." Er erhob sich und ging ihr entgegen. „Kommen Sie näher, oder wollen Sie den ganzen Tag mit dem Rücken zur Tür stehen bleiben?"

Harriet straffte die Schultern und antwortete kühl: „Guten Morgen, Mr Bardoff. Ich freue mich, Sie wiederzusehen."

„Heucheln Sie nicht", erwiderte er milde und bot ihr den Sessel neben dem Schreibtisch an. „Es wäre Ihnen bestimmt viel lieber, wenn Sie mir niemals begegnet wären."

Das entsprach der Wahrheit, doch Harriet wusste nicht, wie sie darauf reagieren sollte. Deshalb hüllte sie sich in ein freundliches Schweigen.

Burt Bardoff schien das als Zustimmung zu werten und fuhr fort: „Es kommt mir sehr gelegen, dass Sie heute hier sind, trotz Ihres Widerwillens."

„Und woran ist Ihnen gelegen, Mr Bardoff?" In Harriets Stimme schwang ein scharfer Unterton, weil sie sich über seine Selbstgefälligkeit ärgerte.

Er lehnte sich in seinem Stuhl zurück und betrachtete Harriet prüfend mit seinen abschätzenden grauen Augen vom Scheitel bis zur Sohle.

Sie hatte sich vollkommen in der Gewalt. Das brachte ihr Beruf mit sich. Keinesfalls durfte er merken, dass ihr Puls nervös pochte.

„Im Augenblick habe ich ein rein geschäftliches Anliegen, Harriet, obwohl ich jederzeit auf ein mehr persönliches Thema übergehen könnte."

Bei dieser Bemerkung errötete Harriet leicht. Sie verwünschte ihre Reaktion, während sie seinem Blick standzuhalten versuchte.

„Ach, du liebe Zeit." Belustigt hob er die Augenbrauen. „Sie werden ja rot. Ich wusste nicht, dass das heutzutage noch üblich ist." Er lächelte breit, als bereitete ihm diese Tatsache Vergnügen. Das hatte zur Folge, dass sie nur noch mehr errötete. „Sie sind wahrscheinlich die letzte Vertreterin einer aussterbenden Gattung."

„Kommen wir zur Sache, Mr Bardoff. Weswegen haben Sie mich hergebeten? Ich bin überzeugt, dass Sie ein sehr beschäftigter Mann sind. Und ob Sie es nun glauben oder nicht: Auch ich habe viel zu tun."

„Natürlich", gab Burt zu und lächelte sie nachdenklich an. „Ich erinnere mich: Zeit ist Geld. Also: Ich plane eine ganz besondere neue Serie für das Modemagazin." Er hielt Harriet eine Packung Zigaretten entgegen, und als sie kopfschüttelnd ablehnte, zündete er sich selbst eine Zigarette an. „Schon seit einiger Zeit beschäftige ich mich mit dieser Idee, aber um sie auszuführen, brauche ich einen geeigneten Fotografen und ein geeignetes Modell." Seine Augen verengten sich, als er sie forschend anblickte. Harriet hatte den Eindruck, als befinde

sie sich unter einem Mikroskop. „Mittlerweile habe ich beide gefunden."

Sein durchdringender Blick machte sie befangen. „Würden Sie das bitte näher erläutern, Mr Bardoff? Gewöhnlich befragen Sie Fotomodelle doch bestimmt nicht nach ihrer Meinung. Dies muss also eine außergewöhnliche Angelegenheit sein."

„So ist es auch. Ich dachte an eine Bilderfolge über die verschiedenen Gesichter der Frau." Er stand auf und ließ sich auf der Schreibtischkante nieder.

Harriet war von seiner männlichen Ausstrahlung überwältigt, von der Kraft und Stärke seiner schlanken Gestalt. Er trug einen rehfarbenen maßgearbeiteten Anzug. „Ich möchte alle möglichen Varianten einer Frau fotografisch darstellen: Karrieretyp, Mutter, Sportlerin, Dame von Welt, Unschuldsengel, Verführerin – kurz, ein vollständiges Porträt des Urweibs Eva."

„Das klingt faszinierend. Meinen Sie, dass ich mich für einige dieser Aufnahmen eigne?"

„Ich bin davon überzeugt, dass Sie alle Fotos spielend bewältigen."

Neugierig hob sie die fein geschwungenen Augenbrauen. „Sie wollen ein einziges Modell für die vollständige Serie engagieren?"

„Ich will nur Sie allein für die Durchführung dieses Plans."

Einen Augenblick lang war es Harriet so, als werde ihr ein Sprung ins kalte Wasser zugemutet, doch dann erwiderte sie aufrichtig: „Ich wäre verrückt, wenn dieser Auftrag mich nicht interessieren würde. Wie sind Sie ausgerechnet auf mich gekommen?"

„Na, hören Sie mal, Harriet." Seine Stimme klang ungeduldig. Er beugte sich zu ihr hinüber und berührte zu ihrer Überraschung ihr Kinn. „Sie haben doch einen Spiegel und sind intelligent genug, um zu wissen, dass Sie eine sehr schöne und überaus fotogene Frau sind."

Er behandelte sie wie einen seelenlosen Gegenstand und nicht wie ein menschliches Wesen. Seine starken und schmalen Finger an ihrem Kinn beunruhigten Harriet. Trotzdem fuhr sie hartnäckig fort: „In New York gibt es massenhaft schöne und fotogene Modelle, Mr Bardoff. Das wissen Sie selbst am besten. Ich wüsste wirklich gern, warum Sie mich für Ihr Lieblingsprojekt auserkoren haben."

„Das spielt keine Rolle." Er erhob sich und vergrub die Hände in den Taschen. „Niemand außer Ihnen kommt in Betracht. Mir ist an Wandlungsfähigkeit ebenso gelegen wie an Schönheit. Ich habe einige Dutzend Bilder im Sinn, die absolut aufrichtig wirken müssen."

„Und Ihrer Ansicht nach bin ich dazu fähig?"

„Sonst wären Sie nicht hier. Ich neige nicht zu übereilten Entschlüssen."

Nein, überlegte Harriet, während sie ihm in die grauen Augen sah, du kalkulierst selbst die geringfügigste Einzelheit. „Soll Larry der Fotograf sein?"

Er nickte. „Sie haben eine sehr gute Beziehung zueinander, das geht deutlich aus den Bildern hervor, die Sie produzieren. Jeder von Ihnen ist für sich allein hervorragend, doch Sie beide zusammen stellen alle anderen in den Schatten."

Dieses Lob tat ihr wohl. „Ich danke Ihnen."

„Das war kein Kompliment, Harriet, sondern eine Tatsache. Ich habe Larry alle Einzelheiten erklärt. Sie können die Verträge unterschreiben."

„Verträge?", wiederholte Harriet vorsichtig.

„So ist es", erwiderte Burt Bardoff und überhörte ihren zögernden Tonfall. „Dieses Projekt braucht einige Zeit. Ich will es nicht mit aller Gewalt über die Bühne ziehen. Ich benötige Exklusivrechte an Ihrem wunderschönen Gesicht, bis der Plan fix und fertig durchgeführt ist."

„Ich verstehe." Sie dachte sorgfältig über diesen Vorschlag nach und nagte an ihrer Unterlippe.

„Sie brauchen nicht zu tun, als hätte ich Ihnen einen ehrenrührigen Antrag gemacht, Harriet", erklärte er trocken, als er ihren Zweifel bemerkte. „Dies ist ein geschäftliches Übereinkommen. Ich habe nicht die Absicht, Sie aus den Augen zu lassen. Verträge sind verbindlich, für Sie und Larry gleichermaßen. Während der nächsten sechs Monate dürfen Sie keine anderen Verpflichtungen eingehen. Finanziell werden Sie gut abschneiden in dieser Zeit. Falls Sie irgendwelche Einwände haben, werden wir uns einigen. Jedoch beanspruche ich während der nächsten sechs Monate Exklusivrechte an Ihrem Gesicht."

Darauf schwieg er und beobachtete Harriets ständig wechselnden Gesichtsausdruck. Das Angebot sagte ihr zu, obwohl ihr der Auftraggeber nicht gefiel. Die Arbeit war bestimmt hochinteressant, aber sie fürchtete sich davor, sich für eine derart lange Zeit an ein einziges Projekt zu binden. Ihre Unterschrift wäre gleichbedeutend mit der vorübergehenden Aufgabe ihrer Freiheit. Ein langfristiger Vertrag glich einer langfristigen Verpflichtung.

Schließlich jedoch schlug Harriet alle Bedenken in den Wind und bedachte Burt Bardoff mit dem Lächeln, das sie berühmt gemacht hatte.

„Sie tragen die Verantwortung für das Gesicht, das Sie ausgewählt haben."

*B*urt Bardoff zögerte nicht. Innerhalb von zwei Wochen waren die Verträge unterzeichnet, und im Zeitplan war ein früher Oktobermorgen als Beginn für die Aufnahmen vorgesehen. Die ersten Bilder sollten jugendliche Unschuld und unverdorbene Schlichtheit festhalten.

Harriet und Larry trafen sich in einem kleinen Park, den Burt ausgesucht hatte. Obwohl der Morgen angenehm war und die Sonne warm durch die Bäume schien, war der Park einsam und verlassen. Harriet fragte sich, ob dieser selbstherrliche Mr Bardoff das so arrangiert hatte. Sie trug aufgekrempelte Bluejeans und einen langärmeligen scharlachroten Rollkragenpullover. Ihr schimmerndes Haar hatte sie mit roten Bändern zu Zöpfen zusammengeflochten und nur wenig Make-up benutzt, weil ihre Haut von Natur aus makellos war. Harriet war ein Abbild natürlicher jugendlicher Frische, und ihre dunkelblauen Augen leuchteten erwartungsfroh.

„Perfekt", rief Larry bewundernd, als sie ihm über den Rasen entgegenlief. „Jung und unschuldig. Wie bringst du das bloß immer wieder fertig?"

Sie kräuselte die Nase. „Ich bin nun mal jung und unschuldig, alter Knabe."

„Meinetwegen. Siehst du das?" Er deutete auf einen Kinderspielplatz mit Schaukel und Rutschbahn. „Los, spiel jetzt, meine Kleine, und lass deinen alten Knaben ein paar Aufnahmen machen."

Beschwingt lief sie zu der Schaukel hinüber, ließ sich zu Boden fallen und blickte zu dem glänzenden Himmel empor. Dann kletterte sie auf die Rutschbahn, breitete die Arme mit einem Freudenschrei aus und ließ sich hinuntergleiten. Sie landete auf dem weichen Boden. Larry betätigte eifrig den Auslöser seiner Kamera aus den unterschiedlichsten Richtungen. Er war mit ihrem Übermut einverstanden, denn er kam ihm für die Fotos gelegen.

„Du siehst aus, als seist du zwölf Jahre alt." Er lachte hinter seiner Kamera.

„Aber ich bin zwölf Jahre alt. Ich wette, dass du das nicht fertigbringst." Sie trippelte über den Querbalken der Schaukel und hängte sich mit den Knien in das Schaukelreck. Die Zöpfe schleiften auf dem Boden.

„Erstaunlich." Das war nicht etwa Larrys Antwort. Harriet wandte sich um und erblickte einen maßgeschneiderten grauen Anzug. Und dann sah sie den lächelnden Mund und die belustigten grauen Augen. „Hallo, mein Kind. Weiß Ihre Mutter eigentlich, wo Sie sich befinden?"

„Was haben Sie hier verloren?" Harriet fühlte sich ziemlich unbehaglich, als sie Burt Bardoff im wahrsten Sinne des Wortes Hals über Kopf begegnete.

„Ich überwache mein Lieblingsprojekt. Wie lange wollen Sie eigentlich noch hin- und herschaukeln? Das Blut steigt Ihnen ja schon zu Kopf."

Harriet griff nach dem Schaukelreck, landete mit einer beachtlichen Rückwärtsrolle vor ihm und sah ihn streng an. Er strich ihr über die Haare, sagte, dass sie unwiderstehlich sei, und wandte sich Larry zu.

„Wie war's? Ich glaube, Ihnen sind ein paar gute Schnappschüsse gelungen."

Die beiden Männer unterhielten sich über den technischen Ablauf des Morgens, während Harriet sich wieder auf die Schaukel setzte und sich in gleichmäßigem Rhythmus vor und zurück bewegte. Innerhalb der letzten beiden Wochen war sie Burt des Öfteren begegnet, und jedes Mal hatte sie sich in seiner Gegenwart unbeschreiblich unsicher gefühlt. Seine vitale Männlichkeit zog sie magisch an, und sie war sich nicht darüber im Klaren, ob sie enger mit ihm zusammenarbeiten wollte. Ihr Leben verlief nunmehr in geordneten Bahnen, und sie sträubte sich gegen alle Komplikationen. Doch dieser Mann würde sie bestimmt in Bedrängnis führen.

„In Ordnung", hörte sie Burt sagen. „Treffen wir uns um ein Uhr im Club. Alles ist vorbereitet." Harriet schwang sich gleich von der Schaukel und ging Larry schnell entgegen. „Sie brauchen jetzt wirklich noch nicht zu gehen, meine Kleine. Das hat noch ungefähr eine Stunde Zeit."

„Ich habe keine Lust mehr zu schaukeln, Daddy", erwiderte Harriet kratzbürstig. Sie griff nach ihrer Schultertasche, kam aber nur zwei Schritte weit, denn Burt umfasste ihren Arm. Mit funkelnden Augen drehte sie sich zu ihm um.

„Sie benehmen sich wie ein verwöhntes kleines Gör", sagte er sanft, doch seine Augen verengten sich. „Am liebsten würde ich Sie übers Knie legen."

„Stellen Sie sich das nicht so einfach vor, Mr Bardoff", erwiderte Harriet unendlich würdig. „Ich bin schon vierundzwanzig und nicht etwa zwölf Jahre alt, und darüber hinaus ganz bestimmt außerordentlich kräftig."

„Tatsächlich?" Zweifelnd betrachtete er ihre schlanke Gestalt. „Vielleicht haben Sie recht", sagte er nüchtern, blickte sie jedoch belustigt an. „Kommen Sie mit. Ich brauche dringend einen Kaffee." Er ließ ihren Arm los und ergriff ihre Hand. Überrascht zuckte Harriet zusammen. Seine Hand war warm und fest. „Harriet, ich möchte Sie zu einem Kaffee einladen." Seine Worte glichen eher einem Befehl als einem Wunsch. Sie wagte es nicht, seine Einladung abzulehnen.

Mit langen leichten Schritten überquerte er den Rasen und zog Harriet hinter sich her, obwohl sie sich noch immer etwas sträubte. Larry sah ihnen belustigt nach und fotografierte sie automatisch. Eine interessante Studie, dachte er: der große blonde Mann im kostspieligen Maßanzug mit der schlanken dunklen Kindfrau im Schlepptau. Ziemlich ungewöhnlich, finde ich.

Als Harriet in der kleinen Cafeteria Burt gegenübersaß, war ihr Gesicht gerötet, weil sie sich über ihn ärgerte und Mühe gehabt hatte, seinen schnellen Schritten zu folgen. Er beobachtete ihre rosigen Wangen und die glühenden Augen und verzog lächelnd den Mund.

„Vermutlich brauchen Sie jetzt eine Eisbombe, damit Sie sich abkühlen." In diesem Augenblick trat die Kellnerin an den Tisch und enthob Harriet einer passenden Antwort. Burt bestellte zwei Tassen Kaffee.

„Tee", unterbrach Harriet matt. Sie war froh, ihm wenigstens diesmal widersprechen zu können.

„Wie bitte?", entgegnete er kühl.

„Ich trinke Tee, wenn Sie nichts dagegen haben. Kaffee macht mich ziemlich reizbar und nervös."

„Also einen Kaffee und einen Tee", berichtigte er, ehe er sich ihr wieder zuwandte. „Wie kommen Sie nur morgens auf die Beine ohne die unvermeidliche Tasse Kaffee?"

„Unverfälschte Lebensweise." Sie warf einen Zopf über die Schulter zurück und verschränkte die Hände.

„Tatsächlich wirken Sie jetzt so, wie eine Anzeige für unverfälschte Lebensweise." Er lehnte sich zurück und zündete sich eine Zigarette an. „Mit Ihren Zöpfen sehen Sie keineswegs wie vierundzwanzig aus. Nur selten sieht man solch rabenschwarzes Haar in Verbindung mit tiefblauen Augen. Sie sind bezaubernd, so dunkel, dass sie manchmal purpurfarben wirken. Und Ihre Wangenknochen sind fein und irgendwie fremdländisch. Sagen Sie mir, von welchen Vorfahren haben Sie Ihr hinreißendes Aussehen geerbt?"

Harriet glaubte, schon seit Langem über diese Art von Komplimenten erhaben zu sein, doch irgendwie brachten seine Worte sie aus der Fassung, und deshalb war sie froh, dass die Bedienung die Getränke brachte. So konnte sie sich innerlich auf die Antwort vorbereiten.

„Dem Vernehmen nach soll ich einer Urgroßmutter ähneln", sagte sie uninteressiert, als sie scheinbar gleichmütig ihren Tee schlürfte. „Sie war eine recht ungewöhnlich aussehende Indianerin. Es scheint, als sehe ich ihr sehr ähnlich."

„Das hätte ich eigentlich ahnen sollen." Er nickte und sah sie weiter aufmerksam an. „Die Wangenknochen, die klassische Gesichtsstruktur. Jetzt bemerke ich das indianische Erbe, doch die Augen sind irreführend. Die Kobaltfarbe stammt bestimmt nicht von Ihrer Urgroßmutter."

„Nein. Die Augen sind mein Eigentum."

„Die gehören zwar Ihnen", gab Burt zu, „aber während der nächsten sechs Monate auch mir. Ich freue mich schon jetzt auf die Teilhaberschaft", ergänzte er spöttisch. Sein Blick glitt prüfend von ihren Augen auf ihren Mund, der sich missbilligend zusammenzog. „Woher stammen Sie eigentlich, Harriet Baxter? Doch sicherlich nicht aus New York."

„Ist das so offensichtlich? Ich glaubte, ich hätte mich inzwischen den hiesigen Gepflogenheiten angepasst." Sie zog die Schultern ein und war froh, dass das Examen vorüber zu sein schien. „Ich war in Kansas zu Hause, auf einer Farm, die einige Meilen von Abilene entfernt liegt."

„Der Übergang vom Weizen zum Stahlbeton scheint Ihnen nicht sonderlich schwergefallen zu sein. Gab es dabei keine Wunden?", fragte er verständnisvoll.

„Ein paar. Aber sie sind verheilt." Schnell fügte sie hinzu: „Ich brauche Ihnen wohl kaum zu erklären, dass New York viele Vorteile hat, besonders was meinen Beruf betrifft."

Er nickte zustimmend. „Es ist erstaunlich einfach, Sie als schlichtes Farmermädchen aus Kansas zu fotografieren oder als überlegenes New Yorker Modell. Sie passen sich bemerkenswert gut Ihrer Umgebung an."

Harriet schmollte. „Das hört sich an, als hätte ich keinerlei Persönlichkeit, so, als sei ich völlig unauffällig."

„Unauffällig?" Burt lachte laut auf. Einige Gäste drehten sich nach ihnen um, und Harriet blickte ihn stumm und erstaunt an. „Ausgerechnet unauffällig", wiederholte er und schüttelte den Kopf, als hätte sie sich lächerlich gemacht. „Was für eine absurde Idee. Im Gegenteil. Sie sind eine sehr komplizierte Frau mit einer bemerkenswerten Fähigkeit, sich auf Ihre Umgebung einzustellen. Das ist kein erworbenes Talent, sondern eine ursprüngliche Begabung."

Harriet freute sich maßlos über seine Worte, und sie rührte konzentriert in ihrer Teetasse. Warum wühlt mich ein einfaches, unpersönliches Kompliment so auf, fragte sie sich und bemühte sich, ihr Gesicht zu beherrschen. Ich sollte längst darüber erhaben sein, dass er immer wieder versucht, mich aus der Fassung zu bringen.

„Übrigens: Spielen Sie Tennis?"

Harriet wunderte sich erneut, wie schnell Burt die Gesprächsthemen wechselte, und erinnerte sich daran, dass sie am Nachmittag auf dem Tennisplatz eines exklusiven Clubhauses verabredet war.

„Ab und zu schaffe ich es tatsächlich, einen Ball über das Netz zu schlagen." Verärgert über seinen etwas herablassenden, gönnerhaften Tonfall antwortete sie ihm trotzdem höflich und mit ungewöhnlicher Bescheidenheit.

„Gut. Die Aufnahmen erfordern auch nur, dass Ihre Fußstellungen und Bewegungen korrekt sind." Er sah auf seine goldene Armbanduhr und zog die Brieftasche hervor. „Ich habe noch einige Dinge im Büro zu erledigen."

Nachdem Burt gezahlt hatte, stand er auf und führte Harriet aus der Cafeteria. Vertraulich nahm er sie wieder bei der Hand und ließ sie nicht los, obwohl sie sich von seinem Griff zu befreien versuchte, weil sie sich zunehmend unsicher fühlte. „Ich werde Sie in ein Taxi verfrachten. Es wird Sie einige Zeit kosten, bis Sie sich von einem kleinen Mädchen in eine Sportlerin verwandeln." Er sah auf sie hinunter, und sie kam sich mit ihren hundertsiebenundsechzig Zentimetern in Turnschuhen ungewöhnlich klein vor. „Ihr Tennisdress liegt schon im Club bereit, und ich nehme an, dass Sie alle zusätzlichen Schmink-utensilien in Ihrem Minikoffer befördern." Er wies auf die riesige Tragetasche, die sie sich über die Schulter gehängt hatte.

„Keine Sorge. Mr Bardoff."

„Burt", unterbrach er und fuhr mit der Hand über ihren linken Zopf. „Ich habe auch nicht die Absicht, Sie mit Ihrem Nachnamen anzusprechen."

„Machen Sie sich keine Sorgen", sagte sie noch einmal und überging seine Aufforderung. „Es gehört zu meinem Beruf, mein Äußeres zu verändern."

„Das klingt vielversprechend", erwiderte er leise. „Im Übrigen ist der Tennisplatz für ein Uhr reserviert."

„Werden Sie auch anwesend sein?" Von dieser Aussicht war Harriet nicht gerade beglückt. Sie hatte gehofft, er würde nicht kommen.

„Natürlich. Das ist doch mein Lieblingsprojekt, erinnern Sie sich nicht? Ich lasse es nicht aus den Augen."

Als das Taxi sich in den Verkehr einfädelte, befanden sich Harriets Nerven in Aufruhr. Burt Bardoff war ein unglaublich anziehender und aufreizender Mann, aber sein Wesen verwirrte sie. Sie wusste nicht, wie sie ihn einordnen sollte. Der fast tägliche Kontakt mit ihm war ihr daher ziemlich lästig.

Ich mag ihn nicht. Wie zur Bestätigung schüttelte sie den Kopf. Er ist zu selbstbewusst, zu arrogant, zu … Sie suchte nach einem passenden Vergleich. Zu körperlich. Ja, das ist er, gestand sie sich widerwillig ein. Seine ganze Ausstrahlung machte sie nervös. Sie musste sich ihm unbedingt entziehen. Immer, wenn sie Burt begegnete, musterte er sie durchdringend, und ihr Körper reagierte heftig darauf. Sie schaute aus dem Fenster und beobachtete die Autos, die das Taxi überholten. Sie durfte einfach nicht mehr an ihn denken. Das hieß, sie durfte Burt nur als ihren Arbeitgeber betrachten, den sie noch für eine begrenzte Zeit zu ertragen hatte, und nicht als Menschen aus Fleisch und Blut. Ihre Hände waren noch warm von seinem Druck. Harriet schaute sie sich an und seufzte. Es war vor allem wichtig für ihren Seelenfrieden, dass sie ihre Arbeit korrekt erledigte und ihm darüber hinaus möglichst aus dem Weg ging. Alles, was im Augenblick wirklich zählte, war ihre Geschäftsverbindung. Ja, bestätigte sie sich, unsere Beziehung darf nur rein geschäftlicher Natur sein.

Harriet hatte sich von einem Wildfang in eine sehr sportlich aussehende Tennisgröße verwandelt. Ein kurzes weißes Tenniskleid ließ ihre langen schlanken Beine besonders gut zur Geltung kommen. Als sie auf dem Platz wartete, zog sie sich fröstelnd eine leichte Jacke über, denn der Oktobernachmittag war kühl, wenn auch angenehm. Ihr glänzendes Haar hatte sie mit einem dunkelblauen Tuch zusammengebunden, sodass ihr schönes Gesicht noch mehr hervorgehoben wurde. Sie hatte Lidschatten aufgelegt, und ihre Lippen glänzten rosafarben. Sie trug makellos weiße Tennisschuhe und hielt einen leichten Schläger in der Hand. Die schneeweiße Bekleidung bildete einen harmonischen Gegensatz zu ihrer goldbraunen Hautfarbe, und sie wirkte durch und durch fraulich, trotz der sportlichen Note.

An der Grundlinie probte sie Fußstellungen, Aufschläge, Vor- und Rückhandschläge mit einem unsichtbaren Partner, während Larry um sie herumlief und Blickwinkel und Entfernung prüfte.

„Ich glaube, es wäre besser, wenn Sie einen Gegenspieler hätten", hörte sie plötzlich eine vertraute Stimme hinter sich.

Harriet drehte sich um und sah, wie Burt sie amüsiert beobachtete. Auch er war weiß gekleidet. Die Ärmel seines Pullovers hatte er über die Ellenbogen geschoben. Harriet, die nur an seine maßgeschneiderten Anzüge gewöhnt war, staunte über seinen athletischen Körper. Er war schlank, seine Schultern waren breit, die Arme kräftig und muskulös, und er wirkte überaus männlich. Sie sah ihn fasziniert an.

„Sind Sie mit meiner Aufmachung einverstanden?", lächelte er.

„Ich wundere mich darüber, denn ich kenne Sie nur als korrekt gekleideten Geschäftsmann." Sie wandte sich wieder von ihm ab, um ihm nicht zu zeigen, wie beeindruckt sie war.

„Aber diese Bekleidung passt doch besser zum Tennis, finden Sie nicht?"

„Wollen Sie etwa mit mir spielen?" Harriet drehte sich wieder zu ihm um und bemerkte den Tennisschläger in seiner Hand.

„Ich möchte Sie in Bewegung sehen, die Aufnahmen wirken dann natürlicher. Allzu sehr werde ich Sie nicht fordern, sondern sanfte, leichte Bälle servieren."

Mit einem ungeheuren Kraftaufwand gelang es Harriet, ihm nicht die Zunge herauszustrecken. Sie spielte häufig Tennis, und das ziemlich gut. Zufrieden sagte sie sich, dass Mr Burt Bardoff sich noch über sie wundern würde.

„Ich werde versuchen, ein paar Bälle zurückzuschlagen", versprach sie arglos wie ein Kind.

„Sehr gut." Er schlenderte zur anderen Seite des Platzes, und Harriet las einen Ball auf. „Können Sie aufschlagen?"

„Ich werde mich darum bemühen", erwiderte sie honigsüß. Nachdem sie Larry einen Blick zugeworfen hatte, schleuderte sie nachlässig einen Ball in die Luft. Larry hatte schon die Kamera vor dem Gesicht, und Harriet begab sich hinter die Grundlinie, warf den Ball erneut hoch und servierte Burt einen perfekten Aufschlag, den er weich zurückgab. Ihre Rückhand beförderte den Ball in die entgegengesetzte Ecke, und Burt erreichte ihn nicht mehr.

„Ich weiß noch, wie man zählt", rief sie. „Fünfzehn zu null, Mr Bardoff."

„Gut pariert, Harriet. Spielen Sie oft?"

„Ach, nur hin und wieder", entgegnete sie ausweichend und entfernte einen unsichtbaren Fussel von ihrem Rock. „Fertig? Können wir weiterspielen?"

Burt nickte, und sie wechselten einige einfache kraftlose Flugbälle. Sie bemerkte mit Genugtuung, dass er sich zurückhielt und ihr mit Rücksicht auf Larrys schnell klickende Kamera leichte Bälle vorsetzte. Aber auch sie verbarg ihr Können und spielte verhalten und ausdruckslos. Nach mehreren viel zu hoch geschlagenen Bällen setzte sie einen gut gezielten Schmetterball in die hinterste Ecke des Platzes.

„Sieh mal an", heuchelte sie unschuldig. „Jetzt steht es dreißig zu null."

„Ich habe das Gefühl, dass ich an der Nase herumgeführt werde."

„An der Nase herumgeführt?", wiederholte sie mit weit geöffneten Augen und zuckenden Wimpern. Er sah sie durchdringend an, und Harriet lachte laut auf. „Es tut mir leid, Mr Bardoff, aber ich konnte einfach nicht widerstehen." Sie warf schmunzelnd ihren Kopf zurück. „Sie benahmen sich wieder einmal so väterlich."

„Also gut", erwiderte er ihr Lachen, und Harriet war darüber sehr erleichtert. „Nun gibt es keine Schonung mehr. Jetzt habe ich Blut geleckt."

„Wir fangen wieder bei null an", schlug sie vor und ging zur Grundlinie zurück. „Ich möchte keinen unfairen Vorteil ausnutzen."

Burt gab ihren Aufschlag scharf zurück, und sie jagten sich gegenseitig mit langen Flugbällen über den Platz. Sie kämpften um die Punkte, erreichten Einstand und wechselten mehrmals den Vorteil. Sie spielten dabei so konzentriert, dass sie vollkommen die Kamera vergaßen. Das Klicken des Auslösers wurde übertönt von den Schwüngen der Schläger und dem Aufprall der Bälle. Das Spiel verlief sehr temperamentvoll.

Einmal misslang es Harriet, den Ball über das Netz zurückzuschlagen. Sie bückte sich nach einem neuen Ball und stellte sich in Positur.

„Das war großartig", unterbrach Larry ihren Eifer. „Ich glaube, ich habe ein paar fantastische Aufnahmen gemacht. Jetzt können wir einpacken."

„Einpacken?" Harriet blickte ihn fassungslos an. „Hast du den Verstand verloren? Wie kannst du so etwas sagen! Wir haben Einstand!" Einen Augenblick lang sah sie ihn an, als sei er von allen guten Geistern verlassen, schüttelte verständnislos den Kopf und nahm das Spiel wieder auf.

In den nächsten Minuten kämpften sie um die Führung, bis Burt wieder im Vorteil war. Mit einem gelungenen Passierschlag entschied er das Spiel zu seinen Gunsten.

Harriet stützte die Hände auf die Hüften und holte tief Luft, als der Ball an ihr vorbeigesaust war. Sie ging zum Netz und reichte Burt lächelnd die Hand. „Ich gratuliere. Sie spielen ziemlich herausfordernd."

Er hielt ihre Hand fest und schüttelte sie nicht etwa. „Ich glaube, Sie haben mich gewinnen lassen, Harriet. Ich würde gern einmal im Doppel mit Ihnen spielen."

„Nichts lieber als das."

Eine Weile schaute er sie an und blickte dann auf ihre Hand, die er immer noch umschlossen hielt. „Was für eine kleine Hand." Er hob sie und betrachtete sie eingehend. „Ich wundere mich, dass sie so kraftvoll zuschlägt." Er zog sie an die Lippen und küsste sie zärtlich.

Harriet lief bei diesem Kuss ein Schauer über den Rücken. Wie hypnotisiert bewegte sie sich nicht von der Stelle.

„Kommen Sie mit. Ich lade Sie zum Mittagessen ein." Mit einem Blick über ihre Schulter fügte er hinzu: „Und Sie auch, Larry."

„Vielen Dank, Burt." Larry packte bereits seine Ausrüstung zusammen. „Ich muss ins Atelier zurück und den Film entwickeln. Ein Sandwich genügt vollauf."

„In dem Fall müssen wir beide miteinander vorliebnehmen, Harriet."

„Wirklich, Mr Bardoff", wandte sie ein, „Sie brauchen mich nicht zum Essen einzuladen." Sie fürchtete sich davor, mit ihm allein zu sein, und wünschte sehnlichst, dass er ihre Hand wieder losließ.

„Aber Harriet", seufzte er. „Nehmen Sie grundsätzlich keine Einladungen an, oder erteilen Sie nur mir diese Abfuhr?"

„Seien Sie nicht albern." Harriet bemühte sich um einen gleichgültigen Tonfall, obwohl seine Hand sie irritierte.

„Mr Bardoff, könnten Sie mich jetzt bitte loslassen?" Ihre Stimme versagte beinah, und sie biss sich ärgerlich auf die Lippen.

„Nennen Sie mich endlich Burt, Harriet", befahl er unbekümmert. „Das ist doch ganz einfach. Nur eine einzige Silbe. Geben Sie Ihrem Herzen einen Stoß."

Er blickte sie ruhig, herausfordernd und selbstbewusst an. Je länger ihre Hand in seiner lag, desto verwirrter wurde sie. Je eher sie einwilligte, desto eher würde er auch ihre Hand loslassen. Deshalb ergab Harriet sich in ihr Schicksal.

„Burt, bitte, geben Sie meine Hand frei."

„Jetzt haben wir endlich die erste Hürde genommen. Das war doch nur halb so schlimm, oder?" Bardoff lächelte, als er ihren Wunsch erfüllte, und danach fühlte sie sich wieder viel sicherer.

„Ja, es war ganz einfach."

„Wie steht es nun mit dem Mittagessen?" Er hob die Hand, damit sie gar nicht erst protestieren konnte. „Sie essen doch, oder irre ich mich?"

„Natürlich, aber …"

„Kein Wenn und Aber."

Burt forderte Harriet auf, an einem kleinen Tisch im Clubhaus Platz zu nehmen. Er hatte ihre Pläne durchkreuzt. Es war überaus schwierig, eine geschäftsmäßige und unpersönliche Beziehung zu ihm aufrechtzuerhalten, weil sie einander zu häufig begegneten.

Sie fand ihn interessant, anregend und attraktiv. Doch er war nicht ihr Typ. Außerdem wollte sie sich nicht binden. Dazu war die Zeit noch nicht reif. Aber sie war sich darüber im Klaren, dass dieser Mann ihre wohlüberlegten Pläne über den Haufen werfen konnte.

„Hat Ihnen irgendjemand schon einmal gesagt, was für eine unterhaltsame Gesprächspartnerin Sie sind, Harriet?"

„Tut mir leid." Sie errötete. „Ich war nur etwas zerstreut."

„Das ist mir nicht entgangen. Wissen Sie schon, was Sie trinken möchten?"

„Tee."

„Ist das Ihr Ernst?", lächelte er sie zögernd an.

„Mein voller Ernst sogar. Ich trinke nicht viel. Mehr als zwei Gläser, und ich verwandele mich in ein Schreckgespenst, so ähnlich wie Mr Hyde."

Burt warf den Kopf zurück und lachte schallend. „Diese Verwandlung möchte ich miterleben. Die Gelegenheit wird sich schon eines Tages ergeben."

Das Mittagessen schmeckte Harriet vorzüglich, obwohl Burt missfiel, dass sie nur einen Salat gewählt hatte. Sie versicherte ihm, dass sie nichts anderes essen durfte, um ihre Figur und die Modellkarriere nicht zu gefährden.

Völlig entspannt genoss Harriet die Unterhaltung. Ihren Entschluss, eine berufsmäßige Distanz zwischen sich und Burt zu wahren, hatte sie ganz vergessen. Während des Essens unterhielt er sich mit ihr über die Aufnahmen am nächsten Tag. Sie sollten im Central Park stattfinden.

„Ich werde morgen den ganzen Tag über beschäftigt sein und kann mich nicht darum kümmern. Wie bringen Sie es nur fertig, von diesem Zeug zu existieren?" Er zeigte auf ihren Salat. „Wollen Sie nicht etwas Vernünftiges essen? Sonst fallen Sie ja vom Fleisch."

Harriet schüttelte lächelnd den Kopf und trank einen Schluck Tee. Er murmelte etwas von halb verhungerten Modellen, ehe er die Unterhaltung wieder aufnahm. „Wenn alles plangemäß verläuft, werden wir am Montag mit einem neuen Thema beginnen. Allerdings will Larry morgen früh noch weitere Außenaufnahmen mit Ihnen machen."

„Einverstanden", seufzte sie. „Hoffentlich hält sich das Wetter."

„Die Sonne wird scheinen", erwiderte Burt zuversichtlich. „Das habe ich arrangiert."

„Wahrscheinlich. Das traue ich Ihnen zu. Regen kommt für Sie wohl überhaupt nicht infrage."

Sie lächelten sich an, und bei seinem Blick spürte Harriet ein fremdes, unbekanntes Gefühl in ihren Adern: schnell, lebendig und namenlos.

„Mögen Sie vielleicht einen Nachtisch?"

„Wollen Sie unbedingt, dass ich dick werde? Sie üben einen schlechten Einfluss auf mich aus, doch ich habe einen eisernen Willen."

„Käsekuchen, Apfeltorte, Schokoladencreme?" Burt lächelte verführerisch, aber Harriet hob unbeeindruckt das Kinn.

„Tun Sie, was Sie nicht lassen können. Ich gebe nicht nach."

„Aber irgendeine Schwäche müssen Sie doch haben. Die werde ich sehr bald herausfinden."

„Mein lieber Burt, wie schön, dass ich dich hier treffe."

Harriet drehte sich um und sah eine elegant gekleidete Frau am Tisch stehen.

„Hallo, Sandra." Burt lächelte den Rotschopf charmant an. „Sandra Mason, Harriet Baxter."

„Miss Baxter." Sandra nickte ihr kurz zu, und ihre Augen verengten sich. „Sind wir uns vorher schon einmal begegnet?"

„Ich glaube nicht", erwiderte Harriet, und irgendwie war sie froh darüber.

„Man kann Harriets Gesicht überall auf den Titelseiten der Illustrierten sehen", erklärte Burt. „Sie ist eines der bekanntesten Fotomodelle in New York."

„Ach, natürlich." Sandra musterte Harriet abschätzend und schien dann entschieden zu haben, dass sie unbedeutend sei. „Burt, du hättest mir sagen sollen, dass du heute hier bist. Dann hätten wir uns eine Weile unterhalten können."

„Tut mir leid." Nachlässig hob er die Schultern. „Ich habe nicht viel Zeit, wir haben hier eine geschäftliche Unterredung."

Harriet fühlte sich durch diese Bemerkung herabgesetzt und bemühte sich um eine aufrechte Haltung. Hatte sie sich nicht gleich gesagt, dass dies weder Zeit noch Ort für private Gefühle war? Burt hatte vollkommen recht. Dies war ein Arbeitsessen. Sie nahm ihre Tasche und stand auf.

„Bitte, Miss Mason, setzen Sie sich doch auf meinen Platz. Ich wollte gerade gehen." Sie wandte sich Burt zu und stellte befriedigt fest, dass er sich über den hastigen Aufbruch ärgerte. „Vielen Dank für Ihre Einladung, Mr Bardoff", fügte sie höflich hinzu.

Absichtlich nannte sie ihn beim Nachnamen, was er stirnrunzelnd zur Kenntnis nahm. „Ich freue mich, dass ich Ihre Bekanntschaft gemacht habe, Miss Mason." Mit einem Lächeln verließ sie den Club.

„Ich wusste nicht, dass du deine Angestellten zum Essen ausführst, Burt", hörte Harriet noch, als sie den Raum verließ. Am liebsten hätte sie sich auf dem Absatz umgedreht und Sandra darauf hingewiesen, dass sie sich gefälligst um ihre eigenen Angelegenheiten kümmern sollte. Doch sie nahm sich zusammen, stieß die Tür auf und hörte Burts Antwort nicht mehr.

Der folgende Tag war für Harriet ziemlich anstrengend. Larry hatte den Central Park als Kulisse gewählt und hielt die tollsten Ideen mit der Kamera fest. Der Himmel glänzte wolkenlos, wie Burt es vorausgesagt hatte. Es war einer der letzten goldenen Herbsttage. Harriet posierte, jagte im Trimmtrab über das Gelände, lächelte, kletterte auf Bäume, fütterte Tauben, schleuderte Wurfscheiben und zog sich dreimal um. Während der Proben dachte sie gelegentlich an Burt, obwohl sie wusste, dass er verhindert war. Es beunruhigte sie, dass sie über seine Abwesenheit derart enttäuscht war. Ihr Leben verliefe viel einfacher, wenn dieser große attraktive Mann ihren Weg nicht gekreuzt hätte.

„Lass den Kopf nicht so hängen", ermahnte Larry sie. Mit aller Willenskraft verscheuchte sie ihre Gedanken an Burt Bardoff und konzentrierte sich auf die Arbeit.

Am Abend nahm Harriet erschöpft ein heißes Bad. Das duftende Wasser tat ihren schmerzenden Muskeln gut. Den ganzen Tag lang hatte Larry sie durch die Gegend gehetzt. Mit der Kamera in der Hand benimmt er sich wie ein Tyrann, dachte sie müde. Kein Blickwinkel war ihm gut genug, kein Gesichtsausdruck, keine Pose. Glücklicherweise hatte sie nun bis Montag vor seinem Objektiv Ruhe.

Diese groß angelegte Bildgeschichte über die verschiedenen Gesichter einer Frau war sehr vorteilhaft für ihr Weiterkommen. Eine solche Serie im weltweit bekannten Magazin „Mode" würde sie international bekannt machen. Burt würde dafür sorgen, dass sie eines der berühmtesten Topmodelle Amerikas werden würde, aber dieser Gedanke befriedigte Harriet keineswegs, obwohl sie immer eine berufliche Karriere angestrebt hatte.

Die häufige Anwesenheit Burts bei den Aufnahmen machte sie auf eine beunruhigende Weise nervös und unsicher. Dagegen musste sie sich wehren. Ihre Gedanken beschäftigten sich schon viel zu sehr mit ihm. Er durfte ihre Zukunftspläne nicht durchkreuzen. Belassen wir es dabei, dass du der große Boss bist und ich für dich arbeite, sagte sie sich entschieden.

Harriet saß mit Chuck Carlyle in einer der beliebtesten Diskotheken von New York. Musik vibrierte durch den Raum, und Lichteffekte überfluteten die Gesichter der Tänzer mit ständig wechselnden Farben. Während Harriet sich im Takt der Beats leicht wiegte, dachte sie über ihre freundschaftlichen Beziehungen zu Chuck und anderen Männern nach.

Sie gestand sich ein, dass sie sich in männlicher Begleitung außerordentlich wohlfühlte. Natürlich genoss sie es, wenn ein Mann sie umarmte und küsste. Sie schloss für einen Moment die Augen. In Gedanken sah sie Burts belustigten Blick vor sich.

Vor intimeren Beziehungen scheute sie zurück. Bisher hatte es sie noch nie gereizt, eine Verbindung mit einem Mann einzugehen, nicht einmal für kurze Zeit. Liebe würde Verpflichtungen nach sich ziehen, die sie sich wegen ihrer Zukunftspläne nicht gestattete und denen sie zugunsten ihres wohlgeordneten Lebens bewusst aus dem Weg ging.

„Es ist mir immer ein Vergnügen, mit dir auszugehen, Harriet." Lächelnd unterbrach Chuck ihre Gedankengänge und sah bedeutungsvoll auf das Glas, das sie seit ihrer Ankunft noch nicht angerührt hatte. „Du liegst mir nicht gerade auf der Tasche."

Sie erwiderte sein Lächeln. „Wohin du auch blickst: Du würdest niemals eine andere Frau finden, die so sehr um dein finanzielles Wohlergehen besorgt ist."

„Wie wahr." Er seufzte und sah sie traurig an. „Entweder wollen sie ein schnelles Abenteuer, oder sie sind hinter meinem Geld her. Aber beides trifft nicht auf dich zu, Harriet." Er ergriff ihre Hände und küsste sie. „Wenn du mich doch nur heiraten würdest, meine einzig Geliebte. Ich möchte dich vor dieser halbseidenen Welt bewahren." Chuck wies mit einer Hand über die Tanzfläche. „Wir werden uns ein weinumranktes Häuschen kaufen, Kinder großziehen und uns zur Ruhe setzen."

„Es würde dich ziemlich belasten, wenn ich Ja sagte", entgegnete Harriet lächelnd und dennoch ernst.

„Vielleicht hast du recht." Er seufzte erneut. „Also, wenn es schon keine Weinranken sein sollen, werden wir uns jetzt ins Gewühl stürzen."

Chuck sah Harriet bewundernd an, als sie vor ihm auf die Tanzfläche ging. Sie trug ein Kleid, das so tiefblau war wie ihre Augen. Der Rock war seitlich geschlitzt und entblößte die langen wohlgeformten Beine bis über die Knie. Ihr Haar glänzte im Discolicht.

Einige Zeit tanzten sie, wobei Harriet sich so anmutig bewegte, dass sie aller Augen auf sich zog. Chuck ließ Harriet mit einer tiefen dramatischen Verbeugung los. Sie lachte. Ihre Wangen hatten sich während des Tanzes gerötet. Chuck führte Harriet wieder zu ihrem Tisch zurück, wobei er den Arm um ihre Schultern gelegt hatte.

Plötzlich verschlug es Harriet den Atem, als sie direkt in die grauen Augen blickte, die ihre Gedanken vor Kurzem noch so sehr verstört hatten.

„Hallo, Harriet", grüßte Burt lässig. Sie war erleichtert, dass die ständig wechselnde Discobeleuchtung verbarg, wie sie errötete.

„Guten Abend, Mr Bardoff." Sie verspürte bei seinem Anblick ein beklemmendes Gefühl.

„Ich habe Sie doch schon mit Sandra bekannt gemacht."

Harriet sah die rothaarige Frau an seiner Seite an. „Ja, natürlich. Ich freue mich, Sie wiederzusehen." Harriet stellte ihnen ihren Begleiter vor. Chuck schüttelte begeistert Burts Hand.

„Burt Bardoff? Der berühmte Burt Bardoff?"

„Der Einzige, den ich kenne", lächelte Burt.

„Bitte, nehmen Sie doch einen Drink mit uns an unserem Tisch."

Burt neigte sich Harriet zu und lächelte sie herausfordernd an, während sie Mühe hatte, ihr Unbehagen zu verbergen.

„Bitte, setzen Sie sich zu uns." Sie sah Burt fest an, und ihre Stimme klang überaus höflich. Sie wollte unbedingt den schweigenden Kampf gewinnen, den sie innerlich ausfocht. Sie bedachte die Frau an seiner Seite mit einem kurzen Blick, und ihre Laune hob sich, als sie bemerkte, dass Sandra Mason über das Zusammentreffen ebenso wenig begeistert war wie sie. Wahrscheinlich wollte sie Burt mit niemandem teilen, nicht einmal für kurze Zeit.

„Fabelhaft, wie Sie miteinander getanzt haben", wandte sich Burt an Chuck und blickte zur Tanzfläche hinüber. Dann sah er Harriet an. „Sie tanzen vermutlich häufig miteinander, denn sonst würden Sie sich nicht so wunderbar aneinander anpassen."

„Es gibt keine bessere Partnerin als Harriet", erwiderte Chuck großmütig und streichelte zärtlich ihre Hand. „Sie passt sich jedem Partner an."

„Tatsächlich?" Burt hob die Augenbrauen. „Gestatten Sie, dass ich das einmal selbst ausprobiere? Harriet, darf ich Sie zum Tanz bitten?"

Harriet schaute ihn beklommen an. Unwillig und hilflos erhob sie sich, als Burt hinter sie trat und die Lehne ihres Stuhles ergriff, ohne Harriets Zustimmung abzuwarten.

„Hören Sie auf, sich in meiner Gegenwart wie eine Märtyrerin zu benehmen", flüsterte er ihr ins Ohr, als sie zu den anderen Tänzern hinübergingen.

„Das ist ja absurd", widersprach sie mit bemerkenswerter Würde und ärgerte sich darüber, dass er ihre Gedanken so genau lesen konnte.

Die Musik war langsamer geworden. Burt zog Harriet an sich und nahm sie in die Arme. Bei der Berührung wäre sie am liebsten davongelaufen. Sie versuchte, ihre Spannung zu verbergen. Sein Arm umschloss ihre Taille mit festem Griff. Ihre Körper schienen miteinander zu verschmelzen, während sie über die Tanzfläche glitten. Unbewusst bewegte Harriet sich auf Zehenspitzen, sie tanzten Wange an Wange, und der männliche Duft seiner Haut nahm ihr die Sinne. Sie überlegte, ob sie vielleicht ihren Drink zu schnell zu sich genommen hatte. Ihr Herz klopfte stürmisch an seiner Brust, und sie kämpfte gegen ihren jagenden Puls, als sie sich seinen Schritten anpasste.

„Sie tanzen hervorragend", meinte er leise, und ihr Herz machte einen Sprung.

„Wirklich?", entgegnete sie. Sein Mund an ihrem Ohr erregte sie, obwohl sie sich dagegen wehrte.

„Es liegt an Ihren graziösen Bewegungen. Sie tanzen so völlig mühelos."

Am liebsten hätte sie dieses Kompliment mit einem Lachen abgetan. Stattdessen sah sie Burt wortlos in die Augen und vergaß ihre Absicht. Ihre Lippen waren nur einen Atemzug voneinander entfernt.

„Ich dachte immer, dass graue Augen stahlhart seien", flüsterte sie und enthüllte ungewollt ihre Gedanken. „Aber Ihr Blick ist wie von Wolken umgeben."

„Dunkel und drohend?" Er sah sie durchdringend an.

„Manchmal", erwiderte sie. „Und dann wieder wirken sie warm und weich wie an einem nebligen frühen Sommertag. Niemals weiß ich, ob ein Sturm über mich hinwegfegt oder ob ein sanfter Regenschauer mich einhüllt. Nie weiß ich, woran ich bin."

„Tatsächlich? Jetzt sollten Sie es aber allmählich wissen."

„Mr Bardoff, versuchen Sie etwa, mich mitten auf einer überfüllten Tanzfläche zu verführen?"

„Man muss die Gelegenheiten beim Schopf ergreifen." Er lächelte sie vielsagend an: „Oder würden Sie einen anderen Ort vorschlagen?"

„Keineswegs." Sie wandte ihr Gesicht ab. „Wir befinden uns beide in Begleitung, und der Tanz ist vorüber."

Er zog sie noch dichter an sich heran. „Ich lasse Sie nicht los, ehe Sie sich dazu entschließen, mich beim Vornamen zu nennen." Als sie ihm nicht antwortete, wurde seine Stimme schärfer. „Ich habe nichts dagegen, noch länger so zu stehen und zu warten. Sie sind eine Frau, die für die Arme eines Mannes wie geschaffen ist. Ich finde, Sie passen sehr gut zu mir."

„Einverstanden", erwiderte Harriet zähneknirschend. „Burt, würden Sie mich jetzt bitte loslassen, ehe Sie mich bis zur Unkenntlichkeit zerquetschen?"

„Selbstverständlich." Sein Griff lockerte sich, aber sein Arm hielt sie noch umschlungen. „Sagen Sie mir bloß nicht, dass ich Ihnen wirklich wehgetan habe."

„Ich werde Ihnen einen medizinischen Befund zukommen lassen, sobald ich geröntgt worden bin."

„Einen so zerbrechlichen Eindruck machen Sie allerdings nicht." Er führte sie zu ihrem Platz zurück.

Eine Weile lang unterhielten sie sich noch mit ihren jeweiligen Begleitern. Harriet spürte die Feindseligkeit der anderen Frau, doch Burt schien sich nicht darum zu kümmern. Zu ihrer Erleichterung brachen Burt und Sandra auf, obwohl Chuck sie bat, noch ein bisschen länger zu bleiben. Sandra machte keinen Hehl aus ihrer grenzenlosen Langeweile.

„Tut mir leid, aber Sandra kann Diskotheken nicht ausstehen", erklärte Burt und umfasste ungerührt die Schultern der rothaarigen Frau, während sie ihn geschmeichelt anblickte. Harriet wehrte sich gegen ihre aufkeimende Eifersucht. „Sie hat mich heute Abend nur begleitet, um mir einen Gefallen zu tun. Ich glaube nämlich, dass ich für meine Bildreportage auch den Hintergrund einer Diskothek brauche." Burt lächelte Harriet geheimnisvoll an. „Glücklicherweise habe ich Sie hier heute Abend angetroffen. Jetzt habe ich eine klarere Vorstellung von meiner Idee. Also dann bis Montag, Harriet."

„Montag?", wiederholte Chuck, als sie wieder allein waren. „Hast du den berühmten Mr Bardoff um den Finger gewickelt?"

45

„Kaum. Wir haben streng geschäftlich miteinander zu tun. Ich arbeite für sein Magazin, und er ist nur mein Auftraggeber."

„Ist ja in Ordnung. Deshalb brauchst du mir nicht gleich den Kopf abzureißen. Da habe ich mich eben geirrt. Aber nicht mir allein ist etwas aufgefallen."

„Was willst du damit sagen?", fragte sie scharf.

„Liebe Harriet", erwiderte er geduldig, „nach drei Jahren in New York bist du noch immer unglaublich naiv." Brüderlich legte er eine Hand auf ihre Schulter. „Die rothaarige Füchsin hat dich buchstäblich mit ihren grünen Augen durchbohrt, als du mit deinem Geschäftspartner tanztest."

„Das ist ja lächerlich." Stirnrunzelnd schwenkte Harriet ihr Glas. „Miss Mason wusste bestimmt ganz genau, dass Burt mich lediglich aus geschäftlichen Gründen sehen wollte und einen geeigneten Hintergrund für sein Projekt suchte."

Chuck betrachtete sie eindringlich und schüttelte den Kopf. „Wie ich schon sagte, Harriet, du bist unglaublich naiv."

3. KAPITEL

*D*er Montag zog kühl und grau herauf. Die Redaktion des Modemagazins aber war über alle Wetterfragen erhaben. Harriet hatte den Eindruck, dass Burt dem Wetter die üble Laune verzieh, weil jetzt mit den Innenaufnahmen begonnen werden sollte.

Er veranlasste, dass ein Friseur sie in eine überlegene, tüchtige Geschäftsfrau verwandelte. Ihr tiefschwarzes Haar wurde zu einem großzügigen Knoten aufgesteckt, der ihren klassischen Gesichtsschnitt hervorhob, und das streng geschneiderte dreiteilige Kostüm wirkte keineswegs männlich, sondern unterstrich nur noch Harriets weibliche Ausstrahlung.

Larry war vollauf mit seiner Kameraausrüstung beschäftigt und kümmerte sich um Beleuchtung und Perspektiven, als Harriet Burts Arbeitszimmer betrat. Ein schneller Blick überzeugte sie davon, dass es einen eleganten und passenden Hintergrund für die beabsichtigten Aufnahmen hergab. Amüsiert beobachtete sie Larry, der ihre Anwesenheit überhaupt nicht zur Kenntnis nahm, sondern das Objektiv einstellte und die Entfernung maß. Dabei hielt er Selbstgespräche.

„Das Genie bei der Arbeit", flüsterte eine Stimme ihr ins Ohr. Harriet wandte sich um und schaute in die Augen, die sie inzwischen verfolgten.

„So ist es", erwiderte sie und ärgerte sich über ihr Herzklopfen.

„Sie sind heute Morgen ziemlich gereizt, scheint mir. Haben Sie vom vergangenen Wochenende noch einen Kater?"

„Keineswegs", erwiderte sie kühl. „Dazu trinke ich viel zu wenig."

„Ach ja, jetzt erinnere ich mich wieder."

„Harriet, da bist du ja endlich. Warum hast du mich so lange warten lassen?"

„Tut mir leid, Larry, aber der Friseur hatte mich in die Mangel genommen."

Burt sah sie belustigt an. Ihre Blicke trafen sich, Harriet fühlte ihre Beine schwach werden, so sanft und streichelnd war der Ausdruck seiner Augen. Erschrocken senkte sie die Lider.

„Sind Sie immer so leicht aus der Fassung zu bringen?" Burts Stimme klang ruhig und etwas zynisch. Abwehrend hob sie das Kinn und sah ihn hilflos und wütend an, weil er ihr offenbar die Gedanken von der Stirn ablas. „Oh, so gefällt es mir schon sehr viel besser", sagte Burt. „Es steht Ihnen gut, wenn Sie aufgebracht sind. Dann werden Ihre Augen noch dunkler, und Ihre Wangen bekommen mehr Farbe. Temperament ist ein wesentliches Merkmal von Frauen – und von Rassepferden."

Der Vergleich missfiel Harriet sehr, doch sie nahm sich zusammen, denn sie wusste, dass sie bei einem Wortgefecht unterliegen würde. „Wahrscheinlich haben Sie recht", antwortete sie unbeteiligt und schluckte die Worte hinunter, die ihr auf der Zunge lagen. „Meiner Ansicht nach fühlen sich die Männer körperlich von den Frauen angezogen und geistig von den Pferden."

Larry musterte Harriet kritisch. Es war ihm entgangen, worüber sie und Burt sich unterhalten hatten. „Deine Frisur passt genau zu den Aufnahmen, die ich von dir machen will."

„Ja", stimmte Burt ernsthaft zu. „Eine Geschäftsfrau, leistungsfähig und außerordentlich beschlagen."

„Selbstherrlich, aggressiv und rücksichtslos", unterbrach Harriet und sah ihn frostig an. „Sie sind mein Vorbild, Mr Bardoff."

Er verzog leicht die Augenbrauen. „Das wäre faszinierend. Ich werde mich jetzt auf den Weg machen, damit Sie ungestört Ihrer Arbeit nachgehen können. Und ich meiner."

Er schloss die Tür hinter sich, und auf einmal wirkte das Zimmer größer und merkwürdig leer. Harriet schüttelte sich und machte sich an die Arbeit, um die Gedanken an Burt Bardoff zu verscheuchen.

Während der nächsten Stunde wirbelte Larry durch den Raum, machte eine Aufnahme nach der anderen, richtete die Beleuchtung ein und erteilte Harriet Anweisungen zu ihrer Rolle als erfolgreiche Geschäftsfrau.

„Lass uns jetzt mal eine kleine Pause einlegen." Er riet ihr, sich ein wenig zu entspannen, und sie ließ sich ungezwungen in einen weichen Ledersessel sinken.

„Du bist süchtig", rief sie, als er erneut die Kamera auf sie richtete und sie einfing, als sie die Beine weit von sich streckte.

„Das ist ein gelungenes Foto", lächelte er abwesend. „Eine müde Frau, die von ihrer Arbeit total ausgelaugt ist."

„Ich kann deinen Sinn für Humor einfach nicht teilen, Larry", erwiderte Harriet und dachte gar nicht daran, ihre bequeme Lage zu ändern. „Wahrscheinlich liegt es an der Kamera, die du ständig vor der Nase hast."

„Deswegen brauchen wir noch lange nicht persönlich zu werden, Harriet. Erheb dich aus deinem Sessel. Wir gehen jetzt ins Konferenzzimmer, mein Liebling, und du kannst den Aufsichtsratsvorsitzenden spielen."

„Die Aufsichtsratsvorsitzende", korrigierte sie, aber er war schon längst wieder mit seinen Apparaten beschäftigt. Murrend erhob sie sich und überließ Larry sich selbst.

Der Rest des Tages zog sich in die Länge. Larry brauchte über eine halbe Stunde, um die Beleuchtung nach seinem Geschmack einzurichten. Nach einer weiteren Stunde unter den heißen Lampen fühlte Harriet sich müde und abgespannt. Deshalb war sie auch heilfroh, als Larry das Ende des Tagewerks ankündigte.

Harriet hielt Ausschau nach Burts hoher Gestalt, als sie das Gebäude verließ, und war tief enttäuscht, keine Spur von ihm zu sehen. Sie ging einige Häuserblocks entlang, atmete die frische Herbstluft ein und beschloss, die Gefühle zu verdrängen, die der große Burt Bardoff mit den scharfen grauen Augen in ihr auslöste. Er zieht mich nur körperlich an, überlegte sie, vergrub die Hände in den Taschen und lief weiter die belebte Straße entlang.

Sie brauchte dringend eine Abwechslung, um sich von den Gedanken an diesen Mann abzulenken. Im Übrigen hatte sie sich für ihren beruflichen Erfolg entschieden. Unabhängigkeit und Sicherheit gingen vor. Es gab keinen Platz für romantische Verwicklungen. Wenn sie später einmal eine Familie gründen wollte, dann bestimmt nicht mit einem Mann wie Burt Bardoff, sondern mit einem zuverlässigen Menschen, der sie nervlich nicht so beanspruchte und sie ständig in Verlegenheit brachte. Außerdem, erinnerte sie sich düster, war ihm an einer romantischen Verbindung mit ihr ohnehin nicht gelegen. Er schien eine Schwäche für wohlproportionierte rothaarige Frauen zu haben.

Die Aufnahmen gingen am nächsten Morgen weiter. Wieder musste Harriet in den Büroräumen des Modemagazins arbeiten. An diesem Tag trug sie eine dunkelblaue Bluse und einen etwas helleren Rock, der bis über die Waden reichte. Sie musste eine Sekretärin darstellen. Die Fotos sollten in Burts Sekretariat gemacht werden, und die Sekretärin war überaus entzückt.

„Sie können sich überhaupt nicht vorstellen, wie begeistert ich bin, Miss Baxter. Ich fühle mich wie ein Kind, das zum ersten Mal in den Zirkus geht."

Harriet lächelte das junge Mädchen verständnisvoll an. „Manchmal komme ich mir wie ein dressierter Elefant vor. Nennen Sie mich doch bitte Harriet."

„Mein Name ist June. Dies alles ist für Sie vermutlich nur Routine." Sie schüttelte die kastanienbraunen Locken. „Aber mir kommt alles so furchtbar aufregend vor."

June sah sich nach Larry um, der sich mit seiner üblichen Intensität auf die Arbeit vorbereitete. „Mr Newman ist ein echter Profi, nicht? Wie der mit den Objektiven, Lampen und all dem Zubehör umgeht ... Ich finde ihn sehr attraktiv. Ist er verheiratet?"

Harriet lachte. „Nur mit seiner Kamera."

„Das hätte ich nicht gedacht." June lächelte, und dann fügte sie hinzu: „Ich meine, haben Sie eine engere Beziehung zueinander?"

„Er ist der Meister, und ich bin seine Sklavin", erwiderte Harriet, und zum ersten Mal stellte sie sich Larry als einen anziehenden, begehrenswerten Mann vor. Nachdenklich lächelte sie June an. „Sie kennen doch das alte Sprichwort: Liebe geht durch den Magen. Merken Sie sich meinen Rat: Die Liebe dieses Mannes geht durch den Sucher. Nichts interessiert ihn mehr als Belichtungszeiten."

Burt trat aus seinem Büro. Er lächelte verständnisvoll, als er Harriet sah. „Die beste Kameradin eines Mannes ist eine tüchtige Mitarbeiterin."

„Ziehen Sie bitte keine übereilten Schlüsse." Harriets Herz klopfte stürmisch, doch sie bemühte sich um einen gelassenen Tonfall. „Ich bin von der Erfolgsleiter eine Stufe hinabgefallen."

„Das ist nun mal so in der Geschäftswelt. An einem Tag ein aufschlussreiches Geschäftsessen und am nächsten die aufreibende Tätigkeit in einem Schreibbüro. Damit muss man sich abfinden."

„Ich habe alles vorbereitet", verkündete Larry auf der anderen Seite des Raums. „Wo ist Harriet?" Er drehte sich um und sah, wie das Dreiergespann ihn beobachtete. „Hallo, Burt, hallo, Harriet. Ist alles in Ordnung?"

„Dein Wunsch ist mir Befehl, lieber Meister des Kleinbildfilms." Harriet ging auf ihn zu.

„Können Sie Maschine schreiben, Harriet?", fragte Burt freundlich.

„Ich werde Ihnen einige Briefe zum Schreiben geben. Damit schlagen wir zwei Fliegen mit einer Klappe."

„Leider nein, Mr Bardoff. Schreibmaschinen und ich stehen auf dem Kriegsfuß miteinander."

„Wäre es Ihnen recht, wenn ich Ihnen etwas zusehe, Mr Newman?", schaltete June sich ein. „Ich werde Ihnen nicht im Weg stehen. Aber Fotografie fasziniert mich nun einmal."

Larry nickte ihr zerstreut zu, und Burt bedachte seine Sekretärin mit einem überraschten Blick, ehe er wieder in sein Zimmer ging. „In einer halben Stunde brauche ich Sie wieder wegen des Brookline-Vertrages, June."

Die Aufnahmen waren schnell gemacht. Harriet folgte Larrys Anweisungen mit gewohnter Schnelligkeit. Nach einer Weile zog June sich lautlos in Burts Büro hinter der schweren Eichentür zurück. Harriet und Larry bemerkten es nicht einmal.

Etwas später senkte Larry die Kamera und schaute an die Decke. Harriet schwieg weiter, denn sie wusste ganz genau, dass dies keineswegs das Ende der Aufnahmen bedeutete, sondern lediglich eine Pause, während der er eine neue Idee ausbrütete.

„Ich brauche noch ein interessantes Bild zum Abschluss. Lass mich mal …" Entrückt sah er durch Harriet hindurch, als wäre sie aus Glas.

„Jetzt habe ich's. Wechsle das Farbband der Schreibmaschine aus."

„Das kann doch nur ein Scherz sein." Harriet betrachtete intensiv ihre Fingernägel.

„Nein, das wäre fabelhaft. Stell dich nicht so an."

„Larry", protestierte sie geduldig, „ich habe nicht die leiseste Ahnung, wie man ein Farbband auswechselt."

„Dann tu so, als ob", schlug Larry vor.

Seufzend setzte Harriet sich an den Schreibtisch und betrachtete die Maschine. „Hast du schon mal Weizen geerntet, Larry?", fragte sie auf gut Glück, um ihn von seinem Vorschlag abzubringen. „Es ist atemberaubend."

„Harriet, ich bitte dich", unterbrach er sie mit zusammen-gezogenen Augenbrauen.

„Ich habe nicht den blassesten Schimmer, wie man eine Schreibmaschine öffnet", stöhnte sie.

„Es muss da irgendeinen Knopf oder einen Hebel geben", erwiderte Larry geduldig. „Gibt es in Kansas etwa keine Schreibmaschinen? Los, Harriet."

„Es wird vermutlich welche geben. Oh, ich hab's." Sie freute sich wie ein Kind, als sie den Knopf entdeckt hatte. Sie hob den Deckel hoch und schaute sorgenvoll auf das Innenleben der Maschine. „Skalpell", verlangte sie und fuhr mit dem Finger über die Typen.

„Weiter, Harriet, tu so, als verstündest du etwas davon."

Sie machte sich über die Maschine her und zog das schwarze Band aus der Rolle. Es wurde immer länger. Unabsichtlich fuhr sie sich mit der Hand über die Wange und beschmierte sie mit schwarzer Farbe.

Ihre Finger verwickelten sich hoffnungslos in dem Farb-band, das einfach nicht enden wollte. Es war ein aussichtsloser Kampf. Dabei schoss Larry seine letzte Aufnahme.

„Großartig. Eine klassische Studie für Ungeschicklichkeit."

„Vielen Dank, lieber Freund. Wenn du diese Aufnahmen verwertest, werde ich dich verklagen. Ich überlasse es dir, June klarzumachen, wie es zu dieser Katastrophe kam. Für heute habe ich genug."

„Verständlich." Das war Burts Stimme. Harriet drehte sich um und sah, wie er und June das chaotische Durcheinander auf dem Schreibtisch betrachteten. „Sollten Sie jemals Ihre Karri-ere als Fotomodell aufgeben, dann denken Sie ja nicht daran, sich auf eine Büroarbeit zu stürzen. Es ist grauenhaft, was Sie angerichtet haben."

Harriet lachte hilflos. „Gut, Larry, verlassen wir dieses Schreckenskabinett. Wir sind am Ort des Verbrechens auf frischer Tat ertappt worden."

Burt umfasste behutsam ihre Hand. „Sie ist ja völlig schwarz." Mit der anderen Hand strich er ihr über das Kinn. „Auch Ihr bemerkenswertes Gesicht hat etwas abbekommen."

Harriet musterte ihre Hände. „Du liebe Zeit, wie konnte das nur passieren? Wie bekomme ich die Farbe wieder ab?" June versicherte ihr, dass Seife und Wasser den Schaden beheben würden.

Harriet blickte Larry an. „Ich werde mich jetzt erst einmal einer gründlichen Reinigung unterziehen, ehe ich mich aus dem Staub mache. Unterhalte dich inzwischen mit June." Sie lächelte hinreißend, wie gewöhnlich.

Burt öffnete ihr die Tür und begleitete sie durch die Halle. „Wollen Sie meiner Sekretärin romantische Flausen in den Kopf setzen, Harriet?"

„Möglich", erwiderte sie verschmitzt. „Ich möchte wissen, ob Larry auch noch etwas anderes im Sinn hat als seine Kamera."

„Und was haben Sie im Sinn, Harriet?", fragte Burt sanft, legte seine Hand auf ihren Arm und zog sie etwas an sich.

„Ich habe alles, was ich brauche", sagte sie viel zu schnell und fühlte sich von seinem eindringlichen Blick gefangen wie eine Maus in der Falle.

„Alles?", wiederholte er. „Schade, dass ich jetzt noch eine Verabredung habe. Sonst könnten wir uns näher darüber unterhalten." Er berührte ihren Mund sanft mit den Lippen und lächelte sie dann bekümmert an. „Bitte, reinigen Sie jetzt Ihr Gesicht, es sieht fürchterlich aus." Mit diesen Worten wandte er sich ab und schlenderte durch die weite Halle. Harriet blickte ihm enttäuscht und sehnsüchtig hinterher.

Harriet verbrachte den freien Nachmittag mit Einkäufen, um ihre Nerven zu beruhigen. Doch sie dachte ständig an Burts flüchtigen Kuss und an das Lächeln seiner Augen. Ein kalter

Windstoß führte sie in die Gegenwart zurück, und sie hielt ein Taxi an. Sie musste sich beeilen, denn sie hatte sich zum Abendessen mit Lisa verabredet.

Es war schon fünf Uhr vorbei, als Harriet ihre Einkaufstüten auf dem Tisch in der Küche ihres Apartments absetzte. Sie klinkte das Sicherheitsschloss an der Eingangstür aus, damit Lisa ungehindert eintreten konnte. Dann nahm sie ein heißes, aromatisch duftendes Bad. Gerade als sie sich in ein Badetuch gewickelt hatte, klingelte die Glocke an der Wohnungstür.

„Komm herein, Lisa. Entweder bist du zu früh dran, oder ich habe mich verspätet." Harriet verließ das Badezimmer. „In einer Minute bin ich fertig, ich habe wohl zu lange in der Wanne herumgetrödelt. Meine Füße …" Sie blieb wie angewurzelt stehen, denn anstelle der kleinen blonden Lisa erblickte sie Burt Bardoff, der lässig am Türrahmen lehnte. „Wo kommen Sie denn her?"

„Meinen Sie ursprünglich oder jetzt eben gerade?" Er amüsierte sich über ihre Bestürzung.

„Ich dachte, Sie seien Lisa."

„Das habe ich vermutet."

„Was wollen Sie hier?"

„Ich wollte Ihnen nur Ihren goldenen Füllfederhalter zurückbringen. Er trägt die Initialen H. B."

„Ja, er gehört mir. Wahrscheinlich ist er mir aus der Tasche gefallen. Sie hätten sich nicht darum zu kümmern brauchen. Morgen hätte ich ihn sowieso zurückbekommen."

„Ich dachte, dass Sie ihn vielleicht vermissen würden." Sein Blick glitt über ihre Gestalt, über die schön geschwungenen Beine und schließlich über ihren wohlgeformten Busen, der sich unter dem Badetuch abhob. „Nebenbei, der Besuch hat sich gelohnt."

Harriets Augen weiteten sich vor Entsetzen über ihre spärliche Bekleidung. Röte stieg ihr ins Gesicht, als Burt sie anlachte, und sie lief aus dem Zimmer. „Ich bin gleich wieder da."

Sie zog sich hastig kaffeebraune Cordhosen und einen beigefarbenen Mohairpullover über, fuhr schnell mit der Bürste durchs Haar und legte geschickt ein wenig Make-up auf. Mit einem tiefen Atemzug kehrte sie ins Wohnzimmer zurück und versuchte, ihre Gefühle zu beherrschen. Burt hatte es sich auf dem Sofa gemütlich gemacht, rauchte eine Zigarette und schien sich wie zu Hause zu fühlen.

„So, da bin ich wieder. Darf ich Ihnen einen Drink anbieten, oder sind Sie in Eile?"

„Keineswegs. Ich würde gern einen Scotch trinken. Pur, falls Sie einen im Haus haben."

„Schon möglich. Ich werde mal nachsehen." Sie ging in die Küche und prüfte ihre Alkoholbestände. Burt war ihr gefolgt, und sie empfand seine Anwesenheit als zugleich aufregend und lästig. „Hier", sie schwenkte eine Flasche, „das ist Scotch."

„Fabelhaft."

„Ich hole Ihnen ein Glas. Pur, sagten Sie?" Sie strich sich über die Haare. „Das heißt also ohne Eis, nicht wahr?"

„Sie wären eine großartige Bardame." Er griff nach der Flasche und dem Glas und goss sich das Getränk selbst ein.

„Ich trinke nicht viel", sagte sie entschuldigend.

„Ja, ich erinnere mich. Sie trinken nur zwei Tassen Tee am Tag. Wollen wir uns nicht setzen?" Mit ungezwungener Vertraulichkeit ergriff Burt ihre Hand, und sie protestierte nicht einmal. „Das ist eine sehr hübsche Wohnung, Harriet", stellte er fest, als sie sich auf dem Sofa niederließen. „Weiträumig, freundlich und farblich harmonisch abgestimmt. Doch Sie sollten immer die Tür verschließen. Sie leben in New York und nicht auf einer Farm in Kansas."

„Ich erwartete Besuch."

„Aber mit mir haben Sie sicherlich nicht gerechnet. Ein fremder Mann hätte Sie bestimmt nicht ungeschoren gelassen."

„Ja, allmächtiger Herrscher."

Als Antwort packte er sie bei den Armen, doch in diesem Augenblick läutete zum Glück das Telefon.

Harriet sprang auf. „Hallo, Lisa. Wo steckst du denn?"

„Tut mir Leid, Harriet", antwortete sie atemlos. „Etwas Wundervolles ist passiert. Hoffentlich macht es dir nichts aus, dass ich heute Abend nicht kommen kann."

„Natürlich nicht. Aber was ist denn geschehen? Du bist ja ganz aufgeregt."

„Mark hat mich eben zum Abendessen eingeladen."

„Demnach hast du meinen Rat befolgt und ihm ein Bein gestellt."

„Mehr oder weniger."

„Ach, Lisa", rief Harriet amüsiert und ungläubig. „Das hast du doch nicht wirklich getan."

„Allerdings nicht. Wir haben alle diese Gesetzbücher mit uns herumgeschleppt und uns dabei buchstäblich über den Haufen gerannt. Es war ein heilloses Durcheinander."

„Das kann ich mir lebhaft vorstellen." Harriets Gelächter hallte durch den Raum. „Aber es war jedenfalls geschickter als ein Überfall."

„Macht es dir wirklich nichts aus, dass ich heute Abend nicht zu dir komme?"

„Ich kann dir ja sowieso nur eine Pizza anbieten, anstelle von aufrichtiger Liebe", antwortete Harriet. „Ich wünsche dir jedenfalls viel Vergnügen. Dann bis später."

Sie legte den Hörer auf. Burt betrachtete sie mit unverhohlenem Interesse. „Das war das aufschlussreichste Telefongespräch, das ich je mitbekommen habe."

Harriet berichtete ihm von Lisas großer unerfüllter Liebe.

„Sie haben eine Pizza erwähnt."

„Damit habe ich also mein Geheimnis verraten." Sie setzte sich ihm gegenüber auf einen Stuhl. „Lassen Sie ja nichts darüber verlauten: Ich bin pizzasüchtig. Wenn ich sie nicht in regelmäßigen Abständen zu mir nehme, drehe ich durch. Und das ist kein besonders komischer Anblick."

„Nun, ich habe keine Entziehungskur mit Ihnen vor." Er stellte das leere Glas auf den Tisch und erhob sich. „Ziehen Sie sich Ihren Mantel über, und ich werde Sie verwöhnen."

„Dazu besteht kein Anlass." Sie war völlig überrumpelt.

„Lassen Sie das. Kommen Sie mit, denn ich habe auch Hunger."

Sie fügte sich und zog sich eine Wildlederweste über.

„Haben Sie Ihre Schlüssel?"

Harriet nickte und folgte Burt zu seinem Wagen.

Harriet hatte ein kleines italienisches Restaurant vorgeschlagen. „Was möchten Sie essen, Harriet?", fragte Burt.

„Pizza natürlich, wie Sie wissen sollten."

„Ich weiß. Aber womit soll sie belegt sein?"

„Mit wenig Kalorien."

„Ist das alles?"

„Ich darf mich nicht gehen lassen, sonst habe ich es zu büßen."

„Ein Glas Wein dazu?"

„Hoffentlich vertrage ich es. Aber warum eigentlich nicht? Man lebt nur einmal."

„Wie wahr." Burt rief den Ober herbei und gab die Bestellung auf. Als sie wieder allein waren, setzte er das Gespräch fort. „Sie wirken auf mich, als hätten Sie schon einmal gelebt: als eine indianische Prinzessin. Ich wette, dass man Sie nach der Häuptlingstochter Pocahontas benannte, als Sie noch ein kleines Kind waren."

„Keineswegs. Nur einmal habe ich einen jungen Burschen skalpiert, weil er mich so nannte."

„Erzählen Sie weiter." Burt beugte sich neugierig vor. Er stützte seine Ellenbogen auf den Tisch und legte das Kinn auf die Hände. „Versuchen Sie, sich zu erinnern."

„In Ordnung, wenn Sie eine derart blutrünstige Geschichte beim Abendessen ertragen können." Mit beiden Händen schob Harriet das Haar zurück und stellte sich ganz auf seine nachlässige Haltung ein. „Dieser Bengel hieß Martin Collins. Ich war wild verliebt in ihn, doch er begeisterte sich für Jessie Winfield, ein süßes, kleines blondes Geschöpf mit seelenvollen braunen Augen. Ich war verrückt vor Eifersucht. Außerdem war ich zu groß und zu schmächtig. Ich bestand nur aus Augen und Ellenbogen und war damals elf Jahre alt. Eines Tages begegnete ich ihnen und war völlig verzweifelt, weil er ihre Bücher schleppte. Er rief: Schnell fort zu den Hügeln, das ist Pocahontas. Das genügte, er hatte mich lächerlich gemacht. Ich sann über eine geeignete Rache nach, ging nach Hause, nahm die kleine Schere meiner Mutter an mich, malte mein Gesicht mit ihrem schönsten Lippenstift an und pirschte mich zu meinem Opfer zurück. Hinterrücks schlich ich mich an Martin Collins heran und wartete geduldig den richtigen Zeitpunkt ab. Dann sprang ich ihn wie ein Panther an, stieß ihn zu Boden, warf mich auf ihn und schnitt ihm die Haare kurz. Er schrie, doch ich zeigte keinerlei Mitleid. Dann kamen meine Brüder, zogen mich hoch, und dieser Feigling lief nach Hause zu seiner Mutter."

Burt lachte laut und warf den Kopf zurück. „Was müssen Sie für ein Scheusal gewesen sein."

Die Pizza wurde serviert, und während des Essens unterhielten sie sich freundschaftlicher und entspannter, als Harriet es jemals für möglich gehalten hätte. Nach dem Essen lehnte Burt sich bequem zurück und sah sie ernst an.

„Ich hatte keine Ahnung, dass Sie so viel essen können."

Harriet lächelte erleichtert, genoss das gute Essen, den Wein und die unkomplizierte Unterhaltung. „Das geschieht nicht oft, aber wenn ich einmal esse, dann tue ich es ausgiebig."

„Ich wundere mich immer mehr über Sie. Nie weiß ich, was bei Ihnen als Nächstes kommt. Sie fallen von einem Extrem ins andere."

„Aber deswegen haben Sie mich doch engagiert, Burt." Zum ersten Mal sprach Harriet ihn freiwillig mit seinem Vornamen an.

Harriet war ziemlich nervös, als sie und Burt auf ihr Apartment zusteuerten. Mit erzwungener Ruhe zog sie die Wohnungsschlüssel aus der Tasche. „Möchten Sie noch eine Tasse Kaffee bei mir trinken?"

Burt nahm ihr die Schlüssel aus der Hand, schloss die Tür auf und lächelte Harriet an. „Seit wann trinken Sie Kaffee?"

„Bisher habe ich mich noch nicht daran gewöhnen können, aber jeder tut es, und deswegen habe ich immer einen löslichen Kaffee für Gäste parat."

„Ebenso wie den Scotch, nehme ich an."

„Ja. Treten Sie ein." Harriet legte ihre Weste ab und spielte die Rolle der Gastgeberin. „Machen Sie es sich bequem. Der Kaffee ist in wenigen Minuten fertig."

Burt warf seine Jacke nachlässig über eine Stuhllehne. Verstohlen betrachtete Harriet seine kräftige Gestalt. Burt trug einen dunkelblauen gerippten Pullover und eng anliegende Hosen. Schnell drehte sie sich um und ging in die Küche.

Dort schaltete sie den Schnellkocher ein und stellte Tassen, eine kleine Zuckerdose und ein Kännchen mit Milch auf ein hübsches Korbtablett. Sie goss Tee für sich und Kaffee für Burt auf und brachte das Tablett in das Wohnzimmer, wo sie es auf dem niedrigen Couchtisch abstellte. Burt, der sich ihre Schallplattenalben ansah, hob den Kopf und lächelte.

„Eine wunderschöne Auswahl. Chopin, wenn Sie in romantischer Stimmung sind, Denver, wenn Sie Sehnsucht nach zu Hause haben, und B. B. King, wenn Sie sich niedergeschlagen fühlen. McCartney, wenn Sie wieder obenauf sind."

„Sie scheinen mich schon ziemlich gut zu kennen."

„Noch nicht", berichtigte er. „Aber ich bemühe mich darum."

Burt stand auf und kam auf sie zu. Harriet wünschte sehnlichst, sich in Luft auflösen zu können. „Ihr Kaffee wird kalt", sagte sie hastig, stellte die Tassen auf den Tisch und ließ verwirrt einen Löffel fallen. Sie beugten sich gleichzeitig hinab, um ihn aufzuheben, und Burts Finger schlossen sich über ihrer feingliedrigen Hand. Diese Berührung wirkte wie ein elektrischer Stromstoß auf Harriet. Feuer schoss durch ihren Körper. Sie wandte Burt ihr Gesicht zu.

Beide sprachen kein Wort, als ihre Blicke sich begegneten. Es gab kein Entkommen. Harriet wusste, dass dieser Augenblick unvermeidlich war, seitdem sie sich in Larrys Studio begegnet waren. Sie fühlten sich zueinander hingezogen. Ein starkes Verlangen erfüllte Harriet, als Burt sie an sich zog. Sehnsüchtig gab sie sich seiner Umarmung hin.

Er küsste sie. Seine Lippen waren warm und zärtlich. Sie schlang die Arme um seinen Nacken und gab ihm nach wie nie einem Mann zuvor. Ihre Leidenschaft schaltete alle Gedanken aus.

Seine Hände berührten ihren flachen Bauch, seine Finger versuchten den Reißverschluss ihrer Jeans hinunterzuziehen, doch sie wehrte sich dagegen.

„Burt, bitte nicht. Hören Sie auf."

„Harriet", murmelte er und beugte sich wieder über ihre Lippen, aber sie drehte den Kopf zur Seite und stieß Burt von sich.

„Nein! Lassen Sie mich bitte los."

Er atmete heftig, stand auf und nahm sich eine Zigarette aus dem goldenen Etui auf dem Tisch. Harriet richtete sich auf, faltete die Hände auf ihrem Schoß und senkte den Blick, um ihn nicht ansehen zu müssen. Sie fühlte sich vollkommen hilflos und wusste nicht, was sie sagen sollte.

„Ich wusste immer, dass Sie über viele bemerkenswerte Eigenschaften verfügen, Harriet." Er blies den Rauch schnell und heftig aus. „Aber ich hatte nicht damit gerechnet, dass Sie mich zum Narren machen würden."

„Das tue ich gar nicht", protestierte sie und fühlte sich von seinem barschen Tonfall getroffen. „Sie sind unfair, und das nur, weil ich Ihnen nicht nachgab." Sie unterbrach sich, denn sie war verwirrt und verlegen und wünschte nichts sehnlicher, als dass er sie wieder in die Arme nahm.

„Sie sind doch kein Kind mehr", fuhr er sie an. Ihre Lippen zitterten bei seinem Wutausbruch. „Was ist denn die natürliche Folge, wenn zwei Menschen sich so küssen, wie wir es eben getan haben, wenn ein Mann eine Frau auf diese Weise berührt?" Seine Augen waren dunkel vor kaum unterdrücktem Zorn. Sprachlos ließ Harriet seine Vorwürfe über sich ergehen.

„Sie begehren mich ebenso wie ich Sie. Wir wussten beide, dass es eines Tages so kommen würde. Sie sind eine erwachsene Frau. Hören Sie auf, sich wie ein unschuldiges junges Mädchen zu benehmen."

Diese Bemerkung traf ins Schwarze, und sie errötete verräterisch, noch ehe sie die Wimpern senken konnte, um ihre Verlegenheit zu verbergen. Burt hielt den Atem an im Widerstreit zwischen Ärger und verdutzter Fassungslosigkeit. „Du liebe Zeit, sind Sie etwa noch nie mit einem Mann zusammen gewesen?"

Harriet schloss gedemütigt die Augen und schwieg beharrlich.

„Wie ist das nur möglich?", fragte er in einem leicht amüsierten Tonfall. „Wie kann eine Frau im reifen Alter von vierundzwanzig Jahren mit Ihrem Aussehen noch so unschuldig sein wie frisch gefallener Schnee?"

„Das war überhaupt kein Problem." Sie blickte sich im Raum um und vermied, ihm in die Augen zu sehen. „Normalerweise kontrolliere ich meine Gefühle." Etwas hilflos hob sie die Schultern.

„Sie sollten kein Geheimnis daraus machen, dass Sie noch unschuldig sind, falls Sie Angst haben, die Kontrolle über die Situation zu verlieren."

„Vielleicht sollte ich mir ein rotes J auf die Stirn malen, wie Jungfrau. Dann gibt es wenigstens keine Verwicklungen", brauste Harriet auf und hob trotzig das Kinn.

„Sie sind großartig, wenn Sie wütend sind." Sein Ton war kühl. „Passen Sie auf sich auf, sonst werde ich andere Mittel anwenden, um Sie für mich zu gewinnen."

„Ich glaube, Sie würden sich niemals dazu hinreißen lassen, eine Frau gegen ihren Willen zu überwältigen", erwiderte sie, als er nach seiner Jacke griff.

Burt drehte sich zu ihr um, und seine Augen verengten sich. Er zog sie an sich und küsste sie heftig, bis sie sich nicht mehr wehrte und sich in seine Arme schmiegte.

„Verlassen Sie sich lieber nicht darauf", sagte er sanft, als er sie wieder auf die Couch gleiten ließ. „Ich bekomme immer, was ich haben will. Noch in diesem Augenblick könnte ich Sie besitzen, ohne Sie dazu zu zwingen. Doch ich kann warten."

4. KAPITEL

Während der folgenden Wochen gab es bei den Aufnahmen nur wenige Schwierigkeiten. Larry war von der Entwicklung der Arbeit begeistert und übergab Harriet einen Ordner mit den Probeabzügen, damit sie sich einen Überblick über den Verlauf ihres gemeinsamen Unternehmens verschaffen konnte.

Sie betrachtete die Bilder mit berufsmäßig bedingtem Abstand und fand sie hervorragend. Es war wohl die beste Arbeit, die sie beide zusammen oder auch getrennt voneinander jemals bewerkstelligt hatten. Meisterhaft beherrschte Larry Blickwinkel und Beleuchtung, Schatten und Filter. Hinzu kam Harriets Fähigkeit, sich in die unterschiedlichsten Rollen zu versetzen. Die Bilder waren bereits ein Abglanz des umfassenden Themas der Fraulichkeit. Sie hatten fast die Hälfte der geplanten Aufnahmen hinter sich. Wenn weiterhin alles so verlief wie bisher, würden sie ihre Arbeit noch vor Ablauf des vereinbarten Termins beendet haben. Burt plante inzwischen, die erste Magazinausgabe früher als zunächst vorgesehen herauszugeben. Sie sollte schon Anfang des Frühjahrs in den Kiosken angeboten werden.

Nach dem Erntedankfest sollten die Sitzungen wieder aufgenommen werden. Inzwischen würden der Chefgrafiker und sein Stab die Fotos auswählen, die in den endgültigen Ausgaben erscheinen sollten. Harriet war froh über das bevorstehende freie Wochenende. Nicht nur, weil sie sich dann ausruhen konnte, sondern auch, weil sie dann dem Mann entfliehen konnte, an den sie ständig dachte und von dem sie inzwischen träumte.

Burt ließ sich nichts anmerken, als sie nach dem vergangenen Abend wieder in seinem Büro auftauchte. Er hatte sie wie immer begrüßt, so zwanglos, dass sie tatsächlich einen Moment lang glaubte, sie hätte sich seine Lippen auf ihrem

Mund nur eingebildet. Mit keinem Wort spielte er auf das gemeinsame Abendessen oder auf die darauf folgende Szene an, sondern behandelte Harriet gelassen wie immer: teils berufsmäßig, teils belustigt.

Für Harriet war es nicht einfach, seine unbekümmerte Art hinzunehmen. Er hatte in ihr Gefühle geweckt, die sie bis dahin nicht gekannt hatte. Doch nach außen hin gab auch sie sich völlig ruhig.

Harriet schaute aus dem Fenster ihres Apartments. Ihre Stimmung war so düster wie der bleierne Novemberhimmel, der die Stadt in trübe Finsternis tauchte. Die Wohnhäuser und Wolkenkratzer sahen trostlos aus. Schon seit Langem waren die Blätter von den Bäumen gefallen, und das Gras war nicht mehr grün, sondern hatte eine traurige, hoffnungslose Farbe angenommen.

Plötzlich verspürte Harriet Heimweh nach den goldenen Weizenfeldern von Kansas. Sie legte eine Platte von Denver auf. Dann erinnerte sie sich daran, dass Burt noch vor Kurzem in diesem Zimmer gewesen war. Der Gedanke an seine kurze Umarmung erfüllte sie mit Sehnsucht. Einsichtig gestand sie sich, dass ihr Verlangen nach Burt nicht ausschließlich körperlich bedingt war. Sie stellte den Plattenspieler an, und dann schwebte sanfte Musik durch den Raum.

Es würde alle ihre Pläne zunichtemachen, wenn sie sich verliebte. Und Burt kam dafür schon gar nicht infrage. Mit ihm war es aus und vorbei. Alles andere würde nur zu einer Katastrophe und zu ihrer Demütigung führen. Aber eine innere Stimme sagte ihr, dass es zu spät war, sich von Burt zu lösen. Verwirrt und niedergeschlagen ließ sie sich auf einen Stuhl sinken.

Es war spät, als Harriet wieder in ihr Apartment zurückkam. Sie hatte mit Lisa und Mark an einem Erntedankessen teilgenommen. Obwohl das Dinner ausgezeichnet gewesen war, hatte sie keinen Appetit gehabt. Sie hatte sich damit entschuldigt, dass sie auf ihre Figur zu achten habe. Es war ihr gelungen, ihre schlechte Stimmung zu verbergen, und sie hatte auf ihre Freunde völlig normal und zufrieden gewirkt.

Als sie jetzt die Tür hinter sich schloss, atmete sie erleichtert auf. Ihr aufgesetztes Lächeln schwand und sie entspannte sich. Noch ehe sie ihren Mantel in den Kleiderschrank hängen konnte, läutete das Telefon.

„Hallo, Harriet, waren Sie unterwegs?"

Es war klar, wer am Apparat war. Harriet erkannte Burts Stimme sofort. Sie war froh, dass er ihr Herzklopfen über den Draht nicht hören konnte.

„Hallo, Mr Bardoff", erwiderte sie kühl. „Rufen Sie Ihre Angestellten immer so spät an?"

„Schlecht gelaunt, wie?", fragte er völlig unbeirrt. „Haben Sie einen unerfreulichen Tag hinter sich?"

„Im Gegenteil", log sie. „Ich habe mit Freunden zu Abend gegessen und bin eben erst zurückgekehrt. Wie ist es Ihnen ergangen?"

„Fabelhaft. Ich schätze Truthahn über alles."

„Soll das ein Gedankenaustausch über Festtagsmenüs sein, oder haben Sie etwas anderes im Sinn?", fragte Harriet scharf, weil sie sich Burt und Sandra in der eleganten Umgebung eines Feinschmeckerlokals vorstellte.

„Sie haben es erraten. Steht eigentlich immer noch die Flasche Scotch im Schrank? Ich möchte mir unbedingt mit Ihnen einen Festtagsdrink genehmigen."

„Ach, so ist das." Harriets Stimme zitterte. „Nein, ich meine, ja, ich habe die Flasche noch, aber es ist schon spät, und ich …"

„Haben Sie etwa Angst?", unterbrach Burt sie.

„Bestimmt nicht", fuhr sie ihn an. „Ich bin nur müde und möchte jetzt zu Bett gehen."

„Wirklich?" Sie hörte seinen amüsierten Unterton.

„Ja, wirklich!"

Widerwillig spürte Harriet, dass sie errötete. „Warum machen Sie sich eigentlich immer über mich lustig?"

„Tut mir leid." Seine Entschuldigung klang nicht gerade überzeugend. „Aber Sie nehmen sich immer so ernst. Einverstanden, ich werde mich nicht an Ihrem Scotch vergreifen. Jedenfalls nicht heute Abend. Am Montag werde ich Sie wiedersehen, Harriet. Schlafen Sie gut."

„Gute Nacht", erwiderte Harriet. Sie empfand ein Bedauern, als sie den Hörer auflegte. Sie schaute sich in ihrem Zimmer um und wünschte sehnlichst, dass Burt da wäre. Sie seufzte, strich sich über die Haare und hätte ihn am liebsten angerufen. Doch sie wusste nicht, wo er zu erreichen war.

Es ist richtiger, wenn ich ihm aus dem Weg gehe, überlegte sie. Distanz ist meine beste Medizin. Sandra passt besser zu ihm. Ihrer überlegenen Art bin ich einfach nicht gewachsen. Wahrscheinlich spricht sie perfekt Französisch, kennt sämtliche Weinsorten und verträgt mehrere Gläser Champagner, ehe sie zu lallen beginnt.

Am Sonnabend traf Harriet sich mit Lisa zum Mittagessen. Sie hoffte, dass ihre schlechte Laune schnell wieder verfliegen würde. Das elegante Restaurant war überfüllt, aber trotzdem war noch ein kleiner Tisch frei.

„Tut mir leid, dass ich mich verspätet habe." Harriet studierte die Speisekarte. „Es war ein fürchterlicher Verkehr, und ich habe nur mit Mühe und Not ein Taxi erwischt. Man merkt, dass es Winter ist."

„Tatsächlich?", lächelte Lisa. „Mir kommt es vor, als sei der Frühling ausgebrochen."

„Offenbar hat dich die Liebe aus dem Gleichgewicht gebracht", entgegnete Harriet. „Aber selbst wenn sie deinen Verstand verwirrt hat: Im Übrigen hat sie geradezu Wunder bewirkt. Du bist total verändert. Ich glaube, dass du selbst noch in der Finsternis glühen könntest."

Lisa strahlte glücklich. Es war ein herzerfrischender Anblick, und Harriets Stimmung hob sich zusehends.

„Es kommt mir so vor, als stände ich schon seit Wochen nicht mehr mit den Füßen auf der Erde. Wahrscheinlich geht dir mein Schwebezustand auf die Nerven."

„Sei nicht kindisch. Ich freue mich, dass du so aufgeblüht bist."

Die beiden Frauen bestellten das Essen und unterhielten sich freundschaftlich miteinander.

„Warum habe ich eigentlich keine Freundin mit Warzen und einer schiefen Nase?", sagte Lisa plötzlich.

Harriet ließ die Gabel fallen. „Wie bitte?"

„Gerade ist der faszinierendste Mann hereingekommen, den ich je gesehen habe. Ich bin Luft für ihn, er hat nur Augen für dich."

„Vielleicht sucht er irgendjemanden aus seiner Bekanntschaft."

„Aber er befindet sich ja in Begleitung, die wie eine Klette an ihm hängt." Lisa schaute das Paar mit unverhohlener Neugier an. „Trotzdem interessiert er sich nur für dich."

Harriet wollte sich schon umdrehen, doch Lisa untersagte es ihr. „Du meine Güte, jetzt kommt er tatsächlich zu uns an den Tisch. Das kann doch nicht wahr sein! Los, Harriet", flüsterte sie aufgeregt, „sieh so natürlich wie möglich aus."

„Du bist ja ganz aus dem Häuschen, Lisa", erwiderte Harriet gelassen und amüsierte sich über die schnelle Kapitulation ihrer völlig aufgeregt sprechenden Freundin.

„Hallo, Harriet, New York ist offenbar zu klein für uns beide."

Harriet vernahm die tiefe Stimme und schaute in Lisas verwunderte Augen, ehe sie Burts Lächeln begegnete. „Hallo." Harriet blickte atemlos die attraktive rothaarige Frau an seiner Seite an. „Guten Tag, Miss Mason. Es ist nett, dass wir uns wieder einmal sehen", sagte sie ruhig.

Sandra nickte nur. Ihre frostigen grünen Augen besagten, dass sie das Vergnügen nicht teilte. Eine kurze Pause trat ein. Burt hob fragend die Brauen.

„Darf ich bekannt machen? Lisa MacDonald, Sandra Mason und Burt Bardoff", warf Harriet schnell ein.

„Ach, dann sind Sie die ‚Mode'", rief Lisa aufgeregt.

Harriet schaute sich vergeblich nach einem Mauseloch um, in dem sie sich verkriechen konnte.

„Mehr oder weniger."

„Ich schätze Ihr Magazin außerordentlich, Mr Bardoff." Lisa schien nicht zu bemerken, dass Sandra sie missbilligend ansah. „Ich kann die Serie mit Harriet kaum noch abwarten. Das muss alles sehr aufregend gewesen sein."

„Nun, mindestens war es eine neue Erfahrung. Finden Sie nicht auch, Harriet?"

Sie ärgerte sich über sein herausforderndes Lächeln. „Allerdings", räumte sie scheinbar unbeteiligt ein und schaute an ihm vorbei.

„Burt", mischte Sandra sich ein, „jetzt müssen wir wirklich zu unserem Tisch, damit diese beiden Mädchen in Ruhe weiteressen können." Harriet und Lisa waren zweifellos unter ihrer Würde.

„Es war nett, Sie kennengelernt zu haben, Lisa. Und wir werden uns dann ja am Montag wiedersehen, Harriet."

Erneut klopfte Harriets Herz wie wild, trotzdem gelang es ihr, sich höflich zu verabschieden. Nervös trank sie ihren Tee aus und wünschte inständig, dass Lisa über diese Begegnung kein Wort verlieren würde.

Lisa sah Burt eine Weile lang nach. Dann blickte sie Harriet mit ihren riesigen braunen Augen an. „Warum hast du mir verschwiegen, dass er so fantastisch aussieht? Ich bin fast zerschmolzen, als er mich anlächelte."

Du liebe Zeit, dachte Harriet bedrückt, wirkt er auf alle Frauen so anziehend? „Schäm dich, Lisa", tadelte sie ihre Freundin. „Du hast dein Herz doch an einen anderen Mann verloren."

„Das stimmt", gab Lisa zu. „Aber ich bin eine Frau. Und sag mir bloß nicht, dass er dich kühl lässt. Dafür kennen wir uns viel zu gut."

Harriet seufzte tief. „Ich bin auch nicht gegen Mr Bardoffs verheerenden Charme gefeit, aber während der nächsten Monate brauche ich ein Gegengift."

„Beruht das Interesse nicht auf Gegenseitigkeit? Charme kann man dir schließlich ja auch nicht absprechen."

„Hast du den Rotschopf gesehen, der ihn nicht aus den Augen lässt?"

„Aber natürlich." Lisa zog eine Grimasse. „Ich hatte den Eindruck, als erwarte sie, dass ich ihr den Rocksaum küsse. Wer ist sie eigentlich? Die Königin von Saba?"

„Jedenfalls passt sie vorzüglich zu dem Herrscher", murmelte Harriet.

„Wie bitte?"

„Ach, nichts. Bist du fertig? Dann lass uns dieses Lokal so schnell wie möglich verlassen." Harriet wartete die Antwort gar nicht erst ab und bestellte die Rechnung. Dann verließen die beiden Frauen mit eiligen Schritten das Restaurant.

Am folgenden Montag ging Harriet zu Fuß zur Arbeit. Schneeflocken tanzten vor ihrem Gesicht, und sie dachte an ihr Zuhause, an Schlittenfahrten und Schneeballschlachten. Ihre Stimmung war ausgezeichnet, als sie Larrys Studio betrat.

„Hallo, alter Knabe. Wie hast du das Wochenende verbracht?"

Harriet trug einen wadenlangen Mantel und eine dazu passende Pelzkappe, die sie tief ins Gesicht gezogen hatte.

Ihre Wangen und Augen glühten vor Kälte und Aufregung über den beginnenden Tag. Sie sah wunderschön aus.

Larry unterbrach seine Arbeit mit der Beleuchtung und begrüßte sie herzlich. „Sieh mal an, was der erste Schnee mir hereinweht. Du bist die reinste Reklame für einen Winterurlaub. Das würde die Saison beleben."

„Du bist unverbesserlich." Harriet entledigte sich ihrer warmen Hüllen und zog die Nase kraus. „Alles, was du siehst, ist auf deine Bedürfnisse zusammengestutzt."

„Berufsbedingt. June meinte, dass mein Auge für ein faszinierendes Bild unvergleichlich sei."

„Habe ich richtig verstanden? June?"

„Völlig richtig. Ich habe sie übers Wochenende ein bisschen in die hohe Kunst des Fotografierens eingeweiht."

„Ach so", erwiderte Harriet ironisch.

„Sie interessiert sich tatsächlich für Kameras."

„Verschlussgeschwindigkeiten und Weitwinkelobjektive, meinst du also?" Harriet nickte weise.

„Los, Harriet, stell dich nicht so an." Larry drehte an seinem Belichtungsmesser. „Warum bist du eigentlich so früh hier? Du hast noch eine halbe Stunde Zeit."

„Seltsam, dass du dich an die Zeit erinnerst. Ich wollte mir nur mal die Andrucke ansehen."

„Dort drüben liegen sie." Er wies auf den überladenen Schreibtisch im Hintergrund des Raums. „Sieh sie dir an und lass mich jetzt in Frieden."

„Einverstanden, Meister."

Harriet suchte den entsprechenden Ordner heraus, und nach einer Weile fiel ihr Blick auf eine Aufnahme von sich auf dem Tennisplatz. „Davon möchte ich einen Abzug haben", rief sie Larry zu. „Darauf sehe ich aus wie ein ausgemachter Profi."

Er kümmerte sich nicht um sie, und deshalb hielt sie Selbstgespräche über das wundervolle Foto.

„Selbstverständlich, meine liebe Harriet", antwortete sie an Larrys Stelle. „Alles, was du willst. Achte auf deinen Stand", fuhr sie voller Bewunderung fort. „Perfekte Körperbeherrschung und volle Konzentration. Achtung, Wimbledon, jetzt kommt ein neuer Champion. Du wirst sie alle in der Luft zerreißen, Harriet."

„Vielen Dank, Larry. Talent und Schönheit. Larry, du versetzt mich in Erstaunen."

„Es ist gefährlich, wenn man Selbstgespräche führt", flüsterte eine Stimme an ihrem Ohr.

Harriet sprang auf. Sie ließ das Foto auf den unordentlichen Haufen auf dem Schreibtisch fallen.

„Außerdem sind Sie nervös. Das ist ein schlechtes Zeichen."

Sie wirbelte herum. Burt stand vor ihr, so nahe, dass sie instinktiv einen Schritt rückwärts machte. Burt quittierte ihre abrupte Bewegung mit einem entwaffnenden Lächeln.

„Schleichen Sie sich künftig nicht mehr so an mich heran."

„Tut mir leid. Aber Sie waren so sehr mit sich selbst beschäftigt, dass mir nichts anderes übrig blieb." Beredt hob Burt die Schultern, und seine Stimme klang sanft.

Harriet lächelte ihm widerstrebend zu. „Manchmal kümmert Larry sich überhaupt nicht um die Unterhaltung, sondern überlässt es mir. Schauen Sie sich das einmal an. Er weiß gar nicht, dass Sie hier sind."

„Hm, vielleicht sollte ich das ausnutzen." Er schob eine seidenweiche Haarsträhne hinter ihr Ohr. Bei der Berührung seiner warmen zärtlichen Finger lief Harriet ein Schauer über den Rücken, und ihr Puls beschleunigte sich.

„Ach, Sie sind es, Burt. Wann sind Sie denn gekommen?" Bei Larrys Worten seufzte Harriet tief auf und wusste selbst nicht, ob sie erleichtert oder enttäuscht war.

Der Dezember verging langsam. Die Arbeit war weiter gediehen als zunächst geplant, und ein Großteil der Aufnahmen würde wahrscheinlich noch vor Weihnachten vorliegen. Harriets Vertrag mit Burt lief erst im März aus, und sie überlegte, was sie tun sollte, wenn sie im Atelier nicht mehr gebraucht wurde. Vielleicht würde Burt sie entlassen, doch das war höchst unwahrscheinlich, denn er wollte sein Lieblingsprojekt erst unter Dach und Fach haben, ehe er ihr gestattete, für die Konkurrenz zu arbeiten.

Möglicherweise wird er mich für eine andere Tätigkeit einsetzen, überlegte sie während einer kurzen Arbeitspause. Aber vielleicht würde sie sich auch erst einmal erholen.

Dieser Gedanke überraschte sie, denn sie liebte ihre Arbeit. Es war ein harter Beruf, aber er war nie langweilig. Noch einige Jahre lang würde er für sie an erster Stelle stehen. Anschließend konnte sie sich dann zurückziehen, einen langen Urlaub machen oder aber reisen. Danach wäre immer noch Zeit für eine ernsthafte Bindung. Sie würde einen netten Mann finden, auf den sie sich verlassen konnte. Sie würde ihn heiraten und eine Familie gründen. Dieser Plan kam Harriet durchaus sinnvoll vor, auch wenn der Gedanke daran im Augenblick allzu vernünftig und berechnend wirken mochte.

Während der zweiten Dezemberwoche herrschte in Larrys Studio ein noch größerer Wirrwarr als gewöhnlich. Stimmen und Personen stürzten den Raum an diesem Morgen in ein wildes Chaos. Harriet sollte eine junge Mutter darstellen. Der Scheinwerfer strahlte sie zusammen mit einem acht Monate alten Jungen an.

Ein kleiner Teil des Ateliers war zu einem Wohnraum umgestaltet worden. Als der Friseur Harriets Haar gerichtet hatte, war Larry immer noch mit seiner Kameraausrüstung beschäftigt. Burt half ihm dabei und erläuterte seine Ideen für die Aufnahmen. Sein kräftiger Rücken zog Harriets Blick magisch an.

Sie ließ die Männer allein und widmete sich der jungen Mutter und dem Kind, das einige Minuten lang vor der Kamera ihr eigenes sein würde. Überrascht und mit einem gewissen Vergnügen stellte sie fest, wie ähnlich der kleine Andy ihr sah. Sein Schopf glänzte ebenso dunkel wie ihr Haar, und er hatte lebhafte blaue Augen. Jeder Außenstehende würde sie für seine Mutter halten.

„Wissen Sie eigentlich, wie schwierig es war, ein Kind zu finden, das Ihnen ähnlich sieht?" Burt näherte sich dem Platz, an dem Harriet mit Andy auf dem Schoß saß. Er blieb vor ihr stehen, während sie lachend das Baby auf den Knien schaukelte. Harriet und das Kind strahlten ihn aus dunkelblauen Augen an. „Ihre leuchtenden Blicke könnten jeden Menschen mit Blindheit schlagen. Sie beide zusammen würden bestimmt den Stromverbrauch senken."

„Ist er nicht bezaubernd?" Harriets Stimme klang warm, als ihre Wangen das weiche Haar berührten.

„Hinreißend. Sie könnten seine Mutter sein."

Harriet senkte die Lider. Seine Worte erfüllten sie mit plötzlicher Sehnsucht. „Ja, diese Ähnlichkeit ist einzigartig. Können wir beginnen, Larry?"

„Sofort."

„Gut, Partner." Harriet stand auf und drückte Andy an sich. „Wir müssen jetzt arbeiten."

„Spiel mit ihm", schlug Larry vor. „Tu dir keinen Zwang an. Alles muss ganz natürlich wirken." Er blickte zu dem kindlichen Gesicht hinunter, und Andy sah ihn offen an. „Ich glaube, er versteht mich."

„Natürlich", stimmte Harriet zu und hob den Kopf. „Er ist ein sehr kluges Kind."

„Wir werden die Aufnahmen ganz unauffällig machen und können nur hoffen, dass der kleine Bursche auf dich eingeht.

Mehr als einige Minuten auf einmal darf es bei Kindern nicht dauern."

Harriet baute Holzklötze vor Andy auf, der begeistert ihr Werk zunichtemachte. Sie waren so sehr in das Spiel vertieft, dass ihnen Larrys Bewegungen und das weiche Klicken der Kamera entgingen. Harriet lag auf dem Bauch, die Füße in die Luft gestreckt, und stellte noch einen Turm auf, den Andy in Windeseile demolierte.

Harriet drehte sich auf den Rücken und hob den Jungen über ihren Kopf. Er war von dem neuen Spiel begeistert. Sie setzte ihn auf ihren Bauch, und sofort begann er, mit den Perlenknöpfen ihrer hellgrünen Bluse zu spielen. Das tat er so konzentriert, dass sie vor Rührung sein Gesicht mit den Fingerspitzen streichelte. Erneut verspürte sie eine plötzliche Sehnsucht. Dann ahmte sie die Motorengeräusche eines Flugzeugs nach. Andy quietschte vor Vergnügen. Harriet stellte ihn auf ihren Bauch und ließ es zu, dass er nach seiner eigenen Musik auf und ab sprang.

Dann stand sie auf und wirbelte mit ihm herum, ehe sie ihn noch einmal umarmte. So ein Kind wünsche ich mir, gestand sie sich ein, und hielt es noch fester in den Armen. Ein Kind, das mir gehört, das seine Ärmchen um meinen Hals schlingt. Ein Kind von dem Mann, den ich liebe. Sie schloss die Augen drückte ihre Wange gegen Andys rundes Gesicht. Als sie sie wieder öffnete, stand Burt vor ihr.

Jetzt wusste sie genau, dass sie diesen Mann liebte und von ihm ein Kind haben wollte. Eigentlich hatte sie es schon vorher geahnt, doch nun war es zwecklos, sich weiterhin Sand in die Augen zu streuen. Andy zerzauste ihre Haare und unterbrach den Zauber. Harriet wandte sich ab, erschrocken über ihre plötzliche Erkenntnis. So hatte sie es nicht geplant. Wie konnte das nur geschehen? Sie musste es sich zu einem späteren Zeitpunkt genau überlegen. Im Augenblick war sie viel zu verwirrt.

Harriet war überaus erleichtert, als Larry das Schlusssignal gab: „Fabelhaft. Ihr beide arbeitet miteinander wie alte Freunde."

Das war keine Arbeit für Harriet gewesen. Es war lediglich ein Spiel mit der Fantasie. Vielleicht waren ihre Karriere und ihr ganzes Leben nur Fantasiegebilde. Am liebsten hätte sie laut aufgelacht. Aber das wäre zu töricht gewesen. Sie konnte es sich nicht leisten, sich ihren Gefühlen hinzugeben.

„Ich brauche noch einige Zeit, um hier bis zu deinem nächsten Auftritt alles in Ordnung zu bringen, Harriet." Larry sah auf seine Uhr. „Geh noch essen, ehe du dich wieder umziehst. Ich gebe dir eine Stunde frei."

Harriet freute sich darüber, endlich wieder einmal etwas Zeit für sich zu haben.

„Ich werde Sie begleiten", schaltete sich Burt ein.

„O nein", protestierte sie, nahm ihren Mantel und eilte aus dem Atelier. „Ich meine, geben Sie sich keine Mühe. Wahrscheinlich haben Sie noch viel im Büro zu tun."

„Das habe ich immer. Aber manchmal muss auch ich essen." Er nahm ihr den Mantel ab und half ihr hinein. „Ich hatte nicht die geringste Absicht, Sie zu verspeisen, Harriet. Wann hören Sie endlich auf, mir zu misstrauen?"

Die Fahrbahn war trocken, aber auf den Fußwegen und den parkenden Autos lag eine dünne Schneedecke. Harriet fühlte sich eingesperrt in dem engen Wagen, so dicht neben dem Fahrer, dessen schmale Hände das Lenkrad umschlossen. Er fuhr am Central Park entlang, und sie versuchte, sich zu entspannen.

„Hübsch, nicht?" Sie deutete auf die schneebedeckten Zweige. „Ich mag den Schnee. Alles sieht so frisch und freundlich aus. Es erinnert mich an ..."

„... zu Hause?", ergänzte er.

„Ja." Zu Hause, dachte sie. Mit diesem Mann könnte sie überall zu Hause sein. Aber sie musste ihre Schwäche verbergen. Er durfte nie erfahren, dass sie sich in ihn verliebt hatte. In dem kleinen Restaurant plapperte sie unermüdlich, um sich ihr Geheimnis nicht anmerken zu lassen.

„Fühlen Sie sich eigentlich wohl in Ihrer Haut, Harriet? In letzter Zeit kamen Sie mir ziemlich nervös vor." Burt sah sie forschend an, und einen schrecklichen Augenblick lang glaubte Harriet, dass er ihr Geheimnis erraten hätte.

„Machen Sie sich keine Sorgen", erwiderte sie ruhig. „Ich mache mir bloß Gedanken über den endgültigen Entwurf. Die eigentliche Arbeit werden wir sehr bald geschafft haben. Und dann erscheint das Werk in den Kiosken. Ich bin gespannt auf die Reaktion des Publikums."

„Wenn Sie nur auf das Geschäftsergebnis lauern, kann ich Ihnen jetzt schon voraussagen, dass es überwältigend sein wird." Er sah sie fest an. „Sie sind eine Sensation, Harriet. Man wird Sie mit Angeboten überschütten. Illustrierte, Fernsehen und Werbeaufnahmen für Produkte, die mithilfe Ihrer Schönheit verkauft werden sollen. Sie können sich aussuchen, für wen Sie arbeiten wollen."

„Wirklich?" Mehr brachte sie nicht heraus.

Er hob die Brauen und fragte fast schroff: „Ist das etwa nicht aufregend für Sie? Haben Sie so etwas nicht schon immer gewollt?"

„Doch, natürlich", erwiderte Harriet mit mehr Begeisterung in der Stimme, als sie tatsächlich empfand. „Es war sehr aufregend, und ich bin Ihnen dankbar für die Chance, die Sie mir eingeräumt haben."

„Ihre Dankbarkeit in allen Ehren." Burt unterbrach sie. „Dieses Projekt ist das Ergebnis einer fabelhaften Zusammenarbeit. Was immer es Ihnen einbringen wird, Sie haben es sich wirklich verdient." Er zog seine Brieftasche hervor. „Wenn Sie fertig sind, werde ich Sie zurückbringen, bevor ich zu meinem Büro fahre."

Harriet nickte schwach und verstand überhaupt nicht, weswegen er sich plötzlich so sehr über sie ärgerte.

Der letzte Tag der Aufnahmeserie war in vollem Gang. Harriet zog sich in dem kleinen Raum neben Larrys Atelier um. Als sie ihr Spiegelbild betrachtete, stockte ihr der Atem. Das Negligé war bezaubernd schön. Weiß und durchschimmernd umschmeichelte es ihre schlanke Gestalt, die sanften Falten bauschten sich über ihren Knöcheln. Es war tief, aber nicht übermäßig ausgeschnitten und deutete die weiche Linie ihres Busens an. Harriet drehte sich langsam vor dem Ankleidespiegel, und der fliegende Stoff folgte harmonisch ihren Bewegungen. Es war einfach berauschend.

Vorher hatte sie fast eine halbe Stunde lang in einem erlesenen Zobelmantel posiert. Sie erinnerte sich seufzend an das delikate Gefühl des Pelzes an ihrem Kinn. Larry hatte ihr erstes Entzücken und den Ausdruck ihres Verlangens festgehalten, als sie das Gesicht an den Kragen schmiegte. Doch jetzt wusste Harriet, dass sie diesen Morgenmantel mehr begehrte als zehn Zobelmäntel. Ihr schien, als sei er ihr auf den Leib geschneidert.

Sie verließ das Ankleidezimmer und beobachtete, wie Larry die Beleuchtung installierte. Diesmal hat er sich selbst übertroffen, dachte sie bewundernd. Das Licht war weich und angenehm wie Kerzenschein, und die Hintergrundbeleuchtung vermittelte den Eindruck, als strahle der Mond. Die Wirkung war zugleich romantisch und raffiniert.

„Wie schön, dass du fertig bist." Larry drehte sich um, musterte sie eingehend und stieß dann einen Pfiff aus. „Du siehst ja überwältigend aus. Jeder Mann, der dich in diesem Gewand sieht, wird sich unsterblich in dich verlieben, und jede Frau möchte an deiner Stelle sein. Manchmal versetzt du sogar mich noch in Erstaunen."

Harriet lachte. Doch in diesem Moment öffnete sich die Studiotür, und Burt trat zusammen mit Sandra ein.

„Sie sehen ja hinreißend aus, Harriet", begrüßte Burt sie, während Sandra sie nur eisig anstarrte.

„Wir wollten gerade anfangen", warf Larry ein.

„Und wir wollten auch nicht weiter stören", erwiderte Burt ungezwungen. „Sandra wollte nur das Projekt begutachten, das mich dermaßen in Atem hält."

Dass Sandra eine derart bedeutende Rolle in seinem Leben spielte, lastete schwer auf Harriets Seele. Sie wehrte sich jedoch gegen die aufkeimende Niedergeschlagenheit, indem sie sich daran erinnerte, dass ihre Gefühle für Burt völlig einseitig waren.

„Stell dich hierher", kommandierte Larry, und sie gehorchte ihm stillschweigend.

Gedämpftes Licht überzog ihre Wangen wie die Liebkosung eines Liebhabers. Der sanft beleuchtete Hintergrund schimmerte durch den feinen durchsichtigen Stoff und deutete ihre verführerische Form an.

„Perfekt", stellte Larry befriedigt fest und setzte das Gebläse der Windmaschine in Gang.

Der zarte Lufthauch wehte über ihr Haar und das Gewand. Larry begann mit den Aufnahmen.

„Ausgezeichnet. Du wirst sie alle verrückt machen. Jetzt schau in die Kamera und stell dir den Mann vor, den du liebst. Er will dich in die Arme reißen."

Harriet sah zu Burt hinüber, der ihnen Arm in Arm mit Sandra vom Hintergrund des Studios aus zusah. Sie zitterte vor Erregung.

„Los, Harriet, ich brauche Leidenschaft und nicht etwa Panik. Schau in die Kamera."

Sie gehorchte widerstandslos, versenkte sich langsam in ihre Träume und stellte sich Burt vor. Er hielt sie liebevoll fest, wie schon so oft zuvor. Seine Hände berührten sie zärtlich, und er küsste sie, nachdem er die Worte geflüstert hatte, nach denen sie sich sehnte.

„Das reicht, Harriet."

Sie war so in ihre Gedanken versunken, dass sie Larry verständnislos ansah.

„Das war großartig. Jetzt habe ich mich auch noch in dich verliebt."

Sie stöhnte. „Wenn wir heiraten, werden wir vermutlich lauter kleine Objektive ausbrüten, Larry", murmelte sie und ging ins Ankleidezimmer.

„Burt, das Negligé ist traumhaft schön", hörte sie noch Sandras Stimme. „Ich muss es haben, Liebling."

„Wenn es unbedingt sein muss, bin ich einverstanden, Sandra."

Wie konnte er das nur zulassen, fragte sich Harriet, als sie sich in der Garderobe umzog. Erschöpft lehnte sie sich an die Wand. Sie wollte dieses Negligé haben. Harriet schluchzte auf. Schließlich hatte sie sich vorgestellt, dass sie es trug, während er sie als ihr Liebhaber umarmte. Und nun gehörte das Negligé Sandra. Burt würde ihr in dieser Aufmachung nicht widerstehen können. Doch plötzlich wurde Harriet wütend. Wenn er das tatsächlich so wollte, dann sollte er doch seinen Willen haben.

Als sie das Ankleidezimmer verließ, saß Burt allein, völlig entspannt, an Larrys überladenem Schreibtisch. Harriet nahm allen Mut zusammen und ließ den großen Karton mit dem Negligé auf das Sammelsurium fallen.

„Für Ihre Freundin. Aber Sie müssen es vorher noch reinigen lassen."

So würdevoll wie möglich machte sie auf dem Absatz kehrt, doch Burt umfasste ihr Handgelenk.

„Warum sind Sie denn so garstig, Harriet?"

„Garstig? Was meinen Sie damit?"

„Irgendetwas hat Sie aus der Fassung gebracht, und ich glaube auch zu wissen, was es ist."

„Ich höre wohl nicht richtig." Harriet versuchte vergeblich, ihn abzuwehren, und wurde immer wütender. „Mischen Sie sich bitte nicht in meine Angelegenheiten. Mein Vertrag mit Ihnen verpflichtet mich keineswegs, Ihnen Rechenschaft über meine Gefühle zu geben." Sie versuchte, sich mit der anderen Hand von ihm loszumachen, aber er packte sie bei den Schultern und schüttelte sie erbarmungslos.

„Hören Sie endlich auf, und sagen Sie mir, was in Sie gefahren ist."

„Ganz einfach. Sie platzen hier mit Ihrer rothaarigen Freundin herein und schenken ihr das Negligé. Sie wickelt Sie mit einem simplen Augenaufschlag um den Finger."

„Ist das alles? Harriet, wenn Sie dieses verdammte Ding haben wollen, werde ich es Ihnen besorgen."

„Zu gütig", fuhr sie ihn wütend an. „Mit Ihrem Flitterkram können Sie meine gute Laune nicht erkaufen. Heben Sie sich Ihre Großzügigkeit für eine andere Person auf, und lassen Sie mich jetzt gehen."

„Nicht, ehe Sie sich wieder beruhigt haben und ehe wir die Wurzel des Übels angepackt haben."

Plötzlich weinte Harriet. „Sie verstehen mich nicht. Sie verstehen überhaupt nichts."

„Hören Sie auf." Er wischte ihr die Tränen von den Wangen. „Tränen sind mein Verhängnis. Ich weiß nicht, wie man damit umgeht. Bitte, weinen Sie nicht, Harriet. Ich weiß überhaupt nicht mehr ein noch aus. Warum dieser Aufwand für ein simples Nachthemd? Nehmen Sie es, denn es scheint Ihnen ja viel zu bedeuten."

Er überreichte ihr den Karton. „Sandra besitzt solche Kleidungsstücke haufenweise." Diese Worte sollten ermutigend klingen, doch sie bewirkten das genaue Gegenteil.

„Ich will dieses Ding nicht haben und es nie mehr wiedersehen", rief sie mit tränenerstickter Stimme. „Ich hoffe nur, dass Sie und Ihre Geliebte es zu würdigen wissen."

Sie machte einen Bogen um Burt, griff nach ihrem Mantel und verließ schleunigst das Studio.

Draußen auf dem Bürgersteig stampfte Harriet mit den Füßen gegen die Kälte an. Wie dumm von mir, mein Herz an ein

Stück Stoff zu hängen, beschimpfte sie sich. Und dazu noch an einen arroganten, gefühllosen Mann, der sein Herz an eine andere Frau verloren hat. Sie stoppte ein Taxi, aber da umfingen sie kräftige Arme und sie erkannte Burts Ledermantel.

„Jetzt habe ich aber genug von Ihrer schlechten Laune, Harriet, und ich möchte auch nicht, dass das so weitergeht." Seine Stimme klang tief und gefährlich, doch Harriet warf den Kopf zurück und sah Burt fest an.

„Wir haben uns nichts mehr zu sagen."

„O doch. Wir haben uns sehr viel zu sagen."

„Ich glaube, Sie verstehen mich nicht." Harriet sprach mit der übertriebenen Geduld, die ein erwachsener Mensch einem unterentwickelten Kind zukommen lässt. „Sie sind eben ein Mann."

„Da haben Sie durchaus recht. Ich bin ein Mann." Er zog sie an sich, küsste sie zornig und zwang sie, ihre Lippen zu öffnen. Alles war Harriet gleichgültig außer seiner Berührung, und sie beide vergaßen völlig ihre Umgebung.

Als er sie nach scheinbar endloser Zeit endlich losließ, wandte sie sich schwer atmend von ihm ab.

„Nachdem Sie Ihre Männlichkeit unter Beweis gestellt haben, muss ich jetzt aber wirklich gehen."

„Vergessen Sie das Taxi. Wir werden unsere Unterhaltung oben im Studio beenden."

„Wir haben uns nichts mehr zu sagen." Ich darf jetzt nicht mit ihm allein sein, dachte sie aufgebracht. Er würde mir meine Empfindlichkeit sofort anmerken. „Wenn Sie sich weiter so gewalttätig benehmen, werde ich Ihnen eine Szene machen und losschreien."

„Glauben Sie mir doch, Harriet. Wir haben noch einige Dinge zu klären." Er hielt sie am Ärmel fest.

„Burt, die Dinge sind uns über den Kopf gewachsen", sagte sie weich und spürte, dass ihre Beine nachgaben. „Es war albern, dass wir beide die Nerven verloren haben."

„Gut. Lassen wir das Thema einstweilen fallen."

Harriet seufzte zitternd. Sie wusste, dass sie das Gespräch beenden musste, um ihm nicht doch wieder nachzugeben. Deshalb winkte sie ein Taxi herbei.

Burt lächelte sie unsagbar amüsiert an. „Immer wieder gelingt es lhnen, mich zu überraschen."

Anstelle einer Antwort schlug sie die Tür des Fahrzeugs hinter sich zu.

Weihnachten rückte näher, und die Stadt erstrahlte im feierlichen Festtagsglanz. Harriet beobachtete aus ihrem Fenster, wie die Menschen durch die hell erleuchteten Straßen eilten. Schnee fiel auf die Gehsteige, und die weißen Verwehungen versetzten Harriet in Urlaubsstimmung. Die riesigen Flocken fielen unaufhörlich zu Boden, als würden sie aus einem unermesslichen Kissen geschüttelt.

Die Aufnahmen waren inzwischen beendet, und Harriet hatte Burt während der letzten Tage nur selten gesehen. Ich werde ihm nicht mehr allzu häufig begegnen, überlegte sie, und dieser Gedanke lastete düster auf ihrer erwartungsfrohen Stimmung. Ihre Arbeit war abgeschlossen, es würde keinen täglichen Kontakt mehr geben und keine zufälligen Begegnungen. Sie seufzte und schüttelte den Kopf. Morgen werde ich nach Hause fahren, um dort mit der ganzen Familie Weihnachten zu feiern, tröstete sie sich.

Das brauchte sie jetzt unbedingt. Sie schloss die Augen und dachte an Burt. Einen durchgreifenden Szenenwechsel, eine andere Umgebung. Zehn Tage, die ihre Wunden heilen würden. Eine Zeit, um all ihre Zukunftspläne neu zu überdenken, Pläne, die ihr jetzt so hoffnungslos langweilig und unbefriedigend vorkamen.

Plötzlich klopfte es an der Tür. Harriet ging auf den Flur. „Wer ist da?", rief sie, als sie die Hand auf den Türknauf legte.

„Der Weihnachtsmann."

„Burt?", stammelte sie fassungslos. „Sind Sie es?"

„Offenbar kann ich Sie nicht an der Nase herumführen. Lassen Sie mich rein, oder müssen wir uns durch die geschlossene Tür unterhalten?"

„Ach, Verzeihung." Harriet machte sich am Sicherheitsschloss zu schaffen und öffnete. Burts hochgewachsene Gestalt lehnte lässig und sportlich am Türrahmen.

„Inzwischen schließen Sie also ab." Sein Blick glitt über ihren perlfarbenen Hausmantel. „Darf ich eintreten?"

„Aber natürlich." Sie wich einen Schritt zurück und versuchte, ihre Fassung wiederzugewinnen. „Ich dachte immer, der Weihnachtsmann käme durch den Kamin."

„Nicht dieser hier", erwiderte Burt trocken und zog seinen Mantel aus. „Ich könnte jetzt einen großen Schluck von Ihrem ausgezeichneten Whisky vertragen. Draußen friert es nämlich erbärmlich."

„Das ernüchtert mich. Nach allem, was ich weiß, ernährt der Weihnachtsmann sich von Keksen und Milch."

„Wenn er ein ganzer Kerl ist, verstaut er einen Flachmann in seinem roten Kittel."

„Sehr witzig." Sie ging in die Küche, fand auch gleich den Scotch und füllte ein Glas.

„Gekonnt ist gekonnt." Burt stand auf der Türschwelle. „Wollen Sie nicht mithalten und mit mir auf die Feiertage anstoßen?"

„Lieber nicht." Harriet rümpfte die Nase. „Dieses Zeug schmeckt wie die Seife, mit der man mir als Kind den Mund ausgewaschen hat."

„Sie haben Format, Harriet", bemerkte er trocken und nahm ihr das Glas aus der Hand. „Deshalb frage ich lieber nicht, warum Ihnen der Mund ausgewaschen worden ist."

„Ich würde es Ihnen auch nicht erzählen."

„Gut, dann trinken Sie eben etwas anderes. Ich trinke nicht gern allein."

Sie öffnete den Kühlschrank und griff nach einem Krug mit Orangensaft.

„Sie leben sehr gefährlich", scherzte er, als sie sich ein Glas eingoss. Gemeinsam gingen sie wieder ins Wohnzimmer.

„Mir kam zu Ohren, dass Sie morgen früh nach Kansas fahren wollen." Burt ließ sich auf dem Sofa nieder, während Harriet sich auf einen Stuhl ihm gegenüber setzte.

„Das stimmt. Erst am Tag nach Neujahr werde ich wieder in New York zurück sein."

„Dann wünsche ich Ihnen ein frohes Weihnachtsfest und schon jetzt ein glückliches neues Jahr." Er prostete ihr zu. „Wenn es zwölf schlägt, werde ich an Sie denken."

„Schlag zwölf werden Sie viel zu beschäftigt sein, um an mich zu denken", gab sie zurück.

Er lächelte und trank einen Schluck. „Ich werde schon eine Minute Zeit finden, um Ihnen aus der Ferne zuzuprosten."

Harriet schaute in ihr Glas und antwortete nicht.

„Im Übrigen habe ich Ihnen etwas mitgebracht, Harriet." Er zog ein Päckchen aus seiner Jackentasche.

Sie sah es stumm an. Dann sagte sie verlegen: „Aber ich habe überhaupt nichts für Sie."

„Wirklich nicht?", fragte er gelassen, und sie errötete.

„Burt, ich kann es nicht annehmen. Es wäre mir peinlich. Ich würde mich verpflichtet fühlen."

„Betrachten Sie es als das Geschenk eines Herrschers an einen seiner Untertanen." Er nahm ihr das Glas aus der Hand und schob ihr stattdessen das Päckchen zu.

„Sie haben ein erstaunliches Gedächtnis." Wider ihren Willen musste sie lächeln.

„Wie ein Elefant." Ungeduldig fügte er hinzu: „Öffnen Sie es. Sie können ja doch nicht widerstehen."

„Allerdings", gab sie zu. „Alles, was mit Weihnachtspapier umwickelt ist, fasziniert mich."

Sie entfernte das elegante Glanzpapier, und dann stockte ihr der Atem, als sie den Inhalt der Schachtel betrachtete. Nachtblaue Saphirohrringe glänzten ihr aus dem samtgefütterten Etui entgegen.

„Sie haben mich an Ihre Augen erinnert, leuchtend blau und erlesen. Es wäre ein Verbrechen gewesen, wenn sie eine andere Frau schmücken würden."

„Sie sind wunderschön", murmelte Harriet, als sie sich wieder gefasst hatte. „Aber Sie hätten sie nicht ausgerechnet für mich kaufen sollen."

„Möglich. Und doch sind Sie froh, dass ich es getan habe."

Harriet lächelte ihn an. „Zugegeben, die Überraschung ist Ihnen gelungen. Ich weiß nur nicht, wie ich Ihnen danken soll."

„Aber ich." Burt zog sie vom Stuhl hoch und umarmte sie. „Das ist der schönste Dank, den ich mir vorstellen kann." Er berührte ihre Lippen, und nachdem sie einen Augenblick gezögert hatte, erwiderte sie seinen Kuss und vergaß all ihre Dankbarkeit. Dann befreite sie sich sanft aus seinen Armen.

„Es sind zwei Ohrringe, mein Liebes." Wieder küsste er sie, diesmal fordernder, und ihre Lippen öffneten sich. Ihr Körper drängte sich ihm entgegen, sie legte die Arme um seinen Nacken und streichelte sein Haar. Sie überließ sich ganz ihren Gefühlen, und sie spürte nur noch seinen Mund und seinen muskulösen Körper, der mit ihrer biegsamen Gestalt verschmolz.

Als ihre Lippen sich endlich voneinander lösten, sah er sie mit vor Erregung schwarzen Augen an. „Schade, dass Sie nur zwei Ohren haben." Seine Stimme klang heiser, und er beugte den Kopf zu ihr hinunter.

Harriet lehnte die Stirn an seine Brust und holte tief Atem. „Bitte, Burt", flüsterte sie und ließ die Hände auf seine Schultern sinken, „ich kann keinen klaren Gedanken mehr fassen, wenn Sie mich küssen."

„Auch jetzt noch nicht?" Einen Augenblick lang vergrub er den Mund in ihrem Haar. „Das klingt ja hochinteressant." Er schob seine Hand unter ihr Kinn und musterte ihre Gesichtszüge. „Das ist ein sehr gefährliches Eingeständnis, Harriet. Ich könnte es ausnutzen."

Er unterbrach sich und betrachtete weiter das zerbrechliche, verletzliche Gesicht. „Aber diesmal werde ich es nicht tun." Er gab sie frei.

Am liebsten wäre sie ihm wieder um den Hals gefallen. Doch er ging zum Tisch, leerte sein Glas und griff nach seinem Mantel. An der Tür drehte er sich noch einmal um und lächelte sie charmant an.

„Frohe Weihnachten, Harriet."

„Frohe Weihnachten, Burt", flüsterte sie, als er die Tür mit einem raschen Griff hinter sich schloss.

Die Luft war eiskalt, so rein und klar wie immer. Der Himmel glänzte blau und wolkenlos. Harriet betrat das lang gestreckte Farmhaus und erinnerte sich einen Augenblick lang an ihre Kindheit.

„Tom, warum kommst du durch die Vordertür?" Sarah Baxter eilte aus der Küche und wischte die Hände an einer blendend weißen Schürze ab. „Harriet." Sie rührte sich nicht mehr vom Fleck, als sie ihre schlanke schöne Tochter mitten im Zimmer stehen sah. „Die Zeit ist wie im Flug vergangen, ich hatte dich noch gar nicht erwartet."

Harriet umarmte ungestüm ihre Mutter. „Wie schön, wieder zu Hause zu sein, Mom."

Falls Harriets Mutter den verzweifelten Unterton in Harriets Stimme wahrgenommen haben sollte, ließ sie es sich jedenfalls nicht anmerken. Stattdessen umarmte sie ihre Tochter gleichermaßen herzlich. Dann trat sie einen Schritt zurück und betrachtete Harriet mit dem geübten Blick einer Mutter. „Du könntest ruhig ein paar Pfund zunehmen."

„Ach, sieh mal einer an, wen der Wind von New York uns hereingeblasen hat." Tom Baxter kam durch die Schwingtür der Küche und schloss Harriet kräftig in die Arme. Sie genoss seinen Geruch nach frischem Heu und Pferden. „Lass mich dich ansehen." Er schob sie von sich und wiederholte,

was seine Frau kurz zuvor gesagt hatte. „Trotz deines Unter-
gewichts siehst du fantastisch aus." Er lächelte über Harriets
Kopf hinweg seine Frau an. „Wir haben das große Los mit ihr
gezogen, nicht wahr, Sarah?"

Harriet half ihrer Mutter in der großen Küche, in der auch
die Angestellten ihre Mahlzeiten einnahmen. Köstlichkeiten
verbreiteten ihren Wohlgeruch vom Herd her. Harriet erlaubte
ihrer Mutter schweigend, sich über ihre Brüder und deren
Familien auszulassen, und wehrte sich gegen ihre Sehnsucht
nach Burt. Unbewusst griff sie nach den blauen Edelsteinen
an ihren Ohren. Sie wandte ihr Gesicht ab in der Hoffnung,
dass die scharfen Augen ihrer Mutter nicht mitbekommen
würden, dass sie weinte.

Am Weihnachtsmorgen erwachte Harriet mit der Sonne und
kuschelte sich noch einmal in die Laken des Betts, das ihr von
Jugend an gehört hatte. Am Abend zuvor war es spät geworden, doch trotzdem hatte sie nicht einschlafen können. Bis in
die frühen Morgenstunden hatte sie wach gelegen und dabei
einzig und allein an Burt gedacht. Dagegen war kein Kraut gewachsen. Sie sehnte sich nach ihm.

Ich kann nichts dafür, sagte sie sich trostlos. Ich liebe ihn.
Und gleichzeitig hasse ich ihn, weil er mich nicht auch liebt.
Zwar will er mich besitzen, daraus hat er keinen Hehl gemacht,
aber das hat nichts mit Liebe zu tun. Wie konnte das nur passieren? Er ist arrogant, unbeherrscht, aggressiv und viel zu
sehr von sich eingenommen. Warum macht mir das auf einmal
nichts mehr aus? Was ist nur mit mir los? Warum muss ich fast
ununterbrochen an ihn denken?

Es ist Weihnachten, erinnerte sie sich. Burt Bardoff darf mir
diesen Tag nicht verderben.

Harriet schob energisch die Steppdecke zurück, stand auf,
hüllte sich in einen weichen Morgenmantel und eilte aus dem
Zimmer.

Das Haus befand sich bereits in hellem Aufruhr. Um den Weihnachtsbaum waren alle Leute versammelt, die zum Haushalt gehörten, und feierten Weihnachten. Sie freuten sich über die Geschenke, umarmten einander und tauschten Küsse aus.

Später ging Harriet nach draußen. Die dünne Eisschicht über dem Schnee krachte unter ihren Stiefeln, und sie zog die abgetragene Arbeitsjacke ihres Vaters etwas fester um ihre schmalen Schultern. Sie gesellte sich zu ihrem Vater in der Scheune und maß automatisch das Korn für die Pferde ab, so natürlich und routinemäßig, als hätte sie es jeden Tag getan.

„Du bist trotz allem immer noch eine erfahrene Landarbeiterin, nicht wahr?" Obwohl diese Bemerkung spaßhaft gemeint war, unterbrach Harriet die Arbeit und sah ihren Vater ernst an.

„Ja, ich glaube, du hast recht."

„Harriet", sagte er behutsam, als er ihre trüben Augen betrachtete, „was ist los mit dir?"

„Ich weiß nicht." Sie seufzte tief. „Manchmal kommt mir New York so vollgestopft mit Menschen vor. Ich fühle mich dann richtig eingeschlossen."

„Wir dachten, dass du dort sehr glücklich seist."

„Das stimmt auch. Es ist eine aufregende Stadt. Man sieht so viele Menschen unterschiedlichster Herkunft." Sie unterdrückte den Gedanken an klare graue Augen und ein markantes Gesicht. „Aber dann wieder sehne ich mich nach Ruhe, Freiheit und Frieden. In letzter Zeit hatte ich etwas Heimweh. Das ist alles. Diese Bildgeschichte, an der ich arbeitete, war faszinierend, hat mich aber völlig ausgelaugt." Nicht die Arbeit an dem Projekt, ergänzte sie für sich, sondern der Mann, der dahintersteckt.

„Harriet, wenn du unglücklich bist und Sorgen hast, würde ich dir gern helfen."

Einen Augenblick lang hatte sie das Bedürfnis, sich an die Schulter ihres Vaters zu lehnen und ihm über ihre Zweifel und Enttäuschungen zu berichten. Doch warum sollte sie ihn belasten? Was konnte er dagegen tun, dass sie einen Mann liebte, der sie nur als Zeitvertreib und als Absatzförderung für seine Magazine betrachtete? Wie konnte sie erklären, dass sie unglücklich war, weil sie einen Mann getroffen hatte, der unwissentlich und mühelos ihr Herz erobert hatte? Bei diesen Gedanken schüttelte sie den Kopf und lächelte ihren Vater an.

„Es ist wirklich nichts weiter. Vielleicht handelt es sich nur um eine augenblickliche Niedergeschlagenheit, weil meine Arbeit zu Ende ist." Nach einer kurzen Pause sagte sie: „Ich werde jetzt die Hühner füttern."

Am Nachmittag strömten zahlreiche Menschen ins Haus, das von Stimmengewirr, Gelächter und dem Lärmen der Kinder widerhallte. Familiengespräche und aufrichtige Zuneigung halfen Harriet über ihren Schmerz hinweg.

Am späten Abend befand Harriet sich allein im Wohnzimmer und sträubte sich dagegen, ins Bett zu gehen.

Zusammengekauert saß sie in einem Sessel und betrachtete die festliche Beleuchtung des Raums. Dabei fragte sie sich, wie Burt diesen Weihnachtstag gefeiert haben mochte. Vielleicht hatte er ihn ruhig mit Sandra verbracht oder auf einer Party in irgendeinem Landclub. Genau jetzt saßen sie vermutlich vor einem flackernden Feuer, und Sandra schmiegte sich in dem verführerischen Negligé in seine Arme.

Harriet spürte einen stechenden Schmerz, wie von einer Pfeilspitze, und sie war wütend, eifersüchtig und zugleich hoffnungslos verzweifelt. Ihr Vorstellungsvermögen war stärker als sie und ließ sie nicht zur Ruhe kommen.

Die Tage zu Hause verstrichen schnell, und Harriet überließ sich dankbar der wohltuenden Routine. Der Wind von Kansas fegte einen Großteil ihrer Niedergeschlagenheit hinweg. Oft unternahm sie weite, einsame Spaziergänge, betrachtete die Hügelketten und die Ackerflächen mit dem Winterweizen.

Großstadtmenschen würden mich nie verstehen, überlegte sie. In ihren eleganten Apartments mit Ausblick auf Stahl- und

Betonklötze würden sie niemals nachvollziehen können, wie sehr man das Landleben genießen kann. Sie war ein Teil dieses Landes und fühlte sich mit seiner Weite verwoben.

Das Land ist unbezähmbar, hier waren Indianer gewesen, Präriebewohner, Pioniere und Farmer. Sie kamen und gingen wieder, lebten und starben, doch das Land überlebte sie alle. Und wenn nach ihr eine neue Generation aufwuchs, würde der Weizen weiter gedeihen in der glühenden Sommerhitze. Das Land verschenkte großzügig alles, was zum Leben gebraucht wurde. Reich und fruchtbar gedieh der Weizen Jahr für Jahr. Aber man musste hart dafür arbeiten.

Ja, ich bin immer noch ein Mädchen vom Land geblieben, gestand sie sich ein. Ich liebe seinen Geruch und möchte es unter meinen nackten Füßen spüren. Und trotzdem gehöre ich nach New York.

Dort erwartet mich eine Karriere. Ich kann jetzt nicht einfach das Handtuch werfen, mit meinen vierundzwanzig Jahren, und wieder auf der Farm leben. Ich muss zurückkehren und tun, was von mir erwartet wird. Sie missachtete die flüsternde Stimme, dass ihre Entscheidung allein von einem Mann abhing, der ebenso wie sie in New York lebte.

Das Telefon läutete in dem Moment, als sie nach einem ihrer Ausflüge wieder ins Haus zurückkehrte. Sie zog die Jacke aus und hob den Hörer ab.

„Ja, bitte?"

„Hallo, Harriet."

„Burt?" Sie wusste nicht, dass Schmerz sich so schnell bei dem Klang einer vertrauten Stimme einstellen konnte. Ihr Herz fing unvermittelt an, laut zu pochen.

„Richtig." Sein Ton klang spöttisch wie immer. „Wie geht es Ihnen?"

„Ausgezeichnet." Sie riss sich zusammen. „Ich bin erstaunt, dass Sie anrufen. Gibt es irgendein Problem?"

„Problem?", erwiderte er, und sie konnte sein Lächeln ahnen. „Jedenfalls nichts Außergewöhnliches. Ich dachte nur, dass ich Sie an New York erinnern müsste. Vergessen Sie ja nicht, wieder zurückzukommen."

„Nein, ich denke laufend daran. Haben Sie etwas Besonderes für mich im Sinn?"

„Ein oder zwei Dinge hätte ich schon im Sinn. Wollen Sie unbedingt gleich wieder arbeiten?"

„Ja, ich möchte noch nicht zum alten Eisen gehören."

„Kommen Sie erst einmal zurück. Dann werden wir weitersehen. Es wäre wirklich dumm, wenn wir Ihre Talente nicht zweckmäßig einsetzen würden."

Seine Stimme klang wie abwesend, als beschäftigte er sich schon wieder mit einem geeigneten Projekt.

„Ich bin sicher, dass Sie nach einer Idee Ausschau halten, die für Sie ebenso Erfolg versprechend ist wie für mich", fiel sie in seinen geschäftsmäßigen Tonfall ein.

„Hm. Sie werden am Wochenende wieder zurückkommen?"

„Ja, am zweiten Januar."

„Dann bin ich auch erreichbar. Nehmen Sie inzwischen keine Angebote an. Wir werden Sie wieder vor die Kamera holen. Das ist es doch, was Sie wollen, oder irre ich mich?"

„In Ordnung. Gut. Danke für Ihren Anruf."

„Es war mir ein Vergnügen. Wir werden uns sofort treffen, wenn Sie wieder zurück sind."

„Ja, Burt." Sie wollte noch irgendetwas sagen, den Kontakt nicht unterbrechen. Vielleicht wollte sie auch nur, dass er sie noch einmal mit ihrem Namen ansprach.

„Ja, bitte?"

„Es ist nichts weiter." Sie schloss die Augen und verwünschte ihre mangelnde Schlagfertigkeit. „Ich möchte nur bald wieder von Ihnen hören."

„Fabelhaft." Eine Weile lang sagte er gar nichts. Und dann wurde seine Stimme sanfter: „Ich wünsche Ihnen einen angenehmen Aufenthalt zu Hause, Harriet."

6. KAPITEL

Als Harriet nach New York zurückkam, rief sie als Erstes von ihrem Apartment aus Larry in seiner Wohnung an.

Eine weibliche Stimme begrüßte sie. Harriet zögerte und entschuldigte sich.

„Es tut mir leid. Wahrscheinlich habe ich eine falsche Nummer gewählt."

„Harriet?", unterbrach die Stimme. „June am Apparat."

„June?", wiederholte sie verwirrt. „Wie geht es dir, und wie hast du das Fest verbracht?"

„Fabelhaft, um auf deine beiden Fragen zu antworten. Larry sagte mir, dass du nach Hause gefahren bist. War es nett?"

„Schön wie immer, wenn ich zu Hause bin."

„Warte einen Moment, Harriet, ich hole Larry."

Harriet sagte, das sei nicht nötig, aber da schaltete Larry sich schon ein.

„Stell dich doch nicht stumm, Harriet. June hilft mir nur eben bei meiner Arbeit mit den verstaubten Fotomagazinen, die müssen schließlich hin und wieder auf Vordermann gebracht werden."

Es war schon seltsam, dass er sich dabei von June helfen ließ. Seine Beziehung zu ihr musste ziemlich weit gediehen sein, denn nichts war ihm heiliger als seine kostbaren Magazine.

„Ich wollte dir nur sagen, dass ich wieder zurück bin. Für alle Fälle."

„Hm, gut, aber darüber solltest du dich besser mit Burt unterhalten. Du bist noch immer vertragsmäßig an ihn gebunden. Warum rufst du ihn also nicht an?"

„Das ist nicht der Mühe wert", antwortete sie nachlässig. „Ich sagte ihm genau, wann ich hier wieder zu erreichen bin. Und er kennt meine Telefonnummer."

Einige Tage verstrichen, ehe Burt wieder von sich hören ließ. Die meiste Zeit verbrachte Harriet zu Hause wegen der heftigen Schneefälle, die unaufhaltsam über der Stadt niedergingen. Die unfreiwillige Gefangenschaft empfand sie als nervenaufreibend nach der Freiheit, die sie in Kansas genossen hatte. Mit wachsender Hoffnungslosigkeit sah sie aus dem Fenster auf die Straßen.

Eines Abends hatte Lisa sich Zeit genommen, ein paar Stunden bei Harriet zu verbringen und mit ihr zu Abend zu essen. Beide hatten sich eine ganze Weile nicht gesehen. Harriet bereitete gerade einen Kopfsalat zu, als das Telefon läutete. Sie bat Lisa, den Anruf anzunehmen.

Lisa nahm den Hörer ab und sagte formvollendet: „Hier ist das Apartment von Miss Harriet Baxter, mein Name ist Lisa McDonald. Miss Baxter wird sofort an den Apparat kommen, sobald sie ihre Hände vom Salat befreit hat."

„Lisa", lachte Harriet und eilte ans Telefon. „Dir kann man nicht über den Weg trauen."

„Kein Grund zur Beunruhigung", verkündete Lisa laut und hielt Harriet den Hörer hin. „Es ist nur eine unglaublich sinnliche Männerstimme."

„Danke, geh wieder in die Küche", sagte Harriet und nahm den Hörer. „Ich muss mich vermutlich für meine übermütige Freundin entschuldigen. Sie hat sich bei Ihnen als meine Haushälterin vorgestellt. Das stimmt nicht. Sie macht nur sehr viel Wirbel."

„Keine Sorge. Ich habe mich sehr über sie amüsiert."

„Burt?"

„Wer denn sonst? Schön, dass Sie wieder in Ihrem Betondschungel sind, Harriet. Wie war es in Kansas? Haben Sie die Zeit mit Ihrer Familie genossen?"

„Ich kann nicht klagen", sagte sie schnell. „Es war wundervoll."

„Hm, das klingt ja verlockend. Haben Sie auch schön Weihnachten gefeiert?"

„Allerdings. Und haben Sie die Feiertage genossen?"

„Sehr. Aber wahrscheinlich war es bei mir viel ruhiger als bei Ihnen."

„Bestimmt ganz anders", erwiderte Harriet gereizt.

„Nun ja, das liegt jetzt hinter uns. Ich rufe wegen des kommenden Wochenendes an."

„Wegen des kommenden Wochenendes?"

„Ja, ich plane einen Ausflug in die Berge."

„Berge?"

„Sie sprechen ja wie ein Papagei. Sind Sie am Freitag, Sonnabend und Sonntag frei?"

„Nun … also ja, ich habe nichts Besonderes vor."

„Sehr schön. Sind Sie jemals Ski gelaufen?"

„In Kansas? Ich habe gehört, dass man zum Skilaufen Berge braucht."

„Stimmt. Aber das macht nichts. Ich möchte ein paar Aufnahmen von einer jungen Dame haben, die fröhlich im Schnee herumtollt. Ich besitze eine gemütliche Hütte in den Adirondacks am Lake George. Das wäre genau die richtige Umgebung, wo wir Geschäft und Vergnügen miteinander verbinden können."

„Wir?" Harriet war entsetzt.

„Kein Grund zur Panik", spöttelte er. „Ich habe nicht die geringste Absicht, Sie in der Wildnis zu verführen, obgleich der Gedanke daran einige reizvolle Aspekte hat." Er machte eine Pause und lachte dann laut auf. „Sie erröten ja. Das merke ich selbst durchs Telefon."

„Sehr komisch." Harriet war wütend, dass er in ihr lesen konnte wie in einem Buch. „Jetzt erinnere ich mich aber doch, dass ich am Wochenende eine dringende Verabredung habe. Deshalb …"

„Nun aber langsam, Harriet. Sie stehen bei mir immer noch unter Vertrag. Deshalb mache ich meine Rechte auf Sie bis zum vereinbarten Termin im März geltend. Sie wollten wieder arbeiten, also beschäftige ich Sie erneut."

„Ja, aber …“

„Lesen Sie das Kleingedruckte in Ihrem Vertrag, und halten Sie sich am Wochenende frei. In der Zwischenzeit sollten Sie sich beruhigen. Ich werde Sie mit meinen unehrenhaften Absichten verschonen. Larry und June werden mit von der Partie sein. Später wird dann noch mein stellvertretender Atelierleiter Bud Lewis dazukommen.“

„Aha.“ Harriet wusste nicht, ob sie erleichtert oder enttäuscht war.

„Ich werde für die passende Winterausrüstung sorgen. Freitag früh um sieben Uhr dreißig werde ich Sie abholen. Also packen Sie bis dahin und halten Sie sich bereit.“ Ohne ein weiteres Wort legte er auf.

„Was war denn das? Du siehst ja ganz niedergeschmettert aus.“ Lisa stand im Rücheneingang und beobachtete ihre Freundin.

„Ich werde am Wochenende in die Berge fahren“, sagte sie in Gedanken versunken, wie zu sich selbst.

„In die Berge?“, wiederholte Lisa. „Etwa mit dem Mann, der so eine aufregende Stimme hat?“

„Das war eine Arbeitsanweisung von Burt Bardoff, die auch noch einige andere Mitarbeiter betrifft.“

Der Freitag brach klar, wolkenlos und bitterkalt an. Harriet hatte gepackt und war zum Aufbruch bereit. Sie genoss gerade ihre zweite Tasse Tee, als die Türglocke läutete.

„Guten Morgen, Harriet“, sagte Burt, als sie öffnete. „Sind Sie bereit, sich der abgelegenen Wildnis auszuliefern?“

Er trug eine hüftlange Schaffelljacke, solide Cordjeans und derbe Stiefel. Er wirkte irgendwie rau und glich in keiner Weise mehr dem kühlen, berechnenden Geschäftsmann, an den sie sich gewöhnt hatte. Sie umfasste fest den Türknauf, bewahrte ihre Fassung und bat ihn einzutreten.

Sie versicherte ihm, dass sie fast fertig sei, stellte ihre leere Tasse in den Ausguss, zog ihren Mantel über den Pullover und die Jeans und stülpte eine braune Skimütze über das Haar. Burt beobachtete sie schweigend.

„Ich bin bereit." Plötzlich sah sie, dass er sie eindringlich musterte. Nervös fuhr sie sich mit der Zunge über die Lippen. „Können wir jetzt gehen?"

Er nickte und griff nach der Tasche neben dem Sofa. Sie wollte das Gleiche tun, und dabei berührten sie sich. Sie errötete. Lächelnd hob er die Brauen, nahm Harriet bei der Hand und geleitete sie aus der Tür.

Burt verließ die Stadt mit seinem Mercedes in nördlicher Richtung. Er fuhr schnell und wendig am Hudson entlang und unterhielt sich gleichzeitig mit Harriet. Sie genoss die Wärme im Inneren des Autos und vergaß völlig, dass sie sich sonst in der Nähe dieses Mannes immer unbehaglich fühlte. Als sie kleine Städte und Dörfer passierten, konnte sie kaum fassen, dass sie sich immer noch im Staat New York befanden. Sie kannte nur Manhattan und die nähere Umgebung dieses Stadtteils. Während sie ihre Mütze absetzte und ihr volles Haar schüttelte, gab sie ihren Gedanken Ausdruck.

„In New York gibt es nicht nur Wolkenkratzer", belehrte Burt sie mit einem leisen Lächeln. „Berge, Täler, Wälder – von allem etwas. Höchste Zeit, dass Sie Ihren Eindruck korrigieren."

„Ich dachte immer, dass man in diesem Ort nur arbeiten könne", gab sie zu und drehte sich zur Seite, um Burt anzusehen. „Laut, geschäftig und unleugbar aufregend, doch trotzdem manchmal zermürbend, weil man nie zur Ruhe kommt. Die Stille zu Hause ist umso kostbarer."

„Und Kansas ist immer noch Ihre Heimat, nicht wahr?", entgegnete Burt, schien dabei aber an etwas ganz anderes zu denken. Er schaute grübelnd auf die Straße vor ihnen. Harriet ärgerte sich über seinen Stimmungsumschwung und konzentrierte sich wortlos auf die Umgebung.

Sie fuhren weiter nordwärts, und Harriet vergaß die Zeit, so sehr war sie vom Anblick der Landschaft überwältigt. Als sie die Catskills sah, stieß sie einen kleinen Freudenschrei aus und umfasste Burts Arm. „Schauen Sie mal – die Berge."

Sie lächelte ihm zu, und er erwiderte ihren Blick. Darüber freute sie sich wie ein Kind. „Vielleicht komme ich Ihnen närrisch vor. Aber wenn man nur Weizenäcker und welliges Hügelland kennt, ist dies wie ein Traum."

„Sie sind nicht närrisch, Harriet. Ich finde Sie überaus charmant." Er küsste ihre Hand, und ein Blitz durchzuckte ihren Körper. Wie konnte sie sich nur gegen ihre widerstreitenden Gefühle wehren?

„Ich brauche jetzt unbedingt einen Kaffee." Burt wandte sich Harriet zu. „Wie ist es mit Ihnen? Trinken Sie einen Tee?"

„Gern", antwortete sie ungezwungen.

Burt parkte den Mercedes vor einem Café in dem Städtchen Catskill. Er stieg aus, und sie tat es ihm gleich, ehe er auf ihre Seite kommen und die Tür öffnen konnte. Die Aussicht auf die Berge überwältigte sie.

„Sie sind nicht so hoch, wie sie aussehen", bemerkte Burt, „höchstens ein paar Hundert Meter über dem Meeresspiegel. Ihr wunderschöner Gesichtsausdruck würde sich noch mehr verändern, wenn Sie erst einmal die Rocky Mountains oder die Alpen sähen."

Er nahm ihre Hand und führte sie aus der Kälte in das gut geheizte Café. Dort setzten sie sich an einen kleinen Tisch am Fenster. Harriet schälte sich aus ihrem Mantel und schaute konzentriert auf die winterliche Landschaft.

„Kaffee für mich und Tee für die Dame. Sind Sie hungrig, Harriet?"

„Wie bitte? Nein. Ach, doch, etwas." Sie lächelte, denn am Morgen hatte sie nicht gefrühstückt. Das Knurren ihres Magens hatte sie dennoch kaum wahrgenommen.

„Hier gibt es einen wunderbaren Teekuchen." Er bestellte zwei Scheiben, ehe Harriet protestieren konnte.

„So etwas esse ich im Allgemeinen nicht." Harriet dachte eher an eine halbe Grapefruit.

„Liebe Harriet, ein Stück Kuchen schadet Ihnen bestimmt nicht. Denken Sie nicht zu viel an Ihre Figur. Ein paar Pfund mehr werden Sie nicht gleich ruinieren."

„So?" Empört hob sie das Kinn. „Bisher hat sich noch keiner über meine Figur beschwert."

„Das glaube ich gern, und auch ich werde es nicht tun. Inzwischen bin ich ganz hingerissen von großen schlanken Frauen, obwohl der zerbrechliche Eindruck manchmal beunruhigend wirkt." Er strich eine lockere Strähne aus ihrem Gesicht.

Harriet hielt es für angebracht, weder auf seine Bemerkung noch auf seine Bewegung zu reagieren. „Nie zuvor habe ich eine Fahrt derart genossen", sagte sie wie beiläufig. „Wie weit ist es noch bis zum Ziel?"

„Wir befinden uns auf halber Strecke." Burt goss sich Sahne in den Kaffee. „Gegen Mittag werden wir dort sein."

„Und wann kommen die anderen? Ich meine, fahren sie alle zusammen?"

„June begleitet Larry." Er aß ein Stück von dem Kuchen. „Sie bringen Larrys Ausrüstung mit. Es grenzt an ein Wunder, dass er June zusammen mit seinen kostbaren Kameras und Objektiven in ein und demselben Wagen hierherfährt."

„Tatsächlich?" Harriet amüsierte sich über seinen Spott und trank einen Schluck Tee.

„Allerdings. In letzter Zeit scheint unser Lieblingsfotograf sich außerordentlich für meine Sekretärin zu interessieren. Offenbar macht es ihm Spaß, dass sie ihm auf der Reise Gesellschaft leistet."

Harriet nahm ebenfalls einen Bissen. „Als ich neulich mit ihm telefonierte, erlaubte er ihr sogar, seine Fotozeitschriften zu sortieren. Das grenzt fast an einen Heiratsantrag. Ich kann es kaum glauben. Wer hätte gedacht, dass Larry sich für eine Frau aus Fleisch und Blut begeistert?"

„Das kann jedem von uns passieren, meine Liebe."

Auch Burt? Harriet konnte ihm nicht in die Augen sehen.

Auf der Weiterfahrt schaute Harriet sich die Umgebung an und unterhielt sich mit Burt über belanglose Dinge. Sie genoss die wohltuende Wärme und das sanfte Dahingleiten des Autos. Sie überließ sich ganz ihrem Wohlgefühl. Die Augenlider wurden ihr plötzlich schwer, und sie schloss die Augen, als sie den Mohawk-Fluss überquerten. Burts tiefe Stimme trug zu ihrem inneren Frieden bei, und sie antwortete ihm nur noch abwesend, bis sie nichts mehr hörte.

Eine scharfe Kurve störte ihren Schlummer. Sie musste sich einen Augenblick lang besinnen, ehe sie wieder in die Wirklichkeit zurückfand. Ihr Kopf ruhte an Burts Schulter. Schnell wandte Harriet sich ab und sah ihn verschlafen an.

„Habe ich etwa geschlafen? Das tut mir leid."

„Allerdings." Burt blickte sie an, als sie sich über die Haare strich. „Eine Stunde lang befanden Sie sich im Land der Träume."

„Eine Stunde, sagten Sie? Wo sind wir denn jetzt? Was ist mir entgangen?"

„Alles von Schenectady an. Inzwischen befinden wir uns auf der Straße zu meiner Hütte."

„Die Umgebung ist herrlich." Schnell kam sie wieder zur Besinnung.

Der schmale Weg, den sie entlangfuhren, wurde von schneebedeckten Bäumen und zerklüfteten Felsspitzen überragt.

„Sind das aber viele Bäume." Sie drehte sich auf ihrem Sitz herum und warf einen Blick aus Burts Fenster. Dabei berührte sie ihn mit den Knien.

„Ja, der Wald ist voll von ihnen."

„Machen Sie sich nicht über mich lustig." Sie gab ihm einen freundschaftlichen Stoß. „Das ist alles so neu für mich."

„Ich freue mich über Ihre Begeisterung."

Das Auto hielt an, und Harriet blickte durch die Windschutzscheibe. Entzückt betrachtete sie das Haus auf einer kleinen Lichtung, dessen Dach bis zum Boden reichte und das wie ein Teil dieser Landschaft wirkte. Breite Fenster leuchteten und schimmerten im gedämpften Sonnenlicht.

„Kommen Sie näher." Burt sprang aus dem Wagen. Er streckte ihr die Hand hin, und sie ergriff sie, als sie sich den Weg durch den frischen Schnee bahnten.

„Was für ein herrlicher Ort, wild und mächtig, unberührt und primitiv zugleich." Harriet bewunderte einen kleinen Fluss, auf dem Eisschollen trieben. Sein Wasser sprudelte über die Felsen, das einzige Geräusch in dieser friedlichen Landschaft.

„Manchmal komme ich hierher, wenn das Büro mir auf die Nerven fällt. Ich genieße die Stille: keine dringenden Verabredungen, keine Termine, keine Verantwortung." Als er ihren ungläubigen Blick sah, fügte er hinzu: „Außerdem schätze ich die Einsamkeit."

Harriets Augen wurden dunkler. Ich bin hier im Niemandsland, sagte sie sich und biss sich unbewusst auf die Lippen. Burt hatte ihr erzählt, dass June und Larry unterwegs waren, aber stimmte das auch? Oder war es nur ein leeres Versprechen gewesen? Dann säße sie hier mit ihm in der Falle.

„Beruhigen Sie sich, Harriet", lachte Burt trocken. „Ich habe Sie nicht entführt. Die anderen werden bald kommen und Sie beschützen. Hoffentlich haben sie sich nicht verfahren, denn es ist nicht leicht, den Weg hierher zu finden." Er nahm wieder Harriets Hand. Sie fühlte sich verwirrt und unbehaglich, aber er merkte wohl nichts und führte sie zu der Hütte.

Das Innere des Hauses war geräumig. Die weiten breiten Fenster gaben den Blick auf die Berge frei. Die hohe Balkendecke unterstrich noch die Weiträumigkeit. Rohe Holzstufen führten zu einer Galerie, die das Wohnzimmer umgab. Ein gemauerter Kamin nahm die Breitseite einer Wand ein. Die rustikalen Möbel passten ausgezeichnet dazu. Oval geflochtene Teppiche in leuchtenden Farben schmückten den dunklen Kiefernboden und harmonierten perfekt mit dem holzverkleideten Raum.

„Es ist bezaubernd." Nachdem Harriet sich umgesehen hatte, ging sie zu den riesigen Fenstern. „Man kann hier stehen, und trotzdem ist man gleich draußen."

„Das habe ich auch oft gedacht." Burt nahm ihr den Mantel ab. „Benutzen Sie übrigens immer dasselbe Parfüm? Es duftet sehr aufregend."

„Apfelblüte." Sie schluckte tief und schaute aus dem Fenster.

„Es passt außerordentlich gut zu Ihnen. Wählen Sie ja keinen anderen Duft." Er wechselte das Thema. „Hm, jetzt sterbe ich aber vor Hunger. Können Sie nicht irgendeine Büchse aufmachen, während ich mich um das Kaminfeuer kümmere? Sie finden alles in der Küche."

„Gern, wo ist denn die Küche?" Er zeigte ihr den Weg und wandte sich selbst dem Kamin zu.

Großmutters Kochkabinett: ein altmodischer Kohleherd und Kupfertöpfe an einer langen Wand. Zweifelnd sah Harriet den Herd an, bis sie bemerkte, dass er modernisiert und funktionstüchtig war. Der große Vorratsschrank enthielt Konserven aller Art, und sie wählte verschiedene Büchsen aus, um ein Mittagsmahl zuzubereiten. Das ist nicht gerade der Speisezettel eines Luxusrestaurants, überlegte sie, aber fürs Erste genügte es. Sie rührte gerade eine Suppe um, als sie Burts Schritte hinter sich hörte.

„Das ging aber schnell", rief sie. „Sie müssen ein fabelhafter Pfadfinder gewesen sein."

„Ehe ich dieses Haus verlasse, pflege ich das Holz im Kamin aufzuschichten. Dann brauche ich nur noch die Abzugsklappe zu öffnen und ein Streichholz anzuzünden."

„Wie schrecklich, bei Ihnen ist alles so durchorganisiert." Harriet nahm den Suppentopf vom Feuer.

„Das duftet ja herrlich." Burt umfasste Harriets Taille. „Sind Sie eine gute Köchin?"

Harriet bemühte sich um Fassung. „Jeder kann eine Konservendose öffnen."

Er küsste ihren Hals.

„Burt, die Suppe ist fertig. Ich dachte, Sie seien völlig ausgehungert."

„Das bin ich auch." Er biss sanft in ihr Ohrläppchen. „Und wie." Erneut küsste er ihren Hals, seine Hände glitten unter ihren Pullover und strichen zärtlich über ihre Brust.

„Lassen Sie das, Burt." Harriet spürte ein sinnliches Verlangen in sich aufkeimen, gegen das sie sich verzweifelt wehrte.

Burt drehte sie zu sich herum. Noch nie hatte er sie so heftig geküsst. Seine Leidenschaft ergriff sie, und sie schmiegte sich sehnsüchtig in seine Arme.

Ein Auto bremste vor der Haustür, und Burt fluchte leise. Er löste seine Lippen von Harriets Mund, ließ sein Kinn auf ihren Kopf sinken und seufzte tief.

„Sie haben uns tatsächlich gefunden, Harriet. Jetzt müssen Sie noch eine weitere Dose aufmachen."

7. KAPITEL

Stimmen erschallten im Haus, und June lachte über irgendeinen Scherz von Larry. Burt begrüßte sie, und Harriet bemühte sich, ihre Fassung wiederzugewinnen. Burts heftige Umarmung hatte sie zutiefst aufgewühlt. Wären sie nicht gestört worden, hätte sie ihm nicht widerstehen können, so stark waren seine Begierde und ihr eigenes Verlangen gewesen. Zitternd presste sie die Hände gegen ihre erhitzten Wangen und ging wieder zum Herd, um sich um die Suppe und den Kaffee zu kümmern. Sie hoffte, dass diese einfache mechanische Arbeit ihr Gleichgewicht wiederherstellen würde.

„Also versklavt er dich bereits." June betrat mit einer großen Papiertüte die Küche. „Ist das nicht typisch für einen Mann?"

„Hallo, June." Harriet drehte sich um. Sie sah wieder einigermaßen normal aus. „Offenbar haben wir uns beide einspannen lassen. Was ist denn in der Tüte?"

„Vorräte für das lange Winterwochenende." June packte Milch, Käse und andere appetitliche Nahrungsmittel aus.

„Praktisch wie immer", stellte Harriet fest. Ihre Spannung ließ nach, und sie lächelte June an.

„Ach, das ist ein ganz unverdientes Talent. Ich bin wohl zur Perfektion erzogen worden."

Nachdem das Essen zubereitet war, trugen sie die Teller und Tassen in das angrenzende Zimmer und nahmen auf den langen Bänken Platz, die den rechteckigen Holztisch einrahmten. Sie genossen das einfache Mahl, als seien Monate vergangen, seitdem sie den letzten Bissen Brot gegessen hatten. Zunächst fiel es Harriet schwer, Burt ins Gesicht zu sehen, doch dann nahm sie all ihren Stolz zusammen, beteiligte sich an der Tischunterhaltung und quittierte seine Bemerkungen mit einem gelösten Lächeln.

Als die Männer sich über technische Einzelheiten der geplanten Aufnahmen unterhielten, ging sie mit June nach oben. Sie würden zusammen in einem Zimmer übernachten, das Harriet ebenso anheimelnd rustikal fand wie den übrigen Teil des Hauses. In dem hellen luftigen Raum befanden sich zwei Doppelbetten mit Flickendecken. Man hatte einen atemberaubenden Ausblick auf Wälder und Berge. Auch hier überwog die Holzverkleidung, und die hohe Decke schien das Zimmer noch zu vergrößern. Messinglampen würden sanftes Licht spenden, sobald die Sonne hinter den Bergspitzen untergegangen war.

Harriet beschäftigte sich mit dem Koffer, der die Garderobe für die Fotoserie enthielt, und June ließ sich auf eines der Betten fallen.

„Ist es hier nicht fantastisch?", seufzte June zufrieden. „Weit entfernt von den Menschenmassen, Schreibmaschinen und Telefonapparaten. Falls wir einschneien, können wir hier bis zum Frühling bleiben."

„Das wäre nur möglich, wenn Larry genügend Filmmaterial mitgebracht hat, um den Winter zu überstehen. Sonst würde er sich aus dem Staub machen." Harriet packte einen roten Parka und Latz-Skihosen aus und betrachtete prüfend die Kleidungsstücke. „So, das reicht für den Schnee."

„Wenn wir dazu noch deine Nase gelb anmalen, wirst du wie ein riesiger Kardinalsvogel aussehen." June verschränkte die Hände hinter dem Kopf. „Die Farbe wird dir ausgezeichnet stehen. Mit deinem Haar und deiner Hautfarbe und dem Schnee als Hintergrund wirst du umwerfend wirken. Der allmächtige Boss macht nie einen Fehler."

Plötzlich hörten Harriet und June, wie ein Wagen vorfuhr. Sie gingen zum Fenster und sahen, wie Bud Lewis Sandra aus dem Auto half.

„Oder vielleicht doch", knüpfte June an ihren letzten Satz an, „diesen zum Beispiel." Sie seufzte und warf Harriet einen vielsagenden Blick zu.

Entgeistert starrte Harriet auf Sandras glänzendes rotes Haar hinunter. „Burt hat mir nicht gesagt, dass Sandra auch kommt." Wütend über das verdorbene Wochenende wandte sie sich wieder ihrem Gepäck zu.

„Wenn mich nicht alles täuscht, wusste er das selbst nicht", sagte June finster und lehnte sich gegen die Fensterbank. „Vielleicht schubst er sie in den Schnee hinaus."

„Ich glaube eher, dass er sich über ihre Anwesenheit freut." Harriet schloss ihre Tasche wieder.

„Solange wir hier herumstehen, werden wir auch nicht klüger." June ging zur Tür und zog Harriet hinter sich her. „Los, lass uns nachsehen, was geschehen ist."

Als Harriet die Treppe hinunterging, hörte sie Sandras Stimme: „Es macht dir doch wirklich nichts aus, dass ich hierhergekommen bin, um dir Gesellschaft zu leisten, nicht wahr, Burt? Ich dachte, es wäre eine hübsche Überraschung."

Harriet betrat das Zimmer und sah noch, wie Burt die Schultern zuckte. Er saß auf einem kleinen zweisitzigen Sofa vor dem flackernden Feuer. Besitzergreifend hatte Sandra sich bei ihm eingehängt. „Ich dachte nicht, dass die Berge nach deinem Geschmack sind, Sandra", lächelte er sie nachsichtig an. „Wenn du unbedingt kommen wolltest, hättest du mich fragen sollen, anstatt Bud den Bären aufzubinden, dass ich darauf bestanden habe, dich herzubringen."

„Ach, Liebling, das war doch nur ein Schabernack." Sie neigte den Kopf und bewegte die dunkel gefärbten Wimpern. „Eine kleine Intrige ist doch so amüsant."

„Dann lass uns nur hoffen, dass deine kleine Intrige sich nicht ins Gegenteil verkehrt und du dich zu Tode langweilst. Manhattan ist weit entfernt."

„Mit dir langweile ich mich nie."

Da erst bemerkte Burt Harriet und June an der Tür. Sandra folgte seinem Blick, biss sich auf die Lippen, lächelte aber gleich darauf schwach.

Sie begrüßten sich ohne Begeisterung. In angemessenem Abstand setzten Harriet und June sich auf der gegenüberliegenden Seite des Raums zu Bud, und Sandra wandte sich wieder Burt zu.

„Ich glaubte schon, wir würden nie hier ankommen", beklagte sie sich schmollend. „Warum du ausgerechnet in dieser gottverlassenen Abgeschiedenheit ein Haus besitzt, ist mir vollkommen unverständlich, Liebling. All dieser Schnee und nichts als Bäume, Felsen und Kälte." Schaudernd kuschelte sie sich an ihn. „Was machst du denn hier immer so ganz allein?"

„Ich vertreibe mir sehr gut die Zeit." Burt zündete sich eine Zigarette an. „Und ich bin nie allein. Die Berge strotzen von Leben. Darüber hinaus wimmelt es von Eichhörnchen, Murmeltieren, Kaninchen, Füchsen und vielen anderen kleinen Tieren." Er deutete zum Fenster.

„Unter Gesellschaft verstehe ich aber etwas ganz anderes." Sandra legte alle Verführungskunst in ihre Stimme.

Burt lächelte sie schwach an. „Das kann ich mir denken. Aber ich finde diese Lebewesen unterhaltsam und anspruchslos. Vom Fenster aus habe ich auch schon häufig Rotwild und Bären gesehen."

„Bären?" Erschrocken hielt Sandra Burts Arm noch fester. „Wie grauenhaft."

„Echte Bären?" Harriets Augen glänzten begeistert. „Waren das etwa die riesigen Grizzlybären?"

„Nein, schwarze Bären, Harriet." Er amüsierte sich über ihre Reaktion. „Aber trotzdem waren sie ziemlich groß. Jetzt halten sie ihren Winterschlaf." Er sah Sandra spöttisch an.

„Zum Glück", seufzte sie erleichtert auf.

„Harriet ist ganz hingerissen von den Bergen, stimmt's?"

„Sie sind großartig", schwärmte sie. „So wild und unberührt. Hier sieht es wahrscheinlich noch ebenso aus wie vor hundert Jahren. Unbelastet von Bürogebäuden und Wohnblocks. So weit das Auge reicht, nur Natur."

„Sie sind ja wirklich ganz vernarrt", bemerkte Sandra.

Harriet bedachte sie mit einem vernichtenden Blick, der Burt nicht entging. Deshalb schaltete er sich ein. „Harriet ist auf einer Farm in Kansas aufgewachsen. Sie hat noch nie zuvor die Berge gesehen."

„Wie altmodisch", murmelte Sandra und verzog lächelnd die Lippen. „Dort wird Weizen oder dergleichen angebaut, nicht wahr? Dann sind Sie also an die primitiven Verhältnisse einer kleinen Farm gewöhnt."

Harriet ärgerte sich über den herablassenden Tonfall. „Die Farm ist weder primitiv noch klein, Miss Mason. Wahrscheinlich können Sie sich bei Ihren Lebensgewohnheiten nicht vorstellen, wie groß die Weizenfelder sind und wie weit die sanften Hügelketten reichen. Das Leben dort ist sicher nicht so kultiviert wie in New York, aber vorsintflutlich ist es dennoch nicht. Wir haben sogar fließend heißes und kaltes Wasser im Haus. Es gibt viele Menschen, die die Vorzüge des Landlebens zu schätzen wissen."

„Dann zählen Sie also dazu", antwortete Sandra tief gelangweilt. „Ich hingegen ziehe die Bequemlichkeit und das kulturelle Leben in der Stadt vor."

„Ich glaube, ich gehe noch ein Stück spazieren, ehe es dunkel wird." Harriet erhob sich eilig. Sie brauchte unbedingt etwas Abstand zwischen sich und der anderen Frau, bevor sie vollends die Beherrschung verlor.

„Ich werde Sie begleiten." Bud stand auf, als sie sich den Mantel überzog. „Den ganzen Tag war ich mit dieser Frau eingesperrt", flüsterte er lächelnd wie ein Verschwörer. „Ich brauche unbedingt etwas frische Luft."

Harriets Lachen hallte durch den Raum, als sie Arm in Arm mit Bud die Haustür öffnete. Sie bemerkte nicht, dass Burt ihr verstimmt hinterhersah.

Draußen atmeten Harriet und Bud tief ein, und dann lachten sie wie Kinder über ihren kleinen Scherz. In gegenseitigem

Einverständnis schlugen sie die Richtung zum Fluss ein und folgten seinem Lauf bis zum Wald hin. Sonnenlicht schimmerte gelegentlich durch die Bäume und warf violette Schatten auf den Schnee. Die ungezwungene Unterhaltung mit Bud besänftigte Harriets Gemüt.

Einen Moment lang machten sie auf einem Felshügel halt.

„Wie hübsch", sagte Bud schlicht. Harriet nickte zustimmend. „Jetzt fühle ich mich wieder wie ein anderer Mensch", fügte er hinzu. „Diese Frau ist eine harte Nuss. Ich weiß nicht, was der Boss an ihr findet."

Harriet lächelte. „Da sind wir beide gleicher Ansicht."

Feine Lichtstreifen kündeten den Einbruch der Abenddämmerung an, und sie gingen auf demselben Weg, den sie gekommen waren, wieder nach Hause. Dort sahen sie noch ihre Fußspuren in dem reinen weißen Schnee. Sie lachten gemeinsam, als sie durch die Haustür traten.

„Haben Sie beide nichts anderes im Sinn, als während der Dunkelheit in den Bergen herumzuklettern?" Burt sah sie finster an.

„Dunkelheit nennen Sie das? Seien Sie nicht albern." Harriet hüpfte von einem Fuß auf den anderen, als sie sich einen Stiefel auszog. „Wir sind nur etwas am Fluss entlanggegangen, und es dämmert ja eben erst." Sie verlor das Gleichgewicht, Bud fing sie auf und umfasste ihre Taille, während sie sich den anderen Stiefel auszog.

„Wir haben Spuren im Schnee hinterlassen", bemerkte Bud fröhlich. „Die sind eindeutiger als Brotkrumen."

„Gleich nach der Dämmerung wird es stockfinstere Nacht", beharrte Burt, „und heute Abend scheint der Mond nicht. Da kann man sich sehr schnell verirren."

„Nun sind wir ja wieder da", antwortete Harriet. „Wir beanspruchen weder eine Suchaktion noch eine Flasche Kognak. Wo steckt eigentlich June?"

„Sie bereitet in der Küche das Abendessen vor."

„Dann werde ich ihr zur Hand gehen." Sie lächelte ihn strahlend an und eilte an ihm vorbei. Mochte Bud sich doch um die schlechte Laune seines Chefs kümmern.

„Eine Frau wird nie mit der Hausarbeit fertig", seufzte Harriet, als sie die Küche betrat.

„Sag das mal unserer Prinzessin." June wickelte die Steaks aus. „Sie war von der anstrengenden Fahrt so mitgenommen, dass sie sich vor dem Abendessen noch ausruhen wollte." June tippte sich leicht an die Stirn.

„Was für ein Segen." Harriet half June bei den Vorbereitungen. „Aber warum müssen wir uns eigentlich um die Küchenarbeit kümmern? Davon steht nichts in meinem Vertrag."

„Ich halte es für angebracht", erklärte June. „Larry ist auf diesem Gebiet völlig untalentiert, und der Kaffee, den der Chef kocht, schmeckt abscheulich. Was Bud betrifft, ist er zwar der künstlerische Leiter des Ateliers, doch ich wollte kein Risiko eingehen."

„Ich verstehe."

Gemeinsam bereiteten sie das Abendessen zu. Dabei ging es ziemlich geräuschvoll her: Das Geschirr klapperte, und das Fleisch brutzelte in der Pfanne. Larry erschien an der Tür und schnupperte sehnsüchtig.

„Das duftet ja aufreizend. Ich sterbe vor Hunger", verkündete er. „Dauert es noch lange?"

„Hier." June drückte ihm einen Stapel Teller in die Hand. „Deck den Tisch. Das lenkt dich von deinem Magen ab."

„Ich ahnte schon, dass ich unerwünscht bin", brummte er und verschwand im angrenzenden Zimmer.

„Ich glaube, es liegt an der Bergluft", stellte Harriet zwischen zwei Bissen fest, als sie alle um den langen Tisch geschart saßen. „Ich bin völlig ausgehungert."

Burt blickte sie leise lächelnd an, und sie erinnerte sich wieder an ihre Umarmung in der Küche, wobei ihr das Blut ins Gesicht schoss. Sie setzte ihr Glas an die Lippen, das mit einem

Rotwein gefüllt war, den Burt aus irgendeinem geheimnisvollen Versteck hervorgezaubert hatte, nahm einen tiefen Schluck und konzentrierte sich weiter auf das Essen.

Beim Abräumen standen die Männer ihnen nur im Weg. June schlug die Hände über dem Kopf zusammen und befahl ihnen, die Küche nicht zu betreten.

„Ich bin der Boss", erinnerte Burt sie, „und jeder sollte sich nach meinen Anweisungen richten."

„Erst wieder ab Montag", erwiderte June.

Sandra wich nicht von Burts Seite. Sie verließ mit ihm die Küche.

„Umso besser", fuhr June fort, als sie wieder mit Harriet allein war. „Wahrscheinlich hätte ich der Versuchung nicht widerstehen können, diese Person im Ausguss zu ertränken."

Später trafen sie sich alle im Wohnzimmer wieder. Es tat gut, nichts zu tun. Harriet lehnte es ab, einen Schluck Brandy mitzutrinken, und machte es sich auf einem niedrigen Stuhl beim Feuer bequem.

Von dort aus beobachtete sie die tanzenden Flammen und ließ ihre Gedanken schweifen. Sie hatte die Ellenbogen auf die Knie und den Kopf in die Hände gestützt. Sie wusste nicht, dass ihre Wangen und Haare in der lodernden Glut leuchteten. Ihre Augen schimmerten weich und verträumt. Sie beteiligte sich nicht an der gemütlichen Unterhaltung. Manchmal drang nur das sanfte Klirren der Gläser an ihr Ohr.

„Die Flammen scheinen Sie zu hypnotisieren, Harriet." Burt streckte sich neben ihr auf dem Teppich aus.

Sie erinnerte sich wieder an die Wirklichkeit, lächelte und fuhr sich durchs Haar. „Das stimmt. Bei näherer Betrachtung sieht man viele Bilder." Sie neigte sich noch etwas mehr vor. „Ich sehe ein Schloss mit Wachtürmen und ein Pferd, dessen Mähne sich im Wind hebt."

„Und es gibt einen alten Mann, der in einem Schaukelstuhl sitzt", antwortete Burt sanft. Sie sah ihn erstaunt an, weil er dieses Bild ebenfalls gesehen hatte. Er erwiderte ihren Blick mit der Intensität einer Umarmung, und sie erhob sich schnell, weil seine Nähe sie nervös machte.

„Es war heute ein langer Tag", verkündete sie und vermied es, ihn anzusehen. „Ich glaube, ich sollte jetzt zu Bett gehen, damit ich Larry morgen guten Gewissens vor das Objektiv treten kann."

Sie wünschte allen Anwesenden eine gute Nacht und verließ eilig das Zimmer, ohne dass Burt Einspruch erheben konnte.

Harriet erwachte bei Tagesanbruch. Das Zimmer lag noch im Halbdunkel. Sie streckte die Arme aus und setzte sich auf, denn sie wusste, dass sie nicht mehr einschlafen würde. Als sie am Abend zuvor unter die Decke geschlüpft war, hatte sie geglaubt, vor Erregung nicht zur Ruhe kommen zu können. Umso erstaunter war sie, dass sie sofort eingeschlafen war. Sie begrüßte den neuen Tag in freudiger Stimmung.

June schlief noch fest. Außer ihren Atemzügen war kein Geräusch zu hören. Harriet stand auf und vermied jeglichen Lärm, während sie sich wusch und anzog. Sie trug einen dicken grünen Pullover, der gut zu der waldgrünen Cordhose passte. Nachdem sie mit dem Make-up fertig war, zog sie den Anorak an, den Burt für sie ausgewählt hatte, und setzte sich die dazu passende Skimütze auf.

Sie schlich die Treppe hinunter, nichts rührte sich im Haus. Lautlos zog Harriet ihre Stiefel und Handschuhe an und ging hinaus ins kalte klare Sonnenlicht.

Tief verschneit lagen die Wälder vor ihr. Harriet kam es so vor, als sei die Zeit stehen geblieben. Die Berge ragten majestätisch in den Himmel, und die riesigen Kiefern schienen einen weißen Hermelinpelz zu tragen. Ein würziger Duft lag in der Luft.

„Ich bin allein", rief Harriet übermütig und streckte die Arme aus. „Außer mir gibt es keinen Menschen auf der Welt." Sie wirbelte fröhlich durch den Schnee, drehte sich im Kreis und warf sich in den Schnee. Sie war in die Berge ebenso verliebt wie in die Weizenfelder ihrer Heimat. Lachend sprang sie wieder auf die Füße und warf mit Schnee um sich. Plötzlich entdeckte sie Burt, der sie amüsiert betrachtete.

„Ich sah von meinem Fenster aus, wie Sie im Schnee herumgetollt sind. Was war das für ein Spiel?"

„Ich stellte mir vor, dass ich in dieser Wildnis ganz allein auf der Welt sei."

„Hier oben sind Sie nie allein. Sehen Sie einmal."

Harriet folgte seinem Blick und sah einen gewaltigen Hirsch, der sie vom Waldrand her aufmerksam beäugte.

„Was für ein großartiger Anblick!"

Das Tier schien ihre Bewunderung zu bemerken, hob das Geweih und verschwand wieder zwischen den Bäumen. „Ich bin ganz bezaubert von diesem Ort. Wer braucht denn schon Menschen um sich, wenn er dies alles hier sein Eigen nennt?"

„Meinen Sie das ernst?" Ein leichter Schneeball streifte ihren Kopf. Harriet drehte sich nach Burt um und sah ihn gespielt grimmig an.

„Das war ja die reinste Kriegserklärung."

Harriet folgte seinem Beispiel und bewarf Burt mit Schnee. Er erwiderte das Feuer. Abwechselnd trafen die Schneebälle oder verfehlten ihr Ziel, bis Harriet sich strategisch zurückzog. Burt holte sie ein, zog sie in den Schnee und warf sich über sie. Ihre Wangen glühten vor Kälte, und ihre Augen leuchteten, als sie nach Atem rang.

„In Ordnung. Sie haben gewonnen."

„Sehr richtig. Und dem Sieger gebührt der Preis."

Er berührte ihren Mund mit seinen Lippen, und ihr Lachen erstarb. „Früher oder später gewinne ich immer." Er küsste ihre geschlossenen Lider. „Das sollten wir öfter tun", murmelte er, und sie taumelte und fühlte ihre Sinne schwinden. „Ihr Gesicht ist voller Schnee." Seine Zunge strich über ihre Wange, und sie ließ es verwirrt geschehen.

„Ach, Harriet, Sie sind ein hinreißendes Geschöpf." Burt hob den Kopf und blickte ihr in die großen, hingebungsvollen Augen. Er atmete heftig und wischte ihr mit der Hand zärtlich den restlichen Schnee aus ihrem Gesicht. „Die anderen werden inzwischen aufgestanden sein. Lassen Sie uns frühstücken gehen."

„Stell dich dorthin, Harriet." Erneut befand Harriet sich draußen im Schnee, doch diesmal in Begleitung von Larry und seiner unbestechlichen Kamera.

Er hatte sie bereits stundenlang fotografiert. So jedenfalls kam es Harriet vor. Sie wünschte sehnlichst das Ende der Aufnahmen herbei. Die Aussicht auf eine Tasse heißer Schokolade vor dem Kaminfeuer war allzu verlockend.

„Also los, Harriet, komm auf die Erde zurück. Du sollst so wirken, als ob du Spaß im Schnee hast und nicht wie ein gedankenverlorenes Mädchen."

„Hoffentlich friert dein Belichtungsmesser ein." Sie sah ihn strahlend an.

„Ach, lass doch den Unsinn." Leicht verstimmt, aber unbeirrt kroch er im Schnee um sie herum.

„Das war's für heute", stellte er schließlich fest, und sie ließ sich in gespielter Ohnmacht auf den Rücken fallen. Larry beugte sich über sie und machte noch ein weiteres Foto. Amüsiert schloss sie die Augen und verzog lachend den Mund.

„Dauern die Aufnahmen immer länger, Larry, oder kommt mir das nur so vor?"

„Das bildest du dir nur ein." Er schüttelte den Kopf, und die Kamera baumelte am Riemen um seinen Hals. „Du bist über den Gipfel hinausgeschossen, und deine Blütezeit ist vorbei. Von jetzt an geht es nur noch bergab."

„Ich werde dir zeigen, wer über den Gipfel hinausgeschossen ist." Harriet raffte sich wieder auf und presste eine Handvoll Schnee zusammen.

„Bitte nicht, Harriet." Larry wich einige Schritte zurück und legte eine Hand schützend auf die Kamera. „Denk an das kostbare Stück und verlier jetzt nicht die Nerven." Er drehte sich um und stapfte zum Haus hinüber.

„Meine Glanzzeit ist vorüber, meinst du?" Der Schneeball traf Larrys Schulter, und Harriet stürmte hinter ihm her. Sie holte ihn ein, sprang ihm auf den Rücken und schlug ihm spielerisch auf den Kopf.

„Jetzt reicht's aber." Er trug sie mühelos. „Erwürg mich, verpass mir eine Gehirnerschütterung, aber rühr meine Kamera nicht an."

„Hallo, Larry." Burt schlenderte ihnen entgegen, als sie sich dem Haus näherten. „Genug für heute?"

Harriet stellte befriedigt fest, dass sie sich auf dem Rücken von Larry in Augenhöhe mit Burt befand.

„Mr Bardoff, ich muss mich mit Ihnen über einen neuen Fotografen unterhalten. Dieser hier beschuldigte mich gerade, dass ich den Gipfel des Erfolges überschritten hätte."

„Ich kann nichts daran ändern, dass deine Karriere beendet ist. Monatelang warst du mir, bildlich gesprochen, eine Last. Aber jetzt, wo ich dich buchstäblich trage, habe ich den Eindruck, dass du tatsächlich zugenommen hast."

„Nun ist alles aus", entschied Harriet. „Mir bleibt nur noch die Möglichkeit, mich grausam zu rächen."

„Hat das nicht Zeit bis später?", fragte June, als sie bei der Haustür angekommen waren. „Er weiß es noch nicht, aber ich möchte ihn zu einem Spaziergang in den Wäldern überreden."

„Gut", antwortete Harriet. „Dann habe ich wenigstens die Möglichkeit, darüber nachzudenken. Setz mich jetzt ab, Larry. Ich räume dir eine Gnadenfrist ein."

„Frieren Sie?", fragte Burt, als Harriet sich aus ihrer Winterbekleidung schälte.

„Wie ein Eiszapfen. Aber es gibt Menschen, die statt Blut nur Entwickler und Fixierbad in den Adern haben."

„Modellstehen bedeutet nicht nur Schönheit und Glanz, nicht wahr?", bemerkte er, als sie den Schnee aus den Haaren schüttelte. „Genügt Ihnen das eigentlich?", fragte er plötzlich. Er umfasste ihr Kinn und sah sie ernst an. „Wünschen Sie sich nicht noch irgendetwas anderes?"

„Mehr kann ich nicht."

„Ist es aber auch das, was Sie tun wollen?", beharrte er. „Und ist es alles?"

„Alles?" Sie versuchte, ihre Verlegenheit zu verbergen. „Ist es nicht genug?"

Wortlos blickte er sie an und ging ins Wohnzimmer. Selbst in ausgebeulten Jeans wirkte er sehr männlich und attraktiv.

Der Nachmittag verstrich geruhsam. Harriet schlürfte die erträumte heiße Schokolade und ruhte sich in einem Sessel am Kamin aus. Burt und Bud spielten Schach. Sandra saß neben Burt und machte aus ihrer Langeweile keinen Hehl. Nachdem die Partie beendet war, bat sie ihn, ihr den Wald zu zeigen. Doch Harriet wusste, dass ihr keineswegs an Bäumen und Eichhörnchen gelegen war.

Als es dunkel wurde, kam Sandra missmutig von ihrem Spaziergang zurück. Sie beklagte sich über die Kälte und verkündete allen, dass sie während der nächsten Stunde ein heißes Bad zu nehmen gedachte.

Zum Abendessen gab es Rindfleischeintopf. Sandra stocherte nur angewidert auf ihrem Teller herum. Als Ausgleich sprach sie dem Wein umso heftiger zu. Niemand kümmerte sich um sie und ihre schlechte Laune, und das Essen verlief so behaglich, wie es bei Menschen üblich ist, die freundschaftlich miteinander verbunden sind.

Harriet und June räumten in der kleinen Küche auf. Als sie fast fertig waren, schlenderte Sandra herein. Wieder hatte sie ein volles Glas in der Hand.

„Sind Sie fertig mit Ihren hausfraulichen Aufgaben?" Ihr Ton war sehr spöttisch.

„Ja. Sie waren uns eine große Hilfe dabei", antwortete June und stellte die Teller in den Wandschrank zurück.

„Ich möchte mich einen Augenblick mit Harriet unterhalten, wenn Sie nichts dagegen haben."

„Absolut nichts", entgegnete June und klapperte weiter mit dem Geschirr.

Sandra wandte sich Harriet zu, die gerade die Herdoberfläche säuberte. „Ich kann Ihr Benehmen nicht länger dulden."

„Gut, wenn Sie wollen, überlasse ich Ihnen diese Arbeit gern." Harriet reichte ihr lächelnd das Wischtuch.

„Heute Morgen habe ich beobachtet, wie Sie sich Burt an den Hals geworfen haben", rief Sandra erbost.

„Tatsächlich?" Harriet hob die Schultern und widmete sich erneut dem Herd. „In Wirklichkeit habe ich mit Schneebällen um mich geworfen. Ich dachte, Sie schliefen noch."

„Burt hat mich geweckt, nachdem er aufgestanden war", erwiderte Sandra mit einem bedeutungsvollen Unterton.

Harriet spürte einen stechenden Schmerz. Wie war es nur möglich, dass er aus den Armen der einen Frau gleich in die der anderen stürzte? Wie konnte er sie derart demütigen? Sie schloss die Augen und fühlte, dass sie blass wurde.

Das einfache Vergnügen und die köstliche Vertraulichkeit am Morgen kamen Harriet plötzlich billig vor. Verzweifelt bewahrte sie ihren Stolz und sah mit einem eisigen Blick in Sandras triumphierende Augen. „Jeder sollte nach seinem Geschmack selig werden", erwiderte sie schließlich ungerührt und machte sich wieder am Herd zu schaffen.

Sandra war wütend. Mit einer wilden Verwünschung schüttete sie den Rotwein über Harriets Pullover und ging.

„Das geht zu weit", explodierte June. „Wenn der Boss das wüsste …"

„Beruhige dich, June. Solche Szenen werden nicht mehr vorkommen." Harriet hätte sich am liebsten verkrochen und sich ihrem Schmerz hingegeben. „Lassen wir Burt aus dem Spiel."

„In Ordnung, Harriet", antwortete June und warf Sandra einen empörten Blick zu. „Wie du willst."

Harriet verließ eilig die Küche, um sich in ihrem Schlafzimmer von dem Schock zu erholen. Doch am Treppenabsatz begegnete sie Burt.

„Sie scheinen eine Schlacht verloren zu haben", bemerkte er mit einem Blick auf Harriets fleckigen Pullover.

„Ich hatte nie etwas zu verlieren", murmelte sie und wollte an ihm vorbeigehen.

Er hielt sie zurück. „Was ist geschehen?"

„Nichts von Bedeutung", entgegnete sie eisig. „Lassen Sie mich los. Ich habe es satt, mich ständig betätscheln zu lassen."

Seine Augen wurden dunkel vor Wut, seine Finger gruben sich schmerzhaft in ihren Arm.

„Sie haben Glück, dass noch andere Menschen im Haus sind. Sonst würde ich Ihnen eine Lektion darüber erteilen, was ich unter Tätschelei verstehe. Es ist jammerschade, dass ich so viel Respekt vor einem Unschuldslamm wie Ihnen hatte. Künftig werde ich Sie nicht mehr berühren."

Burt ließ sie los.

Harriets Arm brannte von dem heftigen Druck. Sie ließ ihn stehen und stieg ruhig die Treppe hinauf.

*E*s war Anfang März. Das Wetter war so kalt und trübe gewesen wie Harriets Stimmung. Nach dem ereignisreichen Wochenende in den Bergen hatte sie nichts mehr von Burt gehört. Sie wartete auch nicht darauf.

Die erste Ausgabe des Modemagazins mit Harriet als Fotomodell war erschienen, doch sie hatte keine Freude an der großen schlanken Frau, die auf jeder Seite abgebildet war. Das lächelnde Gesicht auf dem glänzenden Titelblatt schien einer fremden Frau zu gehören, zu der sie keine Beziehung hatte. Aber das Magazin war ein Riesenerfolg. Die Käufer rissen es sich an den Verkaufsständen aus den Händen. Im Laufe der Wochen wurde Harriet mit Angeboten überschüttet, doch das alles interessierte sie nicht. Ihre Karriere war ihr vollkommen gleichgültig geworden.

Als June sie anrief, schwand ihre Teilnahmslosigkeit. Der Herrscher lud sie zu einem Gespräch vor. Sie dachte daran, den Gehorsam zu verweigern. Aber dann fügte sie sich, weil es ihr immer noch lieber war, Burt in seinem Büro aufzusuchen, als ihn in den eigenen vier Wänden zu empfangen.

Für die Verabredung kleidete sie sich sehr sorgfältig. Sie wählte ein dezentes blassgelbes Kostüm, steckte die Haare auf und entschied sich für einen breitrandigen Hut. Dann betrachtete sie sich eingehend im Spiegel und war mit ihrem gelassenen, hübschen Aussehen höchst zufrieden.

Während Harriet mit dem Aufzug zu Burts Büroräumen fuhr, prägte sie sich ein, dass sie reserviert und zurückhaltend wirken musste, und setzte eine höflich kühle Miene auf. Er soll nichts von meinem Schmerz merken, dachte sie entschlossen. Ihre Verletzlichkeit würde ihm verborgen bleiben. Ihre Fähigkeit, auf die Anforderungen der Kamera zu reagieren, würde sich als sehr nützlich erweisen. Ihre jahrelange Erfahrung würde sie nicht im Stich lassen.

June begrüßte sie mit einem liebenswürdigen Lächeln. „Geh gleich rein." Sie drückte auf einen Knopf der Gegensprechanlage. „Er erwartet dich."

Harriet bezwang ihre Nervosität, lächelte entspannt und betrat die Höhle des Löwen.

„Guten Tag, Harriet." Burt lehnte sich in seinem Sessel zurück, erhob sich jedoch nicht. „Kommen Sie näher, und nehmen Sie Platz."

„Hallo, Burt." Ihre Stimme klang ebenso höflich wie seine. Das Lächeln blieb auf ihrem Gesicht haften, obwohl ihr Magen sich zusammenschnürte, als sie seinen Blick auffing.

„Sie sehen gut aus", bemerkte er.

„Danke, Sie ebenfalls." Was für ein blödsinniges Geschwätz, dachte sie ungehalten.

„Ich habe mir noch einmal das Modemagazin angeschaut. Es ist tatsächlich ein so großer Erfolg, wie wir alle es gehofft hatten."

„Ja, ich bin froh darüber, dass alle, die daran gearbeitet haben, zufrieden sind."

„Wer von diesen Frauen sind Sie nun wirklich, Harriet?", murmelte er abwesend und überflog die Bilder. „Ein ausgelassener Wildfang, eine elegante Prominente, eine strebsame Karrierefrau, eine liebende Ehegefährtin, eine zärtliche Mutter oder eine exotische Verführerin?" Er sah sie plötzlich so durchdringend an, dass ihr Widerstand zu erlahmen drohte.

Gleichgültig hob sie die Schultern. „Ich bestehe nur aus einem Gesicht und einem Körper, tue, was mir gesagt wird, und versetze mich in die Stimmung, die das Bild verlangt. Deswegen haben Sie doch den Vertrag mit mir abgeschlossen, nicht wahr?"

„Also wechseln Sie auf Kommando die Farbe wie ein Chamäleon, wenn man es in eine andere Umgebung setzt."

„Dafür werde ich schließlich bezahlt", antwortete sie leicht benommen.

„Ich habe gehört, dass Sie inzwischen viele Angebote erhalten haben." Erneut lehnte Burt sich in seinem Stuhl zurück, verschränkte die Finger ineinander und musterte sie mit halb geschlossenen Augen. „Dann sind Sie wohl in den letzten Wochen immer sehr viel unterwegs und beschäftigt gewesen."

„Allerdings." Ihre Begeisterung war nur geheuchelt. „Das alles war ziemlich aufregend. Bisher habe ich mich noch nicht entscheiden können. Mir wurde gesagt, dass ich einen Manager brauche, der die geeigneten Angebote für mich auswählt. Den weitaus interessantesten Vorschlag hat mir ein bekannter Parfümhersteller gemacht. Er umfasst einen Dreijahresvertrag, Fernsehwerbung und Anzeigen eingeschlossen." An weitere Auftraggeber konnte Harriet sich in diesem Augenblick beim besten Willen nicht erinnern.

„Mir ist zu Ohren gekommen, dass sich auch das Fernsehen für Sie interessiert."

„Das stimmt." Sie hob abwehrend die Hände und versuchte, sich an die Einzelheiten zu erinnern. „Aber dann müsste ich schauspielern, und das muss ich mir ernsthaft überlegen."

Mit diesem Auftritt allein hätte ich schon einen Oscar verdient, dachte sie im Stillen. „Ich bezweifle allerdings, dass mein Talent dafür ausreicht."

Burt stand auf und blickte auf die Stahl- und Betonsilhouette von New York hinaus. Schweigend beobachtete sie ihn und fragte sich, woran er wohl denken mochte. Völlig zusammenhanglos bemerkte sie, dass Sonnenstrahlen auf sein kräftiges blondes Haar fielen.

„Ihr Vertrag mit mir läuft jetzt aus, Harriet. Ich möchte Ihnen gern ein neues Angebot machen, aber es wäre sicher nicht so einträglich wie ein Fernsehvertrag."

Ein Angebot, dachte Harriet verwirrt. Sie war froh, dass er ihr den Rücken zukehrte, damit er ihr Gesicht nicht sah. Jetzt wusste sie endlich, warum er sie in sein Büro zitiert hatte: Er wollte ihr einen neuen Vertrag anbieten, ein neues

Stück Papier. Sie würde ihm eine Absage erteilen müssen, selbst wenn sie nicht die Absicht hatte, sich vertraglich an eine andere Firma zu binden. Sie fühlte sich dem ständigen Kontakt mit diesem Mann nicht mehr gewachsen. Selbst nach dieser kurzen Begegnung waren ihre Gefühle vollkommen durcheinander.

Sie erhob sich, bevor sie antwortete. „Ich weiß Ihr Angebot zu schätzen, Burt, aber ich muss an meine Karriere denken. Ich bin Ihnen wirklich sehr zu Dank verpflichtet, aber …" Ihre Stimme klang beherrscht, fast geschäftsmäßig.

Burt unterbrach sie. „Ich habe Ihnen schon einmal gesagt, dass ich nichts von Dankbarkeit hören will." Er wandte sich zu ihr um, und sein allzu vertrauter Temperamentsausbruch verdunkelte seinen Blick. „Ich halte nichts von Bezeugungen dieser Art." Er wies auf das Modemagazin mit der Titelseite von Harriet. „Was auch immer Ihnen hierdurch in den Schoß fällt, haben Sie sich selbst verdient. Setzen Sie endlich den Hut ab, damit ich Sie besser sehen kann." Er zog ihr den Hut herunter und drückte ihn ihr in die Hand.

Harriet atmete schwer, wich jedoch seinem ärgerlichen, forschenden Blick nicht aus.

„Ihren Erfolg, Harriet, können Sie für sich selbst verbuchen. Ich bin nicht dafür verantwortlich, möchte es auch gar nicht sein." Er versuchte, sich zu beruhigen, und fuhr beherrscht fort: „Ich erwarte nicht, dass Sie ein Angebot von mir annehmen. Sollten Sie aber Ihre Meinung ändern, wäre ich bereit, mit Ihnen zu verhandeln. Wie auch immer Ihre Entscheidung ausfallen mag: Ich wünsche Ihnen Erfolg und hoffe, dass Sie glücklich sind."

„Ich danke Ihnen." Lächelnd drehte sie sich um und ging auf die schwere Eichentür zu.

„Harriet."

Sie hielt schon die Klinke in der Hand, schloss einen Moment die Augen und zwang sich, ihn erneut anzusehen. „Ja?"

Er starrte sie an, und es schien, als wollte er sich jeden ihrer Gesichtszüge einzeln einprägen. „Auf Wiedersehen."

„Auf Wiedersehen", erwiderte sie, drückte die Klinke nieder und verließ das Zimmer.

Bebend lehnte sie sich an die andere weich gepolsterte Seite der Tür. June sah von ihrer Arbeit auf.

„Fühlst du dich nicht wohl, Harriet? Was ist geschehen?"

Harriet blickte sie verständnislos an, dann schüttelte sie den Kopf. „Nichts", flüsterte sie. „Ich meine, alles." Sie schluchzte unterdrückt und ging an June vorbei hinaus über den langen Flur zum Fahrstuhl.

An einem der folgenden Abende nahm Harriet ein Taxi. Sie hatte sich von Larry und June überreden lassen, an einer Party teilzunehmen, die in Bud Lewis' Penthouse im Zentrum der Stadt stattfand. Begeistert war sie davon nicht, aber sie durfte sich nicht dem Selbstmitleid hingeben und sich von Freunden und gesellschaftlichen Verpflichtungen fernhalten. Sie zog ihren Schal fester, denn es wehte eine kühle Brise. Es war an der Zeit, über die Zukunft nachzudenken. Es kam nichts dabei heraus, wenn sie allein in ihrer Wohnung hockte und grübelte.

Die Party war schon in vollem Gange, als sie eintraf, und Harriet war fest entschlossen, sich nach Herzenslust zu amüsieren. Bud legte den Arm freundschaftlich auf ihre Schulter, führte sie zu der reichhaltigen Bar und fragte sie, was sie trinken wollte. Sie hielt Ausschau nach einem alkoholfreien Getränk, als ihr Blick auf eine Punschbowle fiel, die mit einer leuchtend roten Flüssigkeit gefüllt war.

„Das sieht aber verlockend aus", sagte sie. „Was ist das?"

„Plantagenpunsch", klärte er sie auf und goss ihr ein Glas voll.

Das hört sich ziemlich unverfänglich an, dachte sie, als Bud sich einem anderen Gast zuwandte. Sie nippte zögernd an dem

Glas und fand, dass das Getränk ausgezeichnet schmeckte. Darauf mischte sie sich unter die übrigen Besucher.

Sie begrüßte alte und neue Kollegen, unterhielt sich und lachte mit ihnen. Sie schlenderte von einer Gruppe zur anderen und wunderte sich etwas über ihre unbeschwerte heitere Stimmung. Ihre Niedergeschlagenheit und Verzweiflung waren plötzlich verflogen. Dies hatte sie die ganze Zeit über gebraucht: amüsante Leute, fröhliche Musik und eine positive Einstellung zu allem, was rings um sie herum vor sich ging.

Harriet trank schon das dritte Glas und unterhielt sich prächtig, während sie mit einem großen dunkelhaarigen Mann flirtete, der sich ihr als Paul vorgestellt hatte, als sie hinter sich eine wohlbekannte Stimme hörte.

„Hallo, Harriet. Wie schön, dass ich Sie hier treffe."

Harriet drehte sich um und war überrascht, Burt zu sehen. June hatte ihr versichert, dass er an diesem Abend andere Pläne hätte, und nur unter dieser Bedingung war sie der Einladung gefolgt. Sie lächelte ihn zaghaft an und fragte sich, warum seine Gestalt einen Moment lang vor ihren Augen verschwamm.

„Guten Abend, Burt. Mischen Sie sich heute Abend unter das gemeine Volk?"

Er nahm ihre geröteten Wangen und ihr schwaches Lächeln zur Kenntnis, und seine Blicke glitten dann über ihre schlanke Figur. Ehe er antwortete, blickte er ihr wieder ins Gesicht und hob eine Augenbraue. „Das tue ich hin und wieder. Es ist gut für den Ruf, müssen Sie wissen."

„Allerdings." Sie nickte, leerte ihr Glas und schob sich eine Haarlocke aus dem Gesicht. „Wir müssen beide auf unseren Ruf bedacht sein, nicht wahr?" Mit einem strahlenden Lächeln wandte sie sich wieder dem Mann an ihrer Seite zu, der leicht verwirrt zu sein schien. „Paul, seien Sie so gut und holen Sie mir noch ein Glas von dem Punsch da drüben an der Bar."

„Wie viel haben Sie schon getrunken, Harriet?", fragte Burt und berührte ihr Kinn mit einem Finger, als Paul in der Menge untertauchte. „Wenn ich mich recht erinnere, trinken Sie doch nie mehr als zwei Gläser."

„Heute Abend mache ich eine Ausnahme." Sie warf den Kopf zurück, und die rabenschwarzen Locken umwirbelten ihre Schultern. „Ich feiere meine Wiedergeburt. Übrigens ist es nur Fruchtpunsch mit einem winzigen Schuss Alkohol."

„Das muss aber eine bemerkenswert kräftige Frucht sein, Ihrem Aussehen nach zu urteilen." Er konnte sich ein Lächeln nicht verbeißen. „Vielleicht sollten Sie doch besser die wohltuende Wirkung von Kaffee in Betracht ziehen."

„Seien Sie nicht so langweilig", antwortete sie und strich mit einem Finger über die Knopfleiste seines Hemdes. „Seide", rief sie und lächelte ihn erneut an. „Ich habe von jeher eine Schwäche für Seide gehabt." Sie sah ihn dramatisch an. „Übrigens ist Larry auch hier, diesmal ohne Kamera. Ich hätte ihn beinahe nicht wiedererkannt."

„Wenn Sie so weitermachen, werden Sie bald Ihre eigene Mutter nicht wiedererkennen", meinte er.

„Ach was. Meine Mutter macht nur Schnappschüsse mit einer Polaroidkamera, und das bei den irrwitzigsten Gelegenheiten", erklärte sie ihm, als Paul mit ihrem Drink wiederkam.

Sie nahm einen tiefen Schluck, und dann ergriff sie Pauls Ärmel. „Kommen Sie, tanzen Sie mit mir. Ich tanze für mein Leben gern." Sie gab Burt ihr Glas. „Sie können sich ja in der Zwischenzeit damit beschäftigen."

Harriet fühlte sich beschwingt und locker, als sie sich dem Rhythmus der Musik hingab, und wunderte sich im Stillen darüber, dass sie sich je von Burt hatte aus der Fassung bringen lassen. Der Raum verschwamm zu den Klängen der Musik und drehte sich mit ihrem neu entdeckten Wohlbehagen im Kreis. Paul flüsterte ihr irgendetwas ins Ohr. Sie verstand es nicht, und anstelle einer Antwort seufzte sie undeutlich.

Als die Musik kurz unterbrochen wurde, berührte eine Hand ihren Arm. Sie drehte sich um. Burt stand neben ihr.

„Wollen Sie Paul ablösen?", fragte sie und schob ihr Haar zurecht.

„Ich will Sie auslösen", berichtigte er und zog sie hinter sich her, „ehe Sie völlig über die Stränge schlagen."

„Aber ich möchte noch nicht gehen." Sie zerrte an seinem Arm. „Es ist noch früh, und ich amüsiere mich köstlich."

„Das merke ich Ihnen an." Er zog sie weiter mit sich und sah sie fest an. „Trotzdem gehen wir jetzt."

„Sie brauchen mich nicht nach Hause zu bringen. Ich kann ein Taxi rufen, oder vielleicht nimmt Paul mich mit. Er tut das bestimmt gerne."

„Zur Hölle mit ihm", brummte Burt ärgerlich und dachte überhaupt nicht daran, seinen Griff zu lockern.

„Ich will aber noch tanzen." Sie wirbelte herum. „Wollen Sie nicht doch mit mir tanzen?"

„Nicht heute Abend, Harriet. Dies ist nicht die passende Gelegenheit." Er seufzte, blieb aber unnachgiebig.

Mit einer schnellen Bewegung hob er sie auf seine Schultern und bahnte sich den Weg durch das belustigte Publikum. Anstatt sich zu ärgern, kicherte Harriet laut los.

„Wie komisch. Das hat mein Vater früher auch immer mit mir gemacht."

„Wirklich komisch."

„Hier, Chef." June stand an der Tür und reichte Burt Harriets Schal, Mantel und ihre Tasche. „Alles in Ordnung?"

„Und ob." Er rückte seine Last zurecht und verließ mit raschen Schritten die Wohnung.

Auf der Straße setzte Burt Harriet ohne weitere Umstände in seinen Wagen. „Hier." Er warf ihr den Schal zu. „Wickeln Sie sich das Ding um."

„Mir ist nicht kalt." Sie stieß das Kleidungsstück achtlos auf den Rücksitz. „Ich fühle mich fabelhaft."

„Davon bin ich überzeugt." Burt setzte sich neben sie ans Steuer und warf ihr einen genervten Blick zu, ehe er den Wagen anließ. „Sie haben so viel Alkohol im Blut, dass Sie damit ein doppelstöckiges Gebäude heizen könnten."

„Fruchtpunsch", korrigierte Harriet und kuschelte sich gegen die Rückenlehne. „Oh, sehen Sie sich einmal den Mond an." Sie richtete sich auf, lehnte sich gegen das Armaturenbrett und starrte die geisterhaft weiße Scheibe an.

„Ich schwärme für Vollmondnächte. Lassen Sie uns ein Stück spazieren gehen."

Er stoppte den Wagen vor einer roten Ampel, wandte ihr den Kopf zu und sagte entschieden: „Nein."

Harriet beugte sich vor und kniff die Augen zusammen, als suche sie nach einer neuen Perspektive. „Ich wusste gar nicht, dass Sie so ein Spielverderber sind."

„Spieler", berichtigte er und fuhr bei Grün weiter.

„Aber ich sagte Ihnen doch, dass mir nicht kalt ist." Sie lehnte sich wieder zurück und trällerte ein Lied vor sich hin.

Burt parkte den Wagen in der Tiefgarage von Harriets Apartmenthaus und wandte sich ihr leicht amüsiert zu. „Das hätten wir geschafft, Harriet. Können Sie sich auf den Beinen halten, oder soll ich Sie tragen?"

„Natürlich kann ich gehen. Das tue ich seit Jahrzehnten." Sie machte sich am Türgriff zu schaffen und stieg aus, um ihre Fähigkeit unter Beweis zu stellen.

Seltsam, dachte sie, ich kann mich nicht erinnern, dass dieser Fußboden so gewölbt ist. „Sehen Sie selbst: die perfekte Balance." Sie schwankte bedenklich.

„Gewiss doch, Harriet, an Ihnen ist eine Seiltänzerin verloren gegangen." Er hielt sie am Arm fest, damit sie nicht hinfiel. Dann hob er sie an seine Brust. Zufrieden lehnte sie sich an ihn, als er sie zum Lift trug, und schlang die Arme um seinen Hals.

„So gefällt es mir", verkündete sie, als der Fahrstuhl sich langsam in Bewegung setzte. „Wissen Sie eigentlich, was ich immer schon tun wollte?"

„Was?", fragte er abwesend und blickte sie nicht einmal an.

Sie drückte ihre Lippen auf sein Ohr. „Harriet", sagte er, doch sie schnitt ihm das Wort ab.

„Sie haben einen faszinierenden Mund."

Mit der Fingerspitze zeichnete sie aufs Äußerste konzentriert die Linie nach.

„Harriet, hören Sie damit auf."

Sie ließ sich von seinen Worten keineswegs beirren. „Und ein attraktives Gesicht haben Sie auch." Ihr Finger ging langsam darauf spazieren. „Am meisten bin ich jedoch von Ihren Augen beeindruckt." Ihr Mund wanderte über seinen Hals, und Burt holte tief Luft, als sich die Lifttür öffnete. „Hm, und Sie riechen so gut."

Er zerrte die Türschlüssel aus ihrer Handtasche, was ihm wegen des Bündels in seinen Armen, das sich erneut mit seinem Ohrläppchen befasste, nur mit Mühe gelang.

„Lassen Sie das endlich, Harriet", befahl er. „Sonst vergesse ich die Spielregeln."

Als es ihm mit ungeheurer Anstrengung schließlich gelungen war, die Tür zu öffnen, lehnte er sich einen Augenblick dagegen und holte tief Luft.

„Ich dachte immer, dass Männer sich gern verführen ließen", murmelte sie und drückte ihre Wange an sein Gesicht.

„Jetzt hören Sie mir mal gut zu, Harriet …" Weiter kam er nicht, denn sie küsste ihn.

„Ich finde es wundervoll, Sie zu küssen." Sie gähnte und schmiegte den Kopf an seinen Hals.

„Harriet, lassen Sie den Unsinn."

Er stolperte ins Schlafzimmer, während Harriet ihm weiter sanfte, unzusammenhängende Worte ins Ohr flüsterte.

Burt versuchte, sie auf das Bett zu legen, aber sie hielt ihn immer noch umschlungen. Er verlor das Gleichgewicht und fiel mit ihr auf das Bett. Sie gab nicht nach und presste wieder ihre Lippen auf seinen Mund.

Er stieß leise Verwünschungen aus, während er sich zu befreien versuchte.

„Sie wissen nicht, was Sie tun." Sie stöhnte schlaftrunken und schloss die Augen.

„Was tragen Sie unter dem Kleid?", fragte er, als er ihr die Schuhe auszog.

„Einen Unterrock."

„Nur einen Rock?"

Harriet lächelte ihn verschwommen an und murmelte etwas, das er nicht verstand. Er atmete schwer, als er sie auf den Bauch drehte. Dann öffnete er den Reißverschluss am Rücken und zog ihr das Kleid aus.

„Das werden Sie mir büßen", warnte er sie.

Er schimpfte immer mehr, denn er musste sich zwingen, seinen Blick von der honigfarbenen Haut abzuwenden, die nur in ein Stück Seidenstoff gehüllt war. Er zog die Decke über die regungslose Gestalt auf dem Bett. Harriet seufzte und kuschelte sich in das Kopfkissen.

Burt ging zur Tür, lehnte sich aber noch einen Moment lang müde an den Rahmen und betrachtete Harriet, die friedlich eingeschlummert war.

„Das ist nicht zu fassen", sagte er leise. „Ich muss den Verstand verloren haben." Seine Augen wurden schmal, als er ihre tiefen Atemzüge hörte. „Morgen früh werde ich mich deswegen verachten." Mit einem Seufzer schloss er behutsam die Tür und begab sich auf die Suche nach Harriets Whisky.

9. KAPITEL

*D*as Zimmer war sonnendurchflutet, als Harriet aufwachte. Sie blinzelte verwundert und versuchte, die vertraute Umgebung zu ergründen. Als sie sich aufsetzte, stöhnte sie laut auf. Sie hatte Kopfschmerzen und einen pelzigen Geschmack auf der Zunge. Vorsichtig setzte sie die Füße auf den Boden, um aufzustehen, doch sie sank gleich wieder zurück und ächzte, denn das Zimmer drehte sich wie ein Karussell um sie. Mit beiden Händen umfasste sie ihren Kopf.

Was habe ich letzte Nacht getrunken, fragte sie sich und kniff die Augen zusammen, um sich zu erinnern. Was war das für ein Punsch gewesen? Sie stolperte schwankend zum Kleiderschrank, um nach ihrem Morgenmantel zu suchen.

Ihr Kleid lag zusammengeknüllt am Fußende des Betts, und sie betrachtete es verwirrt. Sie konnte sich nicht daran erinnern, es ausgezogen zu haben. Sie schüttelte benebelt den Kopf und presste eine Hand gegen ihre pochende Schläfe. Als Erstes würde sie ein Aspirin schlucken, dann Fruchtsaft trinken und eine kalte Dusche nehmen. Langsam und vorsichtig ging sie in die Küche. Plötzlich blieb sie stehen und lehnte sich kraftlos an die Wand, denn sie erblickte ein Paar Männerschuhe und ein Jackett neben dem Sofa im Wohnzimmer.

„Du liebe Zeit", flüsterte sie, denn ihre Erinnerung kehrte allmählich zurück. Burt hatte sie nach Hause gebracht, und sie … Erschauernd dachte sie an ihr Benehmen im Lift. Aber was war geschehen? Sie strengte ihr Gedächtnis an, erinnerte sich jedoch nur an zusammenhanglose Einzelheiten. Ihr schien, als sei ein Puzzlespiel zu Boden gefallen. Die Einzelteile wieder zusammenzufügen wäre wahrscheinlich höchst unangenehm.

„Guten Morgen, meine Liebe. War es eine erholsame Nacht?"

Langsam drehte sie sich um, und ihr ohnehin schon blasses Gesicht wurde noch fahler, als Burt sie anlächelte. Er trug nur seine Hose. Das Hemd hing über seiner Schulter. Er hatte es noch nicht zugeknöpft. Das feuchte Haar deutete darauf hin, dass er gerade aus dem Bad kam. Harriet starrte ihn entgeistert an.

„Ich könnte einen Kaffee gebrauchen, meine Liebe." Er küsste sie leicht in nachlässig vertrauter Art auf die Wange, und ihr Magen zog sich zusammen. Während er in die Küche schlenderte, folgte sie ihm ängstlich. Als er den Kessel auf den Herd gestellt hatte, drehte er sich um und umfasste ihre Taille. „Sie waren einmalig." Seine Lippen berührten ihre Augenbrauen. Am liebsten wäre sie tot umgefallen. „Haben Sie sich ebenso amüsiert wie ich?"

„Ich nehme an … Ich weiß nicht … Ich erinnere mich nicht genau."

„Sie erinnern sich nicht?", fragte er ungläubig. „Wie ist das möglich? Sie waren hinreißend."

„Ich war … Oh." Sie bedeckte ihr Gesicht mit den Händen. „Mein Kopf."

„Haben Sie einen Kater?" Seine Stimme klang besorgt. „Ich werde Sie wieder auf die Beine bringen." Er ging zum Kühlschrank und machte sich darin zu schaffen.

„Kater?", wiederholte sie und hielt sich am Türrahmen fest. „Ich habe nur ein bisschen Punsch getrunken."

„Und drei Rumsorten."

„Rum?" Sie verdrehte die Augen und versuchte, nachzudenken. „Ich habe wirklich nichts anderes getrunken als …"

„Plantagenpunsch", ergänzte er und durchsuchte immer noch den Kühlschrank nach einem geeigneten Hausmittel. „Und der besteht größtenteils aus Rum: bernsteinfarbenem, weißem und dunklem Rum."

„Ich wusste nicht, was es war." Sie stützte sich noch fester an der Tür ab. „Offenbar habe ich zu viel getrunken. Ich bin nichts gewöhnt. Sie haben meine Lage ausgenutzt."

„Wie bitte?" Er nahm ein Glas zur Hand. „Ich soll Sie ausgenutzt haben? Meine Liebe, Sie waren nicht zu bremsen." Er hob die Augenbrauen und lachte sie an. „Sie gleichen einem Tiger, wenn Sie in Fahrt sind."

„Sie sind abscheulich", explodierte Harriet. Dann stöhnte sie auf, weil es in ihrem Kopf unbarmherzig hämmerte.

„Hier, trinken Sie das." Burt drückte ihr ein Glas in die Hand, dessen Inhalt sie zweifelnd und misstrauisch betrachtete.

„Was ist das denn?"

„Fragen Sie nicht, sondern trinken Sie es."

Harriet schluckte es mit einem Zug hinunter und schüttelte sich, als das Gebräu die Kehle hinabfloss. „Widerlich."

„Das ist der Preis dafür, dass Sie zu viel getrunken haben", bemerkte er scheinheilig.

„Ich war nicht wirklich betrunken", protestierte sie. „Ich war nur ein bisschen benebelt. Und Sie haben das ausgenutzt."

„Ich könnte beschwören, dass es umgekehrt war."

„Ich wusste nicht, was ich tat."

„Sie schienen sehr gut zu wissen, was Sie taten." Sein Lächeln hatte zur Folge, dass Harriet aufstöhnte.

„Ich kann mich einfach nicht erinnern."

„Beruhigen Sie sich, Harriet", sagte er, als sie zu schluchzen anfing. „Sie brauchen sich an nichts zu erinnern."

„Was meinen Sie damit?" Sie schluchzte wieder auf und wischte ihre Augen mit dem Handrücken ab.

„Ich meine damit, dass ich Sie nicht angerührt habe. Ich habe Sie rein und makellos in Ihr jungfräuliches Bett gepackt und auf der bemerkenswert unbequemen Couch übernachtet."

„Sie haben nicht … Wir haben nicht …"

„Weder das eine noch das andere." Er wandte sich dem pfeifenden Kessel zu und goss das kochende Wasser in eine Kanne.

Zunächst war Harriet erleichtert, doch gleich darauf verärgert. „Warum nicht? Stimmt irgendetwas nicht mit mir?"

Burt schaute sie erstaunt an, dann lachte er vor Vergnügen. „Ach, Harriet, was sind Sie doch für ein Widerspruchsgeist. Erst sind Sie verzweifelt, weil Sie meinen, dass ich Ihre Ehre geschändet haben könnte, und dann wieder tadeln Sie mich, weil ich es nicht getan habe."

„Ich finde das gar nicht so komisch", erwiderte sie. „Sie haben mich absichtlich in dem Glauben gelassen, dass wir …"

„Miteinander geschlafen haben, wollten Sie doch sagen, nicht wahr?" Burt schlürfte gelassen seinen Kaffee. „Das haben Sie sich selbst zuzuschreiben. Auf dem Weg vom Fahrstuhl bis in Ihr Schlafzimmer haben Sie mich zur Verzweiflung gebracht." Er lächelte noch breiter, als er sah, dass ihr das Blut in die Wangen schoss. „Daran werden Sie sich bestimmt noch erinnern. Und nun merken Sie sich ein für alle Mal, dass kein normaler Mann einen so appetitlichen Leckerbissen wie Sie allein gelassen und auf der ungemütlichen Couch geschlafen hätte. Deshalb sollten Sie sich künftig vor Fruchtpunsch in Acht nehmen."

„Solange ich lebe, werde ich nie mehr einen Drink anrühren", schwor Harriet und rieb sich die Augen. „Was ich brauche, ist Tee oder meinetwegen etwas von Ihrem grässlichen Kaffee. Und zwar dringend."

Das Klingeln der Türglocke fuhr Harriet durch Mark und Bein, und sie stieß ungewohnte Verwünschungen aus.

„Ich werde Ihnen Tee aufbrühen", erbot sich Burt und schmunzelte über ihren Wortschatz. „Schauen Sie nach, wer vor der Tür steht."

Erschöpft kam Harriet der Aufforderung nach und öffnete

die Tür. Auf der Schwelle stand Sandra. Sie registrierte Harriets aufgelösten Zustand mit einem eiskalten Blick.

„Treten Sie ruhig näher", sagte Harriet und schlug die Tür hinter Sandra mit solcher Gewalt ins Schloss, dass ihr Kopf noch heftiger pochte als zuvor.

„Ich hörte, dass Sie gestern eine beachtliche Show geliefert haben."

„Gute Nachrichten verbreiten sich schnell, Miss Mason. Ich fühle mich geschmeichelt, dass Sie an meinem Wohlergehen Anteil nehmen."

„Ihr Wohlergehen kümmert mich nicht im Geringsten." Sie zupfte einen unsichtbaren Fussel von ihrer lindgrünen Kostümjacke. „Aber ich mache mir Sorgen um Burt. Offenbar können Sie es nicht lassen, sich ihm an den Hals zu werfen, und das dulde ich künftig nicht mehr."

Das ist zu viel für einen Menschen in meiner Lage, entschied Harriet, und ihr Ärger wuchs. Sie täuschte ein Gähnen vor und schaute Sandra unsagbar gelangweilt an. „Ist das alles?"

„Ich lasse mir nicht gefallen, dass ein hergelaufenes Geschöpf wie Sie den Ruf des Mannes ruiniert, den ich heiraten werde."

Einen Augenblick lang verrauchte Harriets Zorn, und sie fühlte nur noch eine schmerzhafte Kälte. Es strengte sie maßlos an, sich äußerlich zu beherrschen. Ihr Kopf schmerzte. „Herzlichen Glückwunsch für Sie und aufrichtiges Beileid für den bedauernswerten Burt."

„Ich werde Sie zugrunde richten", entgegnete Sandra. „Ich werde veranlassen, dass Sie niemals mehr fotografiert werden."

„Hallo, Sandra", sagte Burt gleichmütig, als er das Zimmer betrat. Inzwischen hatte er sein Hemd fast zugeknöpft.

Sie wirbelte herum und starrte erst ihn an und dann das Jackett, das er achtlos auf den Rand des Sofas geschleudert hatte. „Was ... was ... tust du denn hier?"

„Ist das nicht eindeutig?", antwortete er, ließ sich auf das Sofa fallen und zog sich die Schuhe an. „Wenn du es nicht wissen wolltest, hättest du mir nicht nachspionieren sollen."

Er nutzt mich wieder aus, dachte Harriet verletzt und ärgerlich. Er nutzt mich aus, um sie eifersüchtig zu machen.

Sandra drehte sich wieder zu ihr um. Sie zitterte vor Erregung. „Sie werden ihn nicht halten. Sie sind nur eine billige Eintagsfliege. Innerhalb einer Woche wird er genug von Ihnen haben. Und dann wird er wieder zu mir zurückkehren." Sie schäumte vor Wut.

„Fabelhaft", erwiderte Harriet. Sie konnte ihr Temperament nicht mehr zügeln. „Sie werden ihn mit offenen Armen empfangen, davon bin ich überzeugt. Ich habe von Ihnen beiden genug. Warum gehen Sie nicht gleich? Jetzt, auf der Stelle?" Mit einer wilden Gebärde zeigte sie auf die Tür. „Hinaus mit Ihnen beiden!"

„Einen Augenblick mal", unterbrach Burt und beschäftigte sich mit dem letzten Knopf seines Hemdes.

„Halten Sie sich da raus", fuhr Harriet ihn an. Sie wandte sich wieder Sandra zu: „Sie gehen mir auf die Nerven, aber ich bin nicht in der Stimmung, mich mit Ihnen zu streiten. Wenn Sie später wiederkommen wollen, können wir das ja immer noch tun."

„Es gibt keinen Grund, mich noch einmal mit Ihnen zu unterhalten." Sandra warf den Kopf in den Nacken. „Sie sind kein Problem für mich. Denn was könnte Burt mit einem billigen kleinen Flittchen wie Ihnen anfangen?"

„Flittchen?", wiederholte Harriet mit einem drohenden Unterton. „Flittchen haben Sie gesagt?" Sie machte ein paar Schritte vorwärts.

„Beruhigen Sie sich, Harriet." Burt sprang auf und umfasste ihre Taille. „Seien Sie friedlich."

„Sie sind eine kleine Furie. Habe ich nicht recht?", tobte Sandra.

„Furie? Ich werde Ihnen zeigen, wer hier die Furie ist." Harriet versuchte wütend, sich aus Burts Umklammerung zu befreien.

„Beruhige dich, Sandra", warnte Burt gelassen, „oder ich lasse sie los."

Er hielt Harriet so lange fest, bis ihre Kampfkraft nachließ.

„Lassen Sie mich los. Ich werde ihr nichts antun", gab sie schließlich nach. „Schmeißen Sie sie raus." Sie sah ihn fest an. „Und Sie gehen ebenfalls. Ich habe von Ihnen beiden genug. Ich lasse mich nicht auf diese Weise ausnutzen. Wenn Sie sie unbedingt eifersüchtig machen möchten, dann suchen Sie sich eine andere Frau aus, die Ihnen vor ihren Augen hinterherläuft. Ich möchte, dass Sie verschwinden: aus meinem Leben und aus meinen Gedanken." Harriet hob ihr Kinn und merkte gar nicht, dass ihre Wangen feucht waren. „Ich möchte Sie beide nie mehr wiedersehen."

„Jetzt hören Sie mir mal gut zu." Burt packte sie bei den Schultern und schüttelte sie.

„Das werde ich nicht." Sie entwand sich seinem Griff. „Ich habe keine Lust mehr, Ihnen zuzuhören. Ich habe es satt, es ist vorbei, verstehen Sie mich? Gehen Sie jetzt, nehmen Sie Ihre Freundin mit, und lassen Sie mich beide künftig in Frieden."

Burt zog sich sein Jackett über und musterte einen Augenblick lang ihre geröteten Wangen und ihre vor Tränen schimmernden Augen. „Einverstanden, Harriet. Ich bringe Sandra nach Hause. Inzwischen gebe ich Ihnen Gelegenheit, sich zu sammeln. Dann werde ich zurückkommen. Unsere Unterhaltung ist für mich noch nicht beendet."

Harriet starrte auf die Tür, die Burt leise hinter sich geschlossen hatte. Ihre Augen waren tränenverschleiert. Meinetwegen kann er zurückkommen. Sie wischte sich die Tränen ab. Aber ich werde nicht da sein, beschloss sie.

Sie lief in ihr Schlafzimmer, holte ihre Koffer hervor und stopfte wahllos Kleider hinein. Ich habe genug, dachte sie wütend, genug von New York, genug von Sandra Mason, und mehr als genug von Burt Bardoff. Ich fahre nach Hause.

Kurz entschlossen klopfte sie an Lisas Tür. Lisa öffnete, freundlich wie immer, doch ihr Lächeln verflog, als sie bemerkte, wie verstört Harriet war.

„Was in aller Welt …", sagte sie, doch Harriet schnitt ihr gleich das Wort ab.

„Ich habe keine Zeit, dir zu erklären, was geschehen ist. Aber ich reise ab. Hier ist mein Schlüssel." Sie ließ ihn in Lisas Hand fallen. „Im Kühlschrank und in den Regalen stehen Lebensmittel. Nimm sie und auch alles andere, was du möchtest. Ich komme nicht mehr wieder."

„Aber, Harriet, so erkläre mir doch …"

„Ich werde später entscheiden, was mit der Wohnung und den Möbeln geschehen soll. Sobald wie möglich werde ich dir schreiben und alles erklären."

„Aber Harriet", rief Lisa ihr hinterher, „wohin fährst du denn?"

„Nach Hause", antwortete sie, ohne sich noch einmal umzublicken. „Nach Hause, wo ich hingehöre."

Harriets Eltern schienen nicht weiter überrascht zu sein, als sie so unvermutet eintraf. Jedenfalls stellten sie keine Fragen und machten auch keine Andeutungen. Sehr bald schon passte Harriet sich an das häusliche Leben auf der Farm an. Eine ruhige sorglose Woche verstrich.

Während dieser Zeit verbrachte Harriet erholsame Stunden auf der offenen Veranda des Farmhauses. Die Spanne zwischen der Abenddämmerung und dem Zubettgehen war die angenehmste des Tages. Es war die Zeit, die die geschäftigen Stunden des Tages von den grüblerischen der Nacht trennte.

Die Verandatür quietschte leise und unterbrach die Stille des Abends. Harriet beobachtete den Mond und genoss den Tabakgeruch der Pfeife ihres Vaters, der neben ihr saß.

„Es ist an der Zeit, dass wir miteinander reden, Harriet", sagte er und legte seine Hand auf ihre Schulter. „Warum bist du so plötzlich zurückgekommen?"

Sie seufzte tief auf und lehnte den Kopf an seine Wange. „Dafür gibt es viele Gründe. Hauptsächlich war ich jedoch müde und erschöpft."

„Müde?"

„Ja, müde von den ewigen Aufnahmen und Posen. Müde, Gefühle aus dem Hut zu ziehen wie ein zweitklassiger Magier, müde von dem Lärm, müde von den Menschenmassen." Sie zuckte hilflos die Schultern. „Ich bin eben durch und durch müde."

„Wir dachten immer, du hättest genau das gefunden, was du dir ersehnt hast."

„Ich habe mich geirrt. Das war es nicht, was ich mir wünschte, jedenfalls nicht alles." Sie stand auf, lehnte sich über die Verandabrüstung und blickte in die Nacht hinaus. „Nun weiß ich nicht mehr, ob ich überhaupt etwas zustande gebracht habe."

„Du hast viel erreicht. Du hast hart gearbeitet und dir aus eigener Kraft eine Karriere aufgebaut, auf die du stolz sein kannst. Wir alle sind stolz auf dich."

„Ich weiß, dass ich hart für mein Geld gearbeitet habe. Und ich weiß auch, dass ich in meinem Beruf gut war." Mit einem Schwung setzte sie sich auf die Verandabrüstung. „Als ich euch verließ, wollte ich unbedingt wissen, was ich aus eigener Kraft leisten konnte. Ich wusste genau, was ich wollte, ich kannte meine Ziele. Meine Pläne standen fest. Zuerst kam A, dann B und schließlich das ganze Alphabet. Nun habe ich erreicht, wovon die meisten Frauen träumen, und ich will es nicht mehr. Ich dachte nie, dass es so kommen würde. Ich brauche nur den kleinen Finger auszustrecken und mir zu nehmen, was mir zusteht, aber ich will es wirklich nicht mehr. Ich habe es satt, Gesichter zu schneiden."

„Wenn es so ist, musst du wirklich damit aufhören. Doch ich habe den Eindruck, dass es für deine überstürzte Rückkehr noch einen anderen Beweggrund gibt, den du verbirgst. Ist da vielleicht ein Mann mit im Spiel?"

„Das ist vorbei", erwiderte Harriet. „Für diese Beziehung hatte ich nicht genügend Verstand und Format."

„Harriet, wie kommst du dazu, so etwas zu sagen? Es ist beschämend."

„Und doch ist es wahr." Sie zwang sich zu einem Lächeln. „Ich passe nicht richtig in diese Welt. Er ist reich und kultiviert, ich hingegen vergesse immer wieder, mich von meiner strahlendsten Seite zu zeigen. Ich kann einfach nicht aus meiner Haut heraus. Zwar kann ich von einer Figur in die andere schlüpfen, doch vom Wesen her ändere ich mich nicht." Sie zuckte mit den Schultern und blickte in die Ferne. „Es war niemals etwas Ernsthaftes zwischen uns. Jedenfalls nicht von seiner Seite."

„Dann kann es mit ihm nicht allzu weit her sein", bemerkte ihr Vater und zog an seiner Pfeife.

„Vielleicht bist du ein bisschen voreingenommen." Harriet umarmte ihn zärtlich. „Ich brauche einfach mein Zuhause. Aber jetzt gehe ich schlafen. Morgen haben wir viel zu tun, wenn die ganze Familie kommt."

Die Luft war rein und mild, als Harriet am frühen Morgen ihren rehbraunen Wallach bestieg, um auszureiten. Sie fühlte sich beschwingt und gelöst. Der Wind zauste wild an ihrem Haar und wehte es wie einen dichten schwarzen Vorhang aus ihrem Gesicht. Sie kostete den Wind und die Geschwindigkeit aus, vergaß Zeit und Kummer und den nagenden Zweifel an sich selbst. Sie ließ dem Pferd die Zügel schießen und gab sich ganz dem Anblick der riesigen Weizenfelder hin.

Sie schienen sich bis ans Ende der Welt zu erstrecken: ein grüner Ozean, der sich unter dem unbeschreiblich blauen Himmel kräuselte. Irgendwo zwitscherte vergnügt eine Feldlerche. Harriet seufzte tief zufrieden auf. Sie hob den Kopf und genoss die liebkosenden Strahlen der Sonne auf ihrer Haut, den herben Duft des Landes, das nach dem Winterschlaf zu neuem Leben erwacht war.

Das war Kansas im Frühling. Harriet freute sich über die natürlichen, lebendigen Farben und die frische Luft. Warum bin ich jemals fortgegangen, dachte sie. Wonach habe ich Ausschau gehalten? Sie schloss die Augen und atmete tief. Ich habe nach Harriet Baxter Ausschau gehalten. Jetzt habe ich sie gefunden und weiß nicht mehr, was ich mit ihr anfangen soll.

„Was ich am meisten brauche, ist Zeit, Cochise", erklärte sie ihrem vierbeinigen Kameraden und beugte sich nach vorn, um den kräftigen Hals zu streicheln. „Nur ein bisschen Zeit, um die verstreuten Teile wieder zusammenzufügen."

Sie machte kehrt, um nach Hause zu reiten, und spornte das Pferd zu einem leichten, sanften Trab an. Sie war glücklich, über den lockeren Rhythmus und über die frühlingszarte Landschaft. Als die Farm und die Nebengebäude in Sicht waren, bekam Cochise jedoch Stalltrieb und versuchte, gegen die Zügel anzugehen.

„Einverstanden, du Teufel." Harriet warf den Kopf zurück und lachte. Mit ihren Absätzen berührte sie die Flanken des Tieres und spornte es zum Galopp an. Das Echo der Hufe auf dem harten Boden hallte in der Luft wider. Harriet stellte sich ganz auf den eifrigen Wallach ein und ließ ihm seinen Willen. Sie setzten schwungvoll über einen alten Holzzaun, berührten wieder den Boden, galoppierten weiter und störten dabei einen friedlichen Vogelschwarm auf.

Als sie sich dem Haus näherten, kniff Harriet die Augen zusammen, denn sie bemerkte einen Mann, der sich an den Koppelzaun lehnte. Sie zog heftig die Zügel an, und Cochise bäumte sich beleidigt auf.

„Sei brav." Sie besänftigte das Pferd, streichelte seinen Hals und murmelte beruhigende Worte, als er empört schnaubte. Sie erkannte den Mann. Selbst ein halber Kontinent hätte nicht ausgereicht, um ihm zu entkommen.

10. KAPITEL

*E*ine Glanzleistung." Burt reckte sich und schlenderte Harriet und Cochise entgegen.

„Was tun Sie denn hier?", fragte Harriet.

„Ich war gerade auf der Durchreise, und da dachte ich, dass ich Sie einmal besuchen sollte." Er streichelte die Nüstern des Pferdes.

Harriet biss die Zähne zusammen und saß ab.

„Wer hat Ihnen gesagt, wo ich zu finden bin?" Sie blickte zu ihm hoch und wünschte sehnlichst, sie hätte ihre überlegene Position auf dem Rücken des Pferdes beibehalten.

„Lisa hörte, wie ich an Ihre Tür klopfte. Sie sagte mir, dass Sie heimgefahren seien." Seine Worte klangen abwesend. Offensichtlich war ihm mehr an der Bekanntschaft mit dem Wallach gelegen als daran, sie aufzuklären. „Ein fabelhaftes Pferd, Harriet." Er drehte sich zu ihr um und musterte ihr windzerzaustes Haar und die geröteten Wangen. „Sie können gut mit ihm umgehen, scheint mir."

„Jetzt muss er sich abkühlen und trocken gerieben werden." Irgendwie ärgerte es Harriet, dass ihr Pferd die Liebkosung von Burt zu genießen schien. Sie nahm es am Halfter, um es in den Stall zu führen.

„Hat Ihr Freund einen Namen?" Burt hielt Schritt mit ihr und sah sie von der Seite an.

„Cochise." Die Antwort war knapp. Am liebsten hätte sie ihm die Stalltür vor der Nase zugeschlagen, doch er blieb an ihrer Seite.

„Wissen Sie eigentlich, wie gut seine rehbraune Farbe zu Ihnen passt?" Er lehnte sich lässig an die Stalltür, Harriet kümmerte sich mit wildem Eifer um das Tier.

„Ein Pferd suche ich mir nicht nach solchen unpraktischen Gesichtspunkten aus." Sie striegelte weiter das Fell des Tieres und kehrte Burt absichtlich den Rücken zu.

„Wie lange haben Sie dieses wunderbare Tier schon als Ihr eigenes Reitpferd?"

Was für eine lächerliche Frage, dachte sie erzürnt. „Ich hatte ihn schon als Fohlen."

„Wahrscheinlich passen Sie deswegen so gut zueinander."

Burt sah sich im Stall um, während sie sich weiter mit dem Pferd beschäftigte. Dabei gingen ihr Dutzende von Fragen durch den Kopf. Nur fand sie nicht den Mut dazu, sie in Worte zu fassen. Trotzdem ging ihr das Schweigen auf die Nerven. Als sie schließlich das Pferd auf Hochglanz gestriegelt hatte und ihr nichts anderes zu tun übrig blieb, drehte sie sich um und verließ den Stall.

Burt war sofort an ihrer Seite. „Warum sind Sie auf und davon gerannt?", fragte er draußen. Die Sonne schien ihnen hell ins Gesicht.

Ihr Gedanken wirbelten durcheinander. „Ich bin nicht weggelaufen." Schnell dachte sie sich eine Ausrede aus. „Ich benötigte einige Zeit, um über die Angebote nachzudenken, die mir inzwischen zugegangen sind. An diesem Punkt meiner Karriere darf ich keine falsche Entscheidung treffen."

„Das sehe ich ein."

Weil Harriet nicht wusste, ob Burt sich tatsächlich über sie lustig machte oder ob sie seinen Unterton nur falsch auslegte, verhielt sie sich abweisend. „Jetzt muss ich arbeiten. Meine Mutter braucht mich in der Küche."

Das Schicksal schien sich jedoch gegen sie verschworen zu haben, denn ihre Mutter öffnete die Hintertür und kam ihnen entgegen.

„Warum zeigst du Burt nicht die Farm, Harriet? Ich werde mit meiner Arbeit schon allein fertig."

„Aber die Pasteten müssen doch zubereitet werden." Harriets Stimme klang flehend.

Sarah Baxter überhörte den Einwand und tätschelte leicht die Wange ihrer Tochter. „Wir haben noch viel Zeit. Sicher will Burt sich etwas mit der Gegend vertraut machen, ehe wir essen."

„Ihre Mutter hat mich freundlicherweise eingeladen, Harriet." Burt lächelte über ihren erstaunten Gesichtsausdruck, ehe er sich wieder ihrer Mutter zuwandte. „Ich freue mich darauf, Sarah."

Harriet war entgeistert, dass sie sich so freundlich beim Vornamen anredeten. Unwirsch drehte sie sich um und murmelte missvergnügt: „Also gut, kommen Sie mit." Nach einer Weile blieb sie stehen. „Was wollen Sie zuerst sehen?", fragte sie süß-säuerlich. „Den Hühnerhof oder den Schweinestall?"

„Das überlasse ich ganz Ihnen", antwortete Burt großzügig und fiel ebenfalls in ihren sarkastischen Tonfall mit ein.

Stirnrunzelnd machte sie mit ihm die Runde.

Sie glaubte, er würde sich langweilen, aber das Gegenteil war der Fall. Burt interessierte sich außerordentlich für die Farmarbeit, den Gemüsegarten ihrer Mutter und den gewaltigen Maschinenpark ihres Vaters.

Plötzlich blieb er stehen, legte eine Hand auf ihre Schulter und blickte auf die Weizenfelder. „Jetzt verstehe ich, was Sie meinten, Harriet", sagte er schließlich leise. „Sie sind überwältigend. Ein grüner Ozean."

Harriet antwortete nicht.

Sie wollte ihn abschütteln, doch er ergriff ihre Hand, ehe sie protestieren konnte.

„Haben Sie jemals einen Wirbelsturm miterlebt?"

„Aber natürlich. Schließlich habe ich zwanzig Jahre lang in Kansas verbracht", entgegnete Harriet kurz angebunden.

„Das muss ein Naturereignis sein, das man nicht so schnell vergisst."

„Allerdings", stimmte sie zu. „Ich war sieben Jahre alt, als so ein Sturm angekündigt wurde. Daran erinnere ich mich noch wie heute. Alle Menschen waren sehr aufgeregt. Sie brachten die Tiere in Sicherheit und bereiteten sich auf die Katastrophe vor. Ich stand etwa an dieser Stelle."

Sie blieb stehen und blickte gedankenverloren in die Ferne. „Ich beobachtete, wie dieser gewaltige schwarze Trichter immer näher kam. Alles war unglaublich still. Die Luft senkte sich wie ein Bleigewicht herab. Ich war fasziniert. Mein Vater hob mich auf seine Schulter und schleppte mich in den Sturmkeller. Es war ruhig, als wäre die Welt untergegangen, doch dann plötzlich donnerte der Sturm wie hundert Flugzeuge über unsere Köpfe."

Burt lächelte sie an, und ihr Herz zog sich, wie so oft schon, zusammen. „Harriet." Er hob, ehe sie es sich versah, ihre Hand an seine Lippen. „Sie sind einfach hinreißend."

Sie ging weiter und steckte ihre Hände absichtlich in die Taschen. Schweigend umrundeten sie das Farmhaus, während sie all ihren Mut zusammennahm, um ihn zu fragen, warum er eigentlich gekommen war.

„Haben Sie geschäftlich in Kansas zu tun?"

„So könnte man es auch ausdrücken." Seine Antwort war wenig aufschlussreich, und sie versuchte, auf seinen gleichmütigen Tonfall einzugehen.

„Warum haben Sie nicht einen Ihrer Untergebenen mit dieser Mission betraut?"

„Es gibt bestimmte Angelegenheiten, die ich lieber selbst erledige", spöttelte er. Offensichtlich wollte er sie ärgern. Harriet zuckte die Schultern, als wäre ihr die Unterhaltung gleichgültig.

Harriets Eltern schien Burt sehr zu gefallen. Harriet fand es erstaunlich, wie mühelos Burt sich der für ihn neuen Umgebung anpasste. Er saß neben ihrem Vater, sprach ihn mit dem Vornamen an und plauderte mit ihm wie mit einem lange vermissten Freund. Die zahlreichen Familienmitglieder hätten jeden anderen Menschen an seiner Stelle eingeschüchtert. Aber Burt beherrschte die Situation meisterhaft. Im Verlauf einer halben Stunde hatte er Harriets Schwägerinnen den Kopf verdreht. Ihre beiden Brüder erwiesen ihm allen Respekt, und ihre jüngere Schwester himmelte ihn an. Harriet zog sich in die Küche zurück, um nach den Pasteten zu sehen.

Wenige Minuten später hörte sie seine Stimme: „Die häusliche Tugendhaftigkeit in Person."

Sie wirbelte herum. Burt stand an der Tür.

„Sie haben Mehl auf Ihrer Nase." Er wischte es mit dem Finger weg. Sie zuckte zusammen und nahm wieder ihre Arbeit mit dem Nudelholz auf. „Pasteten, wie ich sehe. Was für eine Sorte?" Er lehnte sich an den Küchentisch, als richtete er sich auf eine gemütliche Unterhaltung ein.

„Zitronenpasteten", erwiderte sie knapp, um ihn möglichst zu entmutigen.

„Fantastisch. Ich bin ganz verrückt nach Zitronenpasteten, weil sie herb und trotzdem süß sind." Er machte eine Pause und sah sie herausfordernd an. „So wie Sie." Harriet warf ihm einen vernichtenden Blick zu, der ihn völlig unbeeindruckt ließ. „Sie scheinen eine Menge davon zu verstehen", bemerkte er, als sie einen zweiten Teigboden ausrollte.

„Ich bin lieber allein, wenn ich arbeite."

„Und was ist mit der berühmten ländlichen Gastfreundschaft, von der ich so viel gehört habe?"

„Sie haben sich selbst zum Essen eingeladen, stimmt das etwa nicht?" Sie bearbeitete den Teig mit dem Nudelholz so heftig, als sei er an allem schuld. „Warum sind Sie überhaupt hierhergekommen? Wollen Sie sich davon überzeugen, wie es auf einer schäbigen kleinen Farm zugeht? Wollen Sie sich über meine Familie lustig machen und Sandra einen Grund geben, sich zu amüsieren, wenn Sie wieder zu Hause sind? Ist es das, was Sie vorhaben?"

„Reden Sie keinen Unsinn." Burt ging um den Küchentisch und packte sie bei den Schultern. „Halten Sie selbst von Ihrer

Familie so wenig, dass Sie in diesem Ton von ihr sprechen?"
Ihr ärgerlicher Gesichtsausdruck verschwand, so erstaunt war
sie. Er ließ sie wieder los. „Diese Farm beeindruckt mich sehr,
und Ihre Familie ist so herzlich und aufrichtig. Ich habe mich
schon halb in Ihre Mutter verliebt."

„Es tut mir leid", sagte Harriet beschämt und begab sich
wieder an die Arbeit. „Es war dumm von mir, das zu sagen."

Er steckte die Hände in die Taschen seiner eng anliegenden
Jeans und schlenderte zur Tür, die in den Hof führte. „Ich
glaube, draußen spielen sie Baseball."

Die Tür fiel hinter ihm zu. Harriet schaute aus dem Fenster.
Jemand warf Burt einen Handschuh zu, und die Familienmitglieder begrüßten ihn begeistert. Der Wind wehte ihr Geschrei
und Gelächter bis in die Küche. Harriet wandte sich wieder
vom Fenster ab und ihrer Arbeit zu.

Ihre Mutter kam ihr zu Hilfe und schwatzte fröhlich.
Harriet hörte kaum hin. Der Lärm der Baseballspieler störte
sie.

„Ruf sie herein, damit sie dir beim Abwaschen helfen", unterbrach Sarah ihren Gedankenflug. Automatisch ging Harriet
zur Tür, öffnete sie und pfiff durchdringend. Erschrocken ließ
sie die Finger sinken und verwünschte sich, weil sie sich wieder
einmal vor Burt lächerlich gemacht hatte. Sie warf die Tür zu
und lief unwillig in die Küche zurück.

Beim Essen saß Harriet neben Burt. Sie achtete nicht auf die
Sturmwarnung ihres Magens, sondern widmete sich voll und
ganz der turbulenten Tafelrunde. Er und ihre Familie durften
nicht merken, wie unbehaglich ihr zumute war.

Als die Familie es sich anschließend im Wohnzimmer bequem machte, sah Harriet, dass Burt sich ausgiebig mit ihrem
Vater unterhielt. Sie selbst spielte mit ihrem Neffen auf dem
Fußboden mit kleinen Lastwagen. Sein kleiner Bruder krab-
belte zu Burt hinüber und kletterte auf seinen Schoß. Harriet

beobachtete unter gesenkten Augenlidern, dass er ihn gutwillig auf seinem Knie hopsen ließ.

„Lebst du zusammen mit Tante Harriet in New York?", fragte das Kind plötzlich. Harriet fiel vor Schreck ein Spielzeugauto aus der Hand.

„Nicht ganz." Burt lächelte, weil er sah, dass Harriet errötete. „Aber ich lebe in New York."

„Tante Harriet wird mit mir auf die Spitze des Empire State Buildings fahren", verkündete er stolz. „Ich werde aus tausend Meter Höhe hinunterspucken. Du kannst ja mit uns kommen", lud er ihn mit kindlicher Großmut ein.

„Ich wüsste nicht, was ich lieber täte." Burts schmale Finger strichen über das dunkle Haar des Jungen. „Du musst mir nur Bescheid sagen, wann es losgehen soll."

„Wenn es windig ist, können wir nicht rauf", erklärte der Knirps und blickte mit der Weisheit seiner sechs Jahre in Burts graue Augen. „Tante Harriet sagt immer, dass man sich das Gesicht nass macht, wenn man gegen den Wind spuckt."

Alle lachten. Harriet stand auf, nahm sich den Jungen unter den Arm und marschierte mit ihm in die Küche. „Ich glaube, es ist noch ein Stück Pastete übrig. Das wird dir den Mund stopfen."

Es war schon dämmrig, als Harriets Brüder und ihre Familien Abschied nahmen. Die Sonne schickte noch einige rosige Strahlen über den Horizont. Eine Zeit lang blieb Harriet allein auf der Veranda und beobachtete das Zwielicht, das allmählich in Dunkelheit überging. Die ersten Sterne funkelten, Grillen zirpten in der Stille.

Als sie ins Haus zurückging, wirkte es wie ausgestorben. Nur das stetige Ticken einer alten Standuhr unterbrach die Stille. Harriet kauerte sich in einen Sessel und sah Burt und ihrem Vater beim Schachspiel zu. Gegen ihren Willen blickte sie fasziniert auf die schlanken Finger, die elegant die geschnitzten Figuren verschoben.

„Schachmatt", rief Burt, und Harriet fuhr auf, so sehr war sie in das Spiel versunken gewesen.

Tom Baxter sah das Schachbrett einen Augenblick lang stirnrunzelnd an, dann strich er sich über das Kinn. „Traurig, aber wahr." Er lachte Burt zu und zündete seine Pfeife an. „Sie spielen hervorragend, mein Junge. Das weiß ich zu schätzen."

„Ganz meinerseits." Burt lehnte sich in seinem Stuhl zurück und griff nach einer Zigarette. „Ich hoffe, dass wir öfter mal Gelegenheit haben, miteinander zu spielen. Das müsste sich eigentlich einrichten lassen, weil ich beabsichtige, Ihre Tochter zu heiraten."

Das war offenbar eine feststehende Tatsache. Als Burts Worte in ihr Bewusstsein drangen, öffnete sie den Mund, konnte aber nichts sagen.

„Sie sind das Oberhaupt der Familie", fuhr Burt fort, ohne Harriet auch nur anzublicken. „Ich kann Ihnen versichern, dass Harriet keine finanziellen Sorgen zu befürchten hat. Ob sie ihre Karriere weiter verfolgen wird, ist natürlich ihre persönliche Angelegenheit. Aber sie braucht nur zu arbeiten, wenn es ihr Spaß macht."

Tom paffte Rauchwölkchen aus seiner Pfeife und nickte.

„Ich habe mir das sehr gut überlegt", fuhr Burt fort und stieß langsam den Rauch aus. „Jeder Mann erreicht einmal ein Alter, wo er sich nach einer Ehefrau und Kindern sehnt." Seine Stimme klang tief und ernst, und Tom erwiderte den freundlichen Blick der grauen Augen. „Harriet ist die geeignete Frau für meine Pläne. Sie ist zweifellos sehr begehrenswert, und welcher Mann fühlt sich nicht von einer so schönen Frau angezogen? Sie ist bemerkenswert intelligent und widerstandsfähig und mag offensichtlich Kinder sehr gern. Allerdings ist sie ein bisschen zu mager", fügte Burt bedauernd hinzu.

Tom hatte bei der Aufzählung der Tugenden seiner Tochter zustimmend genickt und sah Burt jetzt wie um Entschuldigung bittend an.

„Es ist uns nie gelungen, sie richtig aufzupäppeln. Sie müsste wirklich mehr essen."

„Außerdem hat sie ein überschäumendes Temperament", stellte Burt fest und wägte das Für und Wider ab. „Aber", schloss er mit einer nachlässigen Handbewegung, „ich schätze lebhafte Frauen."

Harriet sprang auf und versuchte vergebens, einen zusammenhängenden Satz zu formulieren. „Was fällt Ihnen ein?", brachte sie schließlich über die Lippen. „Wie kommen Sie dazu, über mich zu verhandeln, als sei ich eine Zuchtstute? Und du", rügte sie ihren Vater, „du scheinst dein leibliches Fleisch und Blut verpfänden zu wollen. Mein eigener Vater."

„Das ist einer ihrer typischen Temperamentausbrüche", stellte Burt fest, und Tom nickte weise.

„Sie sind ein anmaßender, eingebildeter ..."

„Seien Sie vorsichtig, Harriet", beschwichtigte Burt sie, drückte seine Zigarette aus und hob die Augenbrauen. „Verbrennen Sie sich nicht wieder den Mund."

„Wenn Sie auch nur eine Sekunde glauben, dass ich Sie heiraten werde, haben Sie sich geirrt. Ich möchte Sie nicht einmal auf einem Präsentierteller serviert bekommen. Lassen Sie mich in Ruhe und fahren Sie zurück nach New York und veröffentlichen Sie Ihre Zeitschriften", fauchte sie und stürzte vollkommen kopflos aus dem Haus.

Als die draußen war, wandte Burt sich an Sarah. „Ich nehme an, dass Harriet hier zu Hause ihre Hochzeit feiern will. Alle ihre engeren Freunde aus New York könnten mit dem Flugzeug kommen. Aber da Harriets Angehörige hier leben, sollte ich vielleicht besser Ihnen die Vorbereitungen überlassen."

„In Ordnung, Burt. Haben Sie schon einen bestimmten Termin im Auge?"

„Nächstes Wochenende."

Sarah war etwas erschrocken, als sie an die bevorstehende Arbeit dachte, doch dann beugte sie sich wieder ruhig über ihr Strickzeug. „Überlassen Sie alles mir."

Burt stand auf und sah Tom vergnügt an. „Jetzt hat sie sich wohl ein bisschen abgekühlt. Ich werde sie suchen gehen."

„Sehen Sie im Pferdestall nach", riet Tom und stopfte seine Pfeife. „Dorthin verzieht sie sich immer, wenn ihr eine Laus über die Leber läuft." Burt nickte und schlenderte aus dem Haus.

„Sieh einmal an, Sarah." Schmunzelnd zog Tom an seiner Pfeife. „Es scheint, als hätte Harriet den Richtigen gefunden."

Der Stall war matt erleuchtet, und Harriet lief erregt von einer dämmrigen Ecke zur anderen. Sie war erzürnt über Burt und ihren Vater. Die beiden steckten unter einer Decke, ausgerechnet. Es hätte nur noch gefehlt, dass sie ihre Zähne auf Form, Farbe und Schönheit untersucht wurden.

Knarrend öffnete sich die Stalltür, und Harriet drehte sich hastig um. Es war Burt.

„Hallo, Harriet. Sind Sie in der Verfassung, meine Heiratspläne mit mir durchzusprechen?"

„Ich werde niemals in der Verfassung sein, mich mit Ihnen zu unterhalten." Ihre ärgerliche Stimme hallte von den Wänden des ausgedehnten Gebäudes wider.

Unbeirrt lächelte Burt ihr ins rebellische Gesicht. Seine Gelassenheit reizte sie noch mehr, und sie lief empört hin und her. „Ich werde Sie nie heiraten, nie im Leben. Eher würde ich einen dreiköpfigen Zwerg mit Warzen zum Mann nehmen."

„Trotzdem werden Sie mich heiraten, Harriet", entgegnete er mit lässigem Selbstvertrauen. „Selbst wenn ich Sie stampfend und schreiend zum Traualtar zerren muss, werden Sie mich heiraten."

„Ich sagte bereits, dass ich es nicht tun werde." Sie blieb vor ihm stehen. „Sie können mich nicht zwingen."

Er packte ihre Arme und sah sie herausfordernd an. „Ach, wirklich nicht?"

Er zog sie an sich und küsste sie.

„Lassen Sie mich los", zischte sie und wich zurück. „Lassen Sie sofort meine Arme los."

„Wie Sie wollen." Zuvorkommend gab er sie frei und versetzte ihr einen leichten Stoß. Sie fiel rückwärts in einen Heuhaufen.

„Sie sind ein Tyrann", fauchte sie ihn an und versuchte, wieder auf die Beine zu kommen, doch Burt drückte sie in das süß duftende Heu zurück.

„Ich habe nur getan, was Sie mir gesagt haben", spöttelte er. „Im Übrigen haben Sie mir in liegender Pose immer am besten gefallen." Sie stieß nach ihm und drehte ihr Gesicht weg, als sein Mund näher kam. Er begnügte sich mit der zarten Haut ihres Halses.

„Das können Sie mir nicht antun." Ihre Widerstandskraft ließ nach, als seine Lippen immer neue Gefilde entdeckten.

„Doch, das kann ich", murmelte er, und fand endlich ihren Mund. Sein inbrünstiger Kuss betäubte ihre Sinne, ihre Lippen wurden nachgiebiger und öffneten sich, und sie legte die Arme um seinen Hals. Er ließ sie wieder frei und küsste sie auf die Nasenspitze.

„Sie Schuft", flüsterte Harriet und zog ihn fest an sich, bis ihre Lippen sich wieder vereinigten.

„Sind Sie jetzt bereit, mich zu heiraten?" Burt lächelte auf sie hinunter und strich ihr eine Locke aus der Stirn.

„Ich kann nicht denken", murmelte sie und schloss die Augen. „Ich kann nie denken, wenn Sie mich küssen."

„Sie sollen ja auch gar nicht denken." Er öffnete langsam die Knöpfe ihrer Bluse. „Ich möchte nur, dass Sie es mir sagen." Seine Hand streichelte zärtlich ihre Brust. „Sagen Sie es endlich, Harriet", befahl er. Sein Mund streifte ihren Hals und berührte ihre empfindsame Haut. „Los, Harriet. Dann werde ich Ihnen Zeit lassen, darüber nachzudenken."

„Meinetwegen", seufzte sie. „Sie haben gewonnen, ich werde Sie heiraten."

„Gut", sagte er einfach und küsste sie noch einmal sanft.

Harriet kämpfte gegen den Nebel an, der ihre Sinne einhüllte, und versuchte, sich von Burt zu befreien. „Ihre Methoden sind unfair."

„In der Liebe wie im Krieg ist alles erlaubt, mein Liebling." Burts Augen wurden ernst, als er auf sie niederblickte. „Ich liebe dich, Harriet. Du hast mich völlig gefangen genommen. Ich komme nicht mehr los von dir. Ich liebe jeden verrückten, bezaubernden Zentimeter an dir." Er küsste sie leidenschaftlich, und sie verlor fast die Besinnung.

„O Burt." Ungestüm küsste sie sein Gesicht. „Ich liebe dich so sehr. Ich liebe dich so sehr, dass ich es kaum ertragen kann. Die ganze Zeit dachte ich … Als Sandra mir sagte, dass du damals in den Bergen die Nacht mit ihr verbracht hättest, da …"

„Einen Augenblick mal." Burt entzog sich ihren sehnsüchtigen Küssen und umfasste ihr Gesicht mit den Händen. „Ich möchte, dass du mir zuhörst. Zunächst einmal war meine Beziehung zu Sandra längst beendet, ehe ich dir begegnete. Aber sie fand sich nicht damit ab." Er lächelte und küsste sie sanft. „Und dann habe ich an keine andere Frau mehr denken können, nachdem ich dich kennengelernt hatte. Im Übrigen war ich schon vorher halb in dich verliebt."

„Wieso denn das?"

„Ich sah Bilder von dir, und dein Gesicht verfolgte mich."

„Niemals habe ich geglaubt, dass du es ernst meinen könntest mit mir." Ihre Finger zerzausten sein Haar.

„Zuerst dachte ich auch, dass ich dich nur körperlich begehre. Ich wollte dich unbedingt besitzen, wie nie eine Frau zuvor. Erinnerst du dich an die Nacht in deinem Apartment, als ich herausfand, dass du noch unschuldig bist? Diese Tatsache hat mich ziemlich mitgenommen." Er schüttelte den Kopf, als wunderte er sich immer noch darüber, und vergrub sein Gesicht in ihrem vollen Haar. „Es hat nicht lange gedauert, bis ich feststellte, dass ich viel mehr für dich empfand als nur körperliches Verlangen."

„Aber das hast du streng geheim gehalten."

„Du schienst dich vor jeder Beziehung zu fürchten. Jedes Mal, wenn ich dir zu nahe trat, schrecktest du zurück. Und ich wollte dir keine Angst einjagen. Du brauchtest Zeit. Ich versuchte, sie dir zu gewähren. Das Leben ohne dich in New York war verteufelt schwierig." Er zeichnete ihre Wangen mit dem Finger nach. „Aber an jenem Tag in meiner Hütte hätte ich beinahe die Selbstbeherrschung verloren. Wären Larry und June nicht dazwischengekommen, hätten die Dinge eine andere Wendung genommen. Als du mich beschimpftest, dass du es satthättest, getätschelt zu werden, hätte ich dich fast ..."

„Burt, es tut mir leid. So hatte ich es nicht gemeint. Ich dachte ..."

„Jetzt weiß ich, was du dachtest", unterbrach er. „Nur damals wusste ich es eben nicht. Ich wusste ja nicht einmal, was Sandra dir gesagt hatte. Schließlich nahm ich an, dass du nur deine Karriere im Auge hättest, dass in deinem Leben kein Platz sei für einen anderen Menschen. Als wir uns zum letzten Mal in meinem Büro trafen, hast du mir so kühl und abweisend von deinen Angeboten berichtet, dass ich beinahe die Beherrschung verloren hätte."

„Das waren doch alles nur Märchen", flüsterte sie. „Ich wollte diese Angebote nicht, ich wollte nur dich."

„Als June mir schließlich von der Szene erzählte, die sich zwischen dir und Sandra in der Hütte abgespielt hat, und ich mir deine Reaktion vor Augen hielt, begann ich, mir die Einzelheiten zusammenzureimen. Deshalb bin ich auch zu Buds Party gekommen, um mich nach deinem Wohlbefinden zu erkundigen." Er warf den Kopf in den Nacken und lächelte breit. „Ich beabsichtigte, mich ernsthaft mit dir zu unterhalten, aber du warst nicht in der Verfassung, dir eine Liebeserklärung anzuhören, als ich dich dort aufspürte. Ich weiß jetzt nicht mehr, wie ich es überhaupt fertigbrachte, mich in jener Nacht nicht zu dir ins Bett zu legen, denn du warst so weich und wunderschön ... Du hast mich fast um den Verstand gebracht."

Burt senkte den Kopf und küsste sie. Bei der Berührung ihrer Lippen geriet seine Selbstkontrolle wieder in Gefahr. Er streichelte sie sehnsüchtig, und sie drängte sich an ihn und ließ sich von seiner Begierde hinreißen.

„Um alles in der Welt, Harriet, wir können es nicht mehr viel länger aushalten." Er ließ sie los und legte sich auf den Rücken. Doch Harriet gab ihn nicht frei und küsste ihn wieder. Er schob sie entschlossen zur Seite und holte tief Luft. „Ich glaube nicht, dass es dein Vater gut fände, wenn ich dich im Heu verführen würde."

Er legte sie sanft auf den Rücken, umarmte sie und lehnte ihren Kopf an seine Schulter. „Kansas kann ich dir nicht bieten, Harriet", sagte er ruhig. Sie wandte den Kopf und sah ihn an. „Wir können hier nicht gemeinsam leben, jedenfalls jetzt noch nicht. Ich habe Verpflichtungen in New York, die ich von hier aus nicht wahrnehmen kann."

„O Burt." Weiter kam sie nicht, denn er zog sie näher an sich heran.

„Außerhalb von New York City, am Hudson River oder in Connecticut, gibt es viele Orte, von wo aus man leicht in die Stadt pendeln kann. Du bekommst ein Haus auf dem Land, wenn dir der Sinn danach steht. Einen Garten, Pferde, Hühner und ein halbes Dutzend Kinder. Wir fahren nach Kansas, so oft wir können, und außerdem gibt es ja auch noch die Hütte in den Bergen, wo wir lange Wochenenden ganz allein verbringen werden."

Er sah sie besorgt an, weil ihr Tränen über die Wangen liefen. „Harriet, du brauchst doch nicht zu weinen. Ich möchte nicht, dass du unglücklich bist. Ich weiß doch ganz genau, dass dies hier deine Heimat ist." Er wischte ihr die Tränen ab.

„O Burt, ich liebe dich." Sie streichelte sein Gesicht. „Ich bin nicht unglücklich. Ich bin überglücklich, dass du dich so sehr um mich sorgst. Weißt du nicht, dass es mir völlig gleichgültig ist, wo wir miteinander leben werden? An jedem Ort der Welt würde ich mich mit dir zu Hause fühlen."

Burt richtete sich auf und sah sie fragend an. „Bist du davon überzeugt, mein Liebling?"

Harriet lächelte und gab ihm die Antwort mit einem langen Kuss.

– ENDE –

Nora Roberts

Das geheime Amulett

Roman

Aus dem Amerikanischen von
Sonja Sajlo-Lucich

Weltbild

PROLOG

*M*agie existiert. Wer sollte das anzweifeln, wenn es einen Regenbogen und wilde Blumen, die Musik des Windes in den Bäumen und die stille Erhabenheit der Sterne gibt?

Jeder, der liebt, spürt, wie die Magie ihn berührt. Es ist ein so selbstverständlicher und doch so außergewöhnlicher Teil unseres Lebens.

Dann gibt es jene, die mehr besitzen. Die auserwählt wurden, ein Erbe zu empfangen, seit endlosen Zeiten über die Jahrhunderte weitergereicht. Ihre Vorfahren waren Merlin, der Zauberer, Ninian, die Fee, Rhiannon, die Elfenkönigin, die Wegwarte aus Deutschland, jene jungfräuliche Maid, die, zur Blume verwandelt, nach ihrem Liebsten Ausschau hält, die Dschinns aus Arabien. In diesen Auserwählten pulsiert das Blut von Finn, dem Kelten, der ehrgeizigen Morgan le Fay und anderer, deren Namen nur im Geheimen geflüstert werden. Ihre Kräfte sind wunderbar und durchdringen alles.

Als die Welt noch jung war und Magie so selbstverständlich wie der Regen und die Sonne, wie der Tag und die Nacht, tanzten Elfen in den Wäldern und vereinten sich – manchmal aus Mutwilligkeit, manchmal aus Liebe – mit den Sterblichen. Sie tun es heute noch.

Ihre Linie reichte weit zurück. Ihre Kraft war uralt. Schon als Kind verstand sie, dass es einen Preis für solche Gaben zu zahlen gab. Ihre liebenden Eltern konnten diesen Preis weder mindern noch selbst bezahlen, konnten nur lieben, unterweisen und zusehen, wie das junge Mädchen zur jungen Frau heranwuchs. Die Eltern konnten nur dabeistehen und hoffen, während sie die Freuden und Leiden dieser faszinierendsten aller Reisen durchmachte.

Und da sie mehr als andere fühlte, weil es das war, was ihre Gabe ihr abverlangte, lernte sie den Frieden zu schätzen und zu lieben.

Als erwachsene Frau lebte sie ein ruhiges, abgeschiedenes Leben, war oft allein, doch ohne den Schmerz der Einsamkeit zu verspüren.

Als Hexe akzeptierte sie ihr Geschenk und vergaß nie die Verantwortung, die mit dieser Gabe einherging.

Manchmal. Nur manchmal sehnte sie sich, so wie Sterbliche und andere seit Anbeginn der Zeiten, nach der einen, der wahren, bedingungslosen Liebe. Denn sie wusste besser als die meisten, dass es keine Macht, keine Beschwörung und keinen Zauber gab, die mächtiger und wirkungsvoller waren als die Liebe eines reinen und weiten Herzens.

1. KAPITEL

Als Anastasia das kleine Mädchen neugierig durch die Heckenrosen lugen sah, ahnte sie nicht, dass dieses Kind ihr Leben verändern würde. Sie arbeitete in ihrem Garten, wie so oft, und summte vor sich hin, genoss den Duft der Blumen und die Wärme der Erde. Die Septembersonne schien, das leise Rauschen der Wellen, die an die Felsen am Ende des abfallenden Hangs schlugen, war sanfter Hintergrund für das Summen der Bienen und den Gesang der Vögel. Der große graue Kater lag ausgestreckt dösend neben ihr, die Schwanzspitze zuckte ab und an, wohl in einem angenehmen Katzentraum. Über all dem lag eine fast träumerische Idylle.

Ein Schmetterling landete auf ihrer Hand, und sacht streichelte sie mit einer Fingerspitze über die hauchfeinen blauen Ränder der Flügel. Als der Falter sich wieder in die Lüfte erhob, hörte sie das Rascheln. Und als sie hinüberblickte, entdeckte sie ein kleines Gesicht, das durch die Hecke aus Rosen spähte.

Ana musste lächeln. Ein hübsches Gesicht mit einem kleinen, aber energischen Kinn, einer vorwitzigen Stupsnase und großen Augen, von der gleichen Farbe wie der Spätsommerhimmel. Ein seidig glänzender brauner Haarschopf vervollständigte das Bild.

Das Mädchen lächelte zurück, der Schalk blitzte in den blauen Augen.

„Hallo", sagte Ana freundlich und mit einer Selbstverständlichkeit, als würden jeden Tag kleine Mädchen durch die Rosenhecke auftauchen.

„Hi." Die Stimme des Mädchens war hell und klar und klang ein wenig atemlos. „Du kannst Schmetterlinge fangen? Ich habe noch nie einen so streicheln können."

„Es wäre auch sehr unhöflich, sie zu streicheln, wenn sie dich vorher nicht dazu einladen würden, oder?" Ana strich sich mit dem Arm das Haar aus der Stirn. Am Tag zuvor hatte sie einen Umzugswagen ein Stück weiter oben an der Straße gesehen. Sie nahm an, dass sie gerade einen ihrer neuen Nachbarn kennenlernte. „Seid ihr nebenan eingezogen?"

„Ja. Wir werden jetzt hier wohnen. Ich mag das. Vom Fenster meines Zimmers kann ich direkt auf das Wasser blicken. Ich habe sogar schon eine Robbe gesehen. In Indiana gab's die nur im Zoo. Darf ich zu dir rüberkommen?"

„Aber natürlich." Ana legte die kleine Gartenschaufel beiseite, während das Mädchen sich durch die Hecke zwängte. „Wen haben wir denn hier?", fragte sie und deutete auf das zappelnde Fellbündel, das das Mädchen im Arm hielt.

„Das ist Daisy." Das Kind drückte dem Welpen einen liebevollen Kuss auf den Kopf. „Sie ist ein Golden Retriever. Ich durfte sie mir aussuchen, bevor wir aus Indiana weggegangen sind. Sie ist mit uns im Flugzeug geflogen, und wir hatten beide überhaupt keine Angst. Ich muss auf sie aufpassen und sie füttern und ihr frisches Wasser geben und sie bürsten und alles so was, denn ich habe die Verantwortung für sie."

„Sie ist sehr hübsch", sagte Ana ernsthaft. Und sicher sehr schwer für ein Mädchen von fünf oder sechs. Sie streckte die Arme aus. „Darf ich?"

„Magst du Hunde?" Das Mädchen plapperte munter weiter, während es den Hund in Anas Arme legte. „Ich mag Hunde und Katzen und alle Tiere. Sogar die Hamster von Billy Walker. Irgendwann werde ich vielleicht sogar ein eigenes Pferd kriegen. Wenn ich ein paar Jahre älter bin. Wir werden sehen. Das sagt mein Daddy immer: ‚Wir werden sehen.'"

Ana streichelte den Welpen und wurde mit einem begeisterten feuchten Hundekuss übers ganze Gesicht belohnt. Sie war hingerissen von dem Kind. „Ich mag Hunde auch, und Katzen und alle Tiere", sagte sie lächelnd. „Mein Cousin hat Pferde. Zwei ganz große und außerdem auch ein neues Fohlen."

„Wirklich?" Das Mädchen setzte sich ins trockene Gras und begann, den großen Kater zu streicheln. „Ob ich sie sehen darf?"

„Er wohnt nicht weit von hier entfernt, vielleicht klappt es ja. Du musst aber vorher deine Eltern fragen."

„Meine Mommy ist im Himmel. Sie ist jetzt ein Engel."

Mitgefühl versetzte Anas Herz einen Stich. Sie strich der Kleinen über den Kopf und öffnete sich. Aber da war kein Schmerz, und das war eine Erleichterung. Da waren nur gute Erinnerungen. Bei der Berührung sah das Mädchen auf und lächelte.

„Ich heiße Jessica. Aber du kannst mich ruhig Jessie nennen."

„Ich bin Anastasia." Und weil sie nicht widerstehen konnte, beugte sie sich vor und setzte einen kleinen Kuss auf die vorwitzige Stupsnase. „Aber du kannst mich ruhig Ana nennen."

Nachdem die offizielle Vorstellung also erledigt war, bombardierte Jessie Ana mit Fragen und gab mit ihrem munteren Geplauder großzügig Auskunft über sich selbst. Sie hatte gerade Geburtstag gehabt und war sechs geworden. Nächsten Dienstag würde sie in die erste Klasse der neuen Schule kommen. Lila war ihre Lieblingsfarbe, und Bohnen konnte sie überhaupt nicht ausstehen.

Ob Ana ihr beibringen könnte, wie man Blumen pflanzte? Wie hieß denn die Katze? Ob sie auch ein kleines Mädchen hätte? Und warum nicht?

So saßen sie gemeinsam im Sonnenschein, ein kleiner Kobold in pinkfarbenen Shorts und eine junge Frau mit Erde an den Händen und auf den gebräunten Beinen, während Kater Quigley Hund Daisys tollpatschige Aufforderungen zum Spiel hoheitsvoll ignorierte.

Anas langes, weizenblondes Haar wurde von einem Band im Nacken zusammengehalten, aus dem sich einige Strähnen gelöst hatten, die der Wind um ihr Gesicht spielen ließ. Sie war ungeschminkt. Ihre überwältigende, zarte Schönheit war so natürlich wie ihre Macht. Eine Kombination aus keltischen Gesichtszügen, grauen Augen, dem vollen, schön geschwungenen Mund der Donovans – und noch etwas anderem, etwas

Geheimnisvollem, das sich nur erahnen ließ. Ihr Gesicht war das Spiegelbild ihres weiten Herzens.

Der Welpe marschierte zu einem Kräuterbeet und schnüffelte aufgeregt, Ana lachte über etwas, das Jessie gerade erzählte.

„Jessie!" Der Ruf klang über die Rosenhecke. Die Stimme eines Mannes, tief, voll und eindeutig voller Ärger und Sorge. „Jessica Alice Sawyer! Kannst du mir mal erklären, was du da machst?"

„Oh, oh. Er hat meinen vollen Namen benutzt." Doch Jessies Augen funkelten verschmitzt, als sie auf die Füße sprang. Ganz augenscheinlich fürchtete sie keine Schelte.

„Ich bin hier, Daddy! Hier bei Ana. Komm doch bitte auch mal her."

Nur einen Augenblick später ragte ein Mann über die Hecke. Es benötigte keiner besonderen Gabe, um die Wellen der Erleichterung und des Ärgers zu spüren. Ana blinzelte kurz, überrascht, dass dieser raubeinig wirkende Mann der Vater der quicklebendigen kleinen Elfe sein sollte, die jetzt neben ihr auf und ab hüpfte.

Vielleicht liegt es an dem Zweitagebart, dass er so gefährlich aussieht, dachte sie. Aber nein, korrigierte sie sich. Selbst unter dem dunklen Schatten war ein markantes Gesicht mit scharfen Konturen und harten Linien zu erkennen, volle Lippen, die jetzt ärgerlich zusammengepresst waren. Nur die Augen waren die gleichen wie die seiner Tochter, von einem strahlenden hellen Blau, jetzt allerdings hatte die Ungeduld sie düsterer werden lassen. Im Sonnenlicht blitzten satte Rottöne in dem dunklen, wirren Haar auf, durch das er sich jetzt seufzend fuhr.

Von ihrem Platz auf dem Rasen wirkte der Mann riesig auf Ana. Durchtrainiert und beunruhigend kräftig, in einem zerrissenen T-Shirt und ausgewaschenen Jeans, deren Naht an einer Seite aufgeplatzt war.

Er warf einen langen, verärgerten und augenscheinlich misstrauischen Blick auf Ana, bevor er sich Jessie zuwandte. „Jessica, hatte ich dir nicht gesagt, du sollst im Garten bleiben?"

„Stimmt schon", gab Jessie bereitwillig zu. „Aber Daisy und ich haben Ana singen gehört, und als wir nachgesehen haben, da hatte sie diesen Schmetterling auf ihrer Hand. Und sie hat uns erlaubt, herüberzukommen. Sie hat eine Katze, siehst du? Und ihr Cousin hat Pferde. Und ihr Cousine hat eine Katze und einen Hund."

Ganz offensichtlich an Jessies unaufhörliches Geplapper gewöhnt, wartete ihr Vater auf das Ende des Wortschwalls. „Wenn ich dir sage, du sollst im Garten bleiben, und du dann nicht da bist, mache ich mir Sorgen."

Es war eine einfache Feststellung, in ruhigem Ton gemacht. Ana respektierte den Mann dafür, dass er weder seine Stimme anhob noch mit Strafe drohte, um seinen Standpunkt klarzumachen. Und sie fühlte sich genauso gescholten wie Jessie.

„Es tut mir leid, Daddy", murmelte die Kleine mit hängendem Kopf.

„Ich muss mich wohl auch entschuldigen, Mr Sawyer." Ana erhob sich und legte Jessie eine Hand auf die Schulter. Sah ganz so aus, als steckten sie gemeinsam in dieser Patsche. „Ich habe sie eingeladen herüberzukommen, und ich habe ihre Gesellschaft so genossen, dass ich mir keine Gedanken darüber gemacht habe, jemand könnte sie vielleicht suchen."

Er sagte nichts, musterte sie nur durchdringend mit diesen hellen Augen, bis sie sich am liebsten unter diesem Blick gewunden hätte. Als er sich wieder Jessie zuwandte, wurde Ana klar, dass sie den Atem angehalten hatte.

„Du solltest jetzt zurückkommen und Daisy füttern."

„Okay." Jessie hob den sich wehrenden Welpen auf die Arme und hielt mitten im Schritt inne, als ihr Vater sie eindringlich ansah.

„Und du solltest Mrs ...?"

„Miss", half Ana aus. „Donovan. Anastasia Donovan."

„... Miss Donovan danken, dass sie dich ertragen hat."

„Danke, dass du mich ertragen hast, Ana." Jessies Ton war sehr, sehr höflich, aber ihr Lächeln verschwörerisch. „Darf ich wiederkommen?"

„Das hoffe ich doch."

Mit einem fröhlichen Lächeln trat Jessie durch die Rosenhecke zu ihrem Vater. „Ich wollte dir keine Sorgen machen, Daddy."

Er beugte sich vor und versetzte ihrer Nase einen zärtlichen Stüber. „Freche Göre." Ana hörte die grenzenlose Liebe, die in diesem entnervten Tadel lag.

Kichernd rannte Jessie mit dem Welpen auf dem Arm davon. Und Anas Lächeln erstarb, sobald sie den Kopf wandte und den Blick aus den kühlen blauen Augen auf sich liegen sah.

„Sie ist ein wunderbares Kind", setzte Ana an und wurde sich verwundert bewusst, dass sie ihre feuchten Handflächen an den Shorts abwischen musste. „Ich entschuldige mich dafür, nicht darauf geachtet zu haben, dass Sie wissen, wo sie ist. Aber ich hoffe wirklich, Sie erlauben ihr, mich wieder zu besuchen."

„Es oblag nicht Ihrer Verantwortung." Seine Stimme war sachlich, weder freundlich noch unfreundlich. Ana hatte die unangenehme Gewissheit, genauestens abgeschätzt zu werden, von Kopf bis Fuß. „Jessie ist sehr neugierig und offen. Manchmal übertreibt sie in beidem. Ihr ist noch nicht bewusst, dass es Menschen auf dieser Welt gibt, die das ausnützen könnten."

Jetzt in dem gleichen kühlen Ton erwiderte Ana: „Ich weiß, was Sie meinen, Mr Sawyer. Allerdings kann ich Ihnen versichern, dass es nicht meine Angewohnheit ist, kleine Mädchen zum Frühstück zu verspeisen."

Er lächelte. Langsam, träge. Eine Bewegung der Lippen, die seinem Gesicht alle Härte nahm und es überwältigend attraktiv machte. „Nun, Miss Donovan, Sie entsprechen keineswegs meiner Vorstellung von einem Ungeheuer. Außerdem muss ich mich für das unhöfliche Benehmen entschuldigen. Ich hatte

Angst um Jessie, daher war ich so unfreundlich. Es ist noch nicht einmal alles ausgepackt, und schon habe ich sie verloren."

„Nur verlegt." Ana wagte ein neuerliches vorsichtiges Lächeln. Sie sah zu dem zweigeschossigen Holzhaus hinüber, dessen weiße Fensterrahmen in der Sonne funkelten. Obgleich sie ihre Privatsphäre liebte, war sie doch froh, dass das Haus nicht lange leer geblieben war. „Es ist schön, ein Kind in der direkten Nachbarschaft zu haben, vor allem eines, das so nett und lebendig ist wie Jessie. Ich hoffe wirklich, sie darf wieder herkommen. Ich würde mich über ihre Gesellschaft freuen."

„Manchmal frage ich mich, ob es überhaupt einen Unterschied macht, was ich ihr erlaube und was nicht." Er schnippte leicht gegen eine der zarten Rosenblüten. „Solange Sie diese hier nicht durch eine drei Meter hohe Ziegelsteinwand ersetzen, wird sie wiederkommen." Zumindest wusste er jetzt, wo er Jessie zu suchen hatte, sollte sie wieder verschwinden. „Und schicken Sie sie ruhig nach Hause, wenn sie Ihre Gastfreundschaft zu sehr strapaziert." Er steckte die Hände in die Hosentaschen. „Jetzt sollte ich besser zum Haus zurückgehen, bevor sie unser Dinner an Daisy verfüttert."

„Mr Sawyer?", rief Ana hinter ihm her, als er sich schon umgedreht hatte. „Willkommen in Monterey. Ich hoffe, Sie werden sich hier wohlfühlen."

„Danke." Mit langen Schritten ging er über den Rasen zurück zu der breiten Veranda und verschwand im Haus.

Ana blieb noch einen Moment regungslos stehen. Sie konnte sich nicht entsinnen, jemals eine solche Energie in der Luft gespürt zu haben. Mit einem langen Seufzer sammelte sie schließlich ihre Gartengeräte zusammen, während Quigley ihr um die Beine strich.

Auch hatte sie noch nie feuchte Hände bekommen, nur weil ein Mann sie angesehen hatte.

Allerdings hatte sie auch noch nie ein Mann auf diese Art angesehen. Als würde er sie ansehen, in sie hineinsehen und sie durchschauen, alles gleichzeitig. Ziemlich guter Trick, dachte sie, während sie die Geräte in ihr Gewächshaus zurückstellte.

Ein interessantes Paar, Vater und Tochter. Nachdenklich blickte sie durch die Glasscheiben des Treibhauses zu dem Nachbargebäude, das in der Mitte des angrenzenden großen Grundstücks lag. Als direkter Nachbar war es nur natürlich, dass sie sich Gedanken machte und Fragen stellte. Aber Ana war auch gescheit genug, hatte durch eigene schmerzliche Erfahrungen gelernt, darauf zu achten, dass diese Gedanken einen gewissen Grad der normalen Freundlichkeit nicht überschritten.

Es gab nur wenige, die das akzeptierten, was nicht zum Normalen gehörte. Der Preis für ihre Gabe war ein sehr empfindsames und verletzliches Herz, das bereits die grausame Kälte der Zurückweisung hatte erleiden müssen.

Aber damit hielt sie sich nicht mehr auf. Nein, als sie an den Mann und sein Kind dachte, musste sie sogar lächeln. Was er wohl getan hätte, fragte sie sich mit einem leisen Lachen, wenn ich ihm gesagt hätte, dass ich zwar kein Ungeheuer bin, aber dafür eine Hexe?

In der sonnigen Küche, inmitten eines schrecklichen Durcheinanders, wühlte Boone Sawyer sich durch einen Karton, bis er die Bratpfanne fand, nach der er gesucht hatte. Der Umzug nach Kalifornien war der richtige Schritt gewesen – davon war er überzeugt, aber er hatte eindeutig den Zeitaufwand und die Unannehmlichkeiten unterschätzt, die es verursachte, wenn man ein Heim so einfach von einem Ort an einen anderen verlegen wollte.

Was kam mit, was konnte man zurücklassen? Eine Speditionsfirma finden, sein Auto war ebenfalls geliefert worden, während er mit Jessie und dem Hund, in den sie sich auf Anhieb verliebt hatte, geflogen waren. Die passenden Gründe finden, um den Umzug vor Jessies besorgten Großeltern zu rechtfertigen. Der Papierkram für die Anmeldung in der neuen Schule. Erst einmal eine passende Schule finden …!

Nun, das Schlimmste lag hinter ihm. Hoffte er zumindest. Jetzt musste er nur noch die Kartons auspacken und einen Platz für all die Dinge und den Krimskrams finden, um aus diesem fremden Haus ein Heim zu machen.

Jessie war glücklich hier. Das war die Hauptsache, war immer die Hauptsache gewesen. Andererseits, dachte er, während er Hackfleisch für Chili con Carne in der Pfanne briet, ist Jessie überall glücklich. Ihr sonniges Gemüt und ihre erstaunliche Fähigkeit, überall Freunde zu finden, waren ein Segen, aber sie verwirrten ihn immer wieder. Wie schaffte es ein Kind, das im zarten Alter von zwei Jahren seine Mutter verloren hatte, so ausgeglichen, so unbeschwert und so absolut normal zu sein?

Wäre da nicht Jessie – er wäre nach Alices Tod längst verrückt geworden.

Er dachte nicht mehr so oft an Alice. Häufig ertappte er sich dabei, dass er sich deshalb schuldig fühlte. Er hatte sie geliebt – Gott, wie hatte er sie geliebt! –, und das Kind, das sie gemeinsam gezeugt hatten, war der lebende Beweis dieser Liebe. Aber mittlerweile hatte er mehr Zeit ohne Alice leben müssen, als er mit ihr verbracht hatte. Und obwohl er entschlossen gewesen war, sich an die Trauer zu klammern, als Beweis seiner Liebe, war ebendiese Trauer immer schwächer geworden, langsam dahingeschmolzen unter den Anforderungen, die das tägliche Leben an ihn stellte.

Alice weilte nicht mehr unter den Lebenden. Jessie dagegen lebte und wurde mit jedem Tag, den sie heranwuchs, quicklebendiger. Diese Menschen, beide, hatten den Ausschlag zu der schwierigen Entscheidung gegeben, nach Monterey zu ziehen. In Indiana, in dem Haus, das Alice und er zusammen gekauft hatten, hatte es zu viele Erinnerungen gegeben. Sowohl seine Eltern als auch seine Schwiegereltern wohnten keine zehn Minuten Autofahrt entfernt. Als einziges Enkelkind war Jessie für beide Großelternpaare der Mittelpunkt gewesen – und oft der Grund für kleine Eifersüchteleien.

Und Boone selbst … Nun, er konnte gar nicht mehr zählen, wie oft er sich mehr oder weniger diskrete Ratschläge hinsichtlich der Erziehung seiner Tochter hatte anhören müssen – bis hin zu vehementer Kritik. Außerdem waren da noch diese, manchmal recht plumpen, Kuppelversuche gewesen. Ein Kind braucht eine Mutter, ein Mann braucht eine Frau. Und entsprechend diesem Leitsatz hatte seine Mutter es sich zur Lebensaufgabe gemacht, die perfekte Frau zu finden, die diese Stelle ausfüllen könnte, die eine hervorragende Ehefrau und Mutter sein würde.

Das war es, was ihn am meisten aufgeregt hatte. Und die Einsicht, wie einfach es wäre, sich im Haus zu verkriechen und sich in Erinnerungen zu ergehen. Deshalb die Entscheidung umzuziehen.

Arbeiten konnte er überall. Die Wahl war hauptsächlich wegen des Klimas, des beschaulichen Lebensstils und der Schulen auf Monterey gefallen. Und, wie er sich nur selbst eingestand, weil eine kleine Stimme ihm eingeflüstert hatte, dass dieser Ort genau richtig war. Für Jessie und ihn.

Es gefiel ihm, dass er nur ans Fenster treten musste und das Meer sehen konnte. Oder diese hohen, schlanken Zypressen. Noch besser gefiel ihm, dass er nicht von Nachbarn umgeben war. Alice war diejenige von ihnen beiden gewesen, die gern in Gesellschaft war. Und an diesem Ort kam noch hinzu, dass der Verkehrslärm von der Straße nicht bis hierher drang.

Es hatte sich einfach richtig und gut angefühlt. Und Jessie gab dem Ganzen bereits ihre persönliche Note. Es stimmte schon, als er hinausgesehen und seine Tochter nirgendwo hatte sehen können, hatte die Angst ihm den Magen zusammengezogen. Er hätte wissen sollen, dass sie bereits jemanden kennengelernt hatte, mit dem sie sich unterhalten konnte. Jemanden, den sie mit ihrem kindlichen Charme bezaubern konnte.

Diese Frau.

Mit einer tiefen Falte auf der Stirn setzte Boone den Deckel auf die Pfanne, um das Chili köcheln zu lassen. Er goss sich eine Tasse Kaffee ein und trat auf die Veranda. Schon seltsam. Er hatte die Frau gesehen und sofort gewusst, dass Jessie bei ihr sicher war. In diesen grauen Augen stand nichts als Güte und Sanftmut zu lesen. Es war seine eigene Reaktion, eine sehr primitive Reaktion, die seine Muskeln verkrampft und seine Stimme hatte rau werden lassen.

Verlangen. Prompt, schmerzhaft und höchst unangebracht. Eine solche Reaktion auf eine Frau hatte er nicht mehr verspürt, seit ... Er musste über sich selbst grinsen. Nie wieder. Mit Alice war es wie eine stille Vollkommenheit gewesen. Ein sanftes und unabänderliches Zusammenkommen, das er immer wie einen Schatz in der Erinnerung hüten würde.

Aber das hier ... das war wie eine Strömung gewesen, die einem den Boden unter den Füßen wegriss und einen immer weiter abtrieb, während man sich verzweifelt bemühte, das Ufer zu erreichen.

Es ist auch lange her, erinnerte er sich selbst und sah einer Möwe nach, die über das weite Wasser glitt. Eine völlig normale Reaktion auf eine schöne Frau, also eine durchaus akzeptable Erklärung. Denn schön war sie unbestreitbar, auf eine ruhige, klassische Art – wobei man seine heftige Reaktion auf sie wohl als das genaue Gegenteil bezeichnen musste. Und das verabscheute er. Er hatte weder Zeit noch Lust, sich mit Reaktionen auf gleich welche Frau zu beschäftigen.

Da war Jessie, an die er denken musste.

Er griff in die Tasche, zog ein Zigarettenpäckchen hervor und steckte sich eine Zigarette an, sich kaum der Tatsache bewusst, dass er die ganze Zeit zu der Rosenhecke hinübersah.

Anastasia also. Der Name passte zu ihr. Wunderbar altmodisch, elegant, ungewöhnlich.

„Daddy!"

Boone zuckte zusammen, wie ein Teenager, den der Direktor auf der Jungentoilette auf frischer Tat beim Rauchen ertappt hatte. Er räusperte sich und lächelte seine streng dreinblickende Tochter schief an.

„Jetzt stell dich nicht gleich so an, Jess. Ich rauche doch immerhin nur noch ein halbes Päckchen pro Tag."

Sie verschränkte die Arme vor der schmalen Brust. „Die sind schlecht für dich. Die machen deine Lungen schwarz."

„Ich weiß." Er trat die Zigarette aus, ohne noch einen letzten Zug getan zu haben. Unter diesen weisen jungen Augen war ihm das einfach nicht möglich. „Ich höre ja auf, ganz bestimmt."

Jessie lächelte – eines von diesen erschreckend wissenden „Na-klar-doch"-Lächeln –, und er steckte die Hände in die Hosentaschen und imitierte James Cagney. „Nicht doch, Sie werden mich doch nicht wegen eines einzigen Zugs in Einzelhaft stecken, oder?"

Sie hatte ihm längst vergeben, und kichernd kam sie zu ihm, um ihn zu umarmen. „Du bist albern, Daddy. Damit du's nur weißt."

„Stimmt." Er stemmte sie an den Ellbogen hoch und gab ihr einen herzhaften Kuss. „Und du bist eigentlich ziemlich klein."

„Bald werde ich genauso groß sein wie du." Sie schlang die Beine um seine Hüften und ließ sich hintenüberfallen, bis ihr Haar fast den Boden berührte. Das war eine ihrer Lieblingsbeschäftigungen.

„Keine Chance." Er hielt sie sicher und fest und schlenkerte sie ein wenig hin und her. „Ich werde immer größer sein als du." Er zog sie wieder hoch. „Und klüger und stärker." Mit seinen Bartstoppeln rieb er spielerisch über ihre Wange, bis sie vor Vergnügen jauchzte und atemlos lachte. „Und ich werde auch immer besser aussehen."

„Und kitzliger sein!", rief sie triumphierend und steckte ihre Finger in seine Seiten.

In diesem Punkt hatte sie auf jeden Fall recht. Er fiel mit ihr auf die Bank. „Okay, okay. Ich gebe auf!" Er holte tief Atem und zog sie fest an sich heran. „Du wirst immer mehr Tricks auf Lager haben."

Mit rosigen Wangen und leuchtenden Augen hüpfte sie auf seinem Schoß herum. „Unser neues Haus gefällt mir."

„Wirklich?" Er strich mit der Hand über ihren Kopf und genoss, wie immer, das seidige Gefühl an seiner Handfläche. „Mir auch."

„Können wir nach dem Dinner an den Strand gehen und Robben suchen?"

„Klar."

„Kann Daisy mitkommen?"

„Sicher." Da er bereits ausreichend Erfahrung mit Pfützen auf dem Teppich und zerkauten Socken gemacht hatte, sah er sich argwöhnisch um. „Wo ist Daisy eigentlich in diesem Moment?"

„Sie macht ein Nickerchen." Jessie legte den Kopf an die Schulter des Vaters. „Sie war sehr müde."

„Kann ich mir denken. Es war ja auch ein anstrengender Tag." Lächelnd küsste er Jessie aufs Haar, hörte sie gähnen und spürte, wie sie auf seinem Schoß schwerer wurde.

„Es war mein erster Tag. Heute habe ich Ana getroffen." Weil ihre Lider so schwer waren, schloss sie sie einfach, eingelullt durch den rhythmischen Herzschlag ihres Vaters. „Sie ist nett. Sie hat gesagt, sie zeigt mir, wie man Blumen pflanzt."

„Hm."

„Sie kennt alle Blumennamen." Jessie gähnte noch einmal, und als sie wieder sprach, klang ihre Stimme bereits schläfrig. „Daisy hat ihr übers ganze Gesicht geleckt, und sie hat nicht geschimpft, nur gelacht. Es hat sich hübsch angehört. Wie das Lachen einer Fee", murmelte sie und war schon eingeschlafen.

Boone saß still da, hielt Jessie fest und sicher in seinen Armen und lächelte vor sich hin. Die Vorstellungskraft seiner Tochter. Er bildete sich gerne ein, dass sie das von ihm hatte.

Rastlos, dachte Ana, während sie in der Dämmerung über den felsigen Strand wanderte. Sie konnte einfach nicht im Haus bleiben, sich um ihre Pflanzen und Kräuter kümmern, wenn sie diese innere Unruhe verspürte.

Die Brise vom Meer her würde die Ruhelosigkeit verscheuchen, dessen war sie sicher. Sie hielt ihr Gesicht in den Wind. Ein schöner, langer Spaziergang, und dann würde sie auch die Ausgeglichenheit wiederfinden, den Frieden und die Ruhe, die zu ihrem Leben gehörten wie das Atmen.

Unter anderen Umständen hätte sie ihren Cousin und ihre Cousine angerufen und vorgeschlagen, etwas zusammen zu unternehmen. Aber Morgana hatte es sich bestimmt schon mit Nash gemütlich gemacht. Außerdem brauchte sie in diesem späten Stadium der Schwangerschaft so viel Ruhe wie möglich. Und Sebastian war noch nicht von seiner Hochzeitsreise zurück.

Es hatte Ana noch nie gestört, allein zu sein. Sie genoss die Einsamkeit der Bucht, den Strand, das leise Geräusch der Wellen, wenn sie gegen die Steine schlugen, die Schreie der Möwen, die sich fast wie Lachen anhörten.

So wie sie auch das Lachen des Kindes genossen hatte. Und das des Mannes, das der Wind am Nachmittag zu ihr herübergetragen hatte. Ein schöner Laut. Es war nicht nötig gewesen, dabei zu sein, um sich darüber zu freuen.

Jetzt, während die Sonne langsam versank und den Horizont in glühende Farben tauchte, spürte Ana, wie die Ruhelosigkeit verflog. Wie hätte sie etwas anderes fühlen können als Harmonie, hier, allein, während sie den Zauber des ausklingenden Tages beobachtete?

Sie kletterte auf ein Stück Treibholz, einen dicken Baumstamm, nahe genug am Wasser, dass die feine Gischt ihr Gesicht benetzte. Abwesend fühlte sie den Stein in ihrer Jackentasche und nahm ihn hervor, rieb ihn zwischen den Fingern, während sie der Sonne zusah, die wie ein glühender Ball im Meer versank.

Der Stein in ihrer Hand wurde warm. Ana sah auf das kleine Juwel herab, dessen perlmutterner Glanz in der Dämmerung erstrahlte. Mondstein. Sie lächelte über sich selbst. Mondmagie. Schutz für den nächtlichen Wanderer. Eine Hilfe zur Selbstanalyse. Und natürlich ein Talisman, dem Kräfte innewohnten, die der Liebe förderlich waren.

Welche von diesen Eigenschaften wohl heute Abend wichtig war?

Noch während sie über sich selbst leise lachte und den Stein wieder in ihre Tasche gleiten ließ, hörte sie, wie ihr Name gerufen wurde.

Da kam auch schon Jessie auf sie zugerannt, den tapsigen Welpen auf den Fersen. Und ihr Vater, etliche Meter hinter ihr, so als zögere er, näher zu kommen. Ana überließ sich einen Moment der Frage, ob die überschäumende Energie und Offenheit des Kindes den Vater vielleicht umso distanzierter wirken ließen.

Sie kletterte von dem Baumstamm herunter und breitete die Arme aus. Es war das Natürlichste der Welt, dass Jessie sich von ihr auffangen und im Kreis herumwirbeln ließ. „Hallo, Sonnenschein. Suchst du mit Daisy etwa nach Elfenmuscheln?"

Jessies Augen wurden groß. „Elfenmuscheln? Wie sehen die denn aus?"

„Genauso, wie man sie sich vorstellt. Entweder bei Sonnenaufgang oder -untergang. Nur dann kann man sie finden."

„Mein Daddy hat gesagt, dass Elfen im Wald leben und sich meistens verstecken, weil die Menschen nicht so genau wissen, wie man mit ihnen umgehen muss."

„Das stimmt." Sie lachte und stellte das Mädchen wieder auf die Füße. „Aber Elfen mögen auch das Wasser und die Berge."

„Ich würde zu gern mal eine kennenlernen, aber Daddy sagt, dass sie fast nie mit Menschen reden, weil niemand mehr so richtig an sie glaubt. Nur Kinder."

„Das kommt daher, weil Kinder der Magie noch so viel näher sind." Ana schaute auf, während sie sprach. Boone war zu ihnen getreten, und die Sonne, die hinter seinem Rücken unterging, warf dunkle Schatten auf sein Gesicht, die bedrohlich und gleichzeitig sehr anziehend wirkten. „Wir sprachen gerade von Elfen", teilte sie ihm mit.

„Ich hab's gehört." Er legte eine Hand auf Jessies Schulter. Auch wenn die Geste sehr unaufdringlich war, die Bedeutung war unmissverständlich. Mein.

„Ana sagt, dass es hier am Strand Elfenmuscheln gibt und dass man sie nur bei Sonnenaufgang oder -untergang finden kann. Wirst du eine Geschichte darüber schreiben?"

„Wer weiß?" Das Lächeln, das er seiner Tochter schenkte, war warm und voller Zärtlichkeit. Als sein Blick jedoch über Ana fuhr, rann ihr ein Schauer über den Rücken. „Wir haben Ihren Abendspaziergang gestört."

„Nein." Gereizt zuckte Ana die Achseln. Sie wusste genau, was er meinte: Sie hatte seinen und Jessies Spaziergang gestört! „Ich wollte nur noch einen Blick aufs Meer werfen, bevor ich hineingehe. Es wird langsam kühl."

„Wirst du mir denn helfen, Elfenmuscheln zu finden?", fragte Jessie bittend.

„Irgendwann einmal, sicher." Wenn der Vater nicht wie ein Wachhund daneben stand und sie mit seinem Blick durchbohrte. „Jetzt ist es schon zu dunkel, und ich muss ins Haus zurück." Sie versetzte Jessie einen sanften Nasenstüber. „Gute Nacht." Den Vater bedachte Ana mit einem knappen Nicken.

Boone sah ihr nach, wie sie davonging. Vielleicht wäre ihr nicht so kalt geworden, dachte er, wenn sie etwas tragen würde, das ihre Beine warm hielt. Diese schlanken, wohlgeformten Beine. Er stieß ungeduldig den Atem aus.

„Komm, Jess, rennen wir um die Wette nach Hause."

*J*ch würde ihn zu gern kennenlernen." Ana sah von dem Potpourri aus getrockneten Blütenblättern auf, das sie zusammenstellte, und blickte Morgana mit gerunzelter Stirn an. „Wen?"

„Den Vater dieses kleinen Mädchens, das dich so bezaubert hat." Erschöpfter, als sie zuzugeben bereit war, strich Morgana sich mit der Hand über ihren Bauch. „Du sprudelst über mit Informationen über die Kleine und bist geradezu verdächtig einsilbig, wenn es um Daddy geht."

„Weil er mich nicht so sehr interessiert", erwiderte Ana leichthin. Sie mengte dem Potpourri Zitrone hinzu. Sie wusste genau, wie besorgt Morgana war. „Der Mann ist so kühl und distanziert, wie Jessie herzlich und offen ist. Wenn nicht so offensichtlich wäre, wie sehr er sie liebt, wäre er mir wahrscheinlich sogar unsympathisch. So ist er mir einfach nur gleichgültig."

„Sieht er gut aus?"

Ana hob fragend eine Augenbraue. „Im Vergleich zu?"

„Zu einer Kröte." Morgana lachte und beugte sich vor. „Komm schon, Ana. Spann mich doch nicht so gemein auf die Folter."

„Nun, hässlich ist er nicht." Ana stellte die Schale mit dem Potpourri beiseite und suchte auf dem Regal nach dem richtigen Öl, das sie dazugeben wollte. „Man kann wohl sagen, dass er ein markantes Gesicht hat. Sieht irgendwie fast gefährlich aus. Durchtrainierte Figur, aber nicht wie ein Gewichtheber." Sie las mit gerunzelter Stirn die Etiketten auf zwei Ölfläschchen und versuchte zu entscheiden. „Eher wie ein Langstreckenläufer. Drahtig, erschreckend fit."

Genießerisch lächelnd stützte Morgana ihr Kinn in die Hand. „Weiter, erzähl mir mehr."

„Also wirklich! Und das von einer verheirateten Frau, die noch dazu bald mit Zwillingen niederkommt." Ana lachte und entschied sich schließlich für Rosenöl, um der Mischung Eleganz zu verleihen. „Also, wenn du unbedingt etwas Positives hören musst … Er hat unglaublich schöne Augen. Sehr klar, sehr blau. Wenn diese Augen Jessie ansehen, sind sie einfach umwerfend. Wenn sie mich anschauen, sehr misstrauisch."

„Aber wieso denn?"

„Ich habe nicht die leiseste Ahnung."

Morgana schüttelte den Kopf. „Anastasia, das interessiert dich doch sicher genug, um es herauszufinden, oder? Du brauchst doch nur mal ganz vorsichtig einen Blick zu riskieren."

Mit geübter Hand ließ Ana etwas Rosenöl auf die Blätter fallen. „Du weißt, wie ungern ich mich aufdränge."

„Also wirklich …"

Bei Morganas enttäuschter Miene musste Ana lächeln. „Selbst wenn ich neugierig wäre … ich glaube nicht, dass ich sehen möchte, was da im Herzen von Mr Sawyer so alles vor sich geht. Ich habe das unbestimmte Gefühl, dass es recht unangenehm werden könnte, sich mit ihm zu verbinden. Selbst wenn es nur ein paar Momente sind."

„Du bist die Empathin." Morgana zuckte die Schultern. „Wenn Sebastian hier wäre, könnte er dir sofort sagen, was sich im Kopf dieses Mannes abspielt." Sie nippte an dem Elixir, das Ana für sie gemixt hatte. „Ich könnte es für dich tun. Ich habe schon seit Wochen keinen Grund mehr gehabt, die Kristallkugel zu benutzen. Ich komme noch aus der Übung."

„Nein." Ana küsste ihre Cousine auf die Wange. „Danke." Sie gab das Potpourri in einen kleinen Netzbeutel. „Hier, ich möchte, dass du dies immer bei dir trägst. Und den Rest der Mischung verteilst du in Schalen im Haus und im Laden. Du arbeitest doch nur noch zwei Tage in der Woche?"

„Zwei, manchmal auch drei." Morgana lächelte beruhigend, weil Ana so besorgt um sie war. „Ich übertreibe es nicht, wirklich nicht, Liebes. Nash lässt es gar nicht dazu kommen."

Mit einem abwesenden Nicken verschloss Ana den Beutel. „Trinkst du den Tee, den ich dir gegeben habe?"

„Jeden Tag. Und ja, ich benutze auch dein Öl regelmäßig. Außerdem trage ich immer einen Rhyolith gegen emotionalen Stress, einen Topas gegen äußere Stresseinflüsse, einen Zirkon für positive Einstellung und einen Bernstein für die gute Laune bei mir." Sie drückte Anas Hand. „Glaub mir, ich bin von allen Seiten wirklich bestens geschützt."

„Es ist nur natürlich, dass ich mich so anstelle." Ana stellte das Säckchen mit dem Potpourri neben Morganas Handtasche, dann überlegte sie es sich anders und ließ den Beutel selbst in die Tasche gleiten. „Schließlich ist es unser erstes Baby."

„Babys", verbesserte Morgana.

„Also noch mehr Grund, um ein wenig achtsamer zu sein. Zwillinge kommen immer früher, diese Erfahrung habe ich jedenfalls gemacht."

Morgana gestattete sich einen kleinen Seufzer. „Ich hoffe wirklich, dass diese beiden es tun. Nicht mehr lange, und ich brauche einen Lastkran, um mich zu setzen und wieder aufzustehen."

„Du brauchst mehr Ruhe. Und leichte Bewegungsübungen", wies Ana an. „Was sowohl das Herumwuchten und Auspacken von Kisten ausschließt als auch das stundenlange Stehen, um Kunden zu bedienen!"

„Jawohl, Ma'am. Ich werde mich bemühen, mich genauestens an die Anweisungen zu halten."

„Und jetzt lass uns nachsehen." Sanft legte Ana beide Hände auf den gewölbten Leib ihrer Cousine, spreizte langsam die Finger und öffnete sich für das Wunder.

Im gleichen Moment spürte Morgana, wie ihre Müdigkeit verflog. Stattdessen fühlte sie sich wunderbar wohl und ausgeglichen. Durch ihre halb geschlossenen Lider erkannte sie, dass Anas Augen dunkel geworden waren, die Farbe von Zinn angenommen hatten. Der Blick war starr auf etwas gerichtet, das nur Ana sehen konnte.

Während ihre Finger über den Bauch ihrer Cousine strichen, knüpfte Ana das Band. Sie spürte das Gewicht und für einen unglaublich intensiven Moment das Leben, das in diesem Leib pulsierte. Dann die Erschöpfung, die Müdigkeit, die Schwere. Aber auch die glückliche Erwartung, die wachsende Vorfreude und das ehrfurchtsvolle Staunen, dass sie dieses neue Leben in sich trug.

Dann öffnete sich Anas Herz noch mehr, ein Ziehen erfasste ihren Körper. Und sie begann zu lächeln.

Jetzt war sie dieses Leben, erst das eine, dann das andere. Traumlos in dem dunklen, warmen Leib gebettet, versorgt und beschützt von der Mutter, bis der Moment kommen würde, sich der Außenwelt zu stellen. Zwei Herzen, die kraftvoll unter dem Herzen der Mutter schlugen. Winzige Finger, die sich streckten, ein träger Tritt.

Ana kam wieder zu sich zurück. Allein. „Dir geht es gut. Euch allen geht es gut."

„Ich weiß." Morgana verschränkte ihre Finger mit Anas. „Aber ich fühle mich trotzdem beruhigter, wenn du es mir sagst. Genau wie das Wissen mich beruhigt, dass du da sein wirst, wenn es so weit ist."

„Du weißt, dass ich nirgendwo anders sein würde." Ana zog ihrer beider verschränkten Hände an ihre Wange. „Aber ist Nash mit mir als Hebamme einverstanden? Was denkt er darüber?"

„Er vertraut dir – genauso sehr, wie ich dir vertraue."

Anas Blick wurde weich. „Du hast wirklich Glück gehabt, Morgana, einen Mann zu finden, der akzeptiert und versteht, ja, sogar schätzt, was du bist."

„Ich weiß. Die Liebe zu finden ist schon wunderbar genug, aber die Liebe mit ihm zu finden …" Morganas Lächeln erstarb. „Ana, Liebes, das mit Robert ist schon so lange her."

„Ich denke nicht mehr an ihn. Zumindest nicht an ihn als Person. Irgendwo auf einer unwegsamen Straße habe ich eben eine falsche Abbiegung genommen."

Entrüstung ließ Morganas Blick hart werden. „Er war ein Narr und deiner nicht wert."

Statt Trauer verspürte Ana eher den Drang zu kichern. „Du hast ihn nie gemocht, Morgana. Von Anfang an nicht."

„Stimmt." Morgana setzte ihr Glas ab. „Sebastian übrigens auch nicht, wenn du dich erinnerst."

„Oh ja. Aber ich erinnere mich auch, dass Sebastian Nash gegenüber äußerst misstrauisch war."

„Das war etwas ganz anderes. Doch", bestärkte sie, als sie Ana grinsen sah. „Sebastian wollte mich beschützen. Bei Robert war er so höflich, dass es schon beleidigend war."

„Ja, ich weiß es noch." Ana zuckte die Schultern. „Was mich wiederum erst recht herausgefordert hat. Ich war eben jung", sagte sie mit einer abwinkenden Geste, „und so naiv zu glauben, dass, nur weil ich verliebt war, es auf der anderen Seite auch so sein müsste. Dumm genug, um ehrlich zu sein. Und dumm genug, völlig am Boden zerstört zu sein, als diese Offenheit erst mit Unglauben und dann mit Zurückweisung belohnt wurde."

„Ich weiß, wie verletzt du warst, aber ich weiß auch, dass du es besser machen könntest."

„Ganz sicher", stimmte Ana bereitwillig zu, denn auch sie hatte ihren Stolz. „Aber manchen von uns ist es eben nicht bestimmt, sich mit Außenstehenden zusammenzutun."

Morgana wurde ungeduldig. „Da hat es genügend Männer gegeben, mit und ohne Elfenblut, die sich für dich interessiert haben, Cousine."

„Schade nur, dass ich mich nicht für sie interessiert habe." Ana lachte. „Ich bin schrecklich wählerisch, Morgana. Und mir gefällt mein Leben so, wie es ist."

„Wenn ich nicht genau wüsste, dass das stimmt, würde ich mir wahrscheinlich einen kleinen Liebeszauber für dich einfallen lassen. Nichts Ernstes, natürlich", fügte Morgana mit einem amüsierten Blitzen in den Augen hinzu. „Nur, um dich ein wenig abzulenken."

„Danke, aber ich kann für meine eigene Ablenkung sorgen."

„Das weiß ich ebenso gut wie die Tatsache, dass du vor Wut platzen würdest, sollte ich es wagen, mich einzumischen." Sie schob sich mit dem Stuhl vom Tisch ab und erhob sich, nur einen Sekundenbruchteil darüber betrübt, ihre sonstige Anmut verloren zu haben. „Lass uns einen kleinen Spaziergang durch den Garten machen, bevor ich nach Hause fahre."

„Aber nur, wenn du versprichst, die Füße hochzulegen, sobald du bei dir bist."

„Einverstanden."

Die Sonne schien warm, die Brise war mild. Beides würde ihrer Cousine guttun, dachte Ana. Genauso wie die Tatsache, dass Nash darauf bestehen würde, dass seine Frau sich für ein Nickerchen hinlegte, sobald sie zu Hause war.

Gemeinsam bewunderten sie den spät blühenden Rittersporn, die kräftigen Farben der Astern und die großen, prunkvollen Zinnien.

„Hast du schon etwas für den Abend vor Allerheiligen geplant?", fragte Morgana.

„Nein, eigentlich nichts."

„Wir hatten gehofft, du würdest zu uns kommen. Zumindest für ein paar Stunden. Nash macht schon jetzt einen riesigen Aufruhr und tut schrecklich geheimnisvoll."

Ana lachte auf. „Wenn ein Mann seinen Lebensunterhalt mit dem Schreiben von Horrorfilm-Drehbüchern verdient, kann man doch wohl davon ausgehen, dass er sich einiges für Halloween einfallen lässt. Das werde ich mir auf keinen Fall entgehen lassen."

„Schön. Vielleicht wird sich Sebastian ja danach für unsere eigene kleine Feier zu dir und mir gesellen." Morgana beugte sich gerade ungelenk vor, um den Thymian und die Zitronenmelisse zu begutachten, als sie das kleine Mädchen und den jungen Hund durch die Rosenhecke schlüpfen sah. Sie richtete sich wieder auf. „Wir bekommen Gesellschaft."

„Jessie." Erfreut über den Besuch, blickte Ana doch besorgt zum Nachbarhaus hinüber. „Weiß dein Vater, wo du bist?"

„Er hat gesagt, ich darf herkommen, wenn ich dich draußen sehe und du nicht beschäftigt bist. Du bist doch nicht beschäftigt, oder?"

„Nein." Sie konnte nicht widerstehen, beugte sich zu Jessie und gab ihr einen Kuss auf die Wange. „Das ist meine Cousine Morgana", sagte sie dann. „Ich habe ihr schon erzählt, dass du meine neue Nachbarin bist."

„Ich weiß. Sie sind die mit dem Hund und der Katze. Ana hat's mir gesagt." Jessies Neugier war sofort geweckt und wurde nur noch größer, als ihr Morganas Leibesumfang auffiel. „Haben Sie da ein Baby drin?"

„Ja. Um genau zu sein, zwei Babys."

„Zwei?" Jessie riss die Augen auf. „Woher wissen Sie das?"

„Ana hat's mir gesagt." Lachend legte sich Morgana die Hand auf den Bauch. „Und weil da drinnen so viel Bewegung ist, dass es unmöglich nur ein Baby sein kann."

„Die Mommy von meiner Freundin Missy, Mrs Lopez, hatte nur ein Baby in ihrem Bauch. Aber sie ist so dick geworden, dass sie kaum noch laufen konnte." Aus ihren blauen Augen warf sie einen hoffnungsvollen Blick zu Morgana. „Mrs Lopez hat mich fühlen lassen, wie das Baby sich da drinnen bewegt hat."

Morgana war von dem Kind entzückt. Sie nahm die Hand der Kleinen und legte sie sich auf den Leib, während Ana Daisy davon abhielt, weiter Blumen aus den Beeten zu graben.

„Fühlst du es?"

Jessie nickte begeistert, als sie die Bewegung unter ihrer Handfläche spürte. „Oh ja! Bumms! Ein richtiger Tritt! Tut das eigentlich weh?"

„Nein."

„Meinen Sie, sie kommen bald raus?"

„Das hoffe ich."

„Daddy sagt, die Babys wissen genau, wann sie rauskommen müssen, weil ihnen ein kleiner Engel das ins Ohr flüstert."

Dieser Sawyer mochte vielleicht kühl und distanziert sein, aber er war auch sehr weise. Und anscheinend sehr süß. „Da kann ich deinem Daddy nur zustimmen", sagte Morgana mit einem Lächeln.

„Und dieser Engel bleibt dann für immer und ewig bei dem Baby." Jessie presste vorsichtig ihr Ohr an Morganas Bauch. Vielleicht würde sie ja etwas hören können. „Wenn man sich ganz schnell umdreht, dann kann man seinen eigenen Engel hinter sich sehen. Manchmal versuche ich es, aber ich bin wohl nicht schnell genug." Sie sah zu Morgana auf. „Engel sind nämlich sehr schüchtern."

„Ja, das habe ich auch schon gehört."

„Ich aber nicht." Jessie drückte einen kleinen Kuss auf Morganas Bauch, bevor sie davonhüpfte. „In meinem ganzen Körper ist nicht ein Quäntchen Schüchternheit. Das sagt Grandma Sawyer immer."

„Grandma Sawyer muss eine sehr weise Frau sein", ließ Ana sich vernehmen, während sie Daisy gerade noch davon abhalten konnte, Quigleys Nachmittagsschläfchen zu stören.

Beide Frauen freuten sich über die quicklebendige Gesellschaft, während sie zusammen durch die Blumenbeete schlenderten – nun, Ana und Morgana schlenderten, Jessie hüpfte, rannte und tanzte.

Als sie langsam zurück zum Haus und zu Morganas Auto gingen, legte Jessie vertrauensvoll ihre Hand in Anas. „Ich habe keine Cousins oder Cousinen. Ist es schön, wenn man welche hat?"

„Sehr schön sogar. Morgana, Sebastian und ich sind zusammen groß geworden. So wie richtige Geschwister."

„Ich weiß, wie man ein Brüderchen oder ein Schwesterchen bekommt, weil mein Daddy mir das erklärt hat. Aber wie bekommt man einen Cousin oder eine Cousine?"

„Nun, wenn dein Vater einen Bruder oder eine Schwester hat und die dann Kinder bekommen, dann sind diese Kinder deine Cousins oder Cousinen."

Jessie konzentrierte sich, um diese Information zu verdauen. „Und wie ist das bei euch?"

„Oh, das ist ein bisschen kompliziert." Morgana lachte und lehnte sich für einen Moment an ihren Wagen. „Anas, Sebastians und mein Vater sind Brüder. Und unsere Mütter sind alle Schwestern. Sozusagen sind wir also doppelte Cousins."

„Das ist ja toll. Wenn ich schon keine Cousins haben kann, dann kriege ich vielleicht wenigstens ein Geschwisterchen. Aber mein Daddy sagt immer, ich allein halte ihn genügend auf Trab."

„Das kann ich mir vorstellen", stimmte Morgana ernst zu, während Ana sich das Grinsen verkniff. Als sie sich das Haar aus der Stirn strich, sah Morgana auf. Dort oben, an einem Fenster im zweiten Stock des Nachbarhauses, stand ein Mann. Zweifelsohne Jessies Vater.

Anas Beschreibung passt, überlegte Morgana nachdenklich. Allerdings war er sehr viel attraktiver und ganz bestimmt auch sehr viel sexyer, als sie zugegeben hatte. Es war diese kleine Unterlassung, die Morgana zum Lächeln brachte. Sie hob die Hand und winkte freundlich. Nach einem kurzen Zögern erwiderte Boone den Gruß.

„Das ist mein Daddy." Jessie fuchtelte wild mit den Armen in der Luft. „Da oben arbeitet er, aber wir haben noch nicht alles ausgepackt."

„Was macht dein Daddy denn?", fragte Morgana, da klar war, dass Ana diese Frage nicht stellen würde.

„Oh, er schreibt Geschichten. Wirklich ganz tolle Geschichten, über Hexen und Elfenprinzessinnen und Drachen und Zauberberge. Manchmal darf ich ihm helfen. Aber jetzt muss ich gehen. Morgen ist mein erster Schultag, und Daddy hat gesagt, ich soll nicht zu lange bleiben. Bin ich zu lange geblieben?"

„Aber nein." Ana küsste sie auf die Wange. „Und du kannst jederzeit wiederkommen."

„Bye!" Damit stürmte sie auch schon davon, über den Rasen, den tapsigen Hund auf den Fersen.

„Ich war selten so bezaubert. Und selten so ausgelaugt." Morgana schob sich hinter das Lenkrad ihres Wagens. „Dieses Mädchen ist ein entzückender Wirbelwind." Sie lehnte sich aus dem Fenster und klimperte mit dem Autoschlüssel. „Der Vater ist auch nicht zu verachten."

„Es muss schwierig für einen Mann sein, ein Mädchen allein großzuziehen."

„So wie ich das mit einem kurzen Blick abschätzen kann, scheint er mir durchaus fähig dazu zu sein." Morgana startete den Motor. „Er schreibt also Geschichten über Hexen und Drachen. Interessant. Wie hieß er noch, sagtest du? Sawyer?"

„Ja." Ana blies sich das Haar aus der Stirn. „Muss dann wohl Boone Sawyer sein."

„Es könnte ihn interessieren zu erfahren, dass du Bryna Donovans Nichte bist – immerhin arbeiten sie ja im gleichen Genre. Ich meine, wenn du Lust hast, einen Kontakt herzustellen."

„Habe ich aber nicht", erwiderte Ana entschieden.

„Ah … nun, vielleicht hast du das bereits." Morgana legte den Rückwärtsgang ein. „Alles Gute, Cousine."

Ana kämpfte immer noch mit ihrem Stirnrunzeln, als Morgana längst von der Auffahrt gefahren war.

Nachdem Ana bei Sebastian die Pferde versorgt hatte, verbrachte sie den folgenden Vormittag damit, ihre Potpourris und Duftöle, die Heilkräuter und Tinkturen auszuliefern.

Manche wurden in Kisten und Kartons verpackt und postalisch verschickt. Obwohl sie mehrere große Abnehmer für ihre Produkte in der näheren Umgebung hatte – Morganas Laden „Wicca" war einer davon –, belieferte sie einen großen Kundenstamm auch außerhalb.

Ihr geschäftlicher Erfolg befriedigte Ana. Vor sechs Jahren hatte sie mit dem Geschäft begonnen, ein Projekt, das ihren Bedürfnissen und ihrem Ehrgeiz entsprach und ihr zudem den Luxus garantierte, von zu Hause aus zu arbeiten. Es ging ihr nicht um das Geld. Das Donovan-Vermögen hätte ausgereicht, um sie und ihre Familie für den Rest des Lebens in Wohlstand leben zu lassen. Aber genau wie Morgana mit ihrem Laden und Sebastian mit seinen Investitionen in verschiedene Projekte brauchte sie einfach das Gefühl, etwas Produktives zu tun.

Sie war eine Heilerin. Aber es war unmöglich, jeden zu heilen. Schon vor Langem hatte sie lernen müssen, dass es nur zerstörerische Auswirkungen hatte, wollte man alle Übel auf der Welt bekämpfen. Ein Preis für ihre Gabe war das Wissen, dass es Schmerzen gab, die sie nicht lindern konnte. Aber sie konnte ihre Gabe auch nicht verneinen, daher gebrauchte sie sie nach bestem Wissen und Gewissen.

Die Lehre von den Heilkräutern hatte sie schon immer fasziniert, und sie wusste, dass sie den sprichwörtlichen „grünen Daumen" für Pflanzen hatte. Vor Jahrhunderten wäre sie wahrscheinlich die weise alte Frau im Dorf gewesen. Eine Vorstellung, die sie immer wieder amüsierte. Heute, in der modernen Welt, war sie eine Geschäftsfrau, die Badeessenzen und Tinkturen zusammenstellte und dafür ihr Geld bekam.

Und wenn sie es für angebracht hielt, fügte sie auch noch ein kleines bisschen Magie hinzu. Aber das blieb allein ihr überlassen.

Sie war glücklich. Glücklich mit dem, was das Schicksal bisher für sie bereitgehalten und was sie selbst aus ihrem Leben gemacht hatte.

Selbst wenn ich schlechte Laune gehabt hätte, dachte sie jetzt, dieser Tag hätte die trübe Stimmung vertrieben. Der milde Sonnenschein, die sanfte Brise, der Hauch des sich ankündigenden Regens in der Luft. Aber es würde noch Stunden dauern, ehe der Regen kam, und wenn er kam, dann würde er sanft und erfrischend sein.

Um diesen wunderbaren Tag auszukosten, beschloss sie, draußen zu arbeiten und neue Kräuter auszusäen.

Boone beobachtete Ana. Schon wieder. Noch eine schlechte Angewohnheit, dachte er und schnitt eine Grimasse, während er auf die Zigarette zwischen seinen Fingern schaute. Er schien nicht viel Glück damit zu haben, sich diese Marotten abzugewöhnen. Und mit der Arbeit kam er auch nicht voran – seit er einen Blick aus dem Fenster geworfen und sie da draußen gesehen hatte.

Sie wirkte immer so … so elegant, entschied er. Eine Art natürliche Eleganz, die von innen kam und weder durch die mit Grasflecken übersäten abgeschnittenen Jeans noch von dem mit Erde beschmutzten T-Shirt gemindert wurde.

Es lag an der Art, wie sie sich bewegte. Als wäre die Luft süßer Wein, an dem sie sich labte, während sie hindurchschwebte.

Sehr poetisch. Er ermahnte sich, sich die Poesie für seine Bücher aufzubewahren.

Vielleicht lag es auch einfach nur daran, dass sie so sehr seinem Bild der Elfenprinzessin entsprach, von der er so oft schrieb. Etwas Ätherisches, eine Aura wie aus einer anderen Welt umgab sie. Und dann diese ruhige Stärke in ihren Augen. Boone war nie der Meinung gewesen, Elfenprinzessinnen würden sich leicht unterkriegen lassen.

Und doch war da ihr graziler Körper … Himmel, er hätte besser nicht damit anfangen sollen, an ihren Körper zu denken. Diese Zartheit hatte nichts mit Verletzlichkeit zu tun, sondern mit der Personifizierung des Weiblichen. Einer Weiblichkeit, die jeden Mann, der auch nur einen Funken Leben in sich verspürte, verwirrte, reizte, lockte – einfach umhaute.

Und Boone Sawyer war ein sehr lebendiger Mann.

Was machte sie da nur? Ungeduldig drückte er die Zigarette aus und trat näher ans Fenster. Sie war in dem Gartenhäuschen verschwunden und kam jetzt wieder raus, einen haushohen Stapel Blumentöpfe auf dem Arm.

Typisch Frau, dachte er. Immer trauen sie sich mehr zu, als sie in Wirklichkeit tragen können.

Noch während er dies dachte und sich in seiner männlichen Überlegenheit sonnte, sah er Daisy über den Rasen rennen. Der Hund jagte eine große graue Katze.

Er hatte die Hand schon am Fenster, bereit, es aufzustoßen und den Hund zurückzupfeifen. Aber da war es auch schon zu spät.

In Zeitlupe hätte man es für modernen Tanz halten können, mit einer höchst interessanten Choreografie.

Die Katze schoss wie ein grau gestromter Blitz zwischen Anas Beinen hindurch. Ana schwankte. Die Tontöpfe, die sie hielt, wackelten. Boone fluchte, atmete aber sofort erleichtert auf, als Ana im selben Moment die Balance wiedergewann.

Doch noch bevor alle Luft aus seinen Lungen gewichen war, kam Daisy. Auch sie flitzte durch Anas Beine, und dieses Mal gelang es Ana nicht, das Gleichgewicht zu halten. Der Hund hatte sie im wahrsten Sinne des Wortes von den Füßen gefegt. Ana ging zu Boden, die Töpfe flogen in die Luft.

Noch durch sein eigenes lautes Fluchen hörte Boone das Klirren, als er die Treppe hinunter- und so schnell wie möglich auf die Veranda stürmte.

Als er bei Ana ankam, murmelte sie leise etwas vor sich hin, das sich wie ein exotischer Fluch anhörte. Er konnte es ihr weiß Gott nicht verübeln. Ihre Katze saß auf einem Baum und fauchte den kleinen kläffenden Hund bitterböse an, der um den Stamm herumhüpfte. Keiner der Tontöpfe, die sie getragen hatte, war heil geblieben, Hunderte von Scherben lagen überall verstreut.

Boone krümmte sich innerlich und räusperte sich. „Alles in Ordnung mit Ihnen?"

Auf allen vieren, das lange Haar im Gesicht, warf sie den Kopf zurück und sah zu ihm hoch. „Oh, alles bestens."

„Ich stand am Fenster." Das war sicher nicht der geeignete Zeitpunkt, um ihr zu gestehen, dass er sie beobachtet hatte. „Ich meine, ich kam gerade am Fenster vorbei", verbesserte er also. „Da habe ich die Jagd und den Zusammenstoß gesehen." Er ging in die Hocke und half, die Scherben einzusammeln. „Ich muss mich wirklich für Daisy entschuldigen. Wir haben sie erst seit ein paar Tagen, und wir haben bisher noch keine große Möglichkeit gehabt, sie zu trainieren."

„Sie ist noch ein Baby. Es ist völlig zwecklos, einen Hund für etwas zu bestrafen, das seiner Natur entspricht."

„Ich werde Ihnen die Töpfe ersetzen." Warum nur fühlte er sich so linkisch?

„Ich habe noch andere." Da das Fauchen und Bellen immer hektischer wurde, setzte Ana sich auf die Fersen. „Daisy!" Der Befehl kam ruhig, aber entschieden und wurde sofort befolgt. Mit wild wedelndem Schwanz kam der Welpe zu Ana herübergetapst, um ihr ausgiebig das Gesicht zu lecken. Ana weigerte sich allerdings, sich davon umstimmen zu lassen. Sie legte die Finger um Daisys Schnauze. „Sitz!", ordnete sie an, und der junge Hund ließ sich gehorsam auf sein Hinterteil fallen. „Jetzt benimm dich." Mit einem leisen Fiepen legte Daisy sich hin und stützte reumütig den Kopf auf die Pfoten. Anas Lektion wirkte.

Boone war genauso beeindruckt, wie er verdutzt war. „Wie haben Sie das denn um alles in der Welt geschafft?", fragte er kopfschüttelnd.

„Zauberei", erwiderte sie knapp, dann überlegte sie es sich und lächelte schwach. „Ich konnte schon immer gut mit Tieren umgehen. Daisy ist einfach nur glücklich und aufgeregt und will unbedingt spielen. Sie werden ihr beibringen müssen, dass nicht alles, was Spaß macht, auch erlaubt ist." Ana kraulte Daisy den Kopf und erntete dafür einen verehrungsvollen Blick aus treuen Hundeaugen.

„Ich hab's schon mit Bestechung versucht."

„Auch eine Möglichkeit." Sie streckte sich nach einer Scherbe aus, die unter dem Stock einer üppig blühenden Klematis lag.

In diesem Moment sah er den tiefen Kratzer an ihrem Arm. „Sie bluten ja!"

Sie sah hinab. An ihren Beinen waren auch ein paar kleinere Schnittwunden. „Lässt sich nur schwer vermeiden, wenn Scherben auf einen herunterregnen."

Er kam blitzschnell auf die Füße und zog Ana hoch. „Verflucht, ich hatte Sie gefragt, ob Sie in Ordnung sind."

„Nun, ich …"

„Das muss gereinigt werden." Jetzt sah er auch, dass Blut an ihrem Schenkel hinablief, und er reagierte, wie er bei Jessie reagiert hätte. Er geriet in Panik. „Oh, mein Gott!" Er hob die verdutzte Ana ohne großes Aufheben auf seine Arme und rannte zur nächstgelegenen Tür.

„Wirklich, es gibt keinen Grund …"

„Das kommt alles wieder in Ordnung, Baby. Keine Bange. Es wird alles wieder gut."

Halb belustigt, halb verärgert, schnaubte Ana, als er mit ihr in die Küche stürmte. „In diesem Fall können wir wohl auf den Notarzt verzichten. Wenn Sie mich nur endlich …" Er ließ sie eher unsanft auf einen der hellen Küchenstühle fallen. „… runterlassen würden."

Hektisch eilte er zur Spüle und ließ kaltes Wasser über ein Tuch laufen. Schnell, effektiv und heiter, das waren die Codeworte, auf die es in einem solchen Moment ankam, das wusste er aus Erfahrung. Also atmete er tief durch, um sich zu beruhigen.

„Wenn wir das erst mal gesäubert haben, ist es gar nicht mehr so schlimm. Sie werden sehen." Boone setzte bewusst ein Lächeln auf, ging zu Ana zurück und kniete sich vor sie hin. „Ich werde ganz vorsichtig sein." Sacht begann er das Blut abzutupfen, das auf Anas Wade getrocknet war. „Gleich haben wir es. Schließen Sie einfach die Augen und entspannen Sie sich." Noch ein tiefer Atemzug. „Ich kannte mal einen Mann", begann er eine Geschichte zu improvisieren, wie er es immer in solchen Fällen bei seiner Tochter tat. „Der lebte in einem kleinen Dorf, das hieß Briarwood. Und da gab es hoch oben auf dem Hügel ein verwunschenes Schloss."

Ana, die ihm gerade sehr entschieden hatte sagen wollen, dass sie durchaus in der Lage sei, sich selbst um ihre Wunden zu kümmern, überlegte es sich anders und stellte fest, dass sie sich tatsächlich entspannte. Sie ließ es geschehen.

„Die Mauer des Schlosses war ganz überwachsen mit einer Dornenhecke, lange, rasiermesserscharfe Dornen, und seit Jahren hatte niemand das Schloss gesehen, weil keiner es wagte, über diese Dornenhecke zu klettern. Aber der Mann lebte allein, und er war sehr neugierig. Jeden Tag ging er von seinem Haus zu der Mauer und stellte sich auf die Zehenspitzen, denn dann konnte er die Türmchen und Erker und den hohen Turm sehen, die in der Sonne funkelten."

Boone schlug das feuchte Tuch um und tupfte vorsichtig über den Schnitt. „Er konnte niemandem sagen, was er tief in seinem Herzen fühlte, wann immer er dort stand. Er wollte so gern über die Mauer klettern. Manchmal, wenn er nachts im Bett lag und schlief, träumte er davon. Aber die Angst vor den dicken Dornen hielt ihn immer zurück. Dann, eines Tages, es war Hochsommer, als der Duft der Blumen so schwer war, dass man ihn fast trinken konnte, reichte es ihm nicht mehr, sich die Türme nur anzusehen. Irgendetwas flüsterte ihm zu, dass das, was er sich am meisten auf dieser Welt wünschte, hinter dieser mit Dornen bewachsenen Mauer lag. Also machte er sich daran hinüberzuklettern. Aber immer wieder fiel er hinunter auf den Boden, seine Hände und Arme waren schon ganz zerkratzt und teilweise blutig. Trotzdem versuchte er es immer wieder."

Seine Stimme klang so beruhigend – seine Berührungen allerdings waren alles andere als das. Ein leises Ziehen breitete sich in Ana aus, behutsam, warm, begann im Zentrum ihres Körpers, dehnte sich immer weiter, bis in die letzten Nervenzellen. Boone strich jetzt über ihren Oberschenkel, wo der scharfe Rand einer Scherbe die Haut aufgeritzt hatte. Ana ballte die Faust, während sich ihr Magen verkrampfte.

Sie wollte, dass er aufhörte. Sie wollte, dass er weitermachte. Sie wusste nicht, was sie wollte.

„Es dauerte den ganzen Tag", fuhr Boone mit der vollen, hypnotisierenden Stimme des Geschichtenerzählers fort. „In der Hitze mischte sich das Blut mit Schweiß, aber er gab nicht auf. Konnte einfach nicht aufgeben, weil er sicher wusste, wie er noch nie etwas gewusst hatte, dass seine Erfüllung, seine Zukunft und sein Schicksal auf der anderen Seite der Mauer lag. Seine Hände waren zerschnitten und bluteten, aber er zog sich an den dornigen Kletterpflanzen hoch. Erschöpft und unter großen Schmerzen schaffte er es, gelangte auf die Mauer und fiel dann, tiefer und tiefer, auf das dichte weiche Gras, das bis an die Mauer des verzauberten Schlosses heranwuchs.

Der Mond stand hoch am Himmel, als er wieder erwachte. Er war verwirrt und wusste nicht, wo er war. Mit letzter Kraft schleppte er sich über den dichten Rasen, über die Zugbrücke und betrat die große Halle des Schlosses, das ihn seit seiner Kindheit in seinen Träumen verfolgt hatte. Sobald er die Schwelle überschritt, flammten hundert Fackeln an den Wänden auf. Im gleichen Moment waren auch all seine Wunden und Schnitte geheilt. Und in der Mitte des Kreises, den die Fackeln bildeten, in der Halle aus weißem Marmor, stand die schönste Frau, die er je gesehen hatte. Ihr Haar hatte die Farbe des Sonnenlichts und ihre Augen die von Rauch. Noch bevor sie die schönen Lippen zu einem Lächeln verzog und sprach, wusste er, dass sie es war, für die er sein Leben riskiert hatte. Sie trat vor und reichte ihm ihre Hand. Und alles, was sie sagte, war: ‚Ich habe auf dich gewartet.'"

Während er die letzten Worte sprach, hob Boone den Blick zu Anas Gesicht. Er war so verwirrt und desorientiert wie der Mann in der Geschichte, die er gerade erfunden hatte. Wann hatte sein Herz so wild zu schlagen begonnen? Wie konnte er überhaupt denken, wenn das Blut heiß in seinen Ohren und seinen Lenden rauschte? Während er um Fassung rang, starrte er sie an.

Ihr Haar hatte die Farbe des Sonnenlichts und ihre Augen die von Rauch.

Dann wurde ihm bewusst, dass er vor ihr kniete, eine Hand weit oben auf ihrem Schenkel, die andere erhoben, um dieses wunderbare Haar wie Sonnenschein sanft zu berühren.

Boone richtete sich so hastig auf, dass er fast den Tisch umgeworfen hätte. „Sie müssen entschuldigen", sagte er, weil ihm nichts Besseres einfiel. Als sie ihn nur weiter anstarrte, die Ader an ihrem Hals pochte hart und deutlich sichtbar, setzte er noch mal an. „Ich habe mich mitreißen lassen, als ich sah, dass Sie bluteten. Es gelingt mir nie, ruhig zu bleiben, wenn Jessie mit Kratzern nach Hause kommt." Um sich nicht völlig zum Narren zu machen, warf er ihr das feuchte Tuch zu. „Hier. Ich denke, Sie können jetzt selbst weitermachen."

Sie nahm das Tuch. Sie brauchte einen Moment Ablenkung, bevor sie es wagen konnte, wieder zu sprechen. Wie war es möglich, dass ein Mann sie mit einer Geschichte und dem Verarzten von kleinen Schnitten so anrühren konnte, dass sie verzweifelt um Beherrschung ringen musste, obwohl er sich entschuldigt hatte?

Selbst schuld, dachte Ana und rieb – viel heftiger als nötig – über den Schnitt an ihrem Arm. Es war ihre Gabe und ihr Fluch, dass sie so viel mehr fühlte.

„Sie sehen eigentlich aus, als müssten Sie sich dringend setzen", sagte sie brüsk, stand dann auf, um eine ihre eigenen Tinkturen aus dem Schrank zu nehmen. „Möchten Sie vielleicht etwas Kaltes zu trinken?"

„Nein … Ja, doch." Auch wenn er ernsthaft bezweifelte, dass selbst ein ganzer Eimer eiskalten Wassers das Feuer in seinem Körper löschen könnte. „Sobald ich Blut sehe, gerate ich immer in Panik."

„Panik oder nicht, Sie haben sich wacker geschlagen." Sie schenkte ein Glas Limonade aus der Karaffe ein, die sie aus dem Kühlschrank holte. „Und es war eine hübsche Geschichte." Sie lächelte jetzt.

„Die Geschichten dienen dazu, Jessie und mich zu beruhigen, wenn wir eine solche Jod-und-Pflaster-Sitzung haben müssen."

„Jod brennt so schrecklich." Sie trug braune Flüssigkeit auf ihre gesäuberten Schrammen auf. „Ich kann Ihnen etwas mitgeben, das auf keinen Fall wehtut. Für Ihre nächste Sitzung."

„Was ist das?" Misstrauisch schnupperte er an dem Fläschchen. „Riecht nach Blumen." Genau wie sie, stellte er angenehm berührt fest.

„Besteht auch zum größten Teil daraus. Kräuter, Blumen, eine Prise hiervon, ein bisschen davon." Sie verschloss die Flasche und stellte sie beiseite. „Es ist ein natürliches Desinfektionsmittel. Ich bin Herbalistin."

„Oh."

Bei seiner skeptischen Miene musste sie lachen. „Ich weiß. Die meisten Leute vertrauen nur der Medizin, die sie in der Apotheke bekommen. Dabei vergessen sie, dass die Menschen sich jahrhundertelang mit dem geholfen haben, was die Natur ihnen bot."

„Ja, sicher. Aber sie sind auch an Blutvergiftung gestorben, weil sie sich an einem rostigen Nagel geritzt hatten."

„Stimmt", gab sie zu. „Wenn kein kundiger Heiler aufzutreiben war." Da sie nicht vorhatte, Bekehrungsarbeit zu leisten, wechselte sie das Thema. „Wie war Jessies erster Schultag?"

„Oh, sie konnte es gar nicht erwarten. Ich war derjenige, in dessen Magen Steine lagen." Er lächelte, nur kurz. „Ich möchte Ihnen danken, dass Sie so großzügig mit ihr sind. Sie hat die Tendenz, sich regelrecht auf die Menschen zu stürzen. Es käme ihr gar nicht in den Sinn, dass sie vielleicht lästig fallen könnte."

„Aber sie ist mir überhaupt nicht lästig." Ana holte einen Teller und legte Kekse auf. „Im Gegenteil, sie ist mir sehr willkommen. Sie ist sehr süß, völlig natürlich und hellwach. Außerdem vergisst sie nie ihre Manieren. Sie haben wunderbare Arbeit mit ihrer Erziehung geleistet."

Er nahm sich einen Keks und sah Ana nachdenklich an. „Jessie macht es mir sehr leicht."

„Aber so unbeschwert sie auch ist – es kann nicht einfach sein, ein Kind allein großzuziehen. Selbst wenn beide Elternteile da wären, bezweifle ich, dass es leicht ist, mit einem solchen Energiebündel wie Jessie fertigzuwerden." Ana wählte einen Keks aus, deshalb entging ihr, wie Boone argwöhnisch die Augen zusammenkniff. „Ihre Fantasie muss sie von Ihnen geerbt haben. Es muss herrlich für ein Kind sein, einen Vater zu haben, der solch wunderbare Geschichten erzählen kann."

Sein Blick wurde scharf. „Woher wissen Sie, was ich tue?"

Das Misstrauen überraschte sie zwar, aber sie lächelte. „Ich bin ein Fan, ein sehr großer Fan übrigens, von Boone Sawyer."

„Ich kann mich nicht entsinnen, Ihnen meinen Vornamen genannt zu haben."

„Nein, haben Sie auch nicht", gab Ana bereitwillig zu. „Sind Sie einem Kompliment gegenüber immer so negativ eingestellt, Mr Sawyer?"

„Ich hatte meine Gründe, weshalb ich mich hier niedergelassen habe." Er setzte sein Glas mit leisem Klirren ab. „Die Vorstellung, dass eine Nachbarin meine Tochter verhört und ihre Nase in meine Angelegenheiten steckt, gefällt mir nicht."

„Verhören?" Ana verschluckte sich fast an dem Wort. „Ich soll Jessie verhören? Wie käme ich dazu?"

„Um mehr über den reichen Witwer zu erfahren, der im Nachbarhaus wohnt."

Für einen langen, einen sehr langen Moment konnte sie nur mit offenem Mund starren. „Wie unglaublich eingebildet und arrogant! Glauben Sie mir, ich mag es, Jessie um mich zu haben. Von Ihrer Gesellschaft war nie die Rede!"

Da er fest davon überzeugt war, ihre Empörung wäre nur gespielt, lächelte er verächtlich. Er kannte diesen Typ zur Genüge, aber für Jessie würde es eine Enttäuschung sein. „Dann ist es doch höchst verwunderlich, dass Sie meinen Vornamen kennen, wissen, dass ich allein erziehender Vater bin und wie ich mein Geld verdiene, nicht wahr?"

Sie wurde nur sehr selten wütend. Es lag einfach nicht in ihrer Natur. Aber jetzt musste sie sich teuflisch beherrschen, um nicht überzukochen. „Um ehrlich zu sein, ich bin nicht der Meinung, dass Sie eine Erklärung verdient haben, aber ich werde Ihnen trotzdem eine geben. Nur um zu sehen, wie Sie sich wieder aus dem Fettnäpfchen herausziehen wollen." Sie drehte sich um. „Kommen Sie mit."

„Ich will aber nicht …"

„Ich sagte, kommen Sie mit." Sie verließ die Küche, ohne sich nach ihm umzudrehen, absolut sicher, dass er ihr folgen würde.

Was er auch tat. Unwillig und zögernd zwar, aber er folgte ihr. Sie gingen unter einem Bogen hindurch in einen sonnendurchfluteten Raum mit weißen Korbmöbeln, deren Chintzpolster im Licht schimmerten. Überall lagen glitzernde Kristalle, Statuen von Elfen und Zauberern und Feen standen dekorativ auf Regalen und Tischchen. Unter einem weiteren Bogen in ein gemütliches Bücherzimmer mit einem offenen Kamin und noch mehr mystischen Figuren.

Ein himbeerrotes Sofa mit weichen Kissen stand am Fenster, lud zu einem nachmittäglichen Schläfchen ein. Hauchfeine Spitzenvorhänge an hohen Fenstern wehten in der leichten Brise, und der typische Geruch nach Büchern mischte sich mit dem Aroma der Blumen im Garten, das durch die offenen Flügeltüren strömte.

Ana ging schnurstracks auf ein Regal zu und stellte sich auf die Zehenspitzen, um einige Bücher vom obersten Brett herauszuziehen.

„,Der Wunsch des Milchmädchens'", las sie laut vor und griff nach dem nächsten Buch. „,Der Frosch, die Eule und der Fuchs'. ,Mirandas dritter Wunsch.'" Sie warf ihm einen Blick über die Schulter zu. „Es ist eine Schande, dass ich Ihnen beweisen muss, wie sehr mir Ihre Arbeit gefällt."

Betreten steckte er die Hände in die Hosentaschen. Er war längst zu der Überzeugung gelangt, dass er sich mächtig geirrt hatte, und überlegte, wie er sich am besten aus der Affäre ziehen konnte. „Es kommt nicht oft vor, dass erwachsene Frauen Märchen lesen."

„Das ist äußerst schade. Auch wenn Ihnen dieses Lob eigentlich gar nicht zusteht, werde ich Ihnen trotzdem sagen, dass Ihre Werke sehr lyrisch und wertvoll sind, sowohl für Kinder als auch für Erwachsene." Sie war noch lange nicht versöhnt und stellte zwei der Bücher wieder zurück ins Regal. „Aber vielleicht liegt es auch daran, dass es in meinem Blut liegt. Oft hat mich eine der Geschichten meiner Tante in den Schlaf gewiegt. Meiner Tante Bryna Donovan", fügte sie betont hinzu und genoss es, seine Augen vor Erstaunen groß werden zu sehen. „Ich nehme stark an, der Name sagt Ihnen etwas."

Zurechtgestutzt stieß Boone den Atem aus. „Ihre Tante also." Er sah zu dem Regal und erkannte die Gesamtausgabe der Geschichten von Bryna Donovan über Zauberei und magische Märchenländer direkt neben seinen Büchern. „Wir haben ein paarmal miteinander korrespondiert. Ich bewundere ihre Werke seit Jahren."

„Ich auch. Und da Jessie erwähnte, dass ihr Vater Geschichten über Elfenprinzessinnen und Drachen schreibe, schloss ich, dass der Mr Sawyer von nebenan wohl Boone Sawyer sein müsse. Es war nicht nötig, eine Sechsjährige zu verhören."

„Es tut mir leid." Nein, er war mehr verlegen denn beschämt, aber es würde reichen müssen. „Ich habe schon einmal eine … unangenehme Erfahrung machen müssen. Noch gar nicht so lange her." Er nahm eine Elfenstatue zur Hand und drehte sie gedankenverloren, während er weitersprach. „Jessies Kindergärtnerin … Sie hat alle möglichen Informationen aus der Kleinen herausgeholt. Wobei das ja nun wirklich nicht schwer ist. Jessie ist immer bereit, alles sofort frei heraus zu erzählen."

Er stellte die Statue wieder auf ihren Platz zurück und wurde noch verlegener, weil er sich zu einer Erklärung verpflichtet fühlte. „Diese Frau hat Jessies Gefühle manipuliert, ihr Bedürfnis nach einer Mutterfigur ausgenutzt. Sie hat ihr viel zusätzliche Aufmerksamkeit zukommen lassen, hat mich zu Gesprächen über Jessie zu sich bestellt, ist sogar so weit gegangen, für eine diese Unterredungen ein Dinner zu arrangieren, bei dem … Nun, belassen wir es dabei zu sagen, dass sie mehr an dem ungebundenen Mann mit der ansehnlichen Karriere interessiert war als an Jessies Wohlergehen. Jessie ist durch das Ganze sehr verletzt worden."

Ana tippte mit dem Finger auf sein Buch, bevor sie es zurück ins Regal schob. „Ich kann mir vorstellen, wie schwierig das für Sie beide war. Aber ich kann Ihnen versichern, ich bin nicht auf der Suche nach einem Mann. Selbst wenn ich es wäre, würde ich nie solche Taktiken anwenden."

„Nochmals, es tut mir leid. Nachdem ich jetzt nicht mehr im Fettnäpfchen stehe, fällt mir vielleicht noch eine bessere Entschuldigung ein."

Ihr kühler Blick mit den hochgezogenen Augenbrauen sagte ihm deutlich, dass er noch lange nicht aus dem Schlimmsten heraus war.

„Ich denke, es reicht, wenn wir beide wissen, woran wir sind. Nun, ich bin sicher, Sie wollen wieder an Ihre Arbeit zurück. Und ich muss auch noch etwas tun."

Sie ging an ihm vorbei in die gefliese Halle und zog die Haustür auf. „Sagen Sie Jessie, sie möchte doch nachher vorbeikommen und mir von ihrem ersten Schultag berichten."

Ein Rausschmiss, höflich, aber unmissverständlich. „Ich werde es ihr ausrichten." Boone trat nach draußen. „Und verarzten Sie Ihre Kratzer regelmäßig."

Aber da hatte sie ihm schon mit einem kräftigen Schwung die Tür vor der Nase zugeschlagen.

3. KAPITEL

Wirklich toll hingekriegt, Sawyer. Mit einem tiefen Seufzer setzte Boone sich kopfschüttelnd an seinen PC. Erst rennt sein Hund sie in ihrem eigenen Garten um, dann hat der große starke Held seinen Auftritt und fummelt ihr unaufgefordert an den Schenkeln herum, und zu guter Letzt beleidigt er sie, zweifelt ihre Integrität an und beschuldigt sie mehr oder weniger offen, seine Tochter zu benutzen, um ihn einzufangen.

Und das alles an einem einzigen kurzen Nachmittag, dachte er angewidert von sich selbst. Ein Wunder, dass sie ihn nicht am Kragen gepackt und mit einem Tritt hinausbefördert hatte, anstatt ihm nur die Tür vor der Nase zuzuschlagen.

Warum, um alles in der Welt, hatte er sich so blödsinnig benommen? Sicher, er hatte einschlägige Erfahrungen gemacht. Aber das war nicht der ausschlaggebende Grund, und er wusste es.

Hormone. Das war es. Er lächelte bitter. Jene Art von überschäumenden Hormonen, die eher bei einem Teenager zu vermuten waren denn bei einem erwachsenen Mann und mit denen er nicht gerechnet hatte.

Er hatte in Anas Gesicht geschaut, in dieser sonnendurchfluteten Küche. Hatte ihre warme Haut unter den Händen gefühlt und den verführerischen Duft gerochen, den sie ausströmte – und das Verlangen gefühlt. Unerhört heftiges Verlangen. Für einen verrückten Moment hatte er mit erschreckender Klarheit vor sich gesehen, wie er sie von diesem Stuhl hoch und in seine Arme riss, um diesen unglaublich weichen Mund in Besitz zu nehmen und alles um sich herum zu vergessen.

Dieses Verlangen war so heftig und so unerwartet gekommen, dass er einfach nach einem anderen Grund hatte suchen müssen. Nach irgendeinem perfiden Plan, einer Taktik, deren Opfer er geworden war.

Der leichteste Weg, dachte er mit einem schweren Seufzer. Ihr die Schuld dafür zu geben. Ihr den Vorwurf zu machen, sich in sein Leben zu drängen.

Natürlich hätte er die ganze Sache auch einfach verdrängen können, vergessen, nie wieder dran denken, wenn da nicht ... ja, wenn er nicht den gleichen Hunger in ihren Augen gesehen hätte.

Sicher, er verfügte über eine ausgesprochen ausgeprägte Einbildungskraft, aber das, was er da gesehen hatte, was er gefühlt hatte, war real gewesen.

Für einen kurzen Moment hatte die Luft vor Verlangen geradezu gesummt, wie eine gespannte Harfensaite. Dann hatte er sich zurückgezogen, so, wie es auch angebracht war. Ein Mann sollte seine Nachbarin nun wirklich nicht in der Küche verführen.

Wahrscheinlich hatte er damit jede Chance zerstört, sie überhaupt näher kennenzulernen – in dem Augenblick, da ihm klar geworden war, wie gern er Miss Anastasia Donovan näher kennenlernen würde.

Er holte eine Zigarette aus dem Päckchen und zog sie zwischen zwei Fingern hindurch, während er überlegte, wie er es wiedergutmachen könnte. Als ihm die Erleuchtung kam, war die Lösung so einfach, dass er laut herauslachte. Hätte er nach einem Weg gesucht, das Herz einer schönen Jungfer zu erobern – was er natürlich nicht tat! –, hätte es nicht perfekter sein können.

Äußerst zufrieden mit sich selbst, arbeitete er am Computer, bis es Zeit war, Jessie von der Schule abzuholen.

Eingebildeter Affe!

Ana fand das Ventil für ihre Wut in der Arbeit mit Mörser und Stößel. Es war sehr befriedigend, etwas zu zermalmen, selbst wenn es sich dabei nur um unschuldige getrocknete Kräuter handelte, die sie zu einem feinen Puder verarbeitete. Man stelle sich vor! Allein die Idee, dass sie, ausgerechnet sie, auf Männerfang sei! Als wenn er so unwiderstehlich wäre! Als würde sie sich in ihrem Turm nach dem Prinzen in schimmernder Rüstung verzehren! Der Mann hatte vielleicht Nerven!

Immerhin hatte sie den Triumph auskosten können, ihm eine Abfuhr zu erteilen. Und wenn es auch völlig untypisch für sie war, jemandem die Tür vor der Nase zuzuknallen – es war ein großartiges Gefühl gewesen. So großartig, dass sie sich überlegte, ob sie es nicht mal öfter tun sollte.

Eine Schande, dass er so talentiert war. Man konnte auch nicht leugnen, dass er ein wundervoller Vater war. Das waren Eigenschaften, die man leider bewundern musste. Außerdem konnte niemand bestreiten, dass er attraktiv war und eine fast magnetische Anziehungskraft ausstrahlte, die zusammen mit einem kleinen Touch Schüchternheit und einem großen Anteil von wilder, ungezähmter Männlichkeit äußerst verlockend wirkte.

Und dann diese Augen. Diese unglaublichen Augen, die einem den Atem raubten, wenn sie einen anblickten.

Ana runzelte verärgert die Stirn und packte den Stößel fester. An so etwas hatte sie nun wahrlich kein Interesse.

Es hatte da einen Moment in der Küche gegeben, als er so sanft über ihre Haut strich und seine angenehme Stimme alle anderen Geräusche abblockte, da hatte sie sich zu ihm hingezogen gefühlt.

Na schön, sich von ihm erregt gefühlt. Das war schließlich kein Verbrechen.

Aber dann hatte er diese Stimmung zerstört, und das war ihr nur recht. Von jetzt an würde sie in ihm nichts anderes als Jessies Vater sehen. Sie würde auf Distanz achten, und wenn es sie umbrachte. Freundlichkeit war nur so weit erlaubt, wie es die Beziehung zu diesem reizenden, außergewöhnlichen Kind erleichterte.

Es machte ihr große Freude, Jessie um sich zu haben, und sie würde diese Freude nicht für eine spontane, wenn auch durchaus berechtigte Abneigung gegenüber dem Vater des Kindes opfern.

„Hi!"

Da tauchte das kleine Koboldgesicht an der Fliegentür auch schon auf. Und Ana merkte, wie schwer es war, den Ärger aufrechtzuerhalten, wenn man sich diesen lachenden Augen gegenübersah.

Ana legte Mörser und Stößel beiseite und lächelte zurück. Wahrscheinlich musste sie dankbar sein, dass Boone die Auseinandersetzung zwischen ihnen nicht als Anlass genommen hatte, um Jessie von ihr fernzuhalten.

„Sieht so aus, als hättest du den ersten Schultag überlebt. Hat die Schule den ersten Tag mit dir auch überlebt?"

„Klar. Meine Lehrerin heißt Mrs Farrell. Sie hat ganz graue Haare und riesengroße Füße. Aber sie ist nett. Und ich habe Marcie und Todd und Lydia und Frankie kennengelernt und noch ganz viele andere. Am Morgen haben wir ..."

„Stopp!" Lachend hob Ana die Hände. „Vielleicht solltest du erst einmal hereinkommen, bevor du mir von deinem aufregenden Tag berichtest."

„Ich krieg die Tür von allein gar nicht auf, weil ich die Hände voll habe."

„Oh." Entgegenkommend öffnete Ana die Gittertür. „Was hast du denn da alles?"

„Geschenke." Atemlos stellte Jessie ein Paket auf dem Tisch ab. Dann hielt sie ein großes Blatt mit einer Zeichnung hoch. „Wir durften heute Bilder malen. Ich habe zwei gemacht, eines für Daddy und eines für dich."

„Für mich?" Gerührt nahm Ana das farbenfrohe Bild entgegen. Erinnerungen an ihre eigene Schulzeit stiegen in ihr auf. „Das ist wunderschön, Sonnenschein."

„Sieh, das hier bist du." Jessie deutete auf eine Figur mit gelben Haaren. „Und das hier ist Quigley." Mit kindlicher Hand gezeichnet, aber eindeutig erkennbar. „Und all die Blumen. Die Rosen und Margeriten und dieses ganze Ritterzeugs …"

„Rittersporn", murmelte Ana gerührt.

„Genau. Und die anderen auch", fuhr Jessie ohne Luft zu holen fort. „Ich kann mich nicht mehr an alle Namen erinnern, aber du hast gesagt, du wirst sie mir beibringen."

„Ja, das werde ich auch. Das Bild ist ganz toll, wirklich, Jessie."

„Ich hab Daddy auf der Veranda vor unserm neuen Haus gemalt. Da steht er nämlich am liebsten. Er hat sich wirklich sehr über das Bild gefreut und es an den Kühlschrank gehängt."

„Das ist eine großartige Idee." Ana ging zu ihrem Kühlschrank und befestigte die Zeichnung mit Magneten in der Mitte der Tür.

„Ich male gern. Mein Daddy kann ganz toll malen, und er hat mir erzählt, dass meine Mommy es noch besser konnte. Deshalb ist es nur natürlich für mich, gern zu malen, sagt er immer." Jessie legte ihre kleine Hand in Anas und schaute zu ihr hoch. „Bist du böse auf mich?"

„Nein, Herzchen, warum sollte ich?"

„Daddy hat mir erzählt, dass Daisy dich umgerannt hat und alle deine Töpfe kaputt gemacht hat und dass du ganz viele Kratzer abbekommen hast." Sie studierte die Schramme auf Anas Arm und setzte dann einen vorsichtigen Kuss darauf. „Es tut mir sehr leid."

„Ist schon in Ordnung. Daisy hat es ja nicht absichtlich getan."

211

„Sie hat auch bestimmt nicht mit Absicht Daddys Schuhe zerkaut und ihn dazu gebracht, ganz viele böse Wörter zu sagen."

Ana musste sich auf die Lippen beißen, um nicht zu grinsen. „Nein, ganz bestimmt nicht."

„Daddy hat fürchterlich laut geschrien, und Daisy hat vor lauter Angst mitten auf den Teppich gemacht. Da hat er sie durch das ganze Haus gejagt, immer wieder, und das sah so lustig aus, dass ich lachen musste und gar nicht mehr aufhören konnte. Dann hat Daddy auch gelacht und gesagt, dass er bald eine Hundehütte im Garten bauen wird und Daisy und mich da hineinsteckt."

Ana hatte längst alle Hoffnung aufgegeben, ernst zu bleiben. Lachend hob sie Jessie auf die Arme. „Ich kann mir vorstellen, dass du und Daisy viel Spaß zusammen in der Hundehütte haben werdet. Aber wenn du die Schuhe deines Vaters retten willst, warum lässt du mich nicht ein bisschen mit Daisy arbeiten?"

„Weißt du denn, wie das geht? Kannst du ihr Tricks beibringen und das alles?"

„Oh, ich denke schon." Sie setzte sich Jessie auf die Hüfte und rief nach Quigley, der unter dem Küchentisch ein Nachmittagsschläfchen gehalten hatte. Der Kater erhob sich nur sehr unwillig, streckte sich ausgiebig und kam schließlich unter dem Tisch hervor.

„Jetzt pass auf, Jessie." Ana sah zu dem Kater hinunter. „Sitz, Quigley." Man merkte dem armen Kater an, wie er mit einem Seufzer gute Miene zum bösen Spiel machte. „Mach Männchen, Quigley." Ergeben setzte der Kater sich auf die Hinterpfoten und hob die Vorderpfoten in die Luft wie ein Zirkustiger. „Sehr schön. Wenn du einen Salto machst, spendiere ich dir nachher eine Dose Thunfisch."

Quigley schien zu überlegen. Was war schon ein Salto im Vergleich zu einer Dose Thunfisch? Das kleine Kunststück war so einfach und Thunfisch … Das lohnte sich. Also sprang Quigley, drehte sich einmal in der Luft und landete wieder elegant auf den Pfoten. Als Jessie begeistert applaudierte, ließ er sich nieder und putzte sich bescheiden.

„Ich wusste nicht, dass Katzen auch Kunststücke können.“

„Quigley ist auch eine ganz besondere Katze.“ Ana stellte Jessie wieder auf den Boden, um Quigley zu streicheln. Er schnurrte laut wie ein Güterzug und rieb den Kopf an ihrem Bein. „Seine Familie ist in Irland, wie auch der größte Teil meiner Familie.“

„Ist er da denn nicht einsam?“

Lächelnd kraulte Ana den Kater unterm Kinn. „Wir haben doch einander. Sag, möchtest du vielleicht etwas zu knabbern, während du mir von deinem Tag erzählst?“

Das Angebot war verlockend, aber Jessie zögerte. „Ich glaube nicht, dass ich das sollte. Es ist doch schon fast Zeit fürs Dinner, und Daddy … Oh, fast hätte ich es vergessen!“ Sie rannte zum Tisch zurück, um ein in Geschenkpapier eingewickeltes Päckchen zu holen. „Das ist für dich, von Daddy.“

„Von …“ Ohne dass es ihr bewusst wurde, verschränkte Ana die Hände hinter dem Rücken. „Was ist es denn?“

„Ich weiß es.“ Jessies Augen glitzerten vor Aufregung. „Aber ich darf es nicht sagen, sonst ist es ja keine Überraschung mehr. Du musst es selbst öffnen.“ Sie nahm das Päckchen und drückte es Ana in die Arme. „Magst du keine Geschenke?“, fragte die Kleine, als Ana die Hände immer noch hinter dem Rücken hielt. „Mir gefallen Geschenke, und Daddy macht immer ganz tolle …“

„Ich bin sicher, dass er das tut, aber …“

„Magst du Daddy nicht?“ Jessie schob die Unterlippe vor. „Bist du böse auf ihn, weil Daisy deine Blumentöpfe zerbrochen hat?“

„Nein. Nein, natürlich bin ich nicht böse auf ihn." Zumindest nicht wegen der zerbrochenen Töpfe. „Es war nicht seine Schuld. Und natürlich mag ich ihn … Ich meine, ich kenne ihn ja nicht so gut, aber ich … nun …" In die Enge getrieben, lächelte Ana und setzte neu an. „Ich bin einfach nur überrascht, dass er mir etwas schenkt, obwohl ich doch gar nicht Geburtstag habe." Um dem Kind den Gefallen zu tun, nahm sie das Päckchen und schüttelte es nahe an ihrem Ohr. „Da klappert nichts", sagte sie, und Jessie klatschte aufgeregt in die Hände und kicherte.

„Rate! Rate, was es ist!"

„Äh … eine Posaune?"

„Nein, eine Posaune ist doch viel größer." Vor Aufregung hüpfte Jessie auf und ab. „Mach es auf und sieh nach!"

Es lag nur an der freudigen Spannung des Kindes, dass ihr Herz schneller schlug, redete Ana sich ein. Um Jessie den Gefallen zu tun, riss sie das Papier mit Schwung ab. „Oh." Mehr konnte sie nicht sagen.

Es war ein Buch, ein großes Kinderbuch mit einem schneeweißen Einband. Auf dem Buchdeckel prangte die wunderschöne Illustration einer Frau in einem fließenden blauen Kleid, mit einer Krone auf dem goldblonden Haar.

„,Die Elfenkönigin'", las Ana laut vor. „Von Boone Sawyer."

„Es ist funkelnagelneu", wurde ihr von Jessie mitgeteilt. „Man kann es noch gar nicht im Laden kaufen, aber Daddy kriegt immer die ersten Ausgaben geliefert." Die Kleine strich mit der Hand vorsichtig über das Bild. „Ich habe ihm gesagt, sie sieht aus wie du."

„Ein wunderbares Geschenk", sagte Ana mit einem Seufzer. Und ein hinterlistiges. Wie sollte sie jetzt noch wütend auf ihn sein können?

„Er hat auch was für dich reingeschrieben." Viel zu ungeduldig, um noch abwarten zu können, klappte Jessie den Buchdeckel auf. „Siehst du, genau hier."

Für Anastasia, in der Hoffnung, dass ein Märchen den gleichen guten Zweck erfüllt wie eine weiße Fahne. Boone

Anas Lippen verzogen sich zu einem Lächeln, unmöglich, es zu verhindern. Wie hätte jemand eine so charmante Bitte um Waffenstillstand ablehnen sollen?

Genau darauf zählte Boone natürlich. Während er einen Umzugskarton mit dem Fuß aus dem Weg trat, sah er durchs Fenster hinüber zum Nachbarhaus. Nichts regte sich.

Er ging davon aus, dass es sicher einige Tage dauern würde, bis Ana sich wieder beruhigt hatte, aber er war auch sicher, einen Riesenschritt in die richtige Richtung gemacht zu haben. Schließlich wollte er keine Unstimmigkeiten zwischen sich und Jessies neuer Freundin bestehen lassen.

Er ging zurück zum Herd und drehte die Hitze unter der Pfanne mit den Hähnchenbrustfilets herunter, dann machte er sich daran, die Kartoffeln zu pürieren.

Jessies Leibgericht – Kartoffelpüree. Ginge es nach Jessie, würden sie jeden Tag nichts anderes als Püree essen. Natürlich oblag es ihm, auf eine gesunde und abwechslungsreiche Ernährung zu achten.

Boone goss etwas mehr Milch in den Topf und gab einen Stich Butter hinzu. Wenn es einen Teil des Vaterseins gab, den er sofort und ohne Bedenken aufgeben würde, dann den Druck, jeden Tag zu entscheiden, was er zum Dinner servieren sollte.

Das Kochen selbst war gar nicht so schlimm, nein, es war die tägliche Wahl zwischen Braten, gegrilltem Hähnchen, Kotelett und all dem anderen. Kam noch hinzu, was dazu serviert werden sollte. Aus schierer Verzweiflung hatte er angefangen, Rezepte aus Zeitschriften auszuschneiden – natürlich hinter verschlossenen Türen –, um für mehr Abwechslung zu sorgen.

Er hatte sogar auch schon mal ernsthaft daran gedacht, eine Haushälterin einzustellen. Sowohl seine Mutter als auch seine Schwiegermutter hatten ihn dazu gedrängt, und dann hatten sie mit ihrem ehrgeizigen kleinen Konkurrenzkampf begonnen, wer wohl die Erste wäre, die die passende Frau fände, um diese Stelle auszufüllen. Aber die Vorstellung, dass jemand in seinem Haus lebte, jemand, der vielleicht sogar bei seiner Tochter das Sagen übernehmen würde, hatte ihn von dieser Idee abgebracht und dazu veranlasst, alles beim Alten zu lassen.

Jessie war seine Tochter. Einhundert Prozent. Trotz Essensauswahl und Einkäufen im Supermarkt war das genau so, wie es ihm am besten gefiel.

Trippelnde Schritte auf der Veranda unterbrachen seine Gedanken.

„Gutes Timing, Froschgesicht. Ich wollte gerade nach dir rufen." Er drehte sich um, leckte sich einen Klecks Püree vom Finger und erblickte Ana in der Tür, eine Hand auf Jessies Schulter. Sein Magen zog sich so abrupt zusammen, dass Boone sich fast gekrümmt hätte. „Oh, hallo. Mit ihnen hatte ich nicht gerechnet."

„Ich wollte Sie nicht stören", setzte Ana an. „Ich wollte Ihnen nur für das Buch danken. Es war sehr nett von Ihnen, es mir zu schenken."

„Freut mich, dass es Ihnen gefällt." Ihm fiel auf, dass immer noch das Küchenhandtuch im Hosenbund steckte, und hastig zog er es fort. „Es war das beste Friedensangebot, das mir eingefallen ist."

„Es hat funktioniert." Sie fand das Bild, wie er da so geschäftig am Herd stand, sehr einnehmend, und lächelte. „Danke. Aber jetzt werde ich Sie wohl besser wieder Ihren kulinarischen Vorbereitungen überlassen."

„Kann sie nicht hereinkommen, Daddy?" Jessie zog bereits an Anas Hand. „Bitte."

„Ja, natürlich." Er versetzte einem weiteren Karton einen Stoß und schaffte ihn so aus dem Weg. „Wir haben immer noch nicht alles ausgepackt. Es dauert länger, als ich mir das vorgestellt hatte."

Aus Höflichkeit – und Neugier – trat Ana ein. An den Fenstern hingen noch keine Vorhänge, und mehrere Kartons standen immer noch auf dem grauen Fliesenboden. Aber auf der königsblauen Arbeitsplatte stand bereits ein glänzendes Keramikgefäß in Form des weißen Kaninchens aus „Alice im Wunderland" für Kekse, eine Teekanne wie die des verrückten Hutmachers und ein Zuckertopf in Form einer Haselmaus. Topflappen hingen an kleinen Messinghaken neben dem Ofen, und die Kühlschranktür war über und über bedeckt mit Jessies Zeichnungen. In einem Körbchen in der Ecke döste Daisy friedlich vor sich hin.

Noch nicht ausgepackt und recht chaotisch, dachte Ana, aber schon ein Heim. „Ein wunderbares Haus", sagte sie laut. „Kein Wunder, dass es so schnell einen Käufer gefunden hat."

„Willst du mein Zimmer sehen?" Jessie zog wieder an Anas Hand. „Ich habe ein Bett mit einem Dach darüber, und ganz viele Stofftiere."

„Du kannst Ana später nach oben mitnehmen", warf Boone ein. „Jetzt solltest du dir erst mal die Hände waschen."

„Okay." Jessie sah flehend zu Ana hoch. „Aber nicht weggehen, ja?"

„Möchten Sie vielleicht ein Glas Wein?", bot Boone an, als Jessie davonstürmte. „Um den Waffenstillstand zu besiegeln?"

„Ja, gern." Die Blätter mit den Zeichnungen raschelten, als Boone die Kühlschranktür aufzog. „Jessie ist eine richtige kleine Künstlerin. Es war sehr süß von ihr, mir ein Bild zu malen."

„Lassen Sie sie das nur nicht hören, sonst werden Sie Ihre Wände damit tapezieren müssen." Mit der Weinflasche in der Hand zögerte er. Wo hatte er die Weingläser hingestellt?

Hatte er sie überhaupt schon ausgepackt? Ein Blick in die Schränke sagte ihm, dass sie noch in irgendeinem Karton sein mussten. „Können Sie Chardonnay auch aus einem Bugs-Bunny-Glas trinken?"

Ana lachte. „Kein Problem." Sie wartete, bis er ihr und sich eingeschenkt hatte – sein Wein floss in ein Elmer-Fudd-Glas. „Willkommen in Monterey", sagte sie und hob Bugs Bunny zu einem Toast.

„Danke." Als sie ihn so anlächelte und ihre Lippen an dem Weinglas ansetzte, um zu trinken, verlor er den Faden. „Ich … äh, leben Sie schon lange hier?"

„Mein ganzes Leben, mit Unterbrechungen." Der Duft des brutzelnden Hähnchens und die fröhliche Unordnung in der Küche machten es so behaglich, dass sie sich tatsächlich entspannte. „Meine Eltern hatten ein Haus hier und eines in Irland. Jetzt leben sie die meiste Zeit in Irland, aber meine Cousins und ich haben uns hier niedergelassen. Morgana wurde in dem Haus geboren, in dem sie jetzt wohnt, am Seventeen Mile Drive. Sebastian und ich wurden in Irland geboren, auf Schloss Donovan."

„Schloss Donovan", murmelte er.

Sie lachte leise. „Das hört sich prahlerisch an, aber so ist es. Ziemlich alt, ziemlich abgelegen und sehr hübsch. Und seit Jahrhunderten im Besitz der Donovan-Familie."

„In einem irischen Schloss geboren", meinte er versonnen. „Vielleicht erklärt das, warum ich beim ersten Mal, als ich Sie sah, überzeugt war, dass da eine Fee hinter den Rosenbüschen lebt." Sein Lächeln verschwand, und er sprach weiter, ohne nachzudenken. „Ihr Anblick hat mir den Atem geraubt."

Ihre Hand mit dem Glas blieb mitten in der Luft hängen, ihre Lippen öffneten sich überrascht und verwirrt. „Ich …" Um sich einen Moment Zeit zu geben und wieder klar denken zu können, nippte sie erst einmal an ihrem Wein. „Ich nehme an, ein Teil Ihres Talents liegt in der Fähigkeit, Feen hinter Büschen, Elfen im Garten und Zauberer in den Baumkronen zu erblicken."

„Ja, wahrscheinlich." Sie roch so gut. Wie die frische Brise, die den Duft der Blumen und den Geruch des Meers durch seine Fenster heranbrachte. Er machte einen Schritt auf sie zu, überrascht und keineswegs bekümmert darüber, den plötzlich wachsamen Ausdruck in ihren Augen zu sehen. „Was machen die Kratzer, Frau Nachbarin?" Sanft legte er seine Hand auf ihren Arm und fuhr mit dem Daumen darüber, bis er den heftig schlagenden Puls in ihrer Armbeuge fühlen konnte. Was immer ihn da gepackt hatte, hatte die gleiche Wirkung auf sie. „Tut es noch weh? Ich hoffe, Sie haben keine Schmerzen mehr."

„Nein." Ihre Stimme klang heiser, erstaunte sie selbst, erregte ihn. „Nein, schon lange nicht mehr. Das war doch nur ein kleiner Ausrutscher."

„Sie riechen nach Blumen."

„Das ist die Salbe …"

„Nein." Er legte einen Finger der anderen Hand unter ihr Kinn. „Sie riechen immer nach Blumen. Wilde Blumen und Meeresgischt."

Wie war es geschehen, dass sie plötzlich an der Anrichte lehnte, sein Körper den ihren – nur leicht – berührte? Sein Mund, der ihren Lippen so nahe war, so verführerisch nahe, dass sie ihn fast schmecken konnte?

Und sie sehnte sich danach, ihn zu schmecken, verlangte danach mit einer plötzlichen Intensität, die jeden anderen Gedanken aus ihrem Kopf vertrieb. Langsam, ohne den Blick von ihm zu wenden, hob sie die Hand und legte sie auf seine Brust, auf die Stelle, wo sie den kräftigen Herzschlag fühlen konnte. Kräftig, wild und ungestüm.

So würde auch der Kuss sein, das wusste sie.

Als hätte Boone ihre Gedanken erraten und wolle sie bestätigen, griff er in ihr Haar und zog sie unmerklich näher heran. Es war warm, er hatte gewusst, dass es warm sein würde. So wie das Sonnenlicht, dessen Farbe es hatte. Für einen Moment dachte er nur an den Kuss, der kommen würde, den unermesslichen Genuss, den dieser Kuss schenken würde. Sein Mund war nur ein Atemhauch von ihrem entfernt, als er die Schritte seiner Tochter auf den Treppenstufen hörte.

Boone zuckte von Ana zurück, als hätte er sich verbrannt. Sprachlos starrten sie einander an, beide überwältigt und verwirrt von der Kraft dessen, was beinahe passiert wäre.

Was mache ich hier eigentlich? fragte Boone sich entsetzt. Greife mir einfach eine Frau in der Küche, während die Hähnchen in der Pfanne verkohlen, das Püree im Topf kalt wird und meine Tochter durchs Haus hüpft.

„Ich sollte gehen." Ana stellte ihr Glas ab, bevor es ihr aus den zitternden Fingern fallen konnte. „Ich wollte eigentlich nur eine Minute vorbeischauen."

„Ana." Er stellte sich ihr in den Weg, nur für den Fall, dass sie auf die Tür zusprinten wollte. „Ich habe den Eindruck, dass das, was hier gerade zwischen uns passiert ist, völlig untypisch für uns beide ist. Meinen Sie nicht auch?"

Sie sah ihn mit ernsten grauen Augen an. „Ich kenne Sie doch gar nicht. Daher weiß ich nicht, was typisch für Sie ist und was nicht."

„Nun, ich habe noch nie die Angewohnheit gehabt, Frauen in der Küche zu verführen, während meine Tochter oben ist. Und ganz bestimmt ist es nicht meine Gewohnheit, mich vom ersten Anblick an nach einer Frau zu verzehren."

Ana wünschte, sie hätte das Glas nicht abgesetzt. Ihre Kehle war staubtrocken. „Wahrscheinlich wollen Sie jetzt hören, dass ich Ihnen das abnehme. Aber das tue ich nicht."

Ärger funkelte in seinen Augen auf. „Dann werde ich es Ihnen wohl beweisen müssen, oder?"

„Nein, Sie ..."

„Meine Hände sind quietschsauber!" Völlig arglos gegenüber der Spannung, die in der Luft lag, kam Jessie in die Küche getanzt, die Hände vor sich ausgestreckt in Erwartung der kommenden Inspektion. „Warum muss ich mir eigentlich die Hände waschen? Ich esse doch gar nicht mit den Fingern."

Boone nahm sich zusammen und kniff seiner Tochter leicht in die Nase. „Weil die fiesen kleinen Bakterien es lieben, sich von den Fingern kleiner Mädchen in deren Kartoffelbrei zu schleichen."

„Iiih!" Jessie zog eine angeekelte Grimasse, dann lachte sie. „Daddy macht den besten Kartoffelbrei auf der ganzen Welt. Willst du nicht auch mal probieren? Ana kann doch mit uns essen, oder, Daddy?"

„Ich sollte jetzt wirklich lieber …"

„Aber natürlich kann sie zum Essen bleiben." Sein Lächeln glich dem seiner Tochter, allerdings lag da etwas sehr viel Gefährlicheres in seinem Blick, als Boone Ana musterte. „Wirklich, wir würden uns freuen, wenn Sie blieben. Zu Essen ist genug da. Und es wäre doch eine gute Gelegenheit, sich besser kennenzulernen. Vorher."

Ana brauchte nicht zu fragen, was er mit „vorher" meinte. Das war eindeutig. Aber so sehr sie auch versuchte, ihren Ärger die Oberhand über die plötzliche Erregung gewinnen zu lassen, es gelang ihr nicht. „Es ist sehr nett, dass Sie mich einladen wollen", sagte sie mit bewundernswerter Ruhe, „aber ich kann wirklich nicht." Sie lächelte Jessie an, die ein enttäuschtes Gesicht zog. „Ich muss noch zum Haus meines Cousins fahren und die Pferde versorgen."

„Nimmst du mich mal mit, damit ich sie auch sehen kann?"

„Wenn dein Vater es dir erlaubt." Ana beugte sich vor und küsste Jessie auf den Schmollmund. „Danke für das schöne Bild." Vorsichtshalber trat sie einen Schritt zurück. „Und für das Buch", sagte sie in Boones Richtung. „Ich weiß, dass ich es gern lesen werde. Gute Nacht."

Ana rannte zwar nicht, aber sie gestand sich ein, dass sie flüchtete. Wieder zu Hause, öffnete sie für Quigley erst die versprochene Dose Thunfisch, dann zog sie sich um, um in Jeans und Jeanshemd zu Sebastian zu fahren.

Ich muss nachdenken, beschloss sie, als sie sich die Stiefel anzog. Wirklich gründlich überlegen, das Pro und Kontra genau abwägen, alle Konsequenzen in Betracht ziehen. Sie musste lachen, als sie sich vorstellte, wie Morgana reagieren würde: Sie würde die Augen zur Decke aufschlagen und Ana beschuldigen, sich mal wieder wie die typische Waage zu benehmen.

Vielleicht lag es an ihrem Sternzeichen, dass Ana keine Schwierigkeiten hatte, immer beide Seiten zu verstehen. Allerdings verkomplizierte das die Dinge häufiger, als dass es Lösungen brachte. In diesem speziellen Fall war sie allerdings sicher, dass Besonnenheit und ein klarer Kopf die richtige Antwort waren.

Na schön, vielleicht fühlte sie sich wirklich ausgesprochen stark von Boone angezogen. Gerade der körperliche Aspekt kam sehr plötzlich und völlig unerwartet. Natürlich hatte sie schon vorher Verlangen nach einem Mann gespürt, aber nie so jäh und so heftig. Üblicherweise würde das tiefe Wunden reißen.

Und das war auf jeden Fall etwas, das zu bedenken war. Die Stirn in tiefe Falten gelegt, griff sie nach ihrer Jeansjacke und ging nach unten.

Sicher, sie war erwachsen, frei und ungebunden, und daher wäre es nur völlig selbstverständlich, würde sie sich eine Beziehung zu einem ebenso erwachsenen, freien und ungebundenen Mann erlauben.

Allerdings wusste sie auch, wie zerstörerisch Beziehungen sein konnten, wenn es einem Partner nicht möglich war, den anderen so zu akzeptieren, wie er war, mit allen Eigenheiten, die ihn ausmachten.

Immer noch mit sich debattierend, verließ sie das Haus. Sie schuldete Boone keine Erklärung. Es gab keine Verpflichtung, ihn über ihr Erbe aufzuklären, so wie sie es vor Jahren bei Robert versucht hatte. Selbst wenn sich zwischen ihnen eine Beziehung entwickeln sollte, brauchte sie ihm gar nichts zu sagen.

Ana stieg in ihren Wagen und setzte rückwärts zur Auffahrt hinaus. Es hatte nichts mit Betrug zu tun, wenn man einen Teil von sich zurückhielt. Das war Selbsterhaltungstrieb und Selbstschutz. Diese Lektion hatte sie auf die harte Art lernen müssen. Außerdem war es albern, diesen Punkt überhaupt in Betracht zu ziehen, wenn sie ja noch nicht einmal wusste, ob sie eine Beziehung mit Boone eingehen wollte.

Gelogen. Sie wollte. Es hatte mehr damit zu tun, ob sie es sich erlauben konnte.

Immerhin war er ihr direkter Nachbar. Wenn die Beziehung schieflief, würde es sehr schwer werden, auf Jahre nebeneinander zu leben.

Und nicht zuletzt war da noch Jessie. Ana hatte sich schon in das Mädchen verliebt. Sie wollte diese Freundschaft nicht riskieren, nur weil sie ihren eigenen Bedürfnissen nachgab. Rein körperlichen Bedürfnissen, sagte Ana sich, während sie die kurvige Straße entlangfuhr.

Gut, Boone würde ihr bestimmt einiges an körperlichen Freuden bieten können, daran zweifelte sie keinen Moment. Aber der emotionale Preis könnte für alle Beteiligten viel zu hoch sein.

Nein, da war es doch besser, wenn sie Jessies Freundin blieb und zu dem Vater der Kleinen einen vernünftigen Abstand hielt.

Das Dinner war vorüber und eine nicht sehr erfolgreiche Übungsstunde mit Daisy abgehalten – immerhin setzte sie sich, wenn man ihr das Hinterteil herunterdrückte. Danach hatte es viel Geplansche in der Badewanne gegeben, ein wenig Toben für Vater und seine saubere Tochter. Und dann die obligatorische Gutenachtgeschichte und das ebenso rituelle letzte Glas Wasser.

Jetzt, nachdem Jessie eingeschlafen war und das Haus still dalag, gönnte Boone sich einen Brandy auf der Veranda. Da stapelten sich Formulare der neuen Schule auf seinem Schreibtisch, die noch ausgefüllt werden mussten, aber das würde er später machen.

Diese eine Stunde, diese ruhige Stunde, wenn der Himmel schon dunkel war und der Mond aufging, gehörte ihm.

Boone sah den Wolken nach, die Regen versprachen, lauschte dem hypnotischen Schlagen der Wellen, dem Zirpen der Grillen im Gras – das er übrigens bald würde mähen müssen – und sog tief den würzigen Duft der Blumen ein.

Kein Wunder, dass er sofort zugegriffen hatte, als er das Haus zum ersten Mal sah. An keinem anderen Ort war er je so entspannt gewesen, hatte er diesen inneren Frieden gespürt und einfach das Gefühl, dass alles seine Richtigkeit hatte. Der Ort inspirierte ihn. Die geheimnisvollen Zypressen, die magischen Pflanzen, die auf den Klippen wuchsen, die leeren Strände bei Nacht.

Die ätherisch schöne Frau nebenan. Sie war wie eine wundervolle Erscheinung aus einer seiner Geschichten.

Er lächelte in sich hinein. Für jemanden, der seit ewig langer Zeit nicht mehr an Frauen als solche gedacht hatte, verwandte er jetzt wirklich eine ganze Menge Gedanken auf diese eine.

Es hatte lange gedauert, bis er Alices Tod verkraftet hatte. Obwohl er während der letzten Jahre nicht unbedingt wie ein Mönch gelebt hatte, so empfand er sich doch nicht mehr als auf dem Heiratsmarkt verfügbar. Sein Leben war nicht leer, und nach dem Verarbeiten des Schmerzes hatte Boone akzeptiert, dass es weiterging und gelebt werden musste.

Er nippte an seinem Brandy und genoss einfach die Nacht, als er Anas Wagen hörte. Natürlich hatte er nicht darauf gewartet, versicherte er sich, als er auf seine Armbanduhr sah. Trotzdem verschaffte es ihm eine gewisse Befriedigung, dass sie so früh zurückkam. Viel zu früh, als dass sie von einer Verabredung hätte kommen können.

Nicht, dass es ihn irgendetwas anginge, wie und mit wem sie ihre Zeit verbrachte.

Er konnte ihre Auffahrt nicht einsehen, aber da die Nacht so still war, hörte er das Schlagen der Wagentür, dann das der Haustür. Er legte die Füße aufs Verandageländer und versuchte sich vorzustellen, wie sie sich durch das Haus bewegte.

Erst würde sie in die Küche gehen. Richtig, das Licht ging an, und er erkannte ihre Gestalt durchs Fenster. Wahrscheinlich brühte sie sich einen Tee, oder vielleicht schenkte sie sich auch ein Glas Wein ein.

Dann ging das Licht wieder aus, und in Gedanken folgte er ihr durchs Haus. Die Treppen hoch, wieder Licht. Aber diesmal schien es Boone eher der Schein von Kerzen zu sein, keine Lampe. Augenblicke später hörte er leise Musik. Harfenklänge. Eindringlich, romantisch, melancholisch.

Kurz, ganz kurz nur, tauchte ihre Silhouette am Fenster auf. Boone konnte ihre feminine Figur deutlich erkennen, als sie sich das Hemd auszog.

Hastig schluckte er den Brandy hinunter und wandte den Kopf ab. So verlockend es auch sein mochte, so weit würde er nicht sinken. Allerdings überkam ihn das überwältigende Bedürfnis nach einer Zigarette, und mit einer gemurmelten Entschuldigung an seine schlafende Tochter steckte er sich eine an.

Der Rauch hing in der Luft, und der erste tiefe Zug beruhigte seine Nerven. Boone gab sich damit zufrieden, den Harfenklängen zu lauschen.

Erst lange Zeit später ging er ins Haus und zu Bett, schlief schließlich ein mit dem sanften Tröpfeln von Regen auf dem Dach und dem Nachhall von Harfenklängen in seinem Kopf.

*D*ie Cannery Road war erfüllt von Geräuschen. Vorbeischlendernde Menschen, die sich unterhielten und lachten, das helle Schrillen einer Fahrradklingel, die spitzen Schreie der Möwen, die darauf hofften, ein paar Krümel zu ergattern. Ana gefiel der Trubel ebenso, wie sie die Ruhe und den Frieden ihres Gartens genoss.

Geduldig schob sie sich mit dem Wochenendverkehr vor. Als sie zum ersten Mal an Morganas Laden vorbeifuhr, ergab sie sich in die Tatsache, dass das königliche Wetter Touristen und Ansässige aus ihren Häusern gelockt hatte. Ein Parkplatz war heute wohl Mangelware. Anstatt sich darüber zu ärgern, dass sie ihren Wagen nie vor Morganas Laden würde abstellen können, bog sie drei Häuserblocks weiter in eine Seitenstraße ein.

Als sie gerade den Kofferraum öffnete, hörte sie das quengelige Weinen eines Kindes und das entnervte Zischeln der müden Eltern.

„Wenn du nicht sofort damit aufhörst, Timothy, gibt es heute gar nichts mehr. Das ist mein Ernst. Es reicht jetzt. Los, lauf endlich weiter, wir wollen ja heute noch weiterkommen, hörst du?"

Die Antwort des kleinen Timothy auf diese Aufforderung war, dass er wie ein Sack auf dem Bürgersteig zusammenfiel, und auch das Zerren der Mutter an dem schlaffen Arm half überhaupt nichts. Ana verkniff sich ein Lächeln, denn es war offensichtlich, dass die Eltern im Moment kein Auge für die Komik der Situation hatten. Die Arme voller Pakete und Einkaufstüten, waren ihre Mienen alles andere als belustigt.

Der arme Timothy steht kurz davor, sich eine Tracht Prügel einzufangen, dachte Ana, auch wenn es höchst unwahrscheinlich ist, dass er dadurch kooperativer wird. Daddy schob seine

Pakete bereits Mommy in den Arm und bückte sich mit verkniffenem Mund.

Es ist ja nichts Großes, dachte Ana. Und sie sehen alle so müde und unglücklich aus. Zuerst knüpfte sie das Band zum Vater, fühlte die Liebe, den Ärger und die Verlegenheit. Dann zum Kind – hier Verwirrung, Müdigkeit und tiefes Unglücklichsein, weil es den großen Stoffelefanten im Schaufenster gesehen und nicht bekommen hatte.

Ana schloss die Augen. Die Hand des Vaters holte aus, um dem Jungen einen Klaps auf den dick gepolsterten Windelpo zu geben, der Junge hielt die Luft an, bereitete sich darauf vor, einen gellenden Schrei ob dieser Erniedrigung auszustoßen.

Plötzlich seufzte der Vater, und seine Hand sank schlaff an seine Seite. Timothy blickte vorsichtig auf, mit rotem Gesicht und Tränen auf den heißen Wangen.

Der Vater ging in die Hocke und breitete die Arme aus. „Du bist müde, hm?"

Unter Schluckauf rappelte Timothy sich auf und schmiegte sich seinem Daddy in die Arme. „Durst", brachte er stockend hervor.

„Na schön, mein Großer." Die Hand des Vaters schwenkte zum Po des Kindes, aber nur, um ihn liebevoll zu tätscheln. „Warum gehen wir nicht alle zusammen in ein Café und trinken etwas Kühles?" Er warf seiner Frau, die am Ende ihrer Kräfte schien, ein aufmunterndes Lächeln zu. „Ihm fehlt nur sein Mittagsschläfchen, der braucht einfach mal eine kleine Pause."

Zusammen gingen sie davon, müde, aber entspannter.

Vor sich hin lächelnd, hob Ana den Kofferraumdeckel an. So ein Familienurlaub konnte ganz schön anstrengend sein. Beim nächsten Mal, wenn sie sich wieder anfauchen wollten, wäre Ana nicht in der Nähe, um zu helfen. Aber sie war ganz sicher, sie würden sich auch so irgendwie durchschlagen.

Ana warf sich die Schultertasche auf den Rücken und begann die Kisten auszuladen, Waren, die sie für Morgana zusammengestellt hatte – Potpourris, Duftöle, Körpercremes, winzige Duftkissen, Tonika, persönliche Parfüms.

Sechs Kartons insgesamt. Zuerst überlegte Ana, ob sie zweimal laufen sollte, doch dann entschied sie, dass sie, wenn sie die Kisten nur sorgfältig genug ausbalancierte, auch alles auf einmal tragen konnte.

Sie stapelte, schichtete, richtete aus. Es gelang ihr auch, mit dem Ellbogen den Deckel des Kofferraums zu schließen. Sie war einen halben Häuserblock weit gekommen, als sie anfing, sich zu verwünschen. Warum nur machte sie das immer wieder? Zweimal bequem gelaufen wäre viel einfacher gewesen als einmal schwierig. Die Kartons waren nicht unbedingt schwer, aber sperrig. Auf den Bürgersteigen tummelten sich die Ausflügler, und der Wind blies ihr das Haar ins Gesicht. Nur durch ein hektisches Ausweichmanöver gelang es ihr, eine Kollision mit einer Gruppe von Teenagern zu vermeiden. Ana fluchte innerlich über ihre Sturheit.

„Brauchen Sie Hilfe?"

Wütend auf sich selbst und unhöfliche Teenager im Allgemeinen, drehte sie sich um. Und da stand Boone. In lässiger Baumwollhose und Polohemd sah er einfach großartig aus. Jessie saß auf seinen Schultern und klatschte lachend in die Hände.

„Wir sind Karussell gefahren und haben ein Eis gegessen, und dann haben wir dich gesehen."

„Sieht aus, als würden Sie immer noch zu viel auf einmal tragen", bemerkte Boone trocken.

„Die Kisten sind nicht schwer. Das sieht nur so aus. In Wirklichkeit sind sie kinderleicht."

Er klopfte auf Jessies Schenkel, und auf das Zeichen hin glitt sie seinen Rücken hinunter. „Wir werden Ihnen ein paar davon abnehmen."

„Danke, aber es geht schon." Es war dumm und albern, Hilfe abzulehnen, die sie gut gebrauchen konnte. Aber sie hatte Boone die ganze Woche über erfolgreich gemieden, und es war ihr sogar – mehr oder weniger – gelungen, nicht an ihn zu denken. „Ich möchte Ihnen keine Umstände machen und Ihre Pläne durcheinanderbringen, Sie hatten sicher etwas anderes vor."

Boone sah seine Tochter an. „Wir haben eigentlich gar keine genauen Pläne, oder, Jessie?"

„Nöö. Wir bummeln nur ein bisschen. Heute ist nämlich unser freier Tag."

Ana konnte das Lächeln nicht zurückhalten, genauso wenig wie den besorgten Ausdruck in den Augen, als sie zu Boone sah. Er musterte sie in der für ihn typischen durchdringenden Art. Das Lächeln, das um seine Mundwinkel spielte, hatte weniger mit Humor, sondern eher mit einer Herausforderung zu tun.

„Ich hab's nicht mehr so weit", setzte Ana an und griff hastig nach einem Paket, das rutschen wollte. „Ich kann … wirklich, das geht schon …"

„Sehr schön." Ohne auf ihren Widerspruch einzugehen, nahm Boone ihr die Kartons aus dem Arm. Sein Blick ruhte auf ihr. „Wozu sind Nachbarn da?"

„Ich kann auch was tragen." Jessie wollte unbedingt helfen und hüpfte aufgeregt auf und ab.

„Danke." Ana händigte ihr die leichteste Kiste aus. „Die Sachen sind für den Laden meiner Cousine, nur ein Stückchen die Straße hinunter."

„Hat sie ihre Babys schon bekommen?", fragte Jessie, während sie gemeinsam weitergingen.

„Nein, noch nicht."

„Ich habe Daddy gefragt, wie es kommt, dass sie zwei Babys in ihrem Bauch hat, und er hat gesagt, dass es manchmal eben doppelt so viel Liebe gibt."

Wie soll irgendjemand einem solchen Mann widerstehen, fragte Ana sich. Ihre Augen waren warm und freundlich, als sie seinem Blick begegneten. „Ja, manchmal ist das so. Sie scheinen immer die richtige Antwort zu haben", murmelte sie Boone zu.

„Nicht immer." Er hätte nicht sagen können, ob er erleichtert oder verärgert war, dass er die Hände voller Kisten und Pakete hatte. Denn wären sie frei gewesen, hätte er dem Drang, Ana zu berühren, kaum widerstehen können. „Aber man sollte versuchen, die passende für den Moment zu finden. Wo haben Sie sich versteckt, Anastasia?"

Die Wärme in ihrem Blick verschwand. „Versteckt?"

„Ja, ich habe Sie seit Tagen nicht in Ihrem Garten gesehen. Sie schienen mir nicht der Typ zu sein, der sich so leicht einschüchtern lässt."

Da Jessie direkt vor ihnen herhüpfte, verkniff Ana sich die bissige Erwiderung, die ihr auf der Zunge lag. „Ich weiß nicht, was Sie meinen. Ich habe zu arbeiten. Wie so viele andere übrigens auch." Sie deutete mit dem Kopf auf die Kisten in seinem Arm. „Sie tragen gerade einiges von meiner Arbeit."

„So ist das also. Na, da bin ich ja froh, dass ich mich nicht habe hinreißen lassen, an Ihre Tür zu klopfen und zu fragen, ob Sie mir eine Tasse Zucker leihen können. Fast hätte ich es getan, aber dann schien es mir doch zu plump."

Sie warf ihm einen schiefen Seitenblick zu. „Ich weiß Ihre Zurückhaltung zu schätzen."

„Das sollten Sie auch."

Ana blies sich nur das Haar aus der Stirn und rief nach Jessie. „Gehen wir hier entlang, damit wir zur Hintertür herein können. An Samstagen herrscht normalerweise immer reger Betrieb im Laden, und ich möchte nicht durch den ganzen Laden laufen und die Kunden stören müssen."

„Was für ein Laden ist das eigentlich?", wollte Boone wissen.

„Oh." Ana lächelte wieder. „Dort wird alles Mögliche verkauft. Ich kann mir denken, dass Sie das Warensortiment interessant finden. Da sind wir schon." Sie deutete auf eine Tür, die von Terrakottatöpfen mit überquellenden blutroten Geranien flankiert war. „Kannst du bitte die Tür aufhalten, Jessie?"

„Klar." Ganz versessen darauf, herauszufinden, was hinter dieser Tür lag, schob Jessie die Tür auf und ließ ein begeistertes Jauchzen hören. „Sieh nur, Daddy!" Jessie setzte ihr Paket auf dem ersten sich bietenden freien Platz ab und stürzte auf die große weiße Katze zu, die auf einem Stuhl saß und sich putzte.

„Jessica!" Boones Ruf war knapp und entschieden und ließ seine Tochter mitten in der Bewegung innehalten. „Was habe ich dir über Tiere gesagt, die du nicht kennst?"

„Aber Daddy, er ist doch so schön. Ich will ihn doch nur ein bisschen streicheln."

„Sie", verbesserte Ana und stellte ihre Kisten ab. „Dein Vater hat recht, Jessie. Nicht alle Tiere mögen kleine Kinder."

Jessie juckte es in den Fingern, dieses dichte weiße Fell zu streicheln. „Mag sie denn Kinder?"

„Manchmal mag Luna überhaupt niemanden." Lachend kraulte Ana die Katze hinter den Ohren. „Aber wenn du sehr respektvoll zu ihr bist, gibt sie vielleicht ihr königliches Einverständnis, und dann kommt man sehr gut mit ihr aus." Ana lächelte Boone zuversichtlich zu. „Luna kratzt nicht. Wenn sie genug hat, stolziert sie einfach davon."

Heute war Luna offensichtlich in der Stimmung, sich ein paar Aufmerksamkeiten gefallen zu lassen. Sie rieb ihren Kopf an Jessies ausgestreckter Hand.

„Sie mag mich!" Jessie lachte glücklich. „Daddy, sieh, sie mag mich!"

„Ja, ich sehe es."

„Morgana hat normalerweise immer etwas Kühles zu trinken hier hinten." Ana öffnete den kleinen Kühlschrank. „Möchten Sie etwas?"

„Gern." Eigentlich hatte er keinen Durst, aber das Angebot bot ihm die Chance, noch länger zu bleiben. Er lehnte sich an die Küchenanrichte und betrachtete Ana, die Gläser hervorholte. „Zum Laden geht's da durch?"

Er zeigte auf eine Tür, und Ana nickte. „Und der Lagerraum ist da. Das meiste von dem, was Morgana verkauft, sind Einzelstücke, ihr Lager ist nicht groß."

Boone griff über Anas Schulter nach der Rosmarinpflanze, die in einem Topf auf der Fensterbank wuchs, und rieb die aromatischen Blätter zwischen den Fingern. „Sie verkauft also Kräuter und solches Zeug?"

Ana ignorierte bemüht die Tatsache, dass er ihr viel zu nahe war. Sie konnte den Duft der See an ihm riechen, wahrscheinlich hatte er mit seiner Tochter die Möwen gefüttert. „So ungefähr." Sie drehte sich um und drückte ihm ein Glas in die Hand. „Hier. Limonade. Morgana hat sie selbst gemacht."

„Danke." Er wusste, es war nicht gerade fair und wahrscheinlich höchst unvernünftig, aber er blieb stehen, wo er war, und rührte sich nicht vom Fleck. Ana musste den Kopf in den Nacken legen, um ihn ansehen zu können. „Das wäre vielleicht auch ein gutes Hobby für Jessie und mich. Vielleicht könnten Sie uns zeigen, wie man Kräuter anbaut."

„Es ist nicht anders als bei allen anderen lebenden Dingen." Es kostete sie Mühe, ihre Stimme neutral und fest zu halten, wenn das Atmen so schwierig war. „Man braucht Sorgfalt, Umsicht und Aufmerksamkeit. Boone, Sie stehen mir im Weg."

„Das hoffe ich doch." Die Augen intensiv auf ihr Gesicht gerichtet, legte er eine Hand an ihre Wange. „Anastasia, ich denke wirklich, wir müssen miteinander ..."

„Abgemacht ist abgemacht, Schatz." Eine energische Stimme drang von der Tür herüber, als diese geöffnet wurde. „Alle zwei Stunden regelmäßig eine Viertelstunde hinsetzen."

„Aber das ist doch lächerlich", kam die Erwiderung. „Himmel, du tust gerade so, als wäre ich die einzige Frau auf der

Welt, die je schwanger war." Mit einem Seufzer trat Morgana in den Raum. Sie zog die Brauen hoch, als sie das Trio erblickte – vor allem über die Art, wie Boone Sawyer ihre Cousine in eine Zimmerecke gedrängt hatte. Kaum zu glauben.

„Du bist die einzige schwangere Frau in meiner Welt …" Nash brach ab. „He, Ana, du kommst genau richtig. Sag du Morgana, dass sie es langsam angehen lassen soll. Und wenn du schon mal hier bist, kannst du auch gleich …" Er warf einen Blick auf den Mann neben ihr, dann erschien ein breites Grinsen auf seinem Gesicht. „Boone? Das gibt's doch nicht! Boone Sawyer, du verdam…"

Er hielt sich gerade noch rechtzeitig zurück, hauptsächlich wohl deshalb, weil Morgana ihm mit Hinblick auf die Anwesenheit eines kleinen Mädchens den Ellbogen in die Rippen gestoßen hatte. Also durchschritt Nash mit großen Schritten den Raum, griff Boones Hand und versetzte ihm in typisch männlicher Art einen satten Schlag auf die Schulter. „Was machst du denn hier?"

„Ich bringe eine Warenlieferung vorbei, glaube ich." Grinsend drückte Boone Nashs Hand. „Und du?"

„Ich versuche, meine Frau zu bändigen. Gott, wie lange ist das jetzt her? Vier Jahre?"

„So in etwa."

Morgana legte beide Hände auf ihren Leib. „Ihr zwei kennt euch anscheinend."

„Und ob wir das tun. Boone und ich haben uns auf einer Autorenkonferenz kennengelernt. Das war vor ungefähr zehn Jahren, stimmt's? Mensch, ich hab dich nicht mehr gesehen, seit …" Seit Alices Beerdigung, hatte Nash sagen wollen. Er erinnerte sich nur zu gut an die Verzweiflung, die Trauer, die Fassungslosigkeit in Boones Blick, als er neben dem Grab seiner Frau stand. „Wie geht es dir denn?"

„So weit ganz gut." Boone hatte verstanden. „Uns beiden geht es gut."

„Das ist schön." Eine Hand auf Boones Schulter, drückte er noch einmal fest die Hand seines Freundes und drehte sich dann zu Jessie um. „Du musst Jessica sein."

„Ja." Die Kleine, immer begeistert, neue Menschen kennenzulernen, strahlte Nash an. „Und wer bist du?"

„Ich bin Nash." Er ging vor ihr in die Hocke. Außer den Augen war Jessica das Spiegelbild ihrer Mutter. Unbeschwert und heiter, hübsch wie eine kleine Elfe. Er hielt ihr ganz formell die Hand hin. „Freut mich, dich kennenzulernen."

Sie kicherte und schüttelte die dargebotene Hand. „Hast du die Babys in Morganas Bauch getan?"

Für einen Moment war er sprachlos, dann lachte er. „Du hast es erraten. Aber ich überlasse es Ana, sie da rauszuholen. Also, erzählt mal, was macht ihr zwei denn in Monterey?"

„Wir leben jetzt hier", klärte Jessie ihn auf. „In dem Haus direkt neben Ana."

„Im Ernst?" Nash grinste breit in Boones Richtung. „Seit wann das denn bloß?"

„Jetzt knapp über eine Woche. Ich hatte schon gehört, dass du hergezogen seist. Ich hätte mich bei dir gemeldet, wenn die Umzugskartons alle ausgepackt gewesen wären. Allerdings wusste ich nicht, dass du die Cousine meiner Nachbarin geheiratet hast."

„Die Welt ist klein und voller Überraschungen, nicht wahr?" Morgana sah mit schief gelegtem Kopf zu Ana. Es war ihr nicht entgangen, dass ihre Cousine bisher kein einziges Wort gesagt hatte. „Da anscheinend niemand mich vorstellen will, werde ich es wohl selbst tun müssen. Ich bin Morgana."

„Entschuldige, Schatz." Nash schob Jessie bequemer auf seine Hüfte. „Komm, setz dich."

„Ich kann durchaus …"

„Setz dich." Das kam von Ana, die einen Stuhl hervorzog.

„Überstimmt." Seufzend ließ sich Morgana auf dem Stuhl nieder. „Gefällt es Ihnen in Monterey?", fragte sie Boone.

235

„Sehr." Boones Blick glitt automatisch zu Ana. „Mehr, als ich erwartet hatte."

„Ich finde es schön, wenn ich mehr bekomme, als ich erwarte." Lachend rieb Morgana über ihren gewölbten Leib. „Wir müssen uns bald alle mal zusammensetzen. Dann können Sie mir Dinge über Nash erzählen, von denen er nicht will, dass ich sie erfahre."

„Schatz, du weißt doch, ich bin ein offenes Buch." Nash küsste seine Frau aufs Haupt und blinzelte Ana zu. „Sind das die Sachen, auf die Morgana gewartet hat?"

„Ja, alles da."

Froh, endlich etwas zu haben, mit dem sie sich ablenken konnte, wandte Ana sich zu dem Stapel Kisten um. „Ich pack's für dich aus, Morgana. Hier, probier diese Veilchen-Körperlotion aus, bevor du sie in den Laden stellst. Ich habe auch extra mehr von dem Seifenkraut-Shampoo mitgebracht."

„Gut, denn es ist alles ausverkauft." Morgana nahm die Körperlotion und drehte den Verschluss auf. „Hm, herrlicher Duft." Sie gab sich etwas auf den Handrücken und verrieb es. „Fühlt sich gut auf der Haut an."

„Aus Veilchen und Irisch Moos." Ana sah von der Kiste auf. „Nash, warum zeigst du Jessie und Boone nicht den Laden?"

„Gute Idee. Ich denke, du wirst hier vieles finden, das dich interessieren wird", sagte Nash zu Boone.

Boone warf Ana noch einen Blick über die Schulter zu. „Anastasia, nicht wegrennen."

„Na, da schau her." Morgana lehnte sich auf dem Stuhl zurück und blickte so zufrieden drein wie die Katze, die den Sahnetopf ausschleckt. „Willst du mich aufklären?"

Heftiger als nötig riss Ana an dem Klebeband des nächsten Kartons. „Worüber?"

„Über dich und diesen umwerfenden Nachbarn, natürlich. Kannst du dir das nicht denken?"

„Da gibt es nichts aufzuklären."

„Liebes, ich kenne dich. Als ich diesen Raum betrat, warst du so von ihm hypnotisiert, dass ich einen Tornado hätte heraufbeschwören können, und dir wäre es nicht einmal aufgefallen."

Ana holte geflissentlich Fläschchen und Tiegel aus der Kiste. „Mach dich nicht lächerlich. Du hast keinen Tornado mehr heraufbeschworen, seit wir den ‚Zauberer von Oz‘ das erste Mal gesehen haben."

„Ana." Morganas Stimme war warm und fest. „Ich liebe dich."

„Ich weiß. Ich liebe dich auch."

„Du warst noch nie nervös. Vielleicht fasziniert es mich deshalb so sehr zu sehen, wie fahrig du bist. Und es sorgt mich auch."

„Ich bin nicht nervös." Sie ließ zwei Fläschchen fallen und zog eine Grimasse. „Okay, okay, ich geb's zu. Ich muss einfach nur gründlich nachdenken." Sie drehte sich zu Morgana um. „Ja, er macht mich nervös. Das liegt daran, dass ich mich zu ihm hingezogen fühle. Aber ich muss nachdenken."

„Worüber?"

„Wie ich damit umgehe. Mit ihm, meine ich. Ich habe nicht vor, den gleichen Fehler noch einmal zu begehen, besonders da alles, was sich zwischen mir und Boone abspielt, auch Jessie betrifft."

„Ach, Liebes, bist du etwa dabei, dich in ihn zu verlieben?"

„Das ist doch absurd." Zu spät bemerkte Ana, dass sie diese Möglichkeit viel zu heftig abgestritten hatte, um noch glaubwürdig zu wirken. „Ich bin eben nur aufgekratzt, das ist alles. Es hat schon lange keinen Mann mehr gegeben, der so auf mich wirkt. So körperlich, meine ich. Seit …" Noch nie, nie zuvor. Und sie fürchtete, dass es auch nie wieder so passieren würde. „Seit … langer Zeit eben."

Morgana streckte ihrer Cousine die Hände entgegen. „Sebastian und Mel kommen in zwei Tagen aus den Flitterwochen zurück. Warum bittest du Sebastian nicht, nachzusehen? Es würde dich bestimmt beruhigen, wenn du es weißt."

Entschieden schüttelte Ana den Kopf. „Nein. Nicht, dass ich nicht auch schon daran gedacht hätte. Aber ich will, dass das, was auch immer geschehen mag, zu fairen Bedingungen geschieht. Das Wissen würde mir einen Vorteil über Boone verschaffen, und das wäre unfair. Ich habe das Gefühl, dass faire Bedingungen wichtig sind, für uns beide."

„Du wirst es am besten wissen. Aber lass mich dir etwas sagen, von Frau zu Frau." Um ihre Lippen spielte ein Lächeln. „Und von Hexe zu Hexe. Es macht keinen Unterschied, ob man das Wissen besitzt oder nicht, wenn ein Mann erst einmal dein Herz berührt hat. Nicht den geringsten."

Ana nickte. „Dann werde ich darauf achten müssen, dass er meines nicht anrührt, bis ich bereit bin."

„Das ist unglaublich", stieß Boone aus und ließ seinen Blick durch „Wicca" schweifen. „Einfach unglaublich."

„Genau das habe ich auch gedacht, als ich das erste Mal hier hereinkam." Nash nahm einen Kristallstab auf, an dessen Ende ein Amethyst aufgesetzt war. „Ich vermute, Leute aus unserem beruflichen Umfeld sind besonders für dieses Zeug hier zu begeistern."

„Märchen." Boone nahm den Stab von Nash entgegen und wandte seine Aufmerksamkeit dann der Bronzestatue zu, die einen zähnebleckenden Wolf darstellte. „Oder diejenigen, die sich mit dem Okkulten beschäftigen. Dazwischen liegt nur eine sehr feine Trennlinie. Dein letzter Film hat mir übrigens eine Gänsehaut verpasst, genau wie er mich zum Lachen gebracht hat."

Nash grinste. „Es liegt immer auch Humor im Horror."

„Niemand kann das besser als du." Boone sah zu Jessie hinüber. Sie stand vor einem silbernen Miniaturschloss, über dem sich ein Regenbogen aus klarem Kristall spannte und das Licht in allen Farben reflektierte. Sie rührte sich nicht, stand nur andächtig da und hatte die Hände hinter dem Rücken verschränkt. „Hier komme ich nicht heraus, ohne etwas mitzunehmen."

„Sie ist wunderhübsch", sagte Nash und dachte, wie so oft, an die Kinder, die er bald selbst haben würde.

„Sie sieht aus wie ihre Mutter." Boone sah die Frage im Blick seines Freundes. „Trauer vergeht, Nash, ob du es willst oder nicht. Alice war ein wunderbarer Teil meines Lebens, und sie hat mir das größte Geschenk überhaupt gemacht. Ich bin dankbar für jeden einzelnen Moment, den ich mit ihr verbringen durfte." Er legte den Kristallstab ab. „Aber jetzt will ich wissen, wie es kommt, dass der eingefleischteste Junggeselle der Welt verheiratet ist und auf die Geburt von Zwillingen wartet."

„Forschungsarbeit." Nash wippte grinsend auf den Fersen vor und zurück. „Ich wollte aus L. A. raus, aber in erträglicher Entfernung zum Pendeln. Ich war erst kurz hier, als ich Informationen für mein Skript brauchte. Ich kam in diesen Laden, und da war sie."

Natürlich war das lange nicht alles. Es gab noch viel mehr. Aber es lag nicht bei Nash, Boone über das Erbe der Donovans aufzuklären. Selbst dann nicht, wenn die Chance bestanden hätte, dass Boone ihm das abnehmen würde.

„Wenn du dich entschließt, von der Klippe zu springen, dann hält dich wohl nichts zurück, was?"

„Dich doch aber auch nicht, oder? Indiana ist ziemlich weit weg, soweit ich weiß."

„Ich wollte ja auch nicht pendeln", bemerkte Boone mit einem schiefen Grinsen. „Meine Eltern, Alices Eltern … Jessie und ich wurden immer mehr zu ihrer Lebensaufgabe. Deshalb wollte ich etwas verändern, für uns beide."

„Und ziehst direkt neben Ana ein, was?" Nash kniff die Augen zusammen. „Das große Holzhaus, mit all dem Glas und der riesigen Veranda?"

„Genau das."

„Großartige Wahl." Nash sah wieder zu Jessie hinüber. Sie war durch den ganzen Laden geschlendert und wieder bei dem kleinen Schloss angelangt. Sie hatte kein Wort gesagt, nicht einen Ton davon, wie sehr sie es haben wollte, und das machte die Sehnsucht in ihrem Blick umso wirkungsvoller. „Wenn du es nicht für sie kaufst, werde ich es tun."

Als Ana in den Laden kam, um die Regale aufzufüllen, sah sie, wie nicht nur das silberne Schloss, sondern auch ein Kristallstab, die fast ein Meter hohe Statue einer geflügelten Fee – auf die sie selbst schon ein Auge geworfen hatte –, ein kristallener Sonnenfänger in Form eines Einhorns, ein Zauberer aus Zinn, der eine Kristallkugel in seiner Hand hielt, und eine Geode von der Größe eines Baseballs an der Kasse abgerechnet wurden.

„Wir sind schwach", sagte Boone mit einem schiefen Grinsen auf Anas erstaunt hochgezogene Augenbrauen hin. „Absolut keine Willenskraft."

„Aber einen äußerst erlesenen Geschmack." Sie strich mit den Fingern über die Flügel der Fee. „Sie ist doch wunderbar, nicht wahr?"

„Die Beste, die ich je gesehen habe. Ich denke mir, ich stelle sie in mein Arbeitszimmer, als Inspiration. Sie wird ihre Schönheit dort entfalten."

„Eine gute Idee." Sie schaute in die kleine Schale, die alle möglichen Kristalle enthielt. „Malachit, für klares Denken." Mit dem Finger rührte sie vorsichtig in den geschliffenen Steinen, überlegte, verwarf, traf eine Wahl. „Sodalith gegen Verwirrung, Mondstein für die Sensibilität. Und natürlich Amethyst, für die Intuition."

„Natürlich."

Sie ignorierte ihn. „Ein Kristall für alle guten Dinge." Sie neigte leicht den Kopf und studierte ihn. „Jessie sagte, Sie wollen mit dem Rauchen aufhören?"

Er zuckte die Achseln. „Ich versuche, es nach und nach einzuschränken."

Sie gab ihm einen Kristall. „Hier, tragen Sie den in Ihrer Tasche. Die Steine gehen aufs Haus." Als sie mit ihren Fläschchen und Tiegeln weiterging, rieb er den Stein zwischen den Fingern. Na schön. Schaden würde es wohl nicht. Und es war ein Geschenk von ihr.

Er glaubte weder an magische Kristalle noch an eine Kraft in Steinen – obwohl sich sicherlich eine gute Geschichte daraus machen lassen würde. Boone musste auch zugeben, dass sie eigentlich ganz nett aussahen, wie sie da so in einer kleinen Schale auf seinem Schreibtisch standen. Atmosphäre, dachte er, genau wie die Geode, die er als Briefbeschwerer benutzte.

Alles in allem war es ein sehr ergiebiger und angenehmer Nachmittag gewesen. Er und Jessie hatten sich prächtig amüsiert. Karussell, Eiscreme, auf der Cannery Row und am Fisherman's Wharf entlangschlendern. Dass sie Ana getroffen hatten, war ein zusätzlicher Bonus gewesen. Und herauszufinden, dass Nash praktisch nur einen Steinwurf entfernt lebte, war einfach unbezahlbar.

Ihm fehlte männliche Gesellschaft. Komisch, das war ihm gar nicht so richtig bewusst geworden. Die letzten Monate waren mehr als hektisch gewesen, mit der Planung und dem tatsächlichen Umzug. Mit dem Einleben an einem neuen Ort. Und Nash, obwohl ihre Freundschaft während der letzten Jahre hauptsächlich über Korrespondenz weitergeführt worden war, war genau die Art Mann, die Boone bevorzugte. Unbeschwert, lässig, loyal, einfallsreich – sie hatten sich auf Anhieb verstanden.

Es würde ihm diebischen Spaß machen, Nash ein paar Ratschläge zu geben, wenn seine Zwillinge auf der Welt waren – sozusagen von Vater zu Vater.

Oh ja, dachte er und fischte den Mondstein aus der Schale, um ihn gegen das Licht zu halten, die Welt war wirklich klein

241

und voller Überraschungen. Sein ältester und bester Freund, verheiratet mit der Cousine der Nachbarin. Jetzt würde es sehr schwierig für Ana werden, ihm aus dem Weg zu gehen.

Denn ganz gleich, was sie auch behauptete – genau das hatte sie getan. Er hatte das sichere Gefühl – er gestand sich ein, dass er sehr zufrieden darüber war –, dass er die holde Maid von nebenan verdammt nervös machte.

Er hatte schon fast vergessen, wie es war, wenn eine Frau leicht errötete oder verlegen den Blick abwandte. Oder wenn der Puls an ihrem Hals deutlich sichtbar zu pochen begann. Die meisten Frauen, deren Begleitung er in den letzten Jahren genossen hatte, waren allesamt sehr gewandt und elegant gewesen – und daher absolut ungefährlich, fügte er mit einem stillen Lächeln hinzu. Er hatte sich in ihrer Gesellschaft wohl gefühlt, aber da war nichts Geheimnisvolles gewesen.

Wahrscheinlich war er einfach ein Mann, den die altmodische Art mehr anzog. Der Rosen-und-Mondschein-Typ, dachte er mit einem leisen Lachen.

Und dann sah er sie, und das Lachen blieb ihm im Hals stecken.

Sie war in ihrem Garten, ging, nein, schwebte durch das silbrige Licht, die graue Katze neben sich, die immer wieder in die Schatten eintauchte. Das Haar fiel ihr offen über die bloßen Schultern, schimmerte wie Goldstaub auf dem blassblauen Kleid. Sie trug einen Korb an ihrem Arm, und er glaubte, sie singen zu hören, als sie Blumen schnitt und in den Korb legte.

Sie sang ein uraltes Lied, das von Generation zu Generation weitergegeben wurde. Es war nach Mitternacht, und Ana glaubte sich allein und unbeobachtet. Die erste Vollmondnacht im Herbst war die Nacht, um zu ernten. So wie die erste Vollmondnacht im Frühling die Nacht war, um zu säen. Sie hatte bereits den Kreis gezogen, der das Areal reinigte.

So sanft und vorsichtig, als wären es Kinder, legte sie Blumen und Kräuter in den Korb.

In ihren Augen war Magie. In ihrem Blut war Magie.

„Im Mondschein, in Schatten und Licht, es sind diese Blüten, die ich erwähle, weil sie die Kraft in sich hüten. Die Kraft zu heilen und die Macht zu befreien. Genau wie ich, denn so soll es sein."

Sie pflückte Betonie und Vanille, grub Alraunen aus und wählte Wurmkraut und Balsam, Rosen und dann noch etwas Salbei.

„Heut' Nacht, um zu ernten, morgen Nacht, um zu säen. Nur das nehmen, was durch meiner Hände Arbeit entstand. Immer im Gedenken, zu welchem Zweck. Auf dass niemand zu Schaden komme."

Nachdem sie die Beschwörung gesprochen hatte, vergrub sie das Gesicht in den Blumen und atmete tief den würzigen Duft ein.

„Ich habe mich ernsthaft gefragt, ob Sie echt sind."

Ihr Kopf zuckte hoch, und dann sah sie ihn, nur ein Schatten bei der dunklen Hecke. Er trat durch diese Hecke und wurde zu einem Mann.

Ihr Herz, das ihr bis zum Hals schlug, beruhigte sich langsam wieder. „Sie haben mich erschreckt."

„Das tut mir leid." Es musste am Mondlicht liegen, dass sie so ... so wie verzaubert aussah. „Ich habe noch spät gearbeitet, und als ich aus dem Fenster sah, erkannte ich Sie. Ein bisschen spät, um Blumen zu pflücken."

„Der Mond scheint doch hell." Ana lächelte. Er hatte nichts gesehen, was er nicht hätte sehen dürfen. „Ich hätte erwartet, Sie wüssten, dass allem, was im Mondlicht gepflückt wird, Zauberkräfte innewohnen."

Er erwiderte ihr Lächeln. „Haben Sie vielleicht auch Rapunzeln dabei?"

Sie lachte über die Anspielung auf das grimmsche Märchen. „Um genau zu sein, ja. Rapunzeln dürfen in keinem Zaubergarten fehlen. Ich werde Ihnen ein paar Pflanzen eintopfen, wenn Sie möchten. Sie können sich gerne auch andere Pflanzen aussuchen."

„Zu Magie sage ich nie Nein." Die Brise spielte so verführerisch mit ihrem Haar. Er ergab sich dem Moment und griff mit den Fingern hinein. Er sah, wie das Lachen in ihren Augen erstarb, Platz für etwas anderes machte, das sein Blut zum Sieden brachte.

„Sie sollten besser zurückgehen. Jessie ist doch allein im Haus."

„Sie schläft." Er kam näher, gerade so, als wäre ihr Haar ein Seil, an dem er zu ihr herangezogen wurde. Er war jetzt in dem Kreis, innerhalb der Magie, die sie beschworen hatte. „Die Fenster stehen offen, ich kann es hören, sollte sie mich rufen."

„Es ist spät." Ana umfasste den Korb so fest, dass die Weiden in ihre Hände stachen. „Ich muss …"

Sanft nahm er ihr den Korb ab und stellte ihn auf die Erde. „Ich auch." Mit einer Hand strich er ihr über Haar und Gesicht. „Dringend sogar."

Als er den Kopf beugte und seinen Mund näher und näher an ihren heranbrachte, erschauerte sie und versuchte ein letztes Mal, die Kontrolle zu behalten. „Boone, wenn Sie und ich etwas miteinander beginnen, könnte das die Dinge für uns alle komplizieren."

„Vielleicht bin ich es ja leid, dass alles so einfach ist." Er drehte den Kopf, nur ein wenig, strich mit den Lippen über ihre Wange, hinauf zu ihrer Schläfe. „Es überrascht mich, dass Sie es nicht wissen. Einem Mann bleibt gar keine andere Wahl, als eine Frau zu küssen, wenn sie im Mondlicht Blumen pflückt."

Sie spürte, wie ihr Widerstand dahinschmolz. „Und sie hat keine andere Wahl, als ihn gewähren zu lassen und sich zu ergeben."

Ihr Kopf fiel zurück, sie lud ihn ein. Er hatte sich vorgenommen, sacht zu sein, sanft das zu nehmen, was sie ihm darbot. Die Nacht schien dafür wie geschaffen, mit ihren Aromen und Düften und der leisen Musik des Wassers, das an die Felsen schlug. Die Frau in seinen Armen war schlank und zart, und die feine Seide ihres Kleides streichelte kühl die samtweiche Haut.

Doch als er fühlte, wie er in dem weichen, üppigen Mund versank, als ihr Duft ihn verführerisch einhüllte, da zog er sie hart an sich und ergriff fordernd Besitz.

Leidenschaft, Verlangen, Hunger. Sie kamen so prompt, von einem Sekundenbruchteil zum anderen. Nicht ein vernünftiger Gedanke drang durch diesen dichten Dunst aus Gefühlen, den sie ihm brachte. Die scharfe Spitze der Begierde durchstieß ihn, ließ ihn einen Laut ausstoßen, der nur teilweise Wonne ausdrückte.

Schmerz. Er spürte ihn wie tausend Nadeln. Und doch konnte er sich nicht von ihr lösen, konnte sich nicht dazu bringen, den Mund von ihren Lippen zu nehmen. Er hatte Angst. Angst, sie würde sich in Rauch auflösen, wenn er sie losließ. Angst, er würde nie wieder so fühlen.

Sie konnte es nicht besänftigen, nicht lindern. Ein Teil von ihr wollte ihn beruhigend streicheln, wollte es ihm leichter machen und ihm versprechen, dass alles in Ordnung kommen würde, für sie beide. Aber sie konnte nicht. Er hatte sie völlig niedergeschmettert. Ob es ihr eigenes Begehren war, der Widerhall seiner Leidenschaft, der sie einhüllte, oder beides, sie wusste es nicht. Doch das Resultat war der komplette Verlust von Vernunft und Willenskraft.

Sie hatte es gewusst. Ja, vom ersten Augenblick an war sie sicher gewesen, dass diese erste Zusammenkunft wild und ungestüm sein würde. Sie hatte sich danach gesehnt, so wie sie sich davor gefürchtet hatte. Jetzt befand sie sich jenseits von Angst. So wie auch er, konnte sie dieser Mischung aus Schmerz und Lust nicht widerstehen.

Ihre zitternden Hände glitten zu seinem Gesicht, höher zu seinem Haar, griffen hinein. Ihr Körper, von Schauern gepackt, presste sich an seinen. Als sie seinen Namen an seinen Lippen hauchte, war sie atemlos.

Aber er hörte sie, hörte sie, als tönte ihre sanfte Stimme direkt in seinem Kopf. Sie zitterte, aber vielleicht war auch er es, der zitterte. Diese Ungewissheit irritierte ihn, und langsam, vorsichtig, machte er sich von ihren Lippen los.

Er hielt sie fest, seine Hände auf ihren Schultern, sein Blick auf ihrem Gesicht. Im Mondlicht konnte sie sich in seinen Augen erkennen, in diesen blauen Meeren. Gefangen in ihnen.

„Boone …"

„Nein, nicht." Er brauchte den Moment, um sich zu fassen. Mein Gott, er hätte sie fast ganz genommen. „Noch nicht." Er küsste sie, ein zärtlicher, langer Kuss, der das, was immer von ihrem Widerstand übrig geblieben sein mochte, endgültig zerstörte. „Ich wollte dir nicht wehtun."

„Das hast du nicht." Sie presste die Lippen zusammen. „Du hast mich verwirrt."

„Ich hatte geglaubt, vorbereitet zu sein." Er strich mit der Hand über ihren Arm, bevor er sie freigab. „Jetzt frage ich mich, ob man überhaupt je auf so etwas vorbereitet sein kann." Weil er nicht sicher war, was passieren würde, wenn er sie wieder berührte, vergrub er beide Hände in den Hosentaschen. „Vielleicht liegt es am Mond, vielleicht an dir. Ich will offen sein, Anastasia. Ich habe keine Ahnung, wie ich damit umgehen soll. Ich bin einfach nur vollkommen verwirrt."

„Nun." Sie schlang die Arme um ihren Körper. „Dann sind wir schon zu zweit."

„Wenn Jessie nicht wäre, würdest du heute nicht allein in dieses Haus zurückgehen. Und ich gehe nie leichtfertig mit Intimität um."

Etwas ruhiger, nickte sie. „Wenn Jessie nicht wäre, würde ich dich bitten, heute Nacht bei mir zu bleiben." Sie holte tief Luft. Es war wichtig, ehrlich zu sein. „Es wäre das erste Mal für mich."

„Dein erstes …" Bei dem Gedanken an ihre Unschuld überkam ihn Angst – und eine unglaubliche Erregung.

Ihr Kinn schoss hoch. „Ich schäme mich nicht deswegen."

„Nein, das meinte ich nicht …" Sprachlos, fassungslos, fuhr
er sich durch das Haar. Unschuldig. Eine Jungfrau mit goldenen Haaren in einem seidenen Kleid, einen Korb mit Blumen
zu ihren Füßen. Und diesem Bild sollte ein Mann widerstehen
und allein nach Hause gehen. „Ich nehme an, du hast keine
Ahnung, was das einem Mann antut."

„Nein, ich bin schließlich kein Mann." Ana bückte sich nach
ihrem Korb. „Aber ich weiß, dass ich bald erfahren werde,
was es für eine Frau heißt, sich zum ersten Mal hinzugeben.
Deshalb scheint es mir angebracht, dass wir beide sehr genau
darüber nachdenken." Sie lächelte, versuchte es zumindest.
„Es ist sehr schwer, klar zu denken, wenn Vollmond ist und
die Blumen in voller Blüte stehen. Deshalb sage ich jetzt Gute
Nacht, Boone."

„Ana." Er berührte ihren Arm, aber er hielt sie nicht.
„Nichts wird geschehen, wenn du es nicht willst."

Sie schüttelte den Kopf. „Doch. Aber nichts wird geschehen, wenn es nicht sein soll."

Das Kleid wehte hinter ihr her, als sie mit schwebenden
Schritten auf ihr Haus zueilte.

Der Schlaf hatte lange nicht kommen wollen. Boone wälzte sich nicht im Bett, er starrte im Dunkeln an die Decke. Er hatte zugesehen, wie das Mondlicht verblasste und der Dämmerung des neuen Morgens Platz machte.

Jetzt, da die Sonne hoch am Himmel stand und Lichtbänder auf das Bett warf, lag er ausgestreckt auf dem Bauch, das Gesicht in den Kissen, und schlief tief und fest. Im Traum hob er Ana auf seine Arme, trug sie eine schier endlose weiße Wendeltreppe aus Marmor empor. Oben, über bauschigen weißen Wolken, schwebte ein riesiges Bett, umgeben von Kaskaden aus weißem Satin. Hunderte von langen, schlanken Kerzen flackerten, strömten ihren Duft aus. Vanille, Jasmin ... er konnte es riechen. So wie er ihren Duft wahrnahm, diesen stillen, verführerischen Duft, der ihr folgte, wo immer sie auch hinging.

Sie lächelte. Das Haar wie Sonnenlicht. Die Augen wie Rauch. Als er sie auf das Bett legte, sanken sie zusammen tief ein, als lägen sie auf Wolken. Harfentöne erklangen, romantisch, ergreifend, und ein leises Flüstern, hauchzart wie die Wolken selbst ...

„Daddy!"

Boone erwachte mit einem Schlag, als seine Tochter sich auf seinen Rücken warf. Sein unverständliches Knurren brachte sie zum Kichern. Sie beugte sich vor und pflanzte einen dicken Kuss auf seine stoppelige Wange.

„Daddy, wach endlich auf. Ich habe schon Frühstück für dich gemacht."

„Frühstück?" Er brummte ins Kissen, versuchte den Schlaf abzuschütteln und die Bilder des Traums zu verscheuchen. „Wie spät ist es?"

„Der kleine Zeiger steht auf der Zehn, und der große Zeiger auf der Drei. Ich habe Zimttoast gemacht und Orangensaft in die kleinen Gläser eingeschüttet. Das schmeckt dir doch immer."

Brummend drehte er sich auf den Rücken und schaute Jessie aus verschlafenen Augen an. Sie sah frisch aus wie der junge Morgen, in ihrer pinkfarbenen Bluse und den pinkfarbenen Shorts. Die Knöpfe waren falsch geknöpft, aber sie hatte sich gekämmt. „Wie lange bist du denn schon auf?"

„Schon Stunden! Ich habe Daisy nach draußen gelassen und sie gefüttert. Dann habe ich mich angezogen und mich gewaschen und mir die Zähne geputzt und mich gekämmt. Dann habe ich mir Cartoons angesehen. Und als ich hungrig geworden bin, habe ich Frühstück gemacht."

„Du warst also schon richtig fleißig."

„Ja, und ich war auch ganz leise, damit du ganz bestimmt ausschlafen kannst."

„Stimmt." Boone machte sich daran, ihre Knöpfe zu richten. „Dafür hast du eine Belohnung verdient."

„Wirklich?" Ihre Augen leuchteten auf. „Was kriege ich denn?"

„Wie wär's mit einem pinkfarbenen Bauch?" Boone rollte sich mit ihr auf dem Bett herum, bis sie vor lauter Lachen und Quietschen ganz außer Atem war. Er ließ sie gewinnen, täuschte völlige Erschöpfung vor, als sie auf seinem Rücken saß und auf und ab hüpfte. „Gegen dich habe ich einfach keine Chance."

„Weil ich mein Gemüse immer aufesse und du nicht."

„Wenn du dreiunddreißig bist, musst du den Rosenkohl auch nicht mehr aufessen."

„Aber mir schmeckt Rosenkohl."

Er grinste ins Kissen. „Das kommt daher, weil ich ein so guter Koch bin. Meine Mutter war eine lausige Köchin."

„Jetzt kocht sie gar nicht mehr. Sie und Grandpa Sawyer gehen immer aus zum Essen."

„Weil Grandpa Sawyer ein kluger Mann ist."

„Du hast gesagt, wir können sie heute anrufen, und Nana und Pop auch. Können wir?"

„Sicher. Nachher." Er drehte sich wieder um und musterte seine Tochter. „Vermisst du sie, Baby?"

„Ja." Jessie steckte die Zunge zwischen die Zähne und schrieb konzentriert mit einem Finger den Namen „Sawyer" auf seine Brust. „Es ist schon komisch, dass sie nicht hier sind. Werden sie uns besuchen kommen?"

„Auf jeden Fall." Das Schuldgefühl gehörte wohl mit zum Elternsein. „Wärst du lieber in Indiana geblieben?"

„Nie!" Ihre Augen wurden groß. „Da gibt es keinen Strand und keine Robben und auch nicht das große Karussell und keine Ana. Das hier ist der schönste Ort der Welt!"

„Ja, mir gefällt es hier auch." Boone setzte sich auf und gab seiner Tochter einen Kuss. „Und jetzt zisch ab, damit ich mich anziehen kann."

„Kommst du gleich runter?"

„Aber ja. Ich habe so großen Hunger, dass ich bestimmt Hunderte von Zimttoasts verschlingen könnte."

Entzückt hüpfte sie zur Tür. „Dann mache ich gleich noch viel mehr."

Da er wusste, dass sie ihn beim Wort nehmen würde, beeilte Boone sich mit dem Duschen und verzichtete aufs Rasieren. Über den Traum wollte er nicht nachdenken. Er war sowieso einfach genug zu durchschauen. Er wollte Ana, das war keine neue Eröffnung, und das ganze Weiß in den Bildern stand für ihre Unschuld.

In abgeschnittenen Jeansshorts und einem T-Shirt, das so zerschlissen war, dass es eigentlich besser als Putzlumpen gedient hätte, beeilte er sich, in die Küche zu kommen und nach dem Rechten zu sehen.

Jessie verteilte gerade großzügig Butter auf einem Toast. Sie war sehr in ihre Beschäftigung vertieft. Auf dem Tisch stand ein Teller, mit einem ganzen Haufen von Toasts, nicht wenige davon verbrannt. Der Geruch nach Zimt hing in der Luft.

Boone setzte Kaffee auf, bevor er sich vorsichtig eine Scheibe Toast nahm. Kalt, hart wie Stein und mit einer dicken Kruste von Zimt und Zucker überzogen. Anscheinend hatte Jessie das Talent zum Kochen von ihrer Großmutter geerbt.

„Schmeckt toll", sagte er und schluckte bemüht. „Mein Sonntagmorgenlieblingsfrühstück."

„Darf Daisy auch etwas davon haben?"

Boone besah sich den Stapel Toastscheiben, blickte auf die kleine Hündin, die erwartungsvoll hechelnd vor ihm saß. Mit etwas Glück konnte er mindestens die Hälfte des Frühstücks dem Hund überlassen. „Ich denke schon." Er nahm eine Scheibe, hielt sie vor Daisys Augen hoch und befahl knapp: „Sitz."

Daisy hechelte weiter mit heraushängender Zunge und wedelte mit dem Schwanz.

Er drückte ihr Hinterteil hinunter und wiederholte den Befehl. Daisy verschlang den Toast und war äußerst zufrieden mit sich.

„Sie hat's geschafft, Daddy."

„So ungefähr." Er richtete sich auf, um sich eine Tasse Kaffee zu holen. „Nachher gehen wir mit ihr raus und wiederholen die Lektion."

„Gut." Jessie kaute fröhlich an ihrem Toast. „Vielleicht kann Ana uns ja helfen, wenn ihr momentaner Besuch weg ist."

„Besuch?", fragte Boone, während er nach der Tasse griff.

„Ich habe sie draußen mit einem Mann gesehen. Sie hat ihn ganz fest umarmt und ihm einen dicken Kuss gegeben."

„Sie …" Die Tasse fiel scheppernd um.

„Du hast fettige Finger, Daddy", sagte Jessie kichernd.

„Ja." Er hielt den Rücken zu Jessie gewandt, während er die Tasse wieder hinstellte und sich Kaffee eingoss. „Äh, was für ein Mann war es denn?" Er war sicher, dass seine Stimme unbeteiligt klang – zumindest für eine erst Sechsjährige.

„Er ist unheimlich groß und hat ganz dunkle Haare. Sie haben zusammen gelacht und sich an den Händen gehalten. Vielleicht ist es ja ihr Freund."

„Freund", wiederholte Boone zwischen zusammengepressten Zähnen.

„Was ist denn, Daddy?"

„Nichts. Der Kaffee ist heiß." Er trank ihn schwarz. Händchen halten also. Sich küssen. Diesen Kerl wollte er sich selbst ansehen. „Warum setzen wir uns nicht einfach auf die Veranda und versuchen jetzt noch mal, Daisy zu trainieren, Jess?"

„Fein." Das neue Lied, das sie in der Schule gelernt hatte, vor sich hin summend, nahm Jessie den Teller mit Toast. „Ich esse gern draußen, wenn es so schön ist."

Aber Boone setzte sich nicht auf einen der Verandasessel, sondern stellte sich, den Kaffeebecher in der Hand, an das Geländer. Im angrenzenden Garten war niemand zu sehen, und das machte es nur noch schlimmer. So blieb es seiner Fantasie überlassen, sich auszumalen, was Ana und ihr großer dunkelhaariger Freund im Haus trieben. Allein.

Er aß drei Scheiben Toast, ohne es zu merken, und spülte sie mit heißem Kaffee hinunter, während er genauestens plante, was er zu Miss Anastasia Donovan sagen würde, wenn er sie das nächste Mal traf.

Wenn sie sich einbildete, sie könnte ihn in der einen Nacht küssen, dass ihm Hören und Sehen verging, und dann am nächsten Tag mit irgendeinem fremden Kerl herummachen, dann hatte sie sich getäuscht.

Er würde ihr schon zeigen, wo es langging. Sobald er sie zwischen die Finger bekam, würde er …

Seine Gedanken wurden unterbrochen, als Ana aus ihrer Küchentür trat und nach jemandem im Haus rief.

„Ana!" Jessie sprang von der Bank auf und winkte wild. „Hallo, Ana!"

Mit zusammengekniffenen Augen beobachtete Boone, wie Ana sich in ihre Richtung umdrehte. Ihr Winken kam zögernd, und ihr Lächeln schien ihm gezwungen. Da war doch etwas faul.

Sicher, ich wäre auch nervös, wenn ich einen fremden Kerl im Haus hätte, dachte Boone grimmig.

„Darf ich zu ihr gehen und ihr zeigen, was wir mit Daisy machen, Daddy?"

„Sicher." Er stellte den leeren Kaffeebecher auf dem Geländer ab. „Geh nur."

Jessie griff sich einen weiteren Toast, rief nach Daisy und zu Ana, sie möge doch warten, dann rannte sie davon.

Boone dagegen wartete, bis er den Mann aus dem Haus kommen sah. Oh ja, er war groß, fast zwei Meter. Boone stellte sich automatisch aufrechter hin. Und sein Haar war wirklich schwarz. Und lang. Floss in – romantischen, wie jede Frau es mit Sicherheit bezeichnen würde – Locken über den Hemdkragen.

Der Kerl war braun gebrannt, schien äußerst fit zu sein und wirkte höchst elegant. Boone stieß zischend den Atem aus, als der Fremde seinen Arm ganz selbstverständlich um Anas Schultern legte.

Das werden wir noch sehen, entschied Boone verbissen und stieg die Verandastufen hinunter, die Hände in die Hosentaschen vergraben.

Bis er bei der Rosenhecke angekommen war, plapperte Jessie bereits aufgeregt über Daisys Erfolge, und Ana lachte herzlich, den Arm um die Hüfte des Fremden gelegt.

„Ich würde mich auch setzen, wenn ich dafür einen Zimttoast bekomme", sagte der Mann gerade und zwinkerte Ana zu.

„Du würdest doch alles tun, solange dir nur jemand was zu essen vorsetzt", neckte Ana gutmütig, bevor sie Boone bei der

Hecke bemerkte. „Oh." Es war sinnlos, das Erröten verhindern zu wollen. „Guten Morgen."

„Wie geht's?" Boone nickte ihr kurz zu, dann wanderte sein Blick sofort misstrauisch zu dem Mann an ihrer Seite. „Wir wollten nicht stören, solange du … Besuch hast."

„Nein, ist schon in Ordnung, ich …" Ana brach ab, verwirrt durch die Spannung, die plötzlich in der Luft surrte. „Sebastian, das ist Jessies Vater, Boone Sawyer. Boone, mein Cousin Sebastian Donovan."

„Cousin?", wiederholte Boone verdutzt, und Sebastian machte sich nicht einmal die Mühe, sein wissendes Grinsen zu verbergen.

„Nur gut, dass Ana uns so schnell miteinander bekannt gemacht hat. Ich mag meine Nase nämlich genau so, wie sie ist." Sebastian streckte die Hand aus. „Freut mich. Ana hat uns schon erzählt, dass sie neue Nachbarn hat."

„Er hat die Pferde, Daddy."

„Ich erinnere mich." Sebastians Händedruck war fest und kräftig, und hätte er nicht das amüsierte Funkeln in den Augen gesehen, wäre Boone dieser Mann wahrscheinlich auf Anhieb sympathisch gewesen. „Sie haben gerade geheiratet, nicht wahr?"

„Stimmt genau. Meine …" Sebastian drehte sich um. „Ah, da ist sie ja, meine Angebetete, die Sonne meines Lebens."

Eine große schlanke Frau mit wirren kurzen Haaren kam in staubigen Stiefeln zu ihnen herüber. „Lass den Unsinn, Donovan."

„Ah, meine schüchterne Braut." Für jedermann war sichtbar, dass sie sich neckten. Sebastian nahm ihre Hand und führte sie an seine Lippen. „Anas Nachbarn, Jessie und Boone Sawyer. Meine ewige Liebe, Mary Ellen."

„Mel", verbesserte sie hastig. „Nur Donovan wagt es, mich Mary Ellen zu nennen. Ein wunderbares Haus haben Sie da", fügte sie anerkennend hinzu und deutete mit dem Kopf auf das Nachbargebäude.

„Mr Sawyer schreibt Märchen, Kinderbücher. Ähnlich wie Tante Bryna", erklärte Ana.

„Wirklich? Toll." Mel lächelte Jessie zu. „Ich wette, das gefällt dir."

„Mein Daddy schreibt die besten Geschichten auf der ganzen Welt. Und das ist Daisy. Wir haben ihr beigebracht, wie sie sich hinsetzen muss. Darf ich zu euch kommen und mir eure Pferde ansehen? Ana hat mir schon ganz viel von ihnen erzählt."

„Natürlich." Mel ging in die Hocke und streichelte dem Welpen das Fell. Während Mel sich mit Jessie unterhielt, sah Sebastian zurück zu Boone.

„Ein schönes Haus." Er hatte sogar selbst mit dem Gedanken gespielt, es zu kaufen. Das Funkeln trat wieder in Sebastians Augen. „Und eine exzellente Lage."

Es wäre albern, so zu tun, als hätte er die Anspielung nicht verstanden. „Ja, uns gefällt es sehr gut." Mutwillig streckte Boone die Hand aus und strich Ana mit einem Finger über die Wange. „Du siehst etwas blass aus heute Morgen, Anastasia."

„Mir geht es gut." Es war leicht, die Stimme ruhig zu halten, aber Ana wusste auch, wie leicht es für Sebastian war, ihre Gedanken zu lesen. Sie fühlte auch schon, wie er es sanft versuchte, und sie war ziemlich sicher, dass er seine neugierige mentale Nase bereits in Boones Kopf steckte. „Entschuldige mich bitte einen Moment, ich habe Sebastian etwas Weißdorn versprochen."

„Hattest du denn gestern Nacht keinen geschnitten?"

Ihr Blick traf auf Boones, hielt ihn fest. „Den brauche ich für etwas anderes."

„Wir wollen euch nicht länger aufhalten. Komm, Jess." Boone griff nach Jessies Hand. „War nett, Sie beide kennenzulernen. Ana, wir sehen uns bald."

Sebastian besaß so viel Takt, dass er wartete, bis Boone außer Hörweite war. „Sieh mal einer an. Kaum bin ich zwei Wochen weg, und schon bringst du dich in ernsthafte Schwierigkeiten."

„Mach dich nicht lächerlich." Ana wandte sich ab und marschierte auf ein Kräuterbeet zu. „Ich stecke nicht in Schwierigkeiten."

„Darling. Liebste Ana. Dein Nachbar stand kurz davor, mir an die Gurgel zu springen, hättest du mich nicht als deinen Cousin vorgestellt."

„Ich hätte dich beschützt", sagte Mel ganz ernst.

„Ach, meine Retterin."

„Also", fuhr Mel fort, „für mich sah es eher so aus, als wollte er Ana bei den Haaren fortschleifen."

„Ihr beide redet völligen Unsinn." Ana schnitt Weißdorn, ohne sich umzusehen. „Er ist ein sehr netter Mann."

„Dessen bin ich sicher", murmelte Sebastian. „Aber weißt du, mit Männern ist das so eine Sache – sie verteidigen ihr Territorium. Etwas, das Frauen sehr oft nicht verstehen."

„Oh, bitte." Mel stieß ihm den Ellbogen in die Seite.

„Das ist nun mal eine Tatsache, liebste Mary Ellen. Ich bin in sein Territorium eingedrungen. Zumindest nahm er das an. Und ich würde wesentlich weniger von ihm halten, hätte er nicht versucht, es zu verteidigen. Sag mal, Ana, wie wichtig ist er dir?"

„Das geht dich nicht das Geringste an." Ana richtete sich auf und fasste die Pflanzenstiele viel zu fest. „Und ich würde es zu schätzen wissen, Cousin, wenn du dich da heraushalten würdest."

„Deshalb hast du mich ja auch abgeblockt. Dein Nachbar war allerdings nicht so erfolgreich."

„Es ist einfach unhöflich", murmelte Ana. „Unhöflich und impertinent, wie du einfach so in anderer Leute Köpfe schaust."

„Er gibt eben gerne an", kam Mel ihr zu Hilfe.

„Stimmt überhaupt nicht." Sebastian schüttelte beleidigt den Kopf. „Ich sehe nie ohne Grund nach. In diesem Fall bin ich der einzige männliche Verwandte, den du auf diesem Kontinent hast. Daher ist es meine Pflicht, mich über die Lage zu informieren. Und auch über die Mitspieler."

Mel konnte nur kopfschüttelnd mit den Augen rollen, während Ana sich versteifte.

„Ach ja?" Mit funkelndem Blick stach sie Sebastian den Zeigefinger in die Brust. „Dann lass mich dir eines erklären: Nur weil ich eine Frau bin, bedeutet das nicht automatisch, dass ich Schutz oder Hilfe oder irgendwas anderes von einem Mann brauche, verwandt oder nicht. Ich komme seit sechsundzwanzig Jahren bestens allein zurecht, oder hast du das vergessen?"

„Nächsten Monat sind es siebenundzwanzig", bot Sebastian hilfreich an.

„Halt einfach den Mund, Sebastian."

„So redet sie nur, wenn sie nicht mehr weiter weiß", informierte Sebastian Mel sachlich. „Normalerweise ist sie nämlich sehr sanft und äußerst höflich."

„Sei vorsichtig, oder ich gebe Mel einen Trank, den sie in deine Suppe mischen kann und der deine Stimmbänder für Tage funktionsunfähig macht."

„Oh." Mel horchte interessiert auf. „Kannst du ihn mir nicht auch so geben?"

„Was solltest du schon damit anfangen? Immerhin bin ich derjenige von uns, der kocht", stellte Sebastian fest. Dann zog er Ana in seine Arme. „Komm schon, Liebes, sei nicht böse. Ich muss mir doch Sorgen um dich machen. Das ist mein Job."

„Es gibt keinen Grund, sich zu sorgen." Aber sie gab langsam nach.

„Hast du dich in ihn verliebt?"

Sofort versteifte sie sich wieder. „Also nun wirklich, Sebastian. Ich kenne ihn doch kaum eine Woche."

„Was heißt das schon?" Über Anas Schulter warf er Mel einen langen Blick zu. „Bei mir hat es nicht so lange gedauert, bis ich erkannte, dass der einzige Grund, warum Mel mir so auf die Nerven ging, der war, dass ich völlig verrückt nach ihr war. Sie hat natürlich wesentlich länger gebraucht, um zu akzeptieren, dass sie ebenso verrückt nach mir war. Aber sie ist ja auch ausgesprochen stur."

„Ich will diesen Trank, Ana", ließ Mel sich vernehmen und sah ihren Mann spöttisch an.

Sebastian ignorierte die Bedrohung und hielt Ana auf Armeslänge von sich ab, um sie zu betrachten. „Ich frage nur, weil er auf jeden Fall mehr als nur nachbarschaftliches Interesse an dir hat. Um genau zu sein, er …"

„Das reicht. Was immer du in seinem Kopf gesehen hast, behalte es für dich. Ich meine es ernst, Sebastian", fuhr sie fort, bevor er ihr ins Wort fallen konnte. „Ich ziehe es vor, die Dinge auf meine Art zu erledigen."

„Wenn du darauf bestehst", seufzte er.

„Ja, das tue ich. Und jetzt nimm deinen Weißdorn und geh nach Hause und benimm dich wie ein frisch verheirateter Ehemann."

„Das ist überhaupt der beste Vorschlag, den ich den ganzen Tag gehört habe." Mel fasste ihren Mann mit festem Griff am Arm und zog. „Lass sie in Ruhe, Donovan. Ana ist ein großes Mädchen und kann sich selbst um ihre Angelegenheiten kümmern."

„Aber sie sollte zumindest wissen …"

„Raus." Mit einem erstickten Lachen versetzte Ana ihm einen leichten Schubs. „Raus aus meinem Garten, ich muss noch arbeiten. Und wenn ich einen Telepathen brauche, werde ich dich anrufen."

Er gab nach und küsste sie auf die Wange. „Sieh zu, dass du das auch tust." Dann bildete sich langsam ein listiges Lächeln auf seinem Gesicht, als er mit seiner Frau davonging. „Weißt du, eigentlich bleibt uns noch Zeit, bei Morgana und Nash vorbeizuschauen."

„Einverstanden." Mel sah über ihre Schulter zurück zu Ana. „Ehrlich gesagt, ich will auch wissen, was die beiden von diesem Typen halten."

Für die nächsten Tage beschäftigte Ana sich im Haus. Es war nicht so, als würde sie Boone aus dem Weg gehen wollen. Nein, sie hatte einfach viel zu tun. Ihr Vorrat neigte sich dem Ende zu und musste dringend aufgefüllt werden.

In dem kleinen Raum neben der Küche bewahrte sie Destilliergefäße und Glasfläschchen auf, Phiolen und Silberschalen. Die Blumen und Wurzeln und Kräuter, die sie im Mondlicht geerntet hatte, waren alle fein säuberlich in Morgentau gewaschen und für die jeweilige Verwendung sortiert worden.

Da war Mohnsirup zu kochen und Ysop zu trocknen. Sie brauchte bestimmte Essenzen und Öle, und sie musste noch Aufgüsse und Sude fertigstellen.

Es gab also genug zu tun. Ana liebte ihre Arbeit, liebte die Gerüche und Aromen, die ihre Küche und ihren Arbeitsraum erfüllten, sie erfreute sich an den Blumen, den hübschen rosa Blüten des Majorans, dem kräftigen Violett des Fingerhuts, dem sonnigen Gelb des Goldlacks.

Sie schmeckte gerade die verdünnte Lösung von Enzianessenz ab und verzog bei dem bitteren Geschmack das Gesicht, als Boone an die Fliegentür klopfte.

„Diesmal brauche ich wirklich eine Tasse Zucker", sagte er mit einem charmanten Lächeln, bei dem ihr Herz doppelt so schnell zu schlagen begann. „Ich habe diese Woche die Aufsicht in der Frühstückspause, und ich muss für morgen Kekse backen."

Mit geneigtem Kopf musterte sie ihn. „Du könntest auch welche kaufen."

„Also wirklich, welche Pausenaufsicht, die etwas auf sich hält, bringt gekaufte Kekse für Erstklässler mit?"

Das Bild, wie er Teig rührte, ließ sie lächeln. „Komm herein, eine Tasse kann ich wohl erübrigen. Aber lass mich das hier eben zu Ende machen."

„Es riecht wundervoll hier." Er beugte sich über einen Topf, der auf dem Herd köchelte. „Was machst du hier eigentlich?"

„Nicht!" Ihre Warnung kam rechtzeitig, bevor er den Finger in die dunkle Flüssigkeit tunken konnte. „Das ist Belladonna. In dieser Form unter gar keinen Umständen zum Verzehr bestimmt."

„Belladonna." Er zog die Brauen enger zusammen. „Heißt das etwa, du mischst Gift?"

„Ich stelle eine Salbe her. Gegen Entzündungen und Rheuma. Außerdem ist es nicht giftig, wenn es richtig verarbeitet wird. Es ist ein Beruhigungsmittel."

Mit noch immer gerunzelten Brauen blickte er in den Nebenraum, der einem Chemielabor glich. „Brauchst du dafür nicht eine Lizenz oder so was?"

„Ich bin ausgebildete Herbalistin, mit einem Diplom in Pharmakognosie, falls dich das beruhigt." Sie schlug seine Hand von einem anderen Topf weg. „Und das da ist nichts für neugierige Anfänger."

„Hast du was gegen Schlaflosigkeit? Außer diesem Belladonna?"

Sie war sofort besorgt. „Du kannst nicht schlafen? Hast du Fieber?" Sie fühlte seine Stirn und stand reglos da, als er ihre Hand fasste.

„Beide Fragen muss ich mit Ja beantworten. Und man kann sagen, dass du die Ursache und das Heilmittel bist." Er führte ihre Hand von seiner Stirn an seine Lippen. „Vielleicht bin ich eine Pausenaufsicht, aber ich bin auch ein Mann, Ana. Ich kann nicht mehr aufhören, an dich zu denken." Er drehte ihre Hand um, presste seine Lippen auf die Stelle am Gelenk, wo der Puls wild hämmerte. „Und ich kann nicht damit aufhören, mich nach dir zu sehnen."

261

„Es tut mir leid, wenn ich dir schlaflose Nächte bereite. Das ist nicht meine Absicht."

Er hob eine Augenbraue. „Wirklich? Das kann ich dir jetzt fast nicht glauben."

Sie konnte das Lächeln nicht ganz zurückhalten. „Nun, natürlich fühle ich mich ein wenig geschmeichelt, dass ich dich wach halte. Und es ist sehr schwer zu wissen, was dagegen zu tun ist." Sie wandte sich um und schaltete die Herdplatte aus. „Ich selbst fühle mich auch etwas rastlos." Sie schloss die Augen, als sie seine Hände auf ihren Schultern fühlte.

„Schlaf mit mir." Er strich mit den Lippen sanft über ihren Nacken. „Ich werde dir nicht wehtun, Ana."

Nein, nicht absichtlich, dachte sie, das nicht. Dazu besaß er zu viel Wärme. Aber würden sie einander wehtun, wenn sie ihrem Bedürfnis nach Liebe nachgab und gleichzeitig das vor ihm zurückhielt, was sie wirklich war?

„Das ist ein großer Schritt für mich, Boone."

„Für mich auch." Sanft drehte er sie zu sich herum, damit sie ihn ansehen konnte. „Seit Alices Tod hat es niemanden für mich gegeben. Da war die eine oder andere Frau, aber es bedeutete uns beiden nicht mehr als das Füllen einer körperlichen Leere. Mit keiner von ihnen wollte ich mehr Zeit verbringen, reden. Ana, ich mag dich sehr gern." Er beugte den Kopf und küsste sie sehr zärtlich, sehr vorsichtig. „Ich weiß nicht, wie es passiert ist, so schnell, so tief, aber es stimmt. Ich hoffe wirklich, du glaubst meinen Worten."

Selbst ohne direkte Verbindung konnte sie es fühlen. Und irgendwie machte es die Dinge nur noch komplizierter. „Ich glaube dir."

„Ich habe nachgedacht. Da ich nicht schlafen konnte, blieb mir ausreichend Zeit dazu." Abwesend steckte er eine lockere Haarnadel zurück in ihr Haar. „In jener Nacht habe ich dich gedrängt, ja sogar erschreckt."

„Nein." Sie zuckte die Achseln und wandte sich wieder ihren Mixturen zu, um sie in Flaschen einzufüllen. „Doch, wahrscheinlich hast du das."

„Wenn ich gewusst hätte, dass du … Wenn ich geahnt hätte, dass du noch nie …"

Mit einem Seufzer verschloss sie die Flasche. „Meine Jung-fräulichkeit ist eine bewusste Entscheidung, Boone, und nichts, dessen ich mich schäme."

„Ich wollte damit nicht sagen …" Er stieß zischend die Luft aus. „Na, so dumm stelle ich mich selten an."

Sie nahm einen anderen Trichter, füllte eine weitere Flasche. „Du bist nervös."

Neiderfüllt stellte er fest, dass ihre Hände völlig ruhig wa-ren, als sie die nächste Flasche verschloss. „Ich denke, zu Tode verängstigt trifft es besser. Ich war grob zu dir, das hätte ich nicht sein dürfen. Aus vielen Gründen. Dass du unerfahren bist, ist nur einer davon."

„Du warst nicht grob." Sie fuhr mit ihrer Arbeit fort, es beruhigte ihre Nerven, die genauso gespannt waren wie seine. Solange sie sich auf etwas konzentrieren konnte, konnte sie sich auch den Anschein geben, gelassen zu sein. „Du bist ein leidenschaftlicher Mann. Dafür musst du dich nicht entschul-digen."

„Aber dafür, dass ich dich gedrängt habe. Und weil ich heute hier herübergekommen bin, in der vollen Absicht, die Dinge heiter und unbeschwert zu halten, und dich wieder bedränge."

Ein Lächeln spielte um ihre Lippen, als sie zum Spülbecken ging, um die Schalen auszuwaschen. „Ist es das, was du tust?"

„Ich hatte mir fest vorgenommen, dich nicht zu fragen, ob du mit mir schlafen willst. Ich wollte dich nur einladen, ein wenig Zeit mit mir zu verbringen. Dinner vielleicht, oder ausgehen. Oder was immer Leute machen, die sich kennen-lernen wollen."

„Ja, das würde mir gefallen. Was auch immer."

„Schön." Das war doch gar nicht so schwer gewesen. „Vielleicht am Wochenende. Freitagabend. Ich werde wohl einen Babysitter finden." Sein Blick wurde ernster. „Jemanden, dem ich vertrauen kann."

„Ich dachte, du würdest für Jessie und mich ein nettes Abendessen kochen."

Eine Zentnerlast fiel von seinen Schultern. „Es würde dir nichts ausmachen?"

„Es würde mir Spaß machen."

„Also gut." Er nahm ihr Gesicht in seine Hände. „Ja, sehr gut sogar." Der Kuss war so süß, und falls da etwas in seinem Innern zerriss, so, wie es sich anfühlte, dann würde er schon damit fertig werden. „Am Freitag dann."

Das Lächeln fiel ihr leicht, auch wenn ihr Körper sich anfühlte, als hätte er soeben ein Erdbeben überstanden. „Ich bringe den Wein mit."

„Einverstanden." Er hätte sie zu gern noch einmal geküsst, aber er fürchtete, sie zu verschrecken. „Bis dann."

„Boone." Sie holte ihn bei der Tür ein. „Willst du nicht den Zucker mitnehmen?"

Er grinste. „Ich habe gelogen."

Sie kniff die Augen zusammen. „Du hast keine Pausenaufsicht, und du backst keine Kekse?"

„Doch, das schon. Aber ich habe mindestens drei Kilo Zucker im Vorratsschrank. He, es hat doch funktioniert, oder?"

Er pfiff fröhlich vor sich hin, als er wieder zu seinem Haus hinüberging.

6. KAPITEL

arum ist Ana denn noch nicht hier? Wann kommt sie denn endlich?"

„Bald", antwortete Boone seiner Tochter wohl zum zehnten Mal. Viel zu bald, fügte er in Gedanken hinzu. Er hinkte seinem Zeitplan hinterher. Die Küche sah aus wie ein Schlachtfeld. Er hatte zu viele Töpfe benutzt. Obwohl ... das tat er eigentlich immer. Er verstand nicht, wie jemand kochen konnte, ohne nicht jeden verfügbaren Topf und jede Pfanne aus dem Schrank zu holen.

Das „Hähnchen cacciatore" roch eigentlich ganz gut, aber er war nicht sicher, ob es auch gelingen würde. Dumm, tadelte er sich selbst, ausgerechnet jetzt ein neues Rezept auszuprobieren. Aber er war einfach der Meinung gewesen, Ana hätte etwas Besseres verdient als den üblichen Freitagshackbraten.

Jessie trieb ihn zum Wahnsinn, was an sich eine Seltenheit war. Die Kleine war so aufgeregt wegen Anas Besuch, dass sie ihn, seit er sie aus der Schule abgeholt hatte, ständig mit denselben Fragen löcherte.

Der Hund hatte sich natürlich genau diesen Nachmittag ausgesucht, um Boones Kissen im Schlafzimmer zu zerfetzen, und Boone hatte wertvolle Zeit damit zubringen müssen, Hund und Federn nachzujagen.

Sein Agent hatte angerufen, um ihm mitzuteilen, dass aus „Mirandas dritter Wunsch" nun ein Zeichentrickfilm werden sollte. Eines der großen Fernsehstudios hatte sich gemeldet. Das war zwar eine äußerst erfreuliche Nachricht, aber jetzt musste er sehen, dass er irgendwie einen Trip nach L. A. in seinen Terminkalender hineinquetschen konnte.

Jessie wollte unbedingt bei der Mädchengruppe mitmachen und hatte ihn großzügigerweise als Gruppenleiter vorgeschlagen. Die Vorstellung, sechs- und siebenjährigen Mädchen beizubringen, wie man aus Eierkartons Schmuckkästchen bastelte, ließ ihm das Blut in den Adern gefrieren. Wenn er es richtig anpackte, würde es ihm vielleicht mit viel Erfindergeist hinsichtlich der Ausreden gelingen, sich aus der Schlinge zu ziehen.

„Bist du auch ganz sicher, dass sie kommt, Daddy?"

„Jessica." Der strenge Tonfall reichte aus, dass sie schmollend die Unterlippe vorschob. „Weißt du, was mit kleinen Mädchen passiert, die immer die gleichen Fragen stellen?"

„Nöö."

„Mach nur weiter so, und du wirst es herausfinden. Und jetzt geh und pass auf, dass Daisy nicht die Möbel zerkaut."

„Bist du sehr böse auf sie?"

„Ja. Achte du darauf, dass du nicht die Nächste bist, auf die ich böse bin." Er schwächte die Drohung mit einem sanften Klaps auf den Po ab. „Lauf, bevor ich dich in die Kasserolle packe und in den Ofen schiebe."

Zwei Minuten später ertönte unglaublicher Lärm, der bewies, dass Jessie Daisy aufgespürt hatte und die beiden jetzt miteinander tobten. Das helle, laute Bellen und das übermütige Quietschen von Jessie taten ein Übriges, um den Kopfschmerz zu potenzieren.

Ein Aspirin, das war es, was er brauchte. Oder besser noch – einen Urlaub auf einer einsamen Insel. Ganz allein – ohne eine Menschenseele.

Er wollte gerade losbrüllen – wahrscheinlich wäre sein Kopf dann endgültig explodiert –, als Ana an die Tür klopfte.

„Hallo. Das riecht aber gut."

Er konnte nur hoffen, dass dem wirklich so war. Sie sah mehr als gut aus. Ihr locker schwingendes Seidenkleid stellte wundervolle Dinge mit ihrem Körper an. Wie zum Beispiel das Betonen der sanften Schultern unter den dünnen Trägern. An einer langen Kette hing ein goldenes Amulett, gerade knapp über Anas Brüsten. Kristalle blitzten darin auf, die von den passenden tropfenförmigen Ohrringen reflektiert wurden.

Ana lächelte. „Du hattest doch Freitag gesagt, oder habe ich mich geirrt?"

„Ja. Freitag."

„Dann … wirst du mich hereinbitten?"

„Entschuldige." Himmel, er kam sich tölpelhaft vor wie ein Teenager. Nein, verbesserte er sich, ein Teenager würde nie so unbeholfen sein. „Tut mir leid, aber heute ist nicht mein Tag."

Ana hob die Augenbrauen, als sie das Durcheinander von Töpfen und Schüsseln überblickte. „Ich sehe schon. Brauchst du Hilfe?"

„Ich denke, ich habe alles unter Kontrolle." Er nahm die Flasche entgegen, die sie ihm reichte. Ihm fiel auf, dass da kein Etikett war, aber Verzierungen in dem hellgrünen Glas. „Selbst gemacht?"

„Ja, mein Vater macht so was. Er hat …", sie zögerte, „… ein magisches Händchen dafür."

„Gebraut in den Kellern von Schloss Donovan."

„Um genau zu sein, ja." Sie beließ es dabei und ging zum Herd, während Boone Kristallgläser aus dem Schrank nahm. „Heute kein Bugs Bunny?"

„Nein, der arme Kerl hatte einen tödlichen Unfall in der Spülmaschine." Er goss goldfarbenen Wein in die Gläser. „Kein sehr schöner Anblick."

Ana lachte und hob ihr Glas. „Auf Nachbarn."

„Ja, auf Nachbarn", stimmte er zu und stieß mit ihr an. „Wenn sie alle so aussehen würden wie du, wäre ich verloren." Er nippte und zog eine Augenbraue in die Höhe. „Der nächste Toast geht auf deinen Vater. Der Wein ist einfach unglaublich."

„Das ist eines von seinen vielen Hobbys, könnte man vielleicht sagen."

„Was ist da drin?"

„Apfel, Geißblatt, Sternfrucht. Du kannst ihm das Kompliment persönlich aussprechen, wenn du möchtest. Er und der Rest der Familie kommen am Abend vor Allerheiligen zu mir."

„Deine Eltern überqueren den Atlantik und kommen extra für Halloween in die Staaten?"

„Ja. Es ist so eine Art Familientradition." Sie konnte nicht widerstehen, nahm den Deckel von der Pfanne und schnupperte. „Mhm, ich bin beeindruckt."

„So war das ja auch gedacht." Ebenso unfähig zu widerstehen, nahm er eine Strähne ihres Haars in seine Hand. „Erinnerst du dich noch an die Geschichte, die ich dir an dem Tag erzählte, als Daisy dich umgerannt hat? Ich habe das Gefühl, ich sollte sie niederschreiben. Dieser Drang war so stark, dass ich das, woran ich gerade arbeite, erst einmal zur Seite gelegt habe."

„Es war eine wunderschöne Story."

„Normalerweise hätte ich damit warten können. Aber ich muss unbedingt erfahren, warum diese Frau all die Jahre allein in dem Schloss lebt. War es ein Fluch? Oder hat sie es selbst so gewählt? War es ein Zauber, der den Mann dazu gebracht hat, über diese Dornenmauer zu klettern?"

„Das zu entscheiden liegt bei dir."

„Nicht entscheiden. Herausfinden."

„Boone …" Sie fasste seine Hand, sah darauf, runzelte die Stirn. „Was hast du dir denn da angetan?"

„Die Haut über den Fingerknöcheln abgeschürft." Er zuckte die Schultern, spreizte die Finger, machte eine Faust. „Ich musste die Waschmaschine reparieren."

„Du hättest zu mir kommen sollen und mich das versorgen lassen." Sie strich vorsichtig mit einem Finger über die Wunde, wünschte sich, es wäre ihr möglich, das zu heilen. „Es ist sehr schmerzhaft."

Er wollte es leugnen, bemerkte seinen Fehler rechtzeitig. „Ich gebe Jessie immer einen Kuss, um es besser zu machen."

„Ein Kuss kann wahre Wunder bewirken", stimmte sie zu und drückte ihre Lippen auf die Wunde. Kurz, nur ganz kurz erlaubte sie sich die Verbindung, nur um sicherzugehen, dass sich da keine Entzündung entwickelte. Sie fand heraus, dass die

Knöchel zwar wund waren, aber der Schmerz erträglich. Der wahre Schmerz saß hinter seinen Augen, ein Druck in seinem Kopf. Wenigstens dabei konnte sie ihm helfen.

Mit einem Lächeln strich sie ihm das Haar aus der Stirn. „Du arbeitest zu viel. Das Haus in Ordnung bringen, an der Geschichte schreiben, dir Sorgen machen, ob du die richtige Entscheidung getroffen hast, hierherzuziehen. Vor allem wegen Jessie."

„Mir war bis zu diesem Augenblick nicht klar, dass ich so leicht zu durchschauen bin."

„Das ist nicht schwierig zu erraten." Sie legte die Finger an seine Schläfen und begann in leichten Kreisen zu massieren. „Und jetzt machst du dir auch noch die Mühe, für mich zu kochen."

„Ich wollte …"

„Ich weiß." Sie hielt inne, als sie den stechenden Schmerz hinter ihren eigenen Augen fühlte. Um ihn abzulenken, berührte sie seine Lippen mit ihren, absorbierte den Schmerz und ließ ihn langsam abebben. „Danke, das war wirklich sehr aufmerksam."

„Gern geschehen", murmelte er und vertiefte den Kuss.

Ihre Hände glitten von seinen Schläfen, hinunter zu seinen Schultern. Dieser Schmerz war wesentlich schwieriger zu absorbieren – das schmerzende Sehnen, das sie durchflutete. Pulsierend. Pochend. Lockend.

Viel zu verlockend.

„Boone." Beklommen machte sie sich von ihm los. „Es geht viel zu schnell."

„Ich habe dir versprochen, dass ich nicht drängen werde. Aber nichts wird mich davon abhalten, dich zu küssen, wann immer ich kann." Er nahm seinen Wein und reichte Ana ihr Glas. „Weiter wird es nicht gehen, bis du bereit dazu bist."

„Ich bin mir nicht sicher, ob ich dir dafür danken muss oder nicht. Wahrscheinlich sollte ich es."

„Nein. Dazu besteht kein Grund. Du brauchst mir auch nicht dafür zu danken, dass ich dich will. Es ist einfach so. Manchmal denke ich daran, wie Jessie immer größer und älter wird. Und ich weiß, dass, würde ein Mann sie zu etwas drängen, zu dem sie nicht bereit ist … ich würde ihn umbringen." Er nippte, grinste dann. „Und sollte sie sich einbilden, dass sie dazu bereit ist, bevor sie … nun, sagen wir, vierzig ist, werde ich sie in ihr Zimmer einsperren, bis sie es sich anders überlegt hat."

Ana lachte, und plötzlich wurde ihr bewusst, als sie ihn da so stehen sah, mit dem Rücken zu der chaotischen Anrichte, ein Küchenhandtuch in den Bund seiner Hose gesteckt, dass sie kurz, ganz kurz davor war, sich in ihn zu verlieben.

Wenn das geschehen würde, dann wäre sie auch bereit. Und nichts würde dieses Gefühl verhindern können.

„Da spricht der paranoide Vater."

„Paranoia und Vaterschaft sind Synonyme, glaub mir. Warte ab, bis Nash seine Zwillinge hat. Er wird sich nur noch mit Krankenversicherungen und Zahnhygiene beschäftigen. Ein Niesen wird ihn in Panik versetzen."

„Und Morgana wird ihn wieder auf den Teppich holen. Ein paranoider Vater braucht nur eine vernünftige Mutter an seiner Seite, um …" Sie brach ab und verfluchte sich in Gedanken selbst. „Tut mir leid."

„Ist schon in Ordnung. Es ist einfacher, wenn die Leute nicht wie auf Eierschalen um das Thema herumschleichen. Alice ist jetzt seit vier Jahren nicht mehr da. Wunden heilen, vor allem, wenn man gute Erinnerungen hat." Aus dem Zimmer nebenan ertönte ein Rums, dann das Getrippel von kleinen Füßen. „Außerdem bringt eine Sechsjährige dich auch dazu, einen kühlen Kopf zu behalten."

Im gleichen Moment kam Jessie in die Küche gestürmt und warf sich Ana in die Arme.

„Du bist da! Ich hab schon Angst gehabt, du würdest nicht kommen."

„Aber natürlich. Ich würde doch nie eine Einladung zum Dinner bei meinen Lieblingsnachbarn ausschlagen."

Während Boone die kleine Szene beobachtete, wurde ihm bewusst, dass seine Kopfschmerzen verschwunden waren. Seltsam, dabei hatte er noch nicht einmal ein Aspirin genommen.

Nun, als romantisches Dinner würde er es nicht gerade bezeichnen. Sicher, da standen Kerzen auf dem Tisch und Blumen aus dem Garten in der Vase. Sie saßen in der gemütlichen runden Nische an dem großen Bogenfenster, das direkt aufs Meer hinauszeigte. Das Rauschen der Wellen und die Schreie der Möwen drangen zu ihnen.

Die perfekte Szenerie für Romantik.

Aber da gab es weder gemurmelte Geständnisse noch geflüsterte Versprechen. Stattdessen fröhliches Gelächter und die aufgeregt plappernde Stimme eines Kindes. Da wurde nicht beschrieben, was das Kerzenlicht mit seidiger Haut anstellte, kein Wort davon, wie die flackernden Flammen das Grau ihrer Augen noch intensiver machten. Nein, das Gespräch drehte sich um die aufregenden Dinge, die man in der ersten Klasse erlebte, um den Unsinn, den Daisy heute angestellt hatte, und das Märchen, das noch aus Boones Gedanken herausgefiltert werden musste.

Als das Dinner beendet war und Ana restlos alles über Jessies Klasse und ihre neue beste Freundin Lydia wusste, erhob Ana sich und verkündete, dass sie und Jessie für den Küchendienst verantwortlich seien.

„Lasst nur, das mache ich später." Boone fühlte sich einfach zu wohl in diesem Moment. Außerdem stand ihm nur zu deutlich vor Augen, wie es in der Küche aussah. „Das schmutzige Geschirr rennt nicht weg. Damit habe ich so meine Erfahrungen."

„Du hast gekocht." Ana stapelte bereits Teller. „Wenn mein Vater kocht, kümmert sich meine Mutter ums Aufräumen, und umgekehrt. Das ist alte Donovan-Tradition. Außerdem ist die Küche immer der beste Platz, an dem Mädels sich unterhalten können, nicht wahr, Jessie?"

Jessie hatte zwar keine Ahnung, was das bedeutete, aber ihr Interesse war sofort geweckt. „Ich helfe. Ich mache nicht mehr viel Geschirr kaputt."

„Männer sind in der Küche nicht erlaubt, wenn Mädchen sich unterhalten." Ana lehnte sich mit einem verschwörerischen Blinzeln zu Jessie. „Sie stören dann nur." Zu Boone sagte sie: „Ich denke, du und Daisy, ihr könntet einen kleinen Spaziergang am Strand gebrauchen."

„Ich meine nicht …" Ein Strandspaziergang. Allein. In völliger Ruhe. „Wirklich?"

„Ja, und lass dir ruhig viel Zeit. Jessie, als ich neulich in der Stadt war, habe ich das hübscheste aller Kleider gesehen. Blau, die gleiche Farbe wie deine Augen, mit einer großen Schleife." Ana hielt inne, einen Stapel Teller in der Hand. „Bist du immer noch hier?"

„Ich bin schon weg."

Als er in die Dämmerung eintauchte, Daisy um seine Beine springend, hörte er die sanfte Musik von weiblichem Lachen aus den Fenstern seines Hauses dringen.

„Daddy hat erzählt, du bist in einem Schloss geboren worden", sagte Jessie, als sie Ana half, das Geschirr in die Spülmaschine zu laden.

„Ja, das stimmt. In Irland."

„In einem richtigen Schloss?"

„Ja, direkt am Meer. Es hat Türmchen und Erker, Geheimgänge und sogar eine Zugbrücke."

„Genau wie in Daddys Büchern."

„Sehr ähnlich, ja. Es ist ein verzauberter Palast. Mein Vater und seine Brüder wurden dort geboren, und davor ihr Vater, und davor dessen Vater. Es geht viel weiter zurück, als ich es sagen könnte."

„Wäre ich in einem Schloss geboren worden, würde ich immer dort leben." Jessie stand ganz nahe bei Ana, erfreute sich, ohne genau zu wissen, warum, an dem weiblichen Duft, der weiblichen Stimme. „Warum bist du von dort weggegangen?"

„Oh, es ist immer noch mein Zuhause, aber manchmal muss man weggehen, um sein eigenes Zuhause zu schaffen. Deinen eigenen Zauber."

„So wie Daddy und ich es getan haben, als wir hierhergezogen sind."

„Ja." Ana schloss die Tür der Spülmaschine und ließ heißes Wasser ins Spülbecken laufen, um Töpfe und Pfannen einzuweichen. „Wie geht es dir hier? Gefällt es dir in Monterey?"

„Oh ja. Nana hat gesagt, ich werde Heimweh bekommen, sobald der Reiz des Neuen vergeht. Was bedeutet das?"

Nicht gerade eine sehr überlegte Äußerung gegenüber einem leicht zu beeindruckenden Kind. Sie war sicher, dass Nana da wohl eher an sich selbst gedacht hatte. Laut sagte sie: „Weißt du, wenn du Heimweh bekommst, dann solltest du daran denken, dass der schönste Platz immer der ist, an dem du gerade bist."

„Ich mag es dort, wo Daddy ist, und wenn es in Timbuktu wäre."

„Bitte?"

„Grandma Sawyer hat gesagt, er hätte genauso gut nach Timbuktu ziehen können." Jessie nahm den Topf, den Ana ihr hinhielt, und begann ihn mit konzentrierter Miene abzutrocknen. „Gibt es diesen Ort wirklich?"

„Doch. Aber man sagt es auch, wenn man einen weit entfernten Ort meint. Deine Großeltern vermissen dich, Sonnenschein, das ist alles."

„Mir fehlen sie auch, aber ich rede mit ihnen am Telefon, und Daddy hat mir geholfen, einen Brief auf dem Computer zu schreiben. Glaubst du, du könntest Daddy heiraten, damit Grandma Sawyer ihm nicht mehr im Nacken sitzt?"

Die Pfanne, die Ana gerade abspülte, rutschte ihr aus der Hand und beschwor eine kleine Flutwelle herauf, als sie zurück ins Spülbecken fiel. „Ich denke nicht, dass das geht."

„Ich habe gehört, wie er zu Grandma Sawyer gesagt hat, dass sie ihm ständig im Nacken sitzt, dass er sich eine neue Frau suchen soll, damit er nicht einsam ist und ich nicht ohne Mutter aufwachsen muss. Seine Stimme hatte diesen ärgerlichen Klang, so wie bei mir, wenn er richtig böse auf mich ist. Oder als Daisy sein Kissen zerbissen hat. Und dann hat er gesagt, dass er verflucht sein will, sich noch mal zu binden, nur um Frieden zu kriegen."

„Ich verstehe." Ana presste angestrengt die Lippen aufeinander, um ein ernstes Gesicht zu wahren. „Ich glaube nicht, dass er es gerne hört, wenn du das wiederholst, Jessie, und solche Wörter benutzt."

„Denkst du, Daddy ist einsam?"

„Nein. Nein, das glaube ich nicht. Ich denke, er ist sehr glücklich mit dir und Daisy. Wenn er eines Tages wieder heiraten sollte, dann nur, weil er jemanden gefunden hat, den ihr alle sehr lieb habt."

„Ich liebe dich."

„Ach, Sonnenschein." Die Hände voller Schaum, ging Ana vor Jessie in die Hocke und umarmte sie fest. „Ich liebe dich auch."

„Liebst du Daddy?"

Ich wünschte, ich wüsste es, dachte sie. „Das ist anders", sagte Ana laut. Sie bewegte sich auf unsicherem Grund. „Wenn du größer bist, wirst du erfahren, dass es verschiedene Arten von Liebe gibt. Aber ich bin sehr glücklich, dass ihr hierhergezogen seid und wir alle Freunde sein können."

„Daddy hat in letzter Zeit nie eine Lady zum Dinner eingeladen."

„Nun, ihr seid ja auch erst wenige Wochen hier."

„Nein, ich meine nie, auch nicht in Indiana. Deshalb dachte ich, das heißt vielleicht, dass ihr heiratet, und dann könnte Grandma Sawyer ihn endlich in Ruhe lassen, und ich wäre kein armes mutterloses Kind mehr. Habe ich recht damit?"

„Nein." Ana bemühte sich redlich, nicht laut herauszulachen. „Es bedeutet nur, dass wir uns alle mögen und zusammen essen wollten." Sie sah aus dem Fenster, um sicherzugehen, dass Boone nicht schon wieder zurückkam. „Kocht er eigentlich immer so?"

„Er macht immer ganz schlimme Unordnung, und manchmal sagt er auch diese Wörter ... du weißt schon ... die man nicht sagen soll."

„Ja, ich weiß."

„Die sagt er dann, wenn er aufräumen muss. Und heute hatte er ganz schlechte Laune, weil Daisy sein Kissen zerrissen hat und überall Federn herumflogen. Und dann ist auch noch die Waschmaschine explodiert, und vielleicht muss er auf Geschäftsreise gehen."

„Das ist ziemlich viel an einem Tag, was?" Ana biss sich auf die Lippe. Sie wollte das Mädchen nicht ausfragen, aber sie war einfach neugierig. „Er muss verreisen?"

„Vielleicht. Dahin, wo sie Filme machen, weil die Leute jetzt aus einem seiner Bücher einen großen Film machen wollen."

„Das ist ja toll."

„Er sagt, er muss darüber nachdenken. Das sagt er immer, wenn er nicht Ja sagen will, aber schon weiß, dass er es tun wird."

Dieses Mal strengte Ana sich nicht an, um sich das Lachen zu verbeißen. „Du kennst deinen Daddy ziemlich genau, was?"

Als die Küche aufgeräumt und sauber war, gähnte Jessie ausgiebig. „Willst du dir mein Zimmer ansehen? Ich habe auch aufgeräumt, so wie Daddy mir gesagt hat, weil wir Besuch bekommen."

„Aber gern."

Keine Umzugskartons mehr, stellte Ana fest, als sie in das geräumige Wohnzimmer mit der hohen Decke und der Galerie gingen, zu der eine geschwungene Treppe hinaufführte. Die Möbel wirkten gemütlich, die farbenfroh gemusterten Polster schienen robust genug, um die Hände und Füße eines lebhaften Kindes auszuhalten.

Ein paar Zimmerpflanzen fehlen vielleicht am Fenster, überlegte Ana. Einige Duftkerzen in Messinghaltern auf dem Kaminsims, hier und da noch ein paar bunte Kissen. Aber da waren durchaus die typischen Kleinigkeiten und Krimskrams, die ein Heim ausmachten. Familienfotos in Silberrahmen, das Ticken der alten Standuhr, ein Drachenkopf aus Messing, der neben dem Feuerbock Wache hielt, das Schaukelpferd, das eigentlich ein Einhorn war, in einer Zimmerecke.

Und wenn eine dünne Schicht Staub auf dem Treppengeländer lag, dann machte es das nur umso sympathischer in ihren Augen.

„Ich durfte mir mein Bett selbst aussuchen", erzählte Jessie fröhlich. „Und wenn erst mal alles ausgepackt ist, darf ich mir auch meine Tapete aussuchen. Hier schläft Daddy." Sie zeigte nach rechts, und Ana erhaschte einen Blick auf ein großes Bett mit einer jadegrünen Tagesdecke – keine Kissen! –, eine altmodische Kommode, an deren einer Schublade ein Griff fehlte, und vereinzelte Daunenfedern, die der Aufräumaktion entwischt waren.

„Er hat auch ein eigenes Bad, mit einer riesigen Badewanne mit Düsen und einer Dusche mit Glaswänden, aus denen Wasser von allen Seiten kommt. Ich benutze das andere Bad, das mit den zwei Waschbecken und diesem Ding, das aussieht wie eine Toilette, aber keine ist."

„Du meinst ein Bidet."

„Ich glaub schon. Daddy sagt, das ist etwas ganz Feines und meistens für Ladys. Das hier ist mein Zimmer."

Es war der Traum eines jeden kleinen Mädchens, von einem Mann erfüllt, der offensichtlich verstand, dass die Kindheit viel zu kurz und sehr wertvoll war. Ganz in Pink und Weiß gehalten, stand das Bett in der Mitte, ein Zentrum, umgeben von Regalen, vollgestopft mit Puppen und Büchern und Spielzeug. Eine schneeweiße Kommode mit einem runden Spiegel und ein Kinderschreibtisch, über und über mit verschiedenfarbigem Zeichenpapier und Buntstiften bedeckt.

An der Wand hingen hübsch gerahmte Illustrationen aus Märchen. Aschenbrödel, wie sie die Prunktreppe vor dem Schloss hinunterhastete und dabei ihren Schuh verlor. Rapunzel, die ihr goldenes Haar aus dem Turmfenster zu ihrem angebeteten Prinzen herunterließ. Die listige Elfe, eine Hauptfigur aus einem von Boones Büchern, und – Ana war völlig verblüfft – eine der preisgekrönten Illustrationen ihrer Tante. Sie konnte es kaum fassen, das Bild hier zu sehen.

„Das ist aus ‚Der goldene Ball‘", entfuhr es ihr.

„Die Lady, die es geschrieben hat, hat es Daddy geschickt. Für mich, als ich noch ganz klein war. Außer Daddys Geschichten mag ich ihre am liebsten."

„Ich hatte ja keine Ahnung", murmelte Ana. So viel sie wusste, hatte ihre Tante sich nie von ihren Zeichnungen getrennt, es sei denn, sie blieben in der Familie.

„Daddy hat die Elfe gemacht. Die anderen Bilder hat meine Mutter gemalt."

„Sie sind wunderschön." Vielleicht nicht so gewitzt wie Boones Elfe und auch nicht so edel wie die Zeichnungen ihrer Tante, aber wunderschön, mit dem ursprünglichen, wahren Geist von Märchen und Magie.

„Sie hat sie für mich gemacht, als ich noch ein kleines Baby war. Nana sagt, Daddy sollte die Bilder wegnehmen, damit sie mich nicht traurig machen. Aber das tun sie gar nicht. Ich sehe sie mir gerne an."

„Du musst froh sein, dass du etwas so Schönes hast, das dich an sie erinnert."

Jessie rieb sich schläfrig die Augen und versuchte das Gähnen zu unterdrücken. „Ich habe auch Puppen, aber ich spiele nicht oft mit ihnen. Meine Großmütter schenken mir immer welche, aber mir gefallen die Stofftiere besser. So wie das Walross, das Daddy mir geschenkt hat. Gefällt dir mein Zimmer?"

„Es ist sehr, sehr hübsch."

„Ich kann von hier aus das Wasser sehen, und deinen Garten auch." Jessie zog die sich bauschenden Fenstervorhänge beiseite. „Und das da ist Daisys Bett." Sie deutete auf einen Hundekorb mit einem pinkfarbenen Kissen. „Aber sie schläft lieber bei mir. Daddy mag das nicht, aber er tut so, als wisse er es nicht."

„Vielleicht möchtest du dich hinlegen, bis Daisy zurückkommt?"

„Vielleicht." Jessie warf Ana einen abschätzenden Blick zu. „Eigentlich bin ich gar nicht richtig müde. Kennst du denn ein paar Geschichten?"

„Ich könnte mir eine ausdenken." Ana hob Jessie hoch und setzte sich mit ihr auf das Bett. „Welche würdest du denn gerne hören?"

„Eine mit Zauberei."

„Das sind immer die besten." Ana überlegte kurz, dann lächelte sie. „Irland ist ein Land, das es schon sehr lange gibt", begann sie und legte dem Mädchen einen Arm um die Schultern. „Ein sehr altes Land voller Geheimnisse, dunkler Hügel und grüner Felder. Mit Seen, die so blau sind, dass dir die Augen wehtun, wenn du zu lange darauf schaust. Und seit Jahrhunderten gibt es dort Magie, denn es ist immer noch ein sicherer Ort für Elfen und Kobolde und Hexen."

„Gute Hexen oder böse?"

„Für beide, aber es hat immer mehr gute Hexen als böse gegeben. Überhaupt bei allen, nicht nur bei Hexen."

„Gute Hexen sind immer hübsch." Jessie strich mit ihrer Hand über Anas Arm. „Daran kann man es erkennen. Ist die Geschichte von einer guten Hexe?"

„Genau, sie handelt von einer guten und sehr schönen Hexe."

„Männer sind keine Hexen", teilte Jessie ihr naseweis mit. „Die sind Zauberer."

„Wer erzählt hier die Geschichte, hm?" Ana küsste Jessie aufs Haar. „Also, eines Tages, vor gar nicht allzu langer Zeit, machte sich eine junge, schöne Hexe mit ihren beiden Schwestern auf die Reise, um ihren alten Großvater zu besuchen. Er war ein sehr mächtiger Zauberer, aber mit dem Alter war er sehr brummig geworden. Er langweilte sich. Nicht weit von dem Haus, in dem er lebte, stand ein Schloss. Und in dem Schloss lebten drei Brüder. Sie waren Drillinge und auch sehr mächtige Zauberer. Solange man sich zurückerinnern konnte, bestand zwischen dem alten Zauberer und der Familie der drei Brüder eine Fehde. Keiner kannte mehr den Grund für diesen Streit, aber die Fehde bestand weiter. Das tun Fehden oft. Also sprachen die beiden Familien kein noch so kleines Wort mehr miteinander."

Ana zog Jessie auf ihren Schoß und streichelte ihr übers Haar, während sie weiter erzählte.

„Die junge Hexe war genauso dickköpfig, wie sie schön war. Und sehr neugierig. Und so schlüpfte sie an einem schönen sonnigen Tag aus dem Haus und wanderte über die Felder zu dem Schloss, in dem die Feinde ihres Großvaters wohnten. Auf dem Weg war ein Teich, bei dem hielt sie an, um sich die Füße im Wasser zu kühlen und das Schloss aus der Ferne zu betrachten. Während sie dasaß, mit nassen Füßen und Haaren, die ihr bis weit über die Schulter fielen, sprang ein Frosch aus dem Wasser und begann, zu ihr zu sprechen.

‚Holde Maid‘, sagte der Frosch zu der Hexe ‚wieso seid Ihr auf meinem Land?‘

Die junge Hexe war gar nicht erstaunt, dass ein Frosch sprechen konnte, schließlich verstand sie sich auf Magie, aber sie fühlte auch im selben Moment, dass es sich hier um einen Trick handelte.

‚Euer Land?‘ fragte sie zurück. ‚Frösche haben nur das Wasser und das Ufer. Ich gehe da, wo es mir beliebt.‘

‚Aber Eure Füße sind in meinem Wasser. Also müsst Ihr Wegzoll zahlen.‘

Sie aber lachte nur und schalt ihn einen gewöhnlichen Frosch, dem gar nichts gehörte. Der Frosch war natürlich sehr verwirrt über ihre Haltung. Immerhin passierte es nicht jeden Tag, dass er aus dem Wasser sprang und mit einer hübschen Maid redete, und er hatte zumindest einen erschreckten Schrei und etwas mehr Respekt erwartet. Er liebte es, andere mit seinen Tricks zu überraschen, und er war sehr enttäuscht, dass es diesmal nicht geklappt hatte. Er erklärte der jungen Hexe, dass er kein gewöhnlicher Frosch sei, und wenn sie den Wegzoll nicht bezahlen würde, dass er sie dann bestrafen müsse. Auf die Frage, welchen Wegzoll er denn erwarte, antwortete der Frosch, einen Kuss. Das hatte die Hexe natürlich schon geahnt, denn sie war zwar jung, aber nicht dumm. So sagte sie ihm, dass sie es stark bezweifelte, er würde sich in einen jungen hübschen Prinzen verwandeln, und deshalb wollte sie sich ihre Küsse für jemand anderen aufbewahren.

Jetzt war der Frosch erst recht verärgert. Er begann zu zaubern, ließ Wind aufkommen, dass die Blätter an den Bäumen raschelten, aber sie gähnte nur gelangweilt. Weil er nicht mehr wusste, was er noch tun sollte, sprang der Frosch direkt in ihren Schoß und begann, sie heftig auszuschimpfen. Um ihm eine Lektion zu erteilen, nahm die junge Hexe den Frosch und warf ihn zurück ins Wasser. Aber als er wieder auftauchte, da war er gar kein Frosch mehr, sondern ein junger Mann, sehr nass und sehr wütend. Er schwamm ans Ufer zurück, und da standen sie nun und schrien sich gegenseitig an, drohten sich mit Zaubersprüchen und Flüchen, sandten Blitze über den Himmel und ließen Donner grollen. Obwohl sie ihm mit den schlimmsten Höllenflüchen gedroht hatte, bestand der junge Mann weiterhin auf seinen Wegzoll, denn es waren sein Land, sein Wasser und sein gutes Recht. Deshalb küsste er sie herzhaft.

Und es brauchte nur diesen einen Moment, um den Ärger in ihrem Herzen in Wärme zu verwandeln und die Wut in seiner Brust in Liebe. Denn auch bei Hexen und Zauberern wirkt der stärkste aller Zauber. Sie heirateten einen Monat später, am Ufer des Teichs. Und sie lebten glücklich und zufrieden. Und jedes Jahr, an genau dem Tag im Hochsommer, geht die Hexe, obwohl sie längst nicht mehr jung ist, an den Teich, lässt ihre Füße im Wasser baumeln und wartet darauf, dass der Frosch zu ihr kommt."

Jessie war längst eingeschlafen. Da hatte Ana die Geschichte wohl für sich selbst zu Ende erzählt – zumindest dachte sie das. Aber als sie die Bettdecke zurückschlug, lag auf einmal Boones Hand auf ihrem Arm.

„Keine schlechte Geschichte für einen Amateur. Muss irisch sein."

„Eine alte Familiengeschichte." Wie oft hatte sie sich erzählen lassen, wie ihre Mutter und ihr Vater sich kennengelernt hatten.

Geschickt zog Boone seiner Tochter die Schuhe aus. „Vorsicht. Vielleicht stehle ich mir ein paar Ideen davon."

Kaum hatte er Jessie zugedeckt, sprang Daisy mit einem Satz auf das Fußende des Betts.

„Wie war der Spaziergang?"

„Großartig. Nachdem ich über mein Schuldgefühl hinweg war, dass ich dich mit dem Aufräumen allein gelassen habe – was ungefähr neunzig Sekunden gedauert hat." Er strich Jessie das Haar aus der Stirn und gab ihr einen Gutenachtkuss. „Das Beneidenswerteste an der Kindheit ist, dass man von einer Sekunde auf die andere einschlafen kann."

„Hast du immer noch Probleme damit?"

„Mir geht ziemlich viel im Kopf herum." Er nahm Ana bei der Hand und zog sie aus dem Zimmer, ohne die Tür zu schließen. „Ein großer Teil davon dreht sich um dich, aber da gibt es auch noch andere Sachen."

„Nicht schmeichelhaft, aber ehrlich." Sie blieb auf dem Treppenabsatz stehen. „Ehrlich, Boone, ich könnte dir etwas geben." Röte stahl sich auf ihre Wangen, und sie gluckste vergnügt, als sie seine Miene sah. „Ein sehr mildes, völlig unbedenkliches Schlafmittel auf Kräuterbasis. Willst du?"

„Sex wäre mir lieber."

Kopfschüttelnd stieg sie die Treppe nach unten. „Du nimmst mich nicht ernst."

„Im Gegenteil."

„Ich meine als Herbalistin."

„Ich verstehe nicht das Geringste davon, aber das heißt nicht, dass ich es abtue." Allerdings würde er sich deshalb noch lange nichts von ihr verschreiben lassen. „Warum hast du dich eigentlich dafür entschieden?"

„Es hat mich schon immer interessiert. In meiner Familie gibt es seit Generationen Heiler."

„Ärzte?"

„Nein, nicht direkt."

Boone nahm den Wein und zwei Gläser mit, als sie auf dem Weg zur Veranda durch die Küche kamen. „Wolltest du keine Ärztin werden?"

„Ich habe mich einfach nicht in der Lage gefühlt, in die Medizin zu gehen."

„Also, so etwas von einer modernen, emanzipierten Frau zu hören ist schon sehr seltsam."

„Das eine hat mit dem anderen nichts zu tun." Sie nahm das Glas an, das er ihr hinhielt. „Es ist nicht möglich, jeden zu heilen. Und ich … habe Schwierigkeiten damit, Leiden zu ertragen. Das, was ich tue, erfüllt sowohl meine Bedürfnisse als es mich auch schützt." Mehr konnte sie ihm nicht sagen. „Außerdem gefällt es mir, allein zu arbeiten."

„Das Gefühl kenne ich. Meine Eltern hielten mich für völlig verrückt. Das Schreiben an sich war ja okay, aber sie hätten erwartet, dass ich den klassischen Bestseller schreibe. Mindestens. Märchen waren für sie anfangs sehr schwer zu akzeptieren."

„Sie müssen stolz auf dich sein."

„Auf ihre Art. Es sind gute, herzliche Menschen", sagte er lang gezogen, als ihm bewusst wurde, dass er noch nie mit jemand anderem als mit Alice über seine Eltern gesprochen hatte. „Sie lieben mich, und der Himmel weiß, wie sehr sie Jessie vergöttern. Aber sie haben Probleme damit zu akzeptieren, dass ich für mein Leben nicht unbedingt das will, was sie sich wünschen. Ein Haus am Stadtrand, ein anständiges Golfspiel und eine Ehefrau, die zu mir steht."

„Nichts davon ist schlecht."

„Nein, und ich hatte es auch einmal – bis auf das Golfen. Ich möchte nicht den Rest meines Lebens damit verbringen, sie zu überzeugen, dass mir mein Leben so gefällt, wie es ist." Er wickelte sich eine Strähne von Anas Haar um einen Finger. „Hörst du so was nicht auch von deinen Eltern? ,Ana, wann findest du endlich einen netten Mann und gründest eine Familie?'"

„Nein." Sie lachte in ihren Wein. „Nein, nie." Allein die Vorstellung, dass ihre Mutter oder ihr Vater so etwas sagten, brachte sie erneut zum Lachen. „Ich nehme an, man könnte meine Eltern als … exzentrisch bezeichnen." Mit sich und der Welt im Reinen, legte sie den Kopf in den Nacken und sah zu den Sternen auf. „Ich glaube, sie wären entsetzt, würde ich mich mit ,nett' zufriedengeben. Du hast mir gar nicht gesagt, dass du eine Zeichnung von Tante Bryna dein Eigen nennst."

„Als die Beziehung zu deiner Familie zur Sprache kam, sahst du aus, als würdest du mir am liebsten an die Gurgel gehen. Deshalb hielt ich es für angebrachter, nichts davon zu erwähnen. Und danach habe ich nicht mehr daran gedacht."

„Sie muss hohe Stücke auf dich halten. Nach der Hochzeit hat sie Nash nur eine geschenkt, und er bettelt schon seit Jahren."

„Wirklich? Oh, das werde ich ihm nächstens unter die Nase reiben." Er legte einen Finger unter ihr Kinn und hob es leicht an. „Es ist schon Jahre her, dass ich im Dunkeln auf einer Veranda gesessen und geknutscht habe. Ich frage mich, ob ich das noch kann."

Mit den Lippen strich er zart über ihren Mund, einmal, zweimal, bis er sich zitternd und einladend öffnete. Er nahm ihr das Glas aus der Hand, stellte es ab und ließ seinen Mund nehmen, was sie ihm bot.

Süß, so unglaublich süß. Es wärmte ihn, beruhigte ihn, erregte ihn. Weich, so weich. Lockte ihn, verführte ihn, bezauberte ihn. Und lautlos, so lautlos, dieser erstickte Seufzer, der seinen Körper wie ein Blitz in Brand setzte.

Aber er war kein unerfahrener hitziger Junge. Er wusste den Vulkan, der in seinem Innern brodelte, zu kontrollieren. Wenn er ihr nicht die Gänze seiner Leidenschaft geben konnte, so wollte er ihr doch die durch Erfahrung erlernte Beherrschung zukommen lassen.

Und während er von ihrem Mund trank und sich mit ihrem Sein erfüllte, langsam, Schritt für Schritt, gab er ihr so viel Zärtlichkeit und Zuneigung, dass sie hilflos und schwankend auf dem schmalen Grat zur Liebe wanderte.

Er spürte, wie sie sich ihm ergab, spürte es so deutlich wie den Abendwind auf seiner Haut. Wohl wissend, dass es ihn nur näher an die Grenze seiner Beherrschung treiben würde, ließ er sich von dem fiebrigen Verlangen, zu berühren, vorantreiben.

Sie war so zart, so wunderbar weich. Ihr Herz schlug wie wild unter seiner Hand. Er konnte sie fast schmecken, ihre heiße, seidene Haut, auf seinen Lippen, in seinem Mund, tief in seiner Kehle. Es war wie eine Folter, ihr nicht das Kleid von den Schultern zu streichen, dieser Vorstellung nicht Taten folgen zu lassen. Als er die hart aufgerichteten Knospen ihrer Brüste unter der Seide fühlte, entfuhr ihm ein raues Stöhnen, und erneut suchte er ihren Mund.

Der den seinen genauso willig, genauso fordernd begrüßte. Ihre Hände strichen ebenso ungestüm wie seine über seine Haut. Ana wusste, wenn sie sich jetzt diesem einen Moment hingab, würde es kein Zurück mehr geben. Aber jetzt konnte es nicht sein. Nicht hier, auf einer Veranda unter Sternen, mit einem schlafenden Kind im Haus, das jederzeit aufwachen und nach dem Vater suchen konnte.

Doch schon jetzt gab es kein Zurück mehr vorm Verliebtsein. Nicht für sie. Sie konnte diese Flutwelle an Gefühlen nicht aufhalten, genauso wenig wie sie ändern konnte, welches Blut in ihren Adern floss.

Deshalb würde die Zeit kommen, schon bald, da sie ihm geben würde, was sie bisher noch keinem anderen gegeben hatte.

Überwältigt wandte sie den Kopf und lehnte ihr Gesicht an seine Brust. „Du weißt ja nicht, was du mit mir anstellst."

„Dann sage es mir." Er liebkoste ihr Ohrläppchen, sandte damit einen Schauer durch ihren Körper. „Ich will die Worte von dir hören."

„Du weckst ein Verlangen in mir, eine unbeschreibliche Sehnsucht." Und Hoffnung, fügte sie still hinzu. „Das hat noch niemand getan." Mit einem tiefen Seufzer zog sie sich von ihm zurück. „Und das ist es, wovor wir beide Angst haben."

„Ich kann es nicht leugnen." Seine Augen schimmerten wie Kobalt im schwachen Licht. „Genauso wenig wie ich leugnen kann, dass ich dich auf die Arme nehmen und nach oben tragen will, in mein Bett. Es ist mir ein Bedürfnis, so wie das Atmen."

Ihr Herz schlug einen wilden Trommelwirbel. „Glaubst du an das Unvermeidliche, Boone?"

„Ich musste es."

Sie nickte. „Ich glaube auch daran. Ich glaube an Bestimmung, an die Launen des Schicksals, die Streiche jener, die die Menschen früher Götter nannten. Wenn ich dich ansehe, sehe ich das Unvermeidliche." Sie stand auf, legte ihm eine Hand auf die Schulter, damit er sitzen blieb. „Wirst du akzeptieren können, dass ich Geheimnisse habe, die ich dir nicht anvertrauen kann? Dass es Dinge an mir gibt, die ich nicht mit dir teilen kann?" Sie sah die Verwirrung und das Unverständnis in seinen Augen. Sie schüttelte den Kopf, bevor er etwas erwidern konnte. „Sag jetzt nichts. Überlege es dir gut, denn du musst sicher sein. So wie ich auch."

Sie beugte sich vor und küsste ihn, stellte für einen Augenblick das Band her und spürte seine Verblüffung, bevor sie sich zurückzog. „Ruhe wohl heute Nacht", sagte sie, wohl wissend, dass er Schlaf finden würde. Und dass ihr eine schlaflose Nacht bevorstand.

7. KAPITEL

Das Geschenk, das Ana sich immer selbst zu ihrem Geburtstag machte, war ein kompletter Tag zur freien Verfügung. Sie konnte faulenzen oder fleißig sein, ganz wie sie wollte. Sie konnte im Morgengrauen aufstehen und sich mit Eiscreme vollstopfen, oder sie konnte bis Mittag im Bett bleiben und sich einen alten Film im Fernsehen ansehen.

Das war ja das Besondere an diesem Tag – überhaupt nichts zu planen.

Heute war sie früh aufgestanden und gönnte sich ein langes heißes Bad im wohligen Duft ihrer Lieblingsöle und eines Säckchens, dessen Kräutermischung entspannende Wirkung hatte. Um sich zu verwöhnen, hatte sie eine Gesichtsmaske aus Holunderblüten und Jogurt angerührt, und so lag sie nun in der Wanne, schlürfte eisgekühlten Fruchtsaft und lauschte der Harfenmusik, die aus der Stereoanlage drang.

Die Haut prickelnd und das Haar vom Kamilleshampoo weich und glänzend, rieb sie sich mit dem eigens nur für sie hergestellten Körperöl ein und schlüpfte dann in einen seidenen Morgenmantel, der die Farbe des Mondes hatte.

Während sie in ihr Schlafzimmer zurückkehrte, überlegte sie, ob sie nicht einfach wieder ins Bett kriechen sollte, um diesen wunderbar faulen Morgen zu krönen. Doch in der Mitte des Raumes, wo nichts anderes als ein antiker Gebetsteppich gelegen hatte, als sie ins Bad gegangen war, stand nun eine massive Truhe. Das war zu schön, um wahr zu sein!

Ana stieß einen freudigen Schrei aus und rannte zu der Truhe, um die Schnitzereien mit den Händen zu betasten. Das Holz war auf Hochglanz poliert und roch nach Bienenwachs und Rosmarin. Es fühlte sich an wie Seide unter ihren Fingern.

Die Truhe war alt, uralt. Schon als Kind auf Schloss Donovan hatte sie sie bewundert. Man sagte, die Truhe sei aus

Camelot, in Auftrag gegeben von dem jungen König Artus für Merlin.

Glücklich seufzend ließ Ana sich davor nieder. Sie schafften es immer wieder, sie zu überraschen. Ihre Eltern, ihre Tanten und Onkel ... so weit weg, doch immer in ihrem Herzen.

Die vereinte Kraft von sechs Hexen und Zauberern hatte diese Truhe von Irland hierher transportiert, durch die Lüfte, durch Raum und Zeit, auf eine Art, die alles andere als konventionell war.

Langsam hob sie den Deckel an, und der Geruch von alten Visionen, urzeitlichen Beschwörungen, Zauber aus früher Zeit stieg zu ihr auf, aromatisch, trocken, rauchig von dem kalten Feuer, das ein Zauberer in der Nacht entfacht. Ana war entzückt.

Sie kniete sich hin, hob die Arme, dass die Seide zu den Ellbogen rutschte, und legte die Hände zusammen, mit den Handflächen zum Gesicht.

Macht. Eine Macht, die respektiert und akzeptiert werden musste. Die Worte, die sie sprach, entstammten einer alten Sprache, die Sprache der Weisen. Der Wind, den sie heraufbeschwor, zerrte an den Vorhängen, ließ ihr Haar um ihr Gesicht flattern. Die Luft sang, tausend Harfensaiten wurden angeschlagen, dann wurde es still.

Ana ließ die Arme wieder sinken und griff in die Truhe. Ein Heliotrop-Amulett, das Rot des Blutsteins lief in die tiefgrünen Ränder. Sie wusste, es war seit Generationen in der Familie ihrer Mutter, ein Heilstein von enormer Kraft und größtem Wert. Tränen brannten in ihren Augen, als ihr klar wurde, dass er an sie weitergereicht wurde, wie es nur alle halbe Jahrhunderte geschah, um sie in die höchsten Ränge der Heiler aufzunehmen.

Das ist mein Geschenk, dachte sie und rieb den Stein zwischen ihren Fingern, wie schon andere vor ihr, zu anderen Zeiten, es getan hatten. Ihr Erbe.

Vorsichtig legte sie ihn zurück in die Truhe und nahm das nächste Geschenk. Eine Kugel aus Sardonyx. Die fast durchsichtige Oberfläche würde ihr einen Blick auf das Universum erlauben, wenn sie es denn wollte. Von Sebastians Eltern. Sie spürte es, als sie die Hände über die Kugel legte. Und dazu ein Schaffell, auf dem etwas in der uralten Sprache geschrieben stand. Eine Elfengeschichte, merkte sie, als sie las, und lächelte. So alt wie die Zeit, so verheißungsvoll wie das Morgen. Tante Bryna und Onkel Matthew, dachte sie, als sie es zurücklegte und voller Dankbarkeit auf ihre Geschenke hinabsah.

Obwohl das Amulett von ihrer Mutter war, so wusste Ana doch, dass noch etwas Besonderes von ihrem Vater dabei sein würde. Als sie es fand, lachte sie herzlich auf. Ein Frosch, nicht größer als ihr Daumennagel, meisterhaft geschnitzt aus grüner Jade.

„Gleicht dir aufs Haar, Dad", sagte sie lachend. Sie legte auch dieses Geschenk wieder zurück, schloss den Deckel der Truhe und erhob sich. In Irland war es jetzt Nachmittag, und sechs Leute warteten darauf zu erfahren, ob ihr ihre Geschenke gefallen hatten.

Sie war auf dem Weg zum Telefon, als es an der Hintertür klopfte. Ihr Herz machte einen kleinen Sprung, dann beruhigte es sich wieder. Irland würde noch ein Weilchen warten müssen.

Boone hielt das Geschenk hinter seinem Rücken versteckt. Zu Hause stand noch ein zweites Paket, etwas, das Jessie und er zusammen ausgesucht hatten. Aber dieses Geschenk hier hatte er Ana geben wollen. Allein.

Er hörte sie kommen und grinste, die Begrüßung und die kleine vorbereitete Rede lagen ihm bereit auf der Zunge. Er konnte von Glück sagen, dass er nicht an diesen Worten erstickte, als er sie erblickte.

Sie war eine strahlende Erscheinung, ihr Haar ein Goldregen, der sich über die silberne Robe ergoss. Ihre Augen schienen dunkler, irgendwie tiefgründiger. Wie konnte es sein, dass sie klar wie das Wasser eines Sees waren und doch wirkten, als würden sie tausend Geheimnisse verbergen? Und dieser überwältigende weibliche Duft, der sie einhüllte, hätte ihn fast in die Knie gezwungen.

Als Quigley ihm zur Begrüßung um die Beine strich, zuckte Boone zusammen, als hätte ihn gerade der Blitz getroffen.

„Boone." Ein stilles Lachen in ihrer Kehle, legte Ana die Hand auf das Fliegengitter. „Ist alles in Ordnung?"

„Äh … ja … sicher. Ich … Habe ich dich etwa geweckt?"

„Nein." In dem gleichen Maße gelassen, wie er nervös war, öffnete sie einladend die Tür. „Ich bin schon eine ganze Weile auf. Ich faulenze." Da er regungslos stehen blieb, neigte sie den Kopf. „Willst du nicht einen Moment hereinkommen?"

„Ja … natürlich." Er trat ein, hielt aber vorsichtshalber Abstand.

Während der letzten zwei Wochen hatte er sich zurückgehalten wie nur irgend möglich und der Versuchung widerstanden, zu oft mit ihr allein zu sein. Und wenn sie einmal allein waren, hatte er darauf geachtet, die Stimmung unbeschwert zu halten. Jetzt wurde ihm klar, dass er das nicht nur für Ana, sondern auch für sich getan hatte.

Sie war einfach unwiderstehlich, selbst wenn sie im hellen Sonnenlicht standen, sich über Jessie, den Garten oder beider Arbeit unterhielten.

Aber das hier, vor ihr zu stehen, eingefangen in dem exotischen Parfüm, das seine Sinne quälte, zu wissen, dass das Haus leer war … das war geradezu unerträglich.

„Stimmt irgendwas nicht?", fragte sie, aber sie lächelte, als wüsste sie es genau.

„Nein … nein, alles in Ordnung. Äh … wie geht es dir?"

„Gut." Ihr Lächeln wurde breiter, wärmer.

„Schön." Er war überzeugt, wenn er sich noch mehr verspannte, würde er zu Stein werden.

„Ich wollte mir gerade einen Tee machen. Tut mir leid, ich habe keinen Kaffee im Haus, aber vielleicht möchtest du ja auch eine Tasse?"

„Tee." Er atmete leise aus. „Großartig." Er sah ihr nach, als sie zum Herd ging, mit der Katze, die sich an ihre Beine schmiegte. Ana stellte den Kessel auf, dann schüttete sie Quigleys Frühstück in seine Schale, ging in die Hocke, um ihn zu streicheln, während er fraß. Der Morgenmantel rutschte und gab den Blick auf einen samtenen Oberschenkel frei.

„Was macht der Waldmeister? Und der Ysop?"

„Äh ..."

Sie warf ihr Haar zurück und lächelte zu ihm auf. „Die Kräuter, die ich dir für deinen Garten gab."

„Ach ja, die. Sie wachsen ..."

„Ich habe Salbei und Thymian in Töpfe umgepflanzt. Vielleicht möchtest du welche mitnehmen, für die Fensterbank in der Küche? Du kannst sie beim Kochen verwenden." Sie erhob sich, als der Kessel zu pfeifen begann. „Frische Kräuter sind immer aromatischer."

„Ja, gern." Er hatte sich fast schon wieder entspannt. Hoffte er zumindest. Es war beruhigend, ihr beim Teeaufschütten zuzusehen, wie sie die Porzellankanne vorwärmte, lose Teeblätter hineingab. Bisher hatte er nicht geahnt, dass eine Frau beruhigend und erregend zugleich sein konnte. „Jessie gluckt über die Goldlacksamen, die du ihr gegeben hast, wie eine Henne über ihre Eier."

„Sie darf sie nur nicht zu oft gießen." Ana stellte die Kanne beiseite, um den Tee ziehen zu lassen. „Nun?"

Er blinzelte. „Nun – was?"

„Boone, wirst du mir nun zeigen, was du da hinter deinem Rücken versteckst, oder nicht? Ich sehe doch, dass du etwas in den Händen hältst."

„Täuschen kann man dich also nicht, was?" Er hielt ihr eine in hellblaues Papier gewickelte Schachtel hin. „Herzlichen Glückwunsch zum Geburtstag."

„Woher wusstest du, dass ich heute Geburtstag habe?"

„Nash hat's mir verraten. Willst du es nicht öffnen?"

„Doch, natürlich." Ana riss das Papier herunter, und eine Schachtel mit dem Logo von Morganas Laden kam zum Vorschein. „Eine exzellente Wahl", sagte sie. „Mit nichts, was du bei ‚Wicca' kaufst, könntest du verkehrt liegen." Sie hob den Deckel und hielt den Atem an.

Die zierliche Statue einer Zauberin kam zum Vorschein, wundervoll geschnitzt aus Bernstein. Ihr Kopf lag im Nacken, das lange Haar fiel ihr prachtvoll über das Gewand. Die schlanken Arme erhoben, leicht gebeugt an den Ellbogen, die Hände zusammengelegt, mit den Handflächen zum Gesicht – ein Spiegelbild der uralten Haltung, die Ana vor der Truhe heute Morgen eingenommen hatte.

„Sie ist wunderschön", murmelte sie ergriffen. „Unglaublich schön."

„Ich war letzte Woche in dem Laden. Morgana hatte gerade eine neue Lieferung bekommen. Die Statue erinnerte mich an dich."

„Danke." Die Bernsteinfigur in einer Hand, legte sie die andere an seine Wange. „Du hättest nichts Perfekteres finden können."

Sie beugte sich vor, stellte sich auf die Zehenspitzen, um seine Lippen zu berühren. Sie wusste genau, was sie tat, wusste, als er den Kuss erwiderte, dass er sich an der Kette, die die Selbstbeherrschung ihm angelegt hatte, fast erstickte. Macht, frisch und klar wie Regenwasser, strömte in sie.

Das war es, worauf sie gewartet hatte. Das war der Grund, weshalb sie den Morgen mit dem ewig währenden weiblichen Ritual von Ölen und Lotionen und Parfüms verbracht hatte.

Für ihn. Für sie. Für das erste Mal zusammen.

Dornen zerrissen seinen Magen, dröhnend wie Amboss und Hammer schlug das Verlangen den Takt in seinem Kopf. Obwohl ihre Lippen nur leicht auf seinen lagen, betäubte ihn ihr Geschmack, verwandelten sich Zurückhaltung und Selbstbeherrschung in unklare, völlig nichtige Konzepte. Er versuchte sich zurückzuziehen, doch ihre Arme schlangen sich weich um seinen Nacken.

„Ana …"

„Schsch …" Sie beruhigte und erregte ihn mit dem Spiel ihrer Lippen auf seinem Mund. „Küss mich einfach."

Wie sollte er es nicht, wenn ihre Lippen so einladend geöffnet waren? Er legte beide Hände an ihr Gesicht, während er einen unmenschlichen inneren Kampf mit sich ausfocht, diese Umarmung nicht zu weit gehen zu lassen.

Als das Telefon klingelte, stieß er ein lautes Stöhnen aus, aus Frustration und Erleichterung. „Ich sollte besser auf der Stelle gehen."

„Nein." Sie wollte lachen, konnte aber nur leise lächeln, während sie sich aus seinen Armen löste. Nie zuvor hatte sie eine so köstliche Macht erfahren. „Bitte, bleib. Warum gießt du nicht Tee in die Tassen, während ich ans Telefon gehe?"

Tee einschenken, dachte er. Wenn er Glück hatte, schaffte er es, die Kanne anzuheben. Sein gesamter Körper war in Aufruhr.

„Mama!" Jetzt lachte sie doch, und Boone hörte die überschäumende, ehrliche Freude. „Oh, danke! Danke euch allen. Ja, ich hab's bekommen, heute Morgen. Eine wunderbare Überraschung." Sie lachte wieder, lauschte. „Aber natürlich, es geht mir bestens. Ich … Dad!" Sie gluckste vergnügt, als ihr Vater sich am Hörer meldete. „Ja, ich weiß, was der Frosch bedeutet. Ich liebe ihn. Dich liebe ich auch. Nein, der ist mir lieber als ein echter." Sie lächelte Boone an, als er ihr eine Tasse Tee reichte. „Tante Bryna! Ja, es ist eine wunderschöne Geschichte. Ja, sicher. Morgana geht es gut, und den Zwillingen auch. Nicht mehr lange … Ja, natürlich werdet ihr rechtzeitig hier sein."

Rastlos wanderte Boone im Raum umher, nippte an dem Tee, der erstaunlich gut schmeckte. Er fragte sich, was, zum Teufel, sie da wohl hineingegeben haben mochte. Was, zum Teufel, hatte sie in ihn hineingegeben? Allein ihre Stimme zu hören, löste ein unbändiges Sehnen in ihm aus.

Er würde schon damit fertig werden, sagte er sich. Sie würden gemeinsam eine Tasse Tee trinken – ganz zivilisiert –, und er würde gefälligst die Finger von ihr lassen. Dann würde er die Flucht ergreifen und sich in seiner Arbeit vergraben, um den restlichen Tag nicht mehr an sie denken zu müssen.

Die Geschichte war fast fertig, und schon bald würde er mit den Illustrationen beginnen können. Er wusste bereits, was er wollte.

Ana.

Er schüttelte heftig den Kopf und trank einen großen Schluck Tee. Es hörte sich an, als würde sie mit jedem Einzelnen ihrer Verwandten reden. Umso besser. Das ließ ihm Zeit, sich wieder zu sammeln.

„Ihr fehlt mir, alle. Wir sehen uns dann in zwei Wochen. Seid gesegnet."

Ihre Augen schwammen leicht in Tränen, aber sie lächelte, als sie sich zu Boone umdrehte. „Das war meine Familie."

„Das dachte ich mir."

„Sie haben mir heute Morgen eine Truhe mit Geschenken geschickt. Ich hatte noch keine Gelegenheit, sie anzurufen und ihnen zu danken."

„Das ist nett. Ana, ich sollte wirklich … Heute Morgen? Ich habe keinen Lieferwagen gesehen. Das muss mir völlig entgangen sein."

„Er war sehr früh da." Sie sah weg und setzte die Tasse ab. „Sonderlieferung, sozusagen. Sie können es gar nicht mehr abwarten, Ende des Monats zu kommen."

„Du freust dich auf sie."

„Immer. Sie waren im Sommer kurz hier, aber mit der ganzen Aufregung um Sebastians Hochzeit blieb kaum Zeit, um einfach nur in Ruhe zusammenzusitzen." Sie öffnete die Hintertür, um Quigley hinauszulassen, wandte sich dann wieder zu Boone. „Noch etwas Tee?"

„Nein, danke, wirklich nicht. Ich muss gehen. Die Arbeit ruft." Er bewegte sich übertrieben unauffällig auf die Tür zu. „Nochmals herzlichen Glückwunsch, Ana."

„Boone." Sie legte eine Hand auf seinen Arm, spürte seine Muskeln zittern. „Jedes Jahr an meinem Geburtstag schenke ich mir etwas. Ein sehr einfaches Geschenk – einen Tag lang nur das tun, was ich will, was immer sich gut anfühlt." Sie schloss die Tür und stand zwischen ihm und dem Ausgang. „Ich will dich. Das heißt, wenn du mich noch willst."

Ihre Worte hallten in seinen Ohren, als er sie anstarrte. Sie war so ruhig, so gelassen. Sie hätte genauso gut übers Wetter reden können. „Du weißt, dass ich dich will."

„Ja." Sie lächelte, die Verkörperung der Ruhe, wie das Zentrum eines Hurrikans. „Ja, ich weiß es." Als sie einen Schritt vor machte, machte er einen zurück. Ist es das, was sie Verführung nennen? fragte sie sich, ohne den Blick von ihm zu nehmen. „Ich kann es sehen, wann immer ich dich ansehe, kann es fühlen, wann immer du mich berührst. Du warst sehr geduldig, sehr zärtlich und zurückhaltend. Du hast dein Wort gehalten. Nichts würde zwischen uns passieren, bis ich es will."

„Ich habe mich bemüht." Er trat noch einen Schritt zurück. „Es war nicht einfach."

„Für mich auch nicht." Sie blieb stehen, wo sie war, der silberne Morgenmantel schimmerte im Sonnenlicht. „Du brauchst nur zu akzeptieren, das annehmen, was dir zu geben ich bereit bin, und es dabei bewenden lassen."

„Was möchtest du von mir?"

„Dass du der Erste bist", sagte sie offen. „Dass du mir zeigst, wie die Liebe sein kann."

Er wagte es, die Hand auszustrecken und ihr Haar zu berühren. „Bist du sicher?"

„Absolut." Sie bot ihm ihre Hände. „Wirst du mit mir zu Bett gehen und mich lieben?"

Wie konnte er antworten? Was konnte er antworten? Es gab keinen Ausdruck, um das zu beschreiben, was in diesem Moment in ihm passierte. So suchte er erst gar nicht nach Worten, sondern hob sie auf seine Arme.

Er trug sie so vorsichtig, als sei sie zerbrechlich wie die Zauberin aus Bernstein, die er ihr geschenkt hatte. Und tatsächlich dachte er so über sie. Panik flammte in ihm auf bei dem Gedanken, dass er vielleicht nicht vorsichtig genug sein würde, nicht zärtlich genug. Wie leicht konnte man Graziles zerbrechen …

Als er am unteren Treppenansatz angelangt war, hämmerte sein Herz vor Erwartung und Furcht. Oben fragte er nur: „Wo?", und Ana zeigte kurz auf die Tür zu ihrem Schlafzimmer.

Ihr Duft erfüllte den Raum, sehr weiblich, Parfüm und Puder – und da war noch etwas, das er nicht genau bestimmen konnte. Wie Blumen und Rauch. Die Sonne fiel durch die Vorhänge und tauchte das große alte Bett mit dem geschnitzten Kopfende in goldenes Licht.

Er wich der Truhe aus, bezaubert von dem Licht, das sich in den Kristallen brach, die an durchsichtigen Fäden vor den Fenstern hingen. Regenbogen statt Mondlicht, dachte er, als er Ana auf dem Bett niederlegte und sie zärtlich betrachtete.

Albern, jetzt nervös zu werden, ermahnte sie sich, aber ihre Hände zitterten, als sie ihn zu sich heranzog und festhielt. Sie wollte dies. Wollte ihn. Und doch, die Sicherheit, die sie noch vor wenigen Minuten verspürt hatte, hatte sich aufgelöst unter dem Ansturm der Sehnsucht.

Er sah das Verlangen, die Nervosität in ihren Augen. Verstand sie, dass diese ein Spiegelbild seiner eigenen Gefühle waren? Sie war so zart, so wunderschön. Frisch und unberührt. Sein. Und er wusste um die Wichtigkeit, sie zärtlich zu nehmen.

„Anastasia." Er verdrängte seine Ängste, hob ihre Hand, drückte seine Lippen auf ihre Handfläche. „Ich werde dir nicht wehtun. Ich schwöre es."

„Das weiß ich." Sie verschränkte ihre Finger mit den seinen. Wünschte, sie wüsste, ob es die Angst vor dem einen Moment im Leben einer Frau war oder die Angst vor der unglaublichen Intensität ihrer Liebe zu ihm, die sie so zittern ließ. „Zeige es mir."

Regenbogenfarben tanzten um sie herum, als er seinen Mund auf ihren legte. Ein langer, betörender Kuss, der die Zeit stillstehen ließ.

Er spielte mit ihrem Haar, seine Finger griffen in die seidige Flut. Zu seinem eigenen Vergnügen breitete er die Strähnen über dem Kissen aus, wie Gold auf feinem irischen Leinen.

Sein Mund löste sich von ihrem, aber nur, um eine langsame Reise an ihrem Hals hinab zu ihren Schultern anzutreten, bis er das nervöse Zittern zu einem verlangenden werden fühlte. Selbst als sie ihre Ängste unter dem Ansturm der Empfindungen ablegte, liebkoste Boone sie weiter langsam, zart, träge.

Sie hörte ihn murmeln, Versicherungen, Versprechen. Der tiefe Klang seiner Stimme ließ sie schweben, sie lächelte leise, als seine Lippen wieder auf die ihren trafen.

Sie hätte wissen müssen, dass es mit ihm so sein würde. Er ließ sie sich geliebt fühlen, geschätzt, geborgen. Als er den Morgenmantel von ihren Schultern streifte, fürchtete sie sich nicht mehr, sondern hieß seinen Mund auf ihrer Haut willkommen. Fiebrig zerrte sie an seinem Hemd, und er zögerte nur einen unmerklichen Moment, bevor er ihr half, es ihm auszuziehen.

Ihre Haut war wie Samt. Unglaublich weich und duftend, zog ihn an wie Nektar, lud ihn ein, zu kosten und zu schmecken. Als er die Lippen über ihrer Brust schloss, entfuhr ihrer Kehle ein erstickter Seufzer, der wie Donner in seinem Kopf hallte.

Er benutzte Lippen und Zunge, um sie langsam zur nächsten Stufe der Leidenschaft zu führen, während seine eigene Begierde ihn dazu anfeuerte, sich zu beeilen.

Anas Lider wurden schwer, viel zu schwer, um die Augen noch offen zu halten. Woher wusste er, wo er sie berühren musste, um ihr Herz in ihrer Brust erschauern zu lassen? Und doch tat er es, und ihr Atem ging in kleinen Stößen, als er ihr mehr offenbarte.

Leises Flüstern, zarte Berührungen. Der schwere Duft von Lavendel und Rosen in der Luft. Seidige Laken, zerwühlt, Haut, feucht von Leidenschaft. Ein Wasserfall von Regenbogenfarben auf ihrem Gesicht.

Sie schwebte, emporgehoben durch die Magie, die sie gemeinsam schufen.

Da war plötzlich Hitze, lodernd, verzehrend. In ihr. So schnell, so wild, dass sie aufschrie und sich gegen ihn sträubte. „Nein, Boone, ich …" Dann ein Blitz, ein heller Speer der Lust, der sie durchfuhr, sie schwach und erschlafft zurückließ.

„Ana." Er verkrallte die Finger im Laken, musste sich zurückhalten, um nicht in sie einzudringen, sie zu nehmen und an einen Ort zu führen, von dem er wusste, dass dort die Erlösung lag. „Süß, so süß. Hab keine Angst. Ich werde dir nicht wehtun."

„Nein." Erschüttert bis ins Zentrum ihres Wesens, hielt sie ihn fest. Sein Herz schlug wild an ihrem, sein Körper war angespannt wie eine Violinsaite. „Nein. Zeige es mir. Zeige mir mehr."

Ihre Augen waren jetzt geöffnet, sahen ihm zu, wie er ihren nackten Körper im Sonnenlicht betrachtete. Unter der erwachten Leidenschaft lag so viel Vertrauen. Ein Vertrauen, das ihn demutsvoll werden ließ.

Und so zeigte er ihr mehr. Alle Ängste schwanden, es war kein Raum mehr für sie, wenn ihr Körper vor tausend anderen Gefühlen erschauerte. Als Boone Ana erneut auf den Gipfel führte, ließ sie sich mitreißen, genoss das Feuer, verlangte verzweifelt nach mehr.

Überwältigt von ihrer Reaktion auf jede seiner Berührungen, auf jeden seiner Küsse, hielt er sich zurück, solange er konnte. Das Atmen fiel ihm schwer, das Blut pochte hinter seinen Schläfen, als er langsam in sie eindrang, darauf vorbereitet, sie würde aufschreien und sich versteifen. Er würde aufhören müssen, ganz gleich, wie sehr sein Körper auch nach Erlösung verlangte, wenn sie ihn darum bat.

Doch sie versteifte sich nicht, hauchte nur seinen Namen, während sie die Arme um ihn legte. Der kurze Schmerz wurde noch im selben Augenblick gelöscht durch eine Lust, die stärker und mächtiger war, als sie es sich je hätte träumen lassen.

Sein, dachte sie. Sie war sein. Und sie bog sich ihm entgegen mit dem Instinkt aus uralten Zeiten.

Tiefer, immer tiefer glitt er in sie, füllte sie aus, trieb sie vorsichtig immer höher, hinauf auf den Gipfel. Und als sie aufschrie, als ihr Körper von Schauern geschüttelt wurde, barg er sein Gesicht in ihrem Haar und folgte ihr.

Boone beobachtete das Sonnenlicht, das auf den Wänden tanzte, und lauschte auf Anas Herzschlag, jetzt wieder ruhig. Sie lag dicht an seiner Seite, einen Arm auf ihm, und streichelte ihm übers Haar.

Er hatte nicht gewusst, dass es so sein konnte. Er hatte Frauen gehabt. Mehr noch, er hatte geliebt, so tief, wie es ein Mensch nur konnte. Und doch … diese Vereinigung war mehr gewesen, als er je in seinem Leben erwartet oder erfahren hatte.

Und er konnte es ihr nicht erklären, denn er verstand es selbst nicht.

Er küsste sie auf die Schulter und sah sie an. Ihre Augen waren geschlossen, ihr Gesicht von einem zarten Hauch überzogen, ihre Züge gänzlich entspannt. Er fragte sich, ob sie wusste, wie viel sich für sie beide an diesem Morgen geändert hatte.

„Alles in Ordnung mit dir?"

Sie schüttelte den Kopf, ließ Alarmsirenen in ihm aufschrillen. „Nein, ich bin nicht in Ordnung." Ihre Stimme kam tief aus ihrer Kehle. „Mir geht es wunderbar. Du warst wunderbar. Überhaupt ist einfach alles wunderbar. Ich kann gar nicht sagen, wie wunderbar."

„Du hast mir einen ganz schönen Schrecken eingejagt." Er strich ihr eine Strähne von der Wange. „Ich kann mich nicht erinnern, je so nervös gewesen zu sein." Ihre Lippen warteten schon auf ihn, als er den Kopf beugte und sie küsste. „Und du bereust es nicht?"

Sie hob eine Augenbraue. „Wirke ich wie jemand, der bereut?"

„Nein." Er nahm sich Zeit, ihr Gesicht zu betrachten, zeichnete mit einem Finger die Konturen sanft nach. „Eigentlich siehst du wie jemand aus, der sehr zufrieden mit sich ist." Und dass es so war, verschaffte auch ihm immense Befriedigung.

„Du hast recht, genauso fühle ich mich, und unglaublich faul und träge." Sie reckte sich ein wenig und legte den Kopf an seine Schulter.

„Herzlichen Glückwunsch zum Geburtstag."

Sie gluckste an seiner Brust. „Das war das … einzigartigste Geschenk, das ich je bekommen habe."

„Das Schöne daran ist, du kannst es immer wieder benutzen."

„Stimmt." Sie hob den Kopf, und ihre Augen waren ernst. „Du warst sehr gut zu mir, Boone. Sehr gut für mich."

„Nun, ich habe es nicht aus reiner Nächstenliebe getan, weißt du? Ich wollte dich, vom ersten Augenblick an, als ich dich sah."

„Ich weiß. Es machte mir Angst – und erregte mich." Sie streichelte seine Brust, wünschte sich für einen Moment, sie könnten für immer hier liegen bleiben, sicher und eingehüllt im Sonnenlicht.

„Das ändert alles."

Ihre Hand verharrte regungslos. „Nur, wenn du es willst."

„Dann will ich es." Er setzte sich auf und zog sie mit sich hoch, damit sie sich ansehen konnten. „Ich möchte, dass du ein Teil meines Lebens wirst, Ana. Ich möchte mit dir zusammen sein, so oft es geht. Und nicht nur auf diese Weise."

Sie fühlte die alte Angst, die an ihr zu nagen begann. Zurückweisung. In diesem Falle würde es sie zerstören. „Ich gehöre doch schon zu deinem Leben."

Er erkannte etwas in ihrem Blick, spürte die plötzliche Spannung im Raum. „Aber?"

„Kein Aber", sagte sie hastig und schlang die Arme um ihn. „Nichts, nur dieses." Sie küsste ihn, legte alles in diesen einen Kuss, während sie wusste, dass sie sie beide betrog, indem sie etwas zurückhielt. Weil sie nicht wusste, wie sie es ihm darbieten sollte, ohne ihn zu verlieren. „Ich bin hier, wenn du mich willst, solange du mich willst. Das verspreche ich."

Er drängte sie schon wieder, tadelte er sich in Gedanken. Wie konnte er von ihr erwarten, verliebt zu sein, nur weil sie sich gerade geliebt hatten? Er war ja nicht einmal sicher, was genau er selbst fühlte. Es war alles so schnell gegangen, und er ließ sich von seinen momentanen Gefühlen hinreißen. Er erinnerte sich daran, während er Ana hielt, dass es hier nicht nur um seine eigenen Bedürfnisse ging.

Da war auch noch Jessie.

Was mit Ana passierte, würde auch seine Tochter betreffen. Deshalb durfte er sich keine Fehler erlauben, kein impulsives Handeln, keine Versprechen, bis er sich absolut sicher war.

„Wir werden es langsam angehen lassen", sagte er laut und kam sich schäbig vor. „Aber sollte irgendjemand an deine Tür klopfen, der dir Geschenke bringt oder dich um eine Tasse Zucker bittet …"

„Werde ich ihn am Kragen packen und hinauswerfen." Sie drückte ihn fest. „Es gibt niemanden außer dir." Sie küsste ihn auf den Hals. „Du machst mich glücklich."

„Ich kann dich auch noch glücklicher machen."

Sie neigte lachend den Kopf und sah ihn abschätzend an. „Wirklich?"

„Nicht so." Belustigt und geschmeichelt biss er ihr leicht in die Lippe. „Zumindest jetzt noch nicht. Nein, ich dachte mehr daran, hinunterzugehen und einen kleinen Lunch für uns zuzubereiten, während du dich faul im Bett rekeln kannst. Und dann werde ich dich wieder lieben. Und noch mal, und noch mal …"

„Nun …" Eine verlockende Aussicht, aber sie erinnerte sich nur zu gut daran, wie die Küche aussah, nachdem er eine Mahlzeit zubereitet hatte. Außerdem gab es bei ihr zu viele Flaschen und Gläser, deren Inhalt er besser nicht benutzen sollte. „Warum machen wir es nicht umgekehrt? Du wartest, während ich uns einen kleinen Lunch zusammenstelle."

„Es ist dein Geburtstag."

„Genau." Sie küsste ihn und schlüpfte aus dem Bett. „Deswegen geht ja heute auch alles nach meinem Willen. Es dauert nicht lange."

Es bräuchte schon einen sehr dummen Mann, um ein solches Angebot auszuschlagen, dachte Boone und verschränkte die Arme hinter dem Kopf. Er lauschte dem Wasserrauschen im angrenzenden Bad und stellte sich dann vor, wie es wohl wäre, den ganzen Tag mit ihr im Bett zu verbringen.

Auf dem Weg nach unten verknotete Ana den Gürtel des Morgenmantels. Liebe, so überlegte sie, tat wahre Wunder für die Stimmung. Besser, viel besser als jeder Trank, den sie brauen könnte. Vielleicht, mit der Zeit, mit genügend von dieser Liebe, könnte sie ihm auch den Rest offenbaren.

Boone war nicht Robert, und sie schämte sich dafür, die beiden miteinander verglichen zu haben. Aber das Risiko war so groß, und der Tag war so schön.

Vor sich hin summend, hantierte sie in der Küche.

Sandwiches wären am besten, wenn sie im Bett essen wollten. Zwar nicht gerade exklusiv, aber praktisch. Sandwiches und der Wein ihres Vaters. Sie tanzte zum Kühlschrank, von dessen Tür mittlerweile jeder Zentimeter mit Jessies Zeichnungen bedeckt war.

„Noch nicht einmal angezogen", erklang Morganas Stimme gespielt tadelnd hinter ihrem Rücken. „Das hatte ich schon erwartet."

Eine kalte Hühnchenbrust in der Hand, drehte Ana sich um. Es stand nicht nur Morgana an ihrer Hintertür, nein, auch Nash, Mel und Sebastian waren da.

„Oh." Sie spürte, wie ihr die Röte in die Wangen stieg, als sie das Fleisch beiseitelegte. „Ich habe gar keinen Wagen kommen gehört."

„Wahrscheinlich warst du einfach zu sehr mit dir selbst beschäftigt, mit deinem Geburtstag und so", konstatierte Sebastian.

Sie alle drängten herein, mit Küssen und Umarmungen und Geschenken. Nash öffnete bereits eine Flasche Champagner. „Mel, hol doch mal Gläser, damit wir mit der Party beginnen können." Er blinzelte seiner Frau zu, als sie ächzend auf einen Stuhl sank. „Du bekommst nur Apfelsaft."

„Ich bin einfach zu dick, um mich zu streiten." Sie versuchte ihr Gewicht bequemer zu verlagern. „Und? Hast du schon aus Irland gehört?"

„Ja, heute Morgen stand eine Truhe da. Sie ist einfach großartig. Gläser sind im Schrank daneben", sagte Ana in Mels Richtung. „Und die Geschenke lagen darin. Ich habe schon mit ihnen allen in Irland gesprochen ..." Kurz bevor sie und Boone sich geliebt hatten. Wieder wurde sie rot. „Ich ... äh ... ich muss noch mal ..." Mel drückte ihr ein Glas Champagner in die Hand.

„Stoß erst mal mit uns an", forderte Sebastian sie auf. Dann legte er den Kopf schief. „Anastasia, liebste Cousine, du siehst blendend aus. Siebenundzwanzig zu werden bekommt dir anscheinend bestens."

„Raus aus meinem Kopf", fauchte sie leise und nippte an ihrem Glas, um etwas Zeit zu gewinnen, damit sie sich überlegen konnte, wie sie es am besten erklären sollte. „Ich kann euch gar nicht genug danken, dass ihr so unverhofft vorbeigekommen seid. Wenn ihr mich für eine Minute entschuldigen wollt ..."

„Unseretwegen brauchst du dich nicht anzuziehen." Nash schenkte die restlichen Gläser ein. „Sebastian hat recht, du siehst großartig aus."

„Danke, aber jetzt muss ich wirklich ..."

„Ana, mir ist was Besseres eingefallen."

Boones Stimme aus der Diele brachte jedermann zum Schweigen. „Warum gehen wir nicht ..." Barfuß, mit bloßer Brust und wirren Haaren, kam Boone in die Küche und erstarrte.

„Hoppla." Mel grinste in ihr Glas.

„Sehr passend ausgedrückt." Ihr Mann musterte Boone mit zusammengekniffenen Augen. „Auf einen kurzen nachbarschaftlichen Besuch vorbeigekommen?"

„Halt den Mund, Sebastian." Das kam von Morgana, die die Hände auf dem Bauch verschränkt hatte und lächelte. „Wir scheinen hier etwas unterbrochen zu haben."

„Wären wir früher gekommen, wäre das wohl der Fall gewesen", flüsterte Nash Mel zu, die prompt zu glucksen anfing.

Ana warf ihm einen vernichtenden Blick zu, bevor sie sich Boone zuwandte. „Meine Familie hat wohl eine kleine Überraschungsparty für mich im Sinn gehabt, und sie alle finden es ausgesprochen amüsant, dass ich auch ein Privatleben habe." Sie sah über die Schulter zurück. „Das sie nichts angeht."

„Sie ist immer schlecht gelaunt, wenn sie gerade aus dem Bett kommt", merkte Sebastian an und ergab sich in die Vorstellung, Boone zu akzeptieren. Für den Moment. „Mel, sieht aus, als bräuchten wir noch ein Glas."

„Schon passiert." Mit einem Lächeln reichte sie Boone die Champagnerflöte. „‚Wenn du sie nicht besiegen kannst, verwirr sie'", flüsterte sie ihm den alten Spruch als Rat zu, und er nickte.

„Also dann." Boone trank einen großen Schluck, um sich zu stärken. „Hat jemand Kuchen mitgebracht?"

Mit einem erlösenden Lachen deutete Morgana auf die große Schachtel. „Nash, gib Ana ein Messer, damit sie die Torte anschneidet. Auf die Kerzen können wir wohl verzichten. Es scheint, als hätte sie sich schon eine Kleinigkeit gewünscht."

*A*na war einfach zu sehr an ihre Familie gewöhnt, als dass sie lange verärgert oder beschämt sein könnte. Und zu glücklich mit Boone, als dass sie ihm hätte böse sein können. Während die Tage vergingen, festigte sie langsam, aber stetig ihre Beziehung.

Sie vertraute ihm ihr Herz und ihren Körper an, aber ihr Geheimnis vertraute sie ihm noch nicht an.

Obwohl seine Gefühle für sie immer stärker wurden, zu einer Liebe gewachsen waren, von der er nie gedacht hatte, dass er sie noch einmal erleben würde, war er doch genauso zurückhaltend wie sie, wenn es darum ging, den letzten Schritt zu einem gemeinsamen Leben zu machen.

Denn im Zentrum dieser Entscheidung stand ein Kind, das keiner von ihnen wegen der eigenen Bedürfnisse verletzen wollte.

Sie stahlen Zeit für sich, ein paar Stunden am Nachmittag, ein paar Stunden an einem verregneten Morgen. In der Nacht lag Ana allein in ihrem Bett und fragte sich, wie lange dieses magische Zwischenspiel wohl andauern würde.

Als Halloween immer näher kam, waren sie und Boone mit ihren eigenen Vorbereitungen beschäftigt. Manchmal wollten Ana schier die Nerven durchgehen, wenn sie daran dachte, dass er ihre ganze Familie an dem Feiertag kennenlernen würde. Dann lachte sie über sich selbst, weil sie sich schon fast wie ein Teenager benahm, der die erste Verabredung den Eltern vorstellte.

Schon am Mittag des einunddreißigsten Oktobers war sie bei Morgana, um der hochschwangeren Cousine bei den Vorbereitungen für das Halloween-Fest zu helfen.

„Ich könnte Nash das machen lassen." Morgana stützte mit beiden Händen ihren Rücken und setzte sich dann, um den Brotteig weiter zu kneten.

„Nash würde alles für dich tun, du müsstest ihn nur fragen." Ana schnitt Lammfleisch für den traditionellen Irish Stew in kleine Würfel. „Aber er hat diebischen Spaß dabei, seine Tricks vorzubereiten."

„Ein Amateur, der sich einbildet, die Profis ausstechen zu können." Morgana zuckte zusammen und stöhnte auf.

Ana war sofort bei ihr. „Liebes?"

„Nein, keine Sorge, es sind nicht die Wehen. Obwohl ich mir wünsche, sie wären es. Ich kann mich ja kaum noch bewegen." Als ihr der wehleidige Ton in ihrer Stimme auffiel, zog sie eine Grimasse. „Und ich verabscheue Leute, die ständig jammern."

„Jammer, soviel du willst. Hier sind nur wir beide." Immer gut vorbereitet, goss Ana einen Trank in ein Glas. „Hier, trink das."

„Ich fühle mich, als würde ich nur noch gleiten können. Wie Kleopatras Schiff. Breit genug bin ich ja." Sie trank, die Finger um das Amulett an ihrem Hals gelegt.

„Und du hast auch schon zwei Crewmitglieder."

Immerhin brachte das Morgana zum Lachen. „Lass uns über etwas anderes reden", bat sie. „Alles, was mich davon ablenkt, dass ich fett und unleidlich bin."

„Du bist nicht fett und nur ein ganz kleines bisschen unleidlich." Trotzdem suchte Ana nach einem anderen Thema. „Wusstest du übrigens, dass Mel und Sebastian wieder zusammen an einem Fall arbeiten?"

„Nein." Diese Information reichte aus, um ihr Interesse zu wecken. „Ich bin überrascht. Mel ist doch so eigen, wenn es um ihre Arbeit als Privatdetektivin geht."

„Tja, sieht so aus, als hätte sie die Mauer eingerissen. Ein Junge, der von zu Hause weggerannt ist, gerade mal zwölf. Die Eltern sind völlig am Ende. Als ich gestern Abend mit ihr telefonierte, sagte sie, sie hätten bereits eine Spur. Deshalb entschuldigt sie sich auch, dass sie heute nicht helfen kann."

„Mel in der Küche ist keine Hilfe, sondern eine Katastrophe." Aus jeder Silbe, die Morgana sprach, klang Zuneigung für ihre angeheiratete Verwandte. „Sie ist wunderbar für Sebastian, nicht wahr?"

„Ja." Ana lächelte vor sich hin, während sie Kartoffeln und Zwiebeln über das Lammfleisch im Tontopf schichtete. „Eigensinnig und stur und mit einem weichen Herzen. Sie ist genau das, was er braucht. Ein Glück, dass die beiden sich getroffen haben."

„Hast du gefunden, was du brauchst?"

Zuerst erwiderte Ana nichts, konzentrierte sich darauf, Kräuter über Fleisch und Gemüse zu streuen. Sie hatte geahnt, dass Morgana einen Weg finden würde, um auf das Thema zu kommen. „Ich bin sehr glücklich."

„Ich mag ihn. Ich hatte sofort ein gutes Gefühl."

„Das freut mich."

„Sebastian auch, obwohl erst mit einigen Einschränkungen." Morgana runzelte leicht die Stirn, aber ihre Stimme klang weiterhin unbeschwert. „Vor allem auch, nachdem er in Boones Kopf herumgewühlt hat."

Anas Lippen wurden dünn. „Das habe ich ihm noch immer nicht so richtig verziehen."

„Nun", Morgana legte den Teig in eine Schüssel, um ihn gehen zu lassen, „Boone hat's nicht gemerkt, und Sebastians Nackenhaare haben sich wieder gelegt. Er war nicht gerade begeistert, als er dich an deinem Geburtstag frisch aus dem Bett antraf."

„Das geht ihn nicht das Geringste an."

„Sebastian liebt dich." Morgana drückte Anas Arm, als diese zum Ofen ging. „Um dich wird er sich immer Sorgen machen, weil du die Jüngste von uns bist – und weil deine Gabe dich so verletzlich macht."

„Ich bin nicht völlig wehrlos, Morgana. Auch nicht dumm."

„Das weiß ich. Liebes, ich …" Unwirsch wischte sie sich die Tränen aus den Augen. „Es war dein erstes Mal. Ich wollte nicht neugierig sein, aber … Himmel, so sentimental war ich in meinem ganzen Leben nicht."

„Du konntest es nur besser verheimlichen." Ana kam zu Morgana herüber, um sie in die Arme zu nehmen. „Es war wunderbar, er war so zärtlich und sanft. Ich wusste immer, dass es einen Grund gab, warum ich wartete, und er ist dieser Grund." Sie richtete sich lächelnd auf. „Boone hat mir mehr gegeben, als ich mir je erträumt habe."

Mit einem Seufzer legte Morgana ihre Hände an Anas Gesicht. „Du liebst ihn."

„Ja. Ich liebe ihn sehr."

„Und er?"

Ihr Blick wurde unstet. „Ich weiß es nicht."

„Ach, Ana."

„Ich werde mich nicht auf diese Weise mit ihm verbinden." Ihre Stimme wurde wieder fester. „Es wäre unehrlich, wenn ich ihm noch nicht gesagt habe, was ich bin. Und noch nicht den Mut aufgebracht habe, ihm zu sagen, was ich für ihn fühle. Ich weiß, dass ihm viel an mir liegt. Dazu brauche ich meine Gabe nicht, um das zu merken. Das reicht. Wenn da mehr ist, wird er es mir sagen, da bin ich sicher."

„Es überrascht mich immer wieder, wie dickköpfig du bloß bist."

„Ich bin eine Donovan", gab Ana zurück. „Und das mit Boone ist wichtig für mich."

„Schön. Aber du solltest es ihm sagen." Morgana hielt Ana am Arm fest, bevor sie sich abwenden konnte. „Ja, ich weiß, ich hasse es auch, wenn mir jemand ungebeten einen Rat gibt, den ich nicht hören will. Aber du musst die Vergangenheit loslassen und dich der Zukunft zuwenden."

„Ich stelle mich ja der Zukunft. Und ich wünsche, dass Boone in ihr eine Rolle spielt. Ich brauche einfach mehr Zeit." Sie presste die Lippen zusammen, bis sie ihre Stimme wieder unter Kontrolle hatte. „Morgana, er ist ein guter

Mann. Er besitzt Mitgefühl und Fantasie und eine Großzügigkeit, derer er sich gar nicht bewusst ist. Und er hat ein Kind."

„Ist es das, was dir Angst macht? Das Kind einer anderen zu übernehmen?"

„Oh nein. Ich liebe sie. Wie sollte man sie nicht lieben? Noch bevor mir klar war, dass ich Boone liebe, hatte ich mich schon in Jessie verliebt. Sie ist der Angelpunkt seines Lebens, so, wie es sein sollte. Es gibt nichts, absolut nichts, was ich nicht für die beiden tun würde. Diese zwei Menschen sind ganz nah an meinem Herzen."

„Was ist es dann?"

Ana stockte, beschäftigte sich damit, die Eier für den Salat abzuschrecken. „Hast du ein bisschen Dill da? Du weißt doch, Onkel Douglas mag seinen Dill."

Mit einem Schnauben setzte Morgana ein Glas auf die Anrichte. „Anastasia, lenke nicht ab."

Viel zu heftig drehte Ana den Wasserhahn ab. „Du weißt ja gar nicht, wie viel Glück du mit Nash hast. Jemanden, der einen liebt, ganz gleich, was sein mag."

„Sicher weiß ich das", erwiderte Morgana warm. „Aber was hat Nash damit zu tun?"

„Wie viele Männer gibt es, die eine von uns so bedingungslos akzeptieren? Wie viele wagen eine Ehe und Kinder mit einer Hexe?"

„In Finns Namen! Anastasia!" Die Empörung in ihrer Stimme wurde entkräftet durch die Tatsache, dass sie sich wieder setzen musste. „Du redest gerade so, als wären wir warzenübersäte, hässliche alte Vetteln, die irre kichernd auf ihren Besenstielen reiten und die Muttermilch noch in der Brust sauer werden lassen!"

Ana fand das nicht komisch. „Denken nicht die meisten genau das über uns? Robert …"

„Ach, Robert … Soll ihn der Blitz treffen!"

„Gut, vergiss Robert", winkte Ana ab. „Aber wie oft sind wir über die Jahrhunderte verfolgt, gejagt, gefürchtet, ausgegrenzt worden, nur weil wir sind, was wir sind? Ich schäme mich meines Blutes nicht, ich bedaure nicht, diese Gabe geerbt zu haben. Aber ich könnte es nicht ertragen, dass, würde ich ihm die Wahrheit über mich sagen, er mich ansieht wie …", sie lachte bitter auf, „… wie einen Kessel voller Kröten und Molche."

„Wenn er dich liebt …"

„Wenn", betonte Ana vieldeutig. „Wir werden sehen. Aber jetzt, denke ich, solltest du dich für eine Stunde hinlegen."

„Du lenkst schon wieder ab", setzte Morgana an, als Nash hereingestürmt kam. Er hatte Spinnweben im Haar – künstliche –, und ein diabolisches Funkeln stand in seinen Augen.

„Das müsst ihr euch ansehen. Es ist absolut fantastisch! Ich bin ja soooo gut! Ich hätte mich fast selbst erschreckt." Er schnappte sich eine Selleriestange und biss herzhaft hinein. „Kommt schon, steht da nicht einfach so rum!"

„Amateure", seufzte Morgana und rappelte sich auf.

Die beiden Frauen bewunderten Nashs holografische Gespenster in der Eingangshalle gebührend, als man draußen einen Wagen vorfahren hörte.

„Sie sind da!" Voller Vorfreude sprang Ana auf die Haustür zu, dann erstarrte sie plötzlich. Noch während sie sich umdrehte, sank Morgana gegen Nash.

Der wiederum weiß wie seine Gespenster wurde. „Baby? Geht es los? Jetzt? Oh Gott!"

„Schon in Ordnung." Morgana atmete tief durch, und Ana stützte ihren anderen Arm. „Nur ein Ziehen, wirklich." Sie lächelte Ana zu. „Schon sehr passend, die Zwillinge ausgerechnet an Halloween zu bekommen."

„Kein Grund zur Aufregung", versicherte Douglas Donovan Nash immer wieder. Wie sein Sohn war auch er ein großer

Mann, allerdings war das dunkle Haar, das er Sebastian vererbt hatte, tiefen Geheimratsecken gewichen. Für den Anlass hatte er einen schwarzen Frack gewählt, zu dem die knallorangefarbenen Turnschuhe in scharfem Kontrast standen – zumal sie auch noch im Dunkeln fluoreszierten. „Eine Geburt ist das Natürlichste von der Welt. Ist ja auch die perfekte Nacht dafür. Du wirst sehen, deine Zwillinge kommen ganz von alleine."

„Richtig." Nash schluckte den Kloß in seiner Kehle hinunter. Sein Haus war voll – Hexen und Zauberer, wenn man es genau nehmen wollte –, und seine Frau saß auf dem Sofa und sah aus, als würde es ihr nicht das Geringste ausmachen, dass sie seit drei Stunden Wehen hatte. „Vielleicht war es ja falscher Alarm."

Camilla rauschte in einem Abendkleid voll aufgenähter Münzen vorbei und klopfte Nash mit ihrem Federfächer auf die Schulter. „Überlass das nur Ana, mein Junge. Sie wird sich bestens um alles kümmern. Ich weiß noch, als ich Sebastian bekam, habe ich dreizehn Stunden in den Wehen gelegen. Wir haben Witze darüber gemacht, erinnerst du dich, Douglas?"

„Ja, nachdem du endlich aufgehört hast, mich mit Flüchen zu belegen, mein Herz."

„Natürlich." Sie schwebte in Richtung Küche davon, um noch einmal den Stew zu überprüfen. Ana nahm nie genug Salbei.

„Sie hätte mich in einen Igel verwandelt, wäre sie nicht anderweitig beschäftigt gewesen", gestand Douglas Nash im Vertrauen.

„Na, da fühl ich mich doch gleich besser", murmelte Nash und sah Douglas skeptisch an.

Douglas entging die Ironie völlig. Herzlich klopfte er Nash auf die Schultern. „Ich bin immer froh, wenn ich helfen kann. Dafür sind wir ja hier, Dash."

„Nash."

Douglas lächelte milde. „Ja, natürlich."

„Mama." Morgana drückte die Hand ihrer Mutter. „Bitte, rette den armen Nash vor Onkel Douglas. Er sieht so blass um die Nase aus."

Bryna legte den Zeichenblock zur Seite. „Soll dein Vater einen kleinen Spaziergang mit ihm machen? Ich werde ihn gleich darum bitten."

„Das wäre wundervoll." Sie seufzte dankbar, als Ana ihre Schultern rieb. „Im Moment kann er hier im Haus sowieso nichts tun."

Padrick, Anas Vater, ließ sich auf dem Stuhl nieder, sobald Bryna aufgestanden war. „Wie geht's unserem Mädchen?"

„So weit ganz gut, es ist noch ziemlich schwach. Aber wahrscheinlich wird es bald richtig losgehen." Sie beugte sich vor und küsste ihn auf eine Pausbacke. „Ich bin froh, dass ihr alle hier seid."

„Ich möchte nirgendwo anders sein." Er legte die mollige Hand auf ihren Bauch, um den Schmerz zu besänftigen, und lächelte seiner Tochter mit dem ihm eigenen verschmitzten Lächeln an. „Und mein kleiner Liebling – hübscher denn je. Du kommst ganz nach deinem Dad, wenn ich das recht betrachte."

„Nach wem sonst?" Ana fühlte die nächste Wehe kommen und hielt ihre Hände fest auf Morganas Schultern. „Immer schön tief durchatmen, Liebes."

„Willst du ihr nicht Wiesenkraut geben?", fragte er.

Ana überlegte, dann schüttelte sie den Kopf. „Nein, noch nicht. Sie hält sich gut. Aber du könntest mir meinen Beutel bringen. Ich werde Kristalle benutzen."

„Schon erledigt." Padrick erhob sich und ließ die geschlossene Faust kreisen. Als er die Finger wieder öffnete, lag ein Zweig blühender Glockenheide auf seiner Handfläche. „Wo kommt das denn jetzt her?", sagte er mit der gleichen Stimme, die er benutzt hatte, als die erwachsene Frau in den Wehen selbst noch ein Kind gewesen war. „Passt du bitte für mich darauf auf? Ich habe einen Auftrag zu erledigen."

Morgana strich sich mit dem Zweiglein über die Wange. „Er ist der liebenswürdigste Mann der Welt."

„Wenn du nicht aufpasst, wird er diese beiden schrecklich verwöhnen. Dad ist völlig vernarrt in Kinder." Durch das Band spürte Ana, dass Morgana sich wesentlich unwohler fühlte, als sie sich anmerken ließ. „Bald werde ich dich nach oben bringen müssen, Morgana."

„Noch nicht." Sie legte ihre Hand auf Anas. „Es ist so schön, hier unten mit euch allen zusammen zu sein. Wo ist eigentlich Tante Maureen?"

„Mama ist in der Küche und streitet wahrscheinlich mit Tante Camilla, wie man den besten Stew macht."

Morgana schloss die Augen und stöhnte. „Himmel, ich könnte jetzt einen ganzen Topf davon essen."

„Später", versprach Ana und sah auf, als Kettengerassel und lautes Gejammer ertönte. „Da ist jemand an der Tür."

„Der arme Nash. Er kann es einfach nicht erwarten, seine Arbeit auszuprobieren. Ist es Sebastian?"

Ana reckte den Hals. „Sieht so aus. Er und Mel begutachten gerade die Hologramme. Hoppla, das war's dann wohl für die Rauchmaschine und die Fledermäuse."

Sebastian kam herein. „Was für Amateure", war sein einziger Kommentar.

„Lydia hat die ganze Zeit geschrien", erzählte die begeisterte Jessie von den Schrecken des Spukhauses in der Grundschule. „Und Frankie hat so viele Bonbons gegessen, dass er sich übergeben hat."

„Das hört sich ja wirklich nach einem denkwürdigen Tag an." Um genau das zu vermeiden, hatte Boone vorsorglich die Hälfte von den Süßigkeiten, die Jessie gesammelt hatte, weggeräumt.

„Mein Kostüm war das Schönste." Als sie vor Morganas Laden aus dem Wagen stiegen, drehte Jessie sich einmal um die eigene Achse, dass der bauschige pinkfarbene Rock mit den silbernen Sternchen nur so flog. Ganz stolzer Vater und sehr zufrieden mit sich, ging Boone in die Knie, um die Flügel aus Aluminiumfolie zu richten. Es hatte ihn zwei volle Tage gekostet, um das Elfenkostüm anzufertigen. Aber es hatte sich gelohnt.

Jessie tippte ihrem Vater mit dem Zauberstab aus Pappe auf die Schulter. „Jetzt bist du ein schöner Prinz."

„Und was war ich vorher?"

„Ein hässlicher Frosch." Sie kicherte laut, als er ihr leicht in die Nase kniff. „Meinst du, Ana erkennt mich so überhaupt?"

„Niemals. Ich erkenne dich ja kaum." Sie hatten auf eine Maske verzichtet, dafür hatte Boone seiner Tochter Wangen und Lippen rot gemalt, und ihre Lider erstrahlten in glitzerndem Gold.

„Wir lernen ihre ganze Familie kennen", sagte sie zu ihrem Vater – als ob man ihm das sagen müsste. Schon die ganze Woche hatte er deswegen Magenkrämpfe. „Und ich sehe endlich Morganas Katze und ihren Hund wieder."

„Ja." Er bemühte sich, sich wegen des Hundes keine Sorgen zu machen. Pan mochte zwar aussehen wie ein Wolf, aber beim letzten Besuch war er sanft und freundlich zu Jessie gewesen.

„Das wird die beste Halloween-Party der Welt!" Jessie stellte sich auf die Zehenspitzen und klingelte an der Haustür. Sie sperrte den Mund auf, als die Tür langsam von allein aufging und Kettengerassel und Stöhnen die Luft füllten.

Ein untersetzter Mann mit lustigen Augen warf einen Blick auf Jessie und sprach dann in bester Gespenstermanier mit tiefer Stimme: „Willkommen im verwunschenen Schloss. Tretet ein, auf eigene Gefahr."

Jessies Augen standen wie zwei große blaue Untertassen in ihrem Gesicht. „Ist es wirklich verwunschen?"

„Kommt herein und findet es heraus … wenn ihr euch traut." Er ging vor Jessie in die Hocke und zog ein Plüschkaninchen aus seinem Ärmel.

„Ooh." Jessie schmiegte die Wange an das Stofftier. „Sind Sie ein Zauberer?"

„Was sonst. Ist das nicht jeder?"

„Nein. Ich bin eine Elfenprinzessin."

„Das geht auch. Ist das deine Eskorte für den Abend?", fragte er und sah zu Boone.

„Nein." Jessie lachte fröhlich. „Das ist mein Daddy. Und eigentlich bin ich Jessie."

„Na, eigentlich bin ich Padrick." Er richtete sich wieder auf, und obwohl seine Augen immer noch lustig funkelten, hatte Boone das sichere Gefühl, dass er hier gerade abgeschätzt wurde.

„Sawyer." Er streckte die Hand aus. „Boone Sawyer. Wir sind Anastasias Nachbarn."

„Nachbarn, sagen Sie? Ich bezweifle, dass das alles ist." Nach dem Handschlag nahm Padrick Jessie bei der Hand. „Komm, lass uns nachsehen, was euch alles erwartet."

„Geister!" Jessie zuckte ehrlich erschreckt zusammen. „Daddy, sieh nur! Geister!"

„Ja, für einen Laien gar nicht schlecht gemacht", stimmte Padrick gönnerhaft zu. „Ach übrigens, Ana ist gerade mit Morgana und Nash nach oben gegangen. Wir kriegen heute Abend nämlich Zwillinge. Maureen, meine Passionsblume, komm und lerne Anas Nachbarn kennen." Er drehte sich um, als eine bemerkenswerte Amazone mit einem scharlachroten Turban in die Halle kam.

„Sie können sicher einen Drink gebrauchen", sagte Padrick zu Boone.

Der stieß langsam die Luft aus. „Ja, Sir, gute Idee – das könnte ich wirklich."

Zögernd klopfte Mel an die Tür zu Morganas Schlafzimmer und steckte vorsichtig den Kopf herein. Sie war sich überhaupt nicht sicher, was sie zu erwarten hatte – die klinische Atmosphäre eines Kreißsaals oder den ätherischen Schimmer eines magischen Kreises.

Weder noch. Morgana war in halb sitzender Stellung auf ihrem gemütlichen Bett, Kerzen und Blumen um sie herum, Harfen- und Flötenmusik klang durch den Raum. Sie sah erhitzt aus, Nash dagegen war weiß wie ein Laken, aber alles, was sie sah, einschließlich Anas aufforderndem Winken, wirkte völlig normal, was ihr die Entscheidung, einzutreten, erheblich erleichterte.

„Komm herein, Mel. Du solltest dich doch auskennen. Schließlich hast du Sebastian und mir geholfen, das Fohlen auf die Welt zu bringen."

„Ich fühle mich zwar wie ein Pferd", knurrte Morgana leise, „aber das heißt nicht, dass ich gerne mit einem verglichen werde." Dann begann sie in Stößen zu atmen, als eine neue Wehe einsetzte.

„Okay, okay." Nash griff ihre Hand und hielt die Stoppuhr. „Es geht schon. Wir machen das großartig, ganz großartig."

„Wir?", presste Morgana zwischen den Zähnen hervor. „Zur Hölle, ich möchte dich hier sehen und …"

„Atme." Anas Stimme war sanft, als sie Kristalle über Morganas Bauch positionierte. Die Steine blieben in der Luft hängen und strahlten ein überirdisches Licht aus. Mel starrte mit offenem Mund, dann erinnerte sie sich daran, dass sie selbst seit zwei Monaten mit einem Zauberer verheiratet war.

„Geh nicht." Morgana lockerte den Klammergriff um Nashs Hand, als die Wehe nachließ. „Bleib hier."

„Ich gehe nirgendwohin, Schatz. Du bist einfach wunderbar." Wie wünschte er sich, der Schmerz hätte endlich ein Ende für sie. Er tupfte mit einem feuchten kalten Tuch den Schweiß von ihrer Stirn. „Ich liebe dich, Schönheit."

„Das will ich dir auch geraten haben." Sie brachte ein Lächeln zustande und lehnte sich erschöpft mit geschlossenen

Augen zurück. Sie wusste, dass sie noch einen langen Weg vor sich hatte. „Wie mache ich mich, Ana?"

„Sehr gut. Vielleicht zwei Stunden noch. Länger wird es nicht dauern."

„Zwei Stunden?!" Nash presste die Lippen zusammen, rang sich dann ein Lächeln ab, auch wenn es sehr schief ausfiel. „Na, das ist doch wunderbar."

Mel räusperte sich, und Ana sah zu ihr hinüber. „Ich wollte dir nur sagen, dass Boone hier ist, mit Jessie."

„Oh." Ana wischte sich mit dem Ärmel den Schweiß von den Brauen. „Das hatte ich ganz vergessen. Ich komme gleich nach unten. Könntest du bitte Tante Bryna heraufschicken?"

„Mache ich. He, Morgana, wir sind alle bei dir."

Morganas Lächeln zeigte einen leicht boshaften Anflug. „Wie nett. Möchtest du vielleicht mit mir tauschen?"

„Ich denke, dieses Mal werde ich passen, danke." Mel zog sich eilends zurück.

Als Ana auf der Schwelle zum Wohnzimmer stand, fiel ihr als Erstes auf, dass Jessie sich köstlich amüsierte. Anas Mutter lachte ihr volles, herzliches Lachen, während Jessie ihr alle Ereignisse der Halloween-Party in der Schule erzählte. Und da Jessie bereits zwei Plüschtiere im Arm hielt, ging Ana davon aus, dass ihr Vater seine Tricks auch schon vorgeführt hatte.

Sie konnte nur hoffen, dass er diskret vorgegangen war.

„Wie sieht es oben aus?", fragte Bryna leise, als sie an Ana vorbeiging.

„Alles bestens. Du wirst noch vor Mitternacht Großmutter werden."

„Danke, Anastasia." Bryna küsste sie auf die Wange. „Und dein junger Mann gefällt mir."

„Er ist nicht ..." Aber ihre Tante war bereits halb die Treppe hinauf.

Und da stand Boone, neben dem offenen Kamin, in dem fröhliche Flammen flackerten – einen Drink in der Hand, mit Sicherheit ein Gebräu ihres Vaters – und hörte mit fasziniertem Gesicht einer von Onkel Douglas' Geschichten zu.

„Also haben wir die arme Seele für die Nacht aufgenommen, schließlich stürmte und gewitterte es draußen wie verrückt. Und was tut dieser Mensch am Morgen? Rennt laut schreiend davon und schimpft über Geister und Hexen." Douglas tippte sich vielsagend mit dem Finger an die Schläfe. Auf dem Kopf saß jetzt ein orangefarbener Zylinder. „Wirklich bedauernswert."

„Vielleicht hatte es etwas damit zu tun, dass du in dieser alten Ritterrüstung herumstolziert bist", gab Matthew Donovan zu bedenken, während er den Cognac in seinem Glas schwenkte.

„Aber nein, ein Ritter ähnelt doch in keinster Weise einer Hexe. Ich glaube vielmehr, dass es an dem Jammern von Maureens Katzen lag."

„Meine Katzen jammern nicht", kam es beleidigt von Maureen. „Sie sind sehr gut erzogen."

„Ich habe einen Hund", mischte Jessie sich ein, „aber ich mag Katzen auch."

„Wirklich?" Padrick war nur zu willig. Er griff zwischen die Aluminiumflügel und zog eine kleine Plüschkatze hervor. „So wie die hier?"

„Ja!" Jessie war begeistert. Und entzückte Padrick damit, dass sie auf seinen Schoß kletterte und ihm einen Kuss auf die rosige Wange drückte.

„Dad." Ana kam auf ihren Vater zu und blickte ihn liebevoll an. „Du änderst dich nie."

„Ana!" Jessie hüpfte auf Padricks Knie auf und ab, die ganze Menagerie an die Brust gepresst. „Dein Daddy ist der lustigste Mann auf der ganzen Welt! Und er kann ganz toll zaubern!"

„Ja, ich mag ihn auch." Dann legte sie den Kopf schief. „Aber wer bist du?"

„Aber ich bin doch Jessie." Kichernd hüpfte sie auf den Boden und drehte sich einmal im Kreis. Sie war völlig fasziniert von dieser Party.

„Nein, wirklich?"

„Doch, ehrlich. Daddy hat aus mir für Halloween eine Elfenprinzessin gemacht."

„Deine Stimme hört sich auf jeden Fall wie die von Jessie an." Ana ging vor ihr in die Hocke. „Gib mir einen Kuss, dann weiß ich es sicher."

Jessie presste ihre roten Lippen auf Anas Mund, selig über den Erfolg ihres Kostüms. „Hast du mich wirklich nicht erkannt?"

„Nein, ich war felsenfest davon überzeugt, du seist eine echte Elfenprinzessin."

„Dein Daddy hat gesagt, dass du seine Elfenprinzessin warst, weil deine Mama die Königin war."

Maureen lachte herzhaft auf und blinzelte ihrem Mann zu. „Ach, mein Froschkönig."

„Du musst entschuldigen, aber ich kann nicht lange bleiben und mit dir reden", sagte Ana zu Jessie.

„Ich weiß. Du hilfst Morgana dabei, ihre Babys zu bekommen. Kommen sie eigentlich beide gleichzeitig heraus oder einzeln?"

„Sie kommen nacheinander. Hoffe ich wenigstens." Sie lachte und wuschelte Jessie durchs Haar, dann sah sie zu Boone. „Bleibt, solange ihr wollt. Zu essen ist genug da."

„Mach dir um uns keine Gedanken. Wie geht es Morgana?"

„Sie hält sich sehr gut. Ehrlich gesagt, ich werde Cognac für Nash mitnehmen. Er ist mit den Nerven am Ende."

Mit einem verstehenden Nicken hielt Matthew ihr eine Karaffe und einen Schwenker hin. „Ich weiß, was er durchmacht." Als er ihr die Sachen reichte, verspürte sie seine Macht wie einen Blitzschlag und wusste, dass er in Gedanken und mit seinem Herzen, trotz seiner äußeren Gelassenheit, oben bei seiner Tochter war.

„Keine Sorge, Onkel Matthew, ich kümmere mich um sie."

„Niemand könnte es besser. Du bist die Beste, von allen, die ich kenne, Anastasia." Er sah ihr in die Augen, als er mit einem Finger über das Blutsteinamulett fuhr, das sie um den Hals trug. „Und ich habe viele gekannt." Dann erschien ein Lächeln auf seinen Lippen. „Boone, warum bringen Sie Ana nicht nach oben zurück?"

„Gern." Boone nahm Ana Karaffe und Glas ab, bevor sie den Raum verließen.

„Deine Familie", setzte er an und schüttelte den Kopf, nicht merkend, wie Ana sich versteifte.

„Ja?"

„Sie sind unglaublich. Alle. Einmalig. Schließlich geschieht es nicht jeden Tag, dass ich mich mitten zwischen Fremden wiederfinde, während eine Frau im Obergeschoss Zwillinge zur Welt bringt, ein Wolf – ich schwöre, dieser Hund ist kein Hund – unter dem Küchentisch an einem riesigen Knochen, der von einem Mammut stammen könnte, nagt, während in der Halle mechanische Fledermäuse herumflattern und Ketten rasseln. Ich bin vollkommen begeistert."

„Nun, es ist Halloween. Was hattest du denn an diesem Tag anderes erwartet?"

„Ich glaube nicht, dass das viel damit zu tun hat." Er blieb auf dem oberen Treppenabsatz stehen. „Ich kann mich nicht entsinnen, mich je so gut amüsiert zu haben. Sie sind einfach wunderbar, Ana. Dein Vater mit seinen Tricks – ich komme ihm einfach nicht auf die Schliche, wie er es macht."

„Nein, das wirst du bestimmt auch nicht. Er ist sehr … talentiert."

„Er könnte damit auftreten. Ich muss dir einfach sagen, dass ich diese Party um nichts in der Welt hätte verpassen wollen."

Er legte die freie Hand in ihren Nacken. „Das Einzige, was fehlt, bist du."

„Ich hatte befürchtet, du würdest dich vielleicht unwohl fühlen."

„Nein. Nur bringt das meine Pläne ein wenig durcheinander. Ich hatte vor, dich in dunkle Ecken zu ziehen und dir Schauergeschichten zu erzählen, die dir das Blut in den Adern gefrieren lassen, bis du dich vor Angst schlotternd an mich schmiegst."

„So leicht bin ich nicht zu ängstigen. Da musst du dir schon ein bisschen mehr einfallen lassen." Lächelnd schlang sie die Arme um seinen Hals. „Ich bin praktisch mit solchen Geschichten aufgewachsen."

„Mit Onkeln, die nachts in Ritterrüstungen umherstiefeln", murmelte er an ihren Lippen.

„Oh, das war noch das Wenigste." Sie schmiegte sich enger an ihn. „Als Kinder haben wir immer im Verlies gespielt. Einmal habe ich sogar eine ganze Nacht im Spukturm verbracht, wegen einer von Sebastians Mutproben."

„Wirklich sehr tapfer."

„Nein, dumm. Es war schrecklich unbequem und kalt. Zumindest hat Morgana ein Kissen und eine Decke für mich hochgezaubert."

„Gezaubert, meine Prinzessin?", wiederholte er. Das Wort amüsierte ihn.

„Hochgebracht", verbesserte sie sich und schmiegte sich noch enger in seine Arme, damit er an nichts anderes mehr dachte als an sie.

Als die Tür neben ihnen aufgezogen wurde, stoben sie auseinander wie schuldbewusste Teenager. Bryna hob eine Augenbraue, erfasste die Situation und lächelte.

„Entschuldigt, wenn ich störe, aber ich denke, Boone ist genau der Mann, den wir brauchen."

Seine Finger klammerten sich unwillkürlich fester um die Karaffe. „Ich? Da drinnen?"

Bryna lachte. „Nein, das nicht. Aber wenn ich Ihnen Nash herausschicken darf … Er könnte ein aufmunterndes Gespräch mit einem Mann gebrauchen."

„Aber nur für ein paar Minuten", schränkte Ana ein. „Morgana braucht ihn neben sich."

Bevor Boone zustimmen oder ablehnen konnte, waren die beiden Frauen schon wieder in das Zimmer verschwunden. Mit einem resignierten Seufzer schenkte er sich einen Cognac ein, trank einen kräftigen Schluck und füllte das Glas nach, als Nash auf den Flur herauskam.

„Hier, das beruhigt die Nerven."

„Ich hätte nicht gedacht, dass es so lange dauert." Nash stieß den Atem aus und trank. „Oder dass sie so dabei leiden muss. Ich schwöre dir, sobald das hier vorbei ist, rühre ich sie nicht mehr an."

„Ja, sicher."

Obwohl Nash wusste, dass es das Klischee eines werdenden Vaters war, begann er, systematisch den Gang auf- und abzulaufen.

„Nash, ich will mich ja nicht einmischen, aber … Würdest du dich nicht besser fühlen, sicherer, wenn Morgana in einem Krankenhaus wäre, mit einem Arzt und allen medizinischen Möglichkeiten?"

„Eine Klinik? Nein." Nash rieb sich über das Gesicht. „Morgana wurde in diesem Bett geboren. Sie würde die Zwillinge nirgendwo anders zur Welt bringen wollen."

„Dann wenigstens einen Arzt …"

„Ana ist die Beste." Der Gedanke daran beruhigte ihn wieder ein bisschen. „Glaub mir, Morgana ist bei ihr in den besten Händen."

„Ich weiß, dass es exzellente Hebammen gibt, und natürlicher ist es auch, denke ich." Boone lockerte die Schultern. Wenn Nash zufrieden mit der Situation war, dann war es nicht an ihm, den werdenden Vater zu beunruhigen. „Tja, ich denke, sie hat es schon öfter gemacht."

„Nein, es ist das erste Mal für Morgana."

Boone gluckste. „Ich bezog mich eigentlich auf Ana. Dass sie Babys auf die Welt holt."

„Oh, ja, natürlich. Sie weiß genau, was sie tut. Ich glaube sogar, wenn sie nicht dabei wäre, würde ich wahnsinnig werden. Aber ..." Nash trank noch einen Schluck, marschierte noch eine Länge auf und ab. „Das geht jetzt schon seit Stunden. Ich weiß nicht, wie sie das aushält. Ich weiß nicht, wie überhaupt eine Frau das aushält. Ich meine, sie könnte doch etwas tun ... Verflucht, sie ist eine Hexe."

Boone verkniff sich das Grinsen und klopfte Nash aufmunternd auf die Schultern. „Nash, das ist kein guter Zeitpunkt, um seine Frau zu beschimpfen. Frauen können nun mal giftig werden, wenn sie in den Wehen liegen. Sie haben auch das Recht dazu."

„Nein, ich meinte ..." Nash brach gerade noch rechtzeitig ab, als ihm klar wurde, dass er zu weit ging. „Ich muss mich zusammenreißen."

„Stimmt genau."

„Ich weiß, dass alles gut gehen wird. Ana wird nicht zulassen, dass etwas passiert. Aber es ist so schwer zu sehen, wie sie leidet."

„Wenn man jemanden liebt, dann ist es das Schwerste der Welt. Aber du wirst es überleben. Und in diesem Falle wirst du sogar mit dem Fantastischsten überhaupt belohnt."

„Ich hätte nie gedacht, dass ich einmal so fühlen würde. Für niemanden."

„Ich weiß, was du meinst."

Nash fühlte sich erheblich besser und gab Boone den Cognacschwenker zurück. „Ist das für dich so bei Ana?"

„Könnte durchaus möglich sein. Sie ist etwas ganz Besonderes in meinem Leben."

„Oh ja, das ist sie." Nash zögerte, und als er sprach, wählte er seine Worte sehr sorgfältig. Loyalität beiden Seiten gegenüber war eine schwere Last. „Du wirst sie verstehen lernen, Boone. Mit deiner Vorstellungskraft, mit deiner Fähigkeit, auch hinter das zu sehen, was allgemein als Realität bezeichnet wird. Sie ist eine sehr spezielle Lady, mit Eigenschaften, die sie von anderen unterscheiden. Wenn du sie liebst und willst, dass sie ein Teil von deinem und Jessies Leben werden soll, lasse dich nicht von diesen Eigenschaften abschrecken."

Boone zog die Brauen zusammen. „Ich kann dir nicht ganz folgen."

„Behalte einfach im Kopf, was ich gesagt habe. Danke für den Drink." Nash atmete noch einmal tief durch, dann ging er zu seiner Frau zurück.

9. KAPITEL

*A*tme. Tief und ruhig atmen. Komm schon, Schatz, atme!"

„Was, glaubst du, tue ich denn?", stieß Morgana hervor und schaffte es nicht ganz, Nash so richtig wütend anzufunkeln.

Nash schätzte, dass er den Höhepunkt seiner Krise wohl hinter sich hatte. Morgana hatte ihn mit jedem erdenklichen Schimpfnamen belegt und noch ein paar neue dazu erfunden. Ana hatte versichert, dass sie es fast geschafft hatte, und daran klammerte er sich, so wie Morgana sich an seine Finger klammerte. Also lächelte er seine verschwitzte Frau nur an und kühlte ihr weiter geduldig die Stirn.

„Spucken, beißen, kratzen." Er gab ihr einen sanften Kuss und war dankbar, dass sie ihn nicht in die Lippe biss. „Du wirst mich doch nicht in eine Kröte verwandeln oder einen zweiköpfigen Molch oder so was, hm?"

Morgana lachte, stöhnte und stieß die Luft aus den Lungen. „Mir fällt bestimmt etwas Originelleres ein. Ana, ich muss mich mehr aufsetzen."

„Nash, setz dich hinter sie aufs Bett. Stütze sie. Jetzt wird es schnell gehen." Ana spürte Morganas Schmerzen in ihrem eigenen Rücken und reckte sich, während sie sich noch einmal umdrehte und überprüfte, ob alles bereitstand. Ja, da waren die warmen Decken am Kamin, das heiße Wasser, sterilisierte Zangen und Scheren, das pulsierende Leuchten der Kristalle.

Bryna stand neben ihrer Tochter, die Augen hell und strahlend vor Mitgefühl und Verständnis. Bilder von damals, als sie in demselben Bett gelegen hatte, um ein neues Leben auf die Welt zu bringen, schossen durch ihren Kopf. In demselben Bett, in dem jetzt ihr Kind in den letzten Wehen lag.

„Erst pressen, wenn ich es sage. Hecheln, ja so. Hecheln", wiederholte Ana. Sie fühlte, wie die Presswehe sich in ihrem eigenen Leib aufbaute und ihr den Schweiß auf die Stirn trieb. „Ja, Darling, du hast es gleich geschafft, versprochen. Ja, gut. Habt ihr schon Namen ausgesucht?"

„Ich hatte an Stan und Olli gedacht." Nash hechelte im Takt mit Morgana, bis sie ihm den Ellbogen – kraftlos – in den Magen stieß. „Na schön, Lisl und Karl, wenn es ein Mädchen und ein Junge werden."

„Bring mich nicht zum Lachen, du Idiot." Aber sie lachte trotzdem, und der Schmerz ließ ein wenig nach. Dann, in einer plötzlichen Bewegung, riss sie die Arme nach hinten und schlang sie um Nashs Hals. „Himmel, Ana, ich muss …"

„Dann drück", stieß Ana aus. „Los, pressen. Hab noch ein bisschen Geduld. Gleich ist es vorbei."

Zwischen Lachen und Weinen warf Morgana den Kopf zurück und stellte sich dem Kampf, neues Leben in die Welt zu bringen. „Oh Gott!"

Draußen zuckte ein Blitz über den wolkenlosen Himmel, und Donner rollte über das Firmament.

„Tolle Effekte", setzte Nash an, aber dann schien jeder klare Gedanke aus seinem Kopf verschwunden zu sein. „Himmel, seht euch das an! Mein Gott!"

Am Fußende des Bettes hielt Ana vorsichtig ein kleines Köpfchen in ihren Händen. „Halte dich etwas zurück, Liebes. Ich weiß, es ist schwer, aber nur eine Minute. Atme. Ja, das ist es, genau so. Beim nächsten geht es leichter."

„Es hat ja Haare", murmelte Nash ergriffen. Sein Gesicht war so schweiß- und tränenüberströmt wie Morganas. „Sieh nur. Was ist es denn?"

„Der Teil ist noch nicht draußen." Ana lächelte ihrer Cousine strahlend zu. „Also gut, jetzt kommt die Preisfrage. Eine Lisl oder ein Karl."

Lachend brachte Morgana ihr Kind zur Welt. Als der erste laute Schrei ertönte, barg Nash das Gesicht im wirren Haar seiner Frau.

„Morgana, Herr im Himmel, Morgana. Unser Kind. Es ist endlich da."

„Ja, unser Kind." Der Schmerz war bereits vergessen. Mit leuchtenden Augen hielt Morgana die Arme auf, damit Ana das kleine Bündel hineinlegen konnte. In der Sprache ihres Blutes murmelte sie ihrem Baby etwas zu, während ihre Hände den kleinen Leib willkommen hießen.

„Ein Junge oder ein Mädchen?" Nash strich mit einer zitternden Hand über den kleinen Kopf.

„Du hast einen Sohn, Nash", teilte Ana ihm mit.

Dieser erste kräftige Schrei oben aus dem Schlafzimmer ließ alle Gespräche unten im Wohnzimmer verstummen, jeder hielt inne, jedes Augenpaar ging in Richtung Treppe. Absolute Stille im Raum. Boone sah gerührt auf seine Tochter, die friedlich auf dem Sofa eingeschlafen war, ihren Kopf auf Padricks Schoß gebettet.

Er spürte das Beben unter seinen Füßen, sah den Wein in seinem Glas schwappen. Bevor er etwas sagen konnte, nahm Douglas seinen Zylinder ab und schlug Matthew herzhaft auf den Rücken. „Ein neuer Erbe für das ehrwürdige Haus der Donovans."

Mit Tränen in den Augen ging Camilla zu ihrem Schwager und küsste ihn auf die Wange. „Gesegnet seist du."

Boone wollte gerade gratulieren, als Sebastian durch das Zimmer ging. Er entzündete erst eine weiße Kerze, dann eine goldene. Nahm eine Flasche Wein, entkorkte sie und schenkte die goldfarbene Flüssigkeit in einen Silberkelch.

„Ein Stern funkelt auf in der Nacht. Leben, von Leben gegeben. Die Liebe gab ihm die Kraft zu werden, vom ersten Atemzug bis zum Tod wird er wandeln auf Erden. Das andere Geschenk bekam er mit seinem Blut, auf dass es zu nutzen er finde den Mut. Zauber des Mondes, Macht der Sonne und nie vergessend, dass niemand zu Schaden komme."

Sebastian reichte Matthew den Kelch, der den ersten Schluck nahm. Fasziniert beobachtete Boone, wie die Donovans den Kelch von einem zum anderen weitergaben und davon tranken. Eine irische Tradition?

Als ihm der Kelch hingehalten wurde, war er sowohl geehrt wie auch überrascht. Er hatte kaum die Lippen an den Rand gelegt, als ein weiterer Schrei von oben ertönte und das zweite neue Leben ankündigte.

„Zwei Sterne." Matthews Stimme war belegt. „Zwei Geschenke."

Und dann brach die ehrfurchtsvolle Stimmung, weil Padrick Luftschlangen und einen Konfettiregen aus der Luft gezaubert hatte. Als er vergnügt in eine Tröte blies, lachte seine Frau laut auf.

„Frohes Neues Jahr!", rief sie und deutete zur Wanduhr, die zwölf zu schlagen begann. „Das ist der beste Abend vor Allerheiligen, seit Padrick damals die Schweine fliegen ließ." Sie grinste Boone strahlend an. „Er ist schon immer ein Possenreißer gewesen."

„Schweine flie..." Weiter kam Boone nicht, weil jeder sich umdrehte, als Bryna den Raum betrat. Sie ging direkt zu ihrem Mann, der die Arme fest um sie schloss.

„Alle sind wohlauf." Sie wischte sich die Freudentränen aus den Augen. „Wir haben einen Enkel und eine Enkelin, Liebster. Und unsere Tochter hat uns alle eingeladen, nach oben zu kommen, um sie in unserer Mitte zu begrüßen."

Da Boone nicht stören wollte, hielt er sich zurück, während die Gruppe aus dem Raum drängte. Sebastian blieb auf der Schwelle stehen und hob fragend eine Augenbraue. „Kommen Sie?"

„Ich denke, die Familie ..."

„Sie sind akzeptiert worden", sagte Sebastian kurz angebunden, nicht sicher, ob er dem Rest der Donovans da zustimmte. Er hatte nicht vergessen, wie tief Ana einmal verletzt worden war.

„Eine seltsame Art, es auszudrücken." Boone achtete darauf, dass seine Stimme ganz ruhig blieb – im Gegensatz zu der plötzlichen Wut, die in ihm aufloderte. „Vor allem, da Sie sich dieser Meinung offenbar nicht angeschlossen haben."

„Das tut nichts zur Sache." Sebastian legte leicht den Kopf schief, eine Warnung und eine Herausforderung, wie Boone empfand. Doch als Sebastians Blick zum Sofa ging, wurde seine Miene nachgiebiger. „Jessie wäre bestimmt enttäuscht, wenn Sie sie nicht aufwecken und mit nach oben nehmen."

„Aber Sie möchten es eigentlich lieber nicht."

„Ana möchte es", gab Sebastian zurück. „Und darum geht es hier." Er wandte sich ab, drehte sich aber noch einmal um. „Sie werden sie verletzen. Anastasia weint nie, aber Ihretwegen wird sie weinen. Weil ich sie liebe, werde ich einen Weg finden müssen, Ihnen dafür zu vergeben."

„Ich sehe nicht ..."

„Aber ich sehe." Sebastian nickte kurz mit dem Kopf. „Holen Sie das Mädchen, Sawyer, und kommen Sie mit. Es ist eine Nacht der Güte und der kleinen Wunder."

Ohne zu wissen, warum Sebastians Worte ihn so aufgebracht hatten, starrte Boone auf den jetzt leeren Türrahmen. Er musste sich nicht vor einem gluckenhaften Cousin rechtfertigen, der sich in Sachen einmischte, die ihn nichts angingen. Als Jessie sich bewegte und verschlafen blinzelte, verdrängte Boone den Gedanken an Sebastian.

„Daddy?"

„Ich bin hier, Froschgesicht." Er hob sein Kind auf die Arme. „Rate mal."

Sie rieb sich die Augen. „Ich bin so müde. Ich glaube, ich will schlafen gehen. Auch wenn das hier meine schönste Halloween-Party war."

„Wir gehen auch gleich nach Hause, mein Schatz, aber ich denke, da gibt es etwas, das du erst sehen solltest." Während sie gähnte und den Kopf an seine Schulter bettete, stieg er mit ihr die Treppe hinauf.

Sie standen alle zusammen und veranstalteten sehr viel mehr Lärm, als Boone in einem Geburtszimmer erwartet hätte. Nash saß neben Morgana auf dem Bett, hielt ein winziges Bündel im Arm und grinste von einem Ohr bis zum anderen wie ein ausgemachter Trottel.

„Sieht er nicht aus wie ich?", fragte er in die Runde. „Die Nase. Er hat eindeutig meine Nase."

„Das ist Allysia", teilte Morgana ihm mit und strich dem Sohn, den sie hielt, mit einem Finger über die weiche Wange. „Ich halte Donovan."

„Ach ja, schön. Dann hat sie meine Nase." Nash blickte auf seinen Sohn. „Und er hat mein Kinn."

„Eindeutig ein Donovan-Kinn", protestierte Douglas. „Das kann doch jeder sehen."

„Hah!" Maureen stellte sich in Positur. „Die beide schlagen ganz nach den Corrigans. Unsere Seite der Familie hatte immer die stärkeren Gene."

Und während sie hitzig debattierten, schüttelte Jessie den Schlaf ab und lehnte sich vor. „Sind das die Babys? Sie sind geboren? Kann ich sie sehen?"

„Macht Platz für das Kind." Padrick stieß seinen Bruder mit dem Ellbogen aus dem Weg. „Lasst sie durch."

Jessie hielt sich am Hals ihres Vaters fest und streckte sich. „Oh!" Die eben noch müden Augen wurden klar und blickten hellwach, als Ana die beiden Babys auf die Arme nahm und sie so hielt, dass Jessie sie sehen konnte. „Sie sehen aus wie kleine Elfen." Ganz vorsichtig berührte sie mit einem Finger erst die Wange des einen, dann die des anderen Babys.

„Das sind sie ja auch." Padrick küsste Jessie auf die Nasenspitze. „Ein ganz neuer Elfenprinz und eine ganz neue Elfenprinzessin."

„Sie haben aber doch gar keine Flügel", kicherte Jessie.

„Manche Elfen brauchen keine." Padrick blinzelte seiner Tochter zu. „Weil ihr Herz schon Flügel hat."

„Nun, diese Elfen hier brauchen jetzt ihre Ruhe." Ana legte die Babys zurück in Morganas wartende Arme. „Die Mutter übrigens auch."

„Mir geht's großartig."

„Trotzdem." Ana warf einen warnenden Blick über ihre Schulter, bei dem alle Donovans sich sofort anschickten, wenn auch widerwillig, den Raum zu verlassen.

„Boone", rief Morgana. „Würden Sie bitte auf Ana warten und sie nach Hause bringen? Sie ist ausgelaugt."

„Ich bin völlig in Ordnung. Er sollte …"

„Das mache ich gern." Er setzte sich die gähnende Jessie auf die Schultern. „Wir sind unten, wann immer du so weit bist, Ana."

Es dauerte noch eine Viertelstunde, bis Ana davon überzeugt war, dass Nash all ihre Anweisungen auch tatsächlich verstanden hatte. Morgana war schon fast eingeschlafen, als Ana die Tür hinter sich schloss und die junge Familie allein ließ.

Sie war ausgelaugt, und die Kraft der Kristalle in ihrem Beutel war fast aufgebraucht. Fast zwölf Stunden lang hatte sie zusammen mit ihrer Cousine Wehen ausgestanden. Sie hatte das Band so eng wie nur möglich geknüpft. Ihr Körper war schwer wie Blei, ihr Verstand wie benebelt. Ein häufiges Resultat bei einer engen empathischen Verbindung.

Oben an der Treppe schwankte sie ein wenig. Sie fing sich aber und griff schnell nach dem Blutstein, um seinen letzten Rest an Kraft zu empfangen.

Als sie ins Wohnzimmer kam, fühlte sie sich etwas besser. Boone saß auf einem Sessel neben dem Feuer, mit geschlossenen Augen, Jessie schlafend auf seinem Schoß. Langsam öffnete er die Lider und lächelte Ana voller Zärtlichkeit zu.

„Hallo. Ich muss zugeben, diese ganze Szenerie hier hat auf mich einen ziemlich verrückten Eindruck gemacht, aber du hast da oben verdammt gute Arbeit geleistet."

„Es ist immer überwältigend, Leben auf die Welt zu bringen", sagte sie leise. „Du hättest nicht die ganze Zeit zu warten brauchen."

„Ich wollte warten." Er küsste Jessie leicht aufs Haar. „Und sie auch. Am Montag wird sie mit dieser Geschichte der Star in der Schule sein."

„Es war eine lange Nacht für sie, eine, die sie nie vergessen wird." Ana rieb sich die Augen, fast so wie Jessie, bevor sie eingeschlafen war. „Wo sind die anderen?"

„In der Küche. Sie plündern den Kühlschrank und betrinken sich. Gerade bei Letzterem wollte ich nicht mitmachen, ich hatte schon mehr als genug von dem Wein." Er grinste schief. „Vorhin hätte ich schwören können, dass das Haus wackelte, deshalb habe ich beschlossen, auf Kaffee umzusteigen." Er deutete auf die Tasse neben sich auf dem Tischchen.

„Jetzt wirst du die halbe Nacht nicht schlafen können. Ich will nur den anderen Bescheid sagen, dass ich nach Hause gehe. Wenn du Jessie schon ins Auto bringen willst …"

Draußen atmete Boone tief durch. Ana hatte recht, er war hellwach. Es würde bestimmt Stunden dauern, bis die Wirkung des Kaffees nachließ. Morgen früh würde er dafür zahlen müssen, aber das war die Sache wert gewesen. Er sah hoch zu Morganas schwach erleuchtetem Schlafzimmerfenster. Oh ja, ganz bestimmt war es die Sache wert gewesen.

Er zog Jessie die Flügel von den Schultern und legte sie vorsichtig auf die Rückbank des Wagens.

„Eine wunderbare Nacht", murmelte Ana hinter ihm. „Jeder Stern steht am Himmel."

„Zwei neue Sterne." Nachdenklich hielt Boone die Beifahrertür auf. „Matthew sagte das. Es war wunderschön. Sebastian hat einen Trinkspruch ausgebracht, über das Leben und Geschenke und Sterne, und sie haben einen Kelch mit Wein herumgereicht. Ist das eine irische Tradition?"

„So könnte man sagen." Sie lehnte den Kopf nach hinten an die Kopfstütze und war innerhalb von Sekunden eingeschlafen.

Als Boone vor seinem Haus vorfuhr, beschäftigte er sich mit dem Problem, wie er die beiden ins Bett tragen sollte. Aber da blinzelte Ana auch schon.

„Lass mich erst Jessie hineinbringen, dann helfe ich dir."

„Nein, ich komme schon allein zurecht." Mit glasigen Augen stieg Ana aus dem Wagen. „Ich helfe dir mit ihr." Sie lachte leise, als sie die ganze Wagenladung Stofftiere einsammelte. „Dad übertreibt immer ein bisschen. Ich hoffe, du bist deswegen nicht verärgert."

„Soll das ein Witz sein? Er ist großartig. Komm, Schatz." Er nahm Jessie auf die Arme, und wie Kinder es oft tun, wachte sie nicht auf. „Sie war auch völlig hingerissen von deiner Mutter und dem Rest der Familie, aber dein Vater ist mit Sicherheit ihr Held. Wahrscheinlich wird sie mir von nun an in den Ohren liegen, nach Irland zu fliegen, um ihn auf dem Schloss zu besuchen."

„Er würde sich sehr freuen." Sie nahm auch noch die silbernen Flügel und folgte Boone ins Haus.

„Leg das Zeug einfach irgendwo ab. Möchtest du noch einen Cognac?"

„Nein, danke." Ana ließ Plüschtiere und Flügel aufs Sofa fallen und lockerte ihre Schultern. „Aber ein heißer Tee wäre nicht schlecht. Ich bereite ihn zu, während du Jessie ins Bett bringst."

„Gut. Es wird nicht lange dauern."

Unter Jessies Bett drang ein Knurren hervor, als Boone sie in ihr Zimmer trug. „Na, du bist mir der richtige Wachhund", meinte er ironisch. „Wir sind's doch nur, du kleiner Angsthase."

Unendlich erleichtert kam Daisy schwanzwedelnd unter dem Bett hervorgekrochen. Sie wartete, bis Boone Jessie ausgezogen und ins Bett gesteckt hatte, dann sprang sie aufs Bett und kuschelte sich zu Jessies Füßen ein.

„Wage es, mich morgen früh wach zu machen, und ich werde dir die Lefzen zuklammern."

Daisy klopfte erfreut mit dem Schwanz aufs Bett und schloss beruhigt die Augen.

„Ich weiß nicht, warum wir uns nicht einen intelligenten Hund aussuchen konnten, wenn wir uns schon unbedingt ein Tier zulegen mussten", sagte Boone, als er in die Küche zurückkkam. „Es wäre doch …" Mitten im Satz brach er ab.

Der Kessel stand auf dem Herd und brodelte vor sich hin, Tassen waren auf dem Tisch bereitgestellt, die Teekanne war vorbereitet. Ana saß am Tisch, hatte den Kopf auf die Arme gelegt und schlief tief und fest. Sie war völlig erschöpft von den letzten Stunden.

In der hellen Küche warfen ihre Wimpern Schatten auf ihre Wangen. Boone konnte nur hoffen, dass es an dem grellen Licht lag, dass Ana so blass aussah. Das Haar floss über ihre Schultern, ihre Lippen waren im Schlaf leicht geöffnet.

Er musste an die schöne Prinzessin denken, die von der bösen Fee in einen hundertjährigen Schlaf versetzt worden war und nur von der wahren Liebe erster Kuss aufgeweckt werden konnte.

„Anastasia, du bist so unglaublich schön." Er berührte ihr Haar, erlaubte es sich, die seidigen Strähnen zu ertasten. Er hatte sie im Schlaf gesehen, und das plötzliche Bedürfnis, sie in sein Bett zu tragen, morgen früh die Augen aufmachen und sie betrachten zu können, zerriss ihn schier. „Was soll ich bloß tun?"

Seufzend ließ er die Hand fallen und ging zum Herd, um den Kessel herunterzunehmen. So sanft, wie er Jessie getragen hatte, hob er Ana auf seine Arme, und wie Jessie wachte

auch sie nicht auf. Mit zusammengebissenen Zähnen und ver-
krampftem Magen trug er sie nach oben und legte sie auf sein
Bett nieder.

„Du ahnst nicht, wie sehr ich mir gewünscht habe, dich hier
zu haben", murmelte er, als er ihr die Schuhe auszog. „In meinem Bett, in der Nacht. Die ganze Nacht." Er zog die Decke
über sie und hörte den Seufzer, mit dem sie sich auf dem Kissen zusammenrollte. Trotz ihrer Erschöpfung lag ein Lächeln
auf ihrem Gesicht.

Der Krampf in seinem Magen löste sich langsam wieder, er
beugte sich zu ihr und küsste sie sanft auf die Lippen. „Gute
Nacht, Prinzessin."

In Unterhose und T-Shirt tappte Jessie im Morgengrauen in
das Schlafzimmer ihres Vaters. Sie hatte einen Traum gehabt,
einen bösen Traum, über das Spukhaus in der Schule. Sie suchte
die Wärme und den Trost des Vaters.

Er vertrieb die Monster immer ganz schnell.

Sie flitzte zum Bett und kletterte hinein, schmiegte sich an
den warmen Körper. Aber das war ja gar nicht ihr Vater, das
war Ana.

Fasziniert spielte sie vorsichtig mit Anas Haar. Ana murmelte etwas im Schlaf, streckte den Arm aus und zog Jessie
nah zu sich heran. Seltsame Gefühle überkamen Jessie, es kitzelte in ihrem Bauch. Ana roch anders, und sie fühlte sich auch
anders an. Und doch kam Jessie sich beschützt und geborgen
vor, genau wie bei ihrem Vater. So legte sie den Kopf vertrauensvoll an Anas Seite und schlief wieder ein.

Als Ana erwachte, fühlte sie einen Arm auf sich liegen. Einen
kleinen, schlaffen Arm. Verwirrt schaute sie auf Jessie herunter, dann sah sie sich im Zimmer um.

Es war nicht ihr Zimmer. Jessies auch nicht. Es war Boones.

Sie hielt das Kind an sich gedrückt, während sie sich zu erinnern versuchte.

Das Letzte, was sie wusste, war, dass sie den Kessel aufgestellt und sich dann an den Tisch gesetzt hatte. Sie war so müde gewesen. Sie hatte den Kopf auf die Arme gelegt und … musste offensichtlich eingeschlafen sein. So musste es gewesen sein, dachte sie.

Wo war Boone?

Vorsichtig drehte sie den Kopf. Und wusste dann nicht, ob sie erleichtert oder enttäuscht sein sollte, dass der Platz neben ihr leer war. Unter den gegebenen Umständen wäre es unangebracht gewesen, sicher, aber doch auch so schön, sich an ihn zu kuscheln, wie das Kind sich an sie kuschelte.

Als sie den Kopf wieder zurückdrehte, sah Jessie sie an.

„Ich habe schlecht geträumt", flüsterte das Mädchen. „Vom kopflosen Reiter. Er hat gelacht und gelacht und mich gejagt."

Ana küsste Jessie auf die Braue. „Aber er hat dich nicht gefangen, nicht wahr?"

„Nein. Ich bin aufgewacht und wollte Daddy holen. Er kann nämlich alle Monster verscheuchen. Die im Schrank und die unter dem Bett und die hinter dem Fenster und überhaupt alle."

„Ja, Daddys können das gut." Sie erinnerte sich an ihren eigenen, der jede Nacht während ihres gesamten sechsten Lebensjahrs die Ungeheuer mit einem „magischen Besen" vertrieben hatte.

„Aber du lagst hier im Bett, und bei dir habe ich auch keine Angst. Wirst du jetzt immer in Daddys Bett schlafen?"

„Nein." Ana strich Jessie übers Haar. „Ich glaube, du und ich, wir beide sind eingeschlafen, und dein Vater hat uns beide zu Bett gebracht."

„Aber es ist doch so ein großes Bett", hielt Jessie dagegen. „Platz gibt es hier aber doch genug. Ich habe Daisy, die bei mir schläft, aber Daddy hat niemanden. Schläft Quigley bei dir?"

„Manchmal." Ana war sehr erleichtert über den Themenwechsel. „Wahrscheinlich fragt er sich schon, wo ich bin."

„Er weiß es", verkündete Boone von der Tür her. Er trug nur Jeans und sah unausgeschlafen und gehetzt aus. Der graue Kater strich ihm um die Beine. „Er hat miaut und an der Hintertür gekratzt, bis ich ihn schließlich ins Haus gelassen habe."

„Oh." Ana versuchte, ihr Haar mit den Fingern zu glätten, während sie sich aufsetzte. „Tut mir leid. Ich vermute, er hat dich geweckt."

„Richtig geraten." Boone steckte die Daumen in die Gürtelschlaufen. Quigley sprang aufs Bett und gab Laute von sich, als würde er sich beschweren.

Die Magenkrämpfe waren wieder da, doppelt so stark wie vorher. Wie sollte er erklären, was dieses Bild, Ana und sein kleines Mädchen da zusammen in dem Bett zu sehen, mit ihm anstellte? „Jessie, wie bist du denn dorthin gekommen?"

„Ich hatte einen bösen Traum." Sie lehnte den Kopf an Anas Arm und streichelte Quigley. „Deshalb wollte ich zu dir ins Bett kriechen, aber Ana war da. Sie hat die Monster auch verscheucht, genau wie du." Quigleys anklagendes Maunzen brachte Jessie zum Kichern. „Er hat Hunger. Ich werde ihn füttern. Darf ich?"

„Ja, natürlich, wenn du möchtest."

Jessie war schon aus dem Bett gehüpft und rief der Katze zu, ihr in die Küche zu folgen.

„Entschuldige, dass sie dich geweckt hat." Boone zögerte, setzte sich dann aber doch auf die Bettkante.

„Das hat sie nicht. Anscheinend ist sie hereingeschlüpft und sofort wieder eingeschlafen. Ich muss mich bei dir entschuldigen, dass ich dir so viel Umstände mache. Du hättest mich wachrütteln und nach Hause schicken sollen."

„Du warst erschöpft." Er berührte ihr Haar. „So völlig erschöpft und so wunderschön."

„Babys zu gebären ist anstrengende Arbeit." Sie lächelte. „Wo hast du geschlafen?"

„Im Gästezimmer." Er verzog schmerzhaft das Gesicht, als er sich zu recken versuchte. „Als Erstes werde ich ein anständiges Bett dort hineinstellen."

Ana legte automatisch eine Hand auf die Mulde in seinem Rücken, um den Schmerz zu lindern. „Du hättest mich dort ablegen sollen. Ich glaube nicht, dass ich den Unterschied zwischen einem Bett und einer Holzplanke bemerkt hätte."

„Ich wollte dich aber in meinem Bett." Sein Blick hielt ihren gefangen. „Du ahnst nicht, wie sehr." Er zog sie an einer Haarsträhne sanft näher zu sich heran. „Diesen Wunsch verspüre ich immer noch."

Sein Mund lag auf ihrem, diesmal nicht so geduldig, nicht so sanft. Ana spürte Erregung in sich aufflammen – und Unruhe, als er sie langsam in die Kissen zurückdrückte.

„Nur eine Minute." Seine Stimme klang fast verzweifelt. „Ich brauche nur eine Minute mit dir."

Er legte seine Hand auf ihre Brust, fühlte die weiche Rundung durch die dünne Seide ihrer Bluse. Während seine Hände fieberhaft über ihren Körper strichen, trank sein Mund unablässig von ihren Lippen, labte sich an ihrem erstickten lustvollen Stöhnen. Er presste sich an sie, hart, hungrig, ja, wild. Wollte nehmen, von dem er nun wusste, dass sie es ihm geben konnte.

„Ana." Er knabberte an ihrem Hals, dann zog er sie an sich und hielt sie einfach nur fest. Ihm war klar, dass das nicht fair war. Unfair ihnen beiden gegenüber. Nur ungern gab er sie frei. „Wie lange dauert es, eine Katze zu füttern?"

Ana lachte unsicher und legte den Kopf an seine Schulter. „Nicht lange genug."

„Das hatte ich befürchtet." Er ließ seine Hände an ihren Armen hinuntergleiten, und nahm dann ihre Hände. „Jessie liegt mir seit Tagen in den Ohren, dass sie bei Lydia übernachten will. Wenn ich es arrangieren kann, wirst du dann zu mir kommen und bleiben? Hier, in meinem Bett?"

„Ja." Sie führte seine Hand an ihre Wange. „Wann?"

„Heute Nacht." Er zwang sich dazu, sie loszulassen, von ihr zurückzutreten. „Ich rufe Lydias Mutter an. Flehe sie an, wenn es nötig sein sollte." Er riss sich zusammen. „Ich habe Jessie versprochen, ein Eis mit ihr essen zu gehen, vielleicht auch einen kleinen Lunch unten am Wharf. Möchtest du mit uns kommen? Wenn es klappt, können wir sie vielleicht direkt bei Lydia absetzen und dann zum Dinner ausgehen."

Sie stand auf und versuchte – ohne die geringsten Aussichten auf Erfolg –, die Falten in ihrem Rock glatt zu streichen. „Hört sich gut an."

„Schön. Tut mir leid wegen deiner Sachen, aber ich hatte nicht den Mut, dich auszuziehen."

Das Bild, wie er, über sie gebeugt, die Knöpfe ihrer Bluse öffnete, jagte ihr einen erregenden Schauer über den Rücken. Sie räusperte sich. „Das lässt sich herausbügeln. Aber ich muss mich erst umziehen und nach Morgana und den Zwillingen sehen."

„Ich fahre dich."

„Nein, danke, ist nicht nötig. Mein Vater holt mich ab, damit ich auch meinen Wagen zurückbekomme. Um wie viel Uhr willst du mit Jessie los?"

„Ungefähr in zwei Stunden. So gegen Mittag."

„Perfekt. Wir treffen uns dann hier."

Er hielt sie fest, bevor sie zur Tür hinausging, und brachte ihr Herz mit einem hungrigen Kuss zum Stillstand. „Vielleicht könnten wir uns auch einfach was mitbringen und hier essen."

„Das hört sich noch besser an", murmelte sie an seinen Lippen. „Oder wir könnten uns auch eine Pizza kommen lassen, sollten wir Hunger bekommen."

„Das ist überhaupt die beste Idee."

Um vier Uhr nachmittags stand Jessie auf den Stufen vor Lydias Haus und winkte ihnen fröhlich zum Abschied zu.

Der pinkfarbene Rucksack riss fast, so vollgestopft war er. Erstaunlich, was Sechsjährige so alles für eine Übernachtung bei der Freundin für unbedingt notwendig hielten. Und die Krönung war, dass Daisy mit zu der Partie gehörte.

„Sag mir, dass es keinen Grund gibt, mich schuldig zu fühlen", bat Boone düster nach einem letzten Blick in den Rückspiegel.

„Schuldig? Weshalb?"

„Weil ich mich darüber freue, dass meine Tochter heute Nacht nicht zu Hause schläft."

„Ach, Boone." Er war einfach zu süß. Ana gab ihm einen Kuss auf die Wange. „Du weißt doch, Jessie konnte es gar nicht erwarten, bis wir uns verabschiedeten, damit sie endlich zusammen mit Lydia auf große Abenteuerfahrt gehen kann."

„Ja, schon, aber … Dass ich sie woanders untergebracht habe, ist ja nicht so schlimm. Aber ich habe Hintergedanken dabei gehabt."

Da sie genau wusste, um welche Art Hintergedanken es sich handelte, verspürte sie ein heißes Ziehen im Magen. „Deshalb wird sie sich aber nicht weniger gut mit Lydia amüsieren. Vor allem nicht, da du ihr versprochen hast, dass sie ihre Freundinnen in zwei Wochen zu einer Pyjamaparty einladen darf. Wenn du dich immer noch schuldig fühlst, dann stelle dir einfach vor, wie es sein wird, wenn du übernächsten Samstag den größten Teil der Nacht damit verbringst, fünf oder sechs Sechsjährige zu hüten. Hast du jetzt immer noch ein schlechtes Gewissen?"

Er warf ihr einen Seitenblick zu. „Eigentlich hatte ich damit gerechnet, dass du mir ein wenig unter die Arme greifst – da du ja schließlich auch Hintergedanken hast, da bin ich nicht der Einzige."

„So, das hast du also erwartet, ja?" Dass er sie damit mehr oder weniger gebeten hatte, freute sie riesig. „Vielleicht tue ich das sogar." Sie legte ihre Hand auf seine. „Für einen paranoiden Vater, der von Schuldgefühlen aufgefressen wird, hältst du dich gar nicht so schlecht."

„Mach weiter so. Ich fühle mich schon besser."

„Zu viel Schmeichelei schadet nur."

„Dann werde ich dir eben auch nicht sagen, wie viele Kerle sich bei unserem Spaziergang auf dem Wharf fast den Hals verrenkt haben, um dir nachzusehen."

„Wirklich? Waren es viele?"

„Hängt davon ab, was du so unter ‚viele' verstehst. Außerdem …", kam die Retourkutsche, „Schmeichelei schadet nur. Ich weiß nicht, wie du es schaffst, so gut auszusehen, nach dem gestrigen Tag."

„Wahrscheinlich, weil ich wie ein Stein geschlafen habe." Sie reckte sich genüsslich, ein Armband mit Achaten funkelte an ihrem Handgelenk auf. „Morganas Zustand ist eher verblüffend. Als ich heute Vormittag bei ihr war, stillte sie gerade die Zwillinge und sah aus, als hätte sie eben erst eine Woche in einem Luxuskurort verbracht."

„Geht es den Babys gut?"

„Oh ja, gesund und putzmunter. Nash ist schon ein richtiger Profi, wenn's ums Windelnwechseln geht. Er behauptet steif und fest, dass die beiden ihn jedes Mal anlächeln."

Boone kannte dieses Gefühl, und ihm war gerade klar geworden, dass es ihm eigentlich fehlte. „Nash ist in Ordnung."

„Nash ist ein ganz besonderer Mann."

„Ich muss zugeben, es hat mich überrascht, als ich hörte, dass er verheiratet ist. Nash war eigentlich ein eingefleischter Junggeselle."

„Die Liebe ändert alles", sagte Ana leise, hielt aber bewusst jeden Anflug von Trauer aus ihrer Stimme heraus. „Tante Bryna nennt es die reinste Form der Magie."

„Eine passende Beschreibung. Wenn es dich einmal richtig erwischt hat, fängst du an zu glauben, dass nichts unmöglich ist. Warst du schon einmal richtig verliebt?"

„Ein Mal." Ana wandte das Gesicht ab und betrachtete die Pflanzen am Wegrand. „Es ist schon lange her. Aber es stellte sich heraus, dass die Magie nicht stark genug war. Schließlich wurde mir irgendwann klar, dass mein Leben deshalb nicht zu Ende ist und ich auch allein glücklich sein konnte. Also kaufte ich mir ein Haus am Meer, pflanzte einen Garten und fing wieder von vorn an."

„Tja, das ist wohl kein Einzelfall." Er bog auf ihre Straße ein. „Wenn du allein glücklich sein kannst, bedeutet das, dass du nicht daran glaubst, auch mit einem anderen Menschen glücklich sein zu können?"

Furcht und Hoffnung flossen durch sie hindurch. „Ich denke, das bedeutet, dass ich glücklich sein kann, bis ich jemanden finde, der mir die Magie nicht nur bringt, sondern sie auch versteht."

Er stellte den Motor ab. „Ana, zwischen uns gibt es etwas Besonderes."

„Ich weiß."

„Ich hätte nie gedacht, dass ich noch einmal so stark fühlen könnte. Es ist anders als das, was ich früher hatte. Und ich weiß nicht, was das bedeutet. Ich weiß nicht einmal, ob ich es wissen will."

„Das ist unwichtig." Sie nahm wieder seine Hand. „Manchmal muss man eben akzeptieren, dass das Heute genug ist."

„Nein, ist es nicht." Boone drehte sich zu ihr hin, die Augen dunkel und der Blick durchdringend. „Nicht für mich, nicht mit dir."

Sie holte vorsichtig Luft. „Ich bin nicht das, wofür du mich hältst oder wie du mich gerne hättest, Boone."

„Du bist genau das, was ich will." Seine Hände waren rau, als er sie zu sich heranzog. Ihren erstaunten Ausruf erstickte er mit seinen Lippen.

10. KAPITEL

*E*rregung und Panik zugleich durchzuckten sie wie ein Peitschenschlag. Boone löste mit ruckartigen Bewegungen ihren Sicherheitsgurt und zog sie auf seinen Schoß. Das war nicht der Boone, der sie so zärtlich geliebt hatte, der sie so sanft und geduldig in die Geheimnisse der körperlichen Liebe eingeweiht hatte. Ihr Liebhaber der stillen Morgen und trägen Nachmittage hatte sich verwandelt, in etwas Wildes, Gefährliches, in jemanden, dem sie nicht widerstehen konnte.

Ana fühlte das Blut unter ihrer Haut kochen, während seine Hände ungestüm und rau ihren Körper streichelten. Das war die ungezähmte Wildheit, die sie beim ersten Mal geahnt hatte, in einem mondbeschienenen Garten mit dem schweren Duft der Blumen in der Luft. Dieser Ausbruch von Leidenschaft und Begierde hatte immer unter all der Geduld und Selbstbeherrschung gelauert, hatte darauf gewartet, endlich freigelassen zu werden.

Ohne nachzudenken folgte sie ihm, schmiegte sich an ihn, willig und bereit, ihm auf dem Weg zu folgen, den er wählte.

Er spürte das Erschauern ihres Körpers, erstickte ihr Stöhnen mit seinen Lippen, fühlte ihre Finger, die sich in seine Schultern krallten. Der Gedanke schoss ihm durch den Kopf, dass er sie nehmen könnte, jetzt, sofort, gleich hier im Wagen, bevor die Vernunft wieder die Oberhand gewann.

Er zerrte an ihrer Bluse, verlangte danach, ihre Haut zu schmecken. Das Reißen des Stoffes wurde übertönt, als sie nach Luft schnappte. Unter seinem gierigen Mund hämmerte ihr Puls wie wild, unregelmäßig, erotisierend. Sie schmeckte nach süßer Leidenschaft, nach williger Hingabe.

Mit einem unterdrückten Fluch stieß Boone die Autotür auf, zog Ana mit sich aus dem Wagen. Ohne auf die offen stehende Tür zu achten, trug und zog er Ana halb über den Rasen hinter sich her.

„Boone." Sie stolperte, versuchte, mit ihm Schritt zu halten, verlor ihre Schuhe. „Boone, das Auto … der Schlüssel steckt noch."

Er griff in ihr Haar, bog ihren Kopf zurück, starrte sie an. Seine Augen, war alles, was sie denken konnte. Die Hitze in seinem Blick brannte sich bis in ihre Seele.

„Zum Teufel mit dem Auto." Er presste seinen Mund auf ihren, nahm, gab, lockte, bis sie zitternd und schwankend und atemlos vor ihm stand. „Weißt du eigentlich, was du mit mir machst?", knurrte er zwischen zwei rasselnden Atemzügen. „Jedes Mal, wenn ich dich ansehe." Er zog sie weiter, die Treppe zum Haus hinauf. „So weich, so heiter und gelassen, und dann brennt da etwas hinter deinen Augen …"

Er drückte sie gegen die Haustür, eroberte hungrig die vollen Lippen. Jetzt stand noch etwas anderes in ihren Augen. Er konnte sehen, dass sie Angst hatte. Und dass sie erregt war. Gerade so, als ob ihnen beiden klar war, dass das wilde Tier in ihm, das er seit Wochen an der Kette hielt, sich losgerissen hatte.

Der Atem kam hart über seine Lippen, als er ihr Gesicht mit seinen Händen umschloss. „Sage es mir, Ana. Sage mir, dass du mich willst. Jetzt. Auf meine Art."

Sie fürchtete, die Stimme könnte ihr versagen, ihre Kehle war ausgetrocknet, dieses nie gekannte Verlangen viel zu mächtig. „Ich will dich." Ihre heiser vorgebrachten Worte ließen die Flammen in seinem Körper auflodern. „Jetzt. Auf jede Art."

Er griff mit den Händen unter ihre Bluse, sah, wie ihre Augen dunkel wurden wie Rauch. Als er die Tür auftrat, wankte sie zurück, doch bevor sie das Gleichgewicht verlieren konnte, riss er sie in seine Arme. Wie ihre Bluse, so lag auch jetzt seine Selbstbeherrschung in Fetzen da. Die Hände fest um ihre Hüften geklammert, hob er sie hoch, um eine der seidenbedeckten Brustspitzen mit seinem Mund zu umschließen. Er war ungezähmt, wild, und sie bog sich ihm entgegen, vergrub ihre Finger in seinem Haar.

„Boone. Bitte." Ein Schluchzen nur, ohne zu wissen, worum sie bat. Um mehr.

Er setzte sie wieder ab, aber nur, um ihren Mund erneut in Besitz zu nehmen. Als sie fiebrig an seinem Hemd zu zerren begann, meinte er, sein Herz müsse explodieren.

Er stolperte auf die Treppe zu, riss sich auf dem Weg das Hemd vom Körper. Knöpfe flogen durch die Luft, fielen klappernd zu Boden. Mit gierigen Händen griff er erneut nach ihr, riss ihr den feinen Body bis zur Taille hinunter und drückte sie auf die Stufen nieder. „Hier. Genau hier und jetzt."

Endlich, endlich ließ er seiner Lust freien Lauf, fuhr mit heißen Lippen über ihren zitternden Körper. Zog sie erbarmungslos mit sich in den Strudel, zu dem Ort, an den er sie so dringend führen wollte. Dort gab es keine Geduld, keine eiserne Selbstbeherrschung um ihrer Zerbrechlichkeit willen. Und die Frau, die sich auf den Treppenstufen unter ihm wand, war alles andere als zerbrechlich und zurückhaltend. Ihre Hände zeugten von Kraft, als sie ihn an sich zog, ihr Mund kündete von Macht, als sie den seinen erforschte, sich ihm biegsam wie eine Gerte entgegenbog.

Sie fühlte sich unbesiegbar, unsterblich, unglaublich frei. Ihr Körper war nie lebendiger gewesen, Hitze durchströmte sie, machte sie trunken. Die Welt drehte sich, in einem Wirbel von Farben, schneller, immer schneller, und sie musste sich am Treppengeländer festhalten, um nicht vom Rand der Erde zu fallen.

Ihre Fingerknöchel malten sich weiß gegen das Holz des Geländers ab, als er ihr die Hose von den Beinen riss, dann das kleine Stückchen Spitze, das darunter zum Vorschein kam. Sein Mund … gierig, ungestüm, hitzig. Ana hielt den Schrei zurück, als er sie in den endlosen, unerforschten Raum katapultierte.

Sie murmelte in einer Sprache, die er nicht verstehen konnte, aber er wusste, dass er sie jenseits der Grenzen der Vernunft, des Rationalen geführt hatte. Dorthin, wo er sie hatte haben wollen, mit ihm, in den Wahnsinn der absoluten, puren Leidenschaft, dorthin, wo es keine Regeln mehr gab.

Er hatte gewartet, so lange gewartet. Jetzt lag ihr Körper unter ihm, zuckend, sich aufbäumend. Er drang in sie ein, ließ sich ganz von ihr aufnehmen, gemeinsam rasten sie weiter und weiter, unaufhaltsam, unentrinnbar, unabwendbar …

Anas Hand fiel schlaff herab. Sie spürte noch nicht einmal den Schmerz, als sie zusammen auf die Treppen zurückfielen. Sie wollte nichts anderes als Boone halten, aber ihre Kraft war aufgebraucht. Ihr Verstand konnte nicht erfassen, was gerade geschehen war. Nur aufblitzende Bilder, Bruchteile von brodelnden Gefühlen.

Wenn das die dunkle Seite der Liebe war, so hätte nichts sie darauf vorbereiten können. Wenn diese verzehrende Begierde in ihm wohnte, verstand sie nicht, wie er diese bisher hatte zügeln können.

Für sie. Sie barg ihr Gesicht an seinem Hals. Er hatte es nur für sie getan.

Boone versuchte den Weg zurück in die Realität zu finden. Er musste sich bewegen. Nach allem, was er ihr angetan hatte, erdrückte er sie jetzt wahrscheinlich auch noch. Als er sich bewegte, gab sie einen kleinen Laut von sich, der an sein schlechtes Gewissen rührte.

„Hier, Baby, lass mich dir helfen."

Er richtete sich auf, zog unbeholfen den zerfetzten Ärmel ihrer Bluse hoch zu ihren Schultern, um sie zu bedecken. Mit einem gemurmelten Fluch ließ er ihn los. Um Gottes willen, dachte er angewidert, er hatte sie genommen wie in einem Ringkampf, hier mitten auf der Treppe.

„Ana." Er fand das, was von seinem eigenen Hemd übrig geblieben war, und legte es ihr um die Schultern. „Anastasia, ich weiß nicht, wie ich es erklären soll."

„Erklären?" Das Wort war kaum zu verstehen. Ihre Kehle brannte höllisch vor Durst, sie fühlte sich zu schwach, um aufzustehen.

„Es ist ... Komm, ich helfe dir auf." Ihr Körper war nachgiebig wie Wachs. „Ich hole dir etwas zum Anziehen. Oder ... Ach, zur Hölle."

„Ich glaube nicht, dass ich aufstehen kann." Sie leckte sich über die Lippen, schmeckte ihn dort. „Bestimmt nicht für die nächsten zwei Tage. Aber das macht nichts. Ich bleibe einfach hier sitzen."

Mit gerunzelter Stirn schaute er auf sie herab und versuchte zu begreifen, was er in ihrer Stimme wahrgenommen hatte. Da war keine Wut, keine Angst. Das hörte sich nach Befriedigung an – sehr sogar. „Du bist nicht wütend?"

„Hm? Sollte ich das denn sein?"

„Nun, ich meine ... ich habe dich praktisch überfallen. Nein, ich habe dich bestimmt überfallen. Schon im Auto, und dann habe ich dich ins Haus gezerrt und dich auf den Stufen genommen."

Mit geschlossenen Augen holte sie tief Luft und stieß sie mit einem Lächeln wieder aus. „Das hast du. Ich glaube, von jetzt an werde ich jede Treppe mit ganz anderen Augen betrachten."

Er legte einen Finger unter ihr Kinn und hob es sanft an. „Ich hatte eigentlich vorgehabt, es bis zum Schlafzimmer zu schaffen."

„Nun, irgendwann werden wir wohl dort landen." Da sie Sorge bemerkte, legte sie ihre Finger an sein Handgelenk. „Boone, denkst du wirklich, ich könnte wütend sein, weil du mich so sehr begehrst?"

„Ich dachte, vielleicht, weil es nicht das ist, was du gewohnt bist."

Mit Anstrengung setzte sie sich auf und verzog das Gesicht. Die Druckstellen auf ihrem Körper würden bald zu blauen Flecken werden, dessen war sie sicher. „Ich bin nicht aus Glas. Es gibt keine Art, in der wir uns lieben, die nicht richtig sein könnte. Aber …" Sie schlang die Arme um seinen Nacken und lächelte durchtrieben. „Unter diesen Umständen bin ich froh, dass wir es noch bis ins Haus geschafft haben."

Er glitt mit den Händen zu ihrer Hüfte und zog sie eng zu sich heran. „Meine Nachbarin ist eigentlich recht tolerant."

„Das habe ich auch gehört." Sie biss ihn leicht in die Unterlippe. Und weil sie sich daran erinnerte, wie viel Genuss es ihr bereitet hatte, seine Lippen auf ihrem Gesicht und ihrem Hals zu spüren, begann sie eine laszive Wanderung über seine Haut. „Glücklicherweise ist mein Nachbar ein sehr verständiger Mann, wenn es um Leidenschaft geht. Ich denke oft an ihn, wenn ich des Nachts allein in meinem Bett liege."

Eigentlich war es unmöglich – er fühlte die Erregung wieder in sich aufsteigen. „Wirklich? Was für Fantasien sind das denn?"

„Ich stelle mir vor, wie er zu mir kommt." Ihr Atem ging schneller, als sein Mund ihre Schulter erkundete. „Wie er an mein Bett tritt, wie ein Nachtalb, wenn der Sturm durch die Nacht fegt. Ich sehe seine Augen, leuchtendes Kobaltblau, wie der Blitz, der das Dunkel durchschneidet, und ich weiß, dass er nach mir verlangt, wie noch nie jemand nach mir verlangt hat und nie jemand nach mir verlangen wird."

Wohl wissend, dass sie hier auf den Treppen bleiben würden, wenn er nicht sofort etwas unternahm, hob er sie hoch. „Mit Blitzen kann ich dir nicht dienen."

Sie lächelte strahlend, als er sie nach oben trug. „Aber das hast du doch schon."

Stunden später saßen sie auf dem zerwühlten Bett und aßen Pizza bei Kerzenlicht. Ana hatte jegliches Zeitgefühl verloren. War es Mitternacht oder zog der neue Morgen schon herauf?

Sie hatten sich geliebt und geredet und gelacht und sich wieder geliebt. Keine andere Nacht in ihrem Leben war bisher so perfekt gewesen. Was kümmerte sie da die Zeit?

„Ginevra war keine Heldin." Ana leckte sich Tomatensauce von den Fingern. Sie hatten über epische Poesie, moderne Zeichentrickfilme, alte Legenden und klassische Horrorgeschichten geredet. Wie sie zu Artus und Camelot zurückgekehrt waren, konnte sie nicht mehr nachvollziehen, aber was Artus' Königin anbetraf, rückte Ana keinen Millimeter von ihrem Standpunkt ab. „Und schon gar keine tragische."

„Sollte eine Frau, vor allem eine mit deinem großen Mitgefühl, nicht mehr Verständnis für ihre Lage aufbringen?" Boone stritt mit sich, ob er das letzte Stück Pizza aus der Schachtel nehmen sollte oder nicht.

„Wieso denn?" Ana kam ihm zuvor und fütterte ihn. „Sie hat ihren Mann betrogen und das Königreich zu Fall gebracht, und das alles nur, weil sie schwach und ichbezogen war."

„Sie war verliebt."

„Liebe ist keine Entschuldigung für alle Handlungen." Amüsiert legte sie den Kopf schief und betrachtete ihn in dem flackernden Licht. Er wirkte wunderbar männlich in Trainingsshorts, mit dem wirren Haar und dem ersten dunklen Schatten auf dem Kinn. „Das ist wieder mal typisch Mann. Ausreden für die Untreue einer Frau zu finden, nur weil das angeblich unter Romantik fällt."

Es war nicht direkt eine Beleidigung, aber er wand sich. „Ich meine nur, sie hatte einfach keine Kontrolle über die Situation."

„Aber natürlich. Sie hatte die Wahl, und sie hat die falsche getroffen. Genau wie Lancelot. Dieses ganze pompöse Getue mit Galanterie und Ritter- und Heldentum und Treue. Und dann gehen die beiden hin und betrügen ausgerechnet den Mann, der sie beide liebt, weil sie sich angeblich nicht beherrschen können?" Sie warf ihr Haar zurück. „Das ist ausgemachter Blödsinn. Du kannst nicht wirklich dieser Ansicht sein."

Er lachte und nippte an seinem Wein. „Du erstaunst mich immer wieder. Da denke ich, du bist eine unverbesserliche Romantikerin, eine Frau, die im Mondschein Blumen pflückt und überall Feen- und Elfenstatuen herumstehen hat, und dann verurteilst du die arme Ginevra, weil sie sich in den falschen Mann verliebt."

„Arme Ginevra?", brauste Ana empört auf, doch Boone wehrte lachend ab.

„Moment!" Er amüsierte sich prächtig. Ihnen beiden machte es anscheinend nichts aus, dass sie sich über fiktive Charaktere stritten. „Wie war das denn mit den anderen? Merlin sollte doch aufpassen. Warum ist er dann nicht eingeschritten?"

Geflissentlich wischte sie sich ein paar Krümel vom Bein. „Es liegt nicht in der Hand eines Zauberers, sich in den Lauf des Schicksals einzumischen."

„Komm schon, wir reden hier über den Zauberer überhaupt. Ein kleiner Spruch, und er hätte alles in Ordnung gebracht."

„Und damit unzählige Lebensläufe verändert", argumentierte sie. „Nein, er konnte es nicht tun, nicht einmal für Artus. Alle, ganz gleich, ob Zauberer, Könige, Sterbliche, sind verantwortlich für ihr eigenes Los."

„Er hatte aber keine Skrupel, Ehebruch zu unterstützen, als er Uther als Duke of Cornwall nach Tintagel schickte, damit Ygraine überhaupt empfangen konnte."

„Weil das Schicksal war", sagte sie geduldig, so wie sie mit Jessie sprechen würde. „Das war ja das Ziel. Bei aller Macht, die Merlin besaß, bei aller Größe, die er besaß – die wichtigste Tat, die er mit seiner Magie vollbracht hat, war, Artus auf die Welt zu bringen."

„Das ist doch Haarspalterei." Er schluckte den letzten Bissen Pizza. „Der eine Zauberspruch ist okay, der andere aber nicht?"

„Wenn man ein solches Geschenk erhält, dann liegt es in der eigenen Verantwortung, wie und wann man es benutzt und wann nicht. Kannst du dir nicht vorstellen, wie er gelitten hat, zusehen zu müssen, wie der Mensch, den er liebt, zerstört wird? Zu wissen, schon als Artus empfangen wurde, wie es enden wird? Magie schützt dich nicht vor Gefühlen und Schmerz. Sie schützt überhaupt nur selten den, der sie besitzt."

„Ja, mag sein." In seinen Geschichten litten Hexen und Zauberer eigentlich immer. Es verlieh ihnen etwas Menschliches, das sie leichter zu akzeptieren machte. „Als Kind habe ich immer davon geträumt, wie es wäre, in jenen Zeiten zu leben."

„Holde Jungfrauen vor bösen Drachen zu retten?"

„Natürlich. Auf Kreuzzüge gehen, den schwarzen Ritter beim Turnier schlagen ... Aber als ich größer wurde, fand ich heraus, wie ich das Beste aus beiden Welten haben konnte. Nämlich in jener Welt leben, wenn ich schreibe", er tippte sich mit dem Finger an die Schläfe, „und doch die Annehmlichkeiten des zwanzigsten Jahrhunderts genießen zu können."

„Wie Pizza?"

„Genau, wie zum Beispiel Pizza. Oder ein Computer anstatt Feder und Tintenfass. Baumwollunterwäsche. Fließend Heißwasser. Da wir gerade davon reden ..." Er fasste den Saum des T-Shirts, das er ihr gegeben hatte, dann bewegte er sich so rasch, dass sie lachend einen Schrei ausstieß, als er sie packte, sie sich über die Schulter warf und aus dem Bett kletterte.

„Was soll das?"

„Fließend Heißwasser", sagte er noch einmal. „Ich will dir zeigen, was ich alles in einer Dusche tun kann."

„Wirst du etwa singen?"

„Später vielleicht." Im Bad schob er die Glastüren der Duschkabine zur Seite und drehte dann das Wasser auf. „Hoffentlich duschst du gern heiß."

„Nun, ich …" Sie lag immer noch auf seiner Schulter und war sofort nass bis auf die Haut. „Boone, du ertränkst mich ja."

„Entschuldige." Er griff nach dem Seifenstück und begann ihre Waden einzuseifen. „Weißt du, eigentlich habe ich dieses Haus nur wegen der Dusche gekauft. Sie ist so schön groß. Außerdem ist es ziemlich toll, zwei Duschköpfe zu haben."

Trotz des heißen Wassers zitterte Ana, weil Boone die Seife mit langsamen Bewegungen in ihren Kniekehlen kreisen ließ. „Ehrlich gesagt, es ist etwas schwierig, von meiner Position aus ein Urteil abzugeben." Sie hob sich das triefende Haar aus dem Gesicht und bemerkte, dass der Boden aus Spiegelfliesen bestand. „Ach du meine Güte!"

Er grinste und fuhr mit dem Seifenstück höher zu ihrem Oberschenkel hinauf. „Sieh dir mal die Decke an. Was sagst du jetzt?"

Sie drehte den Kopf und starrte auf ihr eigenes Spiegelbild. „Äh … Beschlägt das nicht?"

„Spezialglas. Wird ein bisschen trüber, wenn man lange genug hier drinnen bleibt." Und er hatte vor, sehr lange zu bleiben. Er ließ Ana langsam an seinem Körper zurück auf den Boden gleiten, Zentimeter für Zentimeter. „Aber das schafft Atmosphäre." Er umfasste ihre Brüste und drückte Ana sacht gegen die Wand. „Willst du eine von meinen Fantasien hören?"

„Das … oh …", sie schnappte nach Luft, als er mit dem Daumen über ihre Brustspitzen strich, „… scheint mir nur fair zu sein."

„Ich weiß etwas Besseres." Er berührte ihre Lippen, neckte, lockte, bis ihr Atem schneller ging. „Ich werde es dir zeigen."

Sie wusste, für sie würden Duschen zusammen mit Treppen von nun an einen festen Platz in den Tiefen ihrer erotischen

Fantasien haben. Sie hielt sich an seinen Hüften fest, während er mit eingeseiften Händen ihre Brüste liebkoste.

Dampf. Überall war Dampf. Um sie herum, in ihr. Die feuchte Luft machte das Atmen schwer. Wie ein tropisches Gewitter. Das Wasser prasselte, die Hitze stieg an. Haut an Haut, als ihre Körper sich aneinanderrieben.

So wie er brannte auch sie. Macht traf auf Macht. Es gab keine Zweifel mehr in ihr, dass sie ihm die wilde Lust zurückgeben konnte, die er ihr gezeigt hatte. Eine Lust, die umso süßer, umso reicher und tiefer war, weil sie aus der Liebe erwuchs.

Sie wollte es ihm zeigen. Sie würde es ihm zeigen.

Von diesem neuen Wissen erfüllt, küsste sie ihn wild und verlangend, liebkoste ihn, bis sie seinen Atem hart und rau an ihrem Ohr hörte. Ein Triumphgefühl brandete in ihr auf, dann die Begierde wie ein Blitz, ihn in sich zu spüren.

„Ana, ich …" Er fühlte, wie er den Halt verlor.

„Du willst mich." Erfüllt von berauschender Macht, warf sie den Kopf zurück. Ihre Augen waren eine einzige Herausforderung. „Dann nimm mich. Jetzt."

Sie sah aus wie eine Meeresgöttin, das Haar wie dunkles Gold auf ihren Schultern, die Haut schimmernd und übersät mit Wassertropfen. In ihren Augen standen Geheimnisse, die nie ein Mann herausfinden würde.

Als er sie auf seine Hüften hob und ihre Beine um sich schlang, behielt sie die Augen offen. Sie hauchte seinen Namen, als er in sie eindrang. Das Wasser prasselte auf sie beide herunter, und in dem aufsteigenden Dampf konnte sie ihrer beider Spiegelbild sehen – unmöglich zu sagen, wo der eine Körper aufhörte und der andere begann.

Mit einem lustvollen Stöhnen ließ sie ihren Kopf auf seine Schulter fallen. Sie war verloren. Verloren. Dem Himmel sei Dank dafür. „Ich liebe dich." Sie wusste nicht, ob die Worte nur in ihrem Kopf aufgeblitzt oder ob sie tatsächlich über ihre Lippen gekommen waren. Aber sie wiederholte sie wieder und wieder, bis ihre Körper von wohligen Schauern erfasst wurden.

Boone musste sich an der Wand abstützen, als die letzte Energie aus ihm herausströmte. Der Puls rauschte ihm in den Ohren, und er legte die Hände auf ihre Schultern. „Sage es mir jetzt."

Ihre Lippen waren zu einem Lächeln verzogen, sie schwankte ein wenig und sah ihn mit verhangenen Augen an. „Was soll ich dir sagen?"

Der Griff seiner Finger wurde fester, ihr Blick klärte sich. „Dass du mich liebst."

„Ich … Sollten wir uns nicht erst abtrocknen? Wir stehen schon eine ganze Weile unter dem Wasser."

Mit einer ungeduldigen Bewegung drehte er den Hahn zu. „Ich will dich ansehen, wenn du es sagst, und zumindest einen einigermaßen klaren Kopf dabei haben. Wir werden hierbleiben, bis du es mir gesagt hast."

Sie zögerte. Er konnte nicht ahnen, dass er sie damit zwang, den nächsten Schritt zu machen – um ihn zu halten oder ihn zu verlieren. Schicksal. Entscheidungen. Es war an der Zeit, dass sie die ihre traf. „Ich liebe dich. Ich wäre nicht hier, könnte nicht hier sein, wenn ich es nicht täte."

Seine Augen waren sehr dunkel, sein Blick durchdringend. Langsam lockerte er den Griff. „Ich habe das Gefühl, als hätte ich Jahre warten müssen, dich das sagen zu hören."

Sie strich ihm das feuchte Haar aus der Stirn. „Du brauchtest nur zu fragen."

Er hielt ihre Hand fest. „Das brauchst du nicht." Er zog sie aus der Kabine und wickelte sie in ein großes Badelaken ein, und da sie immer noch zitterte, legte er die Arme um sie und drückte sie wärmend an sich. „Anastasia", murmelte er und spürte die Zärtlichkeit für sie ihn überwältigen, als er leicht ihren Mund, ihre Wange, ihr Haar küsste. „Du brauchst nicht zu fragen. Ich liebe dich. Du hast mir etwas gegeben, von dem ich nie geglaubt hätte, dass es das noch einmal in meinem Leben geben würde."

Mit einem Seufzer presste sie ihr Gesicht an seine Brust. Das hier ist echt, dachte sie. Und es gehörte ihr. Sie würde einen Weg finden, es zu behalten. „Du bist alles, was ich je gewollt habe. Höre nie auf, mich zu lieben, Boone. Höre niemals auf."

„Ich könnte es nicht." Er schob sie ein wenig von sich ab. „Nicht weinen."

„Ich weine nie." Tränen schimmerten in ihren Augen, doch sie flossen nicht.

Anastasia weint nie, aber Ihretwegen Ihnen wird sie weinen.

Sebastians Worte hallten in Boones Kopf. Entschieden verdrängte er sie. Das war doch lächerlich. Er würde nie etwas tun, um sie zu verletzen. Er öffnete den Mund, schloss ihn wieder. Ein Badezimmer voller Dampf war nicht der geeignete Ort, um das zu sagen, was er ihr sagen wollte. Außerdem gab es da noch einige Dinge über ihn selbst, die er ihr erklären musste.

„Lass uns etwas zum Anziehen für dich finden. Wir müssen reden."

Sie war viel zu glücklich, um auf seine Befangenheit zu achten. Sie lachte, als er sie ins Schlafzimmer zurückführte und ihr eines seiner T-Shirts über den Kopf zog. Verträumt lächelnd goss sie Wein in ihre Gläser, während er schnell eine alte Jeans überzog.

Er hielt ihr die Hand hin, und sie legte willig ihre hinein, um sich von ihm führen zu lassen.

„Wohin gehen wir?"

„Ich möchte dir etwas zeigen." Er führte sie durch die dunkle Halle in sein Arbeitszimmer. Entzückt drehte Ana sich einmal um die eigene Achse.

„Hier arbeitest du also."

Große Fenster ohne Vorhänge, mit Rahmen aus warmem Kirschholz, ein paar ausgebleichte Läufer auf dem Boden aus

Holzbohlen. Sterne blinkten zu den beiden Oberlichtern herein. Ein hochmoderner Computer, Papier und volle Bücherregale wiesen diesen Raum als Arbeitsplatz aus. Doch Boone hatte charmante Akzente gesetzt. Gerahmte Illustrationen und eine Sammlung von Drachen und Ritterfiguren. Die geflügelte Fee, die er in Morganas Laden erstanden hatte, hatte einen Ehrenplatz auf einem geschnitzten Hocker.

„Du brauchst noch ein paar Pflanzen", entschied sie sofort und dachte an die Narzissen und Osterglocken, die sie in ihrem Gewächshaus zog. „Wahrscheinlich verbringst du mehrere Stunden am Tag in diesem Raum." Sie sah auf den leeren Aschenbecher neben der Tastatur.

Er war ihrem Blick mit gerunzelter Stirn gefolgt. Seltsam, dachte er, seit Tagen hatte er keine Zigarette mehr geraucht, hatte sie praktisch völlig vergessen. Er würde sich später dafür gratulieren.

„Manchmal sehe ich aus dem Fenster, wenn du im Garten bist. Dann fällt mir das Konzentrieren schwer, und die Arbeit rückt in weite Ferne."

Sie lachte und setzte sich auf eine Schreibtischecke. „Wir werden dir Jalousien besorgen."

„Kommt gar nicht infrage." Er lächelte, aber nervös steckte er die Hände in die Taschen. „Ana, ich muss dir von Alice erzählen. Ich hoffe, dass es der richtige Zeitpunkt ist und ich die richtigen Worte finde."

„Boone." Mitgefühl veranlasste sie, sich wieder zu erheben und ihn zu berühren. „Ich verstehe auch so. Es ist nicht nötig für mich, dass du es mir erklärst."

„Aber für mich." Ihre Hand in seiner, drehte er sich und deutete auf eine Zeichnung an der Wand. Ein schönes junges Mädchen kniete neben einem Bach, schöpfte mit einem goldenen Eimer von dem klaren Wasser. „Sie hat das gemalt, bevor Jessie geboren wurde. Sie hat es mir an unserem ersten Jahrestag geschenkt."

„Es ist wunderschön. Sie war sehr talentiert."

„Ja, sehr talentiert und etwas ganz Besonderes." Er nippte an seinem Wein und brachte einen stummen Toast auf eine verlorene Liebe aus. „Ich kannte sie den größten Teil meines Lebens. Die hübsche Alice Reeder."

Er muss reden, dachte Ana. Also würde sie zuhören. „Habt ihr euch auf der Schule ineinander verliebt?"

„Nein." Die Vorstellung brachte ihn zum Lachen. „Wir kannten uns nicht einmal. Alice war Cheerleader, Schulsprecherin und überhaupt das netteste Mädchen, das immer alle Auszeichnungen einheimste. Wir hingen mit ganz verschiedenen Cliquen zusammen, und sie war zwei Klassen tiefer als ich. Ich durchlief gerade die obligatorische Rebellionsphase, war gegen alles und jeden, lungerte auf den Gängen herum und versuchte, so cool wie möglich zu wirken."

Ana lächelte. „Das hätte ich zu gern gesehen."

„Ich rauchte unerlaubterweise auf der Toilette, Alice malte die Bühnendekoration für die Theatergruppe. Wir kannten uns vom Sehen, mehr nicht. Ich ging aufs College, landete schließlich in New York. Damals schien es mir unerlässlich, da ich ja schreiben wollte, in einem Loft zu wohnen und am Hungertuch zu nagen."

Sie legte einen Arm um seine Hüfte, wartete instinktiv ab, bis er die richtigen Worte gefunden hatte.

„Eines Morgens ging ich zu der kleinen Bäckerei in unserer Nachbarschaft, und da stand sie, an einem der Bistrotische, bestellte sich Kaffee und ein Croissant. Wir unterhielten uns ... du weißt schon: ,Was machst du denn hier?' Wie es den anderen ergangen ist, wo sie jetzt sind, was zu Hause so passiert ist, solche Sachen eben. Es war schön, beruhigend und aufregend zugleich. Zwei junge Leute aus der Kleinstadt, die es mit dem großen Moloch New York aufnehmen wollten."

Das Schicksal hat sie zusammengeführt, dachte Ana, in einer Millionenstadt.

„Sie studierte Kunst", erzählte Boone weiter, „und teilte sich eine Wohnung mit zwei anderen Mädchen, nur ein paar Straßen von meiner Wohnung entfernt. Ich brachte sie zur U-Bahn. Und dann sind wir irgendwie aufeinander zugedriftet. Wir gingen zusammen in den Park, verglichen Zeichnungen, konnten stundenlang miteinander reden. Alice war so voller Leben, so voller Energie und Ideen. Wir haben uns nicht Hals über Kopf ineinander verliebt, sind eher langsam hineingerutscht, Stück für Stück." Seine Augen wurden sanft, als er die Zeichnung betrachtete. „Sehr langsam, sehr zart. Wir haben geheiratet, kurz bevor ich mein erstes Buch verkaufen konnte. Sie war immer noch auf der Uni."

Er musste die Erzählung unterbrechen, weil die Erinnerungen ihn zu sehr mitnahmen. Seine Hand drückte Anas fester, und sie öffnete sich, um ihm Trost und Beistand zu geben.

„Auf jeden Fall … alles schien perfekt. Wir waren jung, glücklich, verliebt. Sie hatte bereits den ersten Auftrag für ein Bild. Dann fanden wir heraus, dass sie schwanger war. Also zogen wir zurück nach Hause, wollten das Kind in einer netten und sicheren Nachbarschaft in der Nähe unserer Familien aufziehen. Als Jessie kam, sah es so aus, als könnte nichts mehr schiefgehen. Nur dass Alice nach der Geburt nie wieder ihre alte Energie zurückgewann. Jeder sagte, das sei normal. Sie musste ja müde sein, mit dem Baby und ihrer Arbeit. Sie nahm ab. Ich machte immer Witze darüber, dass sie eines Tages noch ganz verschwinden würde." Boone schloss für einen Moment die Augen. „Genau das hat sie getan. Sie verging. Als es lange genug angedauert hatte, dass wir uns Sorgen zu machen begannen, wurden Tests gemacht. Bis man herausgefunden hatte, dass sie Krebs hat, war es zu spät, um den Krebs noch aufzuhalten."

„Oh Boone, es tut mir so leid."

„Sie litt. Sie litt entsetzlich, und ich konnte nichts dagegen tun. Ich musste zusehen, wie sie dahinsiechte. Und ich dachte, ich würde auch sterben. Aber da war noch Jessie. Alice war erst fünfundzwanzig, als ich sie begrub. Jessie war gerade zwei geworden." Er holte tief Luft, bevor er sich zu Ana umdrehte. „Ich liebte Alice. Ich werde sie immer lieben."

„Ich weiß. Wenn jemand dein Leben auf diese Weise berührt, wirst du es nie verlieren."

„An jenem Tag, als ich sie verlor, hörte ich auf, an das ‚Glücklich-bis-an-ihr-Lebensende' zu glauben, außer in Büchern. Ich wollte mich nie mehr verlieben, nie wieder diesen Schmerz durchmachen müssen – weder ich noch Jessie. Aber ich habe mich wieder verliebt. Was ich für dich fühle, ist so stark, dass es mich wieder glauben lässt. Es ist nicht das Gleiche, was ich schon einmal gefühlt habe. Es ist nicht weniger. Es ist einfach … das sind wir."

Sie legte ihre Hand an seine Wange. Sie glaubte zu verstehen. „Boone, meinst du, ich würde es über mich bringen, dich zu fragen, dass du sie vergessen sollst? Dass ich eifersüchtig sein könnte auf das, was ihr beide hattet? Dafür liebe ich dich nur umso mehr. Sie hat dich glücklich gemacht. Sie hat dir Jessie geschenkt. Ich wünschte nur, ich hätte sie kennenlernen dürfen."

Unermesslich gerührt, legte er seine Stirn an ihre. „Heirate mich, Ana."

11. KAPITEL

*S*ie erstarrte. Ihre Hände, die sie hatte heben wollen, um ihn zu sich heranzuziehen, blieben mitten in der Luft hängen. Der Atem stockte ihr in den Lungen. Selbst ihr Herz setzte einen Schlag lang aus, voller Hoffnung, während ihr Verstand sie warnte, abzuwarten.

Sehr, sehr langsam zog sie sich aus seiner Umarmung zurück. „Boone, ich denke … ich weiß nicht, was ich sagen soll … lass mir Zeit …"

„Sage jetzt nicht, dass ich dich dränge." Es erstaunte ihn, wie ruhig er war, jetzt, da er den Schritt gemacht hatte. Einen Schritt, den er in seinem Kopf eigentlich schon vor Wochen unternommen hatte, wie ihm jetzt klar wurde. „Mir ist gleich, ob ich zu schnell voranpresche. Ich brauche dich in meinem Leben, Ana."

„Ich bin doch in deinem Leben." Sie lächelte, versuchte, die Stimmung leicht und unbeschwert zu halten. „Das habe ich dir bereits gesagt."

„Es war hart genug, als ich dich begehrte, noch härter wurde es, als ich begann, mir etwas aus dir zu machen. Aber es ist unerträglich, seit ich dich liebe. Ich will nicht im Haus neben dir wohnen, ich will nicht mein Kind über Nacht wegschicken müssen, um mit dir zusammen sein zu können. Du hast gesagt, du liebst mich."

„Das tue ich." Sie gab dem verzweifelten Verlangen nach und schmiegte sich an ihn. „Das weißt du auch. Mehr, als ich je gedacht habe, dass ich lieben könnte. Mehr, als ich je lieben wollte. Aber eine Heirat ist …"

„Richtig." Er strich über ihr feuchtes Haar. „Genau richtig für uns. Ana, ich habe dir einmal gesagt, dass ich nicht leichtfertig mit Intimität umgehe, und damit habe ich mich nicht nur auf Sex bezogen." Er hielt sie auf Armeslänge von sich ab, wollte ihr Gesicht sehen, wollte, dass sie seines sah.

„Ich habe davon geredet, was in mir passiert, jedes Mal, wenn ich dich anschaue. Bevor ich dich traf, war ich zufrieden mit meinem Leben, so, wie es war. Aber das reicht mir jetzt nicht mehr. Ich will mich nicht mehr durch Hecken zwängen, um bei dir zu sein. Ich will dich hier bei mir wissen, bei uns."

„Boone, so einfach ist das nicht." Sie wandte sich ab, suchte verzweifelt nach der richtigen Antwort.

„Es kann aber so einfach sein." Er verdrängte den Anflug von Panik. „Als ich heute Morgen ins Schlafzimmer kam und dich sah, mit Jessie … Ich kann dir gar nicht sagen, was in diesem Moment mit mir geschehen ist. Ich erkannte, dass es genau das ist, was ich will. Dass du da bist. Einfach nur da bist. Zu wissen, dass wir beide uns um sie kümmern können, weil du sie auch liebst. Dass da noch andere Kinder kommen können. Eine Zukunft mit neuen Perspektiven."

Sie musste die Augen schließen, weil dieses Bild so wunderbar, so perfekt war. Und sie verweigerte ihnen beiden, dieses Bild Realität werden zu lassen, weil sie Angst hatte. „Würde ich jetzt Ja sagen, bevor du mich verstehst, bevor du mich kennst, wäre es nicht fair."

„Ich kenne dich." Er zog sie wieder zu sich herum. „Ich weiß, wie leidenschaftlich und mitfühlend du bist, dass du loyal und großzügig bist, dass du ein weites Herz hast. Dass du an die Familie glaubst, dass du romantische Musik und Apfelwein magst. Ich weiß, wie dein Lachen klingt, wie du riechst und schmeckst. Und ich weiß, dass ich dich glücklich machen kann, wenn du erlaubst."

„Du machst mich glücklich, und es gibt nichts, was ich nicht für dich tun würde." Sie machte sich los, musste sich bewegen, um die Anspannung zu mildern. „Ich hatte keine Ahnung, dass es so bald geschehen würde. Ich schwöre dir, hätte ich gewusst, dass du an Heirat denkst …"

Seine Frau werden. Eine ewige Bindung. Sie konnte sich

kein anderes Zugehörigkeitsgefühl vorstellen, das ihr mehr bedeutete.

Sie musste es ihm sagen, damit er die Chance hatte, zu akzeptieren oder sich zurückzuziehen. „Du bist ehrlicher zu mir gewesen als ich zu dir."

„Worüber?"

„Darüber, wer und was du bist." Sie schloss seufzend die Lider. „Ich bin ein Feigling, leicht zu zerstören durch unangenehme Gefühle, habe geradezu panische Angst vor Schmerzen, physischen und psychischen. Erbärmlich verletzlich durch Dinge, die andere völlig kaltlassen, sie nicht einmal berühren."

„Ich weiß nicht, wovon du redest, Ana."

„Nein, wie solltest du auch." Sie presste die Lippen zusammen. „Kannst du dir vorstellen, dass manche empfänglicher für Gefühle sind als andere? Dass es manche gibt, die einen Schutzmechanismus entwickeln müssen, um sich gegen die Schwingungen, die um sie herumwirbeln, zu verteidigen? Weil sie sonst nicht überleben könnten?"

Boone hielt seine Ungeduld im Zaum und versuchte zu lächeln. „Gibst du dich jetzt geheimnisvoll?"

Sie lachte und presste die Hände auf die Augen. „Du ahnst nicht einmal die Hälfte. Ich muss erklären, und ich weiß nicht, wie ich es anfangen soll."

Vielleicht war es Schicksal.

Sie wich einen Schritt zurück und stieß eine Mappe vom Schreibtisch. Automatisch ging sie in die Hocke, um die Mappe aufzuheben.

Eine Zeichnung, erst kürzlich fertiggestellt. Eine sehr gute Zeichnung, dachte Ana und atmete tief durch, während sie das Bild studierte. Die boshaften Züge im Gesicht der Hexe unter der schwarzen Kapuze starrten sie an. Das personifizierte Böse, dachte Ana. Boone hatte es mit dem Stift perfekt eingefangen.

„Lass nur", sagte Boone jetzt, aber Ana schüttelte den Kopf.

„Ist das für deine Geschichte?"

„Ja, für ‚Das silberne Schloss'. Aber lenk nicht vom Thema ab."

„So weit ist das gar nicht vom Thema entfernt", murmelte sie. „Gewähre mir eine Minute, erzähl mir über die Zeichnung."

„Ana, verdammt noch mal …"

„Bitte."

Frustriert fuhr er sich durchs Haar. „Es ist genau das, wonach es aussieht. Die böse Hexe hat die Prinzessin und das Schloss mit einem Fluch belegt. Ich bin zu dem Entschluss gekommen, dass es ein Fluch sein musste, der jeden davon abgehalten hat, das Schloss zu betreten oder zu verlassen."

„Und du hast eine Hexe gewählt. Das kam dir also ganz automatisch in den Sinn."

„Es lag nahe, meinst du nicht? Die Story verlangte geradezu danach. Die rach- und eifersüchtige Hexe, wütend auf die liebliche und schöne Prinzessin, belegt sie mit einem Fluch, damit die Prinzessin vom Leben und von der Liebe und vom Glück für ewig ausgeschlossen bleibt. Aber als die wahre Liebe den Fluch besiegt, löst sich auch die Hexe auf, und sie leben glücklich bis an ihr Ende. So wie es sein soll."

„Für dich sind Hexen also böse und eiskalt kalkulierend." Kalkulierend, das war eines der Worte, die Robert ihr entgegengeschleudert hatte. Und noch schlimmere.

„Das versteht sich doch wohl von selbst, oder nicht? Macht korrumpiert."

Sie legte das Blatt beiseite. „Das denken so manche." Es ist nur eine Zeichnung, sagte sie sich still. Nur Teil einer Geschichte, die er erfunden hatte. Und doch zeigte es ihr, wie groß die Kluft war, die sie zu überbrücken hatte. „Boone, ich möchte dich um etwas bitten."

„Vermutlich kannst du mich am heutigen Abend um alles bitten."

„Ich bitte dich um Zeit", sagte sie. „Und um Vertrauen. Ich liebe dich, Boone. Aber ich brauche Zeit. Und du auch. Eine Woche", fuhr sie fort, bevor er protestieren konnte. „Nur eine Woche. Bis Vollmond. Dann gibt es Dinge, die ich dir sagen muss. Danach, so hoffe ich von ganzem Herzen, wirst du mich noch einmal bitten, deine Frau zu werden. Wenn du das tust, wenn du es tun kannst, werde ich Ja sagen."

„Sag jetzt Ja." Er zog sie zärtlich an sich heran, bedeckte ihren Mund mit seinen Lippen. „Welchen Unterschied macht denn das?"

„Jeden", flüsterte sie sehr leise und schmiegte sich an ihn. „Oder keinen."

Ihm gefiel das Warten nicht. Es machte ihn nervös, ungeduldig, gereizt. Die Tage schienen dahinzukriechen. Endlos langsam. Er versuchte sich damit zu beruhigen, dass nach dieser einen Woche sein Leben eine wunderbare Wendung nehmen würde.

Nie wieder einsame Nächte. Anstatt sich wie jetzt rastlos zu wälzen, würde er sich an sie schmiegen können. Das Haus würde von ihr erfüllt sein, ihrem Duft, den Wohlgerüchen ihrer Öle und Kräuter. Abends würden sie zusammen auf der Veranda sitzen und über die Geschehnisse des vergangenen Tages reden, über die Geschehnisse der kommenden Tage.

Vielleicht wäre es ihr auch lieber, dass sie in ihrem Haus lebten. Das war unwichtig. Dann würden sie zusammen durch ihren Garten wandern, unter den Ranken, und sie würde versuchen, ihm alle Pflanzennamen beizubringen. Sie könnten zusammen nach Irland fliegen, und Ana würde ihm alle Plätze ihrer Kindheit zeigen, Geschichten erzählen, so wie die Geschichte von der Hexe und dem Frosch, und er würde sie dann niederschreiben. Eine wunderbare Zukunft lag vor ihnen.

Irgendwann würden auch mehr Kinder kommen, und er würde sie betrachten, wie sie ihr eigenes Kind hielt, so wie sie Morganas und Nashs Zwillinge gehalten hatte, an dem Tag, als sie geboren wurden. Dieses Bild machte ihn unsagbar glücklich.

Kinder. Bei diesem Gedanken zuckte sein Kopf hoch. Boone starrte auf das gerahmte Foto von Jessie.

Sein Baby. Einzig seins und sein Einziges, schon so lange. Ihm war nie bewusst gewesen, dass er mehr Kinder haben wollte. Dass er unendlich viel Spaß am Vatersein hatte, dass es ihn befriedigte und erfüllte. Dass das er war.

Ein Sohn. Wäre es nicht umwerfend, einen Sohn zu haben? Oder auch eine Schwester für Jessie … Mehrere Schwestern und Brüder für Jessie. Sie wäre begeistert. Bei dem Gedanken begann er zu grinsen. Er wäre begeistert.

Dabei hatte er Ana noch gar nicht danach gefragt, was sie davon hielt, die Familie zu vergrößern. Das mussten sie auf jeden Fall noch ansprechen. Aber vielleicht drängte er sie dann wieder nur.

Doch er sah wieder das Bild vor sich, wie Ana im Schlaf den Arm sicher um Jessie gelegt hatte. Dieses strahlende Leuchten auf ihrem Gesicht, als sie die Zwillinge hielt, damit seine Tochter besser sehen konnte.

Nein, beschloss er. Er kannte sie. Sie würde genauso begeistert mit ihrer Liebe Leben schaffen wollen.

Und Ende der Woche würden sie damit beginnen, Pläne für die gemeinsame Zukunft zu machen.

Für Ana vergingen die Tage viel zu schnell. Sie brachte Stunden damit zu, nach der richtigen Gangart zu suchen, wie sie Boone alles sagen könnte. Dann wieder änderte sie ihre Meinung und entschied sich für eine andere Art.

Da gab es zum einen den brüsken Weg.

Sie stellte sich vor, wie sie in ihrer Küche saßen, zwei Tassen mit dampfendem Tee vor sich. „Boone", würde sie sagen, „ich bin eine Hexe. Wenn dich das nicht stört, können wir mit den Hochzeitsplanungen anfangen."

Dann war da der vorsichtige Anlauf.

Sie würden auf ihrer Veranda sitzen, mit einem Glas Wein den Sonnenuntergang betrachten und sich gegenseitig von ihrer Kindheit erzählen.

„In Indiana aufzuwachsen ist sicherlich ganz anders, als in Irland groß zu werden. Die Iren nehmen es als selbstverständlich hin, wenn eine Hexe in der Nachbarschaft wohnt." Dann würde sie ihn anlächeln. „Noch etwas Wein, Liebster?"

Oder der intellektuelle Ansatz.

„Sicher stimmst du mir zu, dass den meisten Legenden eine Tatsache zugrunde liegt." Dieses Gespräch würde am Strand stattfinden, mit dem Rauschen der Wellen und den Schreien der Möwen als Hintergrundmusik. „Deine Bücher zeigen großes Einfühlungsvermögen und Respekt für das, was allgemein als Folklore oder Mythen bezeichnet wird. Als Hexe weiß ich deine positive Einschätzung zu Elfen und Magie zu schätzen. Vor allem, wie du die Zauberin in ‚Mirandas dritter Wunsch' porträtiert hast."

Ana wünschte nur, ihr wäre genug Humor verblieben, dann hätte sie über jedes dieser bemitleidenswerten Szenarien lachen können. Sie musste sich einfach etwas einfallen lassen, vor allem, da ihr nur noch weniger als vierundzwanzig Stunden blieben.

Boone hatte schon mehr Geduld bewiesen, als sie das Recht hatte, von ihm zu verlangen. Es gab keine Entschuldigungen mehr, ihn noch länger warten zu lassen.

Zumindest würde sie heute Abend moralische Unterstützung haben. Morgana und Sebastian waren mit ihren jeweiligen Ehepartnern und den Zwillingen auf dem Weg zu ihr, für das freitägliche gemeinsame Grillen. Also wenn ihr das keinen Auftrieb für das morgige Zusammentreffen mit Boone gab, konnte ihr nichts mehr helfen. Sie trat auf die Terrasse und klammerte gedankenverloren die Finger um den klaren Zirkon, den sie um den Hals trug.

Jessie musste wohl mit Argusaugen auf diesen Moment gewartet haben, denn schon sprang sie aus der Hecke, die bellende Daisy hinter sich.

„Wir kommen nachher zum Dinner zu dir", verkündete Jessie laut. „Die Babys kommen auch. Vielleicht darf ich ja eins halten. Ich bin auch ganz, ganz vorsichtig."

„Das lässt sich sicher machen." Unwillkürlich suchte Ana den Nachbargarten nach Boone ab. „Wie war es heute in der Schule, Sonnenschein? Erzähle mal, was du so alles erlebt hast."

„Es war ziemlich gut. Ich kann meinen Namen schreiben und Daddys und deinen. Deiner ist am einfachsten. Quigleys Namen konnte ich nicht schreiben, deshalb habe ich einfach ‚Katze' geschrieben. Die Lehrerin hat uns nämlich gesagt, wir sollen unsere ganze Familie aufschreiben." Sie hielt inne, zum ersten Mal sah Ana sie verlegen. „War das in Ordnung, dass ich gesagt habe, du gehörst zu meiner Familie?"

„Aber ja, mehr als das." Ana drückte Jessie an sich. Und wie in Ordnung das ist, dachte sie und presste die Augen fest zusammen. Das ist es, was ich will, was ich brauche. Ich könnte ihm eine Frau sein und dem Kind eine Mutter. Bitte, bitte, lass mich einen Weg finden, damit ich das haben kann. „Ich habe dich unheimlich gern, Jessie."

„Du gehst doch nicht weg, oder?"

Weil sie so eng beisammen waren und weil sie es nicht verhindern konnte, berührte Ana das Herz des Kindes und verstand, woran Jessie dachte. An ihre Mutter. „Nein, mein

Schatz." Sie gab Jessie frei und wählte ihre Worte sehr sorg-fältig. „Ich will nicht weggehen. Aber wenn ich das müsste, dann würde ich dir immer ganz nah sein."

„Wie soll denn das gehen?"

„Weil ich dich in meinem Herzen tragen werde. Hier." Mit diesen Worten nahm Ana die feine Goldkette von ihrem Hals und streifte sie über Jessies Kopf.

„Oh, wie der glänzt!"

„Ja, es ist etwas ganz Besonderes. Wann immer du dich einsam oder traurig fühlst, dann denke an mich. Ich werde es wissen und dir Freude schenken."

Verwundert drehte Jessie den Kristall in ihren Fingern. Er schien vor Farben und Licht zu explodieren. „Ist das ein Zau-berkristall?"

„Ja."

Jessie nahm die Antwort mit der Selbstverständlichkeit eines Kindes hin. „Das will ich Daddy zeigen." Sie wollte schon losspurten, als sie sich an ihre Manieren erinnerte. „Danke."

„Gern geschehen. Ist … äh, ist Boone im Haus?"

„Nein, er sitzt auf dem Dach."

„Auf dem Dach?"

„Nächsten Monat ist doch schon Weihnachten, und Daddy bringt die Lichterkette an, damit er sehen kann, ob auch alle Birnen brennen. Er will das ganze Haus aufleuchten lassen, weil er sagt, dass diese Weihnachten ganz besondere Weih-nachten werden."

„Das hoffe ich auch." Ana hielt die Hand über die Au-gen und sah hoch. Ihr Herz machte einen Sprung, als sie die Gestalt auf dem Dach erblickte. Wie immer. Sie winkte lächelnd, während ihre andere Hand auf Jessies Schulter ruhte.

Alles würde gut gehen, sagte sie sich. Es musste einfach gut gehen.

Boone ließ Arbeit Arbeit sein und begnügte sich damit, den beiden zuzusehen, bis Jessie in den Garten zurückgerannt kam und Ana wieder ins Haus ging.

Alles würde gut gehen, sagte er sich. Es musste einfach gut gehen.

Sebastian stibitzte eine schwarze Olive und steckte sie sich in den Mund. „Wann essen wir?"

„Du isst doch schon", spottete Mel.

„Ich meine richtiges Essen." Er blinzelte Jessie zu. „Die Hot Dogs."

„Das Kräuterhähnchen", verbesserte Ana und drehte einen brutzelnden Hühnerschenkel auf dem Grill um.

Sie saßen alle auf Anas Terrasse, Jessie auf einem großen Korbsessel, mit einer glücklich krähenden Allysia auf dem Schoß. Boone und Nash waren in ein Gespräch über Babypflege vertieft, während Morgana Donovan stillte und sich von Mel das glückliche Ende des Ausreißerfalls berichten ließ.

„Der Junge wusste nicht, was er machen sollte", sagte sie gerade. „Auf der einen Seite tat es ihm wahnsinnig leid, dass er ausgerissen war, auf der anderen hatte er panische Angst, zurückzugehen. Als wir ihn aufspürten, hatte er keinen Cent mehr in der Tasche, war durchgefroren und hungrig und völlig erschöpft. Als er dann erfuhr, dass seine Eltern mehr Angst hatten, als dass sie wütend auf ihn waren, konnte er es gar nicht mehr abwarten, nach Hause zu kommen. Ich glaube, der arme Kerl hat Hausarrest, bis er dreißig ist, aber damit wird er wohl leben können." Sie wartete, bis Morgana ihrem Sohn ein lautes Bäuerchen entlockt hatte. Es kribbelte ihr in den Fingern. „Soll ich ihn für dich hinlegen?"

„Danke." Morgana betrachtete Mels Gesicht, als sie das Baby nahm. „Denkst du nicht daran, dir ein eigenes anzuschaffen? Oder vielleicht auch zwei?"

„Um ehrlich zu sein …" Mel schnupperte diesen wunderbaren Geruch und fühlte ihre Knie weich werden. „Ich glaube, es ist gut möglich, dass ich …" Sie warf einen schnellen Blick zu ihrem Mann, der ganz damit beschäftigt war, Jessie zu necken. „Ich bin noch nicht sicher, aber vielleicht habe ich schon damit angefangen."

„Oh, Mel, das ist ja …"

„Pst." Sie beugte sich verschwörerisch vor. „Ich will nicht, dass er es auch nur ahnt, sonst werde ich ihn nie davon abhalten können, selbst nachzusehen. Ich will es ihm sagen können." Sie grinste. „Das wird ihn umhauen."

Sanft legte Mel den Kleinen auf seine Seite in den doppelten Kinderwagen.

„Allysia ist auch eingeschlafen", meldete Jessie sich jetzt leise und fuhr dem Baby zart mit einem Finger über die Wange.

„Möchtest du sie neben ihren Bruder legen?", fragte Sebastian. Er half ihr und stützte das Baby, während Jessie Allysia hinlegte. „Eines Tages wirst du eine ganz tolle Mutter sein."

„Vielleicht kriege ich ja auch Zwillinge." Jessie drehte sich tadelnd zu Daisy um, die zu bellen begonnen hatte. „Pst! Du weckst die Babys auf."

Doch Daisy hatte das Jagdfieber gepackt. Auf der Flucht und empört miauend, schoss Quigley durch die Hecke in den angrenzenden Garten. Daisy fand dieses Spiel äußerst kurzweilig und raste dem Kater hinterher.

„Ich hole die beiden, Daddy." Mit noch mehr Lärm als die beiden Tiere zusammen, rannte jetzt auch Jessie los.

„Ich glaube, Hundeschule nützt da nichts mehr", meinte Boone ergeben und trank den Rest seines Biers. „Eine Irrenanstalt wäre eher angebracht."

Atemlos folgte Jessie dem Gebell und Gefauche, über den Rasen, die Veranda, um das Haus herum. Als sie Daisy eingeholt hatte, stützte sie entrüstet die Hände in die Hüften und schaute den Hund mit gerunzelter Stirn an.

„Ihr sollt doch Freunde sein. Ana wird es nicht gefallen, wenn du Quigley immer ärgerst."

Daisy wedelte mit dem Schwanz und bellte noch einmal. Auf der Leiter, die Boone benutzt hatte, um aufs Dach zu kommen, saß Quigley auf halber Höhe und fauchte und zischte.

„Und ihm gefällt es auch nicht, Daisy." Mit einem schweren Seufzer hockte sie sich neben Daisy und streichelte sie. „Er weiß doch nicht, dass du nur spielen willst und ihm nie wehtun würdest. Aber du machst ihm Angst." Sie sah die Leiter hoch. „Komm, Miezekatze, komm runter, es ist alles in Ordnung."

Quigley knurrte nur und kniff die Augen zusammen. Als Daisy allerdings wieder zu bellen begann, sprang er die Leiter noch weiter hinauf.

„Jetzt sieh nur, was du getan hast, Daisy." Am Fuß der Leiter zögerte Jessie. Ihr Vater hat ihr verboten, auf die Leiter zu steigen. Aber da hatte er ja auch nicht gewusst, dass Quigley solche Angst haben würde. Vielleicht würde Quigley vom Dach fallen und dann tot sein. Jessie trat zurück, weil sie schnell ihren Vater holen wollte. Aber da miaute Quigley so jämmerlich.

Sie war verantwortlich für Daisy. So war es doch. Und wenn Quigley sich wehtun würde, dann wäre es ihre Schuld.

„Ich komme schon, Kätzchen. Hab keine Angst." Die Zunge zwischen die Lippen geklemmt, erklomm Jessie die ersten Sprossen. Sie hatte ihrem Vater zugeschaut, wie er es gemacht hatte, und das hatte gar nicht schwer ausgesehen. So wie das Klettern auf der Sprossenwand in der Schule. Oder wenn man die Metallleiter der Rutsche Schritt für Schritt hinaufkletterte.

„Miez-Miez", lockte sie, kletterte immer höher und kicherte, als Quigley den Kopf übers Dach hinaussteckte. „Du dumme Miezekatze, Daisy will doch nur spielen. Komm, ich trage dich nach unten, keine Sorge."

Jessie stand fast auf der höchsten Sprosse, als ihr kleiner Fuß plötzlich abrutschte.

„Mhm, riecht das gut", murmelte Boone. Allerdings schnupperte er an Anas Hals, nicht etwa an dem gegrillten Hühnchen, das sie auf einer Servierplatte auf den Tisch stellte. „Da könnte ich schon dran naschen."

Nash stieß ihm den Ellbogen in die Rippen. „Wenn du nur küssen willst, dann mach gefälligst Platz. Wir anderen sind nämlich hungrig."

„Kein Problem." Boone schlang die Arme um Anas Hüfte – eine rot angelaufene Ana – und zog sie ein wenig zur Seite, bevor er ihren Mund mit seinen Lippen verschloss. „Die Zeit ist fast um", murmelte er nach einem sehnsüchtigen Kuss. „Du könntest mich doch auch jetzt schon aus meinem Elend erlösen, und dann …"

Da ertönte Jessies Schrei. Das Herz schlug ihm bis zum Hals, als er über den Rasen hastete und ihren Namen rief. Er sprang über die Hecke, rannte weiter.

„Oh Gott! Oh, mein Gott!"

Alles Blut wich aus seinem Gesicht, als er die gekrümmte kleine Gestalt auf dem Boden liegen sah, ihr Arm in einem unnatürlichen Winkel abgespreizt, ihr Gesicht totenblass.

„Baby!" In Panik kniete er neben ihr nieder. Sie lag so still – selbst in seiner Panik registrierte er diese erschreckende Tatsache. Als er sie aufheben wollte, war da plötzlich überall Blut. Ihr Blut.

„Nicht! Bewege sie nicht!", befahl Ana und ging neben ihm auf die Knie. Sie atmete schwer, kämpfte mit der kalten Angst, aber ihre Hände legten sich mit eisernem Griff um seine Handgelenke. „Du weißt nicht, welche Verletzungen sie hat. Du könntest ihr mehr schaden, wenn du sie bewegst."

„Sie blutet." Vorsichtig legte er die Hände um das Gesicht seiner Tochter. „Jessie, komm schon." Mit zitternden Fingern suchte er nach dem Puls an ihrem Hals. „Bitte, das kannst du nicht tun. Großer Gott, das darfst du nicht tun. Wir müssen den Notarzt rufen."

„Das mache ich", sagte Mel hinter ihnen.

Ana schüttelte den Kopf. „Boone." Ruhe kam über sie, als sie mit Klarheit wusste, was sie zu tun hatte. „Boone, hör mir zu." Sie griff ihn bei den Schultern. Fester, als er ihre Hände abschütteln wollte. „Du wirst jetzt zur Seite gehen, damit ich ihr helfen kann."

„Sie atmet nicht." Fassungslos starrte er auf sein kleines Mädchen. „Ich glaube, sie atmet nicht mehr. Ihr Arm. Er ist gebrochen."

Es war viel mehr als nur ein gebrochener Arm, das wusste Ana, auch ohne das Band. Und es blieb keine Zeit mehr für den Notarzt. „Ich kann ihr helfen, aber du musst aus dem Weg gehen."

„Sie braucht einen Arzt. Um Himmels willen, ruf doch endlich jemand den Notarzt an!"

„Sebastian", sagte Ana leise. Ihr Cousin trat vor und nahm Boone beim Arm.

„Lass mich gefälligst los!" Boone wollte sich losreißen und fand sich zwischen Nash und Sebastian eingekesselt wieder. „Was zum Teufel ist eigentlich los mit euch? Wir müssen sie in ein Krankenhaus bringen!"

„Lass Ana tun, was sie kann." Nash kämpfte mit seiner eigenen Panik und seinem Freund, der sich nicht halten lassen wollte. „Du musst ihr vertrauen, um Jessies willen, lass sie es versuchen, Boone."

„Ana." Blass und erschüttert gab Morgana eines ihrer Babys an Mel weiter. „Es ist vielleicht schon zu spät. Du weißt, was mit dir passiert, wenn …"

„Ich muss es versuchen."

Zart, ach so zart legte Ana ihre Hände an Jessies Kopf. Sie wartete, bis ihre Atmung tief und ruhig ging. Es war schwer, sehr schwer, Boones Schrecken und Angst zu durchdringen, diese wilden Gefühle zu überkommen, aber sie konzentrierte sich auf das Kind. Allein auf das Kind. Und öffnete sich.

Schmerz. Heiß, brennend, scharf, wie Speere, unendlich viele, schossen in ihren Kopf. Viel zu viel Schmerz für ein kleines Kind. Ana zog ihn aus Jessie heraus, absorbierte ihn, ließ ihren eigenen Körper damit umgehen. Als er selbst für sie zu viel wurde, als er ihre Arbeit zu gefährden drohte, wartete sie, bis er vorbeigegangen war. Dann erst machte sie weiter.

So viele Verletzungen, so viel Schaden, dachte sie, als sie mit den Händen langsam an Jessies Körper herunterstrich. Ein so tiefer Sturz. Ein klares Bild entstand in ihrem Geist. Der Boden, der immer näher kam, die Angst, der plötzliche, harte Aufprall.

Ihre Finger fuhren über die tiefe Wunde in Jessies Schulter, vor ihrem geistigen Auge sah sie das Blut, Unmassen von Blut … Dann verschwanden die Bilder wieder im Dunkeln.

„Mein Gott." Boone wehrte sich nicht mehr, er fühlte sich wie betäubt. „Was macht sie da?"

„Sie braucht Ruhe", murmelte Sebastian. Er ließ Boone los, trat zurück und fasste Morganas Hand. Sie konnten nichts anderes tun als warten.

Die inneren Verletzungen waren massiv. Schweiß trat auf Anas Stirn, als sie untersuchte, absorbierte, heilte. Sie murmelte einen Singsang vor sich hin, während sie arbeitete, wissend, dass sie die Trance vertiefen musste, wollte sie das Kind retten. Und sich selbst.

Diese Schmerzen! Sie schnitten durch sie, scharf und unbarmherzig, ließen sie erzittern. Ihr Atem wurde flacher, während sie darum kämpfte, zurückzukommen. Unwillkürlich griff sie nach dem Zirkon, den Jessie trug, legte die andere Hand auf das Herz des Kindes.

Als sie den Kopf hob, hatten ihre Augen die Farbe von Gewitterwolken und blickten leer.

Das Licht. Es blendete so. Sie konnte das Kind kaum erkennen, das vor ihr herlief. Sie rief, schrie, wollte rennen, wusste, dass ein winziger Fehler jetzt das Ende bedeuten würde. Für das Kind und für sie.

Sie starrte in das helle Licht und fühlte, wie Jessie ihr immer weiter entglitt.

„Die Gabe ist mein, um zu akzeptieren oder abzulehnen. Die Wahl war mein, vom ersten Tag meines Lebens. Was dieses Kind verletzt, überträgt es mir. So soll es sein."

Sie schrie auf, spürte, wie sie zerrissen wurde, der Preis, den sie zahlen musste, weil sie sich angeschickt hatte, den Tod zu überlisten. Sie fühlte ihr eigenes Leben schwächer werden, fühlte sich von dem gleißenden Licht angezogen, näher, immer näher. Und dann begann Jessies Herz unter ihrer Hand stockend wieder zu schlagen.

Sie kämpfte, für sie beide, mit aller Macht, die sie besaß.

Boone sah, wie seine Tochter sich regte, sah, wie ihre Wimpern flatterten, während Ana zurücktaumelte.

„Jess… Jessie?" Er sprang vor, riss die Kleine in seine Arme. „Ist alles in Ordnung mit dir?"

„Daddy?" Ihr verwirrter Blick klärte sich. „Bin ich gefallen?"

„Ja." Schwach vor Erleichterung und Dankbarkeit barg er sein Gesicht an ihrem Hals und wiegte sie in seinen Armen. „Ja, du bist gefallen."

„Weine doch nicht, Daddy." Sie streichelte seinen Rücken. „Ich bin doch okay."

„Lass uns mal nachsehen." Er holte zitternd Luft, bevor er mit den Händen ihren kleinen Körper abtastete. Da war kein Blut. Kein Blut, kein blauer Fleck, nicht einmal die kleinste

Schramme. Wieder drückte er Jessie an sich, während er zu Ana sah, der Sebastian aufstehen half. „Tut dir irgendwas weh, Jessie?"

„Nein ..." Sie gähnte und legte den Kopf an seine Schulter. „Ich bin zu Mommy gegangen. Sie sah so hübsch aus in dem Licht. Aber sie sah auch traurig aus, als würde sie gleich weinen, weil ich kam. Und dann war Ana da. Sie nahm mich bei der Hand, und Mommy sah glücklich aus, als sie uns zum Abschied zugewinkt hat. Daddy, ich bin so müde."

Das Herz schlug ihm im Hals, machte ihm das Sprechen schwer. „Ja, sicher, Baby."

„Ich werde sie zu Bett bringen", bot Nash an. Als Boone zögerte, fügte er leise hinzu: „Jessie geht es gut, Ana nicht." Er nahm das fast schon schlafende Kind auf seine Arme. „Lass dir die Logik nicht im Weg stehen, alter Freund", sagte er noch, bevor er mit Jessie im Haus verschwand.

„Ich will wissen, was hier los war." Da er fürchtete, er könnte hysterisch werden, zwang Boone sich, ganz ruhig und deutlich zu sprechen. „Ich will ganz genau wissen, was hier abgelaufen ist."

„Also gut." Ana drehte sich zu ihrer Familie um. „Wenn ihr uns einen Augenblick allein lassen würdet ... Ich möchte Boone ..." Weiter kam sie nicht, die Welt um sie herum wurde schwarz. Fluchend fing Boone sie auf, bevor sie zu Boden fallen konnte.

„Was zum Teufel geht hier vor?" Er hielt Ana auf den Armen, erschreckt, wie blass und gläsern ihr Gesicht wirkte. „Was hat sie mit Jessie gemacht? Und was hat sie sich selbst angetan?"

„Sie hat das Leben Ihrer Tochter gerettet", sagte Sebastian. „Und ihr eigenes riskiert."

„Sei still, Sebastian", murmelte Morgana. „Er hat schon genug durchgemacht."

„Er?"

„Ja, er." Sie legte ihrem Cousin eine Hand auf den Arm, um ihn zurückzuhalten. „Boone, Ana braucht jetzt sehr viel Ruhe. Wenn Sie möchten, können Sie sie nach Hause bringen. Einer von uns wird bei ihr bleiben und sich um sie kümmern."

„Sie bleibt hier bei mir." Er drehte sich um und trug Ana vorsichtig ins Haus.

Sie schwebte, wandelte zwischen Welten ohne Farbe. Da war jetzt kein Schmerz mehr, da war überhaupt kein Gefühl mehr. Sie war körperlos wie Nebel. Ein- oder zweimal hörte sie Sebastian und Morgana, die in ihren Geist geglitten waren, um ihr Halt und Zuversicht zu geben. Andere waren dazugekommen, ihre Eltern, ihre Tanten und Onkel. Und noch andere. Doch sie hatte keine wirklichen Empfindungen zu alldem.

Nach einer langen, langen Reise spürte sie, wie sie zurückkam. Farbtupfer, Konturen erschienen in der öden Welt. Reize begannen auf ihrer Haut zu prickeln. Sie seufzte – der erste Laut, den sie in den letzten vierundzwanzig Stunden von sich gegeben hatte. Dann öffnete sie die Augen.

Boone beobachtete sie, wie sie zurückkam. Automatisch erhob er sich von dem Stuhl neben ihrem Bett, um die Medizin zu holen, die Morgana ihm dagelassen hatte. „Hier." Er stützte Ana und hielt ihr die Tasse an die Lippen. „Trink das."

Sie gehorchte, als sie den Geruch und den Geschmack erkannte. „Jessie?"

„Ihr geht es gut. Nash und Morgana haben sie vorhin abgeholt. Jessie bleibt über Nacht bei ihnen."

Sie nickte und trank noch einen Schluck. „Wie lange habe ich geschlafen?"

„Geschlafen?" Dieser sehr verharmlosende Ausdruck ließ ihn trocken auflachen. Konnte man diesen komaähnlichen

Zustand, in dem sie sich befunden hatte, überhaupt schlafen nennen? „Du warst für sechsundzwanzig Stunden bewusstlos." Er sah auf seine Uhr. „Und dreißig Minuten."

Die längste Reise, die sie je zurückgelegt hatte. „Ich muss meine Familie anrufen und ihr Bescheid sagen, dass alles in Ordnung mit mir ist."

„Das kann ich machen. Möchtest du etwas essen?"

„Nein." Sie versuchte sich nicht von seinem distanzierten, höflichen Ton verletzen zu lassen. „Dieser Tee hier ist im Moment alles, was ich brauche."

„Ich komme in einer Minute wieder zurück."

Kaum dass sie allein war, schlug sie die Hände vors Gesicht. Es war ihre eigene Schuld. Sie hatte ihn nicht vorbereitet, hatte es schleifen lassen, und dann hatte das Schicksal übernommen. Mit einem müden Seufzer quälte sie sich aus dem Bett und zog sich an.

„Was zum Teufel machst du da?", wollte Boone ärgerlich wissen, als er zurückkam. „Du sollst dich ausruhen."

„Ich habe genug geruht." Ana starrte auf ihre Finger, die sorgfältig jeden einzelnen Knopf der Bluse schlossen. „Außerdem wäre ich sowieso bald auf den Beinen, wenn wir darüber reden wollen."

Seine Nerven begannen zu vibrieren, aber er nickte nur. „Schön. Wie du willst."

„Können wir nach draußen gehen? Ich brauche frische Luft."

„Sicher." Er nahm ihren Arm und führte sie die Stufen hinunter und auf die Veranda hinaus. Sobald er ihr in den Stuhl geholfen hatte, holte er eine Zigarette hervor und zündete sie sich an. Seit er Ana nach oben getragen hatte, hatte er kein Auge zugetan und hauptsächlich von Zigaretten und Kaffee gelebt. „Wenn du dich kräftig genug dazu fühlst, hätte ich gern eine Erklärung."

„Ich werde versuchen, dir eine zu geben. Es tut mir leid,

dass ich es dir nicht früher gesagt habe." Ana verschränkte die Hände im Schoß. „Ich wollte es, aber ich habe nie den richtigen Weg gefunden. Vielleicht ist jetzt der Zeitpunkt gekommen."

„Geradeheraus ist immer am besten", sagte er und inhalierte tief den Rauch.

„Nun gut. Ich stamme von einer sehr alten Linie ab, sowohl mütterlicher- als auch väterlicherseits. Eine andere Kultur, wenn du so möchtest. Weißt du, was ‚Wicca' bedeutet?"

Etwas Kaltes strich über seine Haut, aber es konnte nur die Nachtluft sein. „Hexerei."

„Genau genommen heißt es ‚weise'. Aber Hexerei erklärt es auch." Sie sah auf, ihr klarer grauer Blick traf auf seinen müden aus umschatteten Augen. „Ich bin eine geborene Hexe, von Geburt an mit empathischen Kräften befähigt, die es mir gestatten, ein emotionales und physisches Band zu anderen zu knüpfen. Meine Gabe ist die des Heilens."

Boone tat einen langen Zug von seiner Zigarette. „Du sitzt also da, siehst mir ins Gesicht und willst mir erzählen, dass du eine Hexe bist."

„Ja."

Wütend warf er die Zigarette fort. „Was für ein Spielchen ist das, Ana? Nach allem, was hier gestern Abend passiert ist, verdiene ich da nicht eine vernünftige Erklärung?"

„Du verdienst die Wahrheit. Du magst es nicht für vernünftig halten." Sie hob abwehrend die Hand, bevor er sprechen konnte. „Wie würdest du es denn erklären?"

Er öffnete den Mund, schloss ihn wieder. Darüber zerbrach er sich jetzt schon seit über vierundzwanzig Stunden den Kopf und hatte keine befriedigende Antwort gefunden. „Ich kann es nicht erklären. Aber das heißt nicht, dass ich dir diesen Unsinn abkaufe."

„Nun gut." Sie stand auf, legte eine Hand auf seine Brust. „Du bist erschöpft. Du hast kaum geschlafen. In deinem Kopf hämmert es unerträglich, und dein Magen fühlt sich an, als lägen Steine darin."

Er hob verächtlich eine Augenbraue. „Man muss keine Hexe sein, um sich das denken zu können."

„Nein." Bevor er zurückweichen konnte, legte sie eine Hand an seine Stirn, die andere auf seinen Magen. „Besser?", fragte sie nach einem kurzen Augenblick.

Er musste sich setzen, aber er fürchtete, nie wieder aufstehen zu können. Sie hatte ihn nur berührt, mehr nicht, aber jeglicher Schmerz und alles Unwohlsein waren verschwunden. „Was ist das? Hypnose?"

„Nein. Boone, sieh mich an."

Er tat es, und was er sah, war eine Fremde mit blondem Haar, das der Wind ihr aus dem Gesicht wehte. Die Zauberin aus Bernstein, dachte er wie betäubt. Kein Wunder, dass ihn die kleine Statue an sie erinnert hatte.

Ana sah den Schock in seinen Augen, sah, dass er begann zu glauben. „Als du mich batest, dich zu heiraten, habe ich mir Zeit von dir ausgebeten. Damit ich mir überlegen kann, wie ich es dir sagen soll. Ich hatte Angst." Sie ließ die Hände sinken. „Angst davor, du würdest mich ansehen, wie du mich jetzt ansiehst. Als würdest du mich nicht kennen."

„Das ist doch alles Quatsch. Sieh mal, ich schreibe dieses Zeugs und verdiene gut damit, aber ich kann Märchen und Realität unterscheiden."

„Meine Gabe fürs Zaubern ist sehr begrenzt." Trotzdem griff sie in ihre Tasche, in der sie immer Kristalle bei sich trug. Ohne den Blick von Boone zu nehmen, hielt sie sie auf der ausgestreckten Handfläche. Langsam, ganz langsam begannen sie zu glühen. Das Violett des Amethysts wurde tiefer, das Pink des Rosenquarzes leuchtender, das Grün des Malachits intensiver. Dann hoben sie sich von der Handfläche ab, stiegen höher, Zentimeter um Zentimeter, drehten sich wie hell leuchtende Planeten im Raum. „Morgana ist in diesen Dingen bewanderter als ich."

Boone starrte auf die kreisenden Steine und suchte nach einer logischen Erklärung. „Morgana ist auch eine Hexe?"

„Wir sind Cousinen", sagte Ana einfach.

„Was Sebastian als deinen Cousin ..."

„Sebastians Gabe ist die des Sehens."

Er wollte nicht glauben. Aber er konnte auch nicht abtun, was er mit eigenen Augen sah. „Deine Familie ...", setzte er an. „Die Zaubertricks deines Vaters ..."

„Nichts anderes als Magie." Sie pflückte die Kristalle aus der Luft und ließ sie in ihre Tasche zurückgleiten. „Ich sagte dir doch, er ist sehr talentiert. So wie alle von ihnen, jeder auf seine Weise. Wir sind Hexen und Zauberer, wir alle." Sie wollte seine Hand nehmen, doch er zuckte zurück. „Tut mir leid."

„Es tut dir leid?" Bis ins Mark erschüttert, fuhr er sich mit beiden Händen durchs Haar. Das musste ein Traum sein. Ein Albtraum. Aber er stand doch hier, auf seiner Veranda, spürte den Wind auf der Haut, hörte das Rauschen des Meeres. „Das ist gut. Wirklich gut. Was tut dir leid, Ana? Dass du das bist, was du bist? Oder weil du es nicht für nötig befunden hast, dieses kleine Detail zu erwähnen?"

„Ich schäme mich nicht für das, was ich bin." Der Stolz half ihr, sich gerade zu halten. „Es tut mir leid, dass ich mir Ausreden habe einfallen lassen, anstatt es dir gleich zu Beginn zu sagen. Und am meisten tut es mir leid, dass du mich nicht mehr so ansehen kannst, wie du mich noch vor einem Tag angesehen hast."

„Was hattest du denn erwartet? Soll das einfach so an mir abperlen, als sei es unwichtig? Soll ich so weitermachen, als sei nichts geschehen? Mir nichts, dir nichts akzeptieren, dass die Frau, die ich liebe, eine Figur aus den Geschichten ist, die ich mir einfallen lasse?"

„Ich bin genau die Gleiche, die ich auch gestern war und die ich morgen sein werde."

„Eine Hexe."

„Ja." Sie verschränkte die Arme vor der Brust. „Eine Hexe, geboren mit der Gabe. Weder vergifte ich Äpfel noch locke ich Kinder in mein Pfefferkuchenhaus."

„Das soll mich wohl beruhigen."

„Diese Kraft habe nicht einmal ich. Wir alle sind verantwortlich für unser eigenes Schicksal." Sie sagte es, obwohl sie wusste, dass er ihr Schicksal in seinen Händen hielt. „Die Wahl liegt allein bei dir."

Er bemühte sich, die Neuigkeit zu erfassen, irgendwie zu verarbeiten, aber er konnte nicht. „Du brauchtest Zeit, um es mir zu sagen. Nun, bei Gott, ich brauche Zeit, um herauszufinden, was ich jetzt tun soll." Er begann auf und ab zu marschieren, blieb dann wie vom Donner gerührt stehen. „Jessie. Jessie ist bei Morgana."

Ana spürte, wie ihr Herz noch ein Stückchen mehr brach. „Oh ja, bei meiner Cousine, der Hexe." Eine einzelne Träne lief aus ihrem Auge, über ihre Wange. „Was, denkst du wohl, wird Morgana tun? Sie mit einem Fluch belegen und sie in einen Turm einsperren?"

„Ich weiß nicht mehr, was ich denken soll. Herrgott im Himmel, ich befinde mich mitten in einem Märchen! Was soll ich denn da denken!"

„Was immer du willst", erwiderte Ana resigniert. „Ich kann nicht ändern, was ich bin, und ich werde es auch nicht. Nicht einmal für dich. Aber ich werde nicht hier stehen bleiben und deinen Blick auf mir ertragen, als wäre ich irgendwie monströs und abscheulich."

„Das stimmt doch gar ni…"

„Soll ich dir sagen, was du fühlst?" Eine weitere Träne fiel. „Du fühlst dich betrogen, wütend, verletzt. Und misstrauisch. Dieses Misstrauen lässt dich fragen, was ich bin, was ich tun kann, was ich tun werde."

„Meine Gefühle gehen nur mich etwas an", knurrte er.

„Ich will nicht, dass du auf diese Art in mich blickst."

„Ich weiß. Aber wenn ich jetzt einen Schritt vor machen würde, als Frau, würdest du nur einen Schritt zurückweichen. Das werde ich uns beiden ersparen. Gute Nacht, Boone."

Als sie die Verandastufen hinunterlief und nach und nach in der Dunkelheit verschwand, brachte er es nicht über sich, sie zurückzurufen.

*I*ch kann mir vorstellen, dass du ein wenig durcheinander warst." Nash lehnte lässig am Geländer von Boones Veranda, genoss das Bier und die kühle Abendbrise.

„‚Ein wenig durcheinander' reicht da wohl kaum aus", brauste Boone auf. „Weißt du, vielleicht bin ich einfach zu kleingeistig und engstirnig, aber ... herauszufinden, dass die Lady von nebenan eine Hexe ist, hat mich aus den Schuhen gehauen."

„Vor allem, weil du in diese Lady von nebenan verliebt bist."

„Stimmt. Ich hätte es nicht geglaubt, wer würde das schon? Aber ich habe gesehen, was sie mit Jessie gemacht hat. Und dann habe ich zurückgeblickt und zwei und zwei zusammengezählt." Boone lachte trocken auf. „Manchmal wache ich mitten in der Nacht auf und denke mir, ich habe das alles nur geträumt." Er ging zum Geländer und lauschte auf die Wellen. „Das kann alles nicht wahr sein, es ist einfach unvorstellbar."

„Warum denn nicht? Komm schon, Boone, es ist doch unser Geschäft, den Rahmen ein wenig zu dehnen."

„Das hier sprengt den Rahmen aber in kleinste Fetzen! Was wir tun, Nash, gehört in Bücher, in Filme. Nicht ins wahre Leben."

„Aber jetzt ist es mein Leben."

Boone stieß laut die Luft aus den Lungen. „Ja, wahrscheinlich. Aber hast du dich nie ... ich meine, machst du dir nie Gedanken deswegen? Das kannst du mir doch nicht ernsthaft erzählen."

„Doch, habe ich, anfangs. Zuerst dachte ich, sie nimmt mich auf den Arm, bis ich in der Luft schwebte." Bei der Erinnerung grinste Nash vor sich hin, während Boone die Augen schloss.

„Morgana ist nicht unbedingt der subtile Typ. Nachdem mir erst einmal klar geworden war, dass alles im grünen Bereich liegt, war es richtig spannend, das kann ich dir sagen."

„Spannend also", wiederholte Boone ohne rechte Überzeugung in der Stimme.

„Ja. Ich meine, mein ganzes Leben erfinde ich Geschichten über solche Sachen, und dann heirate ich eine waschechte Hexe, mit Elfenblut und allem Drum und Dran."

„Elfenblut." Allein das Wort setzte einen Wirbel von Gedanken in Boones Kopf in Gang. „Und das stört dich nicht?"

„Wieso sollte es? Das ist es doch, was sie ausmacht, und ich liebe sie. Bei den Kindern mache ich mir allerdings doch ein paar Gedanken. Ich meine, wenn die erst mal so weit sind, bin ich in der Minderheit. Und das kann dann ganz schön anstrengend werden."

„Die Zwillinge." Boone zwang sich, den Mund nicht offen stehen zu lassen. „Du meinst, diese Babys sind auch …"

„Aber ja. Also wirklich, Boone, sie werden schon keine Warzen bekommen. Sie werden einfach nur ein kleines Extra haben. Mel ist übrigens auch schwanger. Sie hat es gerade erst bestätigt bekommen. Und sie ist die realistischste und nüchternste Frau, der ich je begegnet bin. Dabei weiß sie Sebastian zu nehmen, als hätte sie ihr ganzes Leben nur mit Telepathen zu tun gehabt."

„Was willst du mir damit sagen, Nash? ,Stell dich nicht so an, Boone, nimm's locker'?"

Nash ließ sich auf der Bank nieder. „Ich weiß, dass es einfach ist."

„Eines möchte ich dich noch fragen … Wie lange wart ihr zusammen, als Morgana dir von ihrem – wie soll man es nennen? – ihrem Erbe erzählt hat?"

„Eigentlich direkt von Anfang an. Ich betrieb Nachforschungen für mein Skript und hatte von ihr gehört. Du weißt doch, die Leute kommen mit ihren seltsamen Geschichten immer zu mir. Natürlich glaubte ich kein Wort davon, aber ich dachte mir, es würde ein gutes Interview abgeben. Und als …"

„Und wie war das bei Mel und Sebastian?"

„So genau weiß ich das nicht, aber sie traf ihn, weil eine Klientin darauf bestand, einen Telepathen anzuheuern." Nash starrte nachdenklich in sein Bier. „Ich weiß, worauf du hinauswillst, und da hast du nicht ganz unrecht. Vielleicht hätte sie es dir eher sagen sollen."

Boone lachte bitter. „Vielleicht?"

„Na schön, sie hätte es eher tun müssen. Aber du kennst nicht die ganze Geschichte. Morgana hat mir erzählt, dass Ana sich vor ein paar Jahren in diesen Typen verliebt hatte, da muss sie ungefähr Anfang zwanzig gewesen sein. Sie war völlig verrückt nach ihm. Er war wohl Assistenzarzt an irgendeinem Krankenhaus, und sie glaubte, sie könnten zusammenarbeiten, dass sie ihm helfen könnte. Also hat sie ihm alles gesagt. Woraufhin er ihr den Laufpass gab, und zwar ziemlich brutal. Da sie durch ihre empathischen Fähigkeiten sehr heftig auf – nun, sagen wir mal – schlechte Schwingungen reagiert, war sie ziemlich fertig. Sie beschloss, ihren Weg allein zu gehen." Als Boone beharrlich schwieg, explodierte Nash. „He, Mann, ich kann dir weder sagen, was du tun sollst, noch, was du fühlen sollst. Aber ich kann dir versichern, dass Ana nie etwas tun würde, das Jessie oder dich verletzt. Dazu wäre sie gar nicht in der Lage."

Boone sah zum Nachbarhaus hinüber. Die Fenster waren nicht erleuchtet, schon seit einer Woche brannte kein Licht mehr. „Wo ist sie?"

„Sie brauchte Abstand, wollte mal raus. Wollte jedem genug Raum zum Atmen geben."

„Seit jenem Abend, an dem sie es mir gesagt hat, habe ich sie nicht mehr gesehen. Die ersten Tage danach dachte ich, es wäre besser, wenn ich ihr eine Weile aus dem Weg gehen würde." Das schlechte Gewissen meldete sich. „Ich habe sogar Jessie von ihr ferngehalten. Dann, vor ungefähr einer Woche, ist sie verschwunden."

„Sie ist in Irland. Aber sie hat gesagt, sie kommt vor Weihnachten wieder zurück."

Weil er sich seiner Gefühle immer noch nicht sicher war, nickte Boone nur. „Ich habe mir gedacht, ich könnte mit Jessie für ein paar Tage nach Indiana fahren. Vielleicht kriege ich diese Sache irgendwie in meinen Kopf, bis wir wieder zurück sind."

„Heiligabend." Padrick schmeckte den Punsch ab, schnalzte anerkennend mit der Zunge und seufzte. „Es gibt keine schönere Nacht im ganzen Jahr." Er füllte einen Becher und reichte ihn seiner Tochter. „Das bringt Farbe auf deine Wangen, mein Liebling."

„Und Feuer in mein Blut, so, wie du ihn immer machst." Sie lächelte und probierte. „Ist es nicht unglaublich zu sehen, wie groß die Zwillinge in der kurzen Zeit schon geworden sind?"

„Aye." Er ließ sich von ihrer heiteren Stimme nicht täuschen. „Ich kann es einfach nicht ertragen, meine Prinzessin so traurig zu sehen."

„Ich bin nicht traurig." Ana drückte seine Hand. „Wirklich, Dad, mir geht es gut."

„Wenn du möchtest, verwandle ich ihn in einen violetten Esel für dich. Es wäre mir ein Vergnügen."

Da sie wusste, dass er das Angebot durchaus ernst meinte, küsste sie ihn auf die Nasenspitze. „Du hast mir versprochen, nicht mehr darüber zu reden, wenn wir erst hier sind."

„Aye, aber …"

„Ein Versprechen", erinnerte sie ihn und ging zum Herd, um ihrer Mutter zu helfen.

Sie war froh, dass ihr Haus voll mit den Menschen war, die sie liebte, mit dem Lärm des Familienlebens. Gerüche hingen in der Luft, die sie immer mit den festlichen Tagen in Verbindung gebracht hatte – Zimt, Muskat, Preiselbeeren, Tannenduft. Als sie vor ein paar Tagen wieder nach Hause gekommen war, hatte sie sich in die Vorbereitungen gestürzt. Der Baum musste geschmückt, Geschenke eingepackt, Kekse gebacken werden. Alles, was ihre Gedanken von der Tatsache ablenkte, dass Boone nicht da war.

Dass er seit über einem Monat kein Wort mit ihr gesprochen hatte.

Sie würde überleben. Sie hatte ihre Entscheidung bereits getroffen. Und sie weigerte sich, sich die Festtage mit ihrer Familie verderben zu lassen.

„Wir freuen uns darauf, dich wieder bei uns in Irland zu haben, Ana." Maureen küsste ihre Tochter auf die Stirn. „Wenn es das ist, was du wirklich willst."

„Ich habe Irland vermisst", sagte sie nur. „Die Gans müsste fast fertig sein." Ana öffnete die Ofentür und schnupperte. „Zehn Minuten vielleicht noch. Ich sehe nach, ob der Tisch fertig gedeckt ist."

„Sie will nicht einmal darüber reden", sagte Maureen besorgt zu ihrem Mann, als Ana zur Küche hinausgeschlüpft war.

„Ich würde diesen jungen Mann am liebsten auf eine nette kleine Insel schicken – irgendwo in der Arktis. Nur für einen Tag, vielleicht auch zwei. Vielleicht kommt er dann zur Vernunft."

„Wenn Ana nicht so empfindlich in diesen Dingen wäre, könnte ich auch einen Trank brauen, der ihn ihr auf ewig ergeben macht."

Padrick tätschelte seiner Frau liebevoll den Po. „Ach, dafür hast du schon immer ein Händchen gehabt, meine Liebste. Der Junge wüsste gar nicht, wie ihm geschieht – wobei das eigentlich das Beste wäre, was ihm und seinem süßen Kind passieren könnte." Er seufzte und arbeitete sich mit kleinen Küssen den Arm seiner Frau hinauf. „Ana würde uns das nie verzeihen.

Wir werden es sie wohl auf ihre eigene Weise machen lassen müssen. Unsere Tochter weiß schon, was sie will."

Frustriert von einem langen Tag mit verspäteten Flügen und endlosen Wartezeiten, knallte Boone die Wagentür zu. Er wünschte sich nichts weiter als ein heißes Bad und mindestens acht Stunden Schlaf.

Aber sollte der Weihnachtsmann vor dem Morgen noch auftauchen, hatte Boone Sawyer noch eine ganze Menge zu tun.

„Komm, Jess." Er rieb sich übers Gesicht. Seit zwölf Stunden waren sie jetzt unterwegs, davon sechs Stunden Däumchen drehen auf Flughäfen. „Lass uns die Koffer hineinbringen."

„Ana ist zu Hause." Jessie zog an seinem Arm und zeigte auf die hell erleuchteten Fenster. „Sieh nur, Daddy. Da ist Morganas Auto und Sebastians, und da steht außerdem auch ein ganz großes schwarzes Auto. Alle sind sie bei Ana."

„Ich sehe es." Und sein Herz schlug ein wenig schneller. Als er jedoch das „Zu Verkaufen"-Schild auf dem Rasen vor dem Haus sah, stockte sein Herzschlag.

„Können wir nicht rübergehen und frohe Weihnachten wünschen? Bitte, Daddy. Ana fehlt mir." Sie legte die kleinen Finger um den Zirkon, den sie trug. „Bitte, Daddy."

„Sicher." Wütend starrte er auf das Schild und fasste seine Tochter bei der Hand. „Ja, wir werden frohe Weihnachten wünschen. Und zwar jetzt sofort."

So. Sie wollte also wegziehen, ja? Das Haus verkaufen, wenn er nicht hinschaute, und davonlaufen, ja? Einfach so. Na, das würden sie ja sehen!

„Daddy, du läufst viel zu schnell." Jessie musste rennen, um mit ihm Schritt zu halten. „Und du zerquetschst meine Hand."

„Entschuldige." Boone atmete tief durch. Er hob Jessie schwungvoll auf seine Arme und hastete weiter, nahm zwei

Stufen auf einmal zur Haustür hoch. Sein Klopfen an der Tür war äußerst gebieterisch.

Padrick war derjenige, der die Tür aufzog, das Gesicht mit einem langen weißen Rauschebart bedeckt, eine rote Zipfelmütze auf dem fast kahlen Kopf. Sobald er Boone erblickte, erstarb das lustige Funkeln in seinen Augen.

„Sieh an, was man so alles vor der Haustür findet. Sind Sie mutig genug, um es mit uns allen aufzunehmen? Wir sind nämlich lange nicht so höflich wie Ana."

„Ich möchte sie gern sehen."

„Ach, wirklich? Rühren Sie sich nicht von der Stelle." Jessie schenkte er sein freundlichstes Lächeln. „Sieht aus, als hätte ich endlich meine Elfe gefunden. Ich sag dir was, Mädchen. Renn schnell hinein und sieh mal unter dem Christbaum nach, ob da nicht vielleicht ein Päckchen mit deinem Namen liegt."

„Darf ich?" Jessie umarmte Padrick stürmisch, dann sah sie zu ihrem Vater. „Darf ich? Bitte?"

„Natürlich." Wie auch bei Padrick erstarb Boones Lächeln in dem Moment, als Jessie außer Sichtweite war. „Ich kam, um mit Ana zu reden, Mr Donovan."

„Sie können mit mir reden. Was würden Sie davon halten, wenn jemand das Herz Ihrer Jessie stehlen und dann so einfach in der Hand zerdrücken würde?" Obwohl er gut einen Kopf kleiner war als Boone, hob Padrick die Fäuste und machte einen Schritt auf Boone zu. „Ich werde nichts anderes als diese hier benutzen. Sie haben mein Ehrenwort als Zauberer. Und jetzt stellen Sie sich endlich dem Kampf."

Boone wusste nicht, ob er lachen oder zurückweichen sollte. „Mr Donovan …"

„Hier kommt der erste Hieb." Padrick reckte das bärtige Kinn vor und erinnerte an einen sehr wütenden Weihnachtsmann. „Sie kriegen nur, was Sie verdienen. Ich habe mir anhören müssen, wie meine Tochter über Typen wie Sie geweint hat, nächtelang, und es hat mein Blut zum Brodeln gebracht.

Da habe ich mir gesagt: ‚Padrick, wenn du diesem Wurm jemals von Angesicht zu Angesicht gegenüberstehen solltest, wirst du ihn fertigmachen.‘ Das ist eine Sache der Ehre." Er holte aus, schlug zu, drehte sich einmal um die eigene Achse und verfehlte Boone um gute dreißig Zentimeter. „Sie hat nicht zugelassen, dass ich dem anderen schleimigen Kerl was angetan habe, als er ihr Herz gebrochen hat. Aber dafür habe ich jetzt ja Sie!"

„Mr Donovan." Boone versuchte es erneut und wich den Schlägen aus. „Ich will Ihnen nicht wehtun."

„Tun Sie mir weh! Los, tun Sie mir weh." Padrick tänzelte, angefeuert durch die Beleidigung. Die Zipfelmütze rutschte ihm über die Augen. „Ich könnte Ihnen die Haut über die Ohren ziehen. Ich könnte Ihnen einen Eselskopf anhexen. Ich könnte …"

„Daddy!"

Mit diesem einen Wort unterbrach Ana die wütenden Drohungen ihres Vaters.

„Geh wieder rein zu den anderen, Prinzessin. Das hier ist Männersache."

„Ich werde nicht zulassen, dass du dich am Heiligen Abend auf meiner Türschwelle prügelst. Daddy, geh einfach zurück zu den anderen."

„Dann schicke ich ihn eben zum Nordpol. Nur für eine Stunde oder zwei. Das wäre sehr passend."

„Das wirst du nicht tun." Sie trat hinter ihren Vater und legte eine Hand auf seine Schulter. „Geh hinein und benimm dich, oder ich werde Morgana zur Hilfe holen."

„Pah! Mit einer Hexe, die nur halb so alt ist wie ich, werde ich noch lange fertig."

„Du weißt, wie hinterhältig sie sein kann." Ana küsste ihn auf die Wangen. „Bitte, Dad. Tu es für mich."

„Ich konnte dir noch nie etwas abschlagen", murmelte er. Dann wandte er sich wieder mit funkelnden Augen an Boone.

„Wenn Sie sich mit einem Donovan anlegen, legen Sie sich mit allen Donovans an." Mit einem hoheitsvollen Schnauben ging er ins Haus.

„Tut mir leid", begann Ana und setzte ihr liebenswürdigstes Lächeln auf. „Er hatte schon immer einen ausgeprägten Beschützerinstinkt."

„Das war zu sehen." Da er sich nun doch nicht prügeln musste, fiel ihm nichts anderes ein, als die Hände in die Taschen zu stecken. „Ich wollte … wir wollten fröhliche Weihnachten wünschen."

„Das hat Jessie schon getan." Schweigen. „Du kannst gern hereinkommen, einen Becher Punsch trinken."

„Ich will nicht stören. Deine ganze Familie ist da." Er verzog die Lippen, und fast konnte man es als Grinsen durchgehen lassen. „Außerdem habe ich keine Lust, mein Leben zu riskieren."

Jetzt schwand das Lächeln innerhalb einer Sekunde aus ihren Augen. „Er hätte dich nie wirklich verletzt. Das ist nicht unsere Art."

„So meinte ich das nicht …" Was sollte er nur zu ihr sagen? „Ich kann es ihm nicht verübeln, dass er wütend ist, und ich möchte weder dich noch deine Familie stören. Wenn du es lieber sähst, dass ich …" Er wandte den Kopf, und sein Blick fiel auf das Schild auf dem Rasen. Was ihn daran erinnerte, weshalb er hier war. „Was zum Teufel soll das?"

„Ist das nicht ersichtlich? Ich verkaufe das Haus. Ich habe beschlossen, nach Irland zurückzukehren."

„Irland? Du glaubst, du kannst einfach alles hinschmeißen und sechstausend Meilen weit wegziehen?"

„Ja, das glaube ich. Boone, tut mir leid, aber das Dinner ist fast fertig, und ich muss jetzt wieder hinein. Wenn du möchtest, kannst du gerne mit uns essen."

„Wenn du nicht sofort mit dieser verdammten Höflichkeit aufhörst, werde ich …" Er hielt sich zurück. „Ich will nicht essen", presste er zwischen den Zähnen hervor. „Ich will mit dir reden."

„Dazu ist nicht die Zeit."

„Dann nehmen wir uns die Zeit."

Er schob sie über die Schwelle ins Haus hinein. Im gleichen Moment kam Sebastian in die Diele.

Er legte Ana eine Hand auf die Schulter und warf Boone einen warnenden Blick zu. „Gibt es hier ein Problem, Anastasia?"

„Nein. Ich habe Boone und Jessie zum Dinner eingeladen, aber er kann nicht bleiben."

„Zu schade aber auch." Sebastian lächelte tückisch. „Nun, Sawyer, wenn Sie uns dann entschuldigen wollen …"

Boone schlug die Tür hinter sich zu. Der Knall ließ jegliches Gelächter und Gespräch verstummen. Alle Augenpaare starrten in ihre Richtung. Boone bemerkte es kaum, genauso wenig wie er bemerkte, dass Sebastians Augen jetzt vor Heiterkeit geradezu leuchteten.

„Geht mir aus dem Weg", sagte Boone ganz leise. „Jeder von euch. Mir ist egal, wer oder was ihr seid." Er war bereit, eine ganze Flottille von Drachen zum Kampf herauszufordern, als er Anas Hand griff. „Du kommst mit mir. Und zwar jetzt sofort, auf der Stelle."

„Meine Familie …"

„Kann verdammt noch mal warten!" Und damit riss er die Tür auf und Ana nach draußen.

Unter einem Zweig des Weihnachtsbaumes saß Jessie und schaute mit erschreckten Augen auf. „Ist Daddy böse auf Ana?"

„Nein." Was sie gesehen hatte, reichte Maureen aus, um das kleine Mädchen glücklich in ihre Arme zu schließen. „Ich glaube, die beiden überlegen sich gerade ein weiteres Weihnachtsgeschenk für dich. Und ich glaube auch, dass dir das am allerbesten gefallen wird. Hab nur ein bisschen Geduld."

Draußen musste Ana sich anstrengen, um mitzuhalten. „Hör auf, mich herumzuzerren, Boone!"

„Ich zerre dich nicht herum", knurrte er und zog sie unsanft weiter.

„Ich will nicht mit dir gehen." Sie fühlte Tränen aufsteigen, obwohl sie davon überzeugt gewesen war, keine mehr übrig zu haben. „Ich mache diesen Unsinn nicht noch einmal durch."

„Du bildest dir ein, du kannst so ein blödes Schild im Garten aufstellen und damit ist alles gelöst?" Das Mondlicht zeigte ihm den Weg zu den Stufen im Fels, die hinunter zum Strand führten. „Erst lässt du die Bombe platzen, und dann trittst du den Rückzug nach Irland an?"

„Ich kann tun und lassen, was ich will."

„Hexe oder nicht, das solltest du dir besser noch mal überlegen."

„Du hast doch gar nicht mehr mit mir reden wollen."

„Jetzt rede ich doch, oder?"

„Aber ich will nicht mehr mit dir reden." Sie riss sich los und begann den Aufstieg zurück.

„Dann wirst du mir zuhören." Er erwischte sie an der Hüfte und warf sie sich unzeremoniell über die Schulter. „Und das machen wir schön weit vom Haus entfernt, damit deine Familie mir nicht im Nacken sitzt." Als er unten angekommen war, stellte er sie auf die Füße. „Einen Schritt", warnte er, „nur ein Schritt, und ich zerre dich zurück."

„Diese Befriedigung gönne ich dir nicht." Um Tränen zu bekämpfen, war Wut das beste Mittel. „Du willst reden? Fein. Sag, was du sagen musst, und dann bin ich an der Reihe. Ich verstehe deine Haltung, was unsere Beziehung angeht. Aber es bekümmert mich zutiefst, dass du es für notwendig ansiehst, Jessie von mir fernzuhalten."

„Das habe ich nie …"

„Streite es nicht ab. Du hast sie tagelang zu Hause gehalten." Ana hob eine Hand voll Kiesel auf und warf sie weit hinaus ins

Meer. „Du willst ja schließlich nicht, dass deine kleine Tochter zu viel mit einer Hexe zu tun hat, was?" Sie wirbelte zu ihm herum. „Herrgott, Boone, was glaubst du denn von mir? Meinst du, ich mäste sie und reibe mir heimlich die Hände, weil ich sie in den Ofen schieben will? Und den kleinen Hund am besten gleich mit?"

Seine Lippen zuckten. Er streckte die Hand aus, wollte sie berühren, aber sie wich zurück. „Du kannst mir ruhig etwas mehr zutrauen, Ana."

„Das hatte ich. Vielleicht später, als ich hätte sollen, aber ich habe dir mehr zugetraut. Doch du hast dich abgewandt. Genau so, wie ich es vorausgesehen hatte."

„Vorausgesehen?" Auch wenn es ihn zu langweilen begann – er zog sie wieder zu sich herum. „Woher wusstest du, wie ich reagieren würde? Hast du in deine Kristallkugel geguckt? Oder hast du deinen Cousin gebeten, einen kleinen Spaziergang durch meinen Kopf zu machen?"

„Weder noch", brachte sie mit dem letzten Rest von Haltung heraus. „Das wäre unfair gewesen. Ich wusste, dass du dich abwenden würdest, weil …"

„Jemand anders es schon einmal getan hat."

„Das ist unwichtig. Tatsache bleibt, du hast dich abgewendet."

„Ich musste es erst mal verdauen."

„Ich habe deinen Blick an jenem Abend gesehen. Wie du mich angestarrt hast." Sie schloss die Augen. „Diesen Blick kenne ich. Oh, du warst nicht so grob und gemein wie Robert. Keine Beschimpfungen, keine Beschuldigungen, aber unterm Strich kommt das Gleiche heraus: ‚Halt dich von mir und den meinen fern.'" Sie schlang die Arme um sich.

„Ich werde mich nicht für etwas entschuldigen, das ich für eine sehr normale Reaktion halte. Verflucht, Ana, ich war müde und halb wahnsinnig. Die ganze Nacht habe ich dich angesehen, wie du blass und völlig regungslos in meinem Bett lagst. Ich hatte Angst, du würdest nie mehr zurückkommen. Als du erwachtest, wusste ich nicht, wie ich mich verhalten sollte. Und dann erzählst du mir all das."

Sie mühte sich um Ruhe, denn sie wusste, das war der beste Weg. „Das Timing war einfach schlecht. Ich war nicht stark genug, um mit deinen Gefühlen fertig zu werden."

„Wenn du es mir früher gesagt hättest …"

„Hättest du anders reagiert?" Sie warf ihm einen Blick zu. „Nein, ich glaube nicht. Aber du hast recht, ich hätte es dir früher sagen müssen. Ich hätte es nicht so lange verschweigen dürfen."

„Lege mir keine Worte in den Mund, Ana. Es sei denn, du hast … Wie nennst du es? Das Band knüpfen? Also, wenn du das Band nicht geknüpft hast, weißt du auch nicht, was ich fühle. Es tat weh, dass du mir nicht vertrautest."

Sie wischte sich eine Träne von der Wange und nickte. „Ich weiß. Es tut mir leid."

„Du hattest Angst?"

„Ich sagte dir doch, dass ich ein Feigling bin."

Er runzelte die Stirn, sah zu, wie der Wind mit ihren Haaren spielte, während sie auf die dunkle See hinausschaute. „Ja, stimmt. An dem Abend, als du meine Zeichnung fandest. Die von der Hexe. Das hat dich gekränkt."

Sie zuckte die Achseln. „Manchmal bin ich überempfindlich. Es lag nur daran, weil ich dir gerade …"

„Weil du es mir an jenem Abend sagen wolltest, und dann habe ich dich mit meiner bösen Hexe verschreckt."

„Es schien schwierig, es dir in diesem Augenblick zu sagen."

„Weil du ein Feigling bist", sagte er sanft, ohne sie aus den Augen zu lassen. „Ana, ich möchte dich etwas fragen. An dem Tag, als Jessie stürzte, was genau hast du da gemacht?"

„Ich habe die Verbindung hergestellt. Ich bin eine Empathin."

„Ich habe gesehen, wie es dir Schmerzen zugefügt hat." Er griff nach ihrem Arm und drehte sie zu sich herum. „Einmal hast du aufgeschrien, als ob du es nicht mehr ertragen könntest. Danach bist du in Ohnmacht gefallen und hast wie eine Tote dagelegen, für mehr als einen vollen Tag."

„Das gehört dazu." Sie versuchte, seine Hand abzuschütteln. Es tat weh, berührt zu werden, wenn ihre Schutzmauer in Trümmern lag. „Wenn die Verletzungen so ernst sind, ist immer ein Preis zu zahlen."

„Ja, ich habe Morgana gefragt. Sie sagte mir, dass du hättest sterben können. Sie sagte, das Risiko bestand, weil Jessie …" Er brachte es nicht über sich, die Worte auszusprechen. „Sie war schon fort. Oder fast. Du hast nicht nur einfach ein paar gebrochene Knochen geheilt, du hast sie von der Grenze zur anderen Seite zurückgeholt. Morgana hat mir erklärt, dass ein Heiler dort sehr leicht selbst zum Opfer werden kann."

„Was hätte ich denn tun sollen? Sie sterben lassen?"

„Ein Feigling hätte es getan. Ich denke, deine und meine Definition von ‚feige' sind unterschiedlich. Nur weil du Angst hast, bist du noch lange kein Feigling. Du hättest dich selbst retten und sie gehen lassen können."

„Ich liebe sie."

„So wie ich. Du hast sie mir zurückgebracht, Ana. Und ich habe dir noch nicht einmal gedankt."

„Du glaubst, ich wollte deine Dankbarkeit?" Das war einfach zu viel. Als Nächstes würde er ihr sein Mitgefühl anbieten. „Ich will keinen Dank von dir. Was ich getan habe, habe ich aus freien Stücken getan. Weil ich es nicht ertragen hätte, sie zu verlieren. Und ich hätte es für dich nicht ertragen können …"

„Für mich?", hakte er leise nach.

„Dass du noch jemanden verlierst, den du liebst. Dafür will ich keinen Dank. Das ist es, was mich und meine Kräfte ausmacht."

„Du hast das schon vorher getan? Was du für Jessie getan hast?"

„Ich bin Heilerin. Ich heile. Sie war ..." Noch immer schmerzte es sie, daran zu denken. „Sie wollte entgleiten. Ich musste alle meine Kräfte einsetzen, um sie von der Grenze zurückzuholen."

„So einfach ist das nicht." Seine Hände lagen jetzt auf ihren Armen, streichelten sanft. „Nicht einmal für dich. Du fühlst mehr als andere. Das hat Morgana mir auch gesagt. Wenn du deinen Schutzschild fallen lässt, bist du empfänglicher für Gefühle. Schmerz, Elend, alles. Und verletzbarer. Deshalb weinst du auch nie." Sacht, ganz sacht hob er die Träne von ihrer Wange auf seine Fingerspitze. „Aber du weinst jetzt."

„Du weißt alles, was es zu wissen gibt. Was soll das Ganze also dann noch?"

„Wir sollten einen Schritt zurück machen. Zu dem Abend, als du mir alles erklärt hast. Der Sinn liegt darin, dass du mir noch eine Chance gibst und dich öffnest. Für mich."

„Du verlangst zu viel." Sie schluchzte auf und schlug die Hände vors Gesicht. „Oh, lass mich in Ruhe. Lass mir meinen Frieden. Siehst du nicht, wie sehr du mich verletzt?"

„Doch, das sehe ich." Er umarmte sie, fest, fester, als sie sich wehrte, um sie zu beruhigen, zu trösten. „Du hast abgenommen, du bist blass. Wenn ich in deine Augen sehe, sehe ich auch den Schmerz, den ich dir zugefügt habe. Ich weiß nicht, wie ich es ungeschehen machen kann. Und ich weiß auch nicht, wie dein Vater sich beherrschen konnte, nicht sein ganzes Arsenal an Flüchen auf mich niederprasseln zu lassen."

„Wir benutzen unsere Gabe nicht, um zu schaden. Das ginge gegen alles, was wir sind. Bitte, lass mich gehen."

„Ich kann nicht. Ich dachte, ich könnte es. ‚Sie hat mich angelogen', sagte ich mir. ‚Sie hat mein Vertrauen missbraucht. Sie ist nicht wahr, nicht ehrlich.'" Er hielt sie bei den Armen, als sie sich losreißen wollte. „Aber das ist unwichtig. Nichts davon ist wichtig. Wenn es Magie ist, dann will ich es nicht verlieren. Ich will dich nicht verlieren. Ich liebe dich, Ana. Alles an dir, alles, was du bist. Bitte." Er berührte ihre Lippen, schmeckte die salzigen Tränen. „Bitte, komm zu mir zurück. Ich kann nicht ohne dich leben und ich will es nicht."

Der Hoffnungsstrahl war fast schmerzhaft. Sie klammerte sich an ihn, wie sie sich an Boone klammerte. „Ich würde es so gern glauben."

„Ich auch." Er nahm ihr Gesicht in seine Hände, küsste sie noch mal. „Und ich glaube. Glaube an dich, an uns. Wenn dies hier mein Märchen ist, dann will ich es zu Ende leben."

Sie schaute zu ihm auf. „Du kannst das alles akzeptieren? Uns alle?"

„Ich denke, ich habe die besten Voraussetzungen dazu, als Märchenbuchautor. Allerdings wird es wohl eine Weile dauern, bis ich deinen Vater davon überzeugt habe, nicht drastisch etwas an meiner Anatomie zu verändern." Mit einem Finger zeichnete er ihre Lippen nach, als sie sich zu einem Lächeln verzogen. „Ich war mir nicht sicher, ob du je wieder für mich lächeln würdest. Sag mir, dass du mich noch liebst. Bitte, gewähre mir das."

„Ja, ich liebe dich." Ihre Lippen erzitterten unter den seinen. „Immer."

„Ich werde dich nicht mehr verletzen." Er wischte ihr die Tränen mit dem Daumen von den Wangen. „Ich werde es wiedergutmachen."

„Das hast du schon." Sie hielt seine Hände. „Es ist vorbei. Wir haben das Morgen."

„Weine nicht mehr."

Sie lächelte und rieb sich übers Gesicht. „Nein. Ich weine nie."

Er nahm ihre jetzt feuchten Hände und küsste sie. „Du sagtest, ich solle dich noch einmal fragen. Es ist viel länger als

402

eine Woche, aber ich hoffe, du hast nicht vergessen, was du über deine Antwort gesagt hast."

„Nein, ich weiß es noch."

Er legte ihre Hand auf sein Herz. „Ich will, dass du fühlst, was ich fühle." Seine andere Hand hielt ihre. „Der Mond ist fast voll. Als ich dich das erste Mal küsste, war es ebenfalls im Mondlicht. Ich war bezaubert, betört, bestrickt. Das werde ich immer sein. Ana, ich brauche dich."

Sie fühlte, wie die Macht seiner Liebe in sie strömte. „Ich gehöre dir."

„Ich möchte, dass du mich heiratest. Das Kind mit mir teilst, das du mir zurückgegeben hast. Sie ist genauso dein wie mein. Lass uns gemeinsam mehr Kinder ins Leben bringen. Ich akzeptiere dich so, wie du bist, Ana. Ich schwöre, ich werde dich ehren und lieben, solange ich lebe."

Sie schlang die Arme um ihn. Haare wie Sonnenlicht, Augen wie Rauch. Mondlicht umgab sie in leuchtenden Strahlen.

„Ich habe auf dich gewartet."

EPILOG

*H*och oben auf windzerklüfteten Klippen stand stolz Schloss Donovan. Blitze erhellten die dunkle Nacht, der Wind brauste um die Fenster und ließ die bleigerahmten Rauten erzittern.

Im Haus flackerten wärmende Feuer in offenen Kaminen und Öfen. Hexen, Zauberer und Normalsterbliche waren zusammengekommen und warteten auf den ersten ungeduldigen Schrei, mit dem das neue Leben sich ankündigen würde.

„Schummelst du etwa, Grandad?", fragte Jessie tadelnd, als Padrick seine Karten sortierte.

„Schummeln?" Er lachte fröhlich und wackelte mit den Augenbrauen. „Aber natürlich! Komm, zieh eine Karte."

Sie kicherte und nahm eine Spielkarte vom Stock. „Granny Maureen sagt, dass du immer schummelst." Sie legte den Kopf schief. „Warst du wirklich ein Frosch?"

„Und ob, Darling. Und ein sehr hübscher grüner dazu."

Jessie akzeptierte es, mit der gleichen Selbstverständlichkeit, mit der sie die anderen Wunder in ihrem Leben mit der Donovan-Familie akzeptierte. Sie kraulte Daisys Ohren, die ihren großen Kopf vertrauensvoll auf Jessies Schoß gelegt hatte. „Wirst du wieder mal ein Frosch sein, damit ich es sehen kann?"

„Lass dich überraschen." Er blinzelte und verwandelte die Karten in ihrer Hand im selben Moment in Dauerlutscher.

„Oh, Grandad." Jessie lachte.

„Sebastian?" Mel kam die Treppe herunter und rief nach ihrem Mann, der mit einem Cognac in der Hand dem Kartenspiel zusah. „Shawn und Keely sind wach. Ich habe alle Hände voll zu tun, um bei Ana zu helfen."

„Komme schon." Der stolze Papa von drei Monate alten Zwillingen stellte den Schwenker ab und erhob sich, um Windeln zu wechseln.

Nash ließ die einjährige Allysia auf seinem Schoß hüpfen, während Donovan auf Matthews Schoß saß und mit der Taschenuhr seines Großvaters spielte.

„Vorsicht, dass er sie nicht verschwinden lässt", warnte Nash. „Wir haben ein paar Probleme damit, ihn unter Kontrolle zu halten."

„Ach, der Junge muss eben seine Kräfte ein bisschen ausprobieren."

„Mag sein. Aber als ich ihn letztens von seinem Mittagsschläfchen holen wollte, war das Bett voller Kaninchen. Lebender Kaninchen, wohlbemerkt."

„Ganz die Mama", sagte Matthew stolz. „Sie hat uns zum Wahnsinn getrieben."

Allysia kuschelte sich mit dem Rücken an die Brust ihres Vaters und lächelte. Innerhalb von Sekunden kam jeder Hund und jede Katze im Haus angelaufen.

„Ally." Nash seufzte schwer. „Weißt du nicht mehr, dass wir gesagt haben, immer nur einer?"

„Hündchen." Jauchzend zog Ally Matthews großem silbernen Wolfshund an den Ohren. „Miezekatzen."

„Das nächste Mal bitte nur ein Tier, ja?" Nash hob eine Katze am Nackenfell von seiner Schulter, schob eine andere von der Armlehne des Sessels. „Vor zwei Wochen hat sie jeden Hund im Umkreis von zehn Meilen zum Heulen gebracht. Kommt, ihr Monster." Er stand auf, klemmte sich erst Allysia, dann Donovan wie einen Fußball unter den Arm. Sie strampelten und kicherten. „Ich denke, es ist Zeit fürs Bett."

„Geschichte", verlangte Donovan. „Onkel Boone."

„Er ist beschäftigt. Heute werdet ihr wohl oder übel mit einer Geschichte von eurem Herrn Vater vorliebnehmen müssen."

Oh ja, er war beschäftigt. Beschäftigt damit, das Wunder zu erleben. Der Raum war von Kerzenlicht und Kräuterdüften erfüllt, das Feuer im Kamin strahlte behagliche Wärme aus.

Er hielt Ana in seinen Armen, während sie ihren gemeinsamen Sohn zur Welt brachte.

Dann ihre Tochter.

Dann noch einen Sohn.

„Drei." Er sagte es immer wieder, dieses eine Wort, selbst als Bryna ihm ein Baby in den Arm legte. „Drei." Sie hatten ihm gesagt, dass es Drillinge sein würden, er hatte es irgendwie nicht geglaubt.

„Mehrlingsgeburten liegen in der Familie." Erschöpft und unendlich glücklich nahm Ana eines der Bündel von Morgana entgegen. Sanft presste sie die Lippen auf die weiche Wange. „Jetzt haben wir zwei Jungen und zwei Mädchen."

Er grinste, als Mel das zweite Bündel in Anas Arm legte. „Wir brauchen ein größeres Haus."

„Wir werden anbauen."

„Soll ich die anderen rufen?", fragte Bryna lächelnd. „Oder möchtest du dich erst noch ein wenig ausruhen?"

„Nein." Ana legte ihren Kopf auf Boones Arm. „Bitte, sie sollen kommen."

Alle drängten sich in das Zimmer und veranstalteten unglaublichen Lärm. Ana rutschte in ihrem Bett ein wenig zur Seite, damit Jessie sich zu ihr setzen konnte.

„Das ist dein Bruder Trevor. Deine Schwester Mauve. Und hier dein anderer Bruder, Kyle."

„Ich werde gut auf sie aufpassen. Immer. Ganz bestimmt. Sieh nur, Grandad, wir sind jetzt eine richtig große Familie."

„Oh ja, mein kleines Lämmchen." Er schnäuzte laut und herzhaft in sein kariertes Taschentuch und tupfte sich dann über die Augen. Mit tränenglänzendem Blick sah er zu Boone. „Nur gut, dass ich dich damals nicht fertiggemacht habe."

Boone reichte ihm das schreiende Baby. „Hier, halte deinen Enkel."

„Ach, Maureen, mein Sahnetörtchen, er hat genau meine Augen."

„Nein, mein Froschkönig, das sind meine Augen."

Sie stritten sich gutmütig und debattierten, wie der Rest der Donovans. Boone legte den Arm um seine Frau und hielt seine Familie sicher und fest.

Blitze zuckten hinter dem Fenster, der Wind heulte ums Haus, und die Flammen im Kamin loderten hoch auf. Irgendwo tief im Wald, hoch auf den Hügeln, tanzten die Elfen. Und von dieser Zeit an lebten sie glücklich bis an ihr Lebensende.

– ENDE –

Nora Roberts

Tanz der Liebenden

Roman

Aus dem Amerikanischen von
Sonja Sajlo-Lucich

Weltbild

1. KAPITEL

*E*s würde perfekt werden. Sie würde es miterleben können. Jeder Schritt, jede Szene, jedes einzelne Detail würde genau so sein, wie sie es sich vorgestellt hatte. Ihr Traum würde Wirklichkeit werden.

Sich mit weniger als dem Perfekten zufriedenzugeben war Zeitverschwendung. Und Verschwendung war etwas, das für Kate Kimball nicht infrage kam.

Mit fünfundzwanzig hatte sie mehr gesehen und erlebt, als die meisten Menschen in ihrem ganzen Leben erlebten. Als die anderen jungen Mädchen kichernd Jungen angehimmelt oder sich über die neueste Mode unterhalten hatten, war sie nach Paris und Rom gereist, hatte glitzernde Kostüme getragen und außergewöhnliche Dinge vollbracht.

Sie hatte für Könige getanzt und mit Fürsten diniert. Sie hatte Champagner im Weißen Haus getrunken und im Bolschoitheater Triumphe gefeiert.

Sie würde ihrer Familie ewig dankbar sein, ihrer großen und weit verstreuten Familie, die ihr all das ermöglicht hatte. Alles, was sie war und hatte, verdankte sie ihr.

Jetzt war es an der Zeit, dass sie es sich selbst verdiente und ihr Leben eigenständig meisterte.

Das Tanzen war ihr Traum gewesen, seit sie denken konnte. Ihre fixe Idee, wie ihr Bruder Brandon es immer genannt hatte. Ganz unrecht hatte er damit nicht. Aber an einer fixen Idee war nichts Schlechtes, solange es die richtige Idee war und man auch bereit war, hart dafür zu arbeiten.

Der Himmel wusste, wie hart sie gearbeitet hatte.

Zwanzig Jahre Training, Studium, Tortur und Erfüllung. Zwanzig Jahre Schweiß und Spitzenschuhe. Zwanzig Jahre Opfer, für sie und ihre Eltern. Sie wusste, wie schwer es für ihre Eltern gewesen war, die Jüngste, das Nesthäkchen, mit siebzehn nach New York gehen zu lassen. Trotzdem hatten sie sie immer unterstützt und ermutigt.

Zwar war klar, dass die Familie über Kate wachen würde, als sie die hübsche kleine Stadt in West Virginia verließ. Aber Kate wusste, dass ihre Eltern ihr vertrauten, sie liebten und an sie glaubten und sie auch so hätten gehen lassen.

Kate hatte trainiert und gearbeitet, und sie hatte getanzt. Für sich und für ihre Familie. Als sie in die Company aufgenommen worden war und zum ersten Mal auf der Bühne gestanden hatte, war ihre Familie dabei gewesen. Als sie zum ersten Mal als Primaballerina aufgetreten war, hatten ihre Eltern es miterlebt.

Sechs Jahre lang hatte sie im Rampenlicht gestanden, hatte die Euphorie verspürt, wenn die Musik durch ihren Körper floss, wenn sie die Klänge fühlte, eins wurde mit der Musik. Sie war durch die ganze Welt gereist, hatte die Giselle getanzt, die Aurora verkörpert, war die Julia gewesen. Dutzende von Rollen, und sie wollte keinen Moment missen.

Eigentlich war niemand überraschter gewesen als Kate selbst, als sie den Entschluss gefasst hatte, der Bühne den Rücken zu kehren. Für diese Entscheidung gab es nur einen plausiblen Grund.

Sie wollte nach Hause.

Sie wollte endlich anfangen zu leben. Sosehr sie das Tanzen auch liebte – ihr war klar geworden, dass das Ballett begonnen hatte, sie zu verschlingen, jeden anderen Teil ihres Lebens gierig auffraß. Unterricht, Proben, Training, Tourneen, Medienrummel. Die Karriere einer Tänzerin brachte wesentlich mehr mit sich als nur Spitzenschuhe und Rampenlicht. Zumindest war das bei Kate der Fall gewesen.

Sie sehnte sich nach einem richtigen Leben – und nach einem Zuhause. Und sie wollte etwas von dem, was sie hatte erfahren dürfen, an andere weitergeben. Mit ihrer Ballettschule würde sie dieses Ziel erreichen können.

Sie würden kommen, sagte sie sich immer wieder. Sie würden allein schon deshalb kommen, weil sie Kate Kimball hieß. Dieser Name war ein Begriff in der Welt des Balletts. Und dann würden sie kommen, weil die Schule selbst sich einen Namen gemacht haben würde.

Zeit für einen neuen Traum, dachte sie, als sie sich in dem großen leeren Raum um die eigene Achse drehte. Die „Kimball School of Dance" war ihre neue Leidenschaft. Ihre fixe Idee. Es würde genauso erfüllend und perfekt werden wie ihr alter Traum.

Und es würde ebenso viel harte Arbeit, Anstrengung und Entschlossenheit verlangen, um in die Tat umgesetzt werden zu können.

Die Hände in die Hüften gestützt, betrachtete sie die schmutzig grauen Wände, die einst weiß gewesen waren. Sie würden wieder weiß sein, um den Konterfeis der Großen den passenden Hintergrund zu bieten. Nurejew, Barischnikow, Fonteyn, Davidov, Bannion.

Die beiden Längswände mit den Ballettstangen würden mit Spiegeln verkleidet werden. Die professionelle Eitelkeit war unerlässlich, so wie das richtige Atmen. Ein Tänzer musste sich zu jeder Zeit sehen können – jede kleine Bewegung, jedes Beugen, jede Drehung. Nur so erreichte man Perfektion.

Eigentlich sind es eher Fenster als Spiegel, dachte Kate. Der Tänzer sieht dem Tanz zu wie durch eine Glasscheibe.

Die alte Decke musste repariert oder ersetzt werden, je nachdem, was erforderlich war. Und das alte Heizungssystem … Sie rieb sich fröstelnd die Arme. Da musste auf jeden Fall ein neues her. Die Böden würden abgeschliffen und neu versiegelt werden, bis sie glatt und schimmernd den perfekten Untergrund böten. Blieben noch Elektro- und Sanitärinstallationen.

Ihr Großvater hatte als Tischler gearbeitet, bis er sich zur Ruhe gesetzt hatte. Na ja, fast zur Ruhe gesetzt, dachte sie liebevoll. Er würde die kleineren Arbeiten wohl nie aufgeben können. Aber sie würde ihn fragen, sich informieren, bis sie alles verstand und der Firma, die sie beauftragen würde, genau erklären konnte, was sie sich vorstellte.

Sie schloss die Augen. Sie konnte alles ganz genau vor sich sehen. Ihr hochgewachsener, gertenschlanker Körper sank fließend in ein tiefes *plié*, bis sie auf den Fersen zu sitzen kam. Sie richtete sich auf, sank wieder hinunter.

Sie hatte ihr Haar heute Morgen nur ungeduldig hochgesteckt, um schnell aus dem Haus zu kommen und sich das anzusehen, was bald das Ihre sein würde. Durch die Bewegung lockerten sich die Haarnädeln, ein paar Strähnen des seidigen schwarzen Haares lösten sich und fielen ihr bis auf die Hüften – ein wildromantisches Bild, das ihrem Image auf der Bühne gerecht wurde.

Ein verträumtes Lächeln zauberte einen warmen Schimmer auf ihr Gesicht. Die dunkle Haut und die hohen Wangenknochen hatte sie von ihrer Mutter geerbt, von ihrem Vater die grauen Augen und das energische Kinn.

Eine sehr interessante Kombination, sehr romantisch. Die Zigeunerin, die Meerjungfrau, die Elfenkönigin. Es hatte Männer gegeben, die nur auf ihr Äußeres geachtet hatten und sie für romantisch und zerbrechlich hielten. Mit der Stärke, die sich darunter verbarg, hatten sie nicht gerechnet.

Was ein Fehler war. Ein kapitaler Fehler.

„Irgendwann einmal wirst du aus dieser Stellung nicht mehr hochkommen, und dann wirst du deine restlichen Tage als herumhüpfender Frosch fristen müssen."

Kate riss die Augen auf und sprang hoch. „Brandon!" Sie rannte durch den Raum und warf sich ihrem Bruder mit einem Aufschrei in die Arme. „Was machst du hier? Wann bist du angekommen? Ich dachte, du wärst in Puerto Rico, um Baseball zu spielen? Wie lange bleibst du?"

Er war kaum zwei Jahre älter als sie. Früher, als sie noch Kinder gewesen waren, hatte er seinen Geburtsvorteil immer ausgenutzt und sie gequält. Nicht wie ihre gemeinsame Halbschwester Frederica, die älter war als sie beide. Sie hatte ihr Alter nie wie eine Keule über den Häuptern der jüngeren Geschwister geschwungen. Trotzdem – Kate liebte Brandon mit jeder Faser ihres Seins.

„Welche von den Fragen soll ich zuerst beantworten?" Lachend hielt er sie ein Stückchen von sich ab, um sie mit dunklen, amüsiert funkelnden Augen zu betrachten. „Immer noch dünn wie ein Strohhalm."

„Und in deinem Kopf gibt es immer noch nichts anderes als Stroh. Hi." Sie drückte einen herzhaften Kuss auf seine Lippen. „Mom und Dad haben nichts davon gesagt, dass du kommst."

„Sie wussten es nicht. Ich habe gehört, dass du dich hier niederlassen willst. Da dachte ich mir, ich sollte besser mal nachsehen, damit du keinen Unsinn machst." Er sah sich in dem heruntergekommenen Raum um und rollte mit den Augen. „Mir scheint, ich bin zu spät gekommen."

„Es wird wunderbar werden."

„Vielleicht. Aber im Moment ist es eine Bruchbude." Er legte den Arm um ihre Schultern. „So, die Königin des Balletts wird also Lehrerin."

„Ich werde eine gute Lehrerin sein. Aber lass dich etwas fragen: Wieso bist du nicht in Puerto Rico?"

„Bin ausgerutscht. Sehnenzerrung."

„Oh Gott! Wie schlimm ist es? Warst du beim Arzt? Musst du …"

„Liebe Güte, Katie! So schlimm ist es auch wieder nicht. Ich muss zwei Monate aussetzen und mich schonen. Wenn die Frühjahrssaison beginnt, bin ich wieder dabei. Außerdem habe ich so ausreichend Zeit, hier herumzuhängen und dir das Leben zur Hölle zu machen."

„Das ist wenigstens etwas. Komm, ich zeig dir alles." Dann konnte sie auch gleich herausfinden, wie er mit der Verletzung lief. „Meine Wohnung liegt direkt hier drüber."

„So wie die Decke aussieht, wohnst du vielleicht schon bald ein Stockwerk tiefer."

„Die Decke hält, keine Angst", beruhigte sie ihn. „Im Moment sieht alles noch schlimm aus, aber ich habe schon Pläne."

„Du hast immer Pläne."

Aber er begleitete sie, wobei er sein rechtes Bein leicht nachzog, um es nicht zu belasten. Er ging mit ihr durch einen engen Korridor mit abbröckelndem Putz und vorbei an bloßgelegten Ziegelsteinen. Er folgte ihr eine knarrende Treppe hinauf, die zu einem Biotop für Mäuse, Spinnen und anderes Kriechgetier geworden war, über das er lieber nicht weiter nachdenken wollte.

„Kate, dieses Haus ..."

„Hat Potenzial", unterbrach sie ihn entschlossen. „Und ist geschichtsträchtig. Es stammt noch aus der Zeit vor dem Bürgerkrieg."

„Sieht mehr danach aus, als stamme es aus der Steinzeit." Er war ein Mensch, der die Dinge in einer gewissen Ordnung liebte. Klar aufgeteilt, verständlich. Wie ein Spielfeld. „Hast du überhaupt eine Ahnung, wie viel du hier reinstecken musst, bevor es einigermaßen bewohnbar wird?"

„Ja, habe ich. Wenn ich einen Bauunternehmer beauftrage, werde ich eine genaue Kostenvorstellung haben. Brand, es gehört mir. Weißt du noch, wie wir als Kinder, du und Freddie und ich, hier vorbeigegangen sind? Ich habe mir immer gewünscht, dass es einmal mir gehören würde."

„Sicher weiß ich das noch. Es war mal eine Bar oder so was, nicht wahr? Und dann irgendein Handwerksladen und dann ..."

„Dieses Haus war schon vieles", warf Kate ein. „Es hat um 1800 als Schenke angefangen. Aber noch niemand hat hier etwas Erfolgreiches aufgezogen. Oh, wie habe ich mir als Kind gewünscht, hier zu leben, durch all die Räume zu toben und aus den hohen Fenstern zu schauen."

Ein leichter Hauch zog über ihre Wangen, ihre Augen wurden groß und dunkel. Ein sicheres Zeichen, dachte Brandon, dass sie sich festgebissen hat.

„Weißt du, es ist etwas anderes, wenn man sich solche Dinge als Achtjährige wünscht, als wenn man diese Schutthalde dann als Erwachsener kauft."

„Ja, natürlich ist es anders. Als ich letzten Frühling zu Hause war, stand es zum Verkauf. Seither musste ich immer wieder daran denken." Sie konnte es genau vor sich sehen, das schimmernde Holz, die sauberen, soliden Wände … „Selbst als ich nach New York zurückgekehrt war, ging es mir nicht mehr aus dem Kopf."

„Dir wirbeln doch ständig die verrücktesten Sachen im Kopf herum."

Sie tat diese Bemerkung mit einem Schulterzucken ab. „Es gehört mir. In dem Augenblick, als ich es betrat, wusste ich, dass es meins ist. Hast du so ein Gefühl schon mal gehabt?"

Hatte er. Als er zum ersten Mal auf ein Spielfeld gelaufen war. Wenn er es recht bedachte – die meisten vernünftigen Leute würden ihm gesagt haben, dass die Vorstellung, sich mit Ballspielen den Lebensunterhalt zu verdienen, ein Kindertraum sei. Seine Familie hatte das nicht getan. So wie sie auch Kates Traum vom Ballett nie belächelt hatten.

„Ja, ich glaube schon", gab er zu. „Aber es ist alles irgendwie so schnell. Ich bin von dir gewöhnt, dass du alles sehr wohlüberlegt angehst."

„Glaub mir, das hat sich nicht geändert", erwiderte sie fröhlich. „Als ich mich von der Bühne zurückzog, wusste ich, dass ich unterrichten würde. Ich wusste, dass ich dieses Haus als Schule aufziehen will. Meine Schule. Und vor allem wollte ich wieder zu Hause sein." Kate lächelte ihrem Bruder zu.

„Na schön." Er zog sie zu sich heran und küsste sie auf die Schläfe. „Dann werden wir es auch schaffen. Aber jetzt lass uns verschwinden. Es ist eiskalt hier drinnen."

„Die neue Heizung steht ganz oben auf meiner Liste."

Ein letztes Mal ließ er argwöhnisch den Blick durch den Raum schweifen. „Das wird eine ziemlich lange Liste werden."

Gemeinsam spazierten sie durch die frostige Dezemberluft, wie sie es schon früher als Kinder getan hatten. Über unebene Bürgersteige und geplatzte Gehwegplatten, unter den großen alten Bäumen, die ihre kahlen Äste in den bleigrauen Himmel streckten. Kate schnupperte. Schnee lag in der Luft.

Die Schaufenster der Geschäfte waren weihnachtlich dekoriert, mit rotbackigen Weihnachtsmännern, fliegenden Rentieren, kugelrunden Schneemännern und bunten Lichterketten. Aber das schönste Schaufenster war das des Spielzeugladens – Miniaturschlitten, große Teddybären, wunderschöne Puppen, rote Feuerwehrautos, Schlösser, gebaut aus Holzklötzen ...

Die Türglocke ertönte sanft, als die beiden den Laden betraten.

Kunden wanderten umher, besahen die Waren. In einer Ecke hämmerte ein Zweijähriger wild mit dem Klöppel auf ein Xylofon, und hinter dem Tresen packte Annie Maynard gerade einen Stoffhund mit langen Schlappohren in eine Geschenkschachtel ein.

„Eines meiner Lieblingstiere", sagte sie zu der wartenden Kundin. „Ihre Nichte wird sich gar nicht mehr von ihm trennen wollen."

Als sie die rote Schleife um die Schachtel band, rutschte ihre Brille ein wenig auf der Nase herunter. Blinzelnd sah sie über den Brillenrand ...

„Brandon!", rief sie aus. Dann, über die Schulter: „Tash, komm und sieh, wer hier ist! Oh, komm her und gib mir einen Kuss, du umwerfender Kerl, du!"

Als er gehorsam hinter den Tresen trat und sie auf die Wange küsste, wedelte sie sich mit der Hand Luft zu. „Seit fünfundzwanzig Jahren bin ich jetzt schon verheiratet, und bei diesem Jungen komme ich mir glatt wieder wie ein Backfisch vor. Aber jetzt lass mich deine Mutter holen."

„Das übernehme ich", schmunzelte Kate. „Nutz du die Zeit und flirte noch ein bisschen mit Brandon."

„Ja, dann …" Annie blinzelte Kate zu. „Beeil dich nicht zu sehr."

Ihrem Bruder hatten die Frauen schon zu Füßen gelegen, da war er höchstens fünf gewesen. Nein, das stimmte nicht. Schon als Baby waren ihm alle verfallen gewesen, korrigierte sie sich, während sie durch die Regale nach hinten ging. Das hatte nicht unbedingt etwas mit seinem Aussehen zu tun, auch wenn er wirklich traumhaft aussah. Es war auch nicht nur sein Charme, denn Brandon konnte ganz schön muffelig sein, wenn ihm danach war. Kate hatte schon vor langer Zeit entschieden, dass es einfach an den Pheromonen lag. Manche Männer betraten eben einen Raum, und alle Frauen schmolzen dahin. Natürlich nur Frauen, die für so etwas empfänglich waren. Sie hatte nie zu diesen Frauen gehört. Ein Mann musste schon mehr zu bieten haben als Aussehen, Charme und Sex-Appeal, um ihr Interesse zu erregen. Sie hatte zu viele aufwendig verpackte Geschenke gesehen, die, sobald man sie öffnete, keinen Inhalt vorzuweisen hatten.

Dann bog sie um die Ecke mit den Spielzeugautos. Und ihr passierte genau das, worüber sie gerade in Gedanken noch so hämisch gelästert hatte: Sie schmolz dahin.

Er war umwerfend. Nein, der Ausdruck war zu platt, zu weiblich. „Attraktiv" traf es auch nicht, war außerdem zu typisch männlich. Er war einfach …

Mann.

Knapp ein Meter neunzig und einzigartig verpackt. Als Tänzerin schätzte sie einen gut modellierten Körper. Dieser Vertreter der Spezies Mann, der im Moment konzentriert die Modellautos studierte, hatte seinen Körper in enge, ausgewaschene Jeans, ein Flanellhemd und eine Jeansjacke verpackt. Seine Stiefel sahen derb und viel getragen aus. Wer hätte ahnen können, dass Arbeitsschuhe so sexy sein konnten?

Dann war da noch dieses Haar – dunkelblond, mit helleren Strähnen, Massen davon, die um ein glatt rasiertes, markantes, klassisches Gesicht fielen. Ein voller Mund, das Einzige, was sanft und weich an ihm war. Eine gerade Nase, ein klar geschnittenes Kinn, wie von Meisterhand gemeißelt. Und seine Augen …

Nun, seine Augen konnte sie nicht sehen, zumindest nicht die Farbe. Aber die langen dichten Wimpern.

Irgendwie hatte sie das Gefühl, diese Augen müssten blau sein. Ein dunkles, intensives Blau.

Als er die Hand nach einem Spielzeugauto ausstreckte, starrte sie auf seine Finger. Lange, schlanke, kräftige Finger …

Du lieber Himmel!

Und während sie es sich noch einen Moment lang gestattete, sich ihrer Fantasie zu ergeben – einer wirklich harmlosen kleinen Fantasie ohne Konsequenzen! –, lehnte sie sich leicht zurück und warf prompt eine Ansammlung von Spielzeugautos aus dem Regal.

„Hoppla!" Immerhin holte das Klappern sie aus ihrer Fantasiewelt zurück in die Wirklichkeit. Lachend ging sie in die Hocke, um die Autos aufzuheben. „Ich hoffe, es gab keine Verletzten."

„Hier ist ein Notarztwagen, falls es nötig werden sollte." Er tippte auf ein rot-weiß gestreiftes Modellauto und ging neben ihr in die Knie, um ihr beim Aufheben zu helfen.

„Danke. Wenn wir schnell genug aufräumen, bevor die Cops hier sind, komme ich vielleicht mit einer Verwarnung davon." Er roch genauso gut, wie er aussah. Herb und würzig. Männlich eben. Sie rutschte ein wenig herum, ihre Knie berührten sich. „Kommen Sie öfter hierher?"

„Ja, schon." Er sah in ihr Gesicht. Lange, gründlich. Kate bemerkte das Aufflackern von Interesse. „Männer entwachsen dem Spielzeug eigentlich nie."

„Das habe ich mir sagen lassen. Womit spielen Sie denn am liebsten?"

Er zog die Augenbrauen hoch. Einem Mann passierte es nicht oft, dass er an einem Mittwochnachmittag in einem Spielzeugladen einer schönen – und provozierenden – Frau begegnete. Fast hätte er gestottert, dann tat er etwas, das er seit Jahren nicht mehr getan hatte: Er sprach, ohne vorher nachzudenken.

„Kommt ganz auf das Spiel an. Und Sie?"

Sie lachte und steckte die Haarsträhne hinters Ohr, die sie an der Wange kitzelte. „Ich spiele alle Spiele gern – solange ich gewinne."

Sie wollte sich aufrichten, aber er war schneller. Er drückte diese ellenlangen Beine durch und hielt ihr die Hand hin. Sie nahm sie, und zu ihrem Entzücken war diese Hand genauso fest und stark, wie sie sie sich vorgestellt hatte.

„Nochmals danke. Ich heiße Kate."

„Brody." Er hielt ihr ein winziges blaues Auto hin. „An einem neuen Wagen interessiert?"

„Nein, heute nicht. Ich schaue mich nur mal um, bis ich gefunden habe, was ich suche …" Sie verzog die Lippen zu einem Lächeln, amüsiert, aufreizend.

Brody musste sich zusammennehmen, um keinen Pfiff auszustoßen. Natürlich hatten schon andere Frauen versucht, sich an ihn heranzumachen, aber noch nicht so eindeutig. Und da war ja auch noch diese selbst auferlegte Enthaltsamkeit. Wie lange dauerte die eigentlich schon an? Viel zu lange, auf jeden Fall.

„Kate." Er lehnte sich an ein Regal, ihr zugewandt. Schon seltsam, wie schnell die Gesten zurückkamen, wie der Körper sich an die Bewegungen erinnerte, als hätte es nie eine Unterbrechung gegeben. „Warum gehen wir nicht …"

„Katie! Ich wusste ja nicht, dass du herkommen wolltest." Natasha Kimball eilte durch den Laden auf sie zu und schob dabei einen großen Spielzeugbetonmischer vor sich her.

„Ich habe dir eine Überraschung mitgebracht."

„Ich liebe Überraschungen. Aber erst einmal … Hier, Brody, der ist Montag reingekommen, ich habe ihn direkt für Sie zurückgestellt."

„Großartig." Der provozierende Ausdruck in seinen Augen verschwand und machte einem herzlichen Lächeln Platz. „Der ist perfekt. Jack wird aus dem Häuschen sein."

„Davon wird er auch lange etwas haben, nicht nur bis eine Woche nach Weihnachten. Der Hersteller achtet auf Qualität. Haben Sie sich schon mit meiner Tochter bekannt gemacht?"

Brodys Blick glitt von dem Betonmischer zu Kate. „Tochter?", wiederholte er. Das war also die Ballerina. Das passte.

„Ja, wir hatten einen Unfall mit den Spielzeugautos." Kate hielt ihr Lächeln aufrecht. Sicher hatte sie sich diese plötzliche Distanz nur eingebildet. „Jack … ist das Ihr Neffe?"

„Mein Sohn."

„Oh." Das durfte ja wohl nicht wahr sein! Der Mann hatte vielleicht Nerven. Dieser verheiratete Mann! Er hatte mit ihr geflirtet. Wer damit angefangen hatte, war egal. Schließlich war sie nicht verheiratet! „Das Geschenk wird ihm ganz sicher gefallen", sagte sie kühl und wandte sich zu ihrer Mutter um. „Mama …"

„Kate, ich habe Brody von deinen Plänen erzählt. Ich dachte mir, er könnte sich mal das Haus ansehen."

„Aber warum denn, um alles in der Welt?!"

„Brody ist Bauunternehmer. Und ein wunderbarer Tischler. Er hat das Studio deines Vaters letztes Jahr ausgestattet. Außerdem hat er mir versprochen, sich meiner Küche anzunehmen." Sie lachte ihn an, ihre Augen tanzten wie dunkles Gold. „Meine Tochter will immer nur das Beste. Deshalb habe ich automatisch an Sie gedacht."

„Danke."

„Nein, wirklich. Ich weiß, Sie liefern beste Arbeit zu einem fairen Preis." Sie drückte leicht seinen Arm. „Spence und ich wären dankbar, wenn Sie sich das Gebäude ansehen könnten."

„Ich bin doch noch gar nicht richtig angekommen, Mama. Lass uns nichts überstürzen. Allerdings bin ich in dem Gebäude auf etwas sehr Beunruhigendes gestoßen. Das steht jetzt vorn bei Annie und macht ihr schöne Augen."

„Wie …? Brandon! Warum hast du das denn nicht gleich gesagt!"

Als Natasha aufgeregt davoneilte, wandte Kate sich an Brody.

„Nett, Sie kennengelernt zu haben."

„Ganz meinerseits. Rufen Sie mich an, wenn ich vorbeikommen soll."

„Ja, sicher." Sie stellte das kleine blaue Auto zurück ins Regal. „Ihr Sohn wird über diesen Wagen begeistert sein. Ist er Ihr einziges Kind?"

„Ja, es gibt nur Jack."

„Sicher hält er Sie und Ihre Frau genügend auf Trab. Also, wenn Sie mich dann entschuldigen wollen …"

„Jacks Mutter ist vor vier Jahren gestorben. Aber ja, es stimmt, mich hält er auf jeden Fall in Atem. Und lassen Sie in Zukunft Vorsicht walten, wenn Sie an eine Kreuzung kommen, Kate." Damit klemmte er sich den Betonmischer unter den Arm und ließ Kate stehen.

„Na toll", zischelte Kate mit angehaltenem Atem. „Das kann ja heiter werden."

Der Nachmittag war ihr gründlich verdorben.

Das Beste an einem eigenen Geschäft, nach Brodys Meinung, war die Tatsache, dass man seine Prioritäten selbst setzen konnte. Sicher, es gab da genügend Dinge, die einem Kopfschmerzen bereiteten – die Verantwortung, der Papierkram, die Organisation und Planung der einzelnen Jobs und nicht zuletzt die Tatsache, dass man sicherstellen musste, dass es überhaupt Jobs zu organisieren gab –, aber dieser eine Faktor machte alles wieder wett.

Denn in den letzten sechs Jahren hatte es für ihn nur eine Priorität gegeben. Und die hieß Jack.

Nachdem Brody den Betonmischer unter einer schwarzen Plane auf seinem Pick-up verstaut hatte, bei einer Baustelle vorbeigefahren war, um zu kontrollieren, dass seine Arbeiter weiterkamen, bei einem Lieferanten telefonisch gut Wetter gemacht hatte, um eine Materiallieferung vorzuziehen, und dann bei einem potenziellen Kunden einen Kostenvoranschlag für eine Badezimmerrenovierung abgegeben hatte, machte er sich auf den Weg nach Hause.

Montags, mittwochs und freitags ließ er es sich nicht nehmen, zu Hause zu sein, bevor der klapprige Schulbus sich die Straße hinaufquälte. An den anderen beiden Schultagen – und falls es sich nicht vermeiden ließ – ging Jack zu seinem besten Freund Rod Skully nach Hause und verbrachte dort eine oder zwei Stunden, bis Brody ihn abholte.

Brody schuldete Beth und Jerry Skully viel. Die freundlichen Nachbarn passten auf Jack auf, wenn zu Hause niemand war. In den zehn Monaten, seit Brody wieder nach Shepherdstown zurückgekehrt war, wurde ihm jeden Tag wieder bewusst, welche Vorteile es hatte, in einer Kleinstadt zu leben.

Heute, mit dreißig, fragte er sich, warum der junge Mann, der er vor zehn Jahren gewesen war, diese Stadt nicht schnell genug hatte verlassen können. Wie wäre sein Leben wohl verlaufen, wenn er geblieben wäre?

Aber es war gut so gewesen, entschied er in Gedanken. Wenn er nicht von hier weggegangen wäre, hätte er Connie nicht kennengelernt. Und dann gäbe es Jack nicht.

Der Kreis war fast geschlossen. Wenn die Kluft zwischen ihm und seinen Eltern auch noch nicht überbrückt war – er machte eindeutig Fortschritte. Besser gesagt, Jack war verantwortlich für die Fortschritte. Sein Vater trug dem Sohn vielleicht etwas nach, aber dem Enkel konnte er nicht widerstehen.

Er hatte gut daran getan, nach Hause zu kommen. Brody sah auf den dichten Wald, durch den sich die Straße wand. Die ersten Schneeflocken rieselten vom grauen Himmel. Hügel – felsig und zerklüftet – erhoben sich in der Landschaft, so wie es ihnen gefiel.

Es war eine gute Gegend, um einen Jungen großzuziehen. Viel besser als die Stadt. Es tat ihnen beiden gut, an einem Ort neu anzufangen, wo Jack Familie hatte.

Brody bog in die Seitenstraße ab und stellte den Motor ab. Der Schulbus würde gleich kommen, Jack würde herausspringen, zum Pick-up herübergerannt kommen und die Fahrerkabine mit überschäumender Energie und aufgeregten Erzählungen füllen, was an diesem Tag alles passiert war.

Schade, dachte Brody, dass er mit einem Sechsjährigen nicht teilen konnte, was an seinem Tag so passiert war.

Schließlich konnte er seinem Sohn schlecht sagen, dass sich zum ersten Mal seit Langem wieder Interesse an einer Frau in ihm regte. Es war auch kein leichtes Regen gewesen, eher so etwas wie ein Schlag mit voller Wucht. Er konnte Jack nicht sagen, dass er nahe – sehr nahe – daran gewesen war, sich darauf einzulassen.

Schließlich war es so verdammt lange her.

Und mal ehrlich, was hätte es geschadet? Eine attraktive Frau, die ganz offensichtlich kein Problem damit hatte, den ersten Schritt zu tun. Ein bisschen flirten, ein paar zivilisierte Verabredungen, danach ein wenig nicht ganz so zivilisierter Sex. Jeder bekam, was er wollte, niemand wurde verletzt.

Er fluchte mit zusammengebissenen Zähnen und rieb sich den verspannten Nacken.

Irgendjemand wurde immer verletzt.

Trotzdem, vielleicht wäre es das Risiko wert gewesen ... wenn es sich bei der Frau nicht um Natasha und Spencer Kimballs ach so perfekte und wohlbehütete Tochter gehandelt hätte.

Diesen Weg war er schon einmal gegangen. Er hatte nicht vor, sich noch einmal auf so etwas einzulassen.

Er wusste viel über Kate Kimball. Primaballerina, Liebling der High Society und gefeierter Star der Kunstszene. Mal ganz abgesehen von der Tatsache, dass er sich lieber jeden Zahn einzeln ziehen lassen würde, als sich in eine Ballettvorstellung zu setzen. Während seiner viel zu kurzen Ehe mit Connie hatte er ausreichend Erfahrung mit der sogenannten kultivierten Gesellschaftsschicht sammeln können.

Connie war die Ausnahme gewesen. Einzigartig. Völlig natürlich und offen in einer Welt von Pomp und Prunk, wo Schein mehr galt als Sein. Trotzdem war es schwer gewesen. Er war nicht sicher, ob sie es geschafft hätten, aber er wollte es glauben.

Sosehr er sie auch geliebt hatte, eine Lektion hatte er gelernt: Es war einfacher, wenn der Schuster bei seinen Leisten blieb. Noch einfacher war es allerdings, wenn ein Mann sich gar nicht erst auf eine ernste Beziehung mit einer Frau einließ.

Nur gut, dass er noch rechtzeitig unterbrochen worden war, bevor er seinem Impuls nachgegeben und Kate Kimball um eine Verabredung gebeten hatte. Dass er herausgefunden hatte, wer sie war, bevor dieser erste kleine Flirt zu mehr geführt hatte.

Noch besser war es, dass er sich rechtzeitig an seine Prioritäten erinnert hatte. Durch die Vaterschaft war der arrogante und oft rücksichtslose Junge zum Mann gereift, war endlich erwachsen geworden.

Er hörte das Tuckern des alten Busses und setzte sich grinsend auf. Es gab keinen Ort auf der Welt, wo Brody O'Connell jetzt lieber sein würde.

Der gelbe Bus hielt an, der Fahrer winkte freundlich, Brody winkte zurück. Und dann schoss sein Junge wie der Blitz aus der Tür.

Jack war ein kompakter kleiner Kerl, nur seine Füße … es würde ein paar Jahre dauern, bis er in diese Füße hineingewachsen war. Er legte den Kopf zurück und fing eine Schneeflocke mit der Zunge auf. Sein fröhliches Gesicht war rund, seine Augen so grün wie die seines Vaters, sein Mund, weich und voll, zeigte noch die Unschuld der Jugend.

Brody wusste, sobald Jack seine rote Skimütze abziehen würde – was er immer bei der ersten Gelegenheit tat –, würden die wirren blonden Haare wie ein Sonnenblumenfeld aufleuchten.

Während er seinen Sohn betrachtete, fühlte Brody, wie sein Herz vor Liebe überschäumte und diese Liebe seinen Körper durchflutete. Und schon wurde die Tür des Pick-ups aufgerissen, und ein eifriger kleiner Junge mit zu großen Füßen kletterte herein.

„Hi, Dad! Es schneit. Vielleicht haben wir ja bald zwei Meter Schnee, und dann fällt die Schule aus, und dann können wir eine Million Schneemänner bauen und Schlitten fahren." Er hüpfte aufgeregt auf dem Sitz auf und ab. „Können wir, Dad?" Die Augen des Jungen glänzten, während er die weiße Landschaft betrachete.

„Sobald der Schnee zwei Meter hoch liegt, fangen wir mit dem ersten der Million Schneemänner an."

„Versprochen?"

Ein Versprechen, das wusste Brody, war eine ernste Angelegenheit. „Versprochen."

„Toll! Rate mal, was!"

Brody ließ den Motor an und fuhr die Straße hinauf. „Was denn?"

„Bis Weihnachten sind es nur noch fünfzehn Tage. Miss Hawkins hat gesagt, morgen sind es nur noch vierzehn, und das sind nur noch zwei Wochen."

„Das bedeutet wohl, dass fünfzehn weniger eins vierzehn macht."

„Wirklich?" Jack dachte darüber nach. „Na schön. Also, Weihnachten ist in zwei Wochen, und Großmutter sagt doch immer, dass die Zeit so schnell vergeht. Also eigentlich ist dann doch jetzt schon fast Weihnachten."

„Fast." Brody hielt den Wagen vor dem alten zweistöckigen Bauernhaus an. Irgendwann würde er das ganze Haus wieder bewohnbar gemacht haben. Auch wenn es noch etwas dauern mochte.

„Siehst du, das sage ich doch. Also, wenn praktisch schon Weihnachten ist, kann ich dann jetzt mein Geschenk haben?"

„Hmm." Brody schürzte die Lippen, runzelte die Stirn und schien über den Vorschlag nachzudenken. „Weißt du, das war gut. Doch, wirklich gut, Jack. Nein."

„Ooch."

Brody musste über das enttäuschte Gesicht lachen. Er zog seinen Sohn zu sich. „Aber wenn du mich ganz feste drückst, mache ich dir O'Connells Spezial-Pizza zum Abendessen."

„Einverstanden!" Jack schlang seinem Vater die Arme um den Nacken.

Brody war endgültig nach Hause gekommen.

2. KAPITEL

*N*ervös?" Spencer Kimball beobachtete seine Tochter, wie sie Kaffee in eine Tasse einschenkte. Sie sah makellos aus, die schwarze Lockenfülle zu einem Pferdeschwanz gebändigt, der ihr über den Rücken fiel. Der graue Hosenanzug verlieh ihr eine Eleganz, die ihr angeboren schien. Ihr Gesicht – Gott, sie war das Ebenbild ihrer Mutter! – wirkte gefasst.

Ja, sie sah makellos aus und wunderschön. Und erwachsen. Warum nur tat es so weh, seine Babys erwachsen werden zu sehen?

„Sollte ich nervös sein? Noch Kaffee?"

„Ja, bitte. Immerhin ist heute Stichtag", fügte er hinzu, während sie seine Tasse vollschenkte. „Kaufvertragstag. In ein paar Stunden wirst du Hausbesitzerin sein, mit allen Freuden und Kopfschmerzen, die so etwas mit sich bringt."

Sie setzte sich und knabberte lustlos an ihrem Frühstückstoast. „Ich freue mich darauf. Ich habe mir alles sehr genau überlegt. Ich bin mir bewusst, dass es ein Risiko ist, so viel von meinen Rücklagen zu investieren. Aber finanziell bin ich abgesichert, für die nächsten fünf Jahre sind die Kosten für mich tragbar."

Er nickte und musterte sie genau. „Du hast den Geschäftssinn deiner Mutter geerbt." Kate strich sich eine widerspenstige Haarlocke aus dem Gesicht.

„Hoffentlich. Ich hoffe auch, dass ich dein Talent zum Unterrichten geerbt habe. Ich bin Künstlerin, das Kind zweier Menschen, die ebenfalls Künstler sind. In New York habe ich manchmal unterrichtet, das hat mich auf den Geschmack gebracht." Sie schenkte Milch in ihren Kaffee. „Ich baue mein Geschäft in meiner Heimatstadt auf, wo ich ausreichend Kontakte habe."

„Richtig."

Sie legte den Toast beiseite und nahm die Kaffeetasse. „Der Name Kimball wird hier respektiert, und mein Name ist in Künstlerkreisen hoch angesehen. Ich habe zwanzig Jahre lang Tanz studiert, habe mich durch Tausende von Trainingsstunden gequält und geschwitzt. Ich sollte eigentlich in der Lage sein, selbst Anleitungen zu geben."

„Zweifellos."

Sie seufzte. Es hatte keinen Zweck. Ihren Vater würde sie nie täuschen können, er kannte sie in- und auswendig. „Na schön. Du weißt doch, wie es ist, wenn man Schmetterlinge im Bauch hat?"

„Allerdings."

„Nun, bei mir sind es im Moment Frösche. Dicke fette Frösche, die ständig auf und ab hüpfen. So nervös war ich nicht einmal bei meinem ersten Soloauftritt."

„Weil du nie an deinem Talent gezweifelt hast. Hier wagst du dich auf neues Gebiet." Er nahm ihre Hand und drückte sie ermutigend. „Du hast das Recht auf Frösche, Liebling. Ehrlich gesagt, ich würde mir mehr Sorgen machen, wenn du nicht nervös wärst."

„Aber du machst dir Sorgen, nicht wahr? Dass ich einen Riesenfehler begehe."

„Nein, keinen Fehler. Ich denke nur daran, dass das Heimweh nach der Bühne in ein paar Monaten vielleicht zu stark wird. Dass dir die Company und das Leben, das du bisher geführt hast, fehlen werden. Übrigens, ein Vater hat auch ein Recht auf Frösche. Ein Teil von mir wünscht sich, du hättest dir mehr Zeit für diesen Entschluss gelassen, ein anderer ist einfach nur glücklich, dich wieder zu Hause zu haben."

„Sag deinen Fröschen, sie können sich beruhigen. Wenn ich mich einmal entschieden habe, dann bleibe ich auch dabei."

„Ich weiß." Das war ja auch genau das, worüber er sich Sorgen machte. Aber das sagte er nicht laut.

Sie biss in ihren Toast und lächelte leicht. Sie wusste genau, wie sie ihn ablenken konnte. „Also, erzähl mir von den Renovierungsplänen für die Küche."

Er verzog das Gesicht. „Damit habe ich nichts zu tun." Er fuhr sich mit der Hand durch das volle ergraute Haar. „Deine Mutter hat sich in den Kopf gesetzt, alles zu ändern. Das muss neu und das muss neu … Und Brody macht alles mit. Sag mir, was stimmt nicht an dieser Küche?"

„Vielleicht hat es etwas damit zu tun, dass hier alles schon über zwanzig Jahre alt ist?"

„Na und?" Spencer hob seine Kaffeetasse in ihre Richtung. „Diese Küche ist perfekt, so wie sie ist. Gemütlich, alles funktioniert … Aber er musste ihr ja diese Musterkataloge zeigen."

Kate grinste in sich hinein. Ihr Vater fühlte sich hintergangen, das war eindeutig. Aber sie verstand ihn. „Dieser hinterlistige Kerl."

„Und dann reden sie über Rundbögen und Erkerfenster. Wir haben ein Fenster." Er zeigte empört auf das Fenster über der Spüle. „Damit ist nichts verkehrt. Man kann doch hinaussehen, oder nicht? Und dieser Junge setzt ihr Flausen in den Kopf über Granitarbeitsplatten und Eichenverkleidung."

„Eichenverkleidung, sehr sexy." Lachend stützte sie die Ellenbogen auf den Tisch. „Erzähl mir was über diesen O'Connell."

„Er macht gute Arbeit. Aber das heißt nicht, dass er meine Küche auseinandernehmen muss."

„Lebt er schon lange hier?"

„Er ist hier aufgewachsen. Seinem Vater gehört ‚Ace Plumbing'. Brody ging nach Washington, als er ungefähr zwanzig war. Hat dort erfolgreich ein Bauunternehmen aufgezogen."

Okay, dachte Kate. Wenn ich mehr wissen will, muss ich die Sprache schon selbst drauf bringen. „Ich habe gehört, er hat einen kleinen Sohn."

„Ja, Jack. Ein hübscher kleiner Bengel. Brodys Frau ist vor ein paar Jahren gestorben. An Krebs, glaube ich. Ich denke, er will den Jungen in der Nähe der Familie großziehen, deshalb ist er vor ungefähr einem Jahr zurückgekommen. Hat hier seine Firma eröffnet und sich mittlerweile einen guten Namen erarbeitet. Er wird gute Arbeit bei dir leisten."

„Falls ich mich für ihn entscheiden sollte."

Sie fragte sich, wie Brody wohl mit einem Werkzeuggürtel aussehen mochte, aber dann ermahnte sie sich, dass diese Frage nicht dazu beitrug, eine Geschäftsbeziehung mit einem Bauunternehmer zu etablieren.

Trotzdem … sie wettete, er würde großartig damit aussehen.

Es war vollbracht. Die Frösche in ihrem Magen hüpften zwar noch immer recht aufgebracht, aber sie war die stolze Besitzerin eines großen, wunderbaren, heruntergekommenen Gebäudes in der hübschen College-Stadt Shepherdstown, West Virginia.

Ein Gebäude, das nur wenige Minuten zu Fuß von dem Haus entfernt lag, in dem sie aufgewachsen war. In wenigen Minuten konnte sie sowohl im Spielzeugladen ihrer Mutter als auch im College, an dem ihr Vater lehrte, sein.

Sie war von Familie, Freunden und Nachbarn umgeben.

Oh Gott!

Jeder hier kannte sie, jeder würde ihr über die Schulter schauen, ob sie auch schaffte, was sie sich vorgenommen hatte, oder mit ihren Plänen auf die Nase fallen würde. Oh, warum nur hatte sie sich nicht eine Stadt in Utah oder New Mexico ausgesucht, um ihre Schule zu eröffnen? Irgendeinen Ort, wo niemand sie kannte und wo niemand etwas von ihr erwartete?

Weil sie ihre Schule hier eröffnen wollte. Weil dies hier

ihr Zuhause war. Und weil sie nirgendwo anders sein wollte. Deshalb.

Ich werde nicht auf die Nase fallen, schwor Kate sich, als sie den Wagen parkte. Sie würde es schaffen, weil sie persönlich jedes Detail überwachen würde. Sie würde alles Schritt für Schritt angehen, so hatte sie auch ihren bisherigen Weg zurückgelegt, der sie hierhergeführt hatte. Vorsichtig, mit Bedacht und Sorgfalt. Dafür würde sie wie ein Tier schuften.

Sie durfte ihre Eltern nicht enttäuschen.

Wichtig war jetzt, dass dieses Gebäude ihr gehörte – und der Bank – und dass sie den nächsten Schritt machte.

Sie ging die Treppe hinauf – ihre Treppe! –, trat auf den leicht durchhängenden Absatz und schloss die Tür zu ihrer Zukunft auf.

Es roch nach Staub und Spinnweben.

Nun, das würde sich bald ändern. Oh ja, sehr bald sogar, sagte sie sich, als sie ihre Handtasche abstellte. Es würde nach Sägespänen und frischer Farbe und dem Schweiß der Bauarbeiter riechen.

Jetzt musste sie nur noch die Mannschaft anheuern.

Sie ging durch den großen Raum und hörte den Widerhall ihrer Schritte. Dann sah sie die kleine Stereoanlage in der Mitte des Zimmers stehen. Verdutzt nahm sie die Grußkarte mit der Ballerina hoch, die obenauf lag, und lächelte, als sie die Handschrift ihrer Mutter erkannte.

Herzlichen Glückwunsch, Katie!
Ein kleines Einweihungsgeschenk, damit du immer Musik um dich hast.
In Liebe, Mom, Dad und Brandon

„Ach ihr!" Kate schossen vor Rührung die Tränen in die Augen. Sie ging in die Hocke und schaltete die Stereoanlage ein.

Es war eine der Kompositionen ihres Vaters, eine ihrer Lieblingsmelodien. Sie erinnerte sich daran, wie stolz sie gewesen war, als sie zum ersten Mal zu dieser Melodie in New York auf der Bühne getanzt hatte.

Kimball tanzt, zu einer Komposition von Kimball, dachte sie und schleuderte die Schuhe von den Füßen.

Zuerst langsam, behutsam, eine lange Ausführung. Die Muskeln zitterten, aber sie hielten durch. Dann ein Knie einknicken, Richtungsänderung, langsam, im Takt. Jetzt tiefer, eine Serie leichter Pirouetten, fließend, nicht ruckartig.

Kate bewegte sich durch den Raum. Die einstudierten Schritte kamen ihr ohne Anstrengung ins Gedächtnis. Die Musik erfüllte den Raum, ihren Geist, ihren Körper.

Jetzt schneller, sich steigern von selbstvergessener Romantik zu Leidenschaft. *Arabesque*, schnell, leichte Drehung, dreifache Pirouette, *ballotté*.

Euphorie floss durch ihre Adern. Das Band, das ihr Haar zusammengehalten hatte, rutschte herab und landete auf dem Boden. *Grand jeté.* Noch mal. Und noch mal. Ein Gefühl wie Fliegen. Für immer in der Schwerelosigkeit verharren.

Dann wieder auf dem Boden, eine schnelle Folge von Drehungen. *Fouetté.* Stand! Wie eine Statue, einen Arm in die Luft, den anderen nach hinten.

„Wahrscheinlich müsste ich jetzt Rosen werfen, aber ich habe leider keine mitgebracht."

Ihr Atem kam schnell, doch jetzt wäre er ihr fast gestockt, als die Worte sie aus ihrer eigenen Welt herausrissen. Unwillkürlich drückte sie sich die Hand aufs Herz und starrte Brody an.

Er stand in der Tür, die Hände in den Taschen, einen Werkzeugkasten zu seinen Füßen.

„Das können Sie später noch machen. Rote Rosen, die liebe ich besonders", brachte sie heraus. „Himmel, Sie haben mich zu Tode erschreckt."

„Tut mir leid. Die Tür war nicht verschlossen, und Sie haben mein Klopfen nicht gehört." Oder hätte es nicht gehört, wenn er denn daran gedacht hätte zu klopfen.

Aber als er sie von der Straße aus durch das Fenster gesehen hatte, hatte er an gar nichts mehr gedacht. Er war einfach hereingekommen, verblüfft, fasziniert. Eine Frau, die sich so bewegen konnte, musste einen Mann faszinieren. Er war sicher, sie wusste das.

Jetzt ging sie zur Anlage und stellte die Musik ab. „Ich wollte dieses Haus einweihen. Allerdings sieht es besser aus, wenn Kostüme und Licht stimmen. Also", sie warf sich das lange Haar über die Schulter zurück, „was kann ich für Sie tun, Mr O'Connell?"

Er kam in den Raum hinein und hob das Haarband auf. „Das haben Sie verloren."

„Danke." Sie steckte es sich in die Tasche.

Er wünschte, sie würde ihr Haar wieder zusammenbinden. Seine Reaktion auf ihr Aussehen behagte ihm ganz und gar nicht. Sie sah so erhitzt und lebendig und … erreichbar aus. „Mir scheint, Sie haben mich nicht erwartet."

„Nein, aber ich habe nichts gegen das Unerwartete." Vor allem nicht, wenn es mit umwerfenden grünen Augen und diesem kleinen sexy Stirnrunzeln ausgestattet war.

„Ihre Mutter bat mich, hier vorbeizuschauen, um das Gebäude mal unter die Lupe zu nehmen."

„Aha. Also noch ein Einweihungsgeschenk."

„Wie bitte?"

„Nichts." Sie neigte den Kopf ein wenig zur Seite. Tänzer konnten viel an der Körpersprache eines Menschen ablesen, wie ein Psychiater. Und Brodys Körper sprach eine eindeutige Sprache. Er war steif und in Verteidigungsstellung, sehr darauf bedacht, sicheren Abstand zu wahren. „Mache ich Sie nervös, O'Connell, oder mögen Sie mich einfach nur nicht?"

„Weder noch. Dazu kenne ich Sie nicht gut genug."

„Wollen Sie mich besser kennenlernen?"

Sein Magen verkrampfte sich plötzlich. „Hören Sie, Miss Kimball …"

„Schon gut, regen Sie sich nicht gleich auf." Sie winkte ab. Zu schade aber auch, dachte sie. Sie zog es vor, offen zu sein. Er anscheinend nicht. „Ich finde Sie attraktiv, und ich hatte den Eindruck, dass Sie auch nicht uninteressiert seien. Ich habe mich wohl geirrt." Abwartend und ein wenig nervös musterte Kate ihr Gegenüber.

„Ist es eigentlich eine Angewohnheit von Ihnen, sich fremden Männern im Laden Ihrer Mutter an den Hals zu werfen?"

Sie blinzelte, ein kurzes Aufflackern von Wut und Verletztsein. Dann zuckte sie die Schultern. „Autsch, das saß."

„'tschuldigung." Angewidert von sich selbst, hob er beide Hände. „Das war unangebracht. Vielleicht ärgern Sie mich doch, aber das ist nicht Ihre Schuld. Ich bin aus der Übung, wenn es um … herausfordernde Frauen geht. Sagen wir einfach, ich bin nicht auf der Suche nach irgendwelchen Komplikationen, okay?"

„Tja, das ist wirklich ein Schlag. Schwer zu verkraften. Ich hatte nämlich schon die Ringe ausgesucht. Aber ich werde es wohl überleben."

Seine Mundwinkel zogen sich nach oben. „Autsch."

Er hat ein wunderbares Lächeln, wenn er es denn mal benutzt, dachte Kate. Schade, dass er so empfindlich ist. „Nun, da wir alle Unklarheiten aus dem Weg geräumt haben … also, was halten Sie davon?" Sie drehte sich mit ausgebreiteten Armen einmal um die eigene Achse.

Das war jetzt sein Territorium, er konnte sich entspannen. Mit fachmännischem Blick betrachtete er seine Umgebung. „Ein herrliches altes Gebäude, sehr viel Atmosphäre und noch mehr Potenzial. Solide Fundamente, für die Ewigkeit gebaut."

Ihr Ärger verflog vollends. „Genau das habe ich auch gedacht. O'Connell, ich liebe Sie."

Jetzt war es an ihm zu blinzeln. Er trat unwillkürlich einen Schritt zurück, als Kate hell auflachte.

„Sie sind wirklich aus der Übung. Keine Panik, ich werde mich nicht in Ihre Arme stürzen, Brody, auch wenn die Vorstellung sehr reizvoll ist. Aber Sie sind der erste Mensch, der genauso denkt wie ich. Jeder andere hält mich für verrückt, weil ich so viel Zeit und Geld in dieses Haus stecken will."

Er konnte sich nicht entsinnen, dass er sich je bei einer Frau so oft in so kurzer Zeit wie ein Idiot vorgekommen war. Mürrisch steckte er die Hände wieder in die Taschen. „Es ist eine gute Investition – auf langfristige Sicht und nur, wenn Sie es richtig machen."

„Oh, das habe ich vor. Was sollte Ihrer Meinung nach als Erstes in Angriff genommen werden?"

„Die Heizung. Hier drinnen friert es ja."

Sie grinste zufrieden. „Vielleicht kommen wir doch besser miteinander aus als gedacht. Der Heizkessel steht im Keller. Wollen Sie ihn sich ansehen?"

Sie ging mit ihm zusammen hinunter. Das hatte er nicht erwartet. Auch nicht, dass sie mit keiner Wimper zuckte, als Mäuse über den Boden huschten und sie auf die Hautreste einer Schlange stießen, die sich offenbar an den Nagern gütlich getan hatte.

Seiner Erfahrung nach stießen Frauen – nun, zumindest die sehr weiblichen Vertreter ihres Geschlechts – bei solchen Gelegenheiten schrille Schreie aus und schüttelten sich angeekelt. Kate dagegen zog nur die Nase kraus und kritzelte eilig etwas auf den Notizblock, den sie mitgenommen hatte.

Es war schummrig hier unten, die Luft abgestanden und der Heizkessel ein Fall für den Schrott.

Er setzte sie unverzüglich über die schlechten Neuigkeiten in Kenntnis, zählte Optionen auf, wägte Vor- und Nachteile der verschiedenen Alternativen wie elektrische Heizpumpen, Gas und Öl ab. Lieferte eine Auflistung von Leistungsfähigkeit sowie Installierungs- und voraussichtlichen monatlichen Betriebskosten.

Er hätte genauso gut Chinesisch sprechen können, man sah es ihr an. Deshalb schlug er vor, Broschüren und Informationsmaterial an ihren Vater zu schicken.

„Mein Vater ist Komponist und Universitätsprofessor", erinnerte sie ihn mit unterkühlter Höflichkeit. „Glauben Sie wirklich, nur weil er einen anderen Chromosomensatz hat als ich, würde er mehr verstehen?"

Brody dachte darüber nach. „Nun … ja."

„Sie irren. Lassen Sie mir die entsprechenden Informationen zukommen. Es muss ein System sein, das die alten Radiatoren speisen kann, die Rohre liegen ja bereits. Ich will das Haus so wohnlich und attraktiv wie möglich machen, dabei aber den ursprünglichen Charakter erhalten. Außerdem will ich zusätzliche Wärmequellen installieren lassen. Das heißt, die Kamine müssen überprüft und, falls nötig, repariert werden."

Ihr nüchterner Ton gefiel ihm nicht, auch wenn er gegen den Inhalt nichts einzuwenden hatte. „Sie sind der Boss."

„Gut, dass Sie da mit mir übereinstimmen."

„Sie haben Spinnweben im Haar, Boss."

„Sie auch. Dieser Keller muss sauber gemacht werden, und so authentisch der Lehmboden auch sein mag, ich will Estrich haben. Und ein Kammerjäger muss her. Elektroinstallationen und anständiges Licht. Das alles hier unten ist verschenkter Platz. Man kann es als Abstell- und Lagerfläche benutzen."

„Gut." Er zog Notizblock und Bleistift hervor und begann sich Notizen zu machen.

Sie stieg die Treppe hinauf und rüttelte an dem Geländer. „Die Treppe muss nicht schön sein, aber sicher."

Er schrieb etwas auf den Block. „Sie werden eine sichere Treppe bekommen, das garantiere ich."

„Gut. Jetzt zeige ich Ihnen, was ich mir für das Erdgeschoss vorgestellt habe."

Sie wusste genau, was sie wollte. Für seinen Geschmack ein wenig zu genau. Er konnte sich hier keine Ballettschule vorstellen, sie offensichtlich schon. Sie hatte alles genauestens geplant. Küche, Duschräume, Garderobe, Abstellkammer, bis hin zu der Bank, die unter dem Fenster eingebaut werden sollte.

„Ist das nicht ein bisschen übertrieben für eine Kleinstadt-Tanzschule?"

Sie zog nur eine Augenbraue in die Höhe. „Nein, sondern den Anforderungen entsprechend. Und jetzt zu den beiden Duschräumen."

„Wenn Sie das Ganze geräumiger machen wollen, kann ich die Wand herausschlagen."

„Tänzer müssen eine Menge Abstriche machen, was ihr persönliches Schamgefühl anbelangt, aber lassen Sie uns die Grenze bei Gemeinschaftsduschen ziehen."

„Gemeinschaftsduschräume." Er ließ den Notizblock sinken. „Sie wollen auch Jungen unterrichten?" Er grinste breit von einem Ohr zum anderen. „Kommen Sie, Sie glauben doch nicht, dass Sie irgendwelche Jungen hier reinkriegen, die Pirouetten drehen."

„Schon mal was von Barischnikow gehört? Davidov?" Sie war zu sehr an solche Kommentare gewöhnt, um beleidigt zu sein. „Ich gehe jede Wette ein, dass ein professioneller Tänzer jeden Sportler schlägt, wenn es um Kondition und Muskelkraft geht."

„Und wer trägt das Tutu?"

Sie seufzte. Ja, sie war sich im Klaren darüber gewesen, dass sie in dieser ländlichen Gegend gegen eine solche Sichtweise zu kämpfen haben würde. „Nur zu Ihrer Information – männliche Tänzer sind echte Männer. Mein erster Freund war ein *premier danseur*, der höher springen konnte als Michael Jordan, wenn er den Ball einlegt. Aber Jordan trägt ja keine engen Gymnastikhosen, sondern diese süßen knappen Boxershorts."

„Trainingshosen", verbesserte Brody verbissen.

„Ach so. Tja, es ist wohl alles Auslegungssache, nicht wahr? Die Duschräume bleiben getrennt. Neue Armaturen, neue Böden, alles weiß. Und jeweils ein niedriges Waschbecken, für die Kinder. Klar?"

„Klar."

„Gut, dann einen Stock höher." Sie deutete auf die Treppe am Ende des Korridors. „Meine Wohnung."

„Sie werden hier wohnen? Über der Schule?"

„Ich werde hier wohnen, leben, atmen, schlafen, essen und arbeiten. Nur so lässt sich ein Konzept erfolgreich verwirklichen. Ich habe genaue Vorstellungen, was meinen Wohnraum angeht."

Oh ja, die hat sie, dachte Brody eine Stunde später. Sehr genaue Vorstellungen, und sehr gute. Vielleicht konnte er ihre Vision nicht teilen, was das Erdgeschoss anging, aber hier oben konnte er ihr in fast allem zustimmen.

Und während er mit ihr umherging, spürte er, wie die bekannte Vorfreude sich aufbaute. Etwas, das seit Generationen bestand, den eigenen Stempel aufzudrücken und gleichzeitig zu bewahren, was bewahrt werden konnte.

Es hatte eine Zeit gegeben, da hatte er nur seine Stunden abgearbeitet. Erledige den Job, kassiere das Geld. Der Stolz und das Verantwortungsgefühl waren erst langsam gewachsen. Und die Freude, die Zufriedenheit, die ihn dazu trieben, sein Bestes zu geben, seine handwerklichen Fähigkeiten zu perfektionieren – mehr zu bauen als nur Räume und Gebäude.

Ein Leben zu errichten.

Hier konnte er das. Und er wollte es. Wollte es so sehr, dass er sogar bereit war, Kate Kimball und seine irritierende Reaktion auf sie in Kauf zu nehmen.

Er hoffte – falls er den Auftrag bekam –, dass sie nicht zu den Kunden gehörte, die ständig auf der Baustelle herumlungerten. Zumindest nicht, wenn sie dieses verdammte Parfum aufgelegt hatte.

Und dann waren sie im Badezimmer. Die alte Eisenwanne sollte bleiben, integriert werden in weiße Armaturen und weiße und blaue Fliesen. Aber sie stimmte zu, sich noch andere Muster anzusehen.

Sie hatte auch feste Vorstellungen für die Küche, aber hier widersprach er ihr.

„Haben Sie vor, hier richtig zu kochen, oder wollen Sie sich nur ein paar Fertigmahlzeiten aufwärmen?"

„Kochen. Ob Sie's glauben oder nicht, ich kann's."

„Dann brauchen Sie eine durchgehende Arbeitsfläche." Brody deutete auf das Fenster. „Das Spülbecken sollte unter dem Fenster angebracht sein, nicht da drüben an der Wand. Da steht der Kühlschrank, der Herd hier. Dann haben Sie alles in Reichweite und müssen nicht ständig durch den Raum rennen, wenn Sie etwas brauchen. Zeit- und Raumverschwendung."

„Ja, aber hier …"

„Da kommt der Vorratsschrank hin", unterbrach er sie. In seinem Kopf nahm der Raum Gestalt an. „Dann haben Sie hier die gesamte Schrankzeile. Regale hier … Wenn es richtig ausgemessen ist", er holte einen Zollstock hervor und nahm Maß, „bleibt Platz für eine Frühstücksbar und ein paar Hocker zum Sitzen. Sitz- und Arbeitsplatz anstatt ungenutzter Raum."

„Ich hatte eigentlich vor, einen Tisch …"

„Um einen Tisch müssen Sie ständig herumtanzen. Der nimmt nur Platz weg."

„Ja, vielleicht." Sie dachte an heute Morgen, als sie mit ihrem Vater am Küchentisch gesessen hatte. An die vielen anderen Gelegenheiten, bei denen sich ihre Familie um den Tisch versammelt hatte. Sentimental, entschied sie. Und in diesem Fall unpraktisch.

„Lassen Sie mich alles ausmessen, dann zeichne ich Ihnen einen Vorschlag auf. Sie können es sich ja dann überlegen."

„Na gut. Das hier hat sowieso jede Menge Zeit. Das Erdgeschoss ist mir bedeutend wichtiger."

„Es wird etwas dauern, bis ich einen Kostenvoranschlag erstellt habe. Aber von dem, was ich bisher gesehen habe, kann ich Ihnen jetzt schon sagen, dass Sie sich auf eine sechsstellige Summe einstellen sollten. Und mindestens vier Monate Arbeit."

Sie hatte sich Ähnliches ausgerechnet, aber es von jemand anderem ausgesprochen zu hören, versetzte ihr trotzdem einen kleinen Schock. „Gut. Machen Sie eine Kalkulation. Und die Zeichnungen, was auch immer. Sollte ich mich entscheiden, Ihnen den Auftrag zu erteilen, wann können Sie anfangen?"

„Mit Materialbestellung und Lieferung … wahrscheinlich Anfang des Jahres."

„Das ist Musik in meinen Ohren. Okay, Mr O'Connell, zeigen Sie mir Ihren Kostenvoranschlag, und wir sehen, ob wir ins Geschäft kommen."

Sie überließ ihn sich selbst, damit er in Ruhe ausmessen und rechnen konnte, ging nach unten und trat auf die schmale Veranda an der Hausfront. Der kleine Vorgarten war eine Schande, vermooster Rasen, erfrorenes Unkraut und ein hässlicher dicker Baumstumpf, der einmal ein großer alter Ahornbaum gewesen sein musste. Auf der anderen Straßenseite stand ein renovierter Altbau mit mehreren Apartments. Jetzt zur Mittagszeit war kein Leben in den Wohnungen zu entdecken.

Noch mal hunderttausend, dachte sie. Das war machbar. Sie hatte kein extravagantes Leben geführt. Und sie hatte tatsächlich den Geschäftssinn ihrer Mutter geerbt. Ihre Gagen waren gut angelegt, sie hatte ein angenehmes Polster im Rücken.

Sollte es für ihren Geschmack zu knapp werden, konnte sie immer noch ein paar Gastspiele mit der Company geben. Diese Tür stand ihr glücklicherweise offen.

Wenn sie es genau bedachte, wäre das sogar vernünftig, nicht nur in finanzieller Hinsicht. Sie war daran gewöhnt zu arbeiten, brauchte Beschäftigung. In den kommenden Wochen und Monaten konnte sie nichts anderes tun als warten und zusehen, wie die Renovierung Schritt für Schritt vorankam.

Der Trip nach New York war unkompliziert. Sie konnte bei ihrer Familie unterkommen. Training, Proben, Aufführung, wieder nach Hause. Ja, das war vielleicht sogar die beste Lösung.

Aber noch nicht. Erst wollte sie sehen, wie ihr Plan sich anließ.

„Kate?" Brody trat zu ihr, ihren Mantel in der Hand. „Es ist kalt hier draußen."

„Ja, ein wenig. Ich hatte gehofft, es würde zu schneien anfangen. Gestern sah es so aus."

„Solange es keine zwei Meter Schnee werden."

„Wie?"

„Nichts." Er legte ihr den Mantel um die Schultern und zog ihr automatisch die Haare unter dem Stoff hervor. Es gibt so verdammt viel davon, dachte er. Weiche, seidige, endlos lange Haare.

Seine Finger verfingen sich in dieser Pracht, als sie sich umdrehte und in seine Augen sah. Ah, also doch interessiert, dachte sie und fühlte das angenehme Flattern im Bauch.

„Warum gehen wir nicht um die Ecke in das kleine Café? Sie können mir einen Kaffee ausgeben." Sie trat näher an ihn heran, bewusst. Ein Test, für sie und für ihn. „Wir können über … Arbeitsplatten reden."

Sie hatte eine verheerende Wirkung auf ihn. Nebelte seinen Verstand ein, machte ihm das Atmen schwer, ganz zu schweigen von dem, was sich in seiner Lendengegend abspielte. „Sie machen sich schon wieder an mich heran."

Ihr Lächeln war sehr sinnlich und sehr weiblich. „Natürlich."

„Sie sind wahrscheinlich die schönste Frau, die mir je begegnet ist."

„Das ist eine Laune der Natur, aber da ich meiner Mutter ähnlich sehe, bedanke ich mich in ihrem Namen. Wissen Sie, Ihr Mund gefällt mir besonders." Sie ließ ihren Blick darauf verweilen. „Irgendwie zieht er mich immer wieder an."

Seine Kehle war rau und staubtrocken. Verflucht, was war mit den Frauen passiert, seit er aus dem Spiel ausgeschieden war? Seit wann verführten sie Männer am helllichten Tag auf der Veranda eines baufälligen Gebäudes?

Er fühlte den schneidenden Dezemberwind im Gesicht und die Hitze, die durch seine Adern schoss. „Sehen Sie …" Mit einem schnellen Griff packte er sie bei den Armen. Der Mantel rutschte von ihren Schultern, Brody spürte die durchtrainierten Muskeln ihrer Arme durch den Stoff ihres Jacketts.

„Das tue ich doch die ganze Zeit." Ihr Blick hielt ihn gefangen. So männlich, dachte sie. Und so frustriert. „Mir gefällt, was ich sehe."

Ihre Augen waren grau, geheimnisvoll und undurchdringlich wie dichter Rauch. Er brauchte jetzt nur seinen Kopf zu beugen, oder besser, er würde sie hochheben, bis ihre sinnlichen weichen Lippen mit diesem selbstzufriedenen Lächeln mit seinem Mund auf einer Höhe waren …

Er hatte die ungute Ahnung, dass er genauso gut eine Hochspannungsleitung berühren könnte. Der Effekt wäre der gleiche – tödlich.

„Ich sagte Ihnen bereits, dass ich nicht interessiert bin." Er wollte sich abwenden, hatte jedoch nicht mit der Hartnäckigkeit einer Kate Kimball gerechnet.

„Stimmt. Aber Sie haben gelogen." Um es ihm zu beweisen, stellte sie sich auf die Zehenspitzen und biss ihn leicht in die Unterlippe. Der Griff seiner Hände an ihren Armen wurde schraubstockartig. „Sehen Sie?", flüsterte sie. „Sie sind interessiert. Sie wollen es nur nicht sein."

„Das kommt aufs Gleiche heraus." Er ließ sie los und nahm seinen Werkzeugkasten. Verdammt, seine Hände zitterten!

„Der Meinung bin ich nicht, aber ich will auch nicht drängen. Ich würde mich gern mit Ihnen treffen, wenn es Ihnen irgendwann passt. Da wir ähnliche Ansichten über das Haus haben und mir viele Ihrer Ideen gefallen, hoffe ich, dass wir in der Zwischenzeit gut zusammenarbeiten werden."

Er stieß zischend den Atem aus. Kalt und klar wie ein Januartag, dachte er. Während er gereizt, völlig überhitzt und durcheinander war.

„Sie sind ein harter Brocken, Kate."

„Ich weiß. Aber ich werde mich nicht dafür entschuldigen, dass ich so bin, wie ich bin. Ich erwarte Ihren Kostenvoranschlag und die Unterlagen, über die wir gesprochen haben. Sollten Sie noch mehr ausmessen müssen, wissen Sie ja, wo Sie mich erreichen können."

„Ja, das weiß ich."

Sie rührte sich nicht, blieb auf der Veranda und sah ihm nach, als er zu seinem Wagen ging und davonfuhr. Er wäre erstaunt gewesen, hätte er gehört, wie heftig sie den Atem ausstieß. Überrascht, wenn er gesehen hätte, wie sie sich langsam auf die Stufen setzte.

Sie war keineswegs so kalt und klar wie ein Januartag. Im Gegenteil, sie brauchte den Wind, um abzukühlen. Und um die Frösche in ihrem Bauch zur Ruhe zu bringen.

Brody O'Connell, dachte sie. War es nicht seltsam und faszinierend, dass ein Mann, den sie nur zweimal getroffen hatte, eine solche Wirkung auf sie ausübte? Sie war Männern gegenüber nicht schüchtern, aber sie war wählerisch. Der Freund, den sie Brody erwähnt hatte, war einer jener drei Männer, die sie in ihr Leben – und in ihr Bett – gelassen hatte. Männer, für die sie tiefe Gefühle gehegt hatte.

Und doch … Schon nach dem zweiten Treffen – eigentlich war es ja erst ein richtiges Treffen gewesen, gestand sie sich ein – wollte sie Brody in ihrem Bett haben.

Also würde sie jetzt ganz logisch und sachlich vorgehen. Erst einmal musste sie sich beruhigen, wieder einen klaren Kopf bekommen. Dann würde sie sich überlegen, wie sie Brody am besten dorthin bekam, wo sie ihn haben wollte.

3. KAPITEL

ack saß an dem Doppelschreibtisch, den er und sein Dad „ihr Büro" nannten, und schrieb eifrig in Druckbuchstaben das Alphabet auf. Das war sein Job, genau wie sein Dad auf der anderen Seite seine Arbeit erledigte.

Allerdings sahen das Millimeterpapier, die Lineale und Zirkel viel interessanter aus als dieses Alphabet. Aber Dad hatte ihm versprochen, wenn er erst alle Buchstaben aufgeschrieben hatte, würde er auch ein Blatt von dem Millimeterpapier bekommen.

Dann würde er ein riesengroßes Haus darauf malen, so wie ihr Haus, und die alte Scheune auch, die Dads Werkstatt war. Und natürlich mit viel Schnee drumherum. Zwei Meter Schnee und Millionen und Trillionen von Schneemännern.

Und einen Hund.

Grandpa und Grandma hatten einen Hund, Buddy. Buddy war schon alt, aber es machte Spaß, mit ihm zu spielen. Eines Tages, wenn Jack groß sein würde, dann würde er einen eigenen Hund bekommen. Er würde ihn Mike nennen und Ball mit ihm spielen, und abends würde Mike dann bei ihm im Bett schlafen.

Jack sah auf, um seinen Vater zu fragen, ob er nicht schon groß genug für einen Hund sei, aber sein Vater hatte eine tiefe Falte auf der Stirn. Nein, er war nicht wütend. So sah er immer aus, wenn er arbeitete. Wenn man ihn dann unterbrach, egal mit welcher Frage, kam immer die gleiche Antwort: „Nicht jetzt."

Aber das Alphabet war so langweilig. Er wollte das Haus malen oder mit seinen Autos oder am Computer spielen. Oder mal draußen nachsehen, ob es nicht schon schneite.

Er rutschte auf seinem Stuhl hin und her. Sein Fuß traf die Schreibtischwand. Er rutschte weiter. Noch ein Tritt gegen das Holz.

„Jack, lass den Schreibtisch in Ruhe."

„Muss ich denn das ganze Alphabet schreiben?"

„Ja."

„Warum?"

„Darum."

„Aber ich bin doch schon bei P."

„Wenn du die restlichen Buchstaben nicht auch noch machst, wirst du nie Wörter mit den Buchstaben lernen können, die du jetzt nicht schreibst."

„Warum?"

„‚Warum' wirst du zum Beispiel nie schreiben können."

„W-A-R-U-M."

Jack seufzte, ein sehr schwerer Seufzer für einen Sechsjährigen. Also schrieb er die nächsten drei Buchstaben, dann hob er wieder vorsichtig den Kopf. „Dad."

„Hm?"

„Dad, Dad, Dad. D-A-D."

Brody sah auf. Jack grinste ihn breit an. „Ganz schön neunmalklug, mein Sohn. Woher hast du nur dein vorlautes Mundwerk?"

„Grandma sagt, das habe ich von dir geerbt. Darf ich sehen, was du da malst? Du hast gesagt, das ist für die tanzende Lady."

„Ja, das ist für die Tänzerin, und nein, du darfst es erst sehen, wenn du deine Arbeit fertig hast." Wie gerne hätte er eine Pause gemacht und mit seinem Sohn gespielt, ihn sich über die Schulter geworfen und mit ihm herumgetobt. Aber wenn man einem Kind Verantwortung beibringen wollte, musste man mit gutem Beispiel vorangehen und Verantwortung zeigen.

„Was passiert, wenn du es nicht fertig machst?"

„Nichts." Jack zog einen Schmollmund.

„Eben."

Jack seufzte noch mal und beugte sich wieder über sein Alphabet. Er sah nicht, dass sein Vater sich das Grinsen verkneifen musste.

Ob sein Vater ihn je so angesehen hatte? Wahrscheinlich, dachte Brody. Aber er hatte es sich nie anmerken lassen. Bob O'Connell war auch nicht der Typ Vater gewesen, der mit seinem Sohn auf dem Wohnzimmerteppich herumgerollt war oder rumgeblödelt hatte. Bob O'Connell war zur Arbeit gegangen, nach Hause gekommen und hatte erwartet, dass jeden Abend pünktlich um sechs das Essen auf dem Tisch stand. Er hatte vorausgesetzt, dass sein Sohn die ihm aufgetragenen Pflichten erfüllte und aufs Wort folgte, ohne Fragen zu stellen. Und er hatte nie daran gezweifelt, dass sein Sohn in seine Fußstapfen trat.

Brody nahm an, dass er seinen Vater in jedem einzelnen Punkt enttäuscht hatte. So wie sein Vater ihn enttäuscht hatte. Seinem Sohn würde er das nie antun.

„Z! Z! Z!" Jack wedelte wild mit dem Blatt umher. „Fertig!"

„He, halt still, damit ich es mir ansehen kann." Weit davon entfernt, sauber und ordentlich zu sein, aber immerhin, es war vollbracht. „Gut gemacht. Willst du jetzt Zeichenpapier?"

„Kann ich dir nicht bei deinem Bild helfen?"

„Sicher." Na, dann würde er eben heute Abend eine Stunde dranhängen, das war ihm die Zeit mit seinem Sohn wert. Er zog Jack auf seinen Schoß. „Also, hier haben wir die Wohnung über der Schule."

„Warum tragen die eigentlich immer so komische Sachen, wenn sie tanzen?"

„Keine Ahnung. Woher weißt du eigentlich, dass sie komische Sachen tragen?"

„Ich habe ein Cartoon gesehen, da haben Elefanten solche Röcke getragen. Und sie haben auf ihren Zehenspitzen getanzt. Haben Elefanten Zehenspitzen?"

„Sicher." Hatten sie die? „Wir können ja mal in unserem schlauen Buch nachschlagen, später. Hier, nimm den Bleistift und zieh eine gerade Linie, hier direkt am Rand."

Vater und Sohn arbeiteten zusammen, die große Hand führte die kleine über das Papier. Als Jack zu gähnen begann, drückte Brody den blonden Kopf an seine Schulter und erhob sich vorsichtig.

„Ich bin aber gar nicht müde, Dad", behauptete Jack noch, als seine Lider schon schwer wurden.

„Ich weiß. Aber wenn du aufwachst, sind es nur noch fünf Tage bis Weihnachten."

„Kann ich dann ein Geschenk haben?"

Brody lächelte still in sich hinein und sog tief den Duft seines Sohnes ein.

Nachdem er Jack zu Bett gebracht hatte, kam er wieder herunter und brühte sich eine Kanne frischen Kaffee auf. Mit Sicherheit ein Fehler. Der Kaffee würde ihn lange wach halten.

Er stand am Fenster und sah hinaus in die Dunkelheit, nippte an der schwarzen heißen Flüssigkeit. Das Haus war so still, wenn Jack schlief. Dabei gab es Zeiten, in denen der Junge so viel Krach und Chaos um sich herum verbreitete, dass man den Eindruck haben konnte, es gäbe nie wieder einen Moment voller Ruhe und Frieden.

Und wenn es dann still war, fehlte Brody der Lärm. Dieses Elterndasein war eine ziemlich vertrackte Sache.

Aber jetzt fühlte er eine innere Unruhe in sich, die er schon lange nicht mehr verspürt hatte. Als alleinerziehender Vater, der sich um das Haus und den Neuaufbau des Geschäfts kümmern musste, war ihm nicht viel Zeit geblieben.

Die Zeit hatte er immer noch nicht. Allein hier am Haus gab es so viel zu tun, dass er für … ja, wahrscheinlich den Rest seines Lebens würde er damit beschäftigt sein. Er hätte etwas Kleineres kaufen sollen, etwas, das weniger Arbeit verlangte, etwas Praktischeres. Das musste er sich von seinem Vater anhören, seit der den Preis herausgefunden hatte.

Tja, aber er hatte sich eben sofort in dieses Anwesen verguckt. Jack übrigens auch. Und so weit funktioniert es ja auch, dachte er jetzt, als er sich in der renovierten Küche mit den hohen Glasschränken und der Granitarbeitsplatte umsah. Sicher, langsam müsste er sich mal um die anderen Räume kümmern, was er bis jetzt vor sich hergeschoben hatte, aber dazu musste er Zeit und Muße haben.

Trotzdem, diese Unruhe hatte weder etwas mit seiner Arbeit noch mit den Plänen für das Haus zu tun.

Sondern mit Kate Kimball.

Er hatte weder Zeit noch Lust, sich mit ihr einzulassen.

Zugegeben, Lust hätte er schon … Er fuhr sich frustriert durchs Haar. Hatte er je ein solches Verlangen nach einer Frau verspürt? Wahrscheinlich, er konnte sich nur nicht daran erinnern. Konnte sich nicht daran erinnern, sich je so nach jemandem verzehrt zu haben.

Und dieses Gefühl ärgerte ihn maßlos.

Es lag einfach nur daran, dass es schon so lange her war. Und weil sie so provozierend war. Und so schön.

Aber er war kein Kind mehr, das nach einem hübschen Spielzeug griff, ohne an die Folgen zu denken. Er konnte nicht mehr einfach das tun, was ihm gerade einfiel. Und das war auch in Ordnung so.

Erledige die Arbeit, nimm das Geld mit und halte Abstand, ermahnte er sich in Gedanken. Und hör endlich auf, ständig an ihren makellosen, durchtrainierten Körper zu denken. Es sei denn, du bist auf Probleme aus … Er starrte noch eine Weile in die Nacht hinaus, ehe er die Schultern straffte und sich abwandte.

Er schenkte sich noch eine Tasse Kaffee ein, wohl wissend, dass der ihn die ganze Nacht wach halten würde, und ging zurück an seinen Schreibtisch.

Als Kate am nächsten Nachmittag die Tür öffnete, stand Brody auf der Schwelle. Ihr Entzücken darüber wurde abgelenkt durch den kleinen Jungen mit den lachenden Augen, der neben ihm stand.

„Oh. Hallo, du Hübscher.“

„Ich bin Jack."

„Hallo, hübscher Jack. Ich heiße Kate. Kommt doch rein."

„Ich wollte nur den Kostenvoranschlag vorbeibringen, und die Zeichnungen." Brody hielt ihr die Unterlagen entgegen, eine Hand fest auf Jacks Schulter. „Meine Visitenkarte liegt bei. Wenn Sie Fragen oder Anmerkungen haben, können Sie mich anrufen."

„Warum sehen wir die Papiere nicht jetzt gleich zusammen durch? Das spart Zeit. Oder haben Sie es eilig?" Sie sah ihn gar nicht an, während sie redete, sondern strahlte Jack an. „Brrr! Es ist richtig kalt da draußen, was? Kalt genug für heiße Schokolade und Kekse."

„Und Marshmallows?"

„In diesem Haus ist es verboten, heiße Schokolade ohne Marshmallows anzubieten." Sie streckte die Hand aus, und Jack nahm sie, um sie ins Haus zu ziehen.

„Kate, hören Sie …"

„Ach kommen Sie, O'Connell, seien Sie kein Spielverderber. Also, hübscher Jack, in welcher Klasse bist du denn? In der fünften? Sechsten?"

„Nein." Der Junge kicherte. „In der ersten."

„Nein, so ein Zufall! Gerade heute gibt's bei uns ein Spezialangebot für blonde Jungen in der ersten Klasse. Du hast freie Wahl – Makronen, Butterkekse oder Chocolat Chip Cookies?"

„Kann ich von jedem eins haben?"

„Jack …"

„Ah, endlich ein Mann nach meinem Geschmack." Kate ignorierte Brody völlig, reichte ihm nur Jacks Jacke, Fäustlinge und Mütze und nahm den Jungen bei der Hand.

„Sind Sie die tanzende Lady?"

Sie lachte und ging mit ihm Richtung Küche. „Ja, die bin ich." Über die Schulter schenkte sie Brody ein vielsagendes Lächeln. Erwischt, dachte sie. „Die Küche ist dahinten."

„Ich weiß, wo die verdammte Küche ist", knurrte er.

„Dad hat ‚verdammt' gesagt", verkündete Jack keck.

„Ich hab's auch gehört. Vielleicht sollte er deshalb keine Kekse bekommen."

„Erwachsene dürfen ruhig ‚verdammt' sagen, aber sie dürfen nicht Sch…"

„Jack!"

„Trotzdem sagt er das manchmal. Und einmal", fuhr Jack verschwörerisch flüsternd fort, „da hat er sich mit dem Hammer auf die Hand gehauen, und dann hat er ganz viele Schimpfwörter gesagt, alle auf einmal."

„Wirklich?" Kate war hingerissen von dem Jungen. „Hintereinander oder durcheinander?" Sie zog einen Stuhl für ihn hervor.

„Alle ganz durcheinander. Und ganz oft." Jack grinste strahlend. „Kann ich drei Marshmallows haben?"

„Aber sicher. Hängen Sie die Jacke doch da drüben an den Haken, Brody." Sie schenkte ihm ein strahlendes Lächeln, dann machte sie sich daran, heiße Schokolade zuzubereiten.

Und zwar richtige, nicht dieses Fertigzeug aus der Tüte, wie Brody auffiel. Viel echte Schokolade, frische Milch. „Wir wollen Sie nicht aufhalten", sagte er.

„Das tun Sie nicht, ich habe Zeit. Ich habe meiner Mutter heute Morgen im Laden geholfen, im Moment ist unheimlich viel los. Brandon übernimmt die Nachmittagsschicht. Das ist der Baseballhandschuh meines Bruders", sagte sie zu Jack, der sofort hastig seine Hand zurückzog.

„Ich wollte nur mal sehen."

„Ist schon in Ordnung. Du kannst ihn ruhig mal nehmen, Brandon hat bestimmt nichts dagegen. Magst du Baseball?"

„Ich spiele T-Ball, und nächstes Jahr, wenn ich alt genug bin, darf ich in die Bambini-Liga."

„Brand hat auch schon als kleiner Junge mit T-Ball angefangen, und dann war er bei den Bambini. Jetzt spielt er in der Nationalliga, für die L. A. Kings." Kate lächelte dem Jungen zu.

Jacks grüne Augen wurden rund und groß. „So richtig echt?"

„So ganz richtig echt." Zu Jacks Entzücken stülpte sie ihm den Handschuh über. „Wenn deine Hand groß genug ist, spielst du ja vielleicht auch."

„Mannomann, ein echter Baseballhandschuh von einem richtigen Baseballspieler, Dad!"

„Wow, das ist echt cool." Brody gab auf. Er konnte niemanden auf Distanz halten, der seinem Sohn ein solches Erlebnis verschaffte. Er wuschelte Jack durchs Haar und lächelte Kate an. „Darf ich auch drei Marshmallows haben?"

„Aber sicher."

Der Junge ist ein Goldstück, dachte Kate, während sie heiße Schokolade zubereitete und Kekse auf einen Teller legte. Sie hatte eine Schwäche für Kinder.

Das Band zwischen Vater und Sohn war nicht zu übersehen. Unverbrüchlich, absolut reißfest und voller Liebe. Am liebsten hätte sie beide dafür umarmt.

„Lady?"

„Sag Kate zu mir." Sie stellte einen Becher dampfende Schokolade vor Jack hin. „Vorsicht, es ist heiß."

„Kate, warum tragt ihr eigentlich so komische Sachen, wenn ihr tanzt? Dad hat gesagt, er hat keine Ahnung."

Innerlich stöhnte Brody auf. Die verschiedenen Kekse auf dem Teller beanspruchten plötzlich seine ganze Aufmerksamkeit.

Kate stellte die anderen Becher auf den Tisch und setzte sich dann. „Das sind Kostüme. Sie helfen uns dabei, die Geschichte zu erzählen, die wir tanzen."

„Wie kann man denn eine Geschichte mit Tanzen erzählen? Ich kenne nur Geschichten mit Wörtern."

„Es ist genauso wie das Erzählen, nur eben mit Musik und Bewegungen. Wenn du ‚Jingle Bells' hörst, nur die Musik, woran denkst du dann?"

„An Weihnachten. Bis dahin sind es nur noch fünf Tage."

„Richtig. Und wenn du zu dem Lied tanzen würdest, dann wären die Bewegungen schnell und fröhlich. Du denkst dabei an Schlittenfahrten und Schneeballschlachten. Aber wenn du ‚Stille Nacht, heilige Nacht' hörst, dann würdest du dich langsam und feierlich bewegen, nicht wahr?"

„Ja, wie in der Kirche."

Der Junge ist clever, dachte sie. „Genau. Irgendwann kommst du einmal bei meiner Schule vorbei, dann zeige ich dir, wie man eine Geschichte mit Tanz erzählen kann."

„Dad wird vielleicht deine Schule bauen."

„Ja, vielleicht."

Sie öffnete den Ordner, den er mitgebracht hatte. Interessant, dass sie den Kostenvoranschlag achtlos beiseitelegt und direkt zu den Planzeichnungen übergeht, dachte Brody. Offene Möglichkeiten sind wichtiger als Einschränkungen. Brody rutschte mit seinem Stuhl näher heran, um mit ihr gemeinsam die Zeichnungen durchzugehen.

Sie roch besser als die Kekse und die Schokolade, und das sollte was heißen.

„Das gefällt mir." Sie wandte ihm ihr Gesicht zu. Hielt seine Augen mit ihrem Blick fest. „Es gefällt mir sogar ausgesprochen gut."

„Ich habe auch ein paar Linien gemalt", ließ sich Jack vernehmen.

„Du hast gute Arbeit geleistet", sagte sie lächelnd zu ihm, dann studierte sie wieder die Zeichnungen, während Brody versuchte, die Knoten in seinem Magen zu lösen.

Sie sah alles genau durch, machte Anmerkungen, teilte die Blätter auf in „abgelehnt", „gut" und „möglich".

Sie war beeindruckt. Beeindruckt von seinen Ideen, von seiner Gründlichkeit, seinem Können. Bessere Pläne hätte sie von einem Architekten nicht bekommen können.

Schließlich legte sie die Zeichnungen beiseite und nahm den

Kostenvoranschlag auf. Ging mit dem Finger die Zahlenreihen durch. Und schluckte.

„Nun, hübscher Jack." Sie legte das Blatt auf den Tisch zurück. „Du und dein Dad, ihr habt den Auftrag."

Jack stieß ein Triumphgeheul aus, und da niemand es ihm verboten hatte, nahm er sich noch einen Keks.

Brody war sich nicht bewusst gewesen, dass er die Luft angehalten hatte. Bis seine Lungen die überschüssige Luft unbedingt ausstoßen wollten. Er riss sich zusammen und ließ den Atem langsam weichen, achtete darauf, dass er nicht nach Luft schnappte. Das hier war sein größter Auftrag, seit er nach Virginia zurückgekommen war.

Das bedeutete, dass er und seine Männer über den Winter ihr Auskommen hatten. Er brauchte niemanden saisonbedingt zu entlassen oder Kurzarbeit einzuführen. Der Gewinn würde ihm endlich Raum zum Atmen geben.

Und mal ganz abgesehen von den praktischen Erwägungen – es hatte ihn gepackt, er wollte dieses Gebäude in die Finger kriegen, es wieder herrichten und in altem Glanz erstrahlen lassen. Der einzige Haken an der Sache war, dass er dabei besagte Finger von Kate lassen musste.

„Danke, dass Sie uns anheuern."

„Ich werde Sie daran erinnern, wenn ich Sie in den Wahnsinn treibe."

„Das haben Sie von Anfang an getan. Haben Sie einen Stift?"

Sie lächelte, stand auf, um ihn zu holen. Dann stützte sie sich auf den Tisch und setzte ihre Unterschrift auf die Auftragsbestätigung. „Sie sind dran." Sie reichte ihm den Kugelschreiber, nahm ihn wieder zurück, sah zu Jack.

„Jack?"

„Hm?" Er hatte Krümel am Kinn. Als er den strengen Blick seines Vaters sah, verbesserte er sich sofort. „Ich meine, ja, bitte, Ma'am?"

„Kannst du deinen Namen schreiben?"

456

„In Druckbuchstaben. Ich kenne das ganze Alphabet, und Dad und Jack und ein paar andere Wörter kann ich auch schon schreiben."

„Gut. Dann komm her und unterschreibe auch." Sie neigte leicht den Kopf. „Schließlich hast du mitgezeichnet. Du willst doch auch angeheuert werden, oder?"

„Klar!" Er sprang vom Stuhl, verteilte mehr Krümel. Die Zunge fest zwischen die Lippen gepresst, schrieb er mit äußerster Sorgfalt seinen Namen unter den seines Vaters.

„Sieh nur, Dad, das bin ich!"

„Ja, ich seh's." Erschüttert und bewegt sah Brody zu Kate auf. Was zum Teufel sollte er jetzt tun? Sie hatte ihn an seinem schwächsten Punkt getroffen.

„Jack, geh dir die Hände waschen."

„Aber die sind doch gar nicht dreckig."

„Wasch sie dir trotzdem."

„Du findest das Bad am Ende des Korridors, Jack", sagte Kate sanft. „Zähl die Türen auf der Seite, wo deine Hand ist, mit der du schreibst. Es ist die zweite."

Jack murrte vor sich hin, aber er hüpfte aus dem Raum.

Brody stand auf. Sie wich nicht zurück. Nein, natürlich nicht, dachte er. Also stießen sie kurz zusammen, und sein Körper war sofort in höchster Alarmbereitschaft.

„Das war sehr nett von Ihnen. Sie haben ihm das Gefühl gegeben, dass er dazugehört."

„Aber er gehört doch dazu, das ist so offensichtlich." Aber da war noch etwas, das sie loswerden musste. „Das war keine ausgeklügelte Taktik von mir, Brody."

„Ich sagte, es war nett."

„Schon, aber Sie haben sich auch gefragt, ob ich nicht eine Strategie verfolge. Brody, ich will mit Ihnen schlafen, und ich bin sehr zielorientiert, wenn ich etwas erreichen will. Aber ich würde nie Ihren Sohn benutzen, um das zu bekommen, was ich haben will."

Sie nahm seinen leeren Becher und wollte sich umdrehen. Brody legte eine Hand an ihren Arm. „Na schön, vielleicht habe ich mich das gefragt. Also entschuldige ich mich dafür."

„Fein."

Er drehte sie zu sich herum. „Die Entschuldigung ist ernst gemeint, Kate."

Endlich entspannte sie sich. „Okay, akzeptiert. Jack ist großartig und wunderbar. Es ist unmöglich, nicht sofort von ihm hingerissen zu sein."

„Er hat mich völlig um den Finger gewickelt."

„Ja. Und er vergöttert Sie. Das kann jeder sofort sehen. Ich mag Kinder, und ich bewundere liebevolle Eltern. Das macht Sie nur noch interessanter für mich."

„Kate, ich werde nicht mit Ihnen schlafen." Er hielt ihren Arm nicht mehr fest, sondern ließ seine Hand langsam herabgleiten.

Sie lächelte nur. „Das sagen Sie jetzt so."

„Ich werde diesen Job hier nicht verkorksen, indem ich die Dinge und mein Leben verkompliziere. Ich kann es mir nicht leisten …"

Er wollte etwas sagen. Etwas Wichtiges. Entschiedenes. Aber da legte sie ihre Hände auf seine Brust, ließ sie bis zu seinen Schultern hochgleiten.

„Sie sind einfach nur noch nicht so weit", murmelte sie und bot ihm ihren Mund.

Er konnte nicht anders, er überbrückte den Abstand zwischen ihren Lippen. Lichter flimmerten jäh in ihm auf, als er ihre Lippen berührte, blitzartige Explosionen von Glanz und Hitze.

Er wollte sie bei den Schultern greifen und von sich fortschieben. Es wäre ein Leichtes für ihn, sie auf Armeslänge von sich abzuhalten. Er würde es tun. Später.

Aber jetzt, in diesem Moment, wollte er sich in diesem grandiosen Gefühl verlieren.

Es war wunderbar, unwiderstehlich. Er war unwiderstehlich. Und er kann küssen, dachte sie mit einem zufriedenen kleinen Seufzer. Als hätte er nie etwas anderes getan, als wäre das alles, was er je tun wollte. Sein Mund war weich und warm, seine Hände fest und stark. Gab es überhaupt etwas Faszinierenderes an einem Mann als Stärke? Stärke des Körpers und des Herzens.

Sie hatte das Gefühl, dass ihre Gedanken tausend Pirouetten drehten. Er machte das mit ihr. Und sie wollte den Puls, der hart und fest den Rhythmus schlug, schneller werden lassen. Wollte es mehr, als sie vorausgesehen hatte. Begeistert von der wunderbaren Mischung aus Erregung, Vorfreude und Verlangen legte sie ihren Kopf in den Nacken.

„Das war schön", sagte sie leise und spielte mit ihren Fingern in seinem Haar. „Warum wiederholen wir das nicht?"

Oh, er wollte es, wollte sie gleich hier bis zum Ende des Weges führen. Aber sein Sohn war nur ein paar Schritte weiter und planschte aufgeregt quietschend mit Wasser. „Ich kann nicht."

„Wir haben doch gerade bewiesen, dass du es kannst."

„Ich werde es aber nicht tun." Jetzt hielt er sie tatsächlich auf Armeslänge von sich ab. Ihre Augen waren dunkel vor Verlangen, ihr Mund weich und leicht gerötet. „Verflucht, du kannst einem Mann wirklich den Verstand rauben."

„Anscheinend nicht ganz. Aber es ist ein Anfang."

Er ließ sie los. Das war immer noch am sichersten. Und trat einen Schritt zurück. „Es ist lange her, seit ich … dieses Spiel gespielt habe."

„So etwas verlernt man nie. Vielleicht hast du länger auf der Bank gesessen, aber warum gehen wir nicht gemeinsam aus und beginnen mit deinem Training?"

„Ich habe mir beide Hände gewaschen", verkündete Jack stolz von der Tür und hüpfte herein. „Darf ich noch einen Keks haben?"

„Nein." Er konnte den Blick nicht von ihr wenden. Schien nichts anderes tun zu können, als sie anzustarren. Überrascht. Erstaunt. Fasziniert. „Wir müssen gehen, Jack. Bedanke dich bei Kate."

„Danke, Kate."

„Gern geschehen, Jack. Komm mich doch mal wieder besuchen, ja?"

Er grinste sie an, während sein Vater ihm die Jacke überzog. „Gibt es dann auch wieder heiße Schokolade?"

„Ganz bestimmt."

Sie begleitete die beiden zur Tür und sah zu, wie sie in den Pick-up stiegen. Jack winkte ihr übermütig zu. Brody sah sich nicht einmal um. Mit gemischten Gefühlen blickte Kate dem Auto hinterher.

Ein vorsichtiger Mann, dachte sie. Sie konnte es ihm nicht verübeln. Wenn sie die Verantwortung für ein so wunderbares Kind hätte, würde sie auch vorsichtig sein.

Doch jetzt, da sie den Sohn kennengelernt hatte, war sie noch mehr an dem Mann interessiert. Er war ein guter Vater, ein wachsamer, fürsorglicher Vater. Jack war ein gesunder, offener und glücklicher Junge.

Es konnte nicht einfach sein, ein Kind allein zu erziehen. Aber Brody O'Connell tat es. Und er machte es offensichtlich gut. Sie respektierte das. Bewunderte es.

Vielleicht war sie ein bisschen vorschnell vorgegangen, hatte zu hastig auf reine Chemie reagiert. Sie strich leicht mit einem Finger über ihren Mund und erinnerte sich an das Gefühl und den Geschmack seiner Lippen. Kein Wunder, dass sie so vorgeprescht war.

Aber vielleicht war es angebracht, sich etwas mehr Zeit zu lassen. Es konnte ganz bestimmt nichts schaden, Brody erst besser kennenzulernen.

4. KAPITEL

„Erdbeben", sagte Kate. „Schneestürme", hielt Brandon dagegen.

„Smog."

„Schneeschaufeln." Sie warf ihr langes Haar zurück. „Das Schauspiel der wechselnden Jahreszeiten."

Er zog spielerisch an ihrem Haar. „Endloser Strand und Sonnenschein."

Seit Jahren schon stritten sie sich über die Vor- und Nachteile von Ost- und Westküste. Im Moment benutzte Kate diese Debatte, um sich vom Trennungsschmerz abzulenken. In einer Stunde würde Brandon abfahren.

Das ist nur nachweihnachtliche Melancholie, versicherte sie sich selbst. Erst die ganze Aufregung, die Vorbereitungen, dann das friedliche Fest im Kreis der Familie. Danach waren die Kimballs zwei Tage in New York gewesen, um all die vielen Familienmitglieder zu besuchen.

Jetzt war es kurz vor Silvester. Freddie, ihre Schwester, war in New York bei ihrem Mann Nick und den Kindern. Und Brandon auf dem Weg zurück nach Los Angeles.

Sie überblickte die saubere, ruhige Straße, während sie weitergingen, und lächelte dünn. „Verkehrschaos."

„Blondinen mit Traumkörpern in offenen Cabrios."

„Du bist ja sooo leicht zu beeindrucken."

„Stimmt." Er schlang den Arm um ihren Nacken und nahm sie in den Schwitzkasten. „Aber genau das liebst du doch an mir. He, guck mal. Da stehen Männer und schwere Lkws vor deinem Haus."

Sie sah die Straße hinunter. Ein ganzer Konvoi von Baufahrzeugen und Männer, die Material abluden. Brody verschwendet wirklich keine Zeit, dachte sie.

Sie gingen um das Haus herum, stiegen über Bauschutt und kleine Hügel gefrorenen Wintergrases zum Hintereingang, von wo der Lärm erklang. Hier schien das Zentrum der Aktivitäten zu liegen. Ein Radio plärrte – ein Country-Song –, und es roch nach Schmutz, nach Schweiß und seltsamerweise nach Mayonnaise.

Kate umrundete eine Schubkarre und lugte die Hintertreppe hinunter. Eine dicke Holzbohle diente als Rampe. Orangefarbene Verlängerungskabel schlängelten sich an der Wand in den Keller hinunter. Überall hingen Baulampen, an Nägeln oder Haken. Die nackten Glühbirnen warfen grelles Licht und ließen den Keller wie eine archäologische Ausgrabungsstätte wirken.

Kate erblickte Brody. Er trug schmutzige Jeans und schwere Stiefel und nagelte gerade ein Brett an. Obwohl es so kalt war, dass der Atem in der Luft stand, hatte er seine Jacke ausgezogen. Kate konnte jeden einzelnen Muskel unter dem Hemd erkennen, während er sich bewegte.

Sie hatte recht gehabt. Er sah großartig aus in Arbeitskleidung.

Einer der Arbeiter schaufelte Erde in eine Schubkarre. Jack war auch da. Mit einer kleinen Kinderschippe grub und schaufelte er und war ganz konzentriert bei der Sache.

Jack war es, der sie zuerst bemerkte. Er hüpfte aufgeregt umher. „Ich grabe deinen Keller aus! Dafür kriege ich einen Dollar. Zu Weihnachten habe ich einen Betonmischer geschenkt bekommen. Soll ich ihn dir zeigen? Bitte, du musst ihn sehen!!"

„Ja, gern."

Sie stand schon auf der Rampe, als Brody ihr entgegenkam und ihr den Weg versperrte. „Du bist nicht passend angezogen, um hier unten im Dreck zu wühlen."

Sie sah auf ihre Wildledersstiefel. „Wo du recht hast, hast du recht. Hast du eine Minute Zeit?"

„Jack", rief er seinem Sohn zu. „Lass uns eine kleine Pause machen."

Brody blinzelte gegen die helle Wintersonne, als er nach oben kam, Jack im Schlepptau.

„Das ist mein Bruder Brandon. Brand, Brody O'Connell und Jack."

„Nett, Sie kennenzulernen." Brody hob lieber nur die lehmverkrustete Hand zum Gruß. „Ich habe Sie spielen sehen. Ein wahres Vergnügen."

„Danke. Das Gleiche kann ich auch über Ihre Arbeit sagen."

„Bist du der Baseballspieler?" Jack starrte ehrfurchtsvoll zu Brandon auf.

„Der bin ich." Brandon ging in die Hocke. „Magst du Baseball?"

„Und wie! Ich habe deinen Handschuh gesehen. Ich habe auch einen. Und einen Schläger und einen Ball und überhaupt alles."

Kate wusste, dass Brandon vorerst mit Jack beschäftigt war, sie konnte die beiden ruhig sich selbst überlassen. „Ich wusste nicht, dass du direkt mit der Arbeit anfangen willst", sagte sie zu Brody.

„Ich dachte mir, wir sollten die warmen Tage ausnutzen. Wir können schon mal den Keller ausheben und Beton gießen, bevor der nächste Frost kommt."

Warm ist relativ, dachte sie und schüttelte sich leicht. „Ich wollte mich auch nicht beschweren. Wie war euer Weihnachten?"

„Schön." Er trat beiseite, damit ein Arbeiter die volle Schubkarre über die Rampe hinaufschieben konnte. „Und bei euch?"

„Wunderbar. Wie ich sehe, hast du deinen Bautrupp aufgestockt. Ist der eine Dollar pro Tag mit in der Kalkulation aufgeführt?"

„Es sind Ferien", sagte er kurz angebunden. „Dann bleibt mein Sohn bei mir. Er kennt die Regeln, und den Männern steht er nicht im Weg."

Bei seinem brüsken Ton hob sie die Augenbrauen. „Puh, sind wir aber empfindlich heute!"

Brody stieß den Atem aus. „’tschuldigung. Aber es gibt immer wieder Kunden, die es nicht mögen, wenn ein Kind mit auf der Baustelle ist."

„Ich gehöre nicht zu diesen Kunden."

„He, O'Connell, können Sie diesen Jungen für eine Weile entbehren?"

Brody drehte sich um und sah, dass Brandon Jack bei der Hand hielt. „Nun ..."

„Wir haben was zu erledigen, bei uns zu Hause. Ich bringe ihn wieder vorbei, wenn ich zum Flughafen fahre. Eine halbe Stunde?"

„Bitte, bitte, bitte, Dad. Darf ich?"

„Ich ..."

„Mein Bruder ist ein Idiot, aber man kann ihm vertrauen", sagte Kate mit einem liebevollen Lächeln.

Nein, dachte Brody, ich bin hier der Idiot. Weil er jedes Mal das Zittern kriegte, wenn Jack mit jemandem mitging. „Einverstanden. Aber wasch dir vorher die Hände."

Jack spurtete los. „Ich brauche nur eine Minute. Bin gleich wieder zurück! Warte bloß so lange, ja?"

„Vielleicht mache ich auf dem Weg zum Frühjahrstraining hier einen Zwischenstopp." Nun war also die Zeit des Abschieds gekommen.

„Das wäre schön." Nein, sie würde nicht heulen, das hatte sie sich geschworen. „Und halt dich von den Blondinen mit den perfekten Körpern fern."

„Kommt gar nicht infrage!" Brandon nahm sie in die Arme und drückte sie an sich. „Du wirst mir fehlen", flüsterte er ihr ins Ohr.

„Du mir auch." Dann trat sie wieder zurück. „Pass auf dein Bein auf, Bruderherz."

„He, du redest hier mit Superman. Pass du nur auf dich auf. Komm, Jack, lass uns gehen." Er nahm Jack bei der sehr nassen und nur wenig saubereren Hand, nickte Brody zu und zog ab.

„Dein Bruder hat eine Verletzung?"

„Eine Sehnenzerrung." Sie seufzte. „Tja, dann will ich dich nicht weiter von der Arbeit abhalten."

Sie hielt das Lächeln aufrecht, bis sie bei der Frontseite des Hauses angekommen war. Dann setzte sie sich auf die Stufen der Vordertreppe und ließ den Tränen freien Lauf.

Als Brody zehn Minuten später zu seinem Wagen ging, saß sie immer noch dort. Die meisten Tränen waren getrocknet und hatten Spuren auf ihren Wangen hinterlassen, eine hing noch in ihren Wimpern.

„Was ist los?"

„Nichts."

„Du hast geweint."

Sie schnüffelte und zuckte mit den Schultern. „Na und?"

Er wollte es dabei belassen. Aber jetzt hatte er vergessen, was er aus seinem Wagen holen wollte. Er war noch nie gegen Tränen angekommen. Er ging zu ihr und setzte sich neben sie. „Was ist passiert?"

„Nichts. Ich hasse nur Abschiede. Wir würden uns nicht verabschieden müssen, wenn er es sich nicht in den Kopf gesetzt hätte, dreitausend Meilen weit entfernt in Kalifornien zu leben. Trottel!"

Ihr Bruder also. „Nun …" Weil eine neue Träne über ihre Wange lief, zog er ein Taschentuch aus der Hosentasche. „Er arbeitet doch dort."

„Entschuldigung, aber im Moment bin ich nicht sonderlich aufnahmebereit für logische Argumente." Unwirsch zog sie ihm das Taschentuch aus der Hand, das er ihr hinhielt. „Danke."

„Keine Ursache."

Sie tupfte die Tränen weg und starrte mit leerem Blick auf die andere Straßenseite. „Hast du Geschwister?"

„Nein."

„Willst du einen Bruder? Ich verkaufe ihn, zum Schleuderpreis." Sie seufzte und lehnte sich zurück. „Meine Schwester ist in New York, mein Bruder in L. A., und ich sitze hier in West Virginia. Ich hätte nie geglaubt, dass wir mal so weit verstreut leben würden."

„Für mich sah es nicht so aus, als wärt ihr euch fremd geworden."

Kate sah ihn an. Von einer Sekunde auf die andere wurde ihr Blick klar. „Du hast recht. Das war genau das, was ich jetzt hören musste. Also." Sie gab ihm das Taschentuch zurück. „Bring mich auf andere Gedanken. Erzähl, wie habt ihr Weihnachten verbracht? Die laute Version, mit Familie und allem?"

„Jack macht genug Lärm für alle. Er hat mich um fünf Uhr morgens aus dem Bett geholt." Bei der Erinnerung musste Brody lächeln. „So gegen zwei hätte ich ihn fast festgebunden, weil er vor lauter Aufregung herumhüpfte wie ein Gummiball."

„Hat er bis zum Weihnachtsessen durchgehalten?"

„So eben. Wir sind zu seinen Großeltern gefahren." Das Lächeln auf seinem Gesicht erstarb. „Wir leben zwar in der gleichen Stadt, aber man könnte sagen, wir sind Tausende von Meilen voneinander entfernt."

„Das tut mir leid."

„Aber sie vergöttern Jack. Das allein zählt."

Und warum zum Teufel hatte er überhaupt damit angefangen? Vielleicht weil es seit seiner Jugend an ihm nagte. Vielleicht weil sein Vater auch heute noch alles kritisierte, was er, Brody, tat und tun wollte.

„Ich lasse die Erde, die wir aus dem Keller holen, an der Hinterseite des Hauses aufschütten. Vielleicht willst du ja dort im Frühjahr einen Garten anlegen."

„Das ist eine gute Idee."

„Also …" Er stand auf. „Ich mache mich wieder an die Arbeit, sonst kürzt mein Boss mir noch den Lohn."

„Brody …" Sie wusste nicht, was genau sie hatte sagen wollen oder wie sie es sagen sollte. Und dann war der Moment vorbei, denn Brandon bog mit seinem schnittigen Leihwagen um die Ecke.

„Dad!" Jack machte sich aus dem Sicherheitsgurt frei, kaum dass der Wagen stand. „Stell dir vor! Brand hat mir seinen Baseballhandschuh geschenkt. Und einen Baseball, auf dem er selbst unterschreibt hat."

„Unterschrieben", verbesserte Brody automatisch, dann fing er den Blitz ab, der sein Sohn war. „Lass mal sehen." Der Handschuh und der Ball waren warm, so fest hatte Jack die beiden Sachen gehalten. „Das ist etwas ganz Besonderes, und du musst auch ganz besonders darauf aufpassen."

„Das werde ich! Ganz bestimmt! Danke, Brand! Können wir die Sachen den anderen zeigen?"

„Aber sicher." Brody hob Jack auf seine Hüfte. „Danke für alles", sagte er zu Brandon.

„Keine Ursache. Und Jack, immer daran denken: die Augen fest auf den Ball gerichtet."

„Das mache ich. Bye!"

„Gute Reise", fügte Brody hinzu und drehte sich um, damit sein Sohn seine Schätze den anderen zeigen konnte.

Kate lehnte sich an das offene Wagenfenster. „Vielleicht bist du ja doch nicht so ein Unmensch."

„Der Junge ist großartig." Er kniff Kate leicht ins Kinn. „Und der Vater ist auch nicht schlecht, was? Du hast ein Auge auf ihn geworfen, gib's zu."

„Nein!" Dann lachte sie. „Beide Augen." Sie beugte sich in den Wagen und küsste ihren Bruder auf die Wange. „Kümmere du dich um deine kalifornischen Supermädels. Ich ziehe kernige Kerle vom Land vor."

„Benimm dich."

„Wohl kaum."

Er lachte, hob die Hand zum Abschied und startete den Motor. „Bis dann, Schönheit."

Sie trat zurück und winkte. „Bis dann, Bruderherz."

An Silvester blieb der Spielzeugladen geschlossen, das war Tradition. Diesen Tag verbrachte Natasha in der Küche, um die Unzahl an Gerichten vorzubereiten, die sie am Neujahrstag bereitstellen würde, wenn Familie, Freunde und Nachbarn ins Haus strömten.

„Brand hätte für die Party bleiben sollen."

„Das hätte ich mir auch gewünscht." Natasha rührte die Aprikosen für das Kompott, die in einem Topf auf dem Herd köchelten. „Jetzt schmoll nicht, Katie. Es gab Zeiten, da hat deine Arbeit dich auch von uns ferngehalten."

„Ich weiß." Kate rollte den Kuchenteig fester als nötig aus. „Der Blödmann fehlt mir einfach, das ist alles."

„Mir auch."

Auf dem Herd dampften Töpfe, im Ofen brutzelte ein riesiger Schinkenbraten. Natasha musste daran denken, wie vor Jahren noch drei Kinder um sie herumgeschwirrt waren. Drei sich zankende, kichernde, Unsinn machende Geschwister. Damals waren ihre Nerven oft überstrapaziert gewesen.

Eine wundervolle Zeit.

Jetzt war nur Kate da, die Kuchenteig ausrollte.

„Du bist unruhig." Natasha klopfte den Kochlöffel ab und legte ihn beiseite.

„Ich plane."

„Ja, ich weiß." Sie schenkte zwei Tassen Tee ein und brachte sie zum Tisch. „Setz dich."

„Mama, ich …"

„Setz dich. Du bist genau wie ich", fuhr Natasha fort, während sie beide sich setzten. „Pläne, Ziele, immer irgendwas, das erreicht werden muss. Das ist so wichtig für uns. Immer müssen wir den nächsten Schritt im Voraus kennen, müssen wissen, was als Nächstes passiert. Damit wir immer die Zügel in der Hand behalten." Nur nie etwas dem Zufall überlassen.

„Was ist daran verkehrt?"

„Nichts. Es war schwer, hierherzukommen und den Laden zu eröffnen. Schwer, meine Familie zu verlassen. Aber ich wollte es so. Ich ahnte ja nicht, dass ich deinen Vater hier treffen würde. Das war nicht geplant."

„Das war Schicksal."

„Genau." Natasha lächelte. „Du und ich, wir machen immer Pläne, überlegen, wägen ab. Und doch glauben wir an das Schicksal. Vielleicht war es das Schicksal, das dich hierher zurückgebracht hat."

„Bist du enttäuscht?" Die Frage war heraus, bevor Kate nachgedacht hatte. Und beide, Mutter und Tochter, waren erleichtert, dass es endlich ausgesprochen worden war.

„Warum sollte ich enttäuscht sein? Von dir? Wie kommst du darauf?"

„Mama." Kate spielte mit ihrer Tasse, suchte nach den passenden Worten. „Ich weiß, wie viel du und Dad geopfert habt, um ..."

„Moment!" Natashas dunkle Augen funkelten auf. „Das Wort ‚Opfer' hat nichts, aber auch gar nichts im Zusammenhang mit meinen Kindern zu suchen."

„Ich wollte sagen, du und Dad, ihr habt so viel für mich getan, habt mich unterstützt, wo ihr konntet, als ich so unbedingt tanzen wollte. Bitte, Mama, lass mich aussprechen", hob Kate an, als Natasha sie unterbrechen wollte. „Es hat mich die ganzen Jahre beschäftigt. All die Jahre. Die Stunden, die Kostüme, die Schuhe, die Reisen. Ihr habt mich nach New York gehen lassen, obwohl Dad mich lieber auf dem College gesehen hätte. Ihr habt mir das ermöglicht, was ich am meisten brauchte. Das wusste ich immer. Ich wollte, dass ihr stolz auf mich sein könnt."

„Aber wir sind doch stolz auf dich! Wie kommst du nur auf so unsinnige Gedanken?"

„Ich weiß, dass ihr stolz auf mich wart. Ich konnte es sehen. Es fühlen, als ich auf der Bühne tanzte und wusste, dass ihr im Publikum saßt. Und jetzt werfe ich all das weg."

„Nein, du hast es nur zurückgestellt. Kate, glaubst du wirklich, wir sind nur stolz auf dich, wenn du tanzt? Nur stolz auf die Künstlerin, auf das Talent?"

Plötzlich traten ihr Tränen in die Augen, sie konnte es nicht verhindern. „Ich mache mir nur Sorgen, ihr könntet enttäuscht sein, weil ich das alles aufgebe, um zu unterrichten."

„Ach, Katie. Beantworte mir eine Frage: Willst du eine gute Lehrerin sein?"

„Ja, unbedingt."

„Gut, dann wirst du es auch sein, und wir werden stolz auf die Lehrerin sein. Und in der Übergangszeit, zwischen der Tänzerin und der Lehrerin, sind wir stolz auf dich. Stolz, weil du weißt, was du willst, stolz, weil du dich dafür einsetzt. Stolz, weil du eine wunderbare junge Frau bist, mit einem großen Herzen und einem starken Willen. Nur wenn du daran zweifelst, Katie, würdest du mich enttäuschen."

„Ich werde nicht zweifeln. Niemals. Oh …" Sie blinzelte die Tränen fort. „Ich weiß auch nicht, was mit mir los ist. In letzter Zeit muss ich ständig losheulen."

„Du änderst dein Leben, da sind emotionale Spannungen zu erwarten. Außerdem hast du zu viel Zeit, um zu grübeln und dir Sorgen zu machen. Katie, warum gehst du nicht mal mit deinen alten Freunden hier aus? Heute Abend müssen doch überall Partys stattfinden. Warum bist du zu Hause bei Mama und rollst Kuchenteig aus?"

„Weil ich gern bei Mama in der Küche hocke."

„Kate …"

„Ja, schon gut. Natürlich habe ich daran gedacht. Aber die meisten meiner Freunde sind verheiratet oder treten zumindest als Pärchen auf. Ich trete allein auf und … es ist auch nicht so, als würde ich nach etwas suchen. Verstehst du?"

„Aha. Und warum … suchst du nichts?"

„Weil ich schon etwas gesehen habe, das mir gefällt."

„Ah! Und wer?"

„Brody O'Connell."

Natasha nippte an ihrem Tee. „Ein attraktiver Mann." Kleine Pünktchen begannen in ihren Augen zu tanzen. „Sogar sehr attraktiv. Und sehr sympathisch. Ja, ich mag ihn."

„Sag mal, Mama ... du hast ihn nicht zufällig zum Haus geschickt, um uns zu verkuppeln, oder?"

„Nein. Aber das hätte ich, wäre ich auf die Idee gekommen. Also? Warum bist du heute Abend nicht mit Brody O'Connell unterwegs, um Silvester zu feiern?"

„Er hat Angst vor mir." Kate lachte, als ihre Mutter unwillig schnaubte. „Sagen wir lieber, er fühlt sich in meiner Gegenwart unwohl. Ich bin vielleicht ein winziges bisschen zu forsch aufgetreten."

„Du?" Natasha riss gespielt ungläubig die Augen auf. „Meine kleine schüchterne Katie?"

„Schon gut, schon gut." Kate lachte. „Zugegeben, ich bin zu schnell und zu heftig vorgeprescht. Als wir uns zum ersten Mal im Spielzeugladen über den Weg liefen, kaufte er gerade das Weihnachtsgeschenk für Jack. Wir haben geflirtet, ich dachte, wir wären auf derselben Wellenlänge."

„Im Spielzeugladen also", murmelte Natasha nachdenklich. Sie und Spence waren sich auch im Laden zum ersten Mal begegnet, als er eine Puppe für seine Tochter Freddie kaufte.

Ein Wink des Schicksals, dachte sie. So etwas konnte man nie voraussehen.

„Ja. Und weil er diesen Laster für seinen Sohn kaufte, nahm ich an, dass er verheiratet sei. Deshalb war ich sauer auf ihn, eben weil er auf meinen Flirt eingegangen ist."

„Natürlich." Das wurde immer besser. Natasha schmunzelte in sich hinein.

„Dann fand ich heraus, dass er nicht verheiratet ist, und ging zum Angriff über", murmelte Kate erbost. „Er ist auch interessiert, er will es nur nicht zugeben."

„Er ist einsam, Katie."

Kate sah auf. Der Funke, der ihr Temperament hätte entzünden können, erlosch. „Ja, ich weiß. Aber er zieht sich bewusst von mir zurück. Vielleicht macht er das bei jedem Menschen, außer bei Jack."

„Mir gegenüber ist er immer freundlich und offen. Allerdings, als ich ihn einlud, morgen vorbeizukommen, ist er mir ausgewichen. Du solltest ihn überreden", entschied Natasha und stand auf. „Genau. Geh zu ihm, nimm eine Schüssel von den Kichererbsen mit, das bringt Glück im neuen Jahr, und überrede ihn, dass er morgen herkommt."

„Ist es nicht etwas unverschämt, am Silvesterabend uneingeladen bei einem Mann vor der Haustür aufzutauchen?" Dann begann Kate zu grinsen. „Ach, es ist absolut perfekt! Danke, Mama."

„Das wäre also erledigt." Natasha tunkte den Finger in die Schüssel mit der Kuchenfüllung und schleckte ihn ab. „Dann werden dein Vater und ich den Silvesterabend in Ruhe allein verbringen."

Brody nippte an seinem Bier und wünschte sich, er hätte das letzte Stück Pizza nicht mehr gegessen. Er lag ausgestreckt auf der Couch, zusammen mit Jack, im Zentrum des Chaos, das einst ein Wohnzimmer gewesen war. Irgendein grottenschlechter Science-Fiction-Film flimmerte über den Bildschirm, etwas mit gigantischen außerirdischen Augäpfeln.

Er liebte diese schlechten B-Movies. Er konnte einfach nichts dafür.

Noch zwei Stunden, dann würde er umschalten und sich ansehen, wie die Menschen auf dem Times Square das neue Jahr einzählten. Jack hatte unbedingt aufbleiben wollen, um mitzuzählen.

Also hatte er alles Mögliche angeschleppt und angestellt, um sich wach zu halten. Deshalb sah es im Wohnzimmer auch aus, als wäre eine Bombe eingeschlagen. Aber gegen

Müdigkeit hatte ein kleiner Junge eben keine Chance. Irgendwann hatte er sich in Brodys Arm gekuschelt und war fest eingeschlafen.

Brody würde ihn zehn Minuten vor Mitternacht aufwecken, bis dahin würde er in dieser Stellung auf dem Sofa durchhalten. Wenn Jack einmal größer war, würde es solche Momente nicht mehr geben.

Brody nahm noch einen Schluck Bier und sah zu, wie der riesige rollende Augapfel einen Menschen vor sich herjagte.

Und wäre fast an die Decke gesprungen, als es an der Haustür klingelte.

Leise fluchend ließ er Jack vorsichtig auf die Couch gleiten, um aufzustehen. Die Chance, dass jemand nach zehn Uhr abends bei ihm an der Tür klingelte, war etwa genauso groß wie die einer Invasion der Erde durch außerirdische Augäpfel.

Er stieg über Spielzeuge, Socken, Schuhe und ging zur Tür. Wahrscheinlich jemand mit einer Panne, der das Telefon benutzen wollte. Jeder, den er kannte, feierte heute Abend.

Anscheinend doch nicht jeder, dachte er, als er die Tür aufzog und Kate draußen stehen sah.

„Hi. Ich dachte, ich schau mal vorbei, ob du zu Hause bist. Meine Mutter schickt dir das hier."

Ihm wurde eine kleine Schüssel mit Kichererbsen in die Hand gedrückt. „Deine Mutter?"

„Ja. Du hast ihre Gefühle verletzt, weil du morgen angeblich zu beschäftigt bist, um vorbeizukommen."

„Ich habe nicht gesagt, dass ich zu beschäftigt bin. Ich …" Was zum Teufel hatte er gesagt? Er hatte sich eine Ausrede einfallen lassen, ja, aber was war das noch gleich gewesen?

„Die Kichererbsen sind Glücksbringer", fuhr Kate fort. „Mama hofft von ganzem Herzen, dass du deine Meinung änderst und doch noch kommst. Es werden auch viele Kinder da sein, Jack wird also genügend Spielkameraden finden. Ist er noch auf? Ich will nur Hallo sagen."

Sie schob sich an ihm vorbei und schlüpfte ins Haus. Er war viel zu verwirrt, um sie aufhalten zu können. Dann kam Bewegung in ihn. Hastig lief er hinter ihr her ins Wohnzimmer und hob unterwegs Socken und Spielzeug und Papierschnipsel auf.

„Oh, lass nur", winkte sie ab. „Ich weiß, wie es in einem Haus mit Kindern aussieht. Ich bin in einem groß geworden. Was für ein wunderschöner Baum."

Die Arme voll mit Kram, starrte er auf den Weihnachtsbaum. Er hatte den Baum im Wohnzimmer ihrer Eltern gesehen. Erlesene Dekorationen, geschmackvoll platziert. Der Baum, den Jack und er zusammen geschmückt hatten, sah dagegen aus, als hätten betrunkene Weihnachtswichtel Hand angelegt.

„Wir hatten mal einen, der sah ganz genauso aus. Freddie, Brand und ich haben Mama so lange genervt, bis sie uns den Baum hat schmücken lassen. Wir haben ein schreckliches Durcheinander angerichtet, aber es war einfach großartig." Die Erinnerung daran zauberte ein Lächeln auf ihre Lippen.

Im offenen Kamin knisterte ein Scheit. Kate ging hinüber und wärmte sich die Hände. Über eine Stunde hatte sie mit Anziehen und Fertigmachen zugebracht. Schließlich musste es so wirken, als hätte sie überhaupt nicht auf ihr Äußeres geachtet. Der dunkelviolette Pullover passte hervorragend zu der grauen Hose, in ihren Ohren blinkten kleine Goldkreolen auf, ihr Haar hatte sie offen gelassen, nachdem sie eine lange hitzige Diskussion mit sich geführt hatte, um zu dieser Entscheidung zu gelangen.

Er dagegen hatte bestimmt keine zehn Minuten darauf verwandt, um in Jeans und Sweatshirt so hinreißend auszusehen.

„Ein wunderbares Haus", sagte sie jetzt. „Alles Naturstein, nicht? Muss toll für Jack sein, durch die Räume rennen zu können. Aber er braucht noch einen Hund."

„Ja, er hat schon damit angefangen, mich in dieser Richtung zu bearbeiten." Was sollte er jetzt tun? Mit ihr? „Richte deiner Mutter bitte meinen Dank für die Erbsen aus."

„Danke ihr doch selbst." Kate drehte sich um und erblickte den schlafenden Jack. Ein Arm hing von der Couch herunter. „Hat's nicht geschafft, bis Mitternacht durchzuhalten, was?" Automatisch ging sie hinüber, legte den Arm wieder aufs Kissen und deckte Jack mit der Decke zu.

„Ja ..."

Er sieht verdutzt aus, dachte Kate. Verdutzt und durcheinander und ratlos und zum Anbeißen, wie er dasteht, die Schüssel mit den Kichererbsen immer noch in der Hand, die Arme voller Spielzeug. „Oh, ich liebe diesen Film", sagte sie leichthin und schaute auf den Fernseher. „Vor allem die Stelle, wenn sie die Tür öffnen und ihnen die ganzen Augäpfel und diese langen Tentakel entgegenkommen. Warum bietest du mir nicht einen Drink an? Das macht man so."

„Ich hab nur Bier da."

„Oh, oh, eine Kalorienbombe. Na schön, dann werde ich eben sündigen." Sie ging zu ihm und nahm ihm die Schüssel ab. „Wo ist die Küche?"

„Die ist ..." Sie hatte Parfum aufgelegt. Ein unheimlich aufregendes Parfum. Noch nie war ein so verführerisch weiblicher Duft durch diesen Raum gezogen. Er deutete mit dem Kopf nach links und ließ ein Spielzeugauto auf seinen Fuß fallen.

„Ich finde sie schon. Soll ich dir ein Bier mitbringen?"

„Nein, ich ..." Herrgott noch mal! Er riss sich aus dieser Trance, legte den Kram ab und folgte ihr. „Hör mal, Kate, du hast mich zu einem schlechten Zeitpunkt erwischt ..." Diese Situation behagte ihm ganz und gar nicht!

„Wow, sieh sich nur einer diese Decke an. Renovierst du alles selbst?"

„Wenn ich die Zeit dazu habe, ja. Jetzt aber mal wirklich, Kate ..." Er fluchte leise vor sich hin, als sie in die Küche trat.

„Wow!" Sie sah sich in dem Raum um. Granitarbeitsplatte, Schieferboden, Schränke aus heller Eiche und ein bildschöner Kachelofen. „Das muss viel Arbeit gewesen sein." Sie ging zur Anrichte und brach sich ein Stück von der übrig gebliebenen Pizza ab. Knabberte daran. „Mmh, gut."

Die betrunkenen Wichtel waren blutige Anfänger gewesen im Vergleich zu der Horde wilder Affen, die durch die Küche getobt waren. „Normalerweise sieht es hier nicht so wüst aus."

„Du hast eine Party mit deinem Sohn gefeiert, hör endlich auf, dich dafür zu entschuldigen. Steht das Bier im Kühlschrank?"

„Ja … ja." Ach, zum Teufel damit! „Wieso bist du nicht auf irgendeiner Feier?"

„Bin ich doch. Ich bin nur etwas später gekommen." Sie reichte ihm die Bierflasche. „Öffnest du sie bitte für mich?" Dann schnüffelte sie. „Es riecht nach Popcorn."

„Davon ist leider nichts mehr übrig."

„Tja, das hat man davon, wenn man zu spät kommt." Sie lehnte sich an die Anrichte, trank von dem Bier. „Sollen wir uns auf die Couch setzen, den Rest des Films ansehen und Kehraus machen?"

„Ja. Nein."

„Also, was denn nun?"

Sie lachte über ihn. Er sollte eigentlich wütend sein, stattdessen war er erregt. „Irgendwie drängelst du dich immer dazwischen."

„Und? Was willst du dagegen tun?"

Ohne den Blick von ihr zu nehmen, ging er auf sie zu. Nahm ihr die Flasche aus der Hand. Stellte sie weg.

Silvesterabend, dachte er. Das Alte auskehren, das Neue hereinlassen …

„Also dann." Ihr Puls hämmerte, als sie die Hände über seine Brust gleiten ließ, aber er hielt sie fest.

„Nein, jetzt bin ich dran." Er beugte den Kopf. Wollte ihre Lippen berühren …

„Dad?"

„Oh Gott!" Es war wie ein tiefes, leises Aufstöhnen, als er sich von ihr zurückzog.

Jack stand in der Tür und rieb sich die Augen. „Dad, was machst du da?"

„Nichts." Dieses Nichts, das er mit Kate tat, würde ihn höchstwahrscheinlich umbringen.

„Ehrlich gesagt, dein Dad wollte mich gerade küssen." Brody erstarrte, dann wandte er sich seiner Besucherin zu.

„Kate!" Er sagte es in dem gleichen Tonfall, den er benutzt hatte, um Jack zu ermahnen.

„Nö, glaub ich nicht." Jack schaute mit verschlafenen Augen von einem zum anderen. Die Haare standen ihm wirr in alle Richtungen, die Wangen waren vom Schlaf gerötet. „Dad küsst nie Mädchen."

„Wirklich nicht?" Bevor Brody zurückweichen konnte, hatte Kate ihn am Hemdkragen gepackt. „Warum denn nicht?"

„Na, weil es Mädchen sind", kam es weise von Jack. „Mädchen zu küssen ist eklig."

„So?" Sie ließ den Vater los, winkte den Sohn mit dem Zeigefinger heran. „Komm mal her, du Naseweis."

„Wieso?"

„Damit ich dich küssen kann."

„Iih! Nein!" Er riss die Augen auf, lachte.

„Na schön." Sie zog ihren Mantel aus, warf ihn Brody zu und schob die Ärmel des Pullovers hoch. „So, mach dich auf was gefasst!"

Sie griff nach ihm, gab ihm genug Zeit, um aufzuschreien und loszurennen. Für ein paar Minuten spielte sie so Fangen mit ihm und überraschte Brody damit, wie leichtfüßig sie es vermied, auf Spielzeug zu treten. Jack quiekte vor Vergnügen und rannte weiter.

Schließlich fing sie ihn ab und fiel mit ihm auf die Couch, während der Junge lachend um Hilfe schrie.

„Und jetzt die schrecklichste Strafe überhaupt!" Sie pflanzte kleine Küsschen auf seine Wangen, seine Nasenspitze, seine Stirn. „Sag: ‚Mmh, gut.'"

„Niemals!" Jack war atemlos, vor Lachen und Vergnügen.

„Sag: ‚Gut, gut, gut', oder ich höre nie wieder auf!"

„Ich geb auf! Okay, gut, gut, gut!"

„Na also." Sie setzte sich auf, holte tief Luft. „Das war's."

Jack kroch auf ihren Schoß. Sie war nicht so weich wie Grandma, auch nicht so hart wie Dad. Sie war anders, und ihr Haar war weich und kitzelte ihn. „Bleibst du bis Mitternacht, wenn das neue Jahr kommt?"

„Ich würde gerne bleiben." Sie sah zu Brody. „Wenn dein Dad nichts dagegen hat."

Einige Schlachten, so dachte er, waren verloren, bevor sie überhaupt begonnen hatten.

„Ich hole uns noch ein Bier."

5. KAPITEL

„Und jetzt …" Frederica Kimball LeBeck zog ihre Schwester in deren Schlafzimmer und schloss die Tür hinter sich. Die somit erreichte Privatsphäre würde vielleicht fünf Minuten andauern, so hoffte sie zumindest. „Schieß los. Ich will alles wissen, von Anfang an."

„Sicher, wenn du willst. Also, es fing mit einem Urknall im Universum an …"

„Haha. Ich meinte Brody O'Connell." Freddie war acht Jahre älter als Kate und – ganz anders als ihre durchtrainierte dunkelhaarige jüngere Schwester – klein, grazil und blond. Sie ließ sich auf das Bett fallen. „Mama sagt, du hast ihn ins Visier genommen."

„Er ist doch kein Karnickel." Kate ließ sich neben ihre Schwester fallen. „Aber verdammt attraktiv, was?"

„Doch, mir gefallen vor allem die breiten Schultern. Also, was genau geht da ab?"

„Nun, er ist Witwer und zieht seinen Sohn allein groß. Hast du Jack gesehen? Ein Pfundskerlchen!"

„Den kann man nicht übersehen. Endlich hat Max mal jemanden, der ihm ebenbürtig ist", sagte sie und bezog sich damit auf ihren eigenen Sechsjährigen. „Die beiden zeigen sich gerade gegenseitig, wie toll sie Videospiele können." Freddie verdrehte scherzhaft die Augen und grinste ihrer Schwester zu.

„Gut. Vielleicht taut Brody dann auch endlich auf."

„Oh, dem wird gar nichts anderes übrig bleiben. Grandpa und Onkel Mik haben ihn sich vorgenommen. Die beiden haben ihn zur Tür hinausgeschoben, damit sie sich alle zusammen dein Haus ansehen und männliche Fachsimpeleien von sich geben können."

„Sehr gut."

„Also, ist es nur Chemie oder mehr?"

„Nun, die Chemie hat den Anfang gemacht. Du weißt doch, meine Hormone reagieren immer auf große, muskulöse Männer – und ihre Werkzeuggürtel."

Freddie platzte glucksend heraus, und Kate studierte die Decke. „Gut möglich, dass da mehr draus wird. Er ist so … ach, ich weiß nicht … irgendwie einfach nett. Solide, verantwortungsbewusst und ein sehr liebevoller Vater. Und so süß schüchtern. Was ihn zu einer Herausforderung macht."

„Und jeder weiß, dass du einer Herausforderung nicht widerstehen kannst."

„Genauso wenig wie du. Aber jedes Mal, wenn ich ihn mit Jack zusammen sehe, dann fühle ich dieses … dieses kleine Ziehen." Sie deutete auf ihren Magen. „Hier drin. Verstehst du?"

Freddie dachte an ihr eigenes Ziehen, das sie bei ihrem Mann Nick gefühlt hatte. „Bist du dabei, dich in ihn zu verlieben?"

„Um das zu sagen, ist es noch zu früh. Aber er gefällt mir, in all den Dingen, die wichtig sind. Was ein guter Ausgleich zu dieser wilden Anziehungskraft ist." Sie hob ein Bein und zielte mit den Zehen auf die Lampe. „Ich würde ihn zu gern mal allein erwischen und ihm die Kleider vom Leib reißen. Aber mit ihm kann man sich auch gut unterhalten. Letzte Nacht haben wir gemeinsam diesen dummen Film mit den außerirdischen Augäpfeln gesehen und uns bestens amüsiert."

„Oh, den Film liebe ich."

„Das meine ich ja. Es war richtig gemütlich." Und himmlisch, dachte sie und rekelte sich genüsslich. „Auch wenn er mir das Blut schneller durch die Adern jagt, es ist nett, einfach mit ihm auf der Couch zu sitzen und sich einen alten Film anzusehen. Wenn ich mich mit anderen Männern getroffen habe, dann hieß es immer Ausgehen, Tanzen, Vernissage, Kunstgalerie. Niemand wäre auf die Idee gekommen, einfach mal einen Abend zu Hause zu verbringen und auszuspannen. Ich muss sagen, es gefällt mir außerordentlich gut."

„Eine Kleinstadt, eine Ballettschule, eine kleine Romanze mit einem Tischler ... das passt zu dir, Katie."

Sie war entzückt, dass Freddie ebenso dachte, und rollte sich träge auf die andere Seite. „Ja, nicht wahr?"

Yuri Stanislaski, ein Baum von einem Mann mit wallender eisgrauer Mähne, stand mitten in dem Raum, der dazu ausersehen war, ein Ballettstudio zu werden.

„Das ist ein guter Raum. Viel Platz. Meine Enkelin hat ein Auge für den Wert von Platz. Starkes Fundament." Er ging zur Wand und hieb mit der geballten Faust dagegen. „Solides Gerüst."

Mikhail, Yuris ältester Sohn, stand am Fenster. „Sie wird ihre Kindheit hier wieder aufleben lassen. Das wird ihr guttun. Außerdem", er drehte sich zum Fenster und lächelte, „werden die Leute sie tanzen sehen. Das ist gute Werbung. Meine Nichte ist ein cleveres Mädchen, das habe ich schon immer gesagt."

Schritte ertönten auf den Treppen. Brody hatte den Überblick verloren, er wusste nicht, wie viele mitgekommen waren. Er nahm an, dass die meisten von den Jüngeren zu Mik gehörten, aber es war schwierig, sie genau zuzuordnen, vor allem weil es so viele waren und wirklich alle so verdammt gut aussahen.

Er war nicht an große Familien gewöhnt, und die Stanislaski-Familie, so schien es ihm zumindest, war so groß, wie Familien eben sein konnten, ohne dass sie aus allen Nähten platzten.

„Papa! Komm mal hoch, das musst du dir einfach ansehen. Dieses Haus ist uralt. Einfach großartig!"

„Mein Sohn Griff", erklärte Mik und schmunzelte. „Er liebt alte Dinge. Dieses Haus muss wie ein Paradies für ihn sein!"

„Dann auf nach oben." Yuri gab Brody einen freundschaftlichen Schlag auf den Rücken, der einen Elefanten umgehauen hätte. „Wir werden ja sehen, was Sie aus diesem Haus machen, damit meine kleine Katie zufrieden ist. Sie ist hübsch, meine Kleine, nicht wahr?"

„Ja", erwiderte Brody vorsichtig.

„Und stark."

„Äh …" Er wusste nicht, wie sicher der Grund war, auf dem er sich hier bewegte, und schaute Hilfe suchend zu Mik. Der aber schenkte ihm nur ein strahlendes Lächeln. „Ja, sieht so aus."

„Hat auch ein solides Gerüst." Yuri lachte herzhaft auf und zwinkerte seinem Sohn zu. Ohne Zweifel handelte es sich hier um einen weiteren Familienscherz.

Brody war sich immer noch nicht so ganz klar, was geschehen war. Eigentlich hatte er nur ganz kurz bei den Kimballs vorbeischauen wollen. Ein Höflichkeitsbesuch, weil Natasha so nett gewesen war und an ihn und Jack gedacht hatte.

Und dann war er einfach mitgerissen worden. Nein, „verschlungen" beschrieb es besser. Er bezweifelte, dass er je so viele Menschen auf engstem Raum gesehen hatte. Und die meisten waren auf die eine oder andere Weise miteinander verwandt. Für Brody war diese Tatsache fast schon unglaublich.

Da seine eigene Familie nur aus ihm, Jack und seinen Eltern bestand – und drei Tanten und sechs Cousins und Cousinen irgendwo im Süden –, hatte ihn die schiere Anzahl der Stanislaskis erschlagen. Ehrlich gesagt war ihm unklar, wie sie überhaupt in der Lage waren, sich alle Namen zu merken.

Sie waren fröhliche, gut aussehende, lebenslustige Menschen, die unzählige Fragen stellten, Geschichten erzählten und Meinungen hatten. Das Haus war so angefüllt mit Menschen, Essen, Musik und Drinks, dass er, obwohl er fast bis acht Uhr abends geblieben war, in dem ganzen Trubel nur Minuten mit Kate hatte sprechen können. Man hatte ihn zu dem alten Haus gezerrt, ihn über seine Planung ausgefragt, darüber, wie er die Renovierung angehen würde – aber er war nicht dumm genug, um zu glauben, dass es sich bei diesem Verhör nur um die Bauarbeiten gedreht hatte.

Kates Familie hatte ihn unter die Lupe genommen. Connies Familie hatte das Gleiche getan, wenn auch nicht so gut gelaunt und nicht mit diesem Sinn für Humor und dieser Begeisterung. Aber unterm Strich kam es auf das Gleiche heraus.

War dieser Typ auch gut genug für ihre Prinzessin? In Connies Fall war die Antwort ein eindeutiges Nein gewesen. Und diese gegenseitige Abneigung hatte alles überschattet, was danach gekommen war.

Die Stanislaskis hatten ihr Urteil noch nicht gefällt. Glaubte er zumindest. Nichts, was er auch getan hatte, um so taktvoll wie möglich durchblicken zu lassen, dass er gar nicht vorhatte, ihre Ballerina aus ihren Spitzenschuhen zu werfen, hatte Wirkung gezeigt. Sie hatten ihn trotzdem weiter umzingelt und ausgefragt. Auf nette Weise, höflich. Oder direkt und offen, ohne auch nur einen Deut an Zurückhaltung.

Das war genug gewesen, um einem Mann bewusst zu machen, wie glücklich er sich schätzen konnte, dass er alleinstehend war. Und ihn in dem Entschluss zu festigen, es auch zu bleiben.

Jetzt waren die Feiertage vorbei. Dem Himmel sei Dank! Er konnte sich wieder auf die Arbeit konzentrieren, sich daran erinnern, dass Kate Kimball eine Kundin war. Nicht eine Geliebte.

Eine ganze Woche lang karrte er Bauschutt zum Haus hinaus, verstärkte und glich Wände aus, prüfte und ersetzte Rohrleitungen.

Sie ließ sich nicht ein einziges Mal blicken.

Jeden Tag, wenn er auf der Baustelle war, wartete er darauf, dass sie jeden Moment hereinspazieren und sich erkundigen würde, wie es voranging. Und jeden Abend, wenn er sein Werkzeug auf den Pick-up lud, fragte er sich, was sie wohl vorhaben mochte.

Offensichtlich war sie beschäftigt. Zu beschäftigt, um sich um das Haus zu kümmern. Ihr Interesse war also doch nicht so groß gewesen, wie sie vorgegeben hatte. An dem Haus nicht und an ihm auch nicht.

Deshalb war es umso besser, dass er sich nicht auf einen Flirt eingelassen hatte. Wahrscheinlich zog sie die halbe Nacht um die Häuser, um die andere Hälfte im Bett irgendeines gelackten New Yorkers zu verbringen. Es würde ihn nicht überraschen. Kein bisschen. Es würde ihn auch nicht überraschen, wenn sie schon wieder daran dachte, das Haus abzustoßen und den Staub der Kleinstadt von ihren Spitzenschuhen zu schütteln.

Was ihn allerdings überraschte, war, dass er sich plötzlich auf der Treppe zum Haus ihrer Eltern wiederfand und laut an die Haustür pochte.

Er tigerte unruhig auf der Veranda auf und ab. Sie war doch diejenige gewesen, die jedes Detail genauestens durchgesprochen haben wollte, oder? Er ging zur Tür zurück, hämmerte noch mal dagegen. Sie konnte doch wenigstens eine Woche lang so tun, als sei sie noch interessiert, oder?

Er ging zurück, trat vor, wieder zurück. Was zum Teufel machte er hier eigentlich? Was er hier veranstaltete, war ja lächerlich. Es ging ihn nicht das Geringste an, was sie tat, mit wem und wo, solange sie die Rechnungen bezahlte.

Er atmete tief durch und hatte sich fast schon wieder beruhigt, als die Tür geöffnet wurde.

Da stand sie, mit schweren Lidern und wirrem Haar, ihr Gesicht leicht gerötet. Wie eine Frau, die gerade aus dem Bett geglitten war und vorhatte, direkt dorthin zurückzukehren.

Verflucht!

„Brody?"

„Tut mir leid, dass ich dich geweckt habe. Es ist ja auch erst vier Uhr nachmittags."

Sie war zu verschlafen, um die Stichelei herauszuhören. „Schon in Ordnung. Wenn ich nachmittags mehr als eine Stunde schlafe, bin ich die ganze Nacht hellwach. Komm rein. Ich brauche erst mal einen Kaffee."

Sie ließ die Tür offen, weil sie davon ausging, dass er ihr folgen würde, und ging in die Küche. Sie hörte, wie die Tür zuschlug, dachte sich aber nichts dabei. In diesem Haus wurden ständig Türen geöffnet und wieder geschlossen.

„Ich bin erst vor ein paar Stunden zurückgekommen." Sie setzte Kaffee auf, versuchte die Kaffeemaschine mit ihrem Willen dazu zu bringen, schneller zu laufen. Um ihre verspannten Muskeln zu lockern, verfiel sie automatisch in die Grundposition. „Wie laufen die Dinge mit meinem Haus?"

Brody runzelte verärgert die Stirn! Diese Frau war einfach unglaublich! „Wechselt dein Interesse generell von heiß auf eiskalt?"

„Hmm?" Wechsel, dritte Position. Auf die Spitzen. Kaffeebecher aus dem Schrank holen.

„Du warst seit einer Woche nicht mehr auf der Baustelle. Wie kommt das?"

„Ich war nicht in der Stadt. Du trinkst ihn schwarz, oder? Ein Notfall, in New York."

Sofort wandelte sich sein Ärger in Sorge. „Jemand aus deiner Familie?"

„Oh nein, denen geht es bestens." Sie bog den Rücken zurück, drehte sich ein wenig zur Seite, verzog vor Schmerzen das Gesicht. „Könntest du vielleicht mal … diese Stelle dahinten, die bringt mich noch um …"

Sie drehte den Arm auf den Rücken, versuchte, den schmerzenden Muskel unter dem Schulterblatt zu erreichen. „Wenn du nur eine Minute deinen Daumen da hineindrücken könntest ... Ein bisschen tiefer ... ah, ja, da. Oh, so ist es gut. Fester. Hör nur nicht auf ..." Sie schloss die Augen und lehnte den Kopf zurück. „Oh ja, ja, mehr ... Oh!"

„Zum Teufel damit!" Die Erregung hatte seine Selbstbeherrschung besiegt. Er riss Kate herum, presste sie an die Anrichte und drückte verlangend seine Lippen auf ihren Mund. Wie lange hatte er sich nach diesem Augenblick gesehnt!

Hitze schwappte über sie wie eine Welle, Lichter blitzten vor ihren geschlossenen Augen auf. Ihre Lippen öffneten sich, um einen erstaunten Aufschrei auszustoßen, doch er nutzte die Gelegenheit, um den Kuss zu vertiefen. Sie hob die Hände an seine Brust, bemühte sich, ihm zu folgen, wohin er sie mitnahm.

Sie war zwischen dem Küchenschrank und seinem harten Körper gefangen. All ihre Müdigkeit war mit einem Schlag verflogen, sie dachte nicht mehr an schmerzende Muskeln, nur noch an diesen Feuerball der Emotionen, der sie mitriss.

Frustration, Verlangen, Lust, Wut. All die Gefühle, die er so sorgfältig unter Verschluss gehalten hatte, seit dem Moment, als er sie zum ersten Mal gesehen hatte. Jetzt waren alle Dämme gebrochen, und die Leidenschaft sprudelte hervor. Er nahm, was er sich bisher versagt hatte. Nahm ihren Mund in Besitz, um seinen Hunger zu stillen. Und als sie seine Schultern fasste und zu zittern begann, nahm er mehr.

Sie waren beide atemlos, als sie sich voneinander lösten. Für einen langen Moment starrten sie einander nur an, seine Hände in ihrem Haar vergraben, ihre Finger in seine Schultern verkrallt. Und dann lagen ihre Münder wieder aufeinander, ein wilder, leidenschaftlicher Kampf von Lippen und Zungen und Zähnen. Sie nestelte fiebrig an seinem Hemd, er ließ seine Hände unter ihr T-Shirt gleiten. Verzweifelt, schwer atmend, hinweggeschwemmt von Lust, wollten sie mehr vom anderen spüren. Er schlug mit dem Rücken gegen den Kühlschrank, er spürte es nicht. Er drehte und schob sie, ohne sie loszulassen, bis sie an den Küchentisch anstieß. Fasste ihre Hüfte, wollte sie auf diese Tischplatte hieven …

„Katie, rieche ich da etwa frischen Kaffee?"

Spencer Kimball blieb wie angewurzelt in der Tür zur Küche stehen. Er griff sich unwillkürlich ans Herz, als er erblickte, wie sich sein kleines Mädchen um seinen Tischler rankte.

Sie fuhren auseinander, wie schuldbewusste Kinder, die auf frischer Tat bei einem Streich ertappt wurden.

Für Sekunden, die sich bis in die Unendlichkeit zu dehnen schienen, rührte sich niemand, niemand sprach ein Wort.

„Ich … äh …" Du lieber Himmel, war alles, was Spencer denken konnte. „Ich bin … im Musikzimmer." Er zog sich überstürzt zurück.

Brody fuhr sich aufgewühlt durchs Haar. „Oh Gott! Jemand reiche mir ein Gewehr, damit ich mich erschießen kann."

„So was haben wir nicht." Sie musste sich an einer Stuhllehne festhalten, der Raum drehte sich immer noch um sie. „Mein Vater ist sich durchaus im Klaren darüber, dass ich ab und zu mal Männer küsse."

Brody ließ die immer noch zitternden Hände sinken. „Ich war auf dem besten Wege, wesentlich mehr zu tun, als dich nur zu küssen."

„Ich weiß." Schließlich hämmerte ihr Puls immer noch laut wie eine Kesselpauke. Und sie sah auch die Hitze der Leidenschaft in diesen wunderbaren Augen vor sich. „Wirklich zu schade, dass Dad heute Nachmittag keinen Unterricht gibt."

Brody stieß zischend den Atem aus, drehte sich auf dem Absatz um und holte ungeduldig ein Glas aus dem Schrank, um kaltes Leitungswasser hineinlaufen zu lassen. Für einen kurzen Moment überlegte er, ob er es sich über den Kopf gießen sollte, entschied sich dann aber doch, es in großen Schlucken zu trinken. Es brachte ihn zwar lange nicht auf Normaltemperatur, aber es kühlte ihn immerhin ein wenig ab. „Das wäre nicht passiert, wenn du mich nicht wütend gemacht hättest."

„Dich wütend gemacht?", wiederholte sie. Gerne hätte sie ihm das wirre Haar glatt gestrichen, um es dann wieder zu zerwühlen. „Wie das?"

„Und dann verleitest du mich dazu, dich anzufassen, und gibst auch noch diese kleinen Sexlaute von dir."

Sie brauchte jetzt keinen Kaffee, sie brauchte einen Drink! „Das waren keine ‚Sexlaute'." Sie holte eine Flasche Weißwein aus dem Kühlschrank. „Das waren Muskellockerungslaute. Na ja, ich muss zugeben, sie können sich sicherlich ähnlich anhören. Und hol mir endlich ein verdammtes Weinglas aus dem Schrank, denn jetzt bin ich wütend."

„Du?" Er riss die Schranktür wieder auf und schob ihr ein Weinglas in die Hand. „Du setzt dich für eine ganze Woche nach New York ab, ohne auch nur einen Ton zu sagen!"

„Entschuldige, aber du irrst." Ihre Stimme war kalt wie Eis. „Meine Eltern wussten ganz genau, wo ich war." Sie schenkte sich Wein ein und setzte die Flasche unsanft auf der Anrichte ab. „Mir war nicht bewusst, dass ich meinen Terminkalender mit dir absprechen muss."

„Du hast mich für einen Auftrag angeheuert, oder? Ein ziemlich großer und komplexer Auftrag, bei dem du – wie du selbst verlangt hast – über jeden Schritt informiert werden willst. Und es hat sich so ergeben, dass in dieser Woche einige Schritte unternommen wurden. Und gerade dann bist du weg! Ohne ein Wort zu sagen!"

„Es ging nicht anders." Sie nahm einen großen Schluck Wein und bemühte sich darum, ihr Temperament im Zaum zu halten. „Bei Problemen oder Fragen hättest du jederzeit meine Eltern kontaktieren können. Sie hätten dir auch meine Nummer geben können. Warum hast du sie nicht gefragt?"

„Weil …" Irgendein Grund musste sich doch finden lassen. „Weil meine Kunden normalerweise alt genug sind, um mir eine Nachricht zu hinterlassen, wo sie zu erreichen sind, und nicht erwarten, dass ich ihnen hinterherjage."

„Das ist eine wirklich lahme Ausrede, O'Connell", tat sie seinen Einwand spöttisch ab, auch wenn es sie getroffen hatte. „Na schön. Dann sagen wir doch einfach ganz klar: In Zukunft wirst du dich an meine Eltern wenden, solltest du mich nicht erreichen können."

„Fein!" Er vergrub die Hände in den Hosentaschen.

„Genau!" Das ist ja lächerlich, dachte sie. Sie hatte nichts gegen einen anständigen Streit, aber nicht, wenn es um Lappalien ging. „Hör zu, ich musste nach New York. Als ich die Company verließ, habe ich unserem Direktor versprochen, dass ich einspringe, wenn Not am Mann ist. Ich halte meine Versprechen. Einige Tänzer sind ausgefallen, Grippe. Wir tanzen mit Verletzungen, wir tanzen, wenn wir krank sind, aber manchmal geht es eben nicht mehr. Ich habe ihm eine Woche versprochen, bis die meisten sich wieder erholt hatten." Sie lehnte sich gegen die Anrichte. „Mein Partner und ich sind nicht mehr aneinander gewöhnt. Außerdem habe ich drei Monate nicht mehr getanzt, ich bin nicht mehr in Form – was endlose Trainingsstunden und Proben bedeutete. Ich hatte also wirklich keine Zeit, mir Gedanken um ein Projekt zu machen, das ich in gute Hände gegeben habe. Ich war auch nicht davon ausgegangen, dass zu einem so frühen Punkt schon irgendwelche Fragen auftauchen, vor allem nicht, nachdem wir die Dinge vor Kurzem erst ausführlich besprochen haben. Ich hoffe, das reicht dir als Erklärung."

„Ja, das reicht. Kann ich ein Messer haben?"

„Wozu?"

„Du hast kein Gewehr, also werde ich mir die Kehle auf-
schlitzen."

„Warte lieber damit, bis du bei dir zu Hause bist. Meine
Mutter wird über Blutflecken in der Küche nicht begeistert
sein."

„Und dein Vater sieht es wohl kaum gerne, wenn seine
Tochter auf dem Küchentisch Sex hat."

„Kann ich nicht sagen. Das Thema wurde nie zwischen uns
angeschnitten."

„Ich hatte nicht vor, dich so zu packen."

„So." Sie bot ihm ihr Glas an. „Wie wolltest du mich denn
sonst packen?"

„Lass es." Er nahm und trank. „Du merkst doch selbst, wie
kompliziert das Ganze wird. Der Job, du, ich, Sex."

„Ich habe ein ausgeprägtes Organisationstalent und bin sehr
gut im Zuordnen und Einteilen. Manche halten das für meine
größte Stärke, andere behaupten, es nervt."

„Das kann ich mir vorstellen." Er gab ihr das Glas zurück.
„Kate."

Sie lächelte. „Brody."

Er lachte leise, steckte die Hände wieder in die Taschen
und begann im Raum auf und ab zu tigern. „Ich hab vieles in
meinem Leben verbockt. Mit Connie, meiner Frau, und Jack.
Und ich habe alles darangesetzt, dass sich das ändert. Jack ist
gerade mal sechs. Ich bin alles, was er hat. Das wird immer das
Wichtigste für mich sein."

„Wenn es nicht so wäre, würde ich wesentlich weniger von
dir halten. Dann würde ich mich wohl auch nicht so zu dir
hingezogen fühlen."

Er drehte sich um und studierte ihr Gesicht. „Ich werde
nicht schlau aus dir."

„Vielleicht solltest du deinen Terminkalender so planen,
dass dir Zeit bleibt, über dieses Problem nachzudenken."

„Vielleicht sollten wir uns einfach ein Zimmer in irgendeinem Motel buchen und einen Nachmittag lang so tun, als gäbe es keine Probleme."

Er war überrascht, dass sie lachte. „Das ist eine Alternative. Ich persönlich würde gern beides tun. Aber für den Moment werde ich es dir überlassen, welche der beiden Möglichkeiten wir zuerst in Angriff nehmen."

„Vielleicht sollten wir ..." Er sah auf die Küchenuhr und fluchte leise. „Ich muss Jack abholen. Komm morgen Mittag zur Baustelle. Dann gebe ich dir zum Lunch ein Sandwich aus, und du kannst dir ansehen, wie weit wir gekommen sind."

„Ja, gern." Sie neigte leicht den Kopf. „Willst du mir nicht einen Abschiedskuss geben?"

„Lieber nicht. Dein Vater hat vielleicht doch ein Gewehr im Haus, und du weißt nur nichts davon."

Nein, Spencer Kimball war nicht dabei, ein Gewehr zu laden. Kate fand ihn in seinem Musikzimmer, wo er über den Unterrichtsplänen für das laufende Semester saß. Allerdings starrte er jetzt schon zehn Minuten lang auf die gleiche Seite, ohne auch nur ein Wort verstanden zu haben.

Sie stellte einen dampfenden Kaffeebecher neben ihn hin, schlang die Arme um seinen Hals und legte ihr Kinn auf seine Schulter. „Hi."

„Hi. Danke."

Sie schmiegte ihre Wange an seine und sah zum Fenster hinaus in den hübschen Garten. Sie würde ihre Mutter bitten, ihr bei der Planung des Gartens an der Schule zu helfen. „Brody befürchtet, du könntest ihn erschießen."

„Ich habe keine Waffe."

„Das habe ich ihm auch gesagt. Ich sagte ebenfalls, mein Vater weiß, dass ich Männer küsse. Das weißt du doch, oder, Daddy?"

Sie nannte ihn nur dann Daddy, wenn sie sich bei ihm einschmeicheln wollte. Sie beide wussten das.

„Es ist etwas ganz anderes, wenn man verstandesmäßig etwas weiß, als wenn man mitten in ein …" Spencer knirschte mit den Zähnen. „Er hatte seine Hände an deinen … Er hat mein kleines Mädchen angefasst."

„Dein kleines Mädchen hat seine Hände auch dazu benutzt, um ihn anzufassen." Sie kam herum und setzte sich auf seinen Schoß.

„Ich glaube nicht, dass die Küche der geeignete Ort ist, um …" Ja, um was eigentlich?

„Du hast natürlich recht." Sie klang jetzt sehr brav, ganz die gescholtene Tochter. „Die Küche ist zum Kochen da. Dich und Mama habe ich nie in der Küche küssen sehen. Dann wäre ich wahrscheinlich ziemlich schockiert gewesen."

Seine Mundwinkel zuckten, aber er unterdrückte den Drang zu lachen. „Halt einfach den Mund."

„Ich war mir immer sicher, dass, sollte ich einmal zufällig in die Küche kommen und sehen, wie Mama und du … dass es so aussieht, als würdet ihr euch küssen, es sich mit Sicherheit nur um eine lebensrettende Maßnahme, um eine Mund-zu-Mund-Beatmung, handeln kann."

„Wenn du nicht still bist, wirst du gleich lebensrettende Maßnahmen brauchen."

„Gut. Aber solange mir noch Zeit bleibt, möchte ich dir eine Frage stellen. Was hältst du von Brody? Als Mann, meine ich? Gefällt er dir?"

„Ja, aber das heißt nicht, dass ich vor Begeisterung in die Hände klatsche, wenn ich in meine Küche komme und sehe … nun, was ich gesehen habe."

„Tja, da wäre immer noch die Möglichkeit eines Motelzimmers."

„Ach, Kate." Er legte seine Stirn an ihre.

„Du und Mama, ihr habt mir immer gesagt, dass ich nie etwas vor euch geheim halten muss, weder meine Gefühle noch meine Wünsche oder Taten. Ich fühle etwas für Brody. Ich bin noch nicht sicher, was das bedeutet, aber meine Taten werden meine Gefühle widerspiegeln, das verspreche ich dir!"

„Das war schon immer so bei dir. Mit einer guten Portion gesundem Menschenverstand und Logik angereichert."

„Dies hier ist nicht anders."

„Und er? Welche Gefühle hat er für dich?"

„Er weiß es nicht. Aber das werden wir schon herausbekommen."

„Er weiß es also nicht." Seine Augen, vom gleichen Grau wie ihre, wurden zu schmalen Schlitzen. „Der Junge sollte sich besser schnell überlegen, was er tut, sonst ..."

„Ooh, Daddy!" Kate blinzelte und schüttelte sich leicht. „Wirst du ihn für mich verhauen, ja? Darf ich zusehen? Bitte!"

„... braucht er lebensrettende Maßnahmen."

Sie drückte ihrem Vater einen Kuss auf die Wange. „Ach Dad, ich liebe dich. Du hast auch ein Kind über Jahre allein großgezogen. Du weißt, was es heißt, ein Kind zu lieben, die Verantwortung zu tragen."

Seine Freddie. Sein Baby. Das jetzt schon eigene Babys hatte. „Ja, ich weiß, was das bedeutet."

„Wie sollte ich mich da nicht zu ihm hingezogen fühlen? Zu diesem Teil, den ich an dir so liebe?"

„Und was sollte ich dagegen sagen können?" Er zog sie zu sich heran und drückte sie. „Du kannst Brody sagen, dass ich mir kein Gewehr kaufen werde. Noch nicht."

Am nächsten Tag ging sie um die Mittagszeit zur Baustelle. In der Zwischenzeit hatte sie es sich zur Gewohnheit gemacht, mit Kuchen, Sandwiches und frischem Kaffee vorbeizukommen. Man hätte es als Bestechung bezeichnen können.

Um genau zu sein – Brody nannte es auch so. Ihre kleinen Aufmerksamkeiten machten seine Männer viel nachsichtiger, wenn sie sie mal wieder mit tausend Fragen löcherte oder wenn sie unbedingt eine neue Idee durchgesetzt haben wollte, die nicht im Plan stand.

Trotzdem hielt ihn das nicht davon ab, auf ihre Besuche zu warten, sich im Laufe des Vormittags so zu beeilen, dass er sich die halbe Stunde genehmigen konnte, um mit ihr durch die Stadt zu bummeln oder einen Kaffee in dem kleinen Café an der Ecke zu trinken.

Er wusste, seine Männer stießen sich bereits die Ellenbogen in die Rippen und warfen sich vielsagende Blicke zu, wenn er mal wieder mit Kate davonzog. Aber da er die meisten noch von der Highschool kannte, nahm er es gutmütig hin. Aber wenn einer es wagen sollte, einen zu genauen Blick auf ihr Hinterteil oder ihre Oberweite zu werfen, sah er denjenigen so vernichtend an, dass der sich beeilte, ganz schnell irgendwo ganz fürchterlich wichtige und unaufschiebbare Dinge zu erledigen – möglichst weit weg von Brody.

Er wurde immer noch nicht schlau aus ihr. Wenn sie zur Baustelle kam, wirkte sie wie frisch einem Modemagazin entstiegen. Sehr weiblich und absolut makellos. Und dann kroch sie durch Staub und kletterte über Bauschutt, als würde sie zum Bautrupp gehören, stellte genaue Fragen und verfügte über genügend Kenntnisse, um mitzureden.

Einmal überraschte er sie und einen seiner Männer, als sie in eine hitzige Debatte über das letzte Baseballspiel vertieft waren. Und eine Stunde später überhörte er ein Gespräch, das sie an ihrem Handy in fließendem Französisch führte.

Nein, auch nach zwei Wochen war er keinen Schritt weitergekommen, wenn es um sie ging. Aber er konnte auch nicht mehr aufhören, unentwegt an sie zu denken.

Und jetzt, da sie in dem zukünftigen Übungsraum umherschritt, konnte er nicht aufhören, sie anzusehen.

Sie trug einen dunkelblauen Pullover, der unglaublich weich aussah, und graue Leggings. Ihr Haar hatte sie im Nacken zusammengefasst, sodass ihr Hals – bloß und sexy – jeden Blick magisch anzog.

Im Raum war es angenehm warm, dank der neu installierten Heizung. Die Wände waren fast fertig verputzt, und Brody hatte die ersten Proben für die Holzarbeiten mitgebracht. Holz, das er selbst bearbeitet hatte, um sicherzustellen, dass es der Originalausstattung so nah wie möglich kam.

„Der Putzer hat wirklich gut gearbeitet", sagte sie nach einem Inspektionsrundgang. „Fast könnte ich ein schlechtes Gewissen bekommen, weil die ganzen Wände mit Spiegeln zugehängt werden." Sie nahm ein Musterholz in die Hand. „Das ist wunderschön, Brody. Man kann kaum einen Unterschied zum Original feststellen."

„So sollte es auch sein."

„Ja, stimmt." Sie legte das Holzstück wieder hin. „Du liegst genau im Zeitplan. Was die Arbeit anbelangt. Was das Private angeht, da hinkst du ziemlich hinterher."

„Es dauert immer ein bisschen, bis das Fundament gelegt ist."

„Kommt darauf an, was für ein Gebäude du errichten willst, Brody." Sie legte eine Hand auf seine Schulter. „Ich will eine Einladung."

„Wir waren zusammen zum Lunch."

„Eine richtige Einladung. Die Art, die zwei erwachsene, verantwortungsbewusste Menschen sich von Zeit zu Zeit gönnen. Abendessen, O'Connell, oder auch Kino. Vielleicht ist es dir nicht klar, aber ... Restaurants haben auch abends geöffnet."

„Ja, ich habe schon so was läuten hören." Er wich zurück, sie folgte ihm. „Kate, sieh mal ... da ist Jack, und der muss früh zu Bett, und da sind gewisse Komplikationen ..."

„Sicher, da ist Jack. Ich mag den Jungen, aber ich würde auch ganz gerne mal allein mit seinem Vater sein. Ich wage zu bezweifeln, dass der Junge ein Trauma davonträgt, nur weil sein Vater mal einen Abend ausgeht. Ich sage dir, was wir tun. Freitagabend, du und ich, Abendessen. Ich kümmere mich um alles, du holst mich um sieben ab. Samstagnachmittag, du, Jack und ich, Kino. Ich hole euch um eins ab und lade euch ein. Also abgemacht."

„Kate, so einfach ist das nicht. Da ist schließlich noch diese ganze Babysitter-Angelegenheit. Ich habe niemanden, den ich …"

Er drehte sich um, grenzenlos erleichtert, als die Tür aufgestoßen wurde und Jack hereingestürmt kam.

„Dad! Wir haben deinen Wagen gesehen, deshalb meinte Mrs Skully, ich könnte schon hier aussteigen. Hi, Kate." Er ließ den großen Schulranzen mit einem lauten Knall zu Boden fallen. „He, hier drinnen gibt es ein Echo. Hi, Kate, hi, Kate …"

Sie musste lachen, und bevor Brody sich noch rühren konnte, hatte sie Jack schon hochgehoben. „Hi, hübscher Jack. Gibst du mir einen Kuss?"

„Niemals!" Obwohl man ihm ansah, dass er halb darauf hoffte, sie würde ihn wieder küssen.

„Das scheint ein echtes Problem mit den Männern in eurer Familie zu sein." Sie stellte ihn wieder auf die Füße, als eine Frau mit einem Mädchen und einem Jungen zur Tür hereinkam.

„Brody, ich sah den Pick-up, deshalb dachte ich mir, ich könnte Jack direkt hier abliefern und dir den Weg ersparen. Es sei denn, dir ist lieber, dass ich ihn mit zu uns nach Hause nehme."

„Nein, lass ihn hier, das passt gut. Beth Skully, Kate Kimball", übernahm er die Vorstellung.

„Eigentlich kennen Kate und ich uns schon." Sie wandte sich an Kate. „Aber vielleicht erinnerst du dich nicht mehr an mich. Meine Schwester JoBeth und deine Schwester Freddie waren Schulfreundinnen."

„Ja, natürlich, ich weiß. Wie geht es JoBeth denn?"

„Gut. Sie hat nach Michigan geheiratet, arbeitet als Krankenschwester. Hoffentlich hast du nichts dagegen, dass wir hier so reinplatzen. Aber ich war neugierig und wollte unbedingt sehen, was du mit diesem alten Kasten vorhast."

„Mom." Das kleine Mädchen zupfte am Ärmel seiner Mutter und sah erwartungsvoll zu ihr hoch.

„Gleich, Carrie …"

„Ich führe dich gern herum, wenn du möchtest", bot Kate an.

„Würde ich zu gern tun, aber wir müssen uns sputen. Wenn man Kinder hat, wird man zum Chauffeur. Weißt du schon, wann du die Tanzschule eröffnen wirst?"

„Ich hoffe, ich kann im April anfangen." Sie sah zu Carrie und erkannte die Hoffnung in den großen blauen Augen. „Magst du Ballett, Carrie?"

„Ich will Ballerina werden."

„Ballerinas sind Weicheier", warf Rod, ihr Bruder, abfällig ein.

„Rod, sei still. Du musst diesen unwissenden Zwerg entschuldigen, Kate."

„Keine Sorge, ist schon gut", beruhigte Kate Beth. „So", wandte sie sich dann an Rod, der seine Schwester triumphierend angrinste, „Weicheier also?"

„Klar. Die tragen alle so alberne Röckchen und trippeln ständig auf den Zehenspitzen herum." Er lieferte eine sehr eindrucksvolle Karikatur eines Spitzentänzers ab, worauf seine Schwester prompt in beleidigtes Geheul ausbrach.

Bevor Beth jedoch dazwischengehen konnte, fragte Kate auch schon: „Wie viele Weicheier kennst du, die das können?" Damit griff sie ihre Ferse und zog das Bein senkrecht hoch, bis ihre Wade an ihrer Wange zu liegen kam.

Ach, du lieber Himmel, war das Einzige, was Brody, der die Szene amüsiert beobachtet hatte, dazu einfiel.

„Ich kann das!", verkündete Rod laut, tat es ihr nach, griff seine Ferse, wollte sein Bein hochstrecken, verlor das Gleichgewicht und fiel hart auf seinen Allerwertesten.

„Rod, du wirst dich nur in zwei Hälften reißen", war Beths trockener Kommentar. Sie legte einen Arm um Carries Schultern. „Tut das nicht weh, wenn du das machst?", fragte sie Kate lächelnd.

„Man darf eben nicht daran denken." Kate setzte den Fuß wieder auf den Boden. „Wie alt bist du, Carrie?"

„Fünf. Ich kann mich vornüberbeugen und meine Zehen berühren", sagte sie stolz.

Fünf also, dachte Kate. Die Knochen waren noch biegsam, der Körper konnte lernen, das Unnatürliche zu tun. „Wenn du und deine Mom euch entscheidet, dass du in meine Schule kommen kannst, werde ich dir das Tanzen beibringen. Und dann kannst du deinem Bruder beweisen, dass Ballett nichts für Weicheier ist." Sie streckte die Arme in die Luft, machte einen graziösen Bogengang rückwärts und wieder vor.

„Wow", flüsterte Rod Jack zu. „Die ist ja cool."

Brody sagte nichts. Er starrte nur mit offenem Mund.

„Nur Athleten können Ballett tanzen." Sie warf ihr Haar zurück und schaute Rod durchdringend an. „Es gibt viele professionelle Football-Spieler, die nebenbei Ballett trainieren, damit sie auf dem Spielfeld schneller und geschmeidiger sind."

„Glaub ich nicht", entgegnete Rod sofort aufmüpfig.

„Glaub's ruhig. Komm zusammen mit deiner Schwester, dann zeig ich's dir."

„Damit handelst du dir aber Kopfschmerzen ein." Beth lachte und winkte ihrem Sohn. „Komm schon, du kleines Monster."

Brody schaffte es, seinen inneren Film zu stoppen, der ihm aufregende Bilder vorspielte, wie man diesen dehnbaren Körper auch noch auf anderem Gebiet einsetzen könnte …

„Danke, dass du Jack hergebracht hast, Beth."

„Kein Problem. Du weißt doch, dass ich mich jederzeit gern um Jack kümmere."

„Ach, wirklich?", murmelte Kate und warf Brody einen langen Blick zu.

„Sicher, er ist wirklich ein …" Beth sah von Kate zu Brody, von Brody zu Kate – und verkniff sich ein Grinsen. Sieh mal an, dachte sie, es wird aber auch Zeit, dass dieser Mann endlich wieder den Kopf aus dem Sand zieht. „Um genau zu sein – ich hatte vor, Freitagabend einen großen Topf Spaghetti zu kochen, und dachte mir, Jack hätte bestimmt Lust mitzuessen."

„Freitagabend ist doch genau richtig für ein Spaghetti-Essen, oder, Brody?", säuselte Kate in Brodys Richtung.

„Ich weiß nicht. Am Freitag …"

„Aber Freitag ist perfekt!" Beth machte es diebischen Spaß, Kate zu helfen. „Jack könnte auch über Nacht bei uns bleiben, dann könnten die Jungs sich zusammen ein Video ansehen. Soll er doch am Freitag Sachen für den nächsten Tag mit zur Schule bringen, dann hole ich die Jungs ab, und sie haben den ganzen Tag zusammen. Also abgemacht. War nett, dich wiederzusehen, Kate."

„Oh ja, das Vergnügen ist ganz auf meiner Seite. Bestimmt." Kate zwinkerte Beth verschwörerisch zu.

„Toll! Ich schlafe bei Rod!" Jack hüpfte aufgeregt umher. „Danke, Dad!"

„Ja." Kate strich mit einem Finger über Brodys Brust. „Danke, Dad."

6. KAPITEL

Der Freitag war nicht gerade das, was man einen runden Wochenabschluss nennen könnte. Einer seiner Männer hatte sich krankgemeldet, er war der Grippe zum Opfer gefallen, die in der Stadt grassierte. Einen anderen schickte er noch vor der Mittagspause nach Hause, weil der Mann sich vor Fieber kaum noch aufrecht halten konnte.

Da die andere Hälfte seines vierköpfigen Bautrupps in Maryland auf einer weiteren Baustelle beschäftigt war, blieb es also an Brody hängen, die Abnahme für die neu installierte Sanitäranlage mit dem Mann vom Bauamt zu machen, die Trennwand zwischen Kates Büro und der kleinen Küche einzuziehen und das Holz in diesen beiden Räumen abzuschleifen.

Das Anstrengendste allerdings war, dass er den ganzen Tag allein mit seinem Vater arbeitete.

Bob O'Connell steckte gerade mit dem Oberkörper unter der Spüle. Brody hatte Muße, die Arbeitsschuhe seines Vaters zu betrachten. Die Sohlen waren unzählige Male wieder angeklebt worden. Wenn er könnte, würde er sie sogar antackern, dachte Brody säuerlich. Auf die Idee, sich neue anzuschaffen, wäre sein Vater nie gekommen.

„Wenn ich es nicht brauche, brauche ich es nicht." Das war der Standardsatz seines Vaters. Zu allem. Und egal was man sagte, er blieb dabei.

Na ja, das ist seine Sache, ermahnte Brody sich und wünschte, dass er aufhören könnte, dauernd nach Gründen zu suchen, um sich aufzuregen.

Vater und Sohn rieben sich ständig aneinander. Hatten es immer getan.

Bob verlegte Rohre, Brody zog Gipswände ein.

„Stell endlich diesen verdammten Krach ab", ordnete Bob an. „Wie soll ein Mensch bei diesem Geplärre arbeiten können?"

Ohne ein Wort zu erwidern, ging Brody zu der kleinen Stereoanlage und schaltete sie aus. Das war schon immer so gewesen: Ganz gleich, welche Musik er auch hörte, für seinen Vater war es „Krach" gewesen.

Aber Bob fluchte während der Arbeit ständig vor sich hin, und deshalb hatte Brody das Radio angestellt.

„So eine blöde Idee, die Küche in der Mitte durchzuschneiden. Reine Zeit- und Geldverschwendung. Büroraum, so 'n Quatsch! Wozu braucht man überhaupt ein Büro, wenn hier doch nur eine Meute Zuckerpüppchen herumhüpft?"

Brody hatte gewusst, dass das kommen würde. Aber jetzt ließ es sich nicht mehr länger hinausschieben, die Wand einzuziehen. „Ich habe die Zeit, der Kunde hat das Geld", sagte er und zog einen Dübel aus der Tasche.

„Sicher, die Kimballs haben genug Geld. Trotzdem völlig unsinnig, es so aus dem Fenster zu schmeißen. Du hättest ihr sagen müssen, dass sie mit der Abtrennung einen Fehler macht."

Brody hämmerte einen Nagel in das Holzgerüst, beschwor sich, den Mund zu halten. Trotzdem sprudelten die Worte heraus. „Ich halte es nicht für einen Fehler. Sie braucht keine so große Küche für eine Ballettschule. Die hier war mal für eine Schenke gedacht."

„Ballettschule." Bob schnaubte angewidert. „Ich sage dir, einen Monat nach der Eröffnung kann sie gleich wieder dichtmachen. Und dann? Wer will so ein Haus dann kaufen? Mit Kinderwaschbecken! Pah! Die werden nur wieder rausgerissen, und die ganze Arbeit war umsonst. Wundert mich, dass der Mann vom Bauamt sich nicht vor Lachen gekrümmt hat."

„Wenn man Kinder unterrichtet, braucht man auch entsprechend kindgerechte Einrichtungen."

„Für den Unterricht ist die Schule da."

„Soweit ich weiß, bietet die aber keinen Ballettunterricht an", erwiderte Brody sachlich.

„Eben. Das sollte dir etwas sagen." Der Ton seines Sohnes ärgerte ihn maßlos. Bob sagte sich, es sei besser, das Thema fallen zu lassen, aber er konnte die Worte nicht zurückhalten. „Du solltest mehr tun, als nur dem Kunden das Geld aus der Tasche zu ziehen. Du solltest auch beraten, sie von sinnlosen Investitionen abbringen und sie in die richtige Richtung lenken."

„Solange es nur deine Richtung ist."

Bob wand sich aus dem Spülschrank hervor. Die ausgeblichene Baseballkappe, die er trug, erinnerte nur entfernt daran, dass sie einmal blau gewesen sein musste. Sein Gesicht war kantig, von tiefen Falten durchzogen. Früher musste er sehr gut ausgesehen haben mit den grünen Augen – so grün wie die seines Sohnes.

Manchmal dachte Brody, dass die Augenfarbe die einzige Gemeinsamkeit war, die sein Vater und er hatten.

„Achte darauf, wie du mit mir redest, Sohn."

„Hast du schon mal daran gedacht, dass du dir auch überlegen solltest, was du sagst?" Brody spürte ein Hämmern im Schädel. Er kannte das. Wutkopfschmerzen. Bob-O'Connell-Kopfschmerzen.

Bob ließ klirrend die Rohrzange fallen und erhob sich zu seiner vollen Größe. Auch mit sechzig war kein Gramm Fett an ihm, er war drahtig und in Topform. „Wenn du erst mal so lange auf dieser Erde gelebt hast wie ich, wenn du so lange in diesem Beruf gearbeitet hast wie ich, dann kannst du sagen, was du willst."

„Tatsächlich." Brody wuchtete eine weitere Rigipsplatte auf den Sägebock und markierte die Maße. „Das höre ich von dir, seitdem ich acht bin. Mittlerweile hatte ich genügend Zeit, um eigene Erfahrung zu sammeln. Und das hier ist mein Job, mein Vertrag. Deshalb wird es genau so gemacht, wie ich es sage."

Er nahm das Tapeziermesser und sah seinem Vater ins Gesicht. „Die Kundin bekommt das, was sie haben will. Und solange sie zufrieden mit der Arbeit ist, gibt es nichts, was diskutiert werden müsste."

„So wie ich höre, tust du weit mehr, als sie mit deiner Arbeit zufriedenzustellen."

Das hatte er nicht sagen wollen. Der Himmel wusste, dass er entschlossen gewesen war, nichts davon zu erwähnen. Aber die Worte waren heraus. Verflucht, warum musste der Junge ihn auch immer so reizen?

Brody umklammerte das Messer fester. Für einen Moment – ein Moment, der viel zu lange dauerte – hätte er am liebsten seine Faust in dieses unnachgiebige Gesicht gesetzt. „Was sich zwischen mir und Kate Kimball abspielt, ist allein meine Sache."

„Ich lebe in dieser Stadt. Und deine Mutter übrigens auch. Wenn die Leute über mein eigen Fleisch und Blut klatschen, betrifft mich das auch. Du hast ein Kind, um das du dich kümmern musst. Du solltest nicht irgendeinem Weiberrock nachlaufen und die Gerüchte zum Brodeln bringen."

„Halte Jack da raus. Lass meinen Sohn aus dem Spiel." Brodys Augen blitzten gefährlich.

„Jack gehört auch zu meiner Familie, vergiss das nicht. Du bist in die Stadt gegangen, damit du treiben konntest, was du wolltest, aber jetzt bist du hier. Hier ist mein Zuhause. Ich lasse nicht zu, dass du dich direkt vor meiner Haustür so beschämend benimmst."

Treiben, was immer du willst, dachte Brody verächtlich. Die unzähligen Termine mit Ärzten und Spezialisten, die Tage und Nächte im Krankenhaus. Dann hatte es ihn getrieben, die Trauer zu verarbeiten und sich plötzlich der Verantwortung für einen Zweijährigen gegenüberzusehen. „Du weißt nichts von mir, gar nichts. Was ich getan habe, wer ich bin. Du hast immer nur Fehler an mir gesehen und es darauf angelegt, sie mir vorzuhalten."

„Hätte ich dir mehr Vorhaltungen gemacht, würdest du jetzt vielleicht nicht einen Jungen ohne seine Mutter großziehen müssen."

Brody krampfte seine Hand noch stärker um das Messer, er rutschte ab und schnitt sich tief ins Fleisch. Blut strömte aus. Bobs Erschrecken äußerte sich in einem lauten Fluch und noch mehr Vorhaltungen. Er zog sein Taschentuch hervor.

„Kannst du nicht aufpassen, was du tust, wenn du Werkzeug in der Hand hast?"

„Lass mich bloß in Ruhe", stieß Brody zwischen zusammengepressten Zähnen hervor. „Pack dein Werkzeug ein und verschwinde von meiner Baustelle."

„Du kommst jetzt mit zu meinem Wagen. Das muss genäht werden."

„Ich sagte, verschwinde von meiner Baustelle. Du bist gefeuert." Das Herz, das vor Wut wild in seiner Brust schlug, pumpte mehr Blut aus der Wunde.

Scham mischte sich mit Rage, als Bob seine Werkzeuge in den Werkzeugkasten schleuderte. „Wir haben einander nichts mehr zu sagen." Er riss den Kasten hoch und stolzierte steif davon.

„Wir hatten einander noch nie etwas zu sagen", murmelte Brody.

Brody O'Connell würde sich auf etwas gefasst machen können. Falls er überhaupt noch auftauchte. Er würde feststellen müssen, dass sie sieben Uhr meinte, wenn sie sieben Uhr sagte. Und nicht halb acht.

Da sie ihre Eltern überzeugt hatte auszugehen, hatte sie jetzt nicht einmal jemanden, bei dem sie ihrem Ärger Luft machen konnte. Sie marschierte mürrisch durchs Wohnzimmer, starrte wütend auf das Telefon.

Nein, sie würde ihn nicht anrufen, auf gar keinen Fall! Nicht noch einmal. Um zwanzig nach sieben hatte sie seine

Nummer gewählt, aber nur der Anrufbeantworter hatte sich gemeldet.

Oh ja, sie hatte eine Nachricht für ihn, aber sie würde sie ihm persönlich überbringen.

Wenn sie nur daran dachte, wie viel Mühe sie sich für heute Abend gegeben hatte. Das richtige Restaurant wählen, das richtige Kleid aussuchen … Wenn sie Glück hatten, würde das Restaurant die Reservierung halten. Nein, sie würde den Tisch abbestellen, sofort. Wenn dieser Mann sich einbildete, sie würde jetzt fröhlich mit ihm ausgehen, wenn er noch nicht einmal den Mindestanstand besaß, pünktlich zu sein, dann hatte er sich geirrt. Und zwar kräftig!

In dem Moment, als sie zum Hörer griff, ertönte die Klingel an der Haustür. Kate reckte die Schultern, schob das Kinn vor und ließ sich verdammt viel Zeit damit, zur Tür zu gehen.

„Entschuldige, dass ich so spät komme. Ich bin aufgehalten worden. Ich hätte anrufen sollen."

Die schneidenden Worte blieben ihr in der Kehle stecken, als sie sein Gesicht sah. Nicht Unhöflichkeit war der Grund für sein Zuspätkommen, sondern völlige Verstörtheit. „Stimmt etwas nicht mit Jack?"

„Nein, nein, alles in Ordnung. Es tut mir ehrlich leid, Kate." Er hob fahrig die Hand, eine entschuldigende Geste. „Können wir das Ganze verschieben?"

„Was hast du mit deiner Hand angestellt?" Sie hielt seinen Arm beim Handgelenk fest. Die Hand war dick verbunden, rotes Desinfektionsmittel war an den Rändern des Verbands zu sehen.

„Ein Arbeitsunfall, reine Dummheit. Nichts Schlimmes, nur ein paar Stiche. Die Ambulanz im Krankenhaus war voll, deshalb hat es so lange gedauert."

„Tut es weh?"

„Nein, es ist nichts, wirklich nicht", beteuerte er zerstreut und vermied dabei ihren Blick.

Oh doch, da war etwas. Und zwar mehr als nur diese Verletzung an der Hand. „Geh nach Hause", sagte sie. „Ich bin in einer halben Stunde bei dir."

„Was?"

„Mit dem Abendessen. Das mit dem Restaurant holen wir nach."

„Kate, das ist nicht nötig, du musst das nicht tun."

„Brody." Sie nahm sein Gesicht in beide Hände. „Geh nach Hause. Ich komme nach. Los, zieh ab!", kommandierte sie, als er sich immer noch nicht rührte, und schlug ihm die Tür vor der Nase zu.

Sie war pünktlich. Wie immer. Als er die Tür öffnete, rauschte sie an ihm vorbei, mit einem riesigen Korb am Arm.

„Du wirst jetzt ein Steak essen", verkündete sie energisch. „Nur gut, dass meine Eltern die noch im Kühlschrank hatten, bevor ich sie überreden konnte, für ein romantisches Dinner zu zweit auszugehen."

Sie war schon in der Küche angelangt und stellte den Korb auf die Anrichte, schüttelte ihren Mantel von den Schultern und begann dann mit dem Auspacken. „Kannst du mit deiner Hand eine Weinflasche öffnen?"

„Das schaffe ich wohl noch." Er nahm ihren Mantel entgegen und hängte ihn an einen Küchenhaken. Der Mantel gehörte nicht hierher, nicht in diese Küche und nicht neben die alte Arbeitsjacke. Er strömte ihren Duft aus, so weiblich und weich.

Sie gehört auch nicht hierher, dachte Brody. „Sieh mal, Kate …", setzte er an, kam aber nicht weit.

„Hier."

Er nahm die Weinflasche und den Korkenzieher, die sie ihm hinhielt. „Warum machst du das alles, Kate? Warum?"

„Weil ich dich mag." Sie kramte zwei riesige Kartoffeln aus dem Korb und wusch sie in der Spüle. „Und weil ich mir dachte, du könntest vielleicht ein Steak-Dinner gebrauchen."

„Sag mal, wie viele Männer verlieben sich eigentlich Hals über Kopf in dich?"

Sie blickte über die Schulter und lächelte ihn an. „Alle. Mach schon, O'Connell, öffne den Wein."

Er kümmerte sich um die Musik, drehte am Radio, bis er einen Sender mit klassischer Musik gefunden hatte. Holte das gute Geschirr hervor, von dem er schon fast vergessen hatte, dass es überhaupt existierte, und deckte den Tisch im Esszimmer, das Jack und er nur zu besonderen Anlässen benutzten.

Es gab auch Kerzen, aber nur Haushaltskerzen, einfach und plump. Er stritt mit sich, ob er sie auf den Tisch stellen sollte, entschied sich dann dagegen. Es würde nur mitleiderregend aussehen.

Als er in die Küche zurückkam, machte sie gerade Salat an. Neben der Salatschüssel standen zwei schlanke Kerzen in einfachen, klaren Glashaltern. Sie hat aber auch an alles gedacht, lobte er im Stillen.

„In deinem Kühlschrank herrscht akuter Mangel an frischem Gemüse."

„Ich kaufe immer diese Tüten, wo der Salat schon gemischt ist. Man braucht ihn dann nur noch in eine Schüssel zu geben."

„Ganz schön faul", sagte sie, und er musste lächeln.

„Nein, praktisch." Weil sie die Hände voll hatte, nahm er ihr Weinglas und hielt es ihr an die Lippen.

„Danke." Sie trank und ließ ihn dabei nicht aus den Augen. „Das ist gut."

Er setzte das Glas ab, zögerte einen Moment, aber dann beugte er den Kopf und strich flüchtig mit dem Mund über ihre Lippen.

„Mmh, noch besser." Sie fuhr sich mit der Zungenspitze über die Oberlippe. „Da du verletzt bist, solltest du dich hinsetzen und entspannen, während ich hier weitermache. Du hast also genügend Zeit, dich noch einmal nach Jack zu erkundigen, bevor das Essen fertig ist."

Er zuckte ein wenig schuldbewusst zusammen. „Ist es so offensichtlich?"

„Ja, aber es steht dir. Grüß ihn von mir und sag ihm, dass wir uns morgen sehen."

„Willst du das wirklich tun? Das mit dem Kino?"

„He, es gibt Dinge, die muss ich tun, auch wenn ich keine Lust dazu habe. Aber ich melde mich nie freiwillig für etwas, das ich nicht tun will. Also, geh und ruf deinen Jungen an. Dein Steak wird in fünfzehn Minuten serviert."

Sie wartete, bis sie am Tisch saßen, die Teller schon halb leer waren und das zweite Glas Wein eingeschenkt war.

„Erzähl mir, was heute passiert ist."

„Einfach nur ein miserabler Tag. Wie hast du diese Kartoffeln so hingekriegt? Die schmecken fantastisch."

„Altes ukrainisches Geheimrezept", erklärte sie mit übertrieben slawischem Akzent. „Kann ich nicht verraten, sonst muss ich dich umbringen."

„Keine Sorge, ich könnte es sowieso nicht nachmachen. Meine Kochkünste bei Kartoffeln beschränken sich darauf, ein paar Löcher hineinzubohren und sie in die Mikrowelle zu stecken. Sprichst du eigentlich Ukrainisch? Ich habe dich letztens Französisch sprechen hören."

„Ja, ich spreche Ukrainisch. Und ich verstehe auch ganz leidlich Englisch. Also rede mit mir, Brody. Warum war dein Tag heute so miserabel?"

„Irgendwie kam heute alles zusammen. Erst fielen zwei meiner Männer aus – deine Ballettgrippe hat wohl jetzt ihren Auftritt in West Virginia. Die anderen Männer waren einer anderen Baustelle zugeteilt, was mich also so ziemlich allein hat dastehen lassen. Und dann habe ich meine Hand mit einer Rigipsplatte verwechselt, habe alles vollgeblutet, meinen

Vater gefeuert und zwei Stunden in der Krankenhausambulanz zugebracht, damit sie mich wieder zusammenflicken."

„Du hast dich mit deinem Vater gestritten." Sie nahm seine Hand. „Das tut mir leid."

„Wir sind noch nie miteinander ausgekommen."

„Aber du hast ihn eingestellt."

„Er ist ein guter Klempner." Er zog seine Hand wieder fort und nahm sein Weinglas.

„Brody."

„Ja, ich habe ihn eingestellt. Ein Fehler. Es ist zu ertragen, wenn die anderen dabei sind, aber wenn wir zwei allein sind, sind Probleme vorprogrammiert. Ich bin eben ein Versager. War es immer und werde es immer sein. In seinen Augen. Der Job wird nicht richtig gemacht, mein ganzes Leben ist nicht richtig. Ich jage Weiberröcken hinterher, anstatt mich um mein eigen Fleisch und Blut zu kümmern." Er drehte den Stiel des Glases zwischen den Fingern. „Tut mir leid, ich hätte nicht damit anfangen sollen. Ich kann mich dann nie zurückhalten."

„Ist schon in Ordnung, es macht mir nichts aus, dass ich der Weiberrock bin, dem du hinterherjagst." Sie schnitt ein Stück von ihrem Steak ab. Doch, es störte sie schon, aber eine hitzige Debatte war jetzt das Letzte, was Brody brauchte. „Wahrscheinlich fühlt er sich genauso frustriert und elend wie du. Ihr wisst nicht, wie ihr miteinander reden sollt. Aber das ist nicht deine Schuld. Ich hoffe, ihr versöhnt euch wieder."

„Er hat nicht die geringste Ahnung, wer ich bin. Er sieht mich gar nicht."

„Oh, Darling, das ist auch nicht deine Schuld." Ihr Herz floss über vor Sympathie und Mitgefühl für ihn. „Mein größter Wunsch war es, dass meine Eltern stolz auf mich sein sollten. Dafür habe ich geschuftet und geschwitzt. Aber das war nicht ihre Schuld."

„Deine Familie ist nicht wie meine."

„Es gibt nur wenige Familien, die so sind. Aber du und Jack, die Familie, die ihr seid, ist meiner sehr ähnlich. Vielleicht sieht dein Vater das und wirft sich vor, dass es ihm nie gelungen ist, eine so starke Bindung zu seinem Sohn aufzubauen."

„Ich war doch der Versager."

„Nein, du warst eben nur ein unvollendetes Werk, ein Projekt in Arbeit."

„Ich konnte es gar nicht abwarten, bis ich die Schule beendet hatte. Achtzehn war. Um endlich hier rauszukommen. An meinem achtzehnten Geburtstag habe ich meine Tasche gepackt und bin runter nach Washington, mit fünfhundert Dollar in der Tasche und sonst nichts. Aber ich konnte endlich atmen."

„Es hat doch funktioniert. Du hast es geschafft."

„Drei Jahre lang hab ich von der Hand in den Mund gelebt. Habe mein Geld auf dem Bau verdient und wieder ausgegeben in Kneipen und …", er begann zu grinsen, „… für Weiberröcke. Mit einundzwanzig hatte ich keinen Penny in der Tasche, war leichtsinnig und dumm. Und dann traf ich Connie. Unsere Truppe arbeitete an dem Gästehaus ihrer Eltern. Ich hab mich sofort in sie verliebt, und erstaunlicherweise begannen wir uns regelmäßig zu treffen."

„Wieso erstaunlicherweise?"

„Sie war Studentin aus gutem Hause, die konservative Tochter von konservativen Eltern. Sie hatte Klasse, Geld, Ausbildung, Stil. Und ich war nicht viel mehr als ein Stadtstreicher."

Sie studierte ihn nachdenklich. „Sie dachte aber offensichtlich nicht so."

„Nein. Sie war überhaupt der erste Mensch, der mir sagte, ich hätte Potenzial, dass ich, wenn ich nur an mich glauben würde, alles erreichen könnte. Sie sah etwas in mir, das ich noch nie so gesehen hatte. Also riss ich mich am Riemen und wurde erwachsen … Das willst du doch nicht alles hören, oder?"

„Doch, alles." Sie schenkte ihm nach, hoffte, dass er weiterreden würde. „Hat sie dir dabei geholfen, dein Geschäft aufzubauen?"

„Das kam erst später." Ihm wurde klar, dass er noch nie mit jemandem darüber gesprochen hatte. „Ich hatte Geschick für handwerkliche Dinge und ein Auge für Konstruktionspläne. Genügend Muskelkraft hatte ich auch. Ich hatte nur nie diese drei Dinge zusammengebracht. Als ich es tat, fühlte ich mich viel besser in meiner Haut."

„Natürlich, du entwickeltest Respekt für dich."

„Stimmt." Sie hatte den Nagel auf den Kopf getroffen. Wieder mal. „Trotzdem, ich war Handwerker, wenn auch qualifiziert, kein Arzt oder Anwalt oder Banker. Ihre Eltern hielten nicht viel von mir."

Sie stocherte in ihren Kartoffeln, viel interessierter an seiner Geschichte als am Essen. „Sie waren kurzsichtig. Connie nicht."

„Es war nicht leicht für sie, sich gegen sie durchzusetzen, aber Connie schaffte es. Sie ging nach Georgetown auf die Universität, studierte Jura, ich arbeitete tagsüber und besuchte Abendkurse in Betriebswirtschaft. Wir machten Zukunftspläne, wollten irgendwann heiraten. Sie büffelte für ihren Abschluss, ich baute mein eigenes Geschäft auf. Dann wurde sie schwanger." Er griff das Glas, starrte in die goldene Flüssigkeit, ohne zu trinken. „Wir wollten das Baby, auch wenn ich mich erst an den Gedanken gewöhnen musste. Irgendwie schien mir das anfangs unwirklich. Also heirateten wir. Ihre Eltern waren stinkwütend. Sie wollten nichts mehr mit ihr zu tun haben. Das hat Connie wahnsinnig verletzt."

Sie konnte sich vorstellen, wie Connie gefühlt haben musste, gerade weil ihre Familie immer für sie da gewesen war. „Sie haben sie nicht verdient."

Brody hob den Blick und sah Kate an. „Da hast du verdammt recht, sie verdienten sie nicht. Je schwieriger es wurde, desto mehr hielten wir zusammen. Wir schafften es. Sie war diejenige, die uns mit ihrer Kraft zusammenhielt, wenn ich vor lauter Panik nicht mehr ein und aus wusste und mich schon die Beine in die Hand nehmen und das Weite suchen sah. In solchen Momenten dachte ich, sie würde dann zu ihren Eltern zurückkehren, und alle Beteiligten wären glücklich." Er hielt inne. „An dem Tag, als Jack geboren wurde, war ich mit im Kreißsaal. Ich wollte nicht dabei sein, aber für Connie war es unheimlich wichtig. Also ging ich mit hinein und tat so, als wenn es auch für mich wichtig wäre. Fast hätte ich nicht durchgehalten. Kein Mensch sollte so leiden müssen. Ich habe gebetet, dass es bald vorbei wäre. Und dann war Jack da, dieses winzige, schreiende Wesen, und alles passte auf einmal zusammen. Ich hätte nie geahnt, dass sich alles von einer Sekunde auf die andere ändern kann. Jetzt wollte ich da im Kreißsaal sein, wollte immer da sein, wo Jack mich brauchte. Sie haben einen Mann aus mir gemacht, genau in diesem einen Moment, Connie und Jack."

Kate rannen Tränen über die Wangen, sie konnte sie nicht zurückhalten, versuchte es nicht einmal.

„Entschuldige." Er hob die Hände, ließ sie wieder sinken. „Ich weiß nicht, was über mich gekommen ist."

Sie schüttelte nur den Kopf, konnte nichts sagen. Du blöder Kerl, dachte sie immer wieder, jetzt hast du mich dazu gebracht, dass ich mich in dich verliebt habe. Was jetzt? „Entschuldige mich bitte für eine Minute", brachte sie schließlich hervor, stand auf und eilte ins Bad, um ihre Fassung wiederzugewinnen.

Da es keine echte Alternative war, sich den Kopf an der Tischkante einzuschlagen, stand Brody auf und lief unruhig im Zimmer auf und ab. Er kam zu dem gleichen Schluss wie Kate – er war ein blöder Kerl –, hatte aber andere Gründe. Da hatte er ihre nette Geste, ein ruhiges und vielleicht auch romantisches Dinner zu Hause einzunehmen, dazu benutzt, um sie mit seinen Problemen aus der Vergangenheit zu erschlagen. Er hatte sie zum Weinen gebracht.

Bravo, O'Connell, wirklich gut gemacht! Er war angewidert von sich. Vielleicht solltest du ihr auch noch erzählen, wie dein Hund gestorben ist, als du zehn warst. Das würde die Dinge sicherlich aufheitern.

Bestimmt würde sie sich jetzt so schnell wie möglich verabschieden wollen. Also konnte er genauso gut den Tisch abräumen.

„Tut mir leid", begann er, als er ihre leichtfüßigen Schritte hinter sich hörte. „Ich bin ein Trottel, dich damit zu belästigen. Ich werde mich ums Aufräumen kümmern, und du kannst …" Er brach abrupt ab, als er ihre Arme um seine Taille gleiten und ihre Wange an seinem Rücken fühlte.

„O'Connell, ich habe slawisches Blut in mir. Starkes Blut, sentimentales Blut. Wir weinen gerne und schämen uns nicht dafür. Wusstest du, dass meine Großeltern aus der Sowjetunion geflohen sind, mit drei kleinen Kindern? Meine Tante Rachel ist die Einzige, die hier in Amerika geboren wurde. Sie gingen zu Fuß, über die Berge, bis nach Ungarn."

„Nein, das wusste ich nicht." Er drehte sich langsam um, bis er ihr ins Gesicht sehen konnte.

„Sie froren erbärmlich und hatten Hunger und Angst. Und dann kamen sie nach Amerika, in ein fremdes Land mit einer fremden Sprache und fremden Sitten. Sie waren arm und allein. Aber sie hatten ein Ziel, wollten etwas so sehr, dass sie bereit waren, dafür zu kämpfen. Sie wollten es schaffen. Ich habe diese Geschichte schon hundertmal gehört. Und ich heule jedes Mal. Weil es mich so stolz macht."

Sie wandte sich um und begann Teller aufzustapeln.

„Warum erzählst du mir das?"

„Es gibt verschiedene Formen von Mut, Brody. Da ist Stärke, das hängt mit den Muskeln zusammen. Und dann ist da noch Liebe. Das kommt vom Herzen. Wenn man beides kombiniert, kann man alles im Leben erreichen. Und das ist doch ein paar sentimentale Tränen wert, oder?"

„Weißt du, eigentlich wollte ich diesen Tag ersatzlos aus dem Kalender streichen. Aber du hast meine Meinung geändert."

„Danke. Weißt du was, wir räumen eben das Geschirr weg, und dann tanzen wir zusammen." Es war an der Zeit für ein wenig Fröhlichkeit. „Es sagt viel über einen Menschen aus, wie er tanzt. Dich habe ich auf diesem Gebiet noch nicht erlebt."

Er nahm ihr die Teller aus der Hand. „Vergiss das Geschirr. Tanzen wir jetzt gleich."

„Tut mir leid. Nenn es eine Charakterschwäche … aber wenn ich nicht zuerst aufräume, muss ich die ganze Zeit an schmutzige Teller denken."

„Das ist neurotisch." Er stellte die Teller beiseite und zog sie zur Küche heraus.

„Nein, nur ordentlich. Wenn man Ordnung hält, schafft man mehr in weniger Zeit und erspart sich Kopfschmerzen." Über die Schulter sah sie in die Küche zurück. „Es dauert doch nur ein paar Minuten …"

„Nachher dauert es auch nur ein paar Minuten."

„Warum suchst du nicht die Musik aus, und ich räume eben …"

„Du gibst nie auf, was?" Er lachte nur und stellte die Stereoanlage auf CD um. „Hier, das habe ich mir gestern Abend angehört und dabei an dich gedacht."

„Wirklich?" Die Musik erklang, langsam, sinnlich, erotisch, und ging sofort ins Blut.

„Ja. Muss wohl Schicksal gewesen sein", murmelte er mit tiefer Stimme und zog sie in seine Arme.

Ihr Herz setzte einen Schlag aus. „Ich glaube stark an das Schicksal." Sie ermahnte sich, sich zu entspannen, und stellte erstaunt fest, dass sie bereits völlig entspannt war. An ihn geschmiegt, verlangten die hohen Absätze ihrer Schuhe danach, dass sie die Wange an seine legte. „Sehr fließend und geschmeidig, O'Connell", murmelte sie. „Höchste Punktzahl für Geschmeidigkeit."

„Manche Dinge vergisst man eben nicht." Er ließ sie eine Drehung machen, dass sie hell auflachte. Dann zog er sie wieder an sich, so fest, dass ihr der Atem stockte.

„Sehr schöne Drehung." Oh, oh. Das Denken fiel ihr immer schwerer. Sie hatte nicht erwartet, dass er so gut tanzen würde. Es wäre ihr lieber gewesen, wenn er ein wenig unsicher gewesen wäre, dann hätte sie die Kontrolle übernehmen können. Ihre Ausgeglichenheit behalten. Da gab es viel zu viele Dinge an Brody O'Connell, die sie nicht erwartet hätte. Faszinierende Dinge. Ach, es war so wunderbar, in seinen Armen durch das Zimmer zu gleiten …

Ihr Haar duftete so gut. Er hatte schon fast all die geheimnisvollen und verführerischen Feinheiten vergessen, die es an einer Frau gab. Die weichen Formen, den Duft, die samtene Haut. Fast vergessen, wie es war, sich mit einer Frau im Arm zur Musik zu bewegen. Die Wirkung, die das auf einen Mann ausüben konnte.

Seine Lippen strichen leicht über ihr Haar, hinunter zu ihrer Wange, fanden ihren Mund. Mit einem Seufzer ergab sie sich in diesen Kuss, genoss das Gefühl, wie die Hitze durch ihren Körper pulsierte und sie dahinschmelzen ließ.

Dann verklang das Lied, und sie standen eng aneinandergeschmiegt da.

„Das war perfekt." Sie fühlte sich, als hätte sich dichter Nebel um ihren Verstand gelegt, ihr Puls ging schwer und rhythmisch. Und das Verlangen, das sie unter Kontrolle zu haben meinte, ließ ihren Magen Achterbahn fahren. „Ich sollte jetzt gehen."

„Warum?"

„Darum." Sie legte ihre Hand an seine Wange und trat ein wenig zurück. „Es ist nicht der richtige Zeitpunkt. Heute Abend brauchst du einen Freund."

„Du hast recht." Er ließ seine Hände an ihren Armen hinabgleiten, bis ihre Finger sich ineinander verschränken konnten. „Das Timing stimmt nicht. Es ist nur vernünftig, wenn wir es langsam angehen lassen."

„Ich halte sehr viel von Vernunft."

Er führte sie zur Tür. „Ich bin auch schon eine ganze Weile darauf bedacht, das Vernünftige zu tun."

Er blieb stehen, drehte sie zu sich herum, damit sie ihn ansehen konnte. „Ja, ich brauche einen Freund, nicht nur heute Abend." Er trat näher an sie heran. „Und ich brauche dich, Kate. Bleib hier, hier bei mir." Er beugte den Kopf und ließ ihren Blick nicht los, als er ihre Lippen berührte. „Komm zu mir."

7. KAPITEL

*D*ie Wände waren noch nicht fertig. Zusammengerolltes Kabel lag auf einem Gipseimer in der Ecke des Zimmers. Am Fenster hingen keine Vorhänge. Die Schranktüren waren aus den Angeln genommen worden. Sie lagen jetzt in Brodys Werkstatt, warteten darauf, abgeschliffen und neu lackiert zu werden.

Die schweren Eichenbohlen auf dem Boden waren mit den Jahren nachgedunkelt. Aber das Abschleifen und Versiegeln stand ganz unten auf der Liste von Dingen, die erledigt werden mussten. Das Bett hatte er aus einem Impuls heraus erstanden. Die alten Messingstäbe an Kopf- und Fußteil hatten ihn fasziniert. Aber er musste sich noch genau überlegen, welches Bettzeug dazu passte. Für den Moment musste eine Bettdecke herhalten, die den Eindruck des Antiken, des Exklusiven, eher zerstörte. Mit Sicherheit war es nicht das, was Kate gewöhnt war.

„Nicht gerade das Taj Mahal, was?", fragte er leicht verlegen.

„Ein weiteres unvollendetes Werk." Sie sah sich im Zimmer um, dankbar für die Minute, die ihr erlaubte, ihre Nerven ein wenig zu beruhigen. „Ein hübscher Raum." Sie fuhr mit einem Finger über die Fensterbank, die er bis auf das natürliche Pinienholz abgeschliffen hatte. „Ich erkenne Potenzial, wenn ich es sehe", sagte sie und drehte sich zu ihm um.

„Ich wollte erst mal Jacks Zimmer fertig machen. Dann schien es sinnvoller, die Küche und das Wohnzimmer zu vollenden. In diesem Zimmer tue ich ja außer Schlafen nichts. Bis jetzt habe ich zumindest nicht mehr getan."

Sie spürte die Erregung, die sie durchzuckte. Sie war also die erste Frau, die er in dieses Zimmer mitnahm, in sein Bett nahm. „Dieses Zimmer wird großartig werden, das weiß ich." Mit hämmerndem Herzen ging sie auf ihn zu. „Hast du vor, den Kamin zu benutzen?"

„Ich benutzte ihn jetzt schon, er gibt angenehme Wärme ab. Ich habe mir überlegt, ob ich einen Gusseiseneinsatz einbaue, wegen der Leistung, aber …" Was zum Teufel tat er eigentlich? Er hatte die schönste Frau der Welt in seinem Schlafzimmer, und er redete über Kamineinsätze und Wärmeleistung!

„Das wäre nicht mehr so hübsch", beendete sie den Satz und begann sein Hemd aufzuknöpfen.

„Stimmt. Soll ich ein Feuer im Kamin machen?"

„Später, das wäre sicher nett. Aber im Moment, glaube ich, können wir selbst für genug Hitze sorgen."

„Kate." Er griff ihre Hände und wunderte sich, warum das Verlangen, das in ihm pulsierte, nicht durch seine Finger schoss und ihre Haut verbrannte. „Wenn ich mich ein wenig ungeschickt anstelle, schieb die Schuld darauf, ja?" Er hob die verbundene Hand.

Er ist also auch nervös, dachte sie. Gut, dann hatten sie ja beide die gleiche Ausgangsposition. „Ich wette, ein so cleverer Mann wie du kann selbst mit diesem Handicap den Reißverschluss meines Kleides aufkriegen, oder?" Sie drehte sich um und hob ihr Haar im Nacken an. „Warum versuchst du es nicht?"

„Ja, warum eigentlich nicht?"

Er zog den Reißverschluss herunter, langsam, entblößte Stück für Stück golden schimmernde Haut. Die schwungvolle Linie ihres Nackens und ihrer Schultern verzauberte ihn so sehr, dass er verweilte, mit den Lippen die Haut streichelte, knabberte, reizte. Sie erschauerte.

Er drehte sie herum, damit sie ihn ansah. Ihr Atem ging schneller. Er beugte den Kopf und berührte ihre Lippen, leicht, ein Hauch nur, aber so wunderbar. Und während er das Gefühl auskostete, fasste er ihr Gesicht sanft mit beiden Händen, ließ seine Finger in ihr Haar gleiten, ihren Rücken hinunter. Langsam, gründlich, jeden Moment genießend.

Sie hatte eine Wiederholung der Leidenschaft erwartet, die in der Küche ihrer Mutter zwischen ihnen aufgeflammt war, aber diese sanfte Zärtlichkeit überwältigte sie noch mehr.

„Sag mir ...", er liebkoste ihr Ohrläppchen, „... wenn dir etwas nicht gefällt."

„Ich glaube nicht, dass das Thema überhaupt aufkommen wird", flüsterte sie.

Seine starken, zärtlichen Hände lagen jetzt auf ihren Schultern, strichen ihr unendlich langsam das Kleid ab. „Ich habe mir vorgestellt, wie es sein wird, dich zu berühren. Es hat mich halb um den Verstand gebracht."

„Jetzt bringst du mich um den Verstand." Sie zog sein Hemd aus der Jeans, öffnete die Knöpfe, ließ ihre Hände über harte Muskeln und weiche Haut gleiten.

Doch er hielt sie zurück. Es war so lange her, dass er mit einer Frau zusammen gewesen war. Jetzt wollte er sich Zeit lassen. Er führte ihre Hände an seinen Mund und küsste ihre Fingerspitzen, fühlte den wilden Puls an ihrem Handgelenk.

„Lass mich das machen", murmelte er. Nach einer letzten Handbewegung sah er zu, wie das Kleid an ihrem Körper entlang zu Boden rutschte.

Sie war so schlank, so fein gebaut, dass ein Mann die stählernen Muskeln unter dieser zarten goldenen Haut fast vergessen konnte. Ihre grazilen Formen zeugten von weiblicher Eleganz, faszinierten ihn, verlangten nach seiner Berührung.

Sie hielt den Atem an, als seine Finger die Rundung ihrer Brust nachzeichneten, spürte die Hitze in sich aufwallen, als seine von der Arbeit raue Hand unter ihren Spitzen-BH glitt und die dunkle Knospe fand.

Ihr lustvolles Erschauern erregte ihn. Beide zitterten, als er sie hochhob und langsam zum Bett trug, ohne den Blick von ihren Augen zu wenden.

Wäre es ein Tanz, so würde sie es einen Walzer nennen. Kreisende Schritte in langsamem Takt. Der Kuss war innig und tief, wärmte Körper und Seele. Sie seufzte leise und ergab sich ganz dem wunderbaren Gefühl. Das, so dachte sie verträumt, ist etwas, das ich bewahren will. Die Liebe war ein Wunder, das in ihr zu erblühen begann wie eine Rose.

Dann näherte er seinen Mund ihrer Brust, er strich mit den Lippen über den Rand des Spitzengewebes, das die zarte Rundung verhüllte. Erregend, aufpeitschend, magisch. Sie stöhnte laut auf, als sie seine Zunge spürte, bog sich der Liebkosung entgegen, krallte ihre Finger in seine Schultern.

Der Walzer ging in einen Tango über – lasziv, erotisch, sinnlich.

In seinem Kopf war nur noch sie. Ihr Duft, ihre Haut, die Schönheit ihres Körpers machten ihn trunken. Er wollte berühren, erforschen, schmecken. Alles an ihr erfahren.

Als er sie zum ersten Mal mit Händen und Lippen auf den Gipfel führte, als sich ihr Körper in seinen Armen bog, als er ihr Stöhnen hörte, wirkte ihre Lust auf ihn wie eine Droge. Er wollte mehr. Und mehr. Sie war bereit für ihn. Sein Puls hämmerte gegen seine Rippen, als er in sie eindrang, dort verweilte, überwältigt von diesem einzigartigen Gefühl.

Sie bog ihm ihre Hüften entgegen, und dann begannen sie sich zu bewegen, in dem uralten Rhythmus, der seit Anbeginn der Menschheit bestand, in perfektem Einklang. Ohne die Augen voneinander zu wenden, schnell atmend, die Hände ineinander verschränkt. Haut auf Haut, feucht und seiden, Herz an Herz, stark und echt.

Und als die Flutwelle kam, um sie beide fortzureißen, küsste er sie und vollendete die Vereinigung.

Sie lag da, mit geschlossenen Augen, ein zufriedenes Lächeln auf den Lippen, und fühlte sich wie geschmolzenes Wachs, Brodys Gewicht auf sich. Sie konnte seinen Herzschlag spüren – hart und schnell – und wusste, dass er die gleiche Erfahrung wie sie gemacht hatte.

Die Erkenntnis, dass sie im Bett so wunderbar zueinander-passten, erfüllte sie mit Glück.

Es war faszinierend, verliebt zu sein. Wirklich verliebt zu sein. Nicht wie die anderen wenigen Male, als sie von der Vorstellung zu lieben bezaubert gewesen war. Es war so unerwartet. So alles durchdringend.

Sie atmete tief durch und sagte sich, dass sie später gründlicher darüber – und über das, was es für die Zukunft bedeutete – nachdenken würde. Im Moment wollte sie es einfach nur genießen. Wollte ihn genießen.

Niemand hatte sie je so fühlen lassen, niemand hatte sie je für so viele verschiedene Gefühle empfänglich gemacht. Schicksal, dachte sie. Er gehörte zu ihr. Sie hatte es gewusst, irgendwo tief in sich, schon im ersten Augenblick, als sie ihn sah.

Und sie würde ihm klarmachen – wenn der Zeitpunkt gekommen war –, dass sie zu ihm gehörte. Sie hatte ihn gefunden, und sie würde ihn behalten.

„Für einen Mann, der behauptet, aus der Form zu sein, hast du dich aber sehr gut geschlagen."

Er fragte sich, ob er je wieder würde klar denken können. Und wenn ja, wann das Denken wieder einsetzen würde. Im Moment brachte er nicht mehr als ein Brummen als Antwort heraus. Sie schien das amüsant zu finden, denn sie lachte und legte ihre Arme um ihn.

Er sammelte alle verbliebenen Kräfte. Das reichte aus, um den Kopf zu drehen und sein Gesicht in ihrer Halsmulde zu bergen. Er entschied, dass dies ein guter Platz war. „Willst du, dass ich weggehe?"

„Nein."

„Fein. Stoß mich an, falls ich schnarchen sollte."

„O'Connell."

„War nur ein Witz." Er hob den Kopf und stützte sich auf einen Ellenbogen. Das Grün seiner Augen strahlte nichts als

Zufriedenheit aus. „Es ist ein Genuss, dich einfach nur anzu-sehen."

„Mir geht es bei dir genauso." Sie hob eine Hand und strich durch sein Haar. Es war nicht richtig blond, aber auch nicht richtig braun. Eine wunderbare Mischung. Wie der ganze Mann. „Weißt du eigentlich, dass ich dich vom ersten Moment an genau hier haben wollte?" Sie hob den Kopf ein wenig, ge-rade genug, um ihn spielerisch ins Kinn zu beißen. „Lust auf den ersten Blick – das passiert mir sonst nie."

„Ich hatte ähnliche Reaktionen. Du hast meinem System einen Kurzschluss versetzt, dabei dachte ich, es sei längst aus-gebrannt. Hat mich richtig sauer gemacht."

„Ich weiß." Sie lächelte. „Das hat mir ja auch so gefallen. Weil du immer dieses mürrische Gesicht aufgesetzt hast und trotzdem interessiert warst. Sehr sexy. Eine Herausforde-rung."

„Nun, du hast mich ja dahin gekriegt, wo du mich haben wolltest." Er küsste sie leicht. „Danke."

„Oh, es war mir ein Vergnügen."

„Und da ich schon einmal hier bin …" Er knabberte an ih-rem Hals, ihrem Ohrläppchen.

Ihr Lachen erstarb und wurde zu einem Seufzer, als er sich in ihr zu bewegen begann.

„Ich hoffe, du hast nichts dagegen", murmelte er rau. „Ich muss viel nachholen."

„Nein." Ihr Körper erwachte zu neuem Leben, reagierte auf ihn. „Bedien dich nur."

Brody musste feststellen, dass es wirklich nicht einfach war, sich auf eine Beziehung einzulassen – zumindest auf eine kör-perliche Beziehung –, wenn man ein Kind hatte. Nicht dass er das ändern wollte. Aber es erforderte doch eine Menge Ein-fallsreichtum, um die Bedürfnisse eines Mannes und eines Vaters unter einen Hut zu bringen.

Er war froh, dass Kate Jack mochte und es ihr nichts aus-machte, Zeit mit ihm zu verbringen. Sie war auch nicht eifer-süchtig auf die Zeit, die Brody seinem Sohn widmete. Wäre das anders gewesen, hätte es sowieso keine Beziehung gegeben, weder körperlich noch sonst wie, das war für ihn von Anfang an klar gewesen.

Man konnte es wohl ein Verhältnis nennen. Ja, Brody hatte eine Affäre. Zum ersten Mal. Seine Beziehung mit Connie hatte er nie so gesehen. Mit einundzwanzig hatte man keine Affäre, man hatte eine Romanze. Er musste sich daran erin-nern, die Situation mit Kate nicht durch die romantische Brille zu sehen.

Sie mochten einander, sie wollten einander, hatten Spaß an-und miteinander. Keiner von ihnen beiden hatte irgendwelche Andeutungen fallen lassen, dass es da mehr gab als Sympathie. Und Lust. So war es auch besser.

An erster Stelle würde er immer Vater sein. Und er konnte sich schlecht vorstellen, dass Frauen – vor allem Frauen mit einer glänzenden Karriere – sich auf einen Mann mit einem sechsjährigen Sohn einlassen würden.

Außerdem … er wollte ja auch gar nicht mehr als das, was es war. Das würde nämlich bedeuten, dass er Änderungen ins Auge fassen müsste. Nach Kompromissen suchen, damit sie alle drei zufrieden waren. Und das würde nur ein heilloses Durcheinander werden.

Nein, er war ganz zufrieden so. Warum sollte ein erwach-sener Mann nicht ein Verhältnis mit einer erwachsenen Frau haben, vor allem da sie die gleichen Vorstellungen hatten? Man musste die Situation ja nicht gleich mit Zukunftsplänen erdrücken. So war jeder glücklich und zufrieden.

Er trat einen Schritt zurück, ließ die Nagelpistole sinken und begutachtete die Leiste, die er gerade in Kates Büro an der Wand angebracht hatte. Doch, es sah gut aus. Elegant, klassisch. Genau wie die Frau selbst.

Er fragte sich, wo sie gerade stecken mochte. Und ob sie nicht vielleicht eine Stunde für sich abzweigen konnten, bevor er nach Hause gehen und mit Jack dieses Dinosaurierbild in Angriff nehmen musste, das der Junge für ein Schulprojekt malen sollte.

Sex, Renovierungsarbeiten und erstes Schuljahr, dachte er, als er zum Fenster hinüberging, um dort die Leisten anzubringen. Ein Mann wusste nie, welche Mischung sich in seinem Leben ergab.

„Er wird begeistert sein." Kate schaute dem großen Plastikdinosaurier in das weit aufgerissene Maul mit den scharfen Zähnen.

„Mit Dinos liegst du nie falsch." Annie rückte Spielzeuge auf dem Regal zurecht, die gar nicht zurechtgerückt werden mussten. „Dieser kleine Jack O'Connell ist wirklich süß, nicht wahr?" Sie warf Kate einen forschenden Blick zu.

„Mmh."

„Sein Vater ist auch nicht gerade unansehnlich."

„Stimmt. Beide sind süß. Und ja, wir treffen uns immer noch."

„Ich habe doch gar nichts gesagt", verteidigte sich Annie empört. „Ich frage niemanden aus."

„Nein, du stocherst nur ein bisschen herum", erwiderte Kate gutmütig. „Das mag ich ja so an dir." Sie klemmte sich den Dinosaurier unter den Arm. „Ich werde noch bei schnell bei Mama vorbeischauen."

„Soll ich dieses Biest einpacken?" Annie hatte schon die Hand auf die Geschenkpapierrolle gelegt.

„Nein. Eingepackt ist es ein Geschenk, aber so kann ich Jack den Dino geben und behaupten, es sei für sein Schulprojekt."

„Cleveres Mädchen."

Ja, sie war clever genug, um zu wissen, was sie wollte und wie sie es bekam. Es war jetzt zwei Wochen her, seit sie und

Brody sich zum ersten Mal geliebt hatten. Seitdem hatten sie einen weiteren Abend zusammen gehabt und hier und da ein paar Stunden.

Sie wollte sehr viel mehr als das.

Sie waren mit Jack ins Kino gegangen, hatten ein paarmal zu dritt zusammen gegessen, und letzten Samstag, nachdem es endlich geschneit hatte, hatten sie sich eine wilde und fröhliche Schneeballschlacht geliefert.

Auch mit Hinblick auf Jack wollte sie mehr.

Sie klopfte an die Bürotür ihrer Mutter und steckte den Kopf durch den Spalt.

Natasha saß an ihrem Schreibtisch und telefonierte. Sie winkte Kate heran, während sie das Gespräch beendete. „Ja, danke. Wir können also nächste Woche mit der Lieferung rechnen." Sie tippte etwas in den Computer ein, legte auf und seufzte. „Du kommst genau richtig", sagte sie zu Kate. „Ich brauche eine Tasse Tee und jemanden, mit dem ich über etwas anderes als Puppen reden kann."

„Immer gern zu Diensten. Ich mache sogar den Tee." Kate stellte den Dinosaurier ab und drehte sich zu dem kleinen Elektrokocher, den ihre Mutter immer für solche Gelegenheiten bereitstehen hatte.

Natasha sah auf das Plastiktier, dann zu ihrer Tochter. „Für Jack?"

„Mmh. Sie arbeiten an einem Schulprojekt. Damit wird er sich bestimmt ein paar Pluspunkte einhandeln können. Außerdem ist das Ding doch nett."

„Ein großartiger Junge."

„Ja, das denke ich auch. Brody hat wirklich gute Arbeit geleistet. Aber er hatte ja auch das beste Ausgangsmaterial."

„Stimmt. Aber es ist nie einfach, ein Kind allein großzuziehen."

„Ich habe nicht vor, ihn diese Arbeit allein weitermachen zu lassen." Kate stellte eine Tasse frisch gebrühten Tee vor ihre

Mutter hin und setzte sich ihr gegenüber. „Ich habe mich in Brody verliebt, und ich werde diesen Mann heiraten."

Tränen schossen Natasha in die Augen, Tränen des Glücks. „Aber Kate, das ist ja wundervoll!" Sie umarmte ihre Tochter. „Ich freue mich so für dich. Für uns alle. Mein Baby heiratet." Sie küsste Kate auf die Wange. „Du wirst die schönste Braut der Welt sein. Habt ihr schon das Datum festgesetzt? Oh, das muss ja alles noch geplant und organisiert werden. Warte nur, bis wir es deinem Vater erzählen!"

„Moment, Moment!" Kate setzte lachend ihre Teetasse ab und nahm die Hand ihrer Mutter. „Es gibt noch kein Datum, weil ich ihn noch nicht dazu gebracht habe, mich zu fragen."

„Aber ..."

„Ein Mann wie Brody – unter all dem lässigen Getue ist er eigentlich sehr konventionell – wird Wert darauf legen, ganz zeremoniell um meine Hand anzuhalten. Ich muss ihn nur noch ein bisschen in die richtige Richtung stupsen. Wenn wir in diesem Stadium angelangt sind, können wir über die Planung reden."

Bedenken ließen die Freude ersterben. Natasha runzelte die Stirn. „Katie, Brody ist kein Projekt, bei dem es darum geht, das nächste Stadium zu erreichen."

„So meinte ich das auch nicht, Mama. Aber du musst doch zugeben, dass Beziehungen Phasen durchlaufen, oder? Und die Menschen arbeiten sich durch diese Phasen hindurch."

„Liebes." Natasha setzte sich auf die Schreibtischkante. „Ich habe deinen Sinn für Logik immer bewundert, deinen Ehrgeiz, deine Zielstrebigkeit. Aber Liebe, Heirat und Familie ... diese Dinge sind nicht einfach mit Logik zu meistern. Im Gegenteil, meist sind sie höchst unlogisch."

„Mama, ich liebe ihn", erklärte Kate simpel, und wieder stiegen Natasha Tränen in die Augen.

„Ja, ich weiß es, ich habe es gefühlt und gesehen. Und glaube mir, wenn du ihn willst, dann wünsche ich ihn dir. Aber ..."

528

„Ich will Jacks Mutter sein." Kates Stimme wurde brüchig. „Ich wusste noch nicht einmal, dass ich es mir so wünsche. Zuerst dachte ich nur, dass er ein süßer kleiner Kerl ist. Ich mag Kinder, aber jetzt verliebe ich mich mehr und mehr in ihn. Nein, ich bin richtig vernarrt in den Kleinen."

Natasha nahm den Dinosaurier hoch und lächelte in Erinnerungen. „Ich weiß, wie es ist, wenn man ein Kind liebt, das nicht das eigene ist. Es ist praktisch schon fertig geformt und kommt in dein Leben und ändert alles. Ich zweifle nicht daran, dass du ihn lieben würdest wie deinen eigenen Sohn."

„Aber warum bist du dann so besorgt?"

„Weil du mein Baby bist." Natasha stellte die Figur wieder zurück. „Ich will nicht, dass du verletzt wirst. Du bist bereit, dein Herz und dein Leben zu geben, aber das bedeutet nicht zwingend, dass Brody das für sich ebenso sieht."

„Ihm liegt viel an mir." Sie war sicher, sie konnte sich einfach nicht irren. „Er ist nur vorsichtig."

„Er ist ein guter Mann, ich zweifle auch nicht daran, dass ihm an dir liegt, Katie. Aber du hast nicht gesagt, dass er dich liebt."

„Weil ich es nicht weiß." Mit einem frustrierten Seufzer erhob Kate sich. „Oder ob er selbst es weiß. Deshalb will ich geduldig sein. Ich versuche, praktisch zu denken. Aber, Mama, es tut so weh."

„Ach, mein Baby." Natasha zog Kate in ihre Arme. „Liebe ist nun mal nicht durchorganisiert und geradlinig. Selbst für dich nicht."

„Ich werde geduldig sein. Ein Weilchen zumindest." Sie lachte gezwungen. „Ich werde es schaffen." Sie schloss die Augen ganz fest. „Ich weiß es."

Es war unheimlich schwer, nicht zur Baustelle zu gehen. Sie hatte sich mindestens schon ein halbes Dutzend Mal ermahnt und zurückgehalten. Sie lenkte sich ab, indem sie den Nachmittag am Telefon verbrachte. Auf das Inserat für die „Kimball School of Dance", die im April eröffnen würde, hatten sich bereits einige Interessenten gemeldet. Auf ihrer Liste standen sechs potenzielle Schüler. Für nächste Woche war ein Interview mit der hiesigen Lokalzeitung angesetzt. Daraus würde sich sicher noch mehr Interesse ergeben, mehr Anrufe, mehr Schüler.

Nur noch ein paar Wochen, dachte sie, als sie hinter Brodys Pick-up in der Auffahrt parkte, und sie würde ihre neue Karriere beginnen. Was nun ihr Privatleben anging – sie hatte nicht vor, mit dem Neubeginn viel länger zu warten.

Er kam auf bloßen Füßen zur Tür, und er roch nach Wachsmalstiften. Die Tatsache, dass sie das sowohl sexy als auch süß fand, sagte ihr, wie weit sie schon in dieser Sache drinsteckte.

„Hi. Entschuldige, dass ich unangemeldet hier hereinschneie, aber ich habe etwas für Jack."

„Ist schon in Ordnung." Er rieb Zeigefinger und Daumen zusammen, dort, wo ein Filzstiftstrich zu sehen war. „Wir sind gerade dabei … Komm mit in die Küche", winkte er sie herein. „Aber mach dich auf was gefasst, es ist kein ordentlicher Anblick."

„Wenn man an einem Projekt für die Schule arbeitet, ist es das meistens nicht."

Brody war ziemlich überrascht, dass sie sich überhaupt daran erinnerte. Er hatte es doch nur einmal kurz, so ganz nebenbei, erwähnt … und ein bisschen gestöhnt vielleicht.

Sie trat vor ihm in die Küche, machte sich ein Bild von der Lage und sah sich um.

Jack kniete auf einem Stuhl am Küchentisch, über einen Zeichenbogen gebeugt, und malte ein Bild aus, dessen Umrisse eher an ein großes Schwein denn an einen Dinosaurier erinnerten. Aber er war konzentriert bei der Sache. Aufgeschlagene Bilderbücher über Dinosaurier bedeckten den gesamten Tisch, zusammen mit naturgetreuen Abbildungen, die Brody wahrscheinlich aus dem Internet ausgedruckt hatte. Außerdem lagen überall Spielzeuge verstreut sowie Wachsmalkreiden, Filz- und Buntstifte.

Große Arbeitsschuhe und kleine Turnschuhe waren achtlos in eine Ecke gekickt worden. Auf der Anrichte stand ein Krug mit einer grellroten Flüssigkeit. Da Jack einen Schnurrbart der gleichen Farbe auf der Oberlippe trug, ging Kate davon aus, dass diese Flüssigkeit ohne Risiko trinkbar sein musste.

Als sie weiter in die Küche hineinging, blieb sie mit einem Fuß leicht am Boden kleben. Ihr Schuh gab ein schmatzendes Geräusch von sich, als sie das Bein anhob. Mit gerunzelter Stirn schaute sie auf den Boden.

„Uns ist ein kleines Unglück mit der Grenadine passiert", erklärte Brody zerknirscht. „Offensichtlich habe ich nicht alles erwischt, als ich sauber gemacht habe."

„Hi, Kate." Jack sah auf und wippte auf dem Stuhl. „Ich male Dinos. Willst du mal sehen?"

Sie trat näher. „Welche Dinos sind das denn?"

„Das ist ein Stegosaurus. Siehst du? Hier ist er, in dem Buch. Aber ich und Dad können nicht sehr gut zeichnen."

„Aber du kannst toll ausmalen." Sie legte ihr Kinn auf sein Haar und bewunderte den grünen Kopf gebührend, an dem er gerade arbeitete.

„Man muss in den Linien bleiben, deswegen haben wir sie auch so dick gemalt."

„Eine sehr kluge Idee. Du machst das so gut, da brauchst du das Werkzeug, das ich dir mitgebracht habe, wohl gar nicht."

„Was ist es denn? Ein Hammer?"

„Leider nein." Sie zog den Plastikdinosaurier aus ihrer Schultertasche hervor. „Es ist ein gefährlicher Fleischfresser."

„Ein T. Rex! Sieh nur, Dad! Die haben wirklich alle gefressen."

„Der sieht auch richtig gefährlich aus", stimmte Brody zu und legte seinem Sohn eine Hand auf die Schulter.

„Kann ich den mit in die Schule nehmen? Hier, guck mal, die Arme lassen sich bewegen, die Beine auch. Und er kann sogar mit seinem Maul beißen. Oh bitte, darf ich ihn mitnehmen?"

„Ich denke, er ist gutes Anschauungsmaterial für euer Projekt." Sie wandte sich neckend an Brody. „Nicht wahr, Dad? Und da ist auch noch ein kleines Buch dabei, das erklärt, wie sie früher gelebt und wen sie alles gefressen haben."

„Kann ja nichts schaden. Jack, willst du Kate nicht etwas sagen?"

„Danke! Danke, Kate." Jack ließ den Plastikdino über das Bild laufen. „Der ist toll!"

„Freut mich, dass er dir gefällt. Wie wäre es mit einem Küsschen als Dankeschön?"

Er grinste, schlug beide Hände über den Mund und schüttelte wild den Kopf.

„Gut, dann hole ich mir das Küsschen eben von deinem Dad." Sie drehte sich um und drückte ihre Lippen auf Brodys Mund, noch bevor er überhaupt eine Chance hatte zu reagieren.

Er hatte es immer vermieden, sie zu küssen oder auch nur zu berühren, wenn Jack dabei war. Und das, so hatte Kate beschlossen, musste sich ändern.

Jack gab hinter der Hand Würgelaute von sich, aber seine Augen strahlten.

„Eine Frau muss sehen, wo sie ihre Küsse herbekommt", sagte Kate ungezwungen und trat von Brody zurück, während er wie vom Donner gerührt stehen blieb. „Und jetzt, da meine Aufgabe erledigt ist, muss ich wieder weiter."

„Äh … kannst du nicht bleiben?", bettelte Jack. „Du könntest uns beim Zeichnen helfen. Es gibt Hamburger zum Abendessen."

„So verlockend sich das auch anhört, es geht nicht. Ich habe einen Termin in der Stadt." Was stimmte. Aber sie war sicher, dass der Überfall – pardon, der Kurzbesuch – wesentlich wirkungsvoller wäre, wenn sie nicht zu lange blieb. „Vielleicht können wir ja am Wochenende wieder ins Kino gehen. Natürlich nur, wenn du Zeit hast."

„Au ja!"

„Wir sehen uns morgen, Brody. Nein, nicht nötig", wehrte sie ab, als er sie zur Tür bringen wollte. „Ich finde allein hinaus. Mach du nur mit den Dinosauriern weiter."

„Danke fürs Vorbeischauen", war alles, was er sagte. Dann hörte er die Haustür gehen.

„Dad?"

„Hmm?"

„Gefällt es dir, Kate zu küssen?"

„Ja, ich meine …" Auf in den Kampf, dachte er, als er sich hinsetzte, denn Jack betrachtete ihn aufmerksam. „Es ist schwer zu erklären. Aber wenn du erst älter bist … Die meisten Männer mögen es, Frauen zu küssen."

„Nur die hübschen?"

„Nein, Frauen, die man gernhat."

„Und wir haben Kate gern, nicht wahr?"

„Na klar." Brody war erleichtert, dass das Thema nicht in Aufklärungsunterricht abgerutscht war. Das wäre noch ein bisschen zu früh.

„Dad?"

„Was ist?"

„Wirst du Kate heiraten?"

„Ob ich was …?" Er war schockiert. „Du liebe Güte, Jack, wie kommst du denn darauf?"

„Na ja, du magst sie, und es gefällt dir, sie zu küssen. Und du hast keine Frau. Rods Mom und Dad küssen sich auch manchmal in der Küche."

„Nicht jeder … Man kann sich auch küssen, ohne verheiratet zu sein." Gott, das wurde ja immer schlimmer! „So eine Heirat ist etwas wirklich Wichtiges. Man muss jemanden schon sehr gut kennen und sehr mögen."

„Aber du kennst Kate doch, und du magst sie."

Wenn seine Fantasie ihm da keinen Streich spielte, dann spürte er einen Schweißtropfen an seinem Rückgrat hinunterrinnen. „Ja schon, aber ich kenne und mag viele Leute, Jack." Brody fühlte sich in die Enge getrieben. Etwas abrupt stand er auf und holte zwei saubere Gläser aus dem Schrank. „Aber deswegen heirate ich diese Leute nicht. Man muss jemanden lieben, um ihn zu heiraten."

„Und du liebst Kate nicht?"

Er öffnete den Mund, schloss ihn wieder. Schon seltsam, es war viel schwieriger, seinen Sohn als sich selbst zu belügen. Er hatte keine Ahnung, als was er das Gefühl bezeichnen sollte, das er für Kate Kimball empfand. „Jack, so einfach ist das nicht."

„Warum nicht?"

Fragen über Sex und Aufklärung wären wohl doch einfacher gewesen, entschied Brody still. Er stellte die Gläser auf den Tisch und setzte sich wieder. „Deine Mutter habe ich geliebt. Das weißt du doch, oder?"

„Ja, und sie war auch hübsch. Und ihr habt aufeinander aufgepasst und auf mich, bis sie in den Himmel gehen musste. Ich wünschte, sie hätte da nicht hingemusst."

„Ich weiß. Ich wünsche mir das auch. Aber nachdem sie einmal weg war, habe ich mich ganz fest darauf konzentriert, dich zu lieben. Das hat mir geholfen. Und bis jetzt sind wir doch eigentlich ganz gut zurechtgekommen, oder?"

„Klar. Wir sind nämlich ein Team."

„Und was für eines!" Brody hob die Hand, damit Jack einschlagen konnte. „Aber jetzt sollten wir sehen, was dieses Team mit den Dinos zustande bringt."

„Na schön." Jack nahm die Malkreiden zur Hand. Bevor er sich über das Blatt beugte, warf er seinem Vater noch einen Blick zu. Es gefiel ihm, dass sie beide ein Team waren. Aber es wäre auch ganz nett, wenn Kate mit zum Team gehören würde.

*B*rody montierte den ersten Unterschrank und überprüfte noch einmal mit der Wasserwaage, ob alles
gerade war. Von unten drangen Bohr- und Häm-
mergeräusche nach oben. Seine Männer brachen die letzte
Wand im Erdgeschoss heraus. Hier oben kreischte eine Säge
aus Kates Schlafzimmer.

Es wird eine verdammt hübsche Wohnung werden, dachte
er. Perfekt für einen Single oder auch ein Paar ohne Kinder.
Eine Familie müsste sich vielleicht ein wenig einschränken …

Wirst du Kate heiraten?

Er blieb regungslos stehen und starrte Löcher in die Luft.

Warum zum Teufel hatte Jack ihm diese Idee in den Kopf
gesetzt? Dadurch wurde alles so erdrückend. Er dachte nicht
an Heirat, konnte es sich nicht leisten, daran zu denken. Er
hatte für ein Kind zu sorgen, sein Geschäft stand noch am
Anfang, und er lebte in einem alten, zugigen Haus, das noch
nicht einmal zur Hälfte fertig war.

Es war einfach nicht die richtige Zeit, um jetzt auch noch
eine Heirat ins Spiel zu bringen. Er hatte genug um die Ohren.

Er war schon einmal in dieser Situation gewesen. Nicht dass
er es bereute, nein, keine Sekunde davon. Aber auch damals
waren es schwere Zeiten gewesen, die Situation für alle Beteiligten mehr als kompliziert. Warum sollte er diese Erfahrung
wiederholen wollen, wenn er im Moment noch auf so wacke-
ligen Beinen stand?

Damit würde er sich nur mehr Probleme aufhalsen.

Außerdem dachte Kate bestimmt nicht an Heirat. Oder?
Nein, natürlich nicht. Sie war ja selbst gerade erst in der Stadt
angekommen. Sie hatte ihre Schule, an die sie denken musste.
Und sie hatte ihre Freiheit.

Sie war in Frankreich gewesen, in England und Russland.
Vielleicht wollte sie wieder dahin zurück. Warum sollte sie

das nicht wollen? Aber er war hier sesshaft geworden, in West Virginia, mit einem Kind.

Und überhaupt ... Connie und er waren total ineinander verliebt gewesen. Verliebt und jung und ... naiv. Kate und er dagegen waren erwachsen. Vernünftige Menschen, die die Gesellschaft des anderen schätzten.

Viel zu vernünftig, um noch auf einer rosa Wolke zu schweben.

Eine Hand legte sich auf Brodys Schultern und erschreckte ihn so, dass er fast einen Herzschlag bekommen hätte.

„Du liebe Güte, O'Connell! Alles in Ordnung mit dir?"

Brody ließ langsam die Luft aus den Lungen entweichen und drehte sich zu Jerry Skully um. Rods Vater und er kannten sich schon seit ihrer Kindheit, und obwohl Jerry älter als dreißig war, hatte er sich die Unbeschwertheit eines jungen Mannes und auch das übermütige Grinsen bewahrt. Und genau dieses jungenhafte Lachen stand jetzt auf seinem Gesicht.

„Ich habe dich nicht gehört."

„So könnte man wohl sagen, allerdings. Ich hab zwei Mal gerufen. Du warst ja völlig weggetreten, Mann."

Jerry steckte die Hände in die Tasche und ging herum, um den Raum zu begutachten. Sobald man einen Typen im Anzug auf eine Baustelle stellt, wirkt er wie ein angeberischer Gockel, dachte Brody. „Was ist? Brauchst du einen Job? Ich hab noch einen zweiten Hammer."

„Haha." Es war ein alter Witz aus der Jugendzeit. Jerry konnte mit Zahlen jonglieren wie kein anderer, er war ein Mathematikgenie. Ganz gleich in welcher gesellschaftlichen Situation, er passte sich überall hervorragend an. Aber er konnte nicht einmal eine Glühbirne austauschen, ohne nicht vorher die Bedienungsanleitung gelesen zu haben.

„Hast du eigentlich diese Regale in der Waschküche installiert?", fragte Brody mit todernstem Gesicht.

„Sie hängen an der Wand. Beth behauptet, die Heinzelmännchen hätten sie dort angebracht. Du weißt nicht zufälligerweise was davon, oder?"

„Ich beschäftige keine Heinzelmännchen. Die haben eine
knallharte Gewerkschaft."

„Tja, zu schade. Weil ich diesen Kerlchen nämlich ewig
dankbar sein werde, dass sie mir Beth vom Hals geschafft
haben."

Ein Gespräch unter Freunden. Mehr war als Dank nicht
nötig, jeder wusste, was der andere meinte.

„Unten sieht es doch schon ganz gut aus", fuhr Jerry jetzt
fort. „Carrie macht Beth und mich ganz verrückt. Sie will unbedingt mit Ballettunterricht anfangen. Sieht aber so aus, als
würde bis nächsten Monat alles fertig sein, was?"

„Ja, ich wüsste keinen Grund, der dagegen spräche. Hier
oben werden wir noch eine Weile länger arbeiten, draußen gibt
es auch noch einiges zu tun, aber das Erdgeschoss ist dann fertig." Brody rückte den nächsten Schrank in Position. „Wieso
lungerst du eigentlich so früh am Nachmittag schon hier rum?
Sind das die Arbeitszeiten eines Bankers?"

„Banker arbeiten härter, als du denkst, mein Freund."

„Du hast so weiche Hände." Brody schnüffelte. „Rieche ich
da etwa Eau de Cologne?"

„Das ist Aftershave, du Banause. Nein, ich hatte einen Au-
ßentermin und bin früher fertig geworden als gedacht. Also
wollte ich mir mal die Stelle ansehen, wo das Geld unserer
Bank einzementiert wird."

Brody grinste Jerry über die Schulter hinweg an. „Deswegen hat der Kunde ja auch den Besten engagiert."

Jerry gab einen recht barschen Kommentar ab, wie nur ein
guter Freund es sich erlauben konnte. „So, ich habe gehört,
dass du und die Ballerina jetzt regelmäßig miteinander tanzen."

„Je kleiner die Stadt, desto größer die Gerüchteküche", war
alles, was Brody dazu sagte.

„Sieht wirklich klasse aus, die Frau." Jerry trat näher und studierte fasziniert, wie Brody den Schrank einhängte. „Hast du schon mal ein richtiges Ballett gesehen?"

„Nein."

„Ich schon. Meine kleine Schwester – Tiffany, erinnerst du dich noch an sie? – hatte als Kind Ballettunterricht. Die haben den Nussknacker gemacht. Meine Eltern haben mich zu der Aufführung mitgeschleift. Es hatte auch seine netten Momente. Riesige Mäuse, Schwertkämpfe, ein deckenhoher Weihnachtsbaum. Der Rest bestand aus hüpfenden und sich drehenden Gestalten. Na ja, wer's mag …"

„Ja, sicher …"

„Auf jeden Fall … Tiffany ist wieder hier. In den letzten Jahren hat sie unten in Kentucky gelebt, aber jetzt hat sie sich von diesem Idioten, den sie damals geheiratet hat, endlich scheiden lassen. Sie will hierbleiben, bis sie sich wieder gefangen hat."

„Aha …"

„Deshalb dachte ich mir, da du ja auch wieder in der Stadt bist, könntest du vielleicht mal mit ihr ausgehen. Ins Kino vielleicht, oder zum Abendessen."

„Mmh." Brody legte die Wasserwaage auf die beiden Schränke und verglich sie konzentriert.

„Weißt du, sie hat viel durchgemacht, es würde ihr guttun, mal mit jemandem auszugehen, der sich zu benehmen weiß und sie anständig behandelt."

„Klar …"

„Ich weiß noch, sie hatte ein Auge auf dich geworfen, als wir noch Kinder waren. Also, wirst du sie in den nächsten Tagen anrufen?"

„Sicher … Was sagtest du?" Endlich sah Brody auf. „Wen soll ich anrufen?"

„Mein Gott, Brody. Tiff, meine Schwester. Du rufst sie an und lädst sie ein. Hast du gerade gesagt."

„Einen Moment mal." Brody legte die Wasserwaage weg und versuchte zu begreifen, was hier gerade gelaufen war. „Sieh mal, ich glaube nicht, dass ich das tun kann. Ich bin … na ja, ich bin doch mit Kate zusammen. Sozusagen."

„Du bist aber nicht mit ihr verheiratet, und ihr lebt auch nicht zusammen, oder? Wo also liegt das Problem?" Jerry blickte seinen Freund fragend an.

Brody war sicher, dass es da ein Problem gab. Auch wenn er sich vor Jahren zurückgezogen hatte, wusste er doch noch gut, wie so etwas funktionierte. Und was viel wichtiger war – er wollte gar nicht mit Tiffany ausgehen. „Jerry, ich habe schon lange nichts mehr mit dieser ganzen Verabredungssache zu tun."

„Aber du triffst dich doch mit der Ballerina."

„Nein. Tue ich nicht … Ich meine, wir …"

Es war eine glückliche Fügung, dass er nach einer Ausrede suchen musste. Denn so sah er von Jerry weg und erblickte Kate, die im Türrahmen stand.

„Oh, Kate. Hi."

„Hallo." In ihrer Stimme klirrten Eiszapfen, in ihren Augen dagegen funkelte heiße Wut. „Entschuldigt die Störung."

Jerry erkannte blitzartig, wie brenzlig die Situation war. Er setzte sein bestes Jungenlächeln auf und wandte sich zum Gehen, um seinen alten Freund diese Schlacht allein ausfechten zu lassen. „Hallo, Kate, schön, dich wiederzusehen. Nein, ist es schon so spät? Ich muss mich beeilen. Brody, ich melde mich wegen dieser Sache noch bei dir. Also, bis dann." Und damit war er auch schon zur Tür hinaus.

Brody nahm den Bohrer in die Hand. „Das war übrigens Jerry."

„Mir ist bewusst, dass das Jerry war."

„Heute werden die Schränke eingebaut. Du hast eine gute Wahl getroffen mit dem hellen Kirschholz. Den Schlafzimmerschrank schaffen wir heute auch noch, und die erste Lage Putz an der eingezogenen Wand …"

„Wie schön."

In ihr brodelte es. In ihrem Magen ringelten und zischelten giftige Vipern. Und sie hatte keineswegs die Absicht, diese Tiere davon abzuhalten, ihre tödlichen Giftzähne in Brodys Fleisch zu stoßen.

„So, wir treffen uns also nicht, nein? Wie würdest du es denn nennen?" Sie kam in den Raum hinein. „Wir schlafen nur zusammen? Oder wäre dir ein anderer, simplerer Ausdruck lieber?"

„Kate, Jerry hat mich festgenagelt."

„Tatsächlich? Hast du ihm darum so entschieden gesagt, dass wir zusammen sind, ‚sozusagen'? Mir war nicht klar, dass es für dich ein solches Dilemma ist, unsere Beziehung in Worten auszudrücken. Oder dass es dir so peinlich ist, unsere Beziehung oder wie immer du es nennen willst, vor deinen Freunden zuzugeben."

„Jetzt halt aber mal die Luft an." Er legte den Bohrer mit einem unsanften Geräusch ab. „Wenn du schon lauschst, dann hättest du dir das ganze Gespräch anhören sollen. Jerry will, dass ich seine Schwester ausführe, und ich habe versucht, ihm zu erklären, dass ich das für keine gute Idee halte."

„Ich verstehe." Sie hätte jeden einzelnen Nagel aus seinem Werkzeuggürtel nehmen und ihm ins Gesicht spucken können. „Erstens: Ich habe nicht gelauscht. Dies hier ist mein Besitz, und ich kann kommen und gehen, wann ich will, ohne mich vorher anzumelden. Zweitens: Was die Sache mit Jerrys Schwester anbelangt – ist dir das Wörtchen Nein jemals in den Sinn gekommen?"

„Ja … nein", verbesserte er sich. „Weil ich nicht richtig zugehört habe."

„Schau an, du kennst das Wort Nein also doch. Dann will ich dir mal was sagen, O'Connell." Sie bohrte ihm den Zeigefinger in die Brust. „Ich hüpfe nicht durch die Betten. Wenn ich mit einem Mann zusammen bin, dann bin ich nur mit diesem Mann zusammen. Und falls er unfähig oder nicht willens sein sollte, dasselbe zu tun, dann sollte er zumindest so viel Ehrlichkeit besitzen und es mir sagen."

„Aber ich habe doch gar nicht …"

„Und es gefällt mir auch nicht, als billige Entschuldigung hervorgekehrt zu werden, wenn du keine Lust hast, einem Freund einen Gefallen zu tun. Bilde dir nicht ein, dass ich mich dazu benutzen lasse. Da es ja so scheint, dass wir nicht zusammen sind – schließlich ist es ja nur ‚sozusagen' –, kannst du Jerrys Schwester, oder wen immer du willst, auch anrufen."

„Verflucht, was denn nun? Bist du jetzt sauer, weil ich Jerry einen Korb gebe oder weil ich ihm keinen Korb gebe?"

Sie ballte die Hände zu Fäusten. Wenn sie ihm jetzt einen Kinnhaken versetzte, würde er sich nur etwas darauf einbilden. „Idiot." Sie spie nur dieses eine Wort aus, dann drehte sie sich auf dem Absatz um und marschierte aus dem Raum, nicht ohne Brody vorher noch etwas in Ukrainisch an den Kopf zu werfen.

„Weiber", murmelte Brody wütend. Das metallene Klirren des Werkzeugkastens, als er dagegentrat, verschaffte ihm auch keine nennenswerte Befriedigung.

Eine Stunde später waren die Unterschränke eingebaut, und Brody machte sich an die Arbeit am Vorratsschrank. Mittlerweile hatte er die Szene mit Kate mindestens ein Dutzend Mal in Gedanken nachgespielt, und mit jedem Mal waren ihm neue Dinge eingefallen, die er hätte sagen sollen. Knappe, markige Bemerkungen, mit denen er gut dagestanden hätte. Bei der ersten Gelegenheit, die sich ihm bot, würde er diese Bemerkungen auch loswerden.

Kate konnte sich auf etwas gefasst machen. Er würde nicht zu Kreuze kriechen, sagte er sich, als er die Regalträger annagelte. Er hatte nichts getan, wofür er sich entschuldigen müsste. Frauen, so entschied er, waren der Hauptgrund, warum es für einen Mann besser war, solo durchs Leben zu gehen.

Wenn er so ein Idiot war, warum hatte sie dann überhaupt Zeit mit ihm verbracht?

Er trat aus dem Wandschrank, drehte sich um und wäre fast mit Spencer Kimball zusammengeprallt.

„Was ist heute hier eigentlich los?", knurrte Brody überrascht.

„Tut mir leid. Ich dachte mir, dass Sie mich bei all dem Lärm nicht gehört haben."

„Ich werde Schilder aufstellen." Brody stapfte zu dem Stapel mit Regalbrettern, die er vorbereitet hatte. „Keine Anzüge, keine Krawatten, keine Frauen."

Spencer hob verdutzt die Augenbrauen. In all den Monaten, die er Brody jetzt kannte, erlebte er ihn zum ersten Mal aufgebracht. „Ich nehme an, ich bin heute nicht der Erste, der stört."

„Nein." Brody legte das Regal ein. Es passte millimetergenau. „Wenn es um Ihre Küche geht – wenn Ihnen das Design zusagt, bestelle ich das Material. Dann können wir in zwei Wochen damit anfangen."

„Ich halte mich da raus, das ist Natashas Sache. Eigentlich wollte ich nur mal sehen, wie es hier vorangeht. Ist ja schon viel geschafft worden."

„Ja, verdammt viel." Brody riss ein weiteres Regalbrett hoch, dann hielt er inne und holte tief Luft. „Entschuldigung, aber heute ist ein schlechter Tag."

„Scheint wohl in der Luft zu liegen." Und erklärt auch, so dachte Spencer, warum seine Tochter so gereizt war. „Kate ist unten und richtet ihr Büro ein."

„So?" Die nächsten Regalbretter wurden sehr energisch an ihren Platz geschoben. „Ich wusste nicht, dass sie noch hier ist."

„Die bestellten Möbel sind gerade geliefert worden. Unten wurde ich auch nicht gerade herzlich empfangen. Wenn ich zwei und zwei zusammenzähle, komme ich zu dem Schluss, dass ihr beide euch gestritten habt."

„Man kann es wohl kaum einen Streit nennen, wenn der eine dem anderen ohne ersichtlichen Grund an die Kehle springt. Das wird allgemein als Angriff bezeichnet." Brody schnaubte wütend.

„Aha. Selbst auf die Gefahr hin, mich in etwas einzumischen, das mich eigentlich nichts angeht – die Frauen in meiner Familie haben immer einen Grund, wenn sie einem Mann an die Gurgel wollen. Ob das nun ein ersichtlicher Grund ist oder nicht, darüber lässt sich diskutieren."

„Und genau deshalb bringen Frauen nur Probleme mit sich."

„Vielleicht. Aber es ist nicht leicht, ohne sie auszukommen, nicht wahr?"

„Jack und ich sind immer gut zurechtgekommen." Ärger und Frustration fielen von ihm ab, als er sich zu Spencer umdrehte. „Was ist eigentlich los mit den Frauen? Warum müssen sie immer alles so kompliziert machen und einen dann als Idioten hinstellen?" Mit einem fast hilflosen Gesichtsausdruck musterte Brody sein Gegenüber.

„Mein Junge, Generationen von Männern haben sich diese Frage gestellt und sind alle auf die gleiche Antwort gekommen: Es ist eben so."

Brody lachte trocken auf, trat zurück und begutachtete die eingebauten Regale. „Tja, mehr kann man wohl nicht erwarten. Ist jetzt sowieso egal. Sie hat mir den Laufpass gegeben."

„Sie scheinen mir nicht der Mann zu sein, der normalerweise vor Problemen davonläuft."

„An Ihrer Tochter ist ja auch nichts Normales." Brody schnitt eine Grimasse. „'tschuldigung."

„Oh, ich nehme das als Kompliment. Ich habe den Eindruck, ihr beide habt gegenseitig euren Stolz und eure Gefühle verletzt. Wollen Sie einen Tipp von einem Insider hören? Auf so etwas reagiert Kate immer zuerst mit einem Wutanfall, danach folgt Eiseskälte."

Brody suchte in seinem Werkzeugkasten nach Haken. Er sollte einem seiner Männer diesen Job überlassen, aber er musste jetzt irgendwie seine Hände beschäftigen. „Sie hat sich ziemlich klar ausgedrückt. Hat mich einen Idioten genannt. Und dann hat sie mir irgendetwas in Ukrainisch an den Kopf geworfen."

„In Ukrainisch?" Spencer bemühte sich redlich, das Schmunzeln zu verbergen. „Dann muss sie aber ziemlich wütend gewesen sein."

Brody kniff die Augen zusammen. „Die Worte habe ich nicht verstanden, aber der Ton gefiel mir ganz und gar nicht."

„Oh, wahrscheinlich hatte es irgendetwas damit zu tun, dass man Sie auf einem Spieß über dem Höllenfeuer rösten sollte. Ihre Mutter liebt diesen Ausdruck. Brody, empfinden Sie etwas für meine Tochter?"

Brodys Handflächen wurden in Sekundenbruchteilen feucht. „Mr Kimball, ich …"

„Spence. Ich weiß, es ist eine schwierige Frage. Aber ich möchte trotzdem eine Antwort."

„Wenn Sie vielleicht erst von dem Werkzeugkasten zurücktreten würden? Da sind nämlich eine Menge spitzer Gegenstände drin."

Spencer steckte die Hände in die Taschen. „Sie haben mein Wort darauf, dass ich Sie nicht zu einem Duell mit Schraubenziehern herausfordern werde."

„Na schön. Ja, ich empfinde etwas für Kate. Meine Gefühle für sie sind unklar, wirr, aber sie sind da. Ich hatte nicht vor, etwas mit ihr anzufangen. Ich bin gar nicht in der Position dazu."

„Darf ich fragen, warum?"

„Das ist doch wohl offensichtlich. Ich bin ein alleinerziehender Vater. Ich versuche, ein anständiges Leben für meinen

Sohn aufzubauen, aber dieses Leben kann Kate nicht bieten, was sie gewohnt ist. Auf jeden Fall ist es nicht das Leben, das sie haben könnte."

Spencer wippte auf den Fersen vor und zurück. „Die haben Sie ziemlich fertiggemacht, was?"

„Wie bitte?"

„Unsere Familie kann ziemlich laut und aufdringlich sein, beschützend bis zur Gluckenhaftigkeit und manchmal sehr irritierend. Aber eines findet man bei uns immer: Respekt und Unterstützung für die Entscheidungen des anderen. Brody, es ist ein Fehler, eine bestimmte Situation nach der Entwicklung einer anderen zu beurteilen." Spencer machte eine Pause, fuhr dann fort: „Aber lassen wir das mal für den Moment. Da Ihnen an Kate liegt, will ich Ihnen einen Rat geben. Ob Sie ihn annehmen, bleibt Ihnen überlassen. Stellen Sie sich dem Problem. Stellen Sie sich ihr. Wenn Sie ihr gleichgültig wären, hätte sie die ganze Sache sehr kühl oder, noch schlimmer, sehr höflich beendet."

Er entschied, dass er Brody genug zum Nachdenken gegeben hatte. Er betrachtete den Raum, der bald eine Küche sein würde. „Dieses Chaos erwartet mich also, wenn Sie bei uns anfangen." Er grinste Brody zerknirscht an. „Mann, und Sie glauben, Sie haben Probleme."

Als Spencer gegangen war, tippte sich Brody gedankenverloren mit dem Schraubenzieher auf die Handfläche. Dieser Mann riet ihm doch tatsächlich, mit der eigenen Tochter zu streiten. Was für eine verrückte Familie war das eigentlich?

Seine Eltern hatten nie gestritten. Sein Vater hatte die Regeln aufgestellt, und jeder hatte sich gefälligst daran zu halten gehabt. Connie und er hatten auch nie gestritten. Zumindest nicht richtig. Sicher, sie waren sich nicht immer einig gewesen, aber dann hatten sie miteinander geredet und es ausdiskutiert. Oder es einfach ignoriert, gab Brody in Gedanken zu. Denn sie beide hatten allein dagestanden, isoliert, hatten nur sich gehabt, sich nur auf den anderen verlassen können.

Außerdem hatte er sich mit Temperamentsausbrüchen nur Ärger eingehandelt. Mit seinem Vater, in der Schule mit den Lehrern, als junger Mann mit seinen Chefs. Er hatte gelernt, sich zu beherrschen, nach dem Kopf zu handeln, nicht aus dem Bauch heraus. Zumindest meistens, schränkte er ein, als er an die letzte Auseinandersetzung mit seinem Vater dachte.

Trotzdem … Vielleicht war es wirklich ein Fehler, das Gewesene mit dem zu vergleichen, was jetzt war. Eins stand auf jeden Fall fest: Er würde dieses miese Gefühl im Magen erst dann loswerden, wenn er ihr seine Meinung gesagt hatte.

Also ging er nachsehen, wie weit seine Männer gekommen waren, machte ein paar Anmerkungen, ordnete kleinere Verbesserungen an und ging mit seinen Leuten den Plan für morgen durch. Da der Arbeitstag sowieso schon fast zu Ende war, schickte er alle nach Hause.

Er wollte kein Publikum haben.

Kate traf den Nagel genau, versenkte ihn und bleckte zufrieden die Zähne. Dieser Idiot Brody O'Connell war nicht der Einzige, der mit einem Hammer umgehen konnte …

Die letzten beiden Stunden hatte sie damit zugebracht, ihr Büro einzurichten. Alles war genau so, wie sie es sich vorgestellt hatte. Perfekt eben.

Der Schreibtisch stand genau da, wo sie ihn hatte haben wollen, in den Schubladen lagen bereits ordentlich organisiert die Broschüren, die sie entworfen hatte, das Briefpapier der Ballettschule, die Anmeldeformulare für die Schüler.

Wie der Schreibtisch war auch der Ablageschrank aus heller Eiche. Sie ging davon aus, dass sich die Ordner schon bald füllen würden.

Den Teppich hatte sie in einem Antikladen gefunden. Das schon leicht verblasste Muster von Bauernrosen passte hervorragend zu dem hellen Grün der Wand und harmonierte mit den ebenfalls grün gepolsterten Stühlen, die vor dem Schreibtisch standen.

Nur weil es ein Büro war, musste ja nicht auf Stil verzichtet werden, oder?

Sie hängte ein weiteres der gerahmten Schwarz-Weiß-Fotos, die sie ausgewählt hatte, an die Wand, trat zurück und nickte. Tänzer an der Stange, bei Proben, auf der Bühne, hinter der Bühne. Junge Ballettschülerinnen, die ihre Spitzenschuhe festbanden. In Schweiß gebadet, strahlend, triumphierend, bis zum Letzten erschöpft. Alle Aspekte aus der Welt eines Tänzers. Die Fotos würden sie tagtäglich daran erinnern, was sie getan hatte. Und was sie tat.

Sie nahm noch einen Nagel und schlug ihn an der markierten Stelle ein. Und was sie nicht tun würde! Nämlich ihre Zeit mit Brody O'Connell verschwenden!

Der Mistkerl.

Sollte er sich doch mit Tiffany amüsieren. Oh, sie erinnerte sich nur zu gut an Tiffany Skully. Die Blondine mit üppiger Oberweite war an der Highschool eine Klasse über ihr gewesen. Viel albernes Gekicher, noch mehr greller Lippenstift. Fein, sollte dieser Idiot doch mit ihr ausgehen. Was ging sie das an?

Sie war fertig mit ihm.

„Hättest du mir eher gesagt, dass du die ganze Wand mit Bildern zuhängen wirst, hätte ich mich beim Verputzen nicht so anzustrengen brauchen."

Nicht gerade vorsichtig hängte sie das nächste Bild auf und nahm noch einen Nagel. „Man sollte eigentlich annehmen, dass du eine gewisse Berufsehre hast und stolz auf deine Arbeit sein willst, ob jemand sie nun bewundert oder nicht. Außerdem habe ich für diese Wand bezahlt, und was ich mit ihr tue, ist zum Teufel noch mal ganz allein meine Sache."

„Sicher. Wenn du unbedingt überall Löcher reinschlagen willst, bitte." Die Fotos sahen großartig aus, aber das würde er natürlich nicht zugeben. Nicht nur die Art, wie sie sie arrangiert hatte, zusammenhängend, ohne langweilig zu sein, nein, vor allem das Thema.

Er erkannte Kate auf mehreren dieser Bilder, als Kind, als junges Mädchen, als Frau. Auf einem Foto saß sie im Schneidersitz auf dem Boden und schlug mit einem Hammer auf ihre Spitzenschuhe ein.

Er verkniff sich das Grinsen und deutete mit dem Finger darauf. „Ich dachte eigentlich, diese Dinger sind zum Tanzen da."

„Nur zu deiner Information: Spitzenschuhe müssen eingetragen werden. Das ist eine Methode, um es schneller zu erreichen. Wenn du mich jetzt bitte entschuldigen würdest … ich möchte mein Büro weiter einrichten. Morgen Nachmittag habe ich bereits die ersten Termine hier."

„Dann bleibt dir ja noch genügend Zeit." Vor allem weil das Büro schon perfekt aussah. Er hatte gewusst, dass sie es perfekt machen würde.

„Dann lass es mich mal so sagen …" Sie hämmerte den Nagel in die Wand. „Erstens bin ich beschäftigt, und zweitens habe ich kein Bedürfnis, mit dir zu reden. Ich bezahle dich nicht dafür, dass du herumstehst und Schwätzchen hältst."

„Komm mir bloß nicht auf diese Art." Er riss ihr den Hammer aus der Hand. „Dass deine Unterschrift auf den Schecks steht, hat nichts mit dem Rest zu tun. Und ich werde den Teufel tun und zulassen, dass du es auf dieses billige Niveau herunterziehst."

Er hatte natürlich recht, und sie schämte sich auch dafür, dass sie sich hatte hinreißen lassen. „Okay, aber das Persönliche zwischen uns ist vorbei."

„Das denkst du!" Er drehte sich um und schloss die Tür.

„Was glaubst du eigentlich, was du da tust?!"

„Ich schaffe Ruhe. Davon scheint es heute hier nicht viel zu geben."

„Öffne diese Tür sofort wieder – und dann geh hindurch. Und hör nicht mit dem Gehen auf, bis du draußen bist."

„Setz dich hin und halt den Mund."

Sie riss die Augen weit auf, mehr aus Schock als aus Wut. „Wie bitte?"

Um dieses Problem endlich zu bereinigen, legte er den Hammer weg – außerhalb ihrer Reichweite –, ging auf sie zu und drückte sie auf den Stuhl. „Und jetzt hörst du mir zu."

Sie wollte aufspringen, wurde aber wieder energisch hinuntergedrückt. Sie hatte ihn bisher noch nie so wütend gesehen.

„Jetzt hast du bewiesen, dass du groß und stark bist", fauchte sie schneidend. „Du brauchst nicht auch noch zu beweisen, wie begriffsstutzig du bist."

„Und du brauchst nicht zu zeigen, wie verwöhnt und eingebildet du bist. Solltest du noch einmal versuchen, von diesem Stuhl aufzustehen, bevor ich ausgeredet habe, werde ich dich darauf festbinden, klar?" Er wartete einen weiteren Kommentar von ihr gar nicht ab, sondern begann: „Ich arbeitete konzentriert, als Jerry hereinkam. Er ist mein Freund. Er und Beth haben viel für Jack und mich getan, deshalb bin ich ihm etwas schuldig."

„Aha. Und du dankst es ihm damit, dass du dich mit seiner Schwester einlässt."

„Sei still, Kate. Ich lasse mich nicht mit seiner Schwester ein. Ich habe nicht vor, mich mit ihr zu verabreden. Jerry zielte in diese Richtung, und ich habe Schränke eingebaut. Ich habe nicht richtig zugehört. Bis ich merkte, wohin der Hase lief …" Er fuhr sich frustriert durchs Haar. „Er hat mich in einem unaufmerksamen Moment erwischt, und dann musste ich versuchen, mich aus der Affäre zu ziehen, ohne ihm auf die Füße zu treten. Er und Tiff haben sich immer nahegestanden, er macht sich wohl Sorgen um sie. Und er vertraut mir. Was hätte ich denn sagen sollen? ‚Sorry, aber ich bin nicht an deiner Schwester interessiert.'?"

Kate schob das Kinn vor. „Zum Beispiel, ja. Aber darum geht es gar nicht."

„Worum zum Teufel dann?"

„Du hast durchklingen lassen – denn offensichtlich denkst du so –, dass es zwischen uns nichts anderes als Sex gibt. Aber ich verlange mehr von einer Beziehung. Treue, Loyalität, Zuneigung, Respekt. Ich erwarte von einem Mann, dass er in der Lage ist auszusprechen, dass wir zusammen sind, dass er etwas für mich empfindet, ohne dabei an seiner eigenen Zunge zu ersticken."

Brody fluchte herzhaft. „Es ist über zehn Jahre her, dass ich mich überhaupt mit jemandem verabredet habe. Ich denke, du könntest mir gegenüber ruhig etwas Nachsicht walten lassen."

„Und genau da irrst du. Bist du jetzt fertig?"

„Mann, bist du stur. Nein, ich bin nicht fertig." Er zog sie unsanft auf die Füße. „Seit ich dich kenne, habe ich mich mit keiner anderen Frau getroffen. Weil ich es nicht will. Das werde ich auch Jerry klarmachen und jedem, der es hören will. Mir liegt viel an dir, aber es gefällt mir nicht, dass ich mir wie ein Idiot vorkommen muss, nur weil ich aus der Übung bin."

„Schön für dich. Und jetzt lass los."

„Wenn ich loslassen könnte, würde ich nicht hier stehen und gegen das Bedürfnis ankämpfen, dir den Hals umzudrehen."

„Du hast mich beleidigt. Du hast uns beleidigt. Du bist derjenige, dem man den Hals umdrehen sollte."

„Ich werde mich nicht noch einmal entschuldigen." Er zog sie zur Tür.

„Entschuldigen? Ich habe noch keine Entschuldigung gehört! Was soll das eigentlich? Was hast du vor?"

„Halt einfach den Mund", knurrte er und zog sie hinter sich her auf den Korridor.

Es verschlug ihr den Atem, als er sie hochwuchtete und sich über die Schultern warf. Mit einer Hand hielt er ihre Beine fest, mit der anderen riss er die Haustür auf.

„Hast du plötzlich den Verstand verloren?" Zu verdutzt, um sich noch weiter zu wehren, schob sie sich das lange Haar aus dem Gesicht, während er die Vordertreppe hinunterging und den kleinen Vorgarten durchquerte. „Bist du völlig verrückt geworden?"

„Richtig. Und zwar in dem Moment, als ich dich zum ersten Mal sah." Er erblickte eine Frau, die gerade aus dem Wohnhaus gegenüber trat. „Äh, entschuldigen Sie, Ma'am …"

Die Angesprochene blinzelte erstaunt. „Ja?"

„Hallo. Das ist Kate, und ich heiße Brody. Wir sind zusammen. Das wollte ich Sie nur wissen lassen."

„Ach, du liebe Güte", flüsterte Kate entsetzt und ließ das Haar wieder fallen.

„Ich verstehe." Die Frau begann zu lächeln. „Das ist schön, wirklich. Sehr schön."

„Danke." Brody packte Kate bei der Hüfte und setzte sie auf den Boden ab. „Bist du jetzt zufrieden, oder sollen wir weitermachen?"

Sie konnte kein Wort rausbringen, so dick war der Kloß in ihrer Kehle. Sie löste das Problem, indem sie Brody die geballte Faust auf die Brust schlug und zurück ins Haus rannte.

„Das ist wohl ein Nein", entschied Brody und stiefelte hinterher.

*E*r hatte sie eingeholt, bevor sie ihm die Bürotür vor der Nase zuschlagen konnte. Das hätte ihn sowieso nicht aufhalten können, jetzt da er einmal in Fahrt war. „Nicht so schnell, Schätzchen."

„Nenn mich nicht Schätzchen! Wage es nicht, mich überhaupt anzureden." Sie funkelte ihn an. „Du bist nichts als ein grobschlächtiger, rüpelhafter Klotz. Mich so zu behandeln! Mich so auf der Straße in Verlegenheit zu bringen!"

„Verlegenheit also?" Er kniff die Augen zusammen und schloss die Tür hinter sich. „Warum solltest du verlegen sein? Ich habe doch nur einer Nachbarin gesagt, dass wir zusammen sind, ohne – wie war das noch? – an meiner Zunge zu ersticken. Wo also liegt das Problem, wenn ich fragen darf?"

„Das Problem ist, dass …" Sie wich zurück, als er auf sie zukam. Noch ein Schock. Es lag nicht so sehr daran, dass er sie in eine Ecke drängte. Vielmehr lag es daran, dass sie es zuließ. Noch nie hatte sie den Rückzug angetreten, war nie vor einem Mann zurückgewichen. „Was machst du da?"

„Ich bin nur ich selbst." Und es fühlte sich verdammt gut an. „Es ist schon eine ganze Weile her, seit ich mich das letzte Mal keinen Deut um Selbstbeherrschung geschert habe, aber ich hab's offensichtlich nicht verlernt. Wir werden herausfinden, ob du damit umgehen kannst."

„Wenn du dir einbildest, du könntest …" Sie brach ab, als er sie bei den Armen packte und zu sich heranzog. „Brody, du solltest dich jetzt besser beruhigen."

„Nein, keine Lust." Er presste seine Lippen auf ihren Mund und spürte instinktiv ihren Protest. Ignorierte ihn.

„Und?", verlangte er zu wissen, als er den Kopf hob. „Hast du Schwierigkeiten damit?"

„Brody …", war alles, was sie sagen konnte, bevor er sie wieder küsste.

„Ja oder nein?"

„Ich ..." Jetzt biss er sie in den Hals. „Oh Gott." Sie konnte nicht mehr klar denken. Es war falsch. Es musste mindestens ein Dutzend gute Gründe geben, die das belegen würden.

Sie würde später darüber nachdenken.

„Soll ich die Hände von dir nehmen oder nicht?"

Diese Hände, stark und rau, die verlangend über ihren Körper strichen ...

„Also? Was ist? Ja oder nein? Entscheide dich."

„Nein, verflucht." Sie griff in sein Haar und zog seinen Kopf zu sich herunter.

Sie hätte nicht sagen können, wer wen auf den Boden zog. Es war auch unwichtig. Sie wusste nicht, wer ungeduldiger war, dem anderen die Kleider vom Leib zu reißen. Es war ihr gleichgültig.

Sie wusste nur, dass sie diesen verärgerten, groben Mann genauso wollte wie den geduldigen, zärtlichen. Ihr Körper verzehrte sich nach ihm, ihr Herz verlangte nach ihm.

Leidenschaft. Heiß, wild, ungestüm. Sie wunderte sich, dass ihr Körper nicht einfach verbrannte. Ineinander verkeilt wälzten sie sich über den Boden. Sie biss in seine Schulter, liebte den Geschmack seiner Haut auf ihrer Zunge.

Er hatte vergessen, wie es war, sich gehen zu lassen, sich einfach zu nehmen, was er wollte, ohne Einschränkungen, ohne Fesseln. Hastig, begierig, fordernd. Seine Finger zerrten an der feinen Spitze, die das letzte Hindernis bildete, zerrissen sie.

Ihre Fingernägel in seinem Rücken stachelten ihn nur mehr an, die blinde Fassungslosigkeit in ihren Augen, als er mit einem einzigen kräftigen Stoß von ihr Besitz nahm, ließ ihn einen unbarmherzigen Triumph verspüren.

Sie bog ihm ihre Hüften entgegen, ihr beweglicher Körper wurde von Schauern geschüttelt. Sie klammerte sich an ihn und schrie lustvoll auf, als der Höhepunkt sie überwältigte. Lehnte sich zurück, damit er sich nehmen konnte, was er brauchte.

Als er sie freigab, lag sie einfach da, fühlte sich wie geschmolzenes Wachs, schwach, gesättigt.

Sie war wild und rücksichtslos von einem Mann genommen worden. Sie hatte es zugelassen.

Sie fühlte sich großartig.

Auch wenn seine Sicht noch nicht ganz klar war, betrachtete Brody ihr Gesicht, dann das, was von ihren Kleidern übrig geblieben war.

„Ich habe deine Bluse zerrissen." Als sie ihre Augen öffnete, erkannte er die träge Zufriedenheit einer gesättigten Frau. „Und das hier auch." Er hielt die zerfetzten Reste ihres Spitzenslips hoch. „Aber ich werde mich nicht entschuldigen."

„Ich habe auch keine Entschuldigung verlangt."

„Gut. Denn wenn du es getan hättest, wäre ich gezwungen gewesen, dich wieder nach draußen zu schleppen – diesmal nackt – und noch einen Nachbarn zu finden. Aber so leihe ich dir ein Hemd von mir. Ich habe noch eins im Wagen."

Sie setzte sich auf und nahm sein Hemd entgegen. Die Euphorie, die sie fühlte, wurde langsam schwächer. „Streiten wir uns noch?"

„Ich für meinen Teil habe zu Ende gestritten. Es liegt also ganz bei dir."

Sie sah auf. Seine Augen blickten jetzt klar und sehr durchdringend. Diesmal war es an ihr, unsicher zu sein und nach Worten zu suchen. Sie öffnete den Mund, schloss ihn wieder und schüttelte den Kopf.

„Sag schon. Lass uns die Sache ein für alle Mal bereinigen – hier und jetzt."

„Du hast meine Gefühle verletzt." Es war so erniedrigend, es zuzugeben. Mit Wut konnte sie viel einfacher umgehen als mit Schmerz.

„Das habe ich schon kapiert." Er nahm ihr das Hemd aus den Fingern und legte es ihr über die Schultern. „Dafür entschuldige ich mich. Falls es dir hilft – du hast meine auch verletzt."

„Was machen wir nur, Brody?"

„Ich vermute, wir versuchen, einander kennenzulernen. Das, was zwischen uns ist, ist mir nicht peinlich, Kate. Ich will nicht, dass du das denkst. Aber ich wüsste nicht, wie ich es beschreiben sollte. Ich kann nicht damit umgehen – noch nicht."

Sie zog sich das geliehene Hemd über. „Immerhin ist das ehrlich. Mehr kann man wohl nicht verlangen." Aber es tat weh. Sehr. Weil sie sich in ihn verliebt hatte und er sich nicht in sie. Was natürlich nicht zwingend hieß, dass er sich nie in sie verlieben würde. Sie rang sich ein kleines Lächeln ab und küsste ihn leicht. „Du bist kein Idiot. Ich entschuldige mich dafür, dass ich dich so genannt habe."

„Du hast mir noch etwas viel Schlimmeres gesagt, nicht wahr?"

Ihr Lächeln wurde breiter. „Vielleicht."

„Ich werde mir ein Ukrainisch-Lexikon zulegen."

„Viel Glück. Da stehen längst nicht alle Schimpfwörter drin."

„Ich werde mir trotzdem eines beschaffen." Er stand auf und zog sie auf die Füße. „Jetzt muss ich meinen Jungen abholen."

Seine Haare standen wirr in alle Richtungen ab, seine Augen funkelten vor Zufriedenheit, und sein Oberkörper war nackt. Er sah so unglaublich sexy aus. Und er war ein Vater, der seinen kleinen Sohn vom Schulbus abholen musste.

„Das ist ein großer Teil davon, nicht wahr?", fragte sie. „Von deinem Problem, das du mit unserer Beziehung hast, oder? Den Mann und den Vater unter einen Hut zu bringen."

„Vielleicht. Ja", gab er schließlich zu. „Kate, es hat niemanden gegeben, seit ewig langer Zeit ..." Er strich sich das Haar zurück, versuchte, es zu ordnen. „Connie war sehr lange Zeit krank." Er konnte jetzt nicht darüber reden, konnte nicht dorthin zurückgehen. „Jack hatte keinen sehr glücklichen

Start. Wir beide wahrscheinlich nicht. Ich muss versuchen, es wiedergutzumachen."

„Das hast du schon. Und du machst es immer noch. Ich weiß, es ist ein Balanceakt, aber ich bin sehr gut im Balancieren. Solange wir beide es wollen."

„Ich will es."

Ruhe kam über sie und ihr schmerzendes Herz. „Gut, so weit sind wir uns dann wohl einig. Und jetzt geh und hole Jack ab."

„Ja." Er ließ seinen Blick über sie wandern. „Ich wollte dir nur noch sagen, dass Flanell dir wirklich gut steht."

„Danke."

„Soll ich dich nach Hause bringen?"

„Nein, ich will hier noch ein paar Dinge erledigen und das Zimmer fertig machen."

„Also gut." Er beugte den Kopf und berührte mit seinen Lippen ihren Mund, verweilte dort. „Ich muss gehen." Aber an der Tür drehte er sich noch einmal um. „Willst du am Samstagabend mit mir ausgehen?"

Sie zog eine Augenbraue hoch. Das war das erste Mal, dass er sie bat, mit ihm auszugehen. Das musste man wohl als Fortschritt betrachten. „Ja, sehr gern."

Wie war es nur möglich, dass schon wieder Ferien waren? Die Weihnachtsferien waren gerade vorbei, da gab es schon wieder Osterferien. Als Brody noch ein Kind gewesen war, waren die Schultage nie so schnell verflogen, dessen war er sich sicher.

Dann hatten sich die Skullys auch noch entschlossen, die freie Zeit zu nutzen und mit ihren Kindern nach Disney World zu fahren. Eine Katastrophe! Jack hatte gebettelt, gefleht und schließlich zu jammern angefangen, damit sie auch hinfahren würden.

Brody hatte versucht, seinem Sohn zu erklären, dass es im Moment einfach nicht möglich war. Geduldig, verständnisvoll. Irgendwann war er dann in den elterlichen Autoritätston verfallen – „Weil ich es sage!" –, als alles Erklären und Verständnis keine Wirkung gezeigt hatten.

Endresultat war, dass er seit zwei Tagen mit einem schmollenden Kind und fürchterlichen Gewissensbissen lebte. Es war diese Kombination, die das Badezimmer noch kleiner erscheinen ließ, während er versuchte, Fliesen zu legen.

„Nie darf ich irgendwohin", beschwerte Jack sich trotzig. Der Stapel Spielzeug, den er wie immer mit auf die Baustelle hatte nehmen dürfen, langweilte ihn zu Tode.

Normalerweise machte es ihm Spaß, mit seinem Dad zur Arbeit zu gehen. Aber nicht, wenn sein bester Freund in Disney World war und in einer Rakete fahren durfte. Das war eine Sauerei. Eine große Sauerei. Er wiederholte das Wort mehrmals in Gedanken. Er hatte es von einem der Männer aus dem Bautrupp aufgeschnappt. Es gefiel ihm.

Da sein Vater ihn immer noch ignorierte und nur Fliesen legte, schob Jack die Unterlippe vor. „Warum darf ich nicht zu Grandma?"

„Ich habe dir bereits erklärt, dass Grandma heute Vormittag etwas zu erledigen hat. In ein paar Stunden kommt sie und holt dich ab. Dann gehst du zu ihr." Gott sei Dank.

„Ich will aber nicht da bleiben. Da ist es langweilig. Es ist unfair. Ich muss hierbleiben und darf nichts tun. Alle anderen unternehmen was und haben Spaß, nur ich nicht. Ich darf nie was tun."

Brody warf den Spachtel in den Eimer Fliesenkleber. „Jetzt hör mal gut zu. Ich habe hier eine Arbeit zu erledigen. Eine Arbeit, die dafür sorgt, dass du regelmäßig zu essen bekommst."

Verflucht, das waren die Worte seines Vaters! Wie kamen die in seinen Mund?

„Auf jeden Fall bin ich so lange hier festgenagelt, bis es fertig ist. Und du damit auch. Mach nur weiter so, Jack. Wenn du dich dranhältst, gehst du nirgendwohin." Brody musterte seinen Sohn streng.

„Grandpa hat mir fünf Dollar gegeben", entgegnete Jack aufmüpfig. „Du brauchst mir also kein Essen zu kaufen."

„Sehr gut. Dann gehe ich morgen in Rente."

„Grandma und Grandpa können mit mir nach Disney World fahren, das machen sie ganz bestimmt. Und dann darfst du nicht mitkommen."

„Sie fahren nirgendwo mit dir hin", knurrte Brody böse. Die kindliche Wut traf ihn bis ins Mark. „Wenn du Glück hast, siehst du Disney World, wenn du dreißig bist. Und jetzt hör endlich auf!"

„Ich will Grandma! Ich will nach Hause! Ich mag dich nicht mehr!"

Das war der Moment, als Kate eintrat. Sie sah Brodys erschöpfte und frustrierte Miene, sah zu dem kleinen Jungen, der ausgestreckt auf dem Boden lag und heiße Tränen vergoss, und wagte sich in die Höhle des Löwen.

„Was ist denn los, hübscher Jack?"

„Ich will nach Disney World!"

Er stieß es zwischen Tränen und Schluckauf hervor. Brody richtete sich auf, aber Kate hockte sich zwischen Vater und Sohn.

„Oh Mann, ich will auch dorthin. Ich wette, jeder will nach Disney World."

„Dad nicht."

„Sicher will er dahin. Daddys sind überhaupt diejenigen, die am meisten dorthin wollen. Aber für sie ist es immer schwierig, weil sie arbeiten müssen."

„Kate, ich kann allein damit fertigwerden."

„Hat jemand behauptet, du könntest es nicht?", murmelte sie, nahm Jack auf den Arm und stand auf. „Du hast bestimmt genug davon, hier herumzusitzen, oder, kleiner Mann? Warum gehen wir beide nicht für eine Weile zu mir nach Hause und lassen Dad hier in Ruhe weiterarbeiten?"

„Meine Mutter kommt nachher, um ihn abzuholen. Hier, gib ihn mir …" Er streckte die Arme nach seinem Sohn aus, der sich plötzlich fest an Kate klammerte. Und seinem Vater damit tief ins Herz schnitt.

Sie sah es auf Brodys Gesicht, am liebsten wäre sie mit Jack auf dem Arm an Brody herangetreten, damit sie sich alle umarmen konnten. Aber das war jetzt nicht angebracht. Im Moment war erst einmal Distanz nötig.

„Ich bin für heute fertig, Brody. Lass mich Jack doch einfach mit zu mir nehmen. Dann kann er mir Gesellschaft leisten." Und ein Nachmittagsschläfchen machen, sagte sie lautlos, damit Brody von ihren Lippen las. „Ich rufe deine Mutter an, damit sie Jack bei mir abholt."

„Ich will mit Kate gehen", schluchzte Jack an ihrer Schulter.

„Fein. Großartig." Mit einem lausigen Gefühl aus Wut und Schuld schnappte er sich den Spachtel. Wie ein schmollender, weinerlicher Junge, dachte Kate.

Er ließ sich erschöpft auf einem umgekehrten Eimer nieder, hörte noch, wie Jack, während Kate ihn hinaustrug, herzzerreißend jammerte: „Mein Daddy hat mich angeschrien."

„Ja, ich weiß." Sie küsste Jack auf die heiße, tränenüberströmte Wange und stieg die Treppe hinunter. „Aber du hast ihn auch angeschrien. Ich glaube, ihm geht es jetzt genauso schlecht wie dir."

Jack ließ einen kleinen Laut der Zustimmung hören und legte seinen Kopf mit einem schweren Seufzer an Kates Schulter. „Er fährt nicht mit mir nach Disney World, so wie Rods Vater."

„Wahrscheinlich bin ich daran schuld."

„Wieso?"

„Nun, weißt du, dein Dad macht diese Arbeit für mich, und er hat mir versprochen, dass er bis zu einem bestimmten Tag alles fertig hat. Und weil er es mir versprochen hat, habe ich anderen Leuten versprochen, dass ich für sie Dinge tue, und die verlassen sich jetzt darauf. Wenn dein Dad sein Versprechen brechen würde, dann kann ich meine den anderen Leuten gegenüber auch nicht halten. Das wäre doch nicht richtig, oder?"

„Nein, aber … aber vielleicht nur dieses eine Mal."

„Wenn dein Dad dir etwas verspricht, hält er das dann auch?"

Jack ließ den Kopf hängen. „Ja", kam es ganz leise.

„Sei nicht so traurig, hübscher Jack. Wenn wir bei mir sind, werde ich dir eine Geschichte vorlesen."

„Kann ich einen Keks haben?"

„Aber natürlich." Mit einem Lächeln drückte sie den Jungen fest an sich.

Er war schon eingeschlafen, noch bevor der Prinz von dem Fluch der bösen Hexe erlöst war und glücklich und zufrieden sein Königreich regierte.

Der arme Kleine, dachte sie und legte eine Decke über ihn. Armer Brody.

Erst jetzt fiel ihr auf, dass sie gar nicht wusste, was Brody alles leisten musste. Als Vater tobte man nicht nur auf dem Wohnzimmerteppich oder spielte Ball im Garten. Man musste auch Tränen, Wutanfälle und Enttäuschungen hinnehmen, und man musste die richtige Mischung aus Disziplin und Güte finden. Manchmal musste man Nein sagen, wenn das Herz laut Ja schrie.

„Du wirst so geliebt, hübscher Jack", murmelte sie und küsste ihn sanft auf die Stirn. „Er will, dass du es weißt."

Und dieser Mann wurde auch geliebt. Sie seufzte. Sie wünschte, er würde es endlich begreifen. Denn lange würde sie nicht mehr warten. Sie wollte beide, den Mann und den Jungen.

Als das Telefon klingelte, beeilte sie sich, den Hörer abzunehmen. „Hallo. Ah." Lächelnd nahm sie den Apparat und verließ den Raum, damit Jack nicht gestört wurde. „Davidov, der große Meister persönlich. Was verschafft mir die Ehre?"

Später frischte Kate ihr Make-up auf und kämmte sich ordentlich das Haar. Es war albern, sie wusste es, aber sie würde zum ersten Mal Brodys Eltern gegenübertreten. Und da sie vorhatte, sie zu ihren Schwiegereltern zu machen, war ein guter erster Eindruck wichtig.

Jack war voller Energie von seinem Mittagsschläfchen aufgewacht. Diese Energie fand ihr Ventil in einem Wettrennen im Garten, einem blutrünstigen Kampf mit Action-Figuren und einer zusätzlichen Massenkarambolage mit Spielzeugautos. Danach war ein Snack in der Küche notwendig.

„Mein Dad ist böse auf mich", sagte Jack und starrte bedrückt auf die Apfelstücke und das Käsebrot.

„Nein, das glaube ich nicht. Er ist nur traurig, weil er dir nicht geben kann, was du dir wünschst. Eltern würden ihren Kindern am liebsten immer alle Wünsche erfüllen, aber manchmal geht das eben nicht."

Sie erinnerte sich an ihre eigene Kindheit. Sie hatte beeindruckende Wutanfälle abgeliefert, gefolgt von sturem Schmollen. Und danach immer das Gefühl, kreuzunglücklich zu sein.

„Manchmal erfüllen Eltern die Wünsche ihrer Kinder nicht, weil es für das Kind nicht das Beste wäre. Und manchmal können sie den Wunsch einfach nicht erfüllen. Wenn du mal selbst einen kleinen Jungen hast und er weint und schreit und mit den Füßen stampft, wirst du auch böse werden. Aber dir wird auch das Herz wehtun."

Jack hob den Kopf, mit großen Augen und zitternden Lippen. „Das wollte ich nicht."

„Ich weiß. Ich wette, wenn du das deinem Dad sagst, werdet ihr euch beide gleich besser fühlen."

„Hat dein Dad dich mal angeschrien?"

„Ja, und dann war ich böse und auch traurig. Aber nach einer Weile habe ich mir dann überlegt, dass ich es verdient hatte."

„Habe ich es auch verdient?"

„Ich fürchte, ja, hübscher Jack. Aber eines wusste ich immer: Auch wenn mein Dad mich angeschrien hat, er hatte mich sehr lieb. Und du weißt das von deinem Dad auch, nicht wahr?"

„Ja." Jack nickte ernst. „Wir sind ein Team."

„Ihr seid ein richtig gutes Team."

Jack spielte mit den Apfelstückchen, legte ein Muster auf dem Teller zusammen. Sie ist hübsch, dachte er. Und nett. Sie konnte spielen, und sie las ihm Geschichten vor. Er mochte es sogar, wenn sie ihn küsste, auch wenn er so tat, als würde es ihm nicht gefallen. Dad küsste sie auch gern, das hatte er selbst gesagt. Und Dad log nie.

Also, vielleicht … vielleicht könnte sie ja seinen Dad heiraten. Dann wäre sie Dads Frau und seine Mutter. Und sie würden alle zusammen in dem großen Haus leben. Dann wären sie eine richtige Familie.

Irgendwann würden sie vielleicht sogar alle zusammen nach Disney World fahren.

„Worüber denkst du denn so angestrengt nach, hübscher Jack?"

„Ich habe gerade überlegt, ob …"

„Hoppla." Sie erhob sich, als es an der Haustür klingelte, und lächelte Jack zu. „Vergiss nicht, was du sagen wolltest, ja? Das wird deine Grandma sein."

Sie wuschelte Jack durchs Haar und eilte zur Tür. Als sie die Hand an den Türknauf legte, atmete sie noch einmal tief durch. Es ist albern, nervös zu sein, ermahnte sie sich. Dann zog sie die Tür auf und sah Mr und Mrs O'Connell draußen stehen.

„Hallo. Schön, dass Sie da sind." Sie ließ die beiden ein. „Jack ist in der Küche und isst etwas."

„Danke, dass Sie auf Jack aufpassen." Mary O'Connell blickte sich rasch um. Ihre Neugier sollte nicht zu auffällig sein. Auch sie hatte sich Mühe mit ihrem Make-up gegeben – sehr zum Missfallen ihres Mannes.

563

„Ich bin gern mit Jack zusammen. Kommen Sie doch herein, ich habe frischen Kaffee aufgebrüht."

„Wir wollen Ihnen keine Umstände machen", sagte Bob.
Er war schon zig Mal in diesem Haus gewesen. Wenn man die
Toiletten anderer Leute reparierte, war man nicht mehr son-
derlich beeindruckt von deren restlicher Einrichtung.

„Es macht ganz bestimmt keine Umstände. Natürlich,
wenn Sie es eilig haben …"

„Wir müssen noch …"

Bob brach ab, als seine Frau ihm leicht mit dem Ellenbogen
in die Seite stieß. „Für eine Tasse Kaffee bleibt immer Zeit.
Danke für die Einladung."

„Brody wird für meine Eltern die Küche renovieren", erzählte Kate, während sie vorging. „Meine Eltern sind ganz
begeistert von dem, was er im restlichen Haus schon für sie
gemacht hat."

„Er hat immer ein Händchen für handwerkliche Dinge gehabt", sagte Mary und warf ihrem Mann einen kurzen Blick
zu, als der die Lippen fest aufeinanderpresste.

„Ja, sein Haus hat er völlig verändert. He, Jack, sieh mal,
wer hier ist."

„Hi." Jack schlürfte seinen Kakao. „Ich habe mit Kate gespielt."

Wie der Vater, so der Sohn, dachte Bob säuerlich, aber seine
Laune hob sich wie immer, als er Jacks strahlendes Lachen sah.
„Wo hast du denn die Kakaokuh gefunden, Partner?"

„Oh, wir halten uns eine im Garten und melken sie zweimal am Tag", sagte Kate lachend und stellte zwei Kaffeetassen
auf den Tisch.

„Kate hat Spielzeug. Ihre Mom hat einen ganzen Laden voll
damit. Kate hat gesagt, dass ich mir zu meinem Geburtstag in
dem Laden aussuchen darf, was ich will."

„Oh, das ist aber nett." Mary sah von Jack zu Kate. „Wie
geht es Ihrer Mutter?"

„Sehr gut. Danke der Nachfrage."

Die Art, wie Kate den Kaffee servierte, gefiel Mary. Ruhig, geschickt, mit Stil, aber nicht affektiert. Und die Art, wie sie Jack ganz selbstverständlich einen Lappen reichte, damit er den verschütteten Kakaoklecks selbst aufwischen konnte.

Sie würde eine gute Mutter abgeben, dachte Mary. Der Himmel wusste, ihr kleines Lämmchen hatte das verdient. Was nun Kate als potenzielle Ehefrau betraf – nun, man würde sehen.

„Jeder redet über Ihre Ballettschule." Als ihr Mann leise abfällig schnaubte, huschte verlegene Röte über ihre Wangen. „Sie müssen doch ganz aufgeregt sein."

„Das bin ich auch. Es haben sich schon einige Schüler angemeldet, die ersten Unterrichtsklassen werden in ein paar Wochen beginnen. Falls Sie noch jemanden kennen sollten … ich wäre Ihnen dankbar, wenn Sie ein gutes Wort für mich einlegen könnten."

„Shepherdstown ist nicht New York", brummte Bob und griff nach dem Zuckertopf.

„Stimmt." Kate blieb ruhig und freundlich, auch wenn ihr der Seitenhieb nicht entgangen war. „Ich habe gern in New York gelebt und gearbeitet. Natürlich war es leichter für mich, weil ich dort Familie habe. Ich bin auch gerne gereist, es gefiel mir, andere Länder kennenzulernen, auf den großen Bühnen zu tanzen. Aber hier ist mein Zuhause, und hier will ich sein. Meinen Sie, dass das Ballett nicht hierher passt, Mr O'Connell?"

Er zuckte die Schultern. „Ich versteh nichts davon."

„Sehen Sie, ich verstehe sehr viel davon. Deshalb bin ich überzeugt, dass eine gute Schule hier ankommen wird. Wir leben in einer Kleinstadt", fuhr sie fort, „aber wir haben auch ein College. Das bringt sehr viele verschiedene Leute hier zusammen."

„Kann ich einen Keks haben?"

Kate erhob sich bereitwillig, um Jack Kekse zu bringen, und zuckte zusammen, als sie Brody plötzlich durch das Glas der Hintertür erblickte.

Sie ließ ihn ein. „Himmel, hast du mich erschreckt."

„'tschuldigung." Er sah zu seinen Eltern. „Ich habe versucht, euch anzurufen, um euch zu sagen, dass ich Jack selbst abholen kann. Aber ihr wart schon weg."

„Wir haben gesagt, um drei holen wir den Jungen ab, und um drei waren wir hier", brummte Bob.

„Nun ... bei mir hat sich eine kleine Änderung ergeben." Er sah zu seinem Sohn, der mit hängendem Kopf auf seinen Teller starrte, das Kinn fast auf der Brust. „Hast du Spaß bei Kate gehabt?"

Jack nickte und sah langsam auf. Tränen schwammen in seinen Augen. „Es tut mir leid, dass ich so böse war. Ich wollte deinem Herzen nicht wehtun."

Brody ging vor ihm in die Hocke und nahm Jacks Gesicht in beide Hände. „Und mir tut es leid, dass ich nicht mit dir nach Disney World fahren kann. Es tut mir leid, dass ich dich angeschrien habe."

„Dann bist du nicht mehr böse auf mich?"

„Nein. Ich war auch nie wirklich böse auf dich."

Die Tränen trockneten schnell. „Das hat Kate auch gesagt."

„Kate hat recht gehabt." Er nahm seinen Sohn auf den Arm und drückte ihn fest an sich.

„Darf ich wieder mit dir zurück zur Arbeit? Ich verspreche, ich werde auch ganz lieb sein."

„Nun, du könntest, aber für heute ist meine Arbeit erledigt."

„Nennt man das jetzt Verantwortungsbewusstsein, wenn ein Mann am frühen Nachmittag aufhört zu arbeiten?" Bobs Stimme klang vorwurfsvoll.

Brody sah zu seinem Vater hinüber und nickte fest. „Ja. Denn dieser Mann ist verantwortungsbewusst genug, um ein guter Vater zu sein und sich Zeit für seinen Sohn zu nehmen."

„Du hattest immer genug zu essen." Bob schob unwirsch den Stuhl zurück.

„Stimmt. Aber ich will, dass Jack später mehr von mir sagen kann. Ich habe etwas für dich", wandte er sich an Jack und bemerkte das zitternde Kinn und den ängstlichen Blick, wie immer, wenn sein Vater und er aneinandergerieten. „Es hat nichts mit Disney World zu tun, aber ich wette, es wird dir mehr gefallen."

„Ein neuer Action Man?"

„Nein."

„Ein Auto? Ein Laster?"

„Ganz kalt. Und du kannst auch aufhören, in meinen Taschen zu wühlen, denn da wirst du nichts finden. Es ist draußen auf der Veranda."

„Kann ich es sehen?" Jack rannte schon zur Tür und rüttelte am Türknauf. Und als die Tür dann aufging und Jack nach unten sah, dann zu seinem Vater, hatte Brody in diesem einen glücklichen Moment alles, was er zum Leben brauchte.

„Ein Hündchen! Ein richtiges Hündchen!"

Jack hob das schwarze Fellknäuel hoch, das sofort begann, begeistert fiepend und schwanzwedelnd Jacks Gesicht abzuschlecken. „Ist der für mich? Kann ich ihn behalten?"

„Sieht aus, als wollte er dich behalten", meinte Brody lächelnd.

„Sieh nur, Grandma, ich habe einen Hund! Er gehört ganz allein mir! Und er heißt Mike! So wie ich es mir immer gewünscht habe!" Mit strahlenden Augen betrachtete der Junge seinen neuen Spielgefährten.

„Der ist wirklich ein hübscher kleiner Kerl. Oh, sieh nur, die großen Pfoten. Der ist bestimmt bald größer als du. Aber du musst auch gut auf ihn aufpassen und dich um ihn kümmern, Jack."

„Das werde ich, Ehrenwort! Sieh nur, Kate, das ist Mike!"

„Er ist wunderbar." Sie ging in die Hocke und wurde dafür mit nassen Hundeküssen belohnt. „So weich, so süß." Sie sah zu Brody auf, in seine Augen. „Unbeschreiblich süß."

„Schon gut für einen Jungen, einen Hund zu haben." Bob war verletzt von der Bemerkung seines Sohnes. „Aber wer wird sich um das Tier kümmern, wenn Jack in der Schule ist und du den ganzen Tag arbeitest? Du überlegst nie vorher, du machst nur das, was du willst. An andere denkst du dabei nicht."

Bestürzt legte Mary ihre Hand auf den Arm ihres Mannes. „Bob!"

„Unser Garten ist eingezäunt", setzte Brody beherrscht an. „Und auf viele Baustellen kann ich den Hund mitnehmen. Bis er alt genug ist, allein zu bleiben."

„Hast du den Hund für den Jungen gekauft, oder willst du nur dein Gewissen beruhigen, weil du ihm nicht das bieten kannst, was seine Freunde haben?"

„Ich will gar nicht nach Disney World", sagte Jack weinerlich. „Ich will bei Dad und Mike bleiben."

Kate setzte ihr freundlichstes Lächeln auf und legte Jack einen Arm um die Schultern. „Warum gehst du nicht mit Mike hinaus und spielst mit ihm im Garten, hm? Kleine Hunde rennen genauso gern wie kleine Jungen. Hier, zieh dir erst deine Jacke an."

Brody hielt sich zurück, bis Kate den Jungen zur Tür hinausgeschoben hatte.

„Es geht dich nicht das Geringste an, wann und warum ich meinem Sohn einen Hund kaufe. Ich habe den Hund schon vor drei Wochen ausgesucht, musste aber warten, bis er alt genug und entwöhnt war. Ich wollte ihn Ostersonntag abholen, aber Jack braucht heute eine kleine Aufmunterung."

„Du bringst ihm keinen Respekt bei, wenn du ihn mit Geschenken überhäufst, nachdem er frech zu dir war."

„Respekt war das Einzige, das du mir beigebracht hast, und sieh dir an, wohin uns das geführt hat."

„Bitte." Mary rang entsetzt die Hände. „Das müsst ihr doch nicht hier austragen …"

„Du sagst mir nicht, wann und wo ich meine Meinung sagen kann", fuhr Bob seiner Frau über den Mund. „Es war ein Fehler von mir, ich hätte dich noch öfter den Stock spüren lassen sollen. Du hast immer nur das getan, was du wolltest. Es gab immer nur Ärger mit dir, du weißt gar nicht, wie viel Kummer du deiner Mutter zugefügt hast. Rennst in die Stadt, noch nicht trocken hinter den Ohren, und vergeudest dein Leben."

„Es ging nicht um die Stadt, es ging darum, von dir wegzukommen."

Bobs Kopf zuckte herum, als wäre er geschlagen worden. „Aber jetzt bist du wieder hier, nicht wahr? Krebst herum, schiebst deinen Sohn zu Nachbarn ab, damit du überhaupt über die Runden kommst. Jagst Weiberröcken hinterher und wälzt dich in Betten, während dein Sohn im Zimmer nebenan liegt …"

„Moment mal!" Hätte die Wut ihr nicht den Blick vernebelt, wäre Kate aufgefallen, dass sie sich zwischen zwei Männer stellte, die kurz davor waren, sich mit Fäusten zu bearbeiten. „Zufälligerweise weiß ich, dass Brody nicht Weiberröcken hinterherjagt, sondern mir. Und selbst wenn es Sie überhaupt nichts angeht – wir haben uns nie im Bett gewälzt, wenn Jack nebenan schlief. Wenn Sie nicht wissen, dass Brody sich eher den rechten Arm abschneiden würde, bevor er dieses Kind verletzt, dann sind Sie nicht nur blind, sondern auch begriffsstutzig. Sie sollten sich schämen, so mit ihm zu reden, nur weil Sie nicht genug Mumm besitzen, ihm zu sagen, dass Sie stolz auf das sind, was er aus seinem Leben und dem Leben seines Sohnes macht."

„Spar dir deinen Atem", mischte Brody sich resigniert ein, „es nützt sowieso nichts."

„Du hältst dich da raus. Denn du bist weiß Gott auch nicht unschuldig. Du hast kein Recht, so zu deinem Vater zu sprechen. Kein Recht, ihm den Respekt zu verweigern. Und das vor deinem eigenen Kind. Siehst du denn nicht, wie sehr ihn das ängstigt, wenn er euch beiden zusehen muss, wie ihr euch gegenseitig an die Kehle geht?"

Wütende Pfeile schossen aus ihren Augen, als sie von einem zum anderen blickte. „Ihr zwei zusammen habt nicht einmal den Verstand einer Amöbe. Ich gehe jetzt raus zu Jack. Und von mir aus könnt ihr euch die Nasen blutig schlagen." Damit riss sie die Hintertür auf und segelte hinaus.

Es brodelte immer noch in ihr, als Brody kurze Zeit später neben sie trat.

„Ich möchte mich dafür entschuldigen, dass ich das in dein Haus gebracht habe."

„Mein Haus hat schon einige Familienstreitigkeiten erlebt. Das wird mit Sicherheit nicht das letzte Mal gewesen sein."

„Du hast recht, es war falsch von uns, vor Jack damit anzufangen." Als sie schwieg, steckte er seufzend die Hände in die Hosentaschen und sah eine Weile zu, wie Jack mit Mike über den Rasen tobte. „Kate, so war es immer zwischen meinem Vater und mir."

„Muss es deshalb auch immer so bleiben? Brody, wenn du einen Aspekt deines Lebens ändern kannst, gelingt es dir auch bei einem anderen. Du musst es nur wollen."

„Wir geraten uns ständig in die Haare. Es ist besser, wenn wir Abstand voneinander halten. Ich will nicht, dass Jack einmal für mich solche Gefühle hat."

„Hör auf damit." Ungeduldig drehte sie sich zu ihm herum. „Sieh ihn dir an. Ist das ein glücklicher, gesunder, wohlerzogener Junge?"

„Ja." Brody lächelte unwillkürlich, als Jacks lautes Lachen durch die Luft schwang.

„Du bist ein guter Vater. Manchmal ist es anstrengend, aber meist ist es leicht für dich. Weil du ihn bedingungslos liebst. Als Sohn zu lieben ist viel schwieriger für dich. Weil du Bedingungen stellst, Forderungen. Ansprüche hast. Genauso ist es bei deinem Vater."

„Wir lieben uns nicht."

„Da irrst du gewaltig. Denn sonst könntet ihr euch nicht so verletzen."

Brody ging nicht darauf ein. Sie verstand es nicht. Wie sollte sie auch? „Es ist das erste Mal, dass ich ihn sprachlos gesehen habe. Noch nie hat eine Frau ihn so auseinandergenommen. Ich muss sagen, ich habe mich mittlerweile daran gewöhnt."

„Umso besser. Also, wenn du nicht willst, dass ich jetzt mit dir anfange, solltest du dich so schnell wie möglich bei deiner Mutter entschuldigen. Sie wäre vor Verlegenheit am liebsten im Boden versunken."

„Mann, du bist ganz schön streng. Darf ich wenigstens vorher mit meinem Hund spielen?"

Sie hob eine Augenbraue. „Wessen Hund?"

„Jacks. Aber Jack und ich, wir sind …"

„Ein Team", beendete sie den Satz für ihn. „Ich weiß."

10. KAPITEL

*K*ate machte einen Plan. Wartete ab, bis der richtige Moment gekommen war. Sicher, es war mit voller Absicht und kühl kalkuliert. Aber mal ehrlich, was war so falsch daran? Timing, Ansatzpunkt, Vorgehensweise – unerlässliche und grundlegende Faktoren für jeden Plan.

Freitagnacht war der richtige Zeitpunkt. Jack blieb über Nacht bei seinen Großeltern, und Brody war sehr entspannt und glücklich, nachdem sie sich leidenschaftlich geliebt hatten.

„Ich habe etwas für dich."

„Noch mehr?" Er war, wie Jerry es genannt hätte, völlig weggetreten. „Ich habe schon ein Abendessen, eine Flasche Wein und eine Nacht mit einer wunderschönen Frau bekommen. Etwas anderes kann es doch gar nicht mehr geben."

Mit einem leisen Lachen schlüpfte sie aus dem Bett. „Doch."

Er beobachtete sie. Er liebte es zu sehen, wie sie sich bewegte. Langsam dämmerte es ihm, dass da vielleicht doch mehr an dieser ganzen Ballettsache war, als er bisher vermutet hatte.

Es machte ihn glücklich, sie hier in seinem Zimmer zu sehen. Das Zimmer, in das er schon seit Längerem abends immer noch ein paar Stunden Arbeit investiert hatte, damit es endlich fertig wurde. Schließlich tat er hier jetzt wesentlich mehr als nur schlafen.

Einmal hatte sie ihre Ohrringe auf der Kommode neben dem Bett liegen lassen. Als er aufgewacht war und sie gesehen hatte, war er regelrecht zusammengezuckt. Die Ohrringe sahen so … so feminin aus.

Und dann war ihm der Platz auf dem Schrank leer vorgekommen, als Kate die Ohrringe genommen und wieder eingesteckt hatte.

Er würde sich genauer überlegen müssen, was diese seltsame Reaktion zu bedeuten hatte.

Sie zog sein Hemd über und ging zu ihrer Handtasche auf dem Stuhl.

„Ich werde dir ein Dutzend Flanellhemden kaufen, nur damit ich dich darunter nackt sehen kann."

„Ich nehme gerne an." Sie kam zum Bett zurück und ließ einen Umschlag auf seine bloße Brust fallen. „Die sind für dich."

„Was?" Verdutzt setzte Brody sich auf und öffnete den Umschlag. Zwei Flugtickets kamen zum Vorschein, was ihn nur noch mehr irritierte. „Was ist das?"

„Zwei Tickets nach New York. Für dich und Jack."

Argwöhnisch runzelte er die Stirn. „Wieso?"

„Weil ich euch beide dabeihaben will. Warst du schon mal in New York?"

„Nein, aber …"

„Umso besser. Dann kann ich euch beiden die Stadt zeigen. Der Direktor meiner Company hat Anfang der Woche angerufen", erklärte sie. „Sie machen eine Sonderaufführung, nur eine Vorstellung, nächsten Samstag. Ein Wohltätigkeitsprojekt. Es werden verschiedene Ausschnitte aus den gängigsten Balletts gezeigt. Die Tänzerin, die den *pas de deux* tanzen sollte, ist wegen einer Verletzung ausgefallen. Nichts Schlimmes, glücklicherweise, es wird ihre Karriere nicht beenden, aber sie muss zwei Wochen pausieren. Deshalb hat er mich gebeten, für sie einzuspringen. Ich sollte eigentlich schon Montag hinfliegen, um zu üben, aber ich musste einiges umorganisieren, und so kann ich erst am Dienstag nach New York."

Das war doch ganz einfach und klar, oder nicht? Sie würde Brody keinen Raum lassen, sich herauszuwinden, das hatte sie sich fest vorgenommen.

Er fühlte den kleinen Stich, dass sie schon wieder wegmusste. „Ich weiß, du wirst exzellent sein. Aber, Kate, ich kann mir nicht einfach Jack greifen und fürs Wochenende nach New York jetten."

„Warum nicht? Ihr fliegt Freitag nach der Schule und seid vor dem Abendessen in New York. Wir kommen bei meiner Schwester unter. Am Samstag siehst du dir die Stadt an, gehst mit Jack vielleicht aufs Empire State Building. Samstagabend Theater, die Ballettaufführung. Am Sonntag ein kleiner Stadtbummel zusammen, dann Dinner bei meinen Großeltern. Wir nehmen den letzten Flug zurück, und am Montag ist jeder wieder pünktlich in der Schule und bei der Arbeit." Sie reckte die Schultern und musste Luft holen. „Oh, und Mike bringst du natürlich mit. Die Kinder meiner Schwester werden aus dem Häuschen sein."

Er hatte das Gefühl, in einer Kiste zu sitzen, und jemand hämmerte Nagel für Nagel den Deckel zu. „Kate, Leute wie ich tun so etwas nicht. Mal eben nach New York …"

„He, du fliegst doch nicht zum Mars, O'Connell." Lachend küsste sie ihn. „Nur ein kleines Abenteuer. Jack wird vor Freude in die Luft springen, und …", den entscheidenden Schlag hatte sie bis zum Schluss aufbewahrt wie jeder gute General, „… dann kann er seinem Freund Rod wenigstens einen kleinen Dämpfer wegen Disney World versetzen. Immerhin kann er dann von sich behaupten, dass er auf dem Gebäude war, von dem King Kong in einen tragischen Tod stürzte."

Das saß. Brody musste an sich halten, um nicht unruhig im Bett hin und her zu rutschen. Ach was, Kiste. Er kam sich vor wie ein Fisch an der Angel, der den Haken schon geschluckt hatte und nicht mehr loskam. „Versteh es bitte nicht falsch, aber ich habe wirklich nicht viel für Ballett übrig."

„So?" Sie lächelte zuckersüß und klimperte mit den Wimpern. „Welche hast du denn schon gesehen?"

„Ich habe auch noch keine öffentliche Hinrichtung gesehen, und trotzdem weiß ich, dass das nichts für mich wäre."

„Sieh es doch mal so. Du ermöglichst Jack, New York kennenzulernen. Du hast zwei volle Tage, um dich bestens zu amüsieren. Dagegen stehen zwei Stunden Flug, in denen du dich zu Tode langweilen wirst. Das ist doch kein schlechter Deal, oder? Außerdem hast du mich noch nie tanzen sehen." Sie verschränke ihre Finger mit seinen. „Ich wünsche mir, dass du mich wenigstens ein Mal auf der Bühne siehst."

Er blickte mit gerunzelter Stirn auf die Tickets in seinen Händen. „Du hast wirklich nichts ausgelassen, was?"

„Das hoffe ich doch. Also, abgemacht?"

„Wenn Jack hört, dass er zum ersten Mal mit einem Flugzeug fliegen darf, wird er völlig ausflippen."

Jack flippte nicht nur aus, er überschlug sich vor Freude und war nicht mehr zu bremsen. Auch dann nicht, als sie am Freitagnachmittag das Flugzeug bestiegen.

„Dad, kannst du nicht fragen, ob Mike bei uns sitzen kann? Er hat Angst in dieser Kiste."

„Jack, ich habe dir bereits erklärt, dass das nicht erlaubt ist. Außerdem sind da doch noch zwei andere Hunde. Die drei werden sich bestimmt bestens unterhalten und genauso viel Spaß haben wie wir."

„Na schön." Mit staunend aufgerissenen Augen sah Jack sich um, als sie durch die schmale Tür in die Maschine traten. „Dad, sieh nur!", flüsterte er aufgeregt. „Da sind die Piloten."

Der Steward begriff sofort. Jack bekam eine Führung durch das Cockpit und ein kleines Plastikflugzeug. Als die Startdurchsage kam, war Jack fest entschlossen, später einmal Pilot zu werden.

Während der nächsten fünfzig Minuten feuerte er eine Frage nach der anderen ab, meist die kleine Nase hartnäckig an die Fensterscheibe gedrückt. Als sie zur Landung ansetzten, klingelte es Brody in den Ohren, aber er musste zugeben, dass Jack einen Riesenspaß hatte.

Jetzt musste er nur noch die nächsten beiden Tage überstehen – bei Kates Familie. Und als ob das nicht reichen würde, einem Mann ernsthafte Kopfschmerzen zu bereiten, gab es da auch noch den Ballettabend.

Was treibst du hier eigentlich, O'Connell? fragte er sich in einem Anflug von Panik. Ein Wochenende in New York. Ein Abend im Theater. Warum zum Teufel bist du nicht zu Hause, schmirgelst Schränke ab und bereitest die freitagabendliche Pizza Spezial vor?

Die Frage konnte er sich selbst beantworten. Es war wegen Kate. Nach dieser Erkenntnis flammte die Panik, bis jetzt noch verhalten, lichterloh auf. Irgendwie hatte sie alles verändert.

Die Reisetasche in der einen Hand, Jacks Hand fest in der anderen, ging er durch das Gate und befahl sich, ganz ruhig zu bleiben – schließlich waren es ja nur zwei Tage –, und sah sich nach Kate um. Als er den großen blonden Mann erblickte, der aufgeregt winkte, ging er hastig die Gesichter aller Leute, die er kannte, in Gedanken durch, bis er bei Kates Schwager ankam. Himmel, wie hieß der Mann nur noch?

„Nick LeBeck." Nick nahm Brody die Tasche aus der Hand. „Ihr kommt bei uns unter. Kate wollte euch selbst abholen, aber sie ist bei den Proben aufgehalten worden."

„Danke für die Mühe. Wir hätten auch ein Taxi nehmen können."

„Kein Problem, gern geschehen. Habt ihr noch mehr Gepäck?"

„Mike."

„Ach ja." Lachend schüttelte Nick Jack die Hand. „Schön, dich wiederzusehen. Max kann's kaum noch erwarten, bis ihr endlich bei uns seid. Ihr habt euch Silvester schon getroffen."

„Ja, ich weiß, und Kate hat gesagt, ich kann bei ihm schlafen." Jack blickte Nick erwartungsvoll an.

„Richtig. Heute Abend veranstalten wir ein ganz großes Dinner. Magst du Fischkopfsuppe?"

Jacks Augen wurden tellergroß. Um nicht allzu unhöflich zu erscheinen, schüttelte er ganz langsam den Kopf.

„Das ist gut. Wir haben nämlich keine. Kommt, lasst uns Mike befreien."

Es war lange nicht so unangenehm, wie er erwartet hatte, in einer fremden Stadt, in einem fremden Haus, mit Leuten, die er kaum kannte. Jack fand sich sofort zurecht und frischte seine kurze Freundschaft mit Max auf. Die beiden gluckten zusammen, als hätten sie sich erst gestern gesehen. Mike war bei allen der Hit, und vor lauter Aufregung pinkelte er mitten im Wohnzimmer auf den Teppich.

„Oh, entschuldigt, das tut mir wahnsinnig leid. Dabei ist er schon fast stubenrein."

„Wie unsere Kinder", sagte Freddie ungerührt und reichte Brody einen Lappen. „Das sind wir gewohnt, nur der Himmel weiß, was dieser Teppich schon alles aushalten musste. Also, entspannen Sie sich wieder."

Brody war erstaunt, aber er tat es tatsächlich. Es war interessant und faszinierend mit anzusehen, wie Jack mit Bruder und Schwester zurechtkam. Fast wie ein großer Bruder spielte er mit der dreijährigen Kelsey.

Was Brody zu dem Gedanken veranlasste, dass ein Einzelkind es vielleicht doch nicht immer so gut hatte, wie man glaubte.

„Brauchen Sie vielleicht eine kleine Pause?", flüsterte Nick Brody zu und zeigte mit dem Kopf nach hinten zur Tür.

Diese Einladung nahm Brody nur zu gern an. Nick führte ihn in das Musikzimmer, in dem sich das alte Piano befand, das Nick schon seit über zehn Jahren aus reiner Sentimentalität behielt. In einem Regal blinkten mehrere polierte „Tonys", auf der Bank lag ein Stapel Notenblätter. Mehrere tiefe, weiche Ledersessel standen herum.

Nick ging zu einem unauffällig in der Regalwand eingelassenen Minikühlschrank. „Bier?"

„Aber auf jeden Fall", sagte Brody mit Inbrunst.

„Wenn man mit Kindern reist, weiß man, was man geleistet hat." Nick ließ Kronkorken springen, reichte Brody eine Flasche. „Kommen Sie, reden Sie es sich von der Seele."

„Von dem Moment an, als ich ihn von der Schule abholte, hat er nicht mehr aufgehört zu reden. Er muss einen neuen Rekord im Dauerreden aufgestellt haben."

„Warten Sie's ab, wenn Sie erst mal auf einem Transatlantikflug sind. Neun Stunden, eingesperrt auf engstem Raum mit Max und Kelsey." Nick schüttelte sich. „Können Sie sich eigentlich vorstellen, wie viele Fragen man in neun Stunden stellen kann? Nein, lassen Sie uns schnell das Thema wechseln, sonst haben wir beide heute Nacht Albträume."

Auf Nicks Einladung hin ließ Brody sich dankbar in einen der Sessel sinken. „Ein tolles Haus haben Sie hier. Wenn ich an New York dachte, habe ich mir immer trostlose Mietshäuser vorgestellt, deren Fenster auf ein anderes trostloses Mietshaus blicken. Oder moderne Wolkenkratzer."

„Davon haben wir hier auch genug. Als Freddie und ich zusammen zu schreiben begannen, lebte ich über der Bar meines Bruders, an der Lower East Side. Tolle Bar übrigens", ließ er nebenbei einfließen. „Aber das ist nicht unbedingt der richtige Ort, um zwei Kinder großzuziehen." Er sah auf und begann zu grinsen. „Ah, da kommt unsere Ballerina."

„Tut mir leid, dass ich so spät dran bin." Kate rauschte in den Raum, drückte Nick ein schnelles Küsschen auf die Wange und ging dann zu Brody, um ihn wesentlich ausgiebiger und länger zu küssen. „Entschuldige, dass ich euch nicht abholen konnte. Aber Davidov hat mal wieder eine seiner Krisen. Der Mann kann einen richtig zum Trinker machen. Nick, mein strahlender Held, ich werde dir ewig dankbar sein, wenn du mir ein Glas Wein beschaffen könntest."

„Fein. Ich werde dich dran erinnern."

„Sag Freddie bitte, dass ich gleich komme. Ich muss erst mal Luft holen."

„Setz dich", ordnete er an und drückte sie in einen Sessel. „Gönne diesen Goldfüßen 'ne Pause."

„Die brauchen sie auch." Mit einem tiefen Seufzer der Erleichterung schlüpfte sie aus ihren Schuhen, als Nick den Raum verließ.

Prompt fluchte Brody und war sofort bei ihr, nahm ihre Füße in seine Hände. „Was zum Teufel hast du gemacht?" Ihre Füße waren bandagiert und blutig.

„Getanzt."

„Bis du blutest?"

„Wenn es nötig ist, ja. Bei Davidov kommt das häufiger vor."

„Er gehört erschossen."

Sie lehnte sich zurück und schloss die Augen. „Ich muss gestehen, in den letzten beiden Tagen habe ich diese Möglichkeit öfter in Betracht gezogen. Aber Schwächlinge haben beim Ballett nichts verloren. Schmerzende und blutige Füße gehören eben mit zur Arbeitsplatzbeschreibung eines Tänzers."

„Das ist doch Wahnsinn."

„Das ist das Leben, O'Connell." Sie beugte sich vor und küsste ihn. „Keine Sorge, sie heilen ja wieder."

„Und wie willst du damit morgen tanzen?"

„Ich werde großartig sein." Sie seufzte dankbar, als Nick mit dem gewünschten Glas Wein zurückkam. „Ach, mein edler Prinz, danke. Übrigens, Brody ist der Meinung, dass man Davidov erschießen sollte."

„Das hast du auch schon oft gesagt." Nick blickte auf ihre Füße, zuckte zusammen. „Sieht ja schlimm aus. Soll ich dir Eiswürfel bringen?"

„Nein, danke. Ich werde sie später verhätscheln."

„Das wirst du jetzt sofort machen!" Brody hob sie resolut aus dem Sessel auf seine Arme.

„Wirklich, Brody, jetzt stell dich nicht so an."

„Du hältst den Mund", befahl er barsch und trug sie hinaus.

Nick trank den letzten Schluck aus der Flasche. „Mann, der Typ ist erledigt." Dann ging er, um seine Frau zu finden und es ihr brühwarm zu berichten.

„Es war ja so romantisch." Noch jetzt, Stunden später im gemeinsamen Schlafzimmer, floss Freddies Herz über. „Plötzlich stand er in der Küche, mit diesem wunderbar mürrisch-besorgten Stirnrunzeln, Kate auf dem Arm, und verlangte nach einer Schüssel, damit er ihr ein Fußbad machen kann." Sie schmunzelte verträumt.

„Ich hab's dir doch gesagt." Abrupt schlug Nick mit der Faust mehrmals gegen die Wand zum angrenzenden Kinderzimmer. Allerdings hatte er wenig Hoffnung, dass das irgendeinen Einfluss auf den Lärm haben würde, der hinter dieser Wand ertönte. „Der Mann ist verloren."

„Und wie er sie angeschaut hat … vor allem als er glaubte, keiner würde es bemerken. Als ob er sie am liebsten mit einem einzigen großen Biss vernaschen würde. Es war wunderbar."

Nick hörte auf, sich den Bauch zu kratzen, und runzelte die Stirn. „Ich habe dich auch so angesehen."

Freddie schnaubte leicht und deckte das Bett auf. „Das war einmal."

„He." Er ging zu ihr, fasste sie bei den Schultern und drehte sie zu sich herum. „Hier. Sieh genau hin." Er zeigte auf seine Augen und versuchte, verführerisch zu gucken.

Sie lachte leise. „Ja, sicher. Ich zerfließe regelrecht."

„Willst du damit andeuten, dass ich nicht romantisch bin? Dass dieser hammerschwingende Goliath auf diesem Gebiet besser ist als ich?"

Freddie genoss jede Sekunde des ehelichen Geplänkels. „Also bitte …" Sie ging zur Frisierkommode hinüber und nahm die Haarbürste auf. Im nächsten Moment fand sie sich hochgehoben, ihr erschreckter Aufschrei wurde erstickt durch einen sehr entschlossenen Mund.

„Ah, du willst also Romantik?" Ohne Freddie die Möglichkeit zu einer Reaktion zu geben, trug Nick seine Ehefrau zum Bett hinüber. „Die kannst du haben!"

Am anderen Ende des Korridors, nachdem die Kinder endlich vor lauter Erschöpfung eingeschlafen waren, zog Kate den Gürtel ihres Morgenmantels fester um die Taille. Sie hatte lange, harte Tage hinter sich, Tage, in denen sie sich völlig verausgabt hatte, die das Letzte von ihrem Körper und ihrem Geist gefordert hatten.

Aber zu wissen, dass Brody sich nur wenige Meter entfernt in seinem Zimmer befand, machte sie rastlos und unruhig.

Verlangen.

Sie hatte gehofft, dass er sich ohne Rücksicht auf Anstand und Höflichkeit in ihr Zimmer schleichen würde. Was er nicht getan hatte. Aber das hieß ja nicht, dass sie sich nicht in sein Zimmer schleichen konnte.

Sie schlüpfte zur Tür hinaus und ging auf Zehenspitzen zum Kinderzimmer. Selbst der Hund, so erkannte sie durch den Türspalt, schlief tief und fest vor Erschöpfung. Leise schloss sie die Tür wieder und ging weiter zu Brodys Zimmer.

Unter dem Türspalt schimmerte kein Licht hindurch. Nun, wenn sie ihn aufwecken musste, dann würde sie das eben tun. Sie schob die Tür auf, die Angeln knarrten leise, und trat in den Raum. Im gleichen Moment drehte Brody sich am Fenster zu ihr um.

Er hatte unentwegt an sie denken müssen – aber das war ja nichts Neues. Er trug nur noch seine Jeans, und jetzt stand er da und sah zu, wie sie hinter sich den Schlüssel im Schloss drehte. Sein Mund wurde trocken.

„Kate, die Kinder …"

„Die sind hinüber." Sie hatte diesen Morgenmantel erst gestern gekauft, in der einstündigen Pause. Eine sündhaft teure Anschaffung aus pfirsichfarbener Seide. Aber als sie jetzt

Brodys Gesicht sah, hörte, wie die Seide raschelte, als sie auf ihn zuging, war sie überzeugt, die richtige Investition getätigt zu haben.

„Ich habe gerade nach ihnen geschaut. Und falls sie wider Erwarten aufwachen sollten, wird sich eben einer von uns um sie kümmern. Siehst du dir die Aussicht an?"

„Ziemlich beeindruckend." Er nahm ihre Hände. „Ich dachte gerade daran, dass ich heute Nacht wohl kein Auge zutun werde. Zu wissen, dass du so nah bist, und dich nicht berühren zu können …"

„Berühre mich jetzt, und keiner von uns wird sich Gedanken über schlaflose Nächte machen müssen."

Er fragte sich, wie er je hatte glauben können, er könnte ihr widerstehen. Sie war die Verkörperung jeder Fantasie, die er je gehabt hatte, jedes Traums, jedes Wunsches. Seide und Schatten. Aber sie war echt, so echt wie dieser warme, verlangende Mund, diese langen schlanken Arme.

All die leeren Jahre, die einsamen Nächte zählten nicht mehr.

Er strich die Seide von ihren Schultern und fand nur Kate darunter. Rundungen und Muskeln, Seufzer und Zittern. Zusammen mit ihr schlüpfte er ins Bett und in die vertraute Welt, die sie sich erschaffen hatten. Duftende Haut, streichelnde Hände. Sie war ein Wunder für ihn, eine Sirene mit rauchgrauen Augen, die ihn mit einem einzigen Blick verführen konnte. Eine Frau mit eigenem Kopf und Charakterstärke, die keiner Schlacht auswich. Eine gute Freundin, immer bereit, die Schulter zu bieten, an die man sich anlehnen konnte.

Er konnte sich nicht mehr vorstellen, wie sein Leben ohne sie aussehen sollte.

Endlich hatte er es sich eingestanden. Er zog sie an sich und hielt sie einfach nur fest.

„Brody?" Sie fuhr ihm durchs Haar. Er drückte sie so fest, dass sie fast entzweibrach. „Was ist?"

„Nichts." Er legte seine Lippen an ihren Hals und befahl sich, nicht zu denken. „Es ist nichts. Ich will dich. So wie ein Verdurstender sich nach Wasser verzehrt."

Er küsste sie. Heiß, verlangend, wild. Damit alles Denken, alle Vernunft aufhören sollte.

Etwas geschah mit ihnen. Es war mehr, anders als sonst. Er trieb sie an, so schnell, mit einer stillen Intensität, die an Verzweiflung grenzte. Sie konnte nur noch fühlen, konnte nur noch reagieren. Ihr Herz, das sie schon vor Langem an ihn verloren hatte, klopfte wild.

Ein Laut kam aus ihrer Kehle, ein lustvolles Stöhnen. Jetzt war sie es, die ihn antrieb, sich selbst antrieb, schnell, ungestüm, rückhaltlos. Geben und Nehmen, geballte Energie. Taumelnder Rausch, Ekstase bis an die Grenzen des Wahnsinns.

Bis sie einander erschöpft und zitternd in den Armen lagen.

Liebe mich, dachte Kate. Ihr Herz schmerzte vor Liebe zu ihm. Sage es mir. Warum willst du es mir nicht sagen?

Er schob sie ein wenig zur Seite, sodass sie sich an ihn schmiegen und er sie halten konnte. „Bleibst du?"

Kate schloss die Augen. „Ja."

Still lagen sie eng umschlungen beieinander, aber beide konnten lange nicht einschlafen.

Seine erste Bewegung galt ihr. Er griff nach ihr. Verwirrt versuchte er, sich zu orientieren. Wo war er? Dann richtete er sich schlaftrunken auf und sah in die Richtung, aus der das leise Geräusch gekommen war. Kate, im schwachen Licht der Morgendämmerung, zog ihren Morgenmantel über.

„Was ist los?"

„Entschuldige, ich wollte dich nicht wecken", flüsterte sie und ging zu ihm, um ihn zu küssen. „Ich muss gehen. Tanzstunden."

„Was? Du gibst mitten in der Nacht Unterricht?"

„Nein, ich nehme Tanzstunden. Und es ist auch nicht mitten in der Nacht, es ist schon sechs Uhr früh."

Er schüttelte sich leicht, um einen klaren Kopf zu bekommen, aber nach nur vier Stunden Schlaf verweigerte sein Verstand den Dienst. „Du nimmst Unterricht? Ich dachte, du kannst tanzen."

„Haha, sehr witzig."

„Halt, warte." Er griff nach ihrer Hand, bevor sie gehen konnte. „Wieso nimmst du Tanzstunden? Und warum um sechs Uhr in der Früh?"

„Ich nehme Stunden, weil ich eine Tänzerin bin, und Tänzerinnen hören nie auf zu trainieren, vor allem nicht, wenn sie am Abend eine Aufführung haben. Das Training fängt um sieben an, um elf haben wir eine Kostümprobe. Und jetzt schlaf wieder weiter."

„Aha. Na schön."

„Nick und Freddie werden später mit Jack und dir etwas unternehmen und euch ein bisschen herumführen. Vielleicht könnt ihr ja auch beim Theater vorbeikommen."

Sie wartete auf eine Reaktion, doch nichts geschah. Er war längst wieder eingeschlafen.

„Ist das auch wirklich in Ordnung?" Brody ließ zweifelnd einen Blick über den bunt zusammengewürfelten Haufen schweifen, der auf den Bühneneingang zuging. Drei Erwachsene, drei Kinder, ein Hund.

„Ganz bestimmt", versicherte Freddie ihm. „Kate hat das vorher abgesprochen."

Er war immer noch nicht überzeugt, aber mittlerweile hatte er auch festgestellt, dass man nur äußerst selten gegen eine der beiden Kimball-Schwestern eine Chance hatte.

Die Kinder waren aufgewacht, kaum eine Stunde später, nachdem Kate gegangen war. Unüberhörbar hatten sie die aufgetankte Energie wieder freigesetzt. Sie hatten einen solchen Lärm veranstaltet, dass ganz Manhattan es gehört haben musste. Und sollte tatsächlich jemand taub genug gewesen sein, um es nicht zu hören, den hatte bestimmt Mike mit seinem aufgeregten Gebell aus dem Bett geholt.

Zum Frühstück waren sie in ein typisches „Deli" gegangen. Danach kam der Gewaltmarsch. Empire State Building – Souvenirshop. Time Square – Souvenirshop. Grand Central Station – Himmel hilf! – Souvenirshop.

Vielleicht war es doch keine so üble Idee, bei Kates Probe hereinzuschneien. Soweit Brody sich erinnerte, gab es in einem Theater Stühle zum Sitzen.

„Jetzt seid mucksmäuschenstill", warnte Nick, „oder sie werfen uns hochkant hinaus. Das gilt auch für dich, Fellknäuel", fügte er hinzu und kraulte Mike hinter den Ohren.

„Es gibt nichts Schöneres, als hinter der Bühne zu sein." Freddie ergriff die Hand ihres Mannes, als sie eintraten.

Die Frau in der Pförtnerloge sah ihnen über den Brillenrand entgegen, dann nickte sie lächelnd. „Schön, Sie wieder bei uns zu haben. Miss Kimball, Mr LeBeck. Wie ich sehe, haben Sie das ganze Team mitgebracht."

„Hat Kate uns angemeldet?", fragte Freddie.

„Hat sie. Versteht eines von diesen Kindern Russisch?" Fast besorgt musterte sie die Kinder.

„Nein."

„Gut. Davidov ist heute nämlich in Hochform. Lassen Sie den Hund besser bei mir, denn wenn der Kleine unruhig werden sollte, beißt der Meister ihm noch die Kehle durch."

„Ah, so ein Tag ist es also?" Nick grinste, und die Frau blickte ergeben zur Decke.

„Sie haben ja keine Ahnung, was da drinnen los ist. Wie heißt der Kleine denn?"

„Mike", meldete sich Jack sofort.

„Fein, ich werde gut auf ihn aufpassen. Gehen Sie nur rein, Sie kennen sich ja hier aus."

Selbst wenn sie den Weg nicht gekannt hätten, das donnernde Gebrüll hätte ihnen die Richtung zur Bühne gewiesen. Brody glaubte, noch nie jemanden so laut schreien gehört zu haben.

„Davidov." Freddie schüttelte sich theatralisch. „Lass uns besser vorne herumgehen, das ist sicherer."

„Isst er wirklich Hunde?", fragte Jack besorgt.

„Nein." Brody nahm die Hand seines Sohnes fest in seine. „Das war nur ein Scherz." Hoffte er zumindest.

Nein, Hunde aß er nicht, aber im Moment hätte Davidov jeden einzelnen Tänzer mit Messer und Gabel tranchieren können. Auf seine ungeduldige Handbewegung hin setzte die Musik aus. „Du! Und du!" Er zeigte mit dem Finger auf das Paar, das atemlos und schweißüberströmt zusammenstand. „Runter von meiner Bühne! Haltet den Kopf unter kaltes Wasser. In einer Stunde seid ihr wieder da, vielleicht könnt ihr dann endlich tanzen. Kimball! Blackstone!", schrie er. „Ihr seid dran!"

Er tigerte auf und ab, ein drahtiger Mann in einem grauen Trainingsanzug, mit einer dramatischen Mähne aus wallendem silbernen Haar. Sein Gesicht wirkte wie gemeißelt, starr und eiskalt.

„Er macht mir Angst", flüsterte Jack. Der Junge umklammerte die Hand seines Vaters fest.

„Pst!", flüsterte Brody zurück und zog Jack auf seinen Schoß, sobald sie sich in eine der hinteren Reihen gesetzt hatten. Vor ihnen saß eine einzelne Frau.

Und als Kate auf die Bühne kam, klappte Brody im wahrsten Sinne der Mund auf.

Ihr Haar hing offen über ihren Rücken herab. Sie trug ein leuchtend rotes Kostüm, das Top eng anliegend, der Rock fiel in zahllosen Falten bis knapp über ihre Knie, die endlos langen Beine endeten in Spitzenschuhen.

Sie marschierte auf Davidov zu, die Hände in die Hüften gestemmt, bis sie direkt vor ihm stand. „Du hast mich von der Bühne geschickt. Tu das nie wieder!"

„Ich schicke dich von der Bühne, ich hole dich auf die Bühne. Das ist mein Job. Dein Job ist es zu tanzen. Du!" Davidov deutete mit dem Finger auf den großen blonden Mann, der mit Kate herausgetreten war. „Geh wieder zurück. Du wartest. ‚Red Rose'. Wir fangen mit dem Eröffnungssolo an", sagte er zu dem Orchester gewandt. „Kimball, du bist Carlotta. Also sei gefälligst Carlotta."

Kate ging in Position, holte Luft. Als die Musik einsetzte, fühlte sie den Takt. Sie tanzte. Ein einzelner Scheinwerfer folgte ihr.

Es war ein verteufelt schwieriges Solo. Rasant, feurig, leidenschaftlich. Ihre Muskeln vibrierten, ihre Füße berührten kaum noch den Boden. Mit dem letzten Takt klappte sie in Pose zusammen, genau dort, wo sie angefangen hatte.

Ihr Puls raste von der Anstrengung. Sie hob den Kopf und warf Davidov einen trotzigen Blick zu, dann richtete sie sich auf und bewegte sich mit schnellen Pirouetten zurück zum Seiteneingang, um ihrem Partner die Bühne zu überlassen.

Brody saß wie erstarrt. So etwas hatte er noch nie gesehen. Hatte gar nicht gewusst, dass es so etwas gab. Es war wie Magie … sie war wie Magie.

Er versuchte, diese neue Seite an ihr noch irgendwie einzuordnen, als sie auch schon wieder zurück auf die Bühne schwebte.

Jetzt tanzten sie zusammen, Kate und der Mann in Weiß. Brody hatte nie geahnt, dass Ballett so … so erotisch sein konnte. Es war wie der uralte Paarungstanz zwischen dem arroganten, selbstsicheren Männlichen und dem trotzigen, zögerlichen Weiblichen. Er sah nicht, wie viel Anstrengung es die Tänzer kostete, sah nur den Zauber, das mitreißende Tempo, die Anmut.

Und dann wurde er unsanft aus seiner träumerischen Betrachtung gerissen.

„Stopp! Stopp! Stopp!" Davidov warf aufgeregt die Hände in die Luft. „Was soll das sein? Habt ihr überhaupt Blut in den Adern? Soll das etwa Leidenschaft darstellen, oder macht ihr einen gemütlichen Sonntagsspaziergang durch den Park? Wo bleibt die Inbrunst, das Feuer?"

„Ich werde dir schon Feuer machen!" Kate wirbelte herum.

„Gut." Davidov griff sie um die Hüfte, noch während sie ihn erbost beschimpfte. „Zeig es mir."

Er warf sie in die Luft, mit einem Ruck kam sie wieder auf den Boden zurück. Er fing sie auf, drehte sie. Dreifache Pirouette, wieder hielt er sie, zog sie ruckartig an sich. Eckige, harte Bewegungen, herausfordernd, blitzende Augen, dann stand sie wieder *en pointe*, starrte ihn weiterhin böse an.

„Da, es geht doch. So machst du es. Bleib wütend."

„Ich hasse dich."

„Nicht mich, ihn." Nach einer Handbewegung spielte das Orchester wieder auf.

„Was will er denn? Will er Blut sehen?" Brody war außer sich.

Die Frau in der Reihe vor ihm drehte sich lächelnd um. „Ja, genau. Das wollte er immer. Davidov ist kein einfacher Mann."

„Mein Dad sagt, man sollte ihn erschießen", sprang Jack hilfreich ein.

Die Frau lachte. „Da ist dein Dad nicht der Einzige, der so denkt. Er ist umso strenger, je besser die Tänzer sind. Ich habe auch mit ihm getanzt."

„Hat er Sie auch so angebrüllt?"

„Oh ja. Und ich habe zurückgeschrien. Aber er hat eine bessere Tänzerin aus mir gemacht, auch wenn ich oft sehr, sehr wütend war. Allerdings habe ich es ihm heimgezahlt."

„Was haben Sie getan?" Jacks Augen waren mittlerweile groß wie Untertassen. „Haben Sie ihm eins auf die Nase gegeben?"

Sie lachte. „Nein, viel besser. Ich habe ihn geheiratet." Sie lächelte Brody an. „Ich bin Ruth Bannion. Sie müssen ein Freund von Kate sein."

„Entschuldigen Sie. Da bin ich ja wirklich mit Anlauf ins Fettnäpfchen gesprungen."

„Machen Sie sich deswegen keine Sorgen." Sie lächelte. „Davidov holt aus jedem Tänzer das Beste heraus, allerdings auch die schlechten Seiten. Er vergöttert Kate und ist immer noch zutiefst verletzt, dass sie die Company verlassen hat. Sehen Sie selbst." Sie drehte sich wieder zur Bühne.

„Lassen wir es für heute genug sein." Auf der Bühne stieß Davidov einen lauten Seufzer aus. „Ruht euch aus. Vielleicht klappt es ja heute Abend bei der Vorstellung mit etwas mehr Energie."

Das Blut rauschte in Kates Ohren, ihre Füße schmerzten höllisch. Aber für eine kurze Tirade hatte sie noch genug Energie. Als sie fertig und jetzt völlig außer Atem war, hob Davidov ungerührt eine Augenbraue.

„Bildest du dir ein, nur weil ich Russe bin, verstehe ich es nicht, wenn eine Ukrainerin mich einen Mann mit dem Herzen eines Schweins nennt?"

Ihr Kinn schoss hoch. „Nur damit du's weißt: Ich habe dich einen Mann mit dem Gesicht eines Schweins genannt." Damit stolzierte sie zum Seitenausgang und ließ Davidov stehen, der ihr lächelnd nachsah.

„Sehen Sie?", sagte Ruth. „Er vergöttert sie."

*K*ate küsste gerade den Russen, als Brody nach der Aufführung in ihre Garderobe kam. Sie trug immer noch das rote Bühnenkostüm und Theaterschminke. Ihr Haar war zu einem straffen Knoten zusammengebunden, so wie sie es bei dem spanischen Tanz getragen hatte – zusammen mit dem sexy roten Tutu.

Das Publikum im Saal hatte ihr zu Füßen gelegen. Er auch.

Genau das hatte er ihr sagen wollen, und dann fand er sie in den Armen dieses Sklaventreibers, den sie heute Vormittag noch so lästerlich verflucht hatte.

„Tut mir leid, wenn ich störe."

Kate strahlte ihn an und hielt ihm die Hand entgegen. „Brody."

Davidov allerdings rückte nur wenig von ihr ab, legte dafür aber einen Arm um ihre Schultern und beäugte den Neuankömmling kühl.

„Ist das der Tischler? Der, der mich erschießen will? Ihm gefällt es nicht, dass ich dich küsse."

„Ach, sei nicht albern."

Brody schaute sie mit zusammengekniffenen Augen an. „Der Mann hat recht. Es gefällt mir nicht, dass er dich küsst."

„Das ist doch absurd. Das ist Davidov."

„Ich weiß, wer er ist." Brody schloss die Tür. Unschöne Szenen sollten besser hinter geschlossenen Türen stattfinden. „Ich habe Ihre Frau kennengelernt."

„Ja, ich weiß. Sie findet Sie und Ihren kleinen Sohn sehr sympathisch. Ich habe auch einen Sohn. Und zwei Töchter." Da er nur selten einem Impuls widerstand und dieser Mann da vor ihm so wunderbar wütend dreinblickte, küsste Davidov Kate aufs Haar. „Meine Frau weiß, dass ich hier bin, um diese hier zu küssen. Diese Frau …", er trat von Kate weg und ließ langsam seine Hände an ihren Armen herabgleiten, „… die heute großartig war. Die perfekt war. Dieser Frau, der ich nie vergeben werde, dass sie mich verlassen hat."

„Ich habe mich auch großartig und perfekt gefühlt. Und ich bin glücklich."

„Glück!" Er rollte mit den Augen. „Als dein Ballettdirektor interessiert mich nur, dass du tanzt. Als dein Freund …", er seufzte schwer und küsste galant ihre Hand, „… bin ich froh, dass du gefunden hast, was du wolltest."

„Wir wären alle noch glücklicher, wenn Sie sie endlich loslassen würden", knurrte Brody unfreundlich.

Kate runzelte die Stirn. „Eifersucht ist kein sehr schönes Gefühl – und in diesem Falle völlig unangebracht."

„Mord ist auch nicht schön. Aber manchmal reizt es einen unheimlich." Brody funkelte Kate herausfordernd an, diese musterte ihn nicht weniger angriffslustig.

„Einen Moment", ging Davidov zwischen die beiden. „Wenn ihr euch streiten wollt, dann wartet damit, bis ich ausgeredet habe. Ich habe ‚The Red Rose' für Ruth geschrieben", sagte er an Kate gewandt. „Mein Herz. Es gibt keine andere, die die Carlotta so getanzt hat wie sie. Nur du."

„Oh." Tränen schossen ihr in die Augen, flossen über. „Mist!"

„Du fehlst uns hier sehr. Deshalb rate ich dir: Sei sehr, sehr glücklich da unten in West Virginia, denn sonst komme ich und hole dich zurück." Er nahm ihr Gesicht in seine Hände und fragte liebevoll auf Russisch: „Willst du diesen Mann?"

Sie nickte. „*Da.*"

„Ja, dann …" Er küsste sie auf die Stirn und drehte sich dann zu Brody um. „Ich bin ein Mann, der seine Frau liebt. Sie haben sie gesehen, also müssen Sie wissen, dass sie mein größter Schatz ist. Diese hier", er blickte Kate an, „ist auch ein Schatz. Deshalb küsse ich sie. Wenn Sie Augen im Kopf haben, wissen Sie selbst, was für ein Schatz sie ist." Ein herausforderndes

Lächeln trat auf sein Gesicht. „Allerdings … sollte ich einen anderen Mann küssen sehen, was meins ist, breche ich ihm die Beine. Schließlich bin ich Russe."

„Und ich fange normalerweise bei den Armen an. Ich bin Ire."

Davidov lachte herzhaft auf. „Er gefällt mir! Gut." Bevor er die Garderobe verließ, versetzte er Brody einen kameradschaftlichen Schlag auf die Schulter.

„Ist er nicht ein großartiger Mensch?"

„Vor ein paar Stunden hast du ihn noch gehasst."

„Oh, das." Sie winkte ab und setzte sich, um sich abzuschminken. „Das war während der Probe. Bei Proben hasse ich ihn immer."

„Und nach der Vorführung küsst du ihn immer?"

„Wenn es ein so überwältigender Erfolg ist, immer. Er ist ein Sklaventreiber, ein Genie. Eben Davidov", sagte sie einfach, als würde das alles erklären. „Ohne ihn wäre ich nicht die Tänzerin, die ich bin. Wahrscheinlich wäre ich noch nicht einmal die Frau, die ich bin. Ja, wir stehen uns sehr nahe, aber wir haben nichts miteinander. Niemals gehabt. Er vergöttert seine Frau."

„Willst du sagen, dass es eine Sache zwischen Künstlern ist?"

„Genau." Sie drehte sich auf dem Stuhl zu ihm um. „Es war gut, nicht wahr? Hat es dir gefallen?"

„Du warst unglaublich. Ich habe noch nie so etwas gesehen, ich habe noch nie jemanden wie dich gesehen."

„Oh." Sie sprang auf und lief zu ihm, schlang die Arme um seinen Hals. „Ich bin ja so glücklich!" Sie lachte und wischte die Creme von seiner Wange. „Entschuldige. Ich wollte, dass es unvergesslich wird. Ich war so nervös, als ich merkte, dass die ganze Familie gekommen ist. Mama und Dad, Grandma und Grandpa und alle Tanten und Onkel und Cousins und Cousinen. Brandon hat Blumen geschickt."

Sie griff ein Kleenex und setzte sich wieder. „Ich hab gedacht, ich schaffe es nicht. Mir war so schrecklich übel." Sie presste die Hand auf den Bauch. „Aber dann habe ich nur noch die Musik gefühlt. Wenn das passiert, ist alles okay. Du weißt es einfach."

Brody sah sich in dem kleinen Raum um. Überall rote Rosen, Hunderte von roten Rosen. Champagner im Eiskübel, exotische Kostüme. All dieser Glamour und Luxus, die neben ihrer Freude verblassten.

Wie konnte sie das alles aufgeben? Warum sollte sie das tun?

Er wollte die Frage gerade aussprechen, als die Tür aufgestoßen wurde und ihre ganze Familie hereinströmte. Damit war der Moment vorbei.

Am nächsten Tag im Haus ihrer Großeltern in Brooklyn war sie genauso in ihrem Element wie auf der Bühne. Die verführerische Sirene von gestern Abend hatte sich in eine liebenswerte junge Frau verwandelt, die barfuß und in Jeans umherging.

Brody versuchte, diese beiden Personen in Einklang zu bringen, aber es blieb ein Rätsel für ihn. Wenn er wieder Ruhe hatte, würde er noch mal gründlicher ansetzen. Für den Moment musste das warten. Das Haus war so voll mit Menschen, dass er sich schon fragte, wie lange wohl noch genug Sauerstoff in den Zimmern vorhanden sein würde. Der Geräuschpegel musste inzwischen ein gesundheitsschädliches Level erreicht haben.

An der Wand stand ein Klavier, und irgendjemand spielte immer. Alles, von Bach bis Rock. Verlockende Düfte wehten aus der Küche herüber, Wein wurde großzügig ausgeschenkt, und niemand schien länger als fünf Minuten stillzustehen.

Sein Sohn ging völlig darin auf. Er sah ihn mit Max zusammen auf einem abgenutzten Teppich liegen, wo sie „Karambolage" mit ihren Autos spielten. Beim letzten Mal, als er ihn gesehen hatte, saß er auf Yuris Schoß und unterhielt sich ernsthaft mit ihm, wobei es sich um so etwas Wichtiges wie Weingummidrops gehandelt haben musste, die während des Gesprächs verteilt wurden. Und davor war Jack mit ein paar Teenagern die Treppe heruntergestürmt gekommen. Brody hatte gar nicht mitbekommen, dass Jack nach oben gegangen war. Da hatte er beschlossen, seinen Sohn besser im Auge zu behalten.

„Ihm geht's gut." Eine Frau mit dem typischen Stanislaski-Aussehen – ungezähmt und schön – ließ sich neben ihn auf das Sofa fallen. „Hi, ich bin Rachel", stellte sie sich lächelnd vor. „Kates Tante. Ist nicht so leicht, uns auseinanderzuhalten, was?"

„Es gibt ziemlich viele von euch hier." Rachel also. Verzweifelt versuchte er, sich an die Details zu erinnern. Richterin, genau. Die Schwester von Kates Mutter. Verheiratet mit … dem Typ, dem die Bar gehörte. Der Nicks Halbbruder war.

War es da ein Wunder, wenn ein Mann durcheinanderkam?

„Sie werden's schon noch ausknobeln. Der da drüben, der gehört zu mir." Sie zeigte auf einen großen Mann, der gerade einen hochgeschossenen Teenager in den Schwitzkasten nahm. „Der, der gerade unseren Sohn Gideon erwürgt, während er sich mit Sydney unterhält. Der Rotschopf ist mit meinem Bruder Mik verheiratet. Laurel ist Miks und Sydneys Jüngste. Mik steht da drüben mit meinem anderen Bruder Alex zusammen, während Alex' Frau Bess – noch ein Rotschopf – scheinbar gerade etwas sehr Wichtiges mit ihrer Tochter Carmen und Nicks und Freddies Kelsey zu bereden hat. Der große hübsche junge Mann, der da gerade aus der Küche kommt, ist Griff, Miks Ältester. Anscheinend hat er etwas zu essen von Nadia, meiner Mutter, ergattert. Haben Sie alles behalten?"

„Äh …"

„Verdauen Sie das erst mal." Sie lachte und tätschelte sein Knie. „Denn es gibt noch eine ganze Menge mehr von uns. Also, Ihrem Sohn geht es bestens – und Sie haben nichts mehr zu trinken. Noch Wein?"

„Sicher, warum nicht."

„Bleiben Sie sitzen, ich besorge Ihnen ein Glas." Damit war sie schon fort.

Prompt setzte sich Griff neben ihn und begann ein Gespräch über das Tischlerhandwerk.

Zumindest damit befand Brody sich auf sicherem Grund.

Kate schob sich durch die Menge, zwei Gläser Wein in der Hand, von dem sie eines Brody reichte. Dann setzte sie sich auf die Sofalehne. „Alles in Ordnung hier?"

„Ja, bestens. Alte Pfadfinderregel: Wenn du dich verlaufen hast, beweg dich nicht von der Stelle. Dann finden sie dich schon. Hier kommen alle möglichen Leute vorbei, setzen sich, plaudern ein paar Minuten, dann sind sie wieder weg. So langsam bekomme ich auf diese Art einen Durchblick."

Noch während er redete, setzte Alex sich dazu und legte die Füße auf den Kaffeetisch. „Also, Bess und ich überlegen uns gerade, ob wir nicht noch zwei Räume an unser Wochenendhaus anbauen sollen."

„Siehst du jetzt, was ich meine?", sagte Brody grinsend zu Kate.

Sie überließ ihn Alex und schlenderte zur Küche. Ihre Mutter legte gerade letzte Hand an eine riesige Schüssel mit frischem Salat. Nadia stand am Herd und überwachte, wie Miks jüngster Sohn Adam etwas in einem Topf umrührte.

„Braucht ihr noch Hilfe?"

„Wir haben schon zu viel Hilfe in der Küche", antwortete Nadia. Ihr Haar war jetzt schlohweiß, lag in sanften Wellen um ein immer noch markantes Gesicht. Ihre Augen funkelten vergnügt, als sie Adam lobend auf den Rücken klopfte. „Das hast du gut gemacht. Jetzt geh."

„Gibt es bald was zu essen?", fragte er voller Ungeduld, bevor er die Küche verließ. „Wir sterben nämlich schon alle vor Hunger."

„Ja, bald. Sag deinen Geschwistern und deinen Cousins und Cousinen schon mal Bescheid, dass der Tisch gedeckt werden muss."

„Okay!" Schon während er aus dem Raum flitzte, rief er laut seine Befehle.

„Das ist einer, der immer den Ton angeben muss."

Natasha lachte. „Mama, sie alle wollen immer den Ton angeben. Wie hält Brody sich, Kate?"

„Er unterhält sich mit Onkel Alex." Sie fischte sich einen Crouton aus der Schüssel. „Ist er nicht süß?"

„Er hat klare Augen", sagte Nadia. „Direkt, warmherzig. Und er erzieht seinen Sohn gut. Du hast Geschmack bewiesen."

„Ich habe ja auch von den Besten gelernt." Sie küsste Nadia auf die Wange. „Danke, dass ihr ihn willkommen heißt."

Nadia fühlte ihr Herz seufzen. „Geh und deck den Tisch mit den Kindern. Sonst denken dein junger Mann und sein Sohn noch, bei uns gäbe es nichts zu essen."

„Sie werden sich schon bald vom Gegenteil überzeugen können." Sie naschte noch einen Crouton, küsste ihre Mutter auf die Stirn und huschte aus der Küche.

„Nun …" Nadia guckte in einen Topf. „Bald werden wir wohl auf ihrer Hochzeit tanzen können. Du bist zufrieden mit ihm?"

„Aber ja." Natasha konnte kaum erkennen, was sie da mit dem Salat tat. „Er ist ein guter Mann, und er macht sie glücklich. Ehrlich gesagt, wenn ich jemanden für sie hätte aussuchen müssen, wäre ich auch bei Brody angekommen. Ach,

Mama …" Mit tränenfeuchten Augen blickte sie zum Herd hinüber. „Sie ist mein Baby."

„Ich weiß, ich weiß." Nadia eilte zu ihrer Tochter und bot ihr eine Ecke ihrer Schürze an, während sie die andere dazu benutzte, die eigenen Tränen abzutupfen.

Die kommende Woche arbeitete Kate hart, sie freute sich darauf, die Türen für ihre ersten Schüler öffnen zu können. Das Tanzstudio war fertig, die Böden glatt und schimmernd, an den Wänden hingen blitzende Spiegel. Ihr Büro war eingerichtet und durchorganisiert, die Umkleideräume mit allem Nötigen ausgestattet.

Und jetzt, quasi als krönender Abschluss, war auch die Schrift auf dem Vorderfenster angebracht:

Kimball School of Dance

Sie stand auf dem Bürgersteig, die Handflächen aneinandergepresst, und las. Las noch einmal. Und noch mal.

„Entschuldigung, Miss …?"

„Hm?" Gedankenverloren blinzelte Kate und drehte sich langsam um. Eine Frau kam über die Straße. Oh nein, die Frau, die vorbeigekommen war, als Brody sie wie einen Sack auf seiner Schulter getragen hatte …! „Oh. Ja. Hallo."

„Hallo. Wir haben uns noch gar nicht richtig vorgestellt." Man sah der Frau an, dass sie sich genauso unwohl fühlte wie Kate. „Ich bin Marjorie Rowan."

„Kate Kimball."

„Ja, ich weiß. Ihren Freund kenne ich auch schon. Der Vermieter hat ihn mal wegen einer Reparatur vorbeigeschickt."

„Aha."

„Nun, ich habe im Geschäft Ihrer Mutter eine Broschüre mitgenommen. Meine Tochter – Audrey, sie ist acht – redet schon die ganze Zeit darüber, dass sie Ballettunterricht nehmen will."

Zuerst kam die Erleichterung. Diese Unterredung drehte sich also nicht um Erregung öffentlichen Ärgernisses, sondern nur um eine potenzielle neue Schülerin.

„Wir können uns gern darüber unterhalten. Oder wenn Sie möchten, rede ich auch erst mit Ihrer Tochter. Nächste Woche fangen die ersten Klassen an. Möchten Sie hereinkommen, sich das Studio ansehen? Kommen Sie, dann können Sie mir von Ihrer Audrey erzählen."

„Danke. Sie kommt bald aus der Schule zurück. Das wird eine wunderbare Überraschung für sie sein." Marjorie folgte Kate ins Haus. „Wissen Sie, als kleines Mädchen wollte ich auch immer Ballettunterricht haben. Aber wir konnten es uns damals nicht leisten."

„Warum holen Sie das jetzt nicht nach?"

„Jetzt?" Marjorie lachte leise auf. „Ich bin zu alt für Ballettunterricht."

„Es ist eine gute Übung, hält fit und in Form. Und es macht Spaß. Dafür ist niemand zu alt. Sie scheinen doch eine ganz passable Figur zu haben."

„Man tut, was man kann." Marjorie sah sich mit einem verträumten Lächeln in dem Studio um, sah die Ballettstangen, die Spiegel, die gerahmten Fotos. „Ich kann mir vorstellen, dass es großen Spaß machen würde. Aber ich kann mir keinen Unterricht für uns beide leisten."

„Kommen Sie mit durch in mein Büro. Darüber werden wir uns bestimmt einig werden."

Eine knappe Stunde später spurtete Kate nach oben. Sie musste ihr Glück mit jemandem teilen, und Brody war der Auserkorene. Sie hatte nicht nur zwei neue Schüler – ihr erstes Mutter-Tochter-Team –, sondern auch eine neue Idee für ihr Angebot.

Familienkurse.

Sie rannte durch das kleine Wohnzimmer und blieb plötzlich mitten in der Bewegung stehen. Drehte sich einmal um die eigene Achse.

Es war fertig. Böden und Wände waren glatt, das Holz glänzte wie Seide.

Vor lauter Aufregung und Arbeit hatte sie es gar nicht bemerkt. Die Vollendung war völlig an ihr vorbeigerauscht.

Erstaunt ging sie in die Küche. Auch hier glänzte und schimmerte alles. Die Schränke warteten nur darauf, gefüllt zu werden. Die Fensterbank schrie förmlich nach Blumentöpfen.

Sie strich mit einem Finger über den Frühstückstresen. Brody hatte recht gehabt, nein, verbesserte sie sich in Gedanken, sie beide hatten recht gehabt. In allem. Die Wohnung wie auch der Rest des Gebäudes war eine gemeinschaftliche Anstrengung gewesen. Und es war perfekt geworden.

Sie eilte ins Schlafzimmer, wo Brody vor dem Einbauschrank hockte und das Schloss montierte. Jack saß daneben auf dem Boden, die Zunge zwischen die Zähne geklemmt, und schraubte konzentriert einen Messinggriff an eine der Schubladen. Mike lag zwischen den beiden und schnarchte zufrieden vor sich hin.

„Es gibt doch nichts Schöneres, als anderen bei der Arbeit zuzusehen." Beide sahen auf und brachten ihr Herz zum Klingen. „Hallo, hübscher Jack."

„Ich darf mithelfen, weil Rod und Carrie zum Zahnarzt müssen. Ich war schon. Keine Löcher."

„Das ist gut. Brody, ich war so mit dem Erdgeschoss beschäftigt, dass ich gar nicht gemerkt habe, wie weit hier oben schon alles ist. Es ist wunderschön geworden, genau richtig."

„Da sind noch ein paar Kleinigkeiten. Draußen muss natürlich auch noch einiges gemacht werden, aber ansonsten … alles ist bereit." Trotzdem spürte er nicht die Befriedigung, die ihn sonst überkam, wenn ein Auftrag fast vollendet war. Im Gegenteil, seit Tagen war er deprimiert.

„Ich liebe es!" Sie ging in die Hocke und ließ sich von einem aufgewachten und begeisterten Mike begrüßen. „Gerade haben sich zwei neue Schüler angemeldet. Wenn ich jetzt noch zwei gut aussehende Männer finden könnte, die mit mir feiern … das würde den Tag zu einem runden Abschluss bringen."

„Wir können doch mitgehen!"

„Jack, morgen ist Schule. Du musst früh zu Bett."

„Ich dachte an ein frühes Abendessen", improvisierte Kate, als sie Jacks langes Gesicht sah. „Hamburger und Pommes frites bei ‚Chez McDo'."

„Sie meint McDonald's", erklärte Jack, sprang seinem Vater auf den Rücken und drückte ihn fest. „Bitte, Dad, können wir nicht gehen?"

Und schon wieder mit dem Rücken zur Wand, dachte Brody. „Ziemlich schwer, ein so ausgefallenes Mahl auszuschlagen."

„Das heißt Ja!", übersetzte Jack und umarmte Kates Beine. „Können wir jetzt sofort gehen?"

„Ich muss hier noch was zu Ende machen." Brody strich sich das Haar aus der Stirn. Und schaute sie einfach nur an.

Das hatte er jetzt schon öfter gemacht, seit sie aus New York zurück waren. Etwas war anders an diesem Blick. So anders, dass die Frösche wieder in Kates Magen zu hüpfen begannen.

„Eine Stunde ungefähr. Einverstanden?", fragte er.

„Sicher. Kann ich dir deine rechte Hand entführen? Ich möchte es meiner Mutter sagen. Dann können wir auch gleich mit Mike Gassi gehen."

„In Ordnung. Jack, es wird nicht gebettelt, verstanden?" Brody musterte seinen Sohn streng.

„Er meint, ich soll nicht nach Spielzeugen fragen. Ich hole Mikes Leine. Dad, kann ich …" Den Rest flüsterte er seinem Vater ins Ohr.

„Ja, klar", erlaubte dieser.

„Wir sind in einer Stunde wieder zurück."

„Gut." Brody wartete, bis er die drei die Treppe hinuntertoben hörte, dann setzte er sich auf seine Fersen.

Er würde ein paar Entscheidungen treffen müssen. Es war schlimm genug, dass er nicht von Kate loskam, aber Jack war völlig verrückt nach ihr.

Ein erwachsener Mann überlebte die paar Beulen und Kratzer an seinem Herzen. Aber das durfte er dem Herzen seines Kindes nicht zumuten. Ihm blieb nur eins: Er musste sich mit Kate zusammensetzen und ernsthaft reden. Es wurde Zeit, dass sie die Dinge zwischen sich klärten.

Und er musste mit Jack reden. Er musste wissen, was der Junge dachte, was er fühlte. Schließlich würde auch sein Leben davon betroffen sein.

Jack zuerst, entschied Brody. Vielleicht sah der Junge in Kate ja nur eine gute Freundin, vielleicht würde es ihn verstören, sollte sie eine größere Rolle in ihrem Leben einnehmen. Schließlich hatte es für Jack immer nur ihn und seinen Dad gegeben.

Er zuckte zusammen, als er aus den Augenwinkeln eine Bewegung wahrnahm.

„Wenn du diesen Krach abstellen würdest, würdest du etwas hören können und dich nicht so erschrecken", brummte Bob O'Connell.

„Ich höre gern Musik bei der Arbeit." Brody richtete sich auf. „Brauchst du etwas?"

Seit jenem Tag in der Küche der Kimballs hatten die beiden Männer nicht mehr miteinander gesprochen. Jetzt sahen sie sich argwöhnisch an.

„Ich habe dir etwas zu sagen", setzte Bob an.

„Dann sag es."

„Ich habe mein Bestes getan für dich. Immer. Es ist nicht richtig von dir, dass du das nicht anerkennen willst. Vielleicht war ich zu hart mit dir, aber du warst ein wildes Kind und

brauchtest eine starke Hand. Ich hatte eine Familie zu ernäh-
ren, und ich habe es auf die einzige Weise getan, die ich kenne.
Vielleicht habe ich nicht genug Zeit mit dir verbracht …" Er
steckte die Hände in die Hosentaschen. „Ich war einfach nicht
der Typ dazu, so wie du mit Jack. Tatsache ist, wenn man mit
dir Zeit verbracht hat, war es nicht so einfach und angenehm
wie mit Jack. Dass Jack so ist, ist dein Verdienst. Vielleicht
hätte ich es dir schon früher sagen sollen, aber ich sage es jetzt."

Brody schwieg lange, versuchte, den Schock zu verarbeiten.
„Weißt du", hob er schließlich an, „das ist die längste zusam-
menhängende Rede, die du je an mich gerichtet hast."

Bobs Gesicht wurde hart. „Nun, dann bin ich fertig." Er
wandte sich zum Gehen.

Brody legte den Bohrer beiseite. „Dad … danke."

Bob stieß den Atem aus und drehte sich wieder um. Er
schien mit den Worten zu kämpfen. „Dann kann ich wohl
weitermachen. Wahrscheinlich hätte ich dich an dem Tag nicht
so anfahren sollen, nicht vor deinem Jungen und deiner … der
Kimball-Tochter. Deine Mutter hat mir eine anständige Gar-
dinenpredigt gehalten."

Brody war fassungslos. „Mom?"

„Ja." Ärgerlich und frustriert trat Bob leicht gegen die
Türschwelle. „Das tut sie nicht oft, aber wenn, dann Gnade
einem Gott. Auch jetzt redet sie kaum mit mir. Sagt, ich hätte
sie beschämt."

„Das habe ich von Kate auch zu hören bekommen. Sie ist
auch nicht schlecht in Gardinenpredigten."

„Ich kann nicht gerade behaupten, es hätte mir gefallen,
dass sie mich so angegiftet hat. Aber ich muss gestehen, sie hat
Mumm. Sie wird dich auf dem richtigen Weg halten."

„Darauf achte ich selbst."

Bob nickte. Der Druck, der seit Tagen auf seiner Brust lastete, löste sich ein bisschen. „Du hast deinen Job gemacht.
Gute Arbeit. Für einen Tischler."

Es war das erste Mal seit langer Zeit, dass Brody seinen Vater anlächelte und es ernst meinte. „Du hast auch gut gearbeitet. Für einen Klempner."

„Was dich aber nicht davon abgehalten hat, mich zu feuern."

„Du hast mich wütend gemacht."

„Verflucht, wenn du jeden Arbeiter feuerst, der dich wütend macht, kriegst du bald keinen Bautrupp mehr zusammen. Wie geht es deiner Hand?"

Brody spreizte die Finger. „Ist wieder in Ordnung."

„Gut. Da keine bleibenden Schäden zurückgeblieben sind, könntest du ja vielleicht mal zum Telefon greifen und deine Mutter anrufen. Ihr sagen, dass man die Luft zwischen uns wieder atmen kann. Mir wird sie es wohl nicht glauben."

„Einverstanden, mache ich. Ich weiß, dass ich eine Enttäuschung für dich war ..."

„He, jetzt warte aber ..."

„Nein, ich weiß es." Brody ließ sich nicht unterbrechen. „Vielleicht war ich selbst auch von mir enttäuscht. Aber ich habe es wiedergutgemacht. Für Connie. Für Jack. Und für mich auch. Zum Teil habe ich es sogar für dich getan. Ich wollte dir zeigen, dass ich etwas wert bin."

„Das hast du mir gezeigt." Bob war nie gut darin gewesen, den ersten Schritt zu tun, aber jetzt tat er es. Er kam mit ausgestreckter Hand auf seinen Sohn zu. „Ich denke, ich kann stolz darauf sein, was du aus dir gemacht hast."

„Danke." Brody nahm die Hand seines Vaters und drückte sie fest. „Ich habe da einen neuen Auftrag, soll eine Küche renovieren. Hast du Lust, die Installationen zu übernehmen?"

Bobs Lippen zuckten. „Kann schon sein."

W ährend Vater und Sohn die Kluft zwischen sich überbrückten, schlenderte Kate mit dem jüngsten O'Connell über die Straße.

„Ich habe doch nicht gebettelt, oder?"

„Aber nein!" Sie sah ihn gespielt schockiert an. „Mama und ich mussten dich ja praktisch zwingen, das Flugzeug anzunehmen. Nein, hübscher Jack, wir haben dich angebettelt."

Jack grinste verschmitzt. „Wirst du es Dad auch so erzählen?"

„Natürlich. Er wird bestimmt damit spielen wollen. Dieser Jet ist ziemlich cool."

„Wie der, mit dem wir nach New York geflogen sind." Er drehte sich im Kreis und machte das laute Motorengebrumm nach. „Das war super! Ich habe allen eine Karte geschrieben, als Dankeschön. Gefällt dir meine Karte?"

Sie tippte auf die Tasche, wo eine in ordentlicher Druckschrift geschriebene Postkarte steckte. „Ich finde sie ganz toll. Es war sehr höflich und sehr gentlemanlike, dass du Freddie und Nick und meinen Großeltern eine Karte geschickt hast."

„Sie haben gesagt, ich darf wiederkommen. Yuri will sogar, dass ich dann in seinem Haus übernachte."

„Würde dir das gefallen?"

Er nickte. „Er kann mit den Ohren wackeln."

„Ich weiß."

„Kate?"

„Hm?" Sie bückte sich, um Mike aus der Leine zu befreien, mit der er sich fast erwürgte. Als sie sich wieder aufrichtete, bemerkte sie Jacks Blick. Ein sehr ernster, sehr nachdenklicher Blick. Genau wie sein Vater vorhin. „Was gibt es denn, hübscher Jack?"

„Können … können wir uns da auf die Mauer setzen und reden?"

„Sicher." Das war wirklich ernst. Kate hob Jack auf die halbhohe Mauer, setzte ihm Mike auf den Schoß und zog sich ebenfalls hoch. „Also, worüber willst du reden?"

„Ich hab mich nur gefragt, ob …" Er hatte mit seinen besten Freunden darüber geredet. Mit Max in New York und mit Rod in der Schule. Es war ein Geheimnis. Sie hatten es mit Spucke und Handschlag besiegelt. „Du magst meinen Dad doch, oder?"

„Aber ja, sehr sogar."

„Und du magst Kinder, so wie mich?"

„Vor allem Kinder wie dich." Sie legte ihm einen Arm um die Schultern und drückte ihn an sich. „Wir sind Freunde."

„Mein Dad und ich mögen dich auch. Auch sehr sogar. Deshalb dachte ich mir …" Er sah zu ihr auf, das kleine Gesichtchen so jung und so ernst. „Willst du uns heiraten?"

„Oh." Ihr Herz stockte, machte einen Sprung, fiel mit einem lauten Pochen wieder auf seinen Platz zurück und floss über. „Oh Jack."

„Weißt du, wenn du es tust, dann kannst du mit uns in unserm Haus leben. Dad macht es richtig schön. Und wir haben auch einen Garten, und dann können wir den Garten bepflanzen. Morgens könntest du mit uns frühstücken, dann zu deiner Schule fahren und den Leuten das Tanzen beibringen. Und dann kommst du wieder nach Hause. Es ist nicht weit."

Gerührt legte sie die Wange an seinen Kopf. „Ach Herzchen."

„Dad ist wirklich nett. Er schreit nur ganz selten", fuhr Jack hastig fort. „Er hat keine Frau mehr, weil sie in den Himmel gehen musste. Ich wünschte, sie wäre bei uns geblieben, aber sie musste weg."

„Ich weiß."

„Vielleicht traut sich Dad ja nicht, dich zu fragen, weil du vielleicht auch in den Himmel musst. Rod glaubt das. Aber das wirst du nicht tun, oder?"

„Jack." Sie kämpfte die Tränen zurück und nahm sein Gesicht in ihre Hände. „Ich habe vor, noch sehr lange hierzubleiben. Hast du mit deinem Vater darüber gesprochen?"

Er schüttelte den Kopf. „Nein, weil der Junge das Mädchen fragen muss. Hat Max gesagt. Ich und Dad werden dir auch einen Ring kaufen, weil Mädchen einen brauchen. Und du darfst mich auch küssen, und ich werde ganz brav sein. Du und Dad, ihr könnt auch Babys machen. Das tun Leute doch, wenn sie verheiratet sind. Ich hätte ja lieber einen Bruder, aber eine Schwester geht auch. Wir können uns liebhaben und alles. Also, wirst du uns bitte heiraten?"

Selbst in ihren wildesten Träumen hätte sie sich nie vorstellen können, einen Heiratsantrag von einem sechsjährigen Jungen zu bekommen, auf einer kleinen Mauer an einem sonnigen Frühlingsnachmittag. Nichts hätte schöner sein können.

„Jack, ich verrate dir jetzt ein Geheimnis. Ich habe dich schon lieb."

„Wirklich?"

„Ja. Und deinen Dad auch. Ich werde ganz gründlich nachdenken über das, was du mir gesagt hast. Wenn ich dann Ja sage, dann weißt du, dass ich es mir mehr als alles andere auf der Welt wünsche. Wenn ich Ja sage, dann bist du aber nicht mehr nur Dads kleiner Junge. Du wärst dann auch mein kleiner Junge. Verstehst du das?"

Er nickte, sein Gesicht bestand nur noch aus Augen. „Du würdest meine Mom sein, richtig?"

„Ja, ich würde deine Mom sein."

„Das ist in Ordnung."

„Schön. Ich werde also darüber nachdenken." Sie küsste ihn auf die Stirn und hüpfte von der Mauer.

„Wird es lange dauern, bis du fertig nachgedacht hast?"

Sie hob ihn herunter und hielt ihn fest, bevor sie ihn auf den Boden stellte. „Nein, diesmal nicht. Aber so lange soll es noch unser Geheimnis bleiben, ja?"

Sie gab sich fast volle vierundzwanzig Stunden Zeit. Schließlich war sie eine Frau, die wusste, was sie wollte. Vielleicht war das Timing nicht gerade perfekt, aber das ließ sich eben nicht ändern.

Die Dinge liefen ja auch nicht in den logisch geordneten Bahnen, wie sie es vorgezogen hätte. Aber sie war flexibel. Ja, wenn sie etwas nur stark genug wollte, konnte sie auch flexibel sein.

Sie hatte überlegt, ob sie Brody zu einem romantischen Dinner zu zweit einladen sollte. Und den Gedanken verworfen. Ein Antrag in einem Restaurant mit hundert anderen Leuten würde es schwierig machen, ihn festzunageln, falls es nötig werden sollte.

Sie spielte mit dem Gedanken, bis zum Wochenende zu warten. Ein romantisches Dinner bei Brody. Kerzenlicht, Wein, Musik.

Nein, das ging auch nicht. Wenn Jack bis dahin nicht längst mit der Neuigkeit herausgeplatzt war – sie würde es bestimmt nicht so lange für sich behalten können.

Es würde nicht so werden, wie sie es sich vorgestellt hatte. Kein Mondschein, keine Geigen am Himmel. Brody würde ihr nicht tief in die Augen schauen und ihr seine ewige Liebe erklären.

Na schön, es würde also nicht perfekt sein, aber es war richtig. Richtig und gut. Zu diesem Zeitpunkt war nicht die Atmosphäre wichtig, sondern nur das Ergebnis. Also warum noch warten?

Einmal zu diesem Entschluss gekommen, war sie schrecklich enttäuscht, als sie die Räume über dem Studio leer vorfand.

„Wo zum Teufel bist du?", murmelte sie vor sich hin, steckte die Hände in die Taschen und marschierte auf und ab.

Der Schulbus! Sie rannte zur Tür. Er holte Jack vom Bus ab. Sie sah auf ihre Uhr, als sie die Treppe hinunterstürmte. Er konnte nur wenige Minuten Vorsprung haben.

„He! Wo brennt's denn?" Spencer fing sie auf, als sie die letzten drei Stufen hinuntersprang.

„Dad! Entschuldige, aber ich muss mich beeilen. Ich muss Brody einholen." Sie küsste ihn hastig auf die Wange. „Ich muss ihn fragen, ob er mich heiraten will."

„Oh, nun …" Sie war schneller als er, jünger, aber der Schock reichte aus, um ihn so schnell zu machen, dass er sie abfing, bevor sie zur Haustür hinausrennen konnte. „Was hast du da gerade gesagt?"

„Ich werde Brody fragen, ob er mich heiratet. Ich habe alles genau durchdacht."

„Katie."

„Ich liebe ihn, und ich liebe Jack, Dad. Ich habe jetzt keine Zeit, es dir zu erklären, aber ich habe alles genau geplant. Vertrau mir."

„Jetzt hol erst mal Luft und dann …" Er sah in ihr Gesicht, ihre Augen. Sterne. Sein kleines Mädchen hatte Sterne in den Augen. „Er hat keine Chance."

„Danke." Sie warf ihrem Vater die Arme um den Hals. „Wünsch mir trotzdem Glück."

„Viel Glück." Er sah ihr nach, als sie davoneilte. „Leb wohl."

Brody hielt unterwegs an, um Milch, Eier und Brot zu besorgen. Jack hatte eine Manie für French Toast entwickelt. Als er in die Straße einbog, sah er auf seine Uhr. Zehn Minuten zu früh. Er hatte zu viel Zeit für den Einkauf eingeplant.

Also stieg er aus und ließ Mike auf dem Hügel herumtollen. Der Frühling hielt Einzug, mit Riesenschritten. Die ersten Knospen öffneten sich schon, ein Hauch von Grün, wirklich nur eine Andeutung, zog sich über die Landschaft. Etwas lag in der Luft.

Vielleicht war es Hoffnung.

Das Haus sah mehr und mehr aus wie ein Zuhause. Schon bald würde er sich eine Hängematte im Garten aufhängen können. Ein Schaukelstuhl auf der Veranda wäre auch nicht schlecht. Oder eine Hollywoodschaukel. Und er würde für Jack ein Planschbecken besorgen. An den langen, milden Sommerabenden könnte Jack mit Mike auf dem Rasen herumtollen. Und er würde auf der Veranda sitzen und zusehen. Zusammen mit Kate.

Schon seltsam. Ohne Kate konnte er sich dieses Bild nicht vorstellen. Wollte es auch nicht.

Er würde sich Zeit lassen. Erst einmal ausloten, wie Jack zu dem Ganzen stand. Danach musste er herausfinden, ob Kate bereit war, einen Schritt weiter zu gehen.

Vielleicht sollte er ihr einen kleinen Tipp in die Richtung geben. Nichts im Leben war perfekt, es war ein stetiges Projekt in Arbeit.

Es war genau wie bei einem Haus. Man brauchte ein gutes solides Fundament, darauf konnte man aufbauen. Dieses Fundament hatten sie. Er sah es genau vor sich. Er, Kate, Jack und die Kinder, die noch kommen würden. Ein Haus brauchte Kinder. Es war an der Zeit, das Gerüst aufzustellen, es zu etwas Solidem zu machen.

Vielleicht war sie noch nicht bereit für eine Ehe. Immerhin hatte sie gerade erst ihr Tanzstudio eröffnet. Vielleicht brauchte sie auch mehr Zeit, um sich an den Gedanken zu gewöhnen, plötzlich die Mutter eines Sechsjährigen zu sein. Er konnte geduldig sein, er würde ihr Zeit lassen.

Er sah zu dem Haus auf dem Hügel empor. Es sah aus, als würde es auf etwas warten.

Aber nicht zu viel Zeit, beschloss er im Stillen. Wenn er erst mal mit dem Bauen angefangen hatte, wollte er weiterarbeiten. Und er wollte Kate mit dabeihaben, bei dem wichtigsten Projekt seines Lebens. Sie sollte mit ihm zusammen daran arbeiten.

Also, so beschloss er, während er zum Briefkasten ging, als Erstes würde er mit Jack darüber reden. Sein Sohn sollte sich sicher fühlen. Jack hatte einen Narren an Kate gefressen, aber vielleicht würde er sich Sorgen machen, welche Veränderungen sich ergeben würden, wenn er, Brody, und Kate heirateten. Diese Sorgen musste Brody schon vorab ausräumen.

Direkt heute Abend würden sie darüber reden, nach dem Abendessen. Und wenn Jack und er sich einig waren, würde er ausknobeln, was er zu Kate sagen konnte, damit sie alle für den nächsten Schritt bereit waren.

Er nahm die Post aus dem Briefkasten und sah die Briefe durch, als Kate mit ihrem Wagen neben seinem Pick-up parkte und ausstieg. „Hi." Überrascht warf er die Briefe durch das offene Fenster in die Fahrerkabine. „Dich hatte ich hier nicht erwartet." Aber jetzt wusste er, dass er nicht mehr lange warten konnte.

„Ich muss dich im Studio wohl gerade verpasst haben." Ihr Blick war unergründlich.

„Gibt's ein Problem?"

„Nein. Es gibt überhaupt keine Probleme." Sie ging zu ihm und legte ihre Hände auf seine Brust, eine Angewohnheit, die ihm wie immer den Puls hochjagte. „Du hast mir keinen Kuss gegeben, bevor du gegangen bist."

„Deine Bürotür war geschlossen. Ich dachte mir, du seist beschäftigt."

„Dann küss mich jetzt." Sie strich mit ihren Lippen über seinen Mund, hob kritisch eine Augenbraue, als er den Kuss kurz hielt und sich zurückziehen wollte. „Das kannst du aber besser."

„Kate, der Bus kommt gleich …"

„Mach es besser." Sie schmiegte sich an ihn, und die Stimmung änderte sich sofort. Er legte eine Hand auf ihren Rücken, die andere schob er in ihr Haar. Und dann vergaßen sie beide alles um sich herum.

„Mmh, das meinte ich. Es ist Frühling", fügte sie hinzu und legte den Kopf zurück, um ihn anschauen zu können. „Weißt du, was einen jungen Mann im Frühling beschäftigt? Außer Baseball, natürlich?"

Er grinste sie an. „Dass die Felder gepflügt werden müssen?"

Sie lachte und verschränkte ihre Finger mit seinen. Ja, die Frösche waren wieder da, hüpften wild, aber es gefiel ihr. „Na schön. Was, glaubst du, beschäftigt eine junge Frau im Frühling? Im Speziellen diese junge Frau, die vor dir steht?"

„Bist du hier, um es mir zu sagen?"

„Ja, ich denke schon ..." Sie kaute an ihrer Unterlippe, dann ließen sich die Worte nicht länger zurückhalten. „Brody, heirate mich."

Er zuckte zusammen, dann erstarrte er zu Stein. In seinen Ohren summte ein wild gewordener Hornissenschwarm. Er hatte Halluzinationen, das musste es sein. Es war unmöglich, dass sie hier vor ihm stand und genau das aussprach, worüber er die letzten fünf Minuten nachgedacht hatte. Wie er es sagen sollte, wie er sie fragen sollte.

Um seine Fassung wiederzuerlangen, trat er einen Schritt zurück.

„Mit diesem heruntergeklappten Unterkiefer siehst du weder sonderlich attraktiv noch intelligent aus."

Vielleicht träumte er ja nur. Aber sie sah so echt aus. Sie schmeckte auch echt. Sein rasender Herzschlag war bestimmt echt. Außerdem hatte er sie ja auch in seinen Träumen gefragt. Verflucht. „Eine Frau kommt nicht einfach mitten am Tag zu einem Mann und sagt ihm, dass er sie heiraten soll."

„Wieso nicht?"

„Weil ..." Wie sollte er einen klaren Gedanken fassen können, wenn diese Hornissen in seinem Kopf schwirrten? „Weil sie es einfach nicht macht."

„Ich habe es doch gerade getan." Sie spürte Ärger in sich aufwallen und drängte ihn zurück. Ihre Finger zitterten leicht, als sie begann, Gründe aufzuführen und an ihnen abzuzählen.

„Seit Monaten treffen wir uns. Wir sind keine Kinder mehr. Wir sind gerne zusammen. Wir respektieren uns. Da ist es doch nur der nächste logische Schritt, wenn man an eine Heirat denkt."

Er musste die Zügel wieder in die Hand nehmen. Jetzt, sofort. „Du hast aber nicht gesagt: an eine Heirat denken, oder? Du hast nicht gesagt: Lass uns darüber reden, oder?" Was er vorgehabt hatte, wenn sie ihm überhaupt die Chance dazu gelassen hätte. „Es gibt noch eine Menge andere Faktoren, die wichtig sind, nicht nur zwei Menschen, die gerne zusammen sind und sich respektieren."

Sich lieben, zum Beispiel. Gott, wie sehr er sie liebte. Aber er musste wissen, wie es weitergehen sollte. Mit der Zukunft. Getrennt oder gemeinsam. Als Familie. Es gab da Dinge, die vorher geklärt werden mussten.

„Natürlich, aber …"

„Fangen wir bei dir an", unterbrach er sie. „Im Moment hast du die Wahl, deine Ballettkarriere zu jedem Zeitpunkt wieder aufzunehmen. Nichts hält dich davon ab, nach New York zurückzukehren, auf die Bühne."

„Mein Tanzstudio hält mich davon ab. Diese Entscheidung habe ich getroffen, bevor ich dich kannte."

„Kate, ich habe dich gesehen, da oben auf der Bühne. Der Unterricht wird dir das nie geben können."

„Stimmt, denn er wird mir etwas anderes geben, und das ist das, was ich will. Brody, ich bin kein Mensch, der Entscheidungen aus einer Laune heraus fällt. Ich wusste genau, was ich tue. Was ich zurücklasse, wohin ich aufbreche. Wenn du mir nicht zutraust, dass ich mich an eine Abmachung halte, dann kennst du mich nicht."

„Damit hat das gar nichts zu tun. Ich kenne keinen anderen Menschen, der so konzentriert auf ein Ziel hinarbeitet wie du." Und er hatte gedacht, alles im Griff zu haben. Wie er vorgehen wollte. Wie er auf dem Fundament aufbauen wollte. Diese

Frau feierte schon Richtfest. Sie würde sich gedulden müssen, denn was er baute, hielt das ganze Leben.

„Ich habe wesentlich mehr zu bedenken als nur den nächsten Karriereschritt. Ich habe Jack. Alles, was ich tue oder nicht tue, hat mit Jack zu tun."

„Brody, das weiß ich doch. Und du weißt, dass ich es weiß."

„Er mag dich sehr gern, aber er braucht Sicherheit. Stabilität. Er muss wissen, dass er sich auf mich verlassen kann, dass ich immer für ihn da sein werde. Kate … Gott, er hat in seinem ganzen Leben nur mich gehabt. Connie ist krank geworden, da war er erst ein paar Monate alt. Ihr blieb kaum Zeit mit ihm, bei all den Arzt- und Behandlungsterminen, den Krankenhausaufenthalten … Sie konnte sich nicht um ihn kümmern, und ich habe nur versuchen können, alles zusammenzuhalten. Unsere Welt stürzte ein, und ich konnte Jack nichts bieten. Die ersten beiden Jahre seines Lebens waren ein Albtraum."

„Oh Brody." Sie konnte es sich nur zu gut vorstellen, die Angst, die Panik, die Trauer. „Aber du hast es geschafft. Du hast ihm ein glückliches und normales Leben gegeben. Verstehst du denn nicht, wie sehr ich dich dafür bewundere? Respektiere?"

Er starrte sie an. Der Gedanke, dass alleinerziehende Väter bewundernswert waren, wäre ihm nie gekommen. „Kate, das musste ich doch tun. Zuerst an ihn denken. Es geht hier nicht nur um dich und mich, Kate. Wenn solch eine wichtige Entscheidung getroffen wird, eine, die das ganze Leben verändert, muss er mitreden können."

„Behaupte ich etwas anderes?"

Brody fluchte leise. „Ich kann nicht einfach zu ihm gehen und ihm sagen, dass ich heirate. Ich muss erst mit ihm darüber reden, ihn vorbereiten. Du übrigens auch. Er muss sich deiner genauso sicher sein können wie meiner, er muss sich auf uns verlassen können."

„Herrgott noch mal, O'Connell, meinst du denn, ich hätte all das nicht längst bedacht? Du kennst mich jetzt seit Monaten, du solltest eine höhere Meinung von mir haben!"

„Das hat doch damit nichts …"

„Jack hat mich längst gefragt, ob ich dich heiraten will."

Brody sah ungläubig in ihr erhitztes, wütendes Gesicht, dann hob er abwehrend die Hände. „Ich muss mich setzen." Ein Baumstumpf hielt als Sitzgelegenheit her. Mike kam angerannt und legte Brody die Leine in den Schoß. Er warf sie weit den Hügel hinauf, und der Hund rannte los, um sie zu holen. „Was hast du gesagt?", brachte er schließlich hervor.

„Sag mal, spreche ich Chinesisch? Jack hat mir gestern einen Antrag gemacht. Offensichtlich fällt es ihm nicht so schwer zu entscheiden, was er will, wie seinem Vater. Er hat mich gebeten, euch zu heiraten. Euch beide. Und ich habe nie ein schöneres Angebot gehört. Aber von dir werde ich wohl keins hören."

„Du hättest deinen Antrag bekommen, wenn du zwei Tage gewartet hättest", murmelte er in sich hinein, dann, lauter: „Tust du das nur, um Jack glücklich zu machen?"

„Eines lass dir gesagt sein: Sosehr ich dieses Kind auch liebe, ich würde seinen begriffsstutzigen, sturen Vater nicht heiraten, wenn ich es nicht wollte. Jack ist der Meinung, dass wir gut füreinander sind und ein gutes Leben zusammen haben können. Ich stimme ihm da zu. Und du … du sitzt einfach da wie ein Holzklotz."

Nicht nur Kate hatte ihm die Pointe verdorben, sein sechsjähriger Sohn war vor ihm über die Ziellinie gelaufen. Er wusste nicht, ob er eingeschnappt oder begeistert sein sollte. „Vielleicht wäre ich nicht ganz so erschlagen, wenn du dich nicht so von hinten an mich herangeschlichen hättest."

„Von hinten? Angeschlichen? Hast du denn keine Augen im Kopf? Ich habe doch alles getan! Hätte ich es mir auf die Stirn schreiben sollen? Warum wohl bin ich noch nicht in die fertige Wohnung über der Schule eingezogen, Brody? Eine durchorganisierte, praktische Frau wie ich lässt so etwas nicht schleifen. Es sei denn, sie hat gar nicht die Absicht, dort zu wohnen."

Er stand auf. „Weil … Ich weiß nicht."

„Warum habe ich jede freie Minute mit dir verbracht, oder mit dir und Jack? Warum komme ich hierher, unterdrücke meinen Stolz und bitte dich, mich zu heiraten? Warum sollte ich überhaupt irgendetwas von diesen Dingen tun, wenn ich dich nicht lieben würde? Du Idiot!" Sie machte auf dem Absatz kehrt und stapfte wütend zu ihrem Wagen. Tränen der Wut und der Qual liefen ihr über die Wangen.

Ein Schraubstock legte sich um sein Herz, drückte zu, unerträglich. „Kate, wenn du in diesen Wagen einsteigst, werde ich dich mit Gewalt herauszerren! Wir sind noch nicht fertig!"

Die Hand am Türgriff, drehte sie sich zu ihm um. „Ich bin zu wütend, um mit dir zu reden."

„Du brauchst nichts zu sagen. Setz dich." Er deutete auf den Baumstumpf.

„Ich will aber nicht sitzen."

„Kate!"

Sie warf die Hände in die Luft, stolzierte zum Stumpf und setzte sich. „Da! Zufrieden?"

„Erstens: Ich heirate niemanden, nur um Jack eine Mutter zu geben. Zweitens: Ich heirate niemanden, der keine Mutter für Jack sein will. So, da das nun klar ist, können wir über dich und mich reden. Ich weiß, du bist wütend, aber höre bitte mit dem Weinen auf."

„Wegen dir würde ich keine einzige Träne vergießen, darauf kannst du dich verlassen!"

Er zog ein Taschentuch hervor und ließ es in ihren Schoß fallen. „Mach sie weg, ja? Ich habe auch so schon genug Schwierigkeiten."

Sie rührte sein Taschentuch nicht an und wischte sich unwirsch die Tränen mit der Hand fort.

„Gut. Das ist eine Kiste." Er zeigte auf den Boden vor seinen Füßen. „Alles, was wir bisher gesagt haben, geht in die Kiste, und ich nagle die Kiste zu. Wir können sie später noch öffnen. Jetzt fangen wir noch mal ganz von vorne an."

„Von mir aus kannst du diese Kiste in den tiefsten Abgrund werfen." Kate schniefte unwirsch und warf Brody einen trotzigen Blick zu.

„Ich wollte heute Abend mit Jack reden", begann er. „Herausfinden, wie er über ein paar Änderungen denkt. Ich ging davon aus, dass ihm die Idee gefallen würde. Ich kenne meinen Sohn ziemlich gut, aber offensichtlich nicht gut genug, um ihm zuzutrauen, dass er hinter meinem Rücken meiner Frau einen Antrag machen würde."

„Deiner Frau?"

„Halt den Mund", sagte er warm. „Wenn du nur ein Weilchen länger den Mund gehalten hättest, wäre dieses spezielle Gespräch folgendermaßen abgelaufen." Er trat näher, legte seine Hand unter ihr Kinn. „Kate, ich liebe dich. Nein, bleib sitzen", befahl er, als sie sich erheben wollte. „Ich habe die ganze Zeit darüber nachgedacht, wie ich es anfangen soll, bevor du hier aufgetaucht bist."

„Bevor ich hier …? Oh." Sie stieß die Luft aus und blickte auf den Boden. „Ist dieser Deckel auch wirklich dicht?"

„Vertrau mir, absolut dicht."

„Gut." Sie schloss für einen Moment die Augen, wollte einen klaren Kopf bekommen, aber die Euphorie, die sie ergriffen hatte, verhinderte das. Und das, so entschied sie, war perfekt. So und nicht anders musste es sein.

„Würde es dir etwas ausmachen, noch mal anzufangen? Bei diesem Teil mit ‚Ich liebe dich'?"

„Kein Problem. Ich liebe dich, Kate. Schon vom ersten Augenblick an, als ich dich sah, kam ich ins Schlingern. Aber ich dachte immer daran, dass ich mein Gleichgewicht behalten müsste. Dass du dich nie mit jemandem wie mir abgeben würdest. Und jedes Mal, wenn ich stärker schlingerte, zog ich mich wieder zurück, weil ich eine Menge guter Gründe zu haben glaubte. Jetzt sehe ich keine mehr, aber damals war es eben so."

„Ich bin für dich geschaffen worden, Brody, so wie du für mich."

„An diesem Abend im Haus deiner Schwester, da konnte ich mich nicht mehr zurückziehen. Ich bin genau auf der Klippe gelandet. Und als ich dich dann am nächsten Abend auf der Bühne gesehen habe, da bin ich abgestürzt, über den Rand gestürzt. Ich wusste, dass ich dich liebe. Es war ein so starkes Gefühl. Das hat mich wieder völlig durcheinandergebracht."

Er ging vor ihr in die Hocke. „Kate, vor ein paar Minuten habe ich hier gestanden und mir überlegt, wie es sein würde. Ich habe dieses Bild gesehen – du und ich zusammen auf der Veranda, in einer Hollywoodschaukel, die ich noch kaufen muss."

Die Tränen wollten wieder fließen, aber sie kämpfte sie entschlossen zurück. „Das Bild gefällt mir."

„Mir auch. Siehst du, ich habe mir vorgestellt, wir bauen ein Haus. Nicht wie das da oben auf dem Hügel, sondern so eine Art Beziehungshaus. Ich lasse mir dabei lieber Zeit, denn es ist wichtig, dass es richtig und gründlich gebaut wird. Damit es länger hält."

„Und ich habe dich gedrängt."

„Ja, genau. Aber mir ist auch klar geworden, dass zwei Leute nicht immer mit dem gleichen Tempo planen, aber am Ende trotzdem am gleichen Platz ankommen. Am richtigen Platz."

Eine Träne stahl sich nun doch aus ihrem Auge. „Ich bin genau da, wo ich sein will." Sie nahm sein Gesicht in beide Hände. „Brody, ich liebe dich. Ich will …"

„Nein, jetzt bin ich an der Reihe." Er zog sie hoch. „Siehst du das Haus da oben auf dem Hügel?"

„Ja."

„Da muss noch einiges dran getan werden, aber es hat Potenzial. Dieser Hund, der gerade seinen eigenen Schwanz jagt, ist fast stubenrein. Ich habe einen Sohn, der gleich mit einem verspäteten Schulbus hier ankommt. Er ist ein guter Junge. All das will ich mit dir teilen. Ich will auch ab und zu bei der Ballettschule vorbeikommen und zusehen dürfen, wie du tanzt. Ich will Kinder mit dir haben. Ich glaube, ich mache mich ganz gut als Vater."

„Oh Brody!"

„Ruhe, ich bin noch nicht fertig. Im Sommer möchte ich draußen im Garten sitzen, den wir gemeinsam angelegt haben. Du bist die Einzige, mit der ich das alles teilen will."

„Himmel, frag mich endlich, bevor ich in Tränen aufgelöst bin und dir noch nicht einmal eine Antwort geben kann."

„Du drängelst schon wieder. Aber das mag ich an dir. Heirate mich, Kate." Er küsste sie leicht. „Heirate mich."

Sie konnte nicht antworten, konnte nur ihre Arme um seinen Nacken schlingen und all ihre Gefühle in ihren Kuss legen, der mehr sagte als jedes Wort. Der Hund rannte aufgeregt bellend um sie herum. Noch an Brodys Lippen begann Kate zu lachen.

„Ich bin ja so glücklich."

„Ich hätte nichts dagegen, wenn du endlich Ja sagen würdest."

Sie lehnte den Kopf zurück, schaute ihm in die Augen und sagte etwas, das in den laut quietschenden Bremsen des Schulbusses unterging. Die Tür öffnete sich, und Jack kam herausgesprungen. Mike stürzte mit freudigem Gebell auf ihn zu.

„Bitte, lass mich", murmelte Kate, dann drehte sie sich zu Jack um. „Hallo, du Hübscher."

„Hi." Er sah die Tränen auf ihren Wangen und warf seinem Vater einen argwöhnischen Blick zu. „Hast du dir wehgetan?"

„Nein. Manchmal weinen die Leute auch, wenn sie so glücklich sind, dass alles in ihnen zu explodieren scheint. So glücklich bin ich im Moment. Weißt du noch, was du mich gestern gefragt hast, Jack?"

Er biss sich auf die Lippen, schaute wieder besorgt zu seinem Vater und nickte.

„Nun, ich habe die Antwort. Für euch beide." Sie hielt Brodys Hand und legte die andere an Jacks Wange. „Sie heißt Ja."

Jack riss die Augen auf. „Ehrlich?"

„Ganz ehrlich."

„Dad! Rate mal!"

„Was?"

„Kate wird uns heiraten. Das ist doch okay, oder?"

„Das ist absolut okay. Und jetzt lass uns nach Hause gehen."

Sie ließen den Pick-up und den Wagen stehen, wo sie waren, und gingen zu Fuß zum Haus hinauf. Jack rannte voraus, den übermütig bellenden Mike auf den Fersen. Auf dem Rasen blieb Brody stehen, drehte sich zu Kate und küsste sie.

Nein, es ist nicht nur einfach okay, dachte Kate.

Es ist perfekt.

EPILOG

„Dad, wie lange noch?"

„Nur noch ein paar Minuten. Komm her, lass mich dieses Ding gerade ziehen." Brody hob Jack auf einen Stuhl und richtete die schwarze Krawatte, zupfte die rote Rose an seinem Revers zurecht. „Meine Hände sind ganz feucht." Brody lachte leise.

„Hast du auch kalte Füße? Grandpa sagt, dass manche Männer an ihrem Hochzeitstag kalte Füße bekommen."

„Nein, keine kalten Füße. Ich liebe Kate, ich will sie heiraten."

„Ich auch. Du bist der Bräutigam, und ich darf Trauzeuge sein."

„So." Brody trat zurück und musterte seinen Sohn. Ein Sechsjähriger im schwarzen Anzug. „Du siehst richtig schick aus, Jack."

„Wir beide, hat Grandma gesagt. Und sie hat geweint. Max sagt, dass alle Mädchen auf Hochzeiten weinen. Warum eigentlich?"

„Keine Ahnung. Wir werden nachher ein Mädchen fragen." Er drehte Jack herum, damit dieser sich im Spiegel ansehen konnte. „Heute ist ein großer Tag. Wir drei werden eine Familie."

„Ich kriege eine Mom und noch mehr Großeltern und ganz viele Onkel und Tanten und Cousins und Cousinen. Und wenn du die Braut geküsst hast, dann gibt's eine ganz große Party mit ganz viel Kuchen. Hat Nana gesagt." Kates Mutter hatte ihm erlaubt, sie Nana zu nennen. Das gefiel ihm.

„So ist es."

„Und dann fährst du mit Kate in die Flitterwochen, damit ihr euch küssen könnt."

„Das ist der Plan. Wir rufen dich jeden Tag an. Und schicken Postkarten", fügte er noch an. Trotzdem war ihm mulmig bei dem Gedanken, ohne seinen Sohn wegzufahren.

„Ja, und wenn ihr zurückkommt, wohnen wir alle zusammen. Rod hat gesagt, dass ihr in den Flitterwochen ein Baby machen werdet. Stimmt das?"

Brody räusperte sich. „Darüber müssen Kate und ich noch reden."

„Ich darf sie doch Mom nennen, oder?"

„Ja, sie hat dich nämlich ganz doll lieb, Jack."

„Das weiß ich." Jack rollte mit den Augen. „Deswegen heiratet sie uns ja auch."

Brandon öffnete die Tür und sah Bräutigam und Trauzeuge einander angrinsen. „Na, seid ihr so weit?"

„Los, komm schon, Dad. Lass uns heiraten gehen."

Kate trat aus dem Brautraum und reichte ihrem Vater die Hand.

„Du bist so schön." Er führte ihre Hand an seine Lippen. „Mein Baby."

„Bring du mich nicht auch noch zum Heulen. Ich habe mich gerade wieder gefangen, nachdem Mama mich schon so weit hatte." Sie strich fahrig über sein Jackettrevers. „Ich bin so glücklich, Daddy. Und ich will nicht mit verheulten Augen vor den Altar treten."

„Frösche im Bauch?"

„Die tanzen eine wilde Polka. Ich liebe dich, Dad."

„Und ich liebe dich, Katie."

Der Hochzeitsmarsch setzte ein. „Das ist für uns." Sie nickte ihrem Vater zu.

Am Arm ihres Vaters wartete sie, bis der Brautzug, bestehend aus ihrer Schwester und ihren Cousinen, voranschritt. Ihre kleine Nichte ging ganz vorne und warf rote Rosenblätter in den Gang.

Als sie in das Mittelschiff trat, in einem wallenden weißen Kleid, die lange Schleppe hinter sich herziehend, war alle Nervosität vergessen. Es war nur noch Raum für das pure Glück.

„Sieh sie dir nur an, Daddy. Sind meine beiden Männer nicht wunderbar?"

Ihr Vater war ganz ruhig, als er ihre Hand in Brodys legte.

„Kate." Wie ihr Vater führte Brody ihre Finger an seine Lippen. „Ich werde sie glücklich machen", sagte er zu Spencer, dann sah er Kate in die Augen. „Du machst mich glücklich."

„Du siehst hübsch aus." Jack vergaß sich und hüpfte aufgeregt herum. „Richtig hübsch, Mom."

Ihr Herz, schon zum Bersten voll vor Glück, floss über. Sie beugte sich vor und küsste ihn auf die Wange. „Ich liebe dich, Jack. Jetzt gehörst du zu mir." Sie richtete sich auf und traf Brodys Blick. „So wie du."

Sie reichte ihrer Schwester den Brautstrauß, nahm Jack bei der freien Hand, und dann heiratete sie ihre beiden Männer.

– ENDE –